JAM

James Rollins, de son vrai nom Jim Czajkowski, est né en 1961 à Chicago. Il est considéré comme l'un des auteurs majeurs de thrillers aux États-Unis. Mais il s'aventure également en terres de fantasy sous le pseudonyme de James Clemens ou sous celui de James Rollins, comme pour sa dernière saga, *La Chute de la Lune*. L'auteur s'inspire de ses voyages et de ses aventures personnelles pour écrire ses romans. Avec une maîtrise saisissante du suspense, il explore et dévoile des mondes inconnus, des découvertes scientifiques et des secrets historiques. Traduits dans plus de quarante langues, tous ses titres ont été publiés chez Fleuve Éditions et sont repris chez Pocket.

Retrouvez toute l'actualité de l'auteur sur :
www.jamesrollins.com

LA PROPHÉTIE

ÉGALEMENT CHEZ POCKET

SIGMA FORCE

L'ORDRE DU DRAGON

LA BIBLE DE DARWIN

LA MALÉDICTION DE MARCO POLO

LE DERNIER ORACLE

LA CLÉ DE L'APOCALYPSE

LA COLONIE DU DIABLE

LE COMPLOT DES IMMORTELS

NOIRE PROVIDENCE

LA 6e EXTINCTION

LE LABYRINTHE DES OS

LE 7e FLÉAU

L'ÎLE INTERDITE

E.V.E.

LA DERNIÈRE ODYSSÉE

ROMANS INDÉPENDANTS

AMAZONIA

MISSION ICEBERG

LA CIVILISATION DES ABYSSES

LE FLÉAU D'ÉDEN

EN COLLABORATION AVEC REBECCA CANTRELL

L'ORDRE DES SANGUINISTES

LE SANG DE L'ALLIANCE

LA DERNIÈRE TENTATION

LE FAUX PROPHÈTE

DANS LA COLLECTION « IMAGINAIRE »

LA CHUTE DE LA LUNE

1. LA PROPHÉTIE

IMAGINAIRE
Collection dirigée par Charlotte Volper

JAMES ROLLINS

LA CHUTE DE LA LUNE

1

LA PROPHÉTIE

Traduit de l'anglais (États-Unis)
par Leslie Boitelle-Tessier

outrefleuve

Titre original :
THE STARLESS CROWN

Carte dessinée par Soraya Corcoran
Croquis de Danea Fidler

ISBN : 978-2-266-34134-9
Dépôt légal : septembre 2024

À TERRY BROOKS,
Dont la créativité m'a grandement inspiré.
Sa générosité d'esprit est l'unique raison
pour laquelle vous lisez ce livre.

Steppes des Géants
Terres d'Aglerolarpok
Îles Eldgossi
Baie Bouillonnante
Plaines de Tartok
Les Crocs de Glace
Traverse du Marchand
Amik
Brise-Quille
Pilatuk
Baie des Bouchers
Boisgivre
Savik
Terres de Brauð
Suaires
Cromlech du Nord
Eitur
Les Jumeaux
Heilsa
Azantiia
Dalalæða
Baie des Promesses
Toucheterre
Fiskur
Marais de Myr
Le Poing
Grand Gras
Royaume de Hâlendii
Îles du Bouclier
Cromlech du Sud
Territoires de Guld'Guhl
Pierrenoire
Agate
Lenclume
Silexa
Craie
Sel
Les Friches

L'oubli fait partie de la vie.

Même quand tout va bien, notre existence n'est jamais une tapisserie parfaite, qui se déploierait tranquillement en jours, mois, années, sans aucun point raté, chaque couleur aussi éclatante qu'au moment où le fil s'est noué sur la trame du tableau. Non, peu à peu, elle subit çà et là les ravages du temps. Certaines parties se déforment à mesure que les années passent et, sans cesse, on remet l'ouvrage sur le métier pour lisser certains détails. Pire, de vastes pans s'usent au point de devenir illisibles. Notre mémoire aime cependant nous jouer de drôles de tours – comblant les manques, recousant les accrocs, rapiéçant les déchirures – souvent avec des histoires qui, loin d'être véridiques, n'en sont pas moins nécessaires. Elles sont le ciment indispensable pour créer un tout cohérent avec lequel on peut vivre.

À mon grand âge, je ne suis plus au meilleur de ma forme. Ma propre tapisserie a été dévorée par les mites. J'approche de mon centième anniversaire. Alors, si je ne me souviens pas de vous, ce n'est pas que vous n'êtes pas cher à mon cœur. Si je ne me rappelle pas chaque détail de cette longue histoire, cela n'en rend pas les choses moins vraies. Heureusement, ici, dans le grenier où j'écris, mes dessins et mes croquis me rattachent à mon passé. Ils m'empêchent d'oublier et me remémorent l'homme que, jadis, j'ai été.

À l'heure d'entamer mon récit, je laisse devant moi, ouvert presque à la dernière page, l'ultime volume de mes nombreux journaux de bord. L'image d'elle tracée à l'encre me fixe, me juge, me met au défi. J'ai utilisé de la cendre pour capturer l'onde de ses cheveux, de la poudre de coquillage azur mêlée à un peu d'huile pour le brillant de ses yeux, mon propre sang pour ses lèvres. Elle affiche un sourire triste, comme si je l'avais déçue. Son regard est sévère, implacable, ses pommettes empourprées d'une rage à peine contenue.

Il y a longtemps, j'ai extrait ce visage de ma mémoire pour le coucher sur le papier – car c'était, à l'époque, la toute dernière fois que je la voyais.

Elle qui, selon la prophétie, devait détruire le monde.

Et qui l'a fait.

AVANT

Elle accouche dans la boue et la fange.

Elle s'accroupit, se démène sous la frondaison embrumée d'un tupélo aquatique. Des lianes étranglent le grand arbre noueux, qui étend ses branches vers les buttes moussues et balaie de son feuillage les eaux marécageuses d'un paisible ruisseau. À côté d'elle, un tronc aussi large qu'un cheval tourne encore et encore sur lui-même, comme s'il cherchait à fuir ces terres détrempées.

Les jambes écartées, elle transpire et halète. Elle se cramponne de toutes ses forces à une liane. Des épines lui transpercent les paumes, mais cette douleur n'est rien comparée à l'ultime contraction qui lui déchire encore un peu plus les entrailles et pousse le nouveau-né hors de son utérus. Elle se retient de hurler, de peur que les chasseurs n'entendent ses cris.

Il lui échappe néanmoins un gémissement qui, comme elle n'a pas de langue, reste inarticulé. En tant que servante sexuelle d'Azantiia, on ne lui a jamais accordé le luxe de pouvoir parler.

Un dernier effort, et la délivrance arrive enfin. L'enfant sort de son ventre et tombe dans la boue humide. Elle lâche la liane. Les épines lui arrachent la peau des mains. Elle s'écroule à terre, le bébé entre ses cuisses. Il est toujours rattaché à elle par un cordon entortillé et couvert de sang poisseux.

La poitrine secouée de gros sanglots, elle ramasse la dague à courte lame posée au pied de l'arbre. L'arme ne lui appartient pas, le sang qui le macule déjà non plus. C'est son sauveur qui le lui a flanqué entre les mains, un homme qui a rompu un serment pour l'aider à fuir les geôles du château. Après avoir traversé la Baie des Promesses sous le regard mauvais du soleil d'hiver, traqués par les légionnaires du roi, ils étaient arrivés sur la dangereuse côte de Mýr. Le rivage ressemblait moins à des terres qu'à une zone confuse, où la mer bleue se mêlait à des eaux saumâtres en lisière d'une mangrove à moitié submergée. Quand leur esquif n'avait plus réussi à progresser dans les marécages, son sauveur lui avait dit de continuer à pied, tandis que lui s'éloignait à son bord dans l'espoir de leurrer les poursuivants de la jeune femme.

Seule à présent, elle tranche le cordon d'un coup sec, libérant le bébé de son propre corps et de son passé. Elle se croyait vide, mais son ventre convulse de nouveau. Au prix d'un halètement puissant, elle expulse une masse de sang et de tissus, qui s'abat sur le nouveau-né. Craignant qu'il ne s'étouffe, elle lui essuie la figure. Face à un monde aussi impitoyable, il garde les yeux fermés. À cause de ses plaies aux mains, elle lui étale encore plus de sang sur le visage mais dévoile de fines lèvres pincées – trop bleues, quasi noires dans la pénombre.

Allez, mon petit. Respire...

Elle le frictionne et implore le ciel.

Ses supplications semblent être entendues, car enfin, l'enfant prend son premier souffle et remue – certes à peine, mais elle n'en demande pas plus. Un de ses vœux, lui, est resté lettre morte, car elle découvre qu'elle a accouché d'une fille.

Non...

Elle reprend son couteau et l'approche du nourrisson.

C'est mieux ainsi...

Ses doigts tremblent. Elle embrasse le front plissé par un faible vagissement dans un monde d'une dureté inouïe. En prière, elle demande pardon, tente de s'expliquer. *Je te libère de moi. De mon passé. De ma honte. De ceux qui voudraient te prendre.*

Avant que la jeune femme n'ait pu passer à l'acte, la Mère du Dessous la punit d'oser détruire ainsi le cadeau sorti de sa matrice. Son ventre se tord. Un filet de sang chaud glisse le long de ses cuisses. La douleur, d'abord ardente, se mue en un froid épouvantable et, pourtant, le sang continue de couler, répandant la vie de la malheureuse dans la boue des marécages.

Elle lit la vérité dans la flaque qui s'étend peu à peu à ses pieds.

Élevée parmi les servantes du plaisir, elle avait aidé des sages-femmes à accoucher d'autres filles qui, malgré des litres de tisane d'Herbe des Bâtards, n'avaient pas réussi à avorter. Ces vingt dernières années, elle avait assisté à des naissances de toutes sortes : certaines joyeuses, d'autres effrayantes et, le plus souvent, empreintes de résignation. Chaque fois, dans les larmes. Il y avait eu du sang, de la merde, des chairs déchiquetées, des bébés en siège, d'autres souffrant de malformations dues à la tisane puissante ou le corps fracassé par leur propre mère, qui avait tenté à tout prix d'interrompre la grossesse. Enfant, elle avait abhorré ces femmes-là. Elle ignorait, à l'époque, ce que cela signifiait de naître esclave et de finir brisée sous le joug de son maître.

Elle avait fini par en faire l'inévitable et cruelle expérience.

Elle contemple la dague posée contre la gorge de sa fille.

Une large mare écarlate s'est formée sous le bébé. L'odeur attire les mouches et les moustiques. Au moment de plonger son regard dans des yeux qui s'entrouvrent à peine, la jeune accouchée sent le silence envahir la forêt, comme si la nature elle-même était émue. Les oiseaux se taisent, ne laissant plus entendre que le bourdonnement des insectes. Un nouveau bruit résonne. Un remous dans l'eau, à sa droite.

Elle parvient à mouvoir suffisamment ses chairs, de plus en plus froides, pour tourner la tête. Ce geste, aussi infime soit-il, accentue son vertige. Soudain, un reptile énorme jaillit de la rivière paresseuse et grimpe sur la berge. Les griffes plantées dans la fange, il traîne sa grosse carcasse au museau bardé de crocs acérés. Bien qu'aveugle, il se faufile sans problème entre les roseaux, lui aussi appâté par le sang.

Non...

L'instinct de protection de l'ancienne esclave l'emporte sur les leçons amères du passé. Elle écarte la lame du cou de sa fille et menace le dangereux prédateur. Elle a conscience, hélas, qu'elle ne pourra lui infliger qu'une vague égratignure – et encore. L'animal, deux fois plus grand qu'elle, doit bien faire dix fois son poids. Elle devine, sur l'épaisse frange de mousse émeraude qui borde ses écailles noires, que son existence se compte en siècles.

Malgré son âge vénérable, il fonce vers elle sans se soucier du couteau, de toute façon inoffensif. Des relents pestilentiels de charogne et d'eau saumâtre flottent derrière lui. Le lichen qu'il a sur le dos et les flancs brille légèrement dans l'obscurité de la forêt.

La mère s'agenouille pourtant au-dessus de son enfant, à défaut de pouvoir se mettre debout. Son bras frémit au moment de brandir la dague. Autour d'elle, son monde est lentement grignoté par les ténèbres.

Face à l'assaut imminent, elle s'arme de courage, comme elle le faisait souvent la nuit dans la couche parfumée de ses maîtres. Son corps ne lui a jamais appartenu.

Elle sent la colère l'envahir. Autrefois, ce feu intérieur lui était interdit mais, à l'approche de la mort, elle s'y raccroche et transforme ses ultimes forces en un mugissement terrible. Les paupières closes, elle hurle vers le ciel, vers la bête, vers elle-même, vers cette enfant qui ne vivra jamais.

Pour la première fois de sa vie, on répond à son appel.

Un cri strident fend le ciel et traverse son corps tout entier. Le piaillement lui traverse la peau jusqu'à l'os. Sa puissance lui donne la chair de poule. Elle rouvre les yeux et voit le reptile se figer, alors à peine à une longueur de bras d'elle. Affolé, il tente de rebrousser chemin et se tortille tant bien que mal pour retrouver la quiétude bienveillante des eaux noires.

Avant qu'il n'ait pu y parvenir, de hautes branches volent en éclats. Une ombre sort en trombe de la canopée et le frappe violemment. Ses griffes en forme de faucille tranchent la solide cuirasse. Les os se brisent sous l'impact d'une créature aussi énorme qu'un chariot à foin. Des ailes parcheminées se déploient, heurtent la jeune mère de biais.

Projetée au loin, elle s'écrase contre un arbre noueux et s'effondre au milieu des racines enchevêtrées, d'où elle voit la bête soulever son agresseur de terre. Le reptile est emporté dans les airs. Les griffes affilées le lacèrent de part en part, puis son corps séculaire est renvoyé dans les profondeurs de la rivière.

Après quoi, l'immense volatile se pose sur la boue.

D'un pas alerte, il s'approche de la jeune femme et révèle toute sa splendeur maléfique. Il garde dressées ses ailes, dont le pourtour, extrêmement fin, laisse passer la lumière du soleil. Sa tête reste baissée. Ses grandes oreilles à aigrette pivotent vers elle. Ses longues narines fendues s'élargissent et frémissent. La bête lui siffle dessus, hérissant le poil de son cou et de son échine cambrée.

La mère sait à qui elle a affaire. Tout Azantiia connaît les tant redoutées chauves-souris de Mýr, habitantes venimeuses du Poing – volcan embrumé qui se dresse au cœur des marais. De nombreuses légendes circulent sur elles, même si peu de gens ont survécu pour relater leur terrible rencontre. Aucun chasseur n'a jamais rapporté de gibier aussi féroce et insaisissable. Leurs ossements ne figurent même pas dans les bestiaires du château.

La gorge nouée, elle observe le monstre.

Des prunelles impitoyables, aussi glacées que des diamants noirs, soutiennent son regard. Un chuintement s'échappe en continu du gosier de l'animal. Les ultrasons la font frissonner. Elle les sent dans sa mâchoire, dans son crâne, où ils jouent à la surface de son cerveau, telle une flaque de carburant enflammé sur l'eau. Elle sait qu'on la scrute avec une intensité sans pareille.

La chauve-souris retrousse ses babines d'un air menaçant et dévoile de longs crocs étincelants de poison. En appui sur les ailes, elle s'approche de sa proie d'un pas raide.

Non pas de la jeune femme… mais du bébé couché dans la boue.

Il agite ses bras et ses jambes minuscules, comme pour lui faire signe.

La mère veut porter secours à sa fille, mais elle a perdu son couteau. Peu importe. Elle n'a même plus la force de ramper. Son corps est aussi glacé que la terre humide sous elle. Seules les larmes qui roulent sur ses joues sont encore chaudes. Consciente de son impuissance, elle accepte l'inéluctable et se laisse retomber entre les racines de l'arbre.

Les ténèbres l'enveloppent un peu plus.

Avant qu'elles ne la dévorent totalement, elle regarde une dernière fois son enfant. Elle n'a peut-être pas réussi à donner une vie à sa fille, mais elle lui a offert un cadeau presque aussi précieux.

Sa liberté – aussi brève soit-elle.

Elle y puise du réconfort, tandis que les ombres effacent le monde alentour.

Mais quelqu'un d'autre ne se satisfait pas aussi aisément de la situation.

Au bout de son agonie, elle entend le premier vrai cri de son bébé, avide, contrarié. Incapable d'apaiser sa plainte face à une existence tranchée avant même d'avoir commencé, elle lui chuchote son ultime conseil, une leçon durement apprise.

Mieux vaut mourir libre, ma fille.

PARTIE I

LA FILLE
AU REGARD VOILÉ

Une maleydiction toujours naist d'un vœu.

— Proverbe tiré du *Livre d'El*

CHAPITRE 1

Du bout des doigts, Nyx cherchait à comprendre les étoiles.

Quasi aveugle, elle devait se pencher de tout son long sur la table pour arriver au cœur du planétaire, à la douce chaleur du soleil en bronze situé au centre de ce mécanisme astronomique sophistiqué. Juste avant la leçon du matin, la sphère, de la taille d'une bouilloire, avait été remplie de braises censées imiter l'ardeur vivifiante du Père d'En Haut. La main tendue vers elle, Nyx partit du centre et compta minutieusement le nombre d'anneaux qui, par leur rotation lente, reproduisaient les trajectoires des planètes intérieures autour du Père. Ses doigts s'arrêtèrent sur le troisième. Dès qu'elle y posa le bout de sa phalange, elle sentit vibrer les rouages de l'anneau. Elle entendit aussi un léger tic-tac, signe que leur professeure avait actionné la roue placée à l'autre extrémité du planétaire pour que leur monde atteignît la main de Nyx.

— Faites attention, mon enfant.

Le dispositif, vieux de quatre siècles, était l'un des biens les plus précieux de l'école. Selon la légende, la grande prieure fondatrice du Cloistre de Brayk l'avait dérobé à la cour d'Azantiia. D'autres prétendaient qu'il n'avait pas été volé mais créé de toutes pièces par la prieure elle-même qui, pour ce faire, avait exhumé des techniques ancestrales, oubliées depuis longtemps.

En tout cas…

— Fais gaffe, l'empotée, ça casse ! lança Byrd.

Sa raillerie fut suivie des ricanements des élèves assis en rond sous la coupole de l'astronicum.

D'un grognement, leur professeure – sœur Reed, jeune novice du Cloistre – leur intima le silence.

Les joues de Nyx s'empourprèrent. Alors que ses camarades observaient aisément le ballet complexe des sphères autour du soleil en bronze, elle n'en était pas capable. Son environnement était en permanence voilé d'un brouillard épais, où les mouvements n'existaient que par des jeux d'ombres et où les objets apparaissaient en dégradé, leurs contours frémissant à la lumière du jour. Pour ses yeux malades, même les couleurs étaient assourdies, délavées. En intérieur, c'était pire encore, car sa vue était rongée par les ténèbres ambiantes.

Nyx avait besoin de toucher pour comprendre.

Elle inspira à fond et, tandis que la structure figurant leur monde pivotait au creux de sa main, elle calma ses tremblements. Entraîné par le système d'engrenage, l'anneau métallique sur lequel le globe était fixé tournait toujours. Nyx se mit donc à longer la table. Peu à peu, le soleil en bronze réchauffa un pan de la sphère, alors que l'autre hémisphère, éternellement froid, était condamné à ne jamais entrer dans l'axe du Père.

— Appréciez-vous mieux maintenant la manière dont la Mère a toujours un côté qui fait face au Père d'En Haut ? demanda sœur Reed. Cette face-là brûle ad vitam æternam sous son regard sévère mais aimant.

Nyx acquiesça en silence et continua de suivre la trajectoire de la sphère autour du soleil.

Sœur Reed s'adressa ensuite à l'ensemble de la classe.

— La seconde moitié du monde s'est vu refuser le regard flamboyant du Père et reste figée dans des ténèbres éternelles, où on raconte qu'il règne un froid glacial.

Concentrée sur la Terre qui terminait sa course autour du soleil, Nyx ne prit pas la peine d'approuver l'évidence.

L'enseignante enchaîna :

— Voilà pourquoi nous habitons la Couronne, petit ruban situé entre des contrées arides d'un côté et la banquise de l'autre.

Nyx caressa la circonférence de la sphère, passant du nord au sud. La Couronne englobait les seules zones hospitalières où les populations, la faune et la flore étaient en mesure de s'épanouir. Ce qu'il y avait par-delà la Couronne faisait l'objet de légendes terrifiantes, souvent blasphématoires, qu'on se transmettait à voix basse.

Sœur Reed stoppa le mécanisme et, tout doucement, la ronde des planètes prit fin.

— Maintenant que Nyx a aussi examiné notre planétaire, qui peut me dire *pourquoi* la Mère du Dessous soutient en permanence le regard du Père d'En Haut, sans jamais détourner la tête ?

Les doigts toujours posés sur la moitié chaude de la sphère, Nyx ne bougea pas.

Kindjal répondit en citant un texte qu'on leur avait donné à étudier la semaine précédente :

— Notre monde et elle sont à jamais prisonniers de l'ambre durci du vide, incapables de s'en délivrer.

— Excellent, la félicita chaleureusement sœur Reed.

Nyx sentit presque la fierté irradier de Kindjal, sœur jumelle de Byrd. Leur père était le haut-maire de Fiskur, plus grande métropole de la côte septentrionale de Mýr. Bien que la ville se trouvât à une grosse journée de voyage en bateau, ces deux-là s'étaient vite imposés auprès de leurs camarades, couvrant les flatteurs de cadeaux et ridiculisant les autres, au point d'avoir souvent recours à la force physique pour les humilier davantage.

Voilà peut-être pourquoi Nyx décida de contredire Kindjal.

— Sauf que la Terre n'est pas coincée dans l'ambre, marmonna-t-elle en direction du planétaire.

Même si elle ne rêvait que de regagner son siège au fond de la salle, la discrète adolescente refusait de désavouer ce que ses doigts avaient découvert.

— Notre planète continue de pivoter dans le vide.

Byrd vola au secours de sa jumelle en ironisant à haute voix :

— Même les yeux bandés, n'importe quel imbécile saura dire que la Mère a *toujours* son visage orienté vers le Père. La Terre ne se détourne jamais.

— C'est, en effet, immuable et inaltérable, confirma sœur Reed. Tant que le Père brûlera en nos cieux, la Mère regardera avec amour et gratitude en direction de Sa Majesté.

— Mais la Terre, elle, *tourne*, insista Nyx, à qui la frustration semblait donner des ailes.

Les paupières closes, elle imagina le planétaire vu du dessus et reproduisit la rotation de la sphère autour du soleil en bronze. Elle se rappela l'infime cliquetis sous ses doigts : au moment de suivre sa trajectoire, elle l'avait bien sentie glisser au creux de sa paume.

— Il faut qu'elle tourne, s'obstina-t-elle. Pour que la Mère reste face au Père, la Terre tourne une fois complètement sur elle-même, au rythme des saisons. Une rotation lente chaque année. Il n'y a pas d'autre solution pour qu'un côté de la Terre brûle en permanence sous le regard du soleil.

— Pas étonnant que sa mère s'en soit débarrassée ! se moqua Kindjal. Elle est trop stupide pour comprendre les vérités les plus élémentaires.

— Sauf qu'elle a raison, annonça une voix derrière eux, à l'entrée de l'astronicum.

Nyx se figea. Seul son regard voilé se dirigea vers le rectangle de lumière qui matérialisait la porte ouverte. Une ombre se tenait sur le seuil. La jeune fille n'avait pas besoin d'y voir pour deviner qui était là. Elle avait reconnu le ton sévère, mâtiné à cet instant précis d'une pointe d'amusement.

— Prieure Ghyle, souffla sœur Reed. Quel honneur !

La directrice du Cloistre entra.

— Votre benjamine vient de prouver que la perspicacité d'esprit n'est pas une question d'acuité visuelle.

— Mais, assurément…

— Oui, assurément. Cette subtilité astronomique est d'ordinaire réservée aux apprentis alchimistes. Pas à de simples élèves de septième année. Et encore, de nombreux aspirants alchimistes peinent à voir ce qui devrait leur sauter aux yeux.

Un frôlement de cuir sur la pierre, et Nyx comprit que la prieure Ghyle s'approchait.

La jeune fille se redressa enfin et inclina la tête.

— Vérifions ce que cette demoiselle d'à peine quatorze ans tire de la leçon d'aujourd'hui. (De l'index, la directrice lui releva le menton.) Pouvez-vous nous dire pourquoi les habitants du nord de la Couronne connaissent les saisons – de la morsure glacée de l'hiver à la touffeur de l'été, alors qu'un seul côté de la Terre fait toujours face au soleil ?

Nyx ravala deux fois sa salive avant de retrouver l'usage de sa langue.

— C'est… c'est pour nous rappeler le cadeau du Père à la Mère, de sorte que nous appréciions mieux Sa bonté, Lui qui nous permet d'habiter la Couronne, sur des terres protégées, autant à l'abri de la chaleur incandescente que d'une mort glaciale. Chaque année, Il nous offre un aperçu de ce que sont le chaud et le froid.

La prieure exhala un soupir.

— Oui, en effet. C'est exactement ce que le hiéromoine Plakk vous a inculqué.

Elle lui souleva encore un peu le menton, comme si elle voulait la percer à jour.

— Mais qu'est-ce que ce planétaire vous dit *à vous* ?

Nyx recula d'un pas. Malgré sa vue basse, elle ne pouvait soutenir plus longtemps le poids de l'attention de Ghyle. Elle revint vers le planétaire et se représenta de nouveau la course de la Terre autour du soleil chauffé aux braises. Pendant la rotation complète de la sphère, elle avait senti la température fluctuer.

— La trajectoire de la Terre n'est pas un cercle parfait, commenta-t-elle à voix haute. On dirait plutôt un ovale.

— Cela s'appelle une ellipse.

Nyx en prit note et contempla la prieure Ghyle d'un air interrogateur.

— Peut-être qu'au moment où la Terre est au plus loin du soleil et de sa chaleur, ce pourrait être l'hiver chez nous ?

— Bien raisonné. Certains alchimistes réputés vous l'affirmeraient aussi. Seulement, ils se trompent autant que le hiéromoine Plakk.

— Alors, pourquoi ?

— Et si je vous disais que, lorsque nous sommes au cœur du *sombre* hiver dans la moitié nord de la Couronne, les terres plus au sud profitent, elles, d'un été *éclatant* ?

— C'est vrai ? En même temps ?

— Absolument.

Malgré l'apparente absurdité de la théorie énoncée, Nyx eut l'intuition que les mots sur lesquels son interlocutrice avait insisté n'étaient pas innocents.

Sombre et *éclatant*.

Ghyle continua :

— Ne vous êtes-vous jamais demandé comment, l'hiver, le Père trône plus bas dans le ciel et, l'été venu, remonte très haut ? Comment, sans jamais disparaître, le soleil décrit un petit cercle en l'espace d'une année ?

Décontenancée, Nyx porta une main à ses yeux. Impossible, pour elle, d'apprécier pareille subtilité.

— Bien sûr, désolée. Enfin, croyez-moi, je vous dis la vérité. Cela étant, d'après votre étude du planétaire, en devineriez-vous la raison ?

Nyx se retourna vers la série d'anneaux concentriques en bronze. On lui faisait passer un test. Elle sentait presque le regard intense de la prieure lui brûler la nuque. Déterminée à ne pas décevoir sa directrice, elle prit une grande inspiration et tendit le bras vers le planétaire.

— Puis-je ?

— Naturellement.

Nyx prit son temps pour se focaliser sur le soleil tiède et arriver au troisième anneau. Dès qu'elle eut trouvé la sphère qui y était rattachée, elle étudia attentivement sa forme, tout en prenant soin de la perle minuscule qui, symbole de la lune, suivait son propre tracé autour de la Terre. Elle remarqua la manière dont la sphère de la Terre était fixée à l'anneau juste au-dessous.

Ghyle émit une hypothèse.

— Sœur Reed, cela aiderait peut-être notre jeune élève que vous remettiez le système en marche.

Un bruissement de jupons, et les engrenages complexes du mécanisme se remirent à cliqueter, les anneaux à coulisser. Nyx s'attacha à la façon dont la Terre pivotait doucement sur elle-même tout en accomplissant une révolution complète autour du soleil. Comment l'hémisphère sud pouvait-il être plus éclatant, alors que l'hémisphère nord restait sombre ? Du bout des doigts, elle sentit quelque chose. L'axe autour duquel la Terre évoluait n'était pas parfaitement vertical : il partait un peu de biais par rapport au soleil.

Est-ce là la réponse ?

La certitude grandit en elle.

Tout en continuant son propre itinéraire autour du soleil, elle se lança.

— L'axe de la Terre se meut avec une inclinaison de quelques degrés, et non à la pure verticale. Voilà pourquoi, durant plusieurs mois, la moitié supérieure du monde est inclinée vers le soleil.

— Créant notre éclatant été du nord, confirma la prieure.

— La moitié inférieure, elle, s'écarte du soleil.

— Ce qui engendre l'hiver lugubre du sud de la Couronne.

Ébahie, Nyx s'exclama :

— Les saisons viennent donc du fait que la Terre tourne un peu de guingois sur elle-même, penchant un temps davantage vers le soleil, puis s'en éloignant.

Un faible brouhaha parcourut l'assistance. Certains élèves semblaient désemparés, d'autres incrédules. Au moins, Byrd ne se fendit d'aucun quolibet devant la prieure.

Nyx se sentit rougir de nouveau.

Une main lui tapota l'épaule et finit par une petite pression de réconfort.

Prise de court, l'adolescente tressaillit. Elle détestait qu'on la touchât sans prévenir. Dernièrement, de nombreux garçons – et parfois même des filles – l'avaient attrapée, de façon cruelle, pour la pincer aux endroits les plus sensibles et intimes. Comme elle n'y voyait pas grand-chose, elle ne pouvait accuser personne, bien qu'en général, elle sût qui la martyrisait. Il y avait souvent Byrd, avec ses relents de sueur rance et son haleine âcre qui empestait la levure. Son étrange sillage venait des stocks de bière que son père lui envoyait clandestinement de Fiskur.

Face à la réaction de son élève, la prieure souffla :

— Je suis navrée…

Nyx voulut se dégager, mais une de ses phalanges s'était accrochée à l'anneau de la Terre. Son embarras vira à l'affolement. Elle tenta d'ôter sa main. Hélas, elle fit glisser son doigt dans le mauvais sens. Un claquement métallique résonna, suivi d'un halètement de sœur Reed. Aussitôt libérée, Nyx serra le poing contre sa poitrine.

Quelque chose tinta à ses pieds.

— Elle l'a cassé ! s'écria Byrd, plus stupéfait que moqueur.

Nyx sentit qu'on lui tirait le poignet en arrière. Surprise, elle trébucha et tomba à genoux.

— Qu'avez-vous fait, petite maladroite ? gronda sœur Reed, qui la tenait toujours fermement. À titre de punition, vous serez fouettée jusqu'à l'os.

— Pas question, objecta Ghyle. C'était un accident et je suis aussi fautive qu'elle, puisque je l'ai effarouchée. Auriez-vous envie de m'attacher aussi au piquet et de me flageller, sœur Reed ?

— Jamais je n'oserais…

— Alors, cette enfant ne souffrira pas non plus. Laissez-la tranquille.

L'enseignante lui lâcha le bras, mais pas avant de lui avoir méchamment planté ses ongles dans la chair. Le message était clair : l'affaire n'était pas réglée et il y aurait bien châtiment. Sœur Reed allait se venger d'avoir été ainsi humiliée devant ses élèves et sa supérieure.

Le long habit de Ghyle froufrouta, tandis que sa voix s'approchait du sol.

— Regardez, c'est juste la petite lune en bronze qui s'est détachée de l'orbite de la Terre. (La prieure était sans doute en train de ramasser la bille.) Elle peut facilement être replacée.

Les larmes aux yeux, les joues aussi brûlantes que le soleil, Nyx se releva en silence.

— Sœur Reed, il vaudrait mieux mettre un terme à votre leçon du jour. À mon avis, ces élèves ont eu plus que leur compte d'excitation céleste pour la matinée.

La jeune religieuse n'avait pas envoyé l'ensemble de la classe au réfectoire que Nyx avait déjà déguerpi. Bouleversée, elle se rua vers le rectangle lumineux de la porte. Nul ne se mit en travers de son chemin, de crainte peut-être de voir son humiliation et sa honte déteindre sur lui. Dans la précipitation, elle oublia sa canne – une solide baguette en orme – qui l'aidait à guider ses pas. Tant pis ! Elle refusa de faire demi-tour et s'échappa dans le mélange de soleil et d'ombre de la journée estivale.

CHAPITRE 2

Pendant que ses camarades se dirigeaient vers leur aile de l'internat, où un déjeuner froid les attendait, Nyx s'élança de l'autre côté. Comment aurait-elle pu avoir faim ? Elle arriva au pied d'un des quatre escaliers qui reliaient le septième niveau à celui du dessous, où les élèves de sixième année prenaient sans doute déjà leur repas dans leur propre salle.

Le monde autour d'elle n'était que ténèbres, mais elle ne ralentit pas. Même sans sa canne, elle se déplaçait vite. Ayant passé la moitié de sa vie entre les murs du Cloistre, elle connaissait chaque étage dans ses moindres recoins. Elle avait mémorisé le nombre de marches, de virages, d'escaliers, et pouvait donc traverser l'école sans encombre. De manière quasi inconsciente, un comptage silencieux s'égrenait en elle. D'instinct, elle tendait la main çà ou là – vers un linteau sculpté, un pilier en bois ou encore une potence de flagellation – afin de confirmer en permanence sa position et la nature de la pièce où elle se trouvait.

Au fil des étages, Nyx se représenta l'immense périmètre du Cloistre de Brayk qui s'élevait, telle une colline en gradins, au-dessus des marais de Mýr. L'institution était bâtie sur plus d'un kilomètre et demi de long, avec des fondations en roche volcanique qui en faisaient un des rares endroits solides d'une région dominée par les marécages humides et les forêts inondées. Le Cloistre de Brayk était la deuxième plus ancienne école du royaume de Hálendii – la première étant située aux abords de sa capitale, Azantiia – mais, en raison de son isolement, il était considéré comme l'établissement le plus sévère et le plus réputé du pays. Les élèves entamaient leur cursus de neuf ans, intégralement effectué à Brayk, tout en bas, au rez-de-chaussée. D'année en année, un écrémage rigoureux s'effectuait, à mesure que les étages de l'école, eux aussi, diminuaient en taille. Les enfants non admis en classe supérieure étaient renvoyés dans leur famille, couverts de honte, mais cela n'empêchait pas les candidats d'affluer par bateaux entiers des quatre coins de la Couronne. Les heureux élus qui atteignaient le neuvième et dernier niveau étaient promis aux honneurs, aux rôles de premier plan, et ils avaient le choix d'intégrer soit une école d'alchimie, où on leur enseignait les plus grands mystères du monde, soit un ordre religieux qui leur permettait de rejoindre les plus hautes sphères théologiques.

Arrivée au troisième étage, Nyx leva la tête vers le sommet du bâtiment. Deux brasiers brillaient dans l'ombre, assez fort pour qu'elle les distinguât malgré ses prunelles voilées. L'un brûlait de mystères alchimiques, l'autre laissait échapper des nuages d'encens sacré. Selon la légende, la forme et les feux du Cloistre rendaient hommage au pic volcanique situé au cœur de Mýr : une montagne enveloppée de vapeur, baptisée le

Poing. La fumée parfumée qui flottait sur l'école empêchait aussi les chauves-souris à grandes ailes nichant dans ses cavités de s'approcher trop près. Parfois, dans le demi-jour lugubre de l'hiver, des ailes noires venaient quand même déchiqueter les nuages bas de la ville. Terrifiés par leurs criaillements, les élèves de première et deuxième année couraient alors se réfugier en pleurs chez leurs enseignants… jusqu'à ce qu'ils finissent par ne plus prêter attention à la menace.

Nyx ne pouvait pas en dire autant. À quatorze ans, les cris des prédateurs mettaient toujours son cœur en émoi, son esprit en ébullition. En première année, elle en avait eu même si peur qu'elle s'en évanouissait. Ce jour-là, elle n'avait rien à craindre. On était en plein été et, que ce fût une question de luminosité ou de chaleur, les monstrueuses chauves-souris restaient à distance, bien à l'abri dans leurs grottes obscures du Poing.

Quand Nyx atteignit le rez-de-chaussée du Cloistre, sa honte et son embarras ne lui causaient plus qu'une douleur sourde à la poitrine. Elle frictionna son bras meurtri, souvenir cuisant que l'histoire n'était pas terminée.

En quête de réconfort, elle voulait rejoindre le seul endroit où elle se savait en sécurité. Elle franchit les grilles de l'école et pénétra dans Brayk. Adossé aux remparts du Cloistre, le comptoir délabré était chargé de nourrir l'établissement, de l'approvisionner en matériel et de l'entretenir. Chaque matin, les marchandises étaient acheminées là-haut, flanquées de cohortes d'hommes et de femmes qui y officiaient en tant que domestiques, chambrières, commis ou cuisiniers. Nyx, entrée comme bonne à six ans, avait cru que ce serait aussi son destin.

À Brayk, elle continua de marcher avec assurance. Non seulement elle comptait ses pas dans le dédale des rues, mais elle guettait les martèlements cadencés du Passage des Forgerons, à gauche. Leur tintement clair et régulier l'aidait à se repérer. Elle humait aussi l'odeur âcre de fumée et d'épices du marché, où petits poissons et anguilles rôtissaient déjà au soleil de midi. Même sa peau réagissait à l'atmosphère plus lourde, à l'humidité grandissante. Les belles bâtisses en pierre et en plâtre au blanc éclatant qui s'élevaient autour des murs de l'école étaient peu à peu remplacées par des entrepôts et de modestes chaumières aux murs ternes.

Soudain, Nyx sentit des effluves familiers imprégner son univers. C'était une brume épaisse mêlant poils mouillés, excréments, boue détrempée et sulfureuses éructations. L'adolescente se laissa envelopper par les odeurs puissantes.

Elle était revenue au bercail.

Son arrivée ne passa pas inaperçue. Un mugissement rauque l'accueillit, suivi de plusieurs autres. Un fracas d'éclaboussures résonna dans sa direction.

Nyx avança jusqu'à poser les mains sur l'enclos en pierres sèches des bœufions, en lisière du marais. Un râle puissant approcha, assorti d'un grommellement plus doux et de gémissements plaintifs, comme si les grosses bêtes pataudes se reprochaient à elles-mêmes la longue absence de la jeune fille. Elle leva la main et attendit de sentir un mufle humide, couvert de mucosités froides, se nicher au creux de sa paume. On lui renifla les doigts. Le museau fouina délicatement entre eux. À sa taille et à sa forme, elle identifia son propriétaire aussi sûrement que le village et l'école auparavant.

— Moi aussi, je suis contente de te voir, Gramblebuck.

Elle dégagea sa main et la porta plus haut. Ses doigts plongèrent entre les cornes, dans l'épais pelage emmêlé. Quand ses ongles trouvèrent enfin la peau, elle gratta énergiquement l'animal à l'endroit qu'il préférait et reçut, en échange, le souffle chaud d'un renâclement béat. À presque cent ans, Gramblebuck était le doyen. Il ne tractait plus que très rarement des charges dans les marais, mais il restait le seigneur du troupeau. La grande majorité des bêtes hirsutes de l'enclos avaient un peu de son sang dans les veines.

Nyx voulut lui attraper les cornes et, même s'il se pencha, elle dut se hisser sur la pointe des pieds pour attirer la grosse tête de son ami contre la sienne. La voûte crânienne de Gramblebuck faisait la largeur de son torse à elle. Les narines emplies de son parfum musqué et mouillé, elle se lova dans la chaleur douce du colosse.

— Toi aussi, tu m'as manqué.

Il grogna son assentiment et tenta de la soulever en arc-boutant son encolure trapue.

Elle éclata de rire et le lâcha avant de ne plus toucher terre.

— Je n'ai pas le temps d'aller me promener. Peut-être aux vacances d'été.

Même s'il ne participait plus aux travaux d'attelage, Gramblebuck aimait encore sillonner la région. Depuis sa plus tendre enfance, Nyx passait de longues journées sur son dos, à arpenter les zones marécageuses. Grâce à ses pattes élancées et à ses sabots élargis, le bœufion n'avait aucun mal à se faufiler dans les marais et les ruisseaux, tandis que sa carrure impressionnante et ses défenses recourbées dissuadaient tout prédateur d'approcher.

Elle lui tapota la joue.

— Bientôt, promis.

Elle longea la clôture en espérant tenir parole. D'autres bovins, eux aussi en demande d'attention, se manifestèrent. Rien qu'au toucher et à l'odeur, elle en reconnut la plupart, mais ses minutes étaient comptées. Les cloches de l'école allaient très prochainement la rappeler en classe.

À l'angle de l'enclos de quarante hectares se dressait une vaste propriété. Ses fondations, enchâssées dans la roche, englobaient un énorme quai, qui s'enfonçait d'un quart de lieue à l'intérieur des marais. Les murs de la ferme étaient constitués de pierres sèches et surmontés d'un toit en chaume, comme beaucoup de maisons alentour. Une cheminée pointait vers le ciel, où de sombres nuages bas filaient vers l'est, emportant l'air glacé de la nuit vers la chaleur cuisante de l'autre hémisphère.

Nyx souleva le loquet de la porte et entra sans frapper ni se présenter. Dedans, l'obscurité était encore plus compacte et la jeune fille vit son univers se rétrécir, sans que ce fût déconcertant. Elle avait plutôt l'impression de se pelotonner sous une couverture chaude et familière. D'emblée, elle fut assaillie par les traditionnels effluves mêlés de sa maison d'enfance : laine d'un autre âge, bois ciré, braises mourantes, cire dégoulinant des bougies posées devant le petit autel familial. Même les relents de fourrage mis à composter dans deux silos sur les quais s'insinuaient partout.

Les oreilles de Nyx perçurent le mouvement d'un corps et un craquement de bois près de l'âtre rougeoyant.

— Toi, ici, en pleine journée et sans ta canne ? Encore des ennuis, ma grande ? lança son père, amusé.

Elle contempla ses mains vides. Comment nier l'évidence ?

Un léger rire adoucit le jugement de son hôte.

— Viens t'asseoir et raconte-moi.

* * *

Installée sur un siège, dos à la cheminée, Nyx acheva la litanie de ses humiliations et autres angoisses de la matinée. Rien qu'à vider son sac, elle sentit son esprit s'alléger, ses épaules se détendre.

Son père l'avait écoutée en se contentant de tirer sur sa pipe bourrée d'eupatoire rugueuse. La teinture présente dans les vapeurs de cette plante l'aidait à supporter ses terribles rhumatismes mais, bon, son silence était sans doute moins guidé par la gestion de la douleur que par son désir de laisser sa fille parler tout son soûl.

D'un soupir, elle lui fit comprendre qu'elle avait terminé.

Il souffla une longue et amère volute de fumée.

— Laisse-moi traduire. Pour sûr, ton comportement a dû courir sur le haricot de la religieuse chargée de t'instruire depuis trois mois.

Nyx acquiesça en frottant l'hématome que les doigts noueux de sœur Reed avaient laissé sur son bras.

— En même temps, tu as aussi impressionné ta directrice. Ce n'est pas un mince exploit, j'imagine.

— Au mieux, elle s'est montrée compatissante. Et je crains fort que ma maladresse n'ait aggravé la situation. Surtout que j'ai cassé le précieux planétaire de l'école.

— On s'en fiche. Ce qui est brisé peut toujours être réparé. Moi, je dirais plutôt qu'en une seule matinée, tu t'es sacrément bien débrouillée. Encore un cycle de lune, et tu auras bouclé ta septième année d'études. Il ne te restera alors plus qu'un an avant d'arriver au neuvième et dernier degré. Par conséquent, si, pour t'attirer les bonnes grâces de la prieure en personne, il faut contrarier une nonne – une sœur à laquelle, de toute façon, tu vas bientôt dire adieu –, c'est une excellente affaire à mon avis.

Son discours rasséréna Nyx. *Il a peut-être raison.* Elle avait surmonté des obstacles autrement plus redoutables pour accéder en septième année. *Et, aujourd'hui, je suis proche de la consécration.* Espoir qu'elle réprima d'emblée, de peur que le simple fait de le souhaiter ne ruinât ses chances.

Comme s'il avait lu dans ses pensées, le vieux fermier insista sur sa bonne étoile.

— Regarde un peu d'où tu es partie. Un bébé de six lunes qui pleurnichait sur son radeau de fortune. Si tu n'avais pas grogné, on ne t'aurait pas entendue. Gramblebuck aurait continué de tirer le traîneau sans que je te voie.

Elle esquissa un sourire. Le récit de sa découverte en plein marécage était, pour son père, une éternelle source de joie. Il avait deux fils robustes qui, adultes à présent, géraient l'exploitation familiale. Hélas, son épouse était morte en couches en donnant naissance à leur unique fille. Le même jour, il les avait toutes deux perdues.

Il considérait donc sa rencontre avec Nyx comme un cadeau de la Mère, d'autant que rien n'indiquait l'identité de la personne qui avait abandonné le nourrisson, nu et en pleurs, au milieu des marais. Le matelas d'algues sur lequel l'enfant était couché n'était piétiné d'aucune empreinte de pas. Même les fleurs délicates qui l'ornaient n'avaient pas un seul pétale froissé. Nyx avait semblé tomber du ciel pour récompenser un marécagier loyal et travailleur.

Si l'histoire, maintes fois rebattue, faisait la fierté de son père adoptif, pour Nyx, elle était désagréablement mêlée de honte et de colère. Encore bébé, elle avait été vouée à une mort quasi certaine par sa mère, voire ses deux parents, peut-être parce qu'elle était née handicapée, les yeux couverts d'une étrange pellicule blanc-bleuté.

— Oh, comme j't'ai aimée tout de suite ! lâcha son père. Et mon cœur a bien failli exploser quand j'ai appris que tu avais réussi l'examen de sélection pour le Cloistre.

— C'était un accident, marmonna-t-elle.

Il toussa un nuage de fumée.

— Ne dis pas une chose pareille. Dans la vie, rien n'est une simple histoire de chance. C'est plutôt la preuve que la Mère continue de veiller sur toi.

Nyx n'était pas aussi pieuse, mais elle se garda d'objecter.

À l'époque, elle n'avait été qu'une petite bonne chargée de nettoyer l'école. Tandis qu'elle lessivait une salle d'évaluation, elle avait trébuché sur un amas de petites briques – certaines en pierre, d'autres en bois. Elle les avait vite reposées sur une table, mais la curiosité avait été plus forte. En les empilant avec soin, elle avait saisi le mode d'imbrication des différentes formes. C'était ainsi qu'elle appréhendait le monde – autrefois comme maintenant – grâce à la sensibilité de ses doigts. Seule dans la pièce, elle avait commencé à manipuler les briques et, si elle en avait perdu la notion du temps, les cent quatre-vingts pièces du puzzle avaient fini par créer une structure complexe avec des tours crénelées et des murs irréguliers qui formaient une étoile à six branches autour d'un château central.

Absorbée par sa réflexion, Nyx n'avait pas vu les spectateurs se masser autour d'elle. Ce n'était qu'après avoir terminé qu'elle s'était redressée et avait entendu leurs souffles médusés.

Elle se rappelait avoir entendu une nonne demander :

— Depuis quand est-elle ici ?

Réponse de sa voisine :

— Je l'ai quittée lorsqu'elle est entrée avec son seau et son balai. C'était il y a moins d'une heure.

— Elle a construit la cité azantiienne de Hautmont en si peu de temps ? Le délai de réalisation accordé à nos candidats est d'une journée entière. Et la plupart échouent.

— Je vous le jure.

Quelqu'un avait ensuite attrapé Nyx par le menton pour l'obliger à tourner la tête.

— Et vous avez vu le bleu opaque de ses yeux ? Elle est presque aveugle !

On lui avait alors proposé d'entamer sa formation au Cloistre un an avant l'âge requis. Seule une poignée d'enfants de Brayk avait eu jusque-là le privilège d'intégrer l'établissement et aucun n'avait dépassé le troisième niveau. En son for intérieur, Nyx s'enorgueillissait de sa réussite, mais elle avait du mal à garder confiance en elle. À mesure qu'elle gravissait des échelons de plus en plus sélectifs, les autres élèves prenaient un malin plaisir à lui rappeler ses humbles débuts. Ils se moquaient des relents d'ensilage que, prétendument, elle dégageait. Ils raillaient son style vestimentaire rustaud ou sa méconnaissance des bonnes manières. Et puis il y avait ses problèmes de vue, véritable rempart qui la séparait en permanence de ses camarades.

Nyx se consolait dans la joie de son père et, afin de le rendre encore plus heureux, elle suivait ses études avec assiduité. Elle aimait aussi beaucoup apprendre, car elle avait l'impression de s'extirper d'une obscure cave à légumes pour profiter du beau soleil d'été. Des zones d'ombre subsistaient, des mystères restaient à élucider mais, chaque année, elle levait un peu plus le voile sur le monde. La curiosité qui l'avait poussée à manipuler ces briques, dans la salle d'évaluation, l'animait toujours. Elle se renforçait même à chaque passage en classe supérieure.

— Tu iras jusqu'en neuvième année, reprit le vieil homme. Je le sais au plus profond de ma chair.

Nyx se nourrit de sa belle foi en elle et l'y garda au chaud, au fond de son cœur. Elle mettrait tout en œuvre afin de voir la prophétie de son père se réaliser.

Au moins pour lui.

La cloche du rassemblement sonna au loin, sur les hauteurs du Cloistre. Nyx devait être de retour pour ses cours de l'après-midi avant de l'entendre retentir une seconde fois. Le temps pressait.

— Tu ferais mieux d'y aller, ma grande, conseilla son père.

La jeune fille se leva et lui prit la main. Sous la peau fine, elle sentit les muscles noueux qui entouraient des os solides. Elle l'embrassa, posant ses lèvres sur sa joue barbue aussi sûrement qu'une abeille trouverait une fleur de mellianthe.

— Je reviens dès que je peux.

Un peu plus tôt, elle avait juré la même chose à Gramblebuck et elle avait la ferme intention d'honorer sa double promesse.

— Sois bien sage. Et n'oublie pas que la Mère veille sur toi.

Au moment de prendre congé, Nyx sourit de la foi indéfectible du vieil homme à la fois en sa fille et en la Mère du Dessous. Elle espéra qu'il ne se trompait pas – sur aucune des deux.

CHAPITRE 3

Pressée, Nyx reprit le même chemin qu'à l'aller. Seule différence, elle tendait désormais devant elle une baguette éraflée par l'usure, qui lui avait servi dans ses jeunes années et qui était aussi un peu plus courte que celle qu'elle avait oubliée en classe. Au creux de sa main, elle lui faisait néanmoins l'effet d'une vieille compagne confortable. Bien que le trajet n'eût aucun secret pour elle, le soutien et le poids de sa chère canne l'aidèrent à se calmer.

Nyx accéléra le pas. Après ses déboires de la matinée, elle n'avait vraiment pas intérêt à être en retard. Une fois la grille de l'école franchie, elle gravit en trombe les six volées de marches. Elle atteignit le septième étage hors d'haleine mais, au moins, elle était arrivée avant la seconde sonnerie de la cloche du rassemblement.

Soulagée, elle se rua à gauche, loin de l'astronicum où elle s'était couverte de honte. Elle récupérerait discrètement son autre canne plus tard. Chaque matinée d'enseignement était consacrée à la découverte du monde : problèmes d'arithmétique, dissections de biologie, mise en application des équilibres et des mesures. L'après-midi était dévolu à l'étude de l'histoire, des ordres religieux et à la littérature des anciens.

Nyx préférait les cours du matin, où la lecture occupait une place moins prépondérante. En effet, malgré l'agilité de ses doigts, leur pulpe n'était pas assez sensible pour déchiffrer le relief de l'encre dans les ouvrages sacrés et on lui avait affecté un camarade, qui l'assistait dans ses études. Jace avait échoué en cinquième année mais, au lieu d'être renvoyé chez lui, il s'était vu proposer un poste au scriptorium. Sa mission consistait surtout à recopier des textes, mais il était aussi les yeux de Nyx. La journée, il récitait à voix basse ce qu'elle avait besoin de comprendre et, le soir, il venait parfois jusqu'à son dortoir pour l'épauler dans ses révisions.

Elle courut à leur point de rendez-vous habituel. Alors qu'il aurait pu lui compliquer encore la vie, Jace était un modèle de patience et de gentillesse. D'ailleurs, elle le soupçonnait de nourrir envers elle des sentiments qui dépassaient le strict cadre pédagogique. De quatre ans son aîné, Jace paraissait tout de même beaucoup plus jeune que les garçons de septième année. Pour compenser, une petite barbe apportait un peu de rugosité à son visage poupin. Sédentarité oblige, il avait développé une belle bedaine et, dès qu'il s'efforçait de rester à la hauteur de Nyx, sa respiration devenait sifflante. À côté de cela, il savait la faire rire mieux que quiconque et l'aidait ainsi à supporter les cours de l'après-midi.

Nyx se dirigea vers l'entrée voûtée du scriptorium. À l'angle du couloir, elle entendit son ami. Son souffle était plus saccadé, plus oppressé que d'ordinaire, comme s'il avait effectué le trajet au pas de course, lui aussi. Ses vêtements sentaient la chaux, car il avait passé la matinée à préparer des feuilles de vélin.

— Désolée, Jace, je suis en retard. Nous devrions…

Une odeur âpre, métallique lui assaillit les narines. Elle s'échappait de lui chaque fois qu'il expirait. *Du sang*. Troublée, Nyx buta sur quelque chose à terre. Même avec sa canne, elle n'avait jusque-là rien remarqué. Elle chuta et comprit qu'il s'agissait de la jambe de Jace. Pourquoi était-il assis sous l'arcade ? Du plat de la main, elle palpa son corps.

— Un problème ?

Ses doigts trouvèrent le visage du jeune homme, qui haleta de surprise. Elle sentit le sang chaud sous son nez tordu et enflé. À son contact, il vacilla et lui écarta les mains.

— Nyx… ils veulent te faire du mal.

— Qui… ?

Inutile de demander. Elle connaissait la réponse. Un raclement de cuir sur la pierre s'accompagna de ricanements lugubres dans son dos.

— Sauve-toi vite, insista Jace.

Toujours accroupie, l'adolescente était tétanisée d'effroi.

— Ne la laissez pas filer ! vociféra Kindjal.

Aussitôt, Nyx se ressaisit et chercha une issue. Tous les sens en alerte, elle compléta instinctivement son environnement des nombreux râles, chuchotis et frottements qui lui arrivaient aux oreilles. Elle s'éloigna d'une masse sombre à sa droite et fuit le nuage de sueur et d'haleine tiède qui grossissait derrière elle. En même temps, elle resta attentive à ce qui se passait alentour, au cas où un enseignant se fût trouvé dans les parages.

La peur au ventre, elle discerna le timbre familier de sœur Reed dans un couloir latéral.

— … la remettre à sa place. Elle va regretter les coups de fouet.

Une voix haut perchée répondit. C'était le hiéromoine Plakk, en charge des cours de l'après-midi.

— Et la prieure ?

— Les aléas de la pause déjeuner, notamment les querelles entre élèves, ne peuvent pas m'être reprochés. Je prétendrai…

La religieuse fut interrompue par la seconde sonnerie de la cloche du rassemblement.

Le cœur battant, Nyx crut défaillir de terreur. Pendant quelques secondes, une sensation étrange la submergea. L'écho des sonneries déchira les ténèbres, les repoussa au loin et dévoila, avec une clarté inouïe, les murs, les escaliers et les couloirs autour d'elle. Elle se vit sortir de son corps, observa de l'extérieur les silhouettes qui lui fondaient dessus.

D'une volte-face, Nyx esquiva l'une d'elles. Des doigts voulurent agripper sa manche, mais elle ne se laissa pas attraper.

Quelqu'un jura derrière elle.

Byrd.

Elle suivit le chemin révélé grâce aux échos retentissants et s'aida de sa nouvelle capacité sensitive pour fuir. Du bout de sa canne, elle s'assurait également que la voie était libre. Ses ennemis accusèrent vite plusieurs longueurs de retard mais, opiniâtres, la talonnèrent, tel un essaim de guêpes.

Elle arriva au pied de l'escalier du huitième étage que, du fait de son cursus scolaire, elle connaissait moins bien. Elle décida quand même de s'y aventurer. Au fur et à mesure qu'elle grimpait, elle eut l'impression bizarre que sa conscience se scindait en deux. Sa poitrine lui brûlait, son cœur battait à tout rompre, mais elle avait aussi le sentiment de flotter au-dessus de la scène et de s'observer elle-même. Ce n'était toutefois pas le moment de s'attarder sur pareille incongruité.

Nyx traversa l'étage à la hâte. À présent que le carillon s'atténuait, son environnement se referma autour d'elle et elle réintégra son enveloppe corporelle.

— La voilà ! glapit Kindjal.

Terrorisée, Nyx s'enfuit loin du claquement des sandales sur la pierre. Les pensionnaires de huitième année ayant déjà regagné leur classe, l'endroit était désert. Dans l'affolement, elle voulut accélérer, mais son épaule heurta l'arête d'un mur et la fit valser sur elle-même. Par chance, la peur la maintint debout et en action.

Mais où se réfugier ?

Puisqu'elle ne pouvait plus compter sur son incroyable et éphémère appréhension du monde, elle emprunta l'unique route qui lui était familière. Tous les élèves se rendaient un jour au huitième étage en pèlerinage secret. L'aventure s'achevait là où leurs espoirs étaient soit réduits en miettes, soit portés aux nues.

Nyx ne faisait pas exception à la règle. Chaque année, elle avait traversé l'étage à plusieurs reprises pour atteindre l'endroit en question. Elle s'empressa de rejoindre sa destination. C'était le seul itinéraire qu'elle avait mémorisé.

Ses adversaires la pourchassèrent de leurs menaces et de leur rire sardonique.

Arrivée devant une nouvelle volée de marches qui, pourtant, n'était ni plus raide ni plus longue que les précédentes, Nyx s'arrêta net. L'escalier conduisait au neuvième et dernier niveau. Or, seules les personnes dignes de l'Ascension étaient autorisées à monter. Pour les autres, l'accès était strictement défendu. Ses mystères n'étaient réservés qu'à de rares élus et toute violation de l'interdiction entraînait une expulsion immédiate de l'école.

Nyx frissonna. Elle avait passé les sept premières années de sa vie à Brayk, les sept suivantes au Cloistre et là, son existence oscillait désormais entre un avenir brillant et une déchéance honteuse. Malgré l'impossibilité de connaître son destin, elle avait toujours fait de son mieux et espéré le meilleur.

Sauf qu'à présent…

Derrière, les autres approchaient. Byrd vit sa proie hésiter. Il s'esclaffa mais sans pointe d'amusement. Rien que de l'intimidation.

— La voilà prise au piège ! se réjouit-il tout haut. Vous n'avez plus qu'à admirer. Je vais prendre son bâton et lui flanquer la raclée de sa vie. Pendant quinze jours, elle ne pourra plus s'asseoir.

Des gloussements fusèrent, tandis que les autres élèves empêchaient toute tentative de fuite de sa victime.

Nyx sentit soudain qu'on lui arrachait sa canne des mains. Elle chercha à la récupérer mais fut poussée violemment sur le côté.

Un autre camarade incita Byrd à y aller encore plus fort.

— Tu devrais lui fracasser les doigts. Un bon coup bien senti. D'la même façon qu'elle, elle a cassé l'planétaire. Elle aura que ce qu'elle mérite.

Au bord de l'apoplexie, Nyx serra les poings. Elle s'était déjà fracturé un os ou deux à cause d'un faux pas ou d'une mauvaise chute. La douleur ne lui faisait pas peur. En revanche, ses mains étaient autant ses yeux que ses prunelles voilées. Ses paumes connaissaient chaque vibration de sa canne. Le bout de ses doigts lui révélait des détails qui, sinon, lui auraient échappé. On ne menaçait pas uniquement de lui briser quelques os : on voulait l'estropier au point de la rendre davantage aveugle.

Il existait toutefois des sorts encore plus effroyables.

Sur un ton jubilatoire, Kindjal chuchota à son frère :

— Tu devrais plutôt la *défoncer*. T'assurer qu'elle soit renvoyée définitivement de l'école.

Sa suggestion déclencha de nouveaux rires, un peu plus nerveux. Tout le monde connaissait la sanction encourue. Si elle aspirait à l'Ascension, une fille devait être vierge – pure et intacte. Pour une raison obscure, la règle ne s'appliquait pas aux garçons. Non pas qu'il n'y eût pas de fervents rendez-vous galants dans les dortoirs, mais il se passait tout sauf l'acte ultime. Franchir la ligne blanche était synonyme d'exil, à la fois loin de l'école et loin de Brayk. Tel était l'opprobre jeté sur la coupable.

— Je pense qu'une bonne correction suffira, annonça Byrd aussi fermement que possible. Cela remettra la pauvre marécagière à sa place.

— Elle mérite bien pire, se moqua sa sœur. Elle n'est pas des nôtres. On le sait tous. Tu as juste la trouille.

Nyx perçut le sarcasme acide de Kindjal. La fille du haut-maire n'ayant jamais été bonne élève, le bruit courait que son père avait coutume d'acheter son passage en classe supérieure avec des coffres remplis d'or et d'argent. Nul n'osait cependant l'affirmer devant l'intéressée. Pour une raison quelconque, Nyx l'avait toujours agacée, peut-être à cause de ses excellentes notes.

Face aux accusations de sa sœur, Byrd bredouilla, mi-furieux, mi-gêné :

— Ansel, Merkle, tenez-la. Lackwiddle, aide-les, toi aussi.

Son objectif était d'impliquer un maximum de camarades pour assurer l'omerta. Après quoi, il serait facile d'imputer le viol à une amourette qui aurait mal tourné.

Nyx recula d'un pas et ses talons heurtèrent une marche. À son contact, une rage monstrueuse l'envahit et repoussa sa terreur. Un froid glacé éteignit la chaleur de son corps.

Si je dois être exclue, autant que ce soit de mon propre fait.

Elle leva lentement une jambe et la posa sur la première marche. Stupéfaction générale ! Sans y prêter attention, elle gravit une deuxième marche, puis une troisième. Il était hors de question de laisser à Byrd ou à Kindjal le plaisir de lui gâcher la vie.

Le jeune malotru rugit de colère.

Au lieu de fuir sa fureur, Nyx s'en servit comme d'une force pour gonfler ses voiles et l'entraîner vers le haut. Dans son dos, la chaleur des brasiers jumeaux s'intensifiait à chaque pas. Les fumées d'encens balayaient la pestilence de la menace qui grondait en bas.

— Tu ne t'échapperas pas aussi facilement ! tempêta Byrd.

Elle l'entendit se précipiter dans l'escalier. Étonnée par tant d'audace, elle se figea.

Kindjal apostropha son frère. Au ton affolé de sa voix, elle prenait peut-être enfin conscience d'avoir poussé le bouchon trop loin.

— Byrd, non ! Tu ne peux pas.

Il s'arrêta pour la rassurer.

— T'inquiète ! Si je m'attire des ennuis, Père effacera ma dette.

Leur échange fit sortir Nyx de sa sidération. Elle se retourna et, à l'assaut de son destin, elle gravit les dernières marches quatre à quatre.

L'esprit déjà confus, Nyx tâcha de ne pas trébucher en atteignant le dernier étage mais, comme elle ne pouvait s'appuyer que sur des on-dit et des légendes pour s'orienter, elle se sentit vite complètement perdue.

D'après Jace, le neuvième niveau était très différent des autres. Il soutenait un ensemble circulaire de tours qui, chacune, accueillaient différents paliers d'études. Dans la moitié gauche, dont les tours étaient constituées de roche volcanique noire, avaient lieu les cours d'alchimie. De l'autre côté, de resplendissantes tourelles blanches en pierre calcaire de Toucheterre formaient un splendide arc de cercle. C'était là-bas qu'en dernière année, on découvrait les arcanes des ordres pieux et les histoires de l'ancien temps.

Consciente qu'un tel savoir lui serait à jamais proscrit, Nyx ne se soucia ni des unes ni des autres et galopa entre les deux flaques de lumière au centre. Les brasiers luisaient, tels les yeux du Père d'En Haut. Depuis des siècles, ils toisaient les élèves et les mettaient au défi d'approcher, de se pencher vers les merveilles et les horreurs qu'ils recélaient.

Au-dessus des feux, des ombres plus denses tournoyaient dans le ciel, alimentées par un mélange d'alchimies amères et d'encens sacrés. Très vite, Nyx fut submergée par des effluves puissants qui effacèrent tous les détails autour d'elle. Les flammes rugissantes lui cassaient les oreilles. Elles éclipsaient même les silhouettes obscures au profit d'une vaste lumière éblouissante.

Le monde semblait avoir disparu et Nyx flottait dans une clarté incroyable emplie de fumée âcre et de flammes ronflantes. Ne pouvant aller plus loin, elle s'arrêta entre les brasiers et mit un terme à sa fuite effrénée.

Elle tourna le dos aux feux. Elle refusait de se laisser impressionner.

À quelques mètres de là, de lourds halètements couvrirent le vacarme.

Byrd.

— S'il le faut, je te ramènerai en te tirant par les cheveux !

Pour marquer le coup, il frappa violemment la canne de sa proie contre la pierre. Le bois craqua, comme si un os venait de se briser, et Nyx eut l'impression qu'il avait blessé une amie.

Aussi furieuse que désespérée, elle songea à se jeter elle-même dans les flammes afin de contrarier à tout jamais les plans de son ennemi. Seulement, elle avait été élevée par un homme habitué à se faire obéir d'un troupeau de bovins et aussi par des frères inflexibles. Elle leva les bras au ciel, prête à causer le maximum de dégâts avant un funeste dénouement.

Tandis qu'elle s'armait de courage, les derniers mots de son père lui revinrent en mémoire : *N'oublie pas que la Mère veille sur toi.* Elle aurait aimé qu'il dît vrai, surtout à cet instant précis, mais n'avait guère d'espoir. Elle pria néanmoins de toutes ses forces.

Et une réponse arriva.

Sauf que ce n'était pas la Mère du Dessous.

Au moment où Byrd s'élançait vers elle, Nyx sentit se hérisser les poils de sa nuque et de ses bras. Puis elle l'entendit. Un hurlement strident fendit le ciel. Le cri la percuta de plein fouet, l'envahit des pieds à la tête et s'insinua au plus profond de ses os, de ses dents. Ensuite, son corps se transforma en torche vivante. Elle sentit sa peau se couvrir de cloques, ses yeux bouillir. Elle imagina les flammes des bûchers la dévorer, poussées par le mouvement des ailes immenses au-dessus d'elle.

Malgré la douleur, elle parvint à se baisser.

En face, un mugissement – pas celui d'une bête mais d'un garçon – s'éleva.

Il fut coupé en plein élan.

Puis un corps s'abattit sur elle et la fit tomber sur le dos, entre les brasiers. Aussitôt, son feu intérieur s'éteignit, comme soufflé par le poids qui écrasait la jeune fille. Ayant compris qu'il s'agissait de Byrd, elle tenta de se dégager.

Une giclée de sang brûlant arrosa sa gorge et sa poitrine. Avec les doigts, elle tenta de juguler l'hémorragie… et ne découvrit que de la chair à vif, un cou tranché net. Ses entrailles se contractèrent. Byrd avait été décapité.

Elle éclata en sanglots.

Non…

Elle chercha à se libérer du cadavre qui, d'un coup, fut projeté dans le bûcher alchimique. Toujours sur le dos, elle avança sur les coudes et les talons pour se réfugier entre les feux. À gauche, l'amas de chair et de sang se mit à grésiller.

Non…

Une ombre grandit devant elle. Sa jambe gauche fut attrapée et plaquée au sol. La silhouette la dominait de toute sa stature. Une articulation noueuse s'enfonça brutalement dans son ventre, une autre dans son épaule droite. Un jour, Nyx avait été piétinée par une génisse affolée de six cents kilos. Ce qui l'écrasait cet après-midi-là était beaucoup plus lourd, avec des intentions plus claires.

Non…

L'ombre l'enveloppa dans la noirceur infinie de ses ailes et de son corps. Un souffle chaud, mêlant relents de viande et odeur métallique, lui balaya le visage. Des naseaux humides la reniflèrent du sommet de son crâne jusqu'à son cou et s'y arrêtèrent.

Non…

Elle sentit des babines poilues s'entrouvrir… puis la pression glacée de crocs acérés dans sa gorge tendre.

Non…

Les dents s'enfoncèrent de plusieurs centimètres, lui causant une douleur cuisante, suivie d'un engourdissement froid. Le museau collé contre elle l'étranglait. Elle n'arrivait plus à respirer. Le frisson glacé se propagea à tout son corps et envahit ses veines.

Tout à coup, des cris émergèrent du tumulte des flammes.

Le neuvième étage avait enfin pris conscience de l'assaut.

Le poids colossal qui l'étouffait sursauta, ce qui la comprima encore davantage, et, après l'avoir soulevée un instant de terre, il finit par lâcher prise. La malheureuse s'écrasa sur la pierre. Elle sentit sur son visage une onde de chaleur créée par les flammes attisées par de lourds battements d'ailes. La fumée tourbillonnait, charriant des odeurs d'encens suave et de chair brûlée.

À nouveau, Nyx eut l'étrange impression de se dédoubler, de regarder vers le ciel tout en observant son propre corps.

Puis la sensation disparut.

Le froid intense continua, en revanche, de l'envahir. Ses membres étaient si ankylosés qu'elle ne pouvait plus bouger et à peine respirer. Telles des griffes empoisonnées, le givre s'enfonça dans son cœur et la paralysa. D'emblée, tout s'assombrit, outrepassant n'importe quelle forme de cécité. Les sons se fondirent dans un bourdonnement sourd, comme si l'adolescente avait plongé dans l'étang le plus abyssal du monde.

Elle n'entendait plus que les pulsations de son cœur.

Elle assistait à chaque spasme d'agonie.

Non...

Un bruit issu des ténèbres détourna son attention. Des cris lui emplirent la tête – des centaines, des milliers et encore davantage. Le sol trembla sous elle, puis tressauta violemment. Tout s'acheva dans un craquement tonitruant qui la laissa épuisée, à sec. À la suite de quoi, il ne subsista plus qu'un silence épouvantable, bien plus vide que tout ce qu'elle avait jamais connu.

Si elle avait pu, elle aurait pleuré.

Alors, seulement, elle comprit ce qui se passait.

Son cœur s'était arrêté.

Croquis d'archives
de la Chauve-souris de Mýr
(originaire du Poing)

PARTIE II

LA STATUE
SANS RACINES

Joue du marteau
Et cass' l'envloppe,
Sculpt' le soufre
Et vid' la veyne.
Il n'y a qu'anssi qu'on bris' un coer dur,
Qu'on le bris' assez pour le resparer.

— Vieux chant de mineurs

CHAPITRE 4

Rhaif serait mort si sa vessie n'avait pas menacé d'exploser.

L'unique avertissement fut un voile de débris frémissants qui s'éleva du sol crayeux du tunnel. Rhaif aurait préféré imputer l'étrange phénomène à la puissance rageuse de son jet d'urine contre le mur, mais il avait plus de bon sens que cela. Coupé dans son élan par la peur, il se laissa tomber à genoux et posa la main contre le rocher derrière lequel il était allé chercher un peu d'intimité. La pierre vibrait sous sa paume.

Il lorgna la lanterne à huile pendue à sa ceinture. Derrière le verre martelé, la flamme vacillait dangereusement.

Un nœud terrible lui étreignit la poitrine.

Au fond, il entendit d'autres prisonniers tenter de fuir dans une cacophonie de hurlements et de tintements de chaînes. Trop tard. La pierre émit des gémissements sinistres, suivis d'un claquement tonitruant. La secousse fut si forte que Rhaif se trouva projeté en l'air. Un rocher tout proche ricocha même au plafond avant de retomber sur un sol désormais largement fissuré.

Rhaif atterrit sans ménagement sur les fesses et, tandis que la galerie continuait de s'effondrer, il se sauva à reculons. Sa lanterne, heureusement toujours intacte, sautait contre son haut-de-chausses. Devant lui, un énorme pan de toit se détacha et se fracassa en mille morceaux dans un nuage de poussière. Derrière, d'autres lézardes couraient le long du tunnel, de toutes parts.

D'âcres tourbillons noirs l'enveloppèrent, chargés de sable et de craie.

Il toussa pour éviter d'en avaler, se releva précipitamment et prit la fuite. L'éclat vacillant de la lampe contre sa cuisse faisait penser à un papiflamme égaré et affolé au cœur d'une forêt sombre. Il était trop faible pour percer le rideau grisâtre, mais Rhaif continua de galoper, les bras tendus devant lui. À chaque pas, ses fers cliquetaient, comme s'ils voulaient exprimer sa détresse.

Dans la précipitation, sa hanche heurta un affleurement rocheux. Il pivota sur lui-même et du verre se brisa au niveau de sa taille. Quelques tessons perforèrent le tissu pourtant épais de son haut-de-chausses et lui entaillèrent la jambe. Il tressaillit, ralentit et veilla scrupuleusement à garder sa lanterne allumée. Le garde-chiourme était le seul à disposer d'une pierre à briquet.

Hors de question de finir dans le noir.

Rhaif avait vu des détenus se faire punir d'obscurité. Les malheureux étaient contraints de descendre sans leur lampe dans un puits, où ils restaient enfermés des jours durant. À leur sortie, ils n'étaient plus que de petits êtres fragiles et déboussolés. Or, la pire crainte de Rhaif, c'était une vie de ténèbres éternelles. Ses trente et quelques années d'existence, il les avait passées dans les territoires de Guld'guhl, sur la côte orientale de la Couronne, à la lisière d'un monde écrasé de soleil où on ne voyait jamais les constellations. Là-bas, sur de vastes étendues sablonneuses, d'odieuses créatures avaient élu domicile, ainsi que des tribus sauvages qui vivotaient dans le dénuement et la violence. Aussi Rhaif considérait-il la nuit comme une chimère, une noirceur dont il fallait absolument se méfier.

Une fois ressorti tant bien que mal des décombres, il détacha sa lanterne et la leva à bout de bras. La manœuvre était périlleuse, car, à force d'être bousculée, la mèche imprégnée de combustible risquait à tout instant de s'éteindre.

— Reste bien droite, lui murmura-t-il.

À mesure que la poussière se dissipait, l'énorme fracas derrière lui s'apaisa. Les battements effrénés de son cœur se calmèrent aussi. Il vérifia le couloir. L'éboulis, qui s'était arrêté à une centaine de pas, avait enseveli la galerie. Çà et là, des pierres tombaient encore du plafond. Un étai en bois se disloqua si bruyamment que Rhaif recula d'un bond.

Il semblait pourtant que le pire fût passé.

Et maintenant ?

Après avoir éternué si fort qu'il s'en étonna lui-même, l'homme fouilla les environs du regard. Malgré certaines histoires qu'il avait entendu circuler, il ne connaissait pas ce niveau-là de la mine. Quelques heures plus tôt, les prisonniers avaient été arrachés manu militari à la paillasse de leur cellule et, à coups de pied, sous la menace d'un gourdin, on les avait conduits dans cet endroit reculé de la mine de craie. Ils avaient ensuite été descendus à bord d'un chariot vide fixé à des cordages, le tout grâce à un treuil actionné par un bœuf resté à l'extérieur du puits. Selon la légende, il y avait une éternité que ce secteur-là de la mine était désaffecté. D'aucuns racontaient que ses puits et galeries ne donnaient plus rien depuis des siècles, mais les gens croyaient plutôt qu'ils étaient maudits, hantés par des fantômes, tourmentés par des esprits malins.

Rhaif, de son côté, ne s'en était pas inquiété. Des mineurs coinçaient parfois des croûtes de pain dans les interstices de la roche. Des surveillants faisaient de même avec des pièces de monnaie, le plus souvent des pinches en cuivre ou, mieux, un eyrié d'argent. Rien que pour apaiser les esprits.

Lui, non.

Dans les ruelles tortueuses de Lenclume, il avait appris à ne se fier qu'à ce qu'il touchait de ses propres mains ou voyait de ses propres yeux. Tout ce qui était dieux et histoires effrayantes de fantômes ne l'intéressait pas. La vie à Lenclume était déjà suffisamment source d'angoisse. Quand on s'y faisait attaquer la nuit, ce n'était pas par un revenant mais par un bandit qui cherchait à détrousser les plus faibles.

En même temps, l'agresseur, c'était souvent lui.

Lenclume était le port principal de Guld'guhl. Niché le long du littoral, c'était un sordide trou perdu, qui n'avait peut-être de ville que le nom, repaire de coupe-jarrets et de voyous de tout poil. La cité déféquait et suait dans tous les coins, pareil à un être vivant rongé par la pourriture, la puanteur et la déliquescence. Quelle que fût la saison, par tempête ou par beau temps, rien n'y changeait. Sa baie était toujours bordée d'une centaine de voiliers, ses quais ressemblant à un champ de bataille permanent.

Selon le dicton, on ne vivait pas à Lenclume, on y *survivait*.

Rhaif soupira.

Comme cet endroit me manque...

Non pas qu'il nourrissait quelque espoir d'y retourner un jour. Trahi par sa guilde, il avait atterri une centaine de lieues au sud, où il avait été condamné à passer le restant de ses jours au fond d'une mine. Son crime : avoir contrarié la mauvaise crapule, leur cheffe de bande, Llyra hy March. Rhaif trouvait la sanction un peu disproportionnée pour un simple plumage en règle de l'ancien amant de cette dernière, l'archishérif de Lenclume. L'homme avait été une proie trop tentante et Llyra n'était pas du genre à se languir d'amour, encore moins à être fidèle. D'ailleurs, Rhaif en personne avait maintes fois partagé la chaleur de sa couche.

Il secoua la tête.

Encore à présent, il s'interrogeait. S'il avait écopé d'une peine aussi dure, c'était qu'on ne lui avait sans doute pas tout dit.

Peu importe, je suis là.

Mais où était-il au juste ?

Quand la poussière ne laissa plus qu'une légère brume alentour, Rhaif glissa la main vers une poche secrète à l'intérieur de son haut-de-chausses et sortit la boussole qu'il avait subtilisée à un surveillant d'une équipe voisine. Les autres prisonniers avaient été accusés du larcin et, chacun à leur tour, ils avaient perdu un doigt jusqu'à ce que quelqu'un avouât pour mettre un terme à la séance de torture – il prétendît l'avoir jetée, par peur, au fond d'un puits. Personne n'avait pris la peine de fouiller la fange.

Rhaif brandit son butin à la lumière de sa lampe et constata que le fragment de magnétite était pris de frémissements irrépressibles. *Bizarre.* Il avait dérobé la boussole dans le vague espoir de s'évader un jour. Enfin, à la vérité, il avait surtout eu l'occasion de la chiper et n'avait pas résisté à la tentation. Après avoir vécu enterré pendant près de deux ans, un rêve de liberté continuait de lui trotter en tête. Et une boussole *pouvait* se révéler très utile. Si jamais il réussissait à tromper la vigilance de son gardien et à rejoindre une portion abandonnée de la mine, elle lui indiquerait la bonne direction.

Comme maintenant.

Arrêté à un croisement de galeries, il fit lentement un tour sur lui-même et tenta de déterminer le meilleur itinéraire. Il avait très envie de recouvrer la liberté mais tenait aussi à sa peau. Si c'était une condition sine qua non pour survivre, il serait ravi de tâter à nouveau du fouet et du gourdin. La mort était une échappatoire qu'il préférait éviter.

Il finit par choisir un tunnel au seul et unique motif que la magnétite tremblotait un peu moins par là.

— Je m'en contenterai.

Après plusieurs centaines de pas, Rhaif était complètement perdu.

Il avait l'impression de tourner en rond et de descendre doucement vers les entrailles de la mine, comme s'il pénétrait dans sa propre tombe. La boussole ne faisait qu'aggraver sa confusion. A priori aussi désorientée que lui, la magnétite pivotait frénétiquement sur le cadran.

Peut-être que cet endroit est maudit.

De plus en plus fébrile, il emprunta une autre galerie. Son cœur battait dans sa gorge. Au mieux, il lui restait une demi-journée d'huile lampante. Ses oreilles guettaient le moindre signe familier du quotidien de la mine : ordres braillés à tue-tête, concert de marteaux, cris d'un prisonnier qu'on fouettait. Il n'entendait, hélas, que son souffle pantelant et les jurons qui lui échappaient parfois.

Il devait courber l'échine pour ne pas heurter le plafond bas, ce qui était, en soi, déjà assez déconcertant. Comme tous les Guld'guhliens, il avait les jambes arquées et la tête enfoncée dans les épaules. Le soleil semblait leur avoir tapé dessus pour en faire des petits bonshommes trapus, aptes à trimer dans les milliers de mines dont le sous-sol des territoires était truffé – de la forêt pétrifiée de Boisfijé, au nord, jusqu'aux immenses Friches du sud.

Rhaif caressa la paroi et sentit les lézardes de la roche calcaire. Les étais en bois s'étaient fossilisés depuis longtemps, solidifiés par des siècles plongés dans une atmosphère extrêmement riche en minéraux. Et plus Rhaif avançait, plus les fissures s'élargissaient et devenaient nombreuses.

Il leva la tête vers les énormes brèches au-dessus de lui.

Comme il avait l'esprit ailleurs, il trébucha sur des cailloux et perdit l'équilibre. Il faillit casser sa boussole mais se rattrapa avec l'autre main. Sa lanterne dansa violemment contre sa hanche. Haletant, il pria le ciel pour que la flamme ne s'éteignît pas.

Elle vacilla dangereusement mais tint bon.

Il observa l'amas de pierres. Leurs arêtes étaient coupantes et un trou au plafond laissait supposer qu'elles s'en étaient détachées depuis peu. S'il doutait encore de rebrousser chemin vers son destin, Rhaif en avait désormais la preuve concrète.

— Bondedieux, maugréa-t-il à voix basse. Je suis revenu pile sous la zone d'éboulis.

Désabusé, il se releva, épousseta ses vêtements et observa la boussole. La magnétite, qui s'était enfin immobilisée, indiquait le fond de la galerie. Il soupira et y plaça tous ses espoirs.

— Alors, soit.

Une centaine de pas plus tard, au bout de l'étroit passage, il découvrit, hélas, une pente encore plus périlleuse, faite de roche brisée et de sable. Pourtant, la magnétite pointait toujours droit devant, au bas de cette rampe précaire aux cailloux acérés.

Ses doigts se crispèrent sur la boussole.

— Plutôt crever que de m'engager là-dedans.

Davantage exaspéré qu'effrayé, Rhaif pivota sur ses talons d'un air rageur. Au même instant, la maigre flamme de sa lanterne s'éteignit et il fut englouti par les ténèbres.

Non, non, non…

L'obscurité totale lui imposa de se mettre à genoux, puis à quatre pattes. Tremblant, le souffle court, il ferma les paupières de toutes ses forces, puis, refusant d'accepter passivement son destin, il les rouvrit pour tenter d'y voir quelque chose.

— Pas comme cela, marmonna-t-il.

Il roula sur le dos et s'étreignit les cuisses.

Bien que non croyant, il implora le panthéon entier. La Mère du Dessous et le Père d'En Haut, le Fils argenté et la Fille sombre, la Modron voilée et l'éclatant Belenos, le gigantesque Pywll, qui soutenait le firmament, et l'humble Nethyn, enfoui au fin fond de la Terre. Il continua sans oublier personne, récita l'ensemble des litanies et bredouilla toutes les prières apprises sur les genoux de sa mère.

Comme si on l'avait entendu, une lueur apparut en face. Il se frotta les yeux. Au début, il crut que sa terreur lui jouait des tours. Sauf que la lumière ne disparut pas. Peut-être même qu'elle avait été toujours là.

Il se remit à genoux et rampa dans sa direction. Au moment où il agrippa le bord du gouffre, ses mains heurtèrent un rocher, qui se détacha et dégringola au pied de la pente. Le miroitement, d'un bleu pâle nacré, venait d'en bas. Rhaif en ignorait l'origine, mais l'essentiel pour lui était d'avoir trouvé un refuge rassurant en pleine nuit, une rade de lumière au cœur de la sombre tempête.

Dans un cliquetis de chaînes, il laissa pendre ses jambes au-dessus du vide, serra les dents et commença à descendre le long de la côte abrupte. Le parcours était traître, la descente périlleuse. *Mais n'importe quoi plutôt que ces ténèbres infernales.*

CHAPITRE 5

Meurtri de partout, Rhaif glissa au bas de l'éboulement. Il enfonça ses talons tailladés dans les cailloux et s'immobilisa devant une grande plaque de soufre noir récemment détachée. Dix fois plus haute que lui, elle se dressait, tel l'aileron d'un monstrueux requin de Kell.

La lueur émanait de l'autre côté.

Ravalant son appréhension, il écarta quelques mèches de ses cheveux roux collées par la sueur, qu'il coinça sous son chapeau de feutre, et s'accroupit, aux aguets. Le fond de son haut-de-chausses était presque arraché. Rhaif le remonta quand même au maximum et plaqua son gilet en cuir contre sa chemise d'étoffe grossière.

Il ignorait ce qui l'attendait mais tâchait de s'y préparer au mieux.

Une odeur âcre de craie et de combustible brûlés régnait au fond du gouffre. De crainte d'être intoxiqué, il ne prit plus que de brèves inspirations. Il avait déjà vu des camarades descendre à la mine – un puits encore sûr la veille – et faire un malaise, voire tomber raides morts, à cause d'une atmosphère viciée.

Après avoir établi que l'air était finalement respirable, Rhaif se remit en route, contourna l'affleurement de soufre et jeta un œil derrière. Il mit plusieurs secondes à comprendre. Le mur de calcaire brut devant lui faisait penser à un miroir brisé, dont les craquelures s'étoilaient à partir d'un œuf en cuivre ratatiné, posé à son pied. L'œuf, apparemment fissuré depuis longtemps, avait des bords dentelés et noircis.

La lumière provenait de l'intérieur de la coquille.

Rhaif plissa les paupières mais, de loin, on ne discernait aucun détail.

— Allez, va voir, s'exhorta-t-il. Il ne vaudrait peut-être mieux pas…, objecta-t-il aussitôt avec la même force.

Il se mordilla la lèvre, puis hocha la tête en silence et partit à la découverte du mystère. À chaque pas, les relents irritants s'intensifiaient. Le rempart devant lui le laissa bouche bée. Du regard, il suivit les lézardes jusqu'à l'océan de noirceur au-dessus de lui. Une inquiétude grandit.

Serait-ce la cause du séisme de tout à l'heure ?

Au moindre faux pas, tout risquait de s'écrouler sur lui. Il ralentit mais ne s'arrêta pas. Poussé par la curiosité, il ne résistait pas au désir de connaître la vérité. C'était cela ou repartir vers les ténèbres éternelles.

Il continua donc de marcher.

Au moment où il approchait de l'ouverture béante, les parois en cuivre lui parurent polies, sans aucune démarcation et d'une vingtaine de centimètres d'épaisseur. Toujours sur ses gardes, il aperçut quelque chose au bord de l'œuf. Un squelette gisait à moitié enseveli sous la craie, comme noyé dans la roche. Ses ossements n'étaient ni blanchâtres ni jaunis, mais d'un bleu-vert un peu terne. Rhaif le savait, la couleur ne venait pas d'un jeu de lumière mais d'une réaction alchimique causée par les pyrites et les minéraux qui avait imprégné la dépouille depuis de longs siècles.

Il contourna le défunt. En signe de respect – mais aussi de peur de réveiller l'esprit piégé à l'intérieur –, il se toucha successivement le front, les lèvres et le cœur, pour conjurer l'esprit du mort. Lorsqu'il atteignit l'entrée brisée de l'œuf, il eut envie – non, *besoin* – de découvrir ce qui projetait un tel éclat dans l'obscurité.

Il se fraya un chemin sous le linteau de cuivre, tordu et roussi, et pénétra dans le halo lumineux. Ce qu'il vit le tétanisa.

Grands dieux du bas...

L'œuf, qui faisait penser à une bulle de verre soufflée par la divinité souterraine Nethyn, était lui aussi tapissé de cuivre. Sa paroi interne, parfaitement polie, luisait d'un entrelacs complexe de tuyaux transparents et de structures métalliques. Un liquide doré bouillonnait dans les tubes, mais la véritable source de la lumière trônait au fond : une silhouette, debout dans une alcôve en verre, qui ressemblait à une étincelante araignée de bronze sur sa toile.

De quel dieu ou démon s'agit-il ?

Malgré son effroi, Rhaif ne put détourner le regard.

C'était une statue de femme en bronze. Autour de l'ovale séduisant de son visage, ses cheveux étaient tressés à plat. Elle avait un corps de liane et ses mains, plaquées sur son bas-ventre, protégeaient son intimité. Ses seins, à peine suggérés, ajoutaient à sa beauté subtile.

C'était le chef-d'œuvre d'un artiste chevronné.

Rhaif resta surtout fasciné par l'expression du visage. Une grâce cachée émanait des paupières closes, tandis que l'ourlet des lèvres charnues exprimait une tristesse profonde, comme si, d'une manière ou d'une autre, il l'avait déjà déçue.

— Qui êtes-vous ? murmura-t-il.

Dès l'instant où il prononça ces paroles, les yeux de la statue s'entrouvrirent, révélant…

Un cri jaillit derrière lui.

Rhaif se baissa et regarda attentivement à la ronde. De son expérience de voleur il avait gardé des réflexes de prudence et de vigilance très affûtés. Fidèle à son instinct, il se précipita hors de l'œuf et plongea derrière des rochers calcaires situés juste à gauche. Les pierres étaient inhabituellement chaudes au toucher mais il s'y réfugia quand même. La craie à proximité immédiate de l'œuf était noircie, brûlée. Or, son abri de fortune était assez proche de la coquille pour qu'il pût en toucher la paroi bombée. La paume à quelques centimètres, il ne sentit aucune chaleur irradier du métal. Il s'aventura à y poser le bout d'un doigt, puis toute la main, et eut la confirmation que c'était bien froid.

Décidément, les bizarreries s'enchaînent.

Au contact du cuivre, il sentit une légère vibration, mais des cris ramenèrent son attention vers la pente, où une vingtaine de lampes et de torches éclairaient dorénavant le haut de la galerie. On aboya des ordres. Les lumières commencèrent à descendre le long de l'éboulement. Rhaif décida d'attendre et, sous sa paume, les palpitations de l'œuf s'atténuèrent. Même la faible lueur s'évanouit dans la nuit.

De sa cachette, il ne voyait plus à l'intérieur.

Il se rappela la statue en bronze dans son alcôve de verre. Il aurait juré qu'elle avait réagi à sa voix, soulevé les paupières. En même temps, l'idée était si absurde qu'il la chassa de son esprit.

Ce n'était qu'une illusion d'optique.

Bientôt, un groupe arriva au bas de la pente. Rhaif fut ébloui par l'éclat des lampes et des flambeaux. Il veilla à rester le plus discret possible. Par chance, leur attention était focalisée sur l'œuf. Personne n'avait l'air de le rechercher, lui le prisonnier en cavale, comme il l'avait redouté. Dans leur hâte, ses geôliers n'avaient même pas dû s'apercevoir de son évasion.

Deux gardiens bien musclés marchaient en tête. Ils avaient un manteau bleu à capuche, un fouet à la ceinture et brandissaient chacun une lanterne. Derrière eux trottinaient des mineurs réduits en esclavage, un piolet à la main, un marteau sanglé dans le dos, et certains équipés en plus d'une torche.

Ce fut le dernier membre du cortège qui faillit tirer à Rhaif un halètement de stupeur. Sans ménagement, le nouveau venu se fraya un chemin à l'avant. Il était beaucoup plus grand et plus mince que les autres. Ses longs cheveux blanc argenté avaient été tressés, puis noués autour du cou. Il portait un long habit gris au capuchon retroussé. Ses yeux étaient ceints d'un tatouage noir en forme de bandeau, qui figurait la capacité des hommes de son rang à voir ce qui échappait aux autres. En travers du torse, sa grosse cartouchière en cuir clouté était munie de poches carrées, chacune gravée de symboles.

Rhaif se recroquevilla encore davantage.

Aucun mineur entravé n'osait même regarder l'imposant personnage.

Comment auraient-ils pu ?

Ils étaient en présence d'un Confesseur, en chair et en os.

Impossible.

Rhaif n'avait entendu que des rumeurs circuler sur leur secte secrète. On les voyait rarement. Si le bruit courait que les Confesseurs étaient, en général, âgés de plusieurs siècles, celui-là semblait à peine avoir dix ou vingt ans de plus que Rhaif.

— Restez ici, ordonna-t-il avant de pénétrer seul dans l'œuf désormais éteint.

Les surveillants se postèrent de part et d'autre de l'ouverture, tandis que les mineurs, en file indienne, agitaient nerveusement leurs fers.

Le Confesseur entra sans lampe ni flambeau. À l'intérieur, pourtant, des lumières étranges jaillirent. Une douce mélodie résonna, bientôt remplacée par un atroce cri strident. Tout le monde tressaillit et se boucha les oreilles.

Sous la main de Rhaif, toujours posée sur la coquille, le cuivre vibra, puis se calma à nouveau.

Une fumée blanche tourbillonna hors de l'œuf. Alors que d'horribles relents alchimiques incitèrent les autres à s'écarter, le Confesseur émergea enfin du nuage. Malgré sa mine impassible, des gouttes de sueur perlaient à son front.

Il s'approcha d'un surveillant, que Rhaif identifia comme étant le contremaistre des mines.

— Dites à votre équipe de prendre la statue et de me suivre. (Son regard tatoué se durcit.) Et prenez-y bien garde.

— Votre volonté est la nôtre.

Avant de passer son chemin, le Confesseur se pencha vers l'homme. Les mots qu'il lui souffla à l'oreille étaient censés rester secrets mais, de sa cachette, Rhaif entendit tout.

— Ensuite, personne ne doit savoir.

Il balaya les prisonniers du regard.

Le contremaistre posa la main sur le fourreau du poignard recourbé pendu à sa taille.

— Message reçu.

Rhaif se tapit dans son abri. Il était troublé mais certain d'une chose.

Je ne devrais pas être ici.

* * *

Le temps que la déesse en bronze fût extraite de sa coquille et acheminée au sommet de la pente perfide, Rhaif sentit ses genoux s'ankyloser. Il fallut le concours des six détenus, trois de chaque côté, pour hisser la statue à l'entrée du tunnel. Le Confesseur resta auprès d'eux, tandis que le contremaistre fermait la marche, son fouet à la main.

Un deuxième surveillant, dénommé Muskin, montait la garde devant l'œuf et ses secrets. Rhaif ricana. C'était sa boussole qui dormait sagement dans sa poche. Le geôlier, qui s'était amusé à sectionner les doigts de ses prisonniers pour se venger du vol, était allé jusqu'à cautériser leurs plaies avec un tison chauffé à blanc et il avait tranché la gorge du détenu qui avait fini par avouer.

Alors qu'il aurait pu être tenu en partie responsable du calvaire que ses camarades avaient enduré par sa faute, Rhaif ne se reprochait ni les actes de torture ni l'exécution, car, pour un larcin aussi dérisoire, le châtiment avait été d'une cruauté indicible. *Même ici.* Rhaif avait cru que Muskin penserait avoir rangé sa boussole au mauvais endroit ou l'avoir perdue. Il ne s'expliquait pas le plaisir sadique que ce dernier éprouvait à faire souffrir les autres, à marquer ses subalternes au fer rouge.

Rhaif guettait l'occasion de s'enfuir. Une à une, les lueurs moururent au fond de la galerie supérieure, jusqu'à ce que le monde se cantonnât de nouveau au halo de la lanterne de Muskin. Contrarié d'avoir été laissé sur place, qui plus est au milieu d'ombres oppressantes, le surveillant faisait les cent pas devant l'œuf. À voir ses regards inquiets et la manière dont il sursautait au moindre crissement de sable, à la moindre pierre qui se détachait des parois de la salle, Muskin redoutait autant que lui la menace des ténèbres.

Enfin, le stress commença à presser sur la vessie du garde-chiourme. Les signaux d'alerte étaient clairs, de l'agitation grandissante de ses pas au fait de se toucher les parties intimes. Il poussa un juron et se dirigea vers l'autre face de l'œuf en grognant.

Rhaif attendit d'entendre le jet d'urine, assorti d'un gémissement de satisfaction. Il se faufila ensuite hors des rochers et, avec toute la discrétion d'un voleur expérimenté, il rampa jusqu'à sa cible. Sans émettre un seul cliquetis de chaînes, il s'arrêta dans son ombre.

Le manche du poignard de Muskin dépassait de son étui.

Dépêche-toi.

Sauf que Rhaif, s'il avait assisté à moult meurtres, n'avait encore jamais tué personne. D'un autre côté, il était bien conscient que seul un geste meurtrier lui permettrait de fuir. Il ne pouvait pas risquer de voir les autres ameutés par les cris du contremaistre.

Il s'arma de courage et tendit la main.

Soudain, un grondement résonna derrière lui. Des cailloux roulaient doucement au bas de la pente. Muskin frémit et fit volte-face. Son jet d'urine éclaboussa partout, encore plus lorsqu'il aperçut Rhaif planté devant lui.

Le surveillant attrapa son fouet, pendant que Rhaif courait lui chiper son poignard. Tous deux étaient parés au combat. Muskin s'empourpra de colère. Son torse se gonfla pour hurler de toutes ses forces. Il n'y avait plus une seconde à perdre. Prompt à la détente, Rhaif lui sauta à la gorge. Muskin, toujours déstabilisé, tenta de parer l'attaque.

Raté.

Rhaif lui enfonça la lame en travers du cou. La pointe ressortit de l'autre côté.

Lorsqu'il vit qu'il avait fait mouche, il recula d'un bond.

Muskin lâcha son fouet. Il tapota la dague enfoncée dans sa gorge… et trébucha à genoux en laissant échapper un gargouillis. Ses yeux s'écarquillèrent, à la fois de stupeur et de lucidité.

— Dés… désolé, bredouilla Rhaif, tremblant.

Certes, le surveillant méritait une mort sanglante, mais il aurait préféré qu'un autre s'en chargeât.

L'agonie de Muskin sembla s'éterniser, son sang formant à présent une mare. Sa poitrine se soulevait à intervalles réguliers. Sans ciller, Rhaif fixa sa victime jusqu'à ce qu'elle rendît l'âme après un ultime râle.

Il prit encore trois respirations avant d'oser approcher. Un peu plus loin, le crâne bleuté pointait ses orbites vides vers lui. Il effleura du bout des doigts son front, ses lèvres, son cœur. Cette fois, moins pour chasser les mauvais esprits que pour trouver la force de suivre son plan.

— Allez, du nerf, s'encouragea-t-il à mi-voix.

Il fouilla le cadavre et trouva la clé des fers qui lui entravaient les chevilles. Comme les mineurs changeaient souvent d'équipe, les cadenas étaient généralement identiques. Il fut soulagé d'entendre les chaînes tomber à ses pieds et eut l'impression de s'être allégé d'au moins cinq cents kilos.

Galvanisé, il délesta Muskin de son manteau d'uniforme bleu et se servit de son outre pour rincer un maximum de sang. Après quoi, il troqua ses vêtements contre ceux du surveillant, y compris les bottines, qui dissimulèrent ses chevilles bardées de cicatrices.

Alors qu'il allait ramasser la lanterne, un détail essentiel lui revint en mémoire.

Il rebroussa chemin vers ses propres habits et récupéra la boussole. Au moment de la ranger dans la poche même où il l'avait dérobée, il constata que la magnétite n'indiquait plus l'œuf : elle montrait le tunnel par lequel on avait emmené la femme en bronze.

Étrange.

Rhaif gravit à son tour la côte avec précaution.

Arrivé en haut, il se fia aux empreintes de bottes et de pieds nus. La piste, qui finirait par le conduire à la mine proprement dite, était facile à suivre, mais il ne se pressa pas pour autant. Il n'avait aucune intention de rattraper le groupe. Au contraire, dès qu'il aurait retrouvé ses repères, il emprunterait un autre itinéraire. Grâce à son nouvel accoutrement, le visage soigneusement à couvert, il allait tenter de s'évader.

En cas d'échec, c'était la mort assurée – et une fin encore plus effroyable que celle de Muskin. Comme tout le monde, Rhaif connaissait le châtiment infligé aux prisonniers qui cherchaient à s'échapper. La première fois qu'on l'avait amené aux mines de Craie, il avait remarqué, de part et d'autre de l'entrée, les rangées de cadavres en décomposition qui, empalés du fondement jusqu'à la bouche, se faisaient grignoter par les oiseaux.

Aiguillonné par l'abominable souvenir, il dut se forcer à ralentir. Ce n'était franchement pas, pour Rhaif, le moment de croiser les surveillants – les seigneurs des mines. Même travesti, il lui faudrait user de discrétion et d'artifices s'il voulait s'enfuir en toute sécurité.

Au fil des galeries, il se représenta sa liberté, tout ce qu'elle impliquait. Néanmoins, le visage serein de la déesse en bronze ne cessait de le hanter.

— Ce n'est pas mon affaire, dit-il comme pour se convaincre.

En son for intérieur, il en était beaucoup moins sûr.

CHAPITRE 6

Rhaif n'avait jamais été aussi heureux d'entendre claquer un fouet.

Un cri de douleur retentit dans l'obscurité. L'avertissement était clair : le chantier d'excavation n'était plus très loin. Le fugitif vérifia son uniforme et rabattit la capuche sur son visage.

Enfin...

Il suivait la piste des autres depuis au moins deux heures. D'ailleurs, le dernier repas de la journée ne devrait plus tarder. En général, on leur servait du gruau véreux, des croûtes de pain et parfois un bout de fromage dur comme du bois, voire l'écorce d'un melon qui restait après qu'on eut nourri les bœufs. L'estomac vide de Rhaif se plaignit pourtant de rater le coche.

— Cesse de gargouiller. Je te nourrirai plus tard.

Avec précaution, Rhaif réduisit au maximum la flamme de sa lanterne. Dans l'ombre qui régnait désormais en maître, il n'avait plus une seconde à perdre.

Si, effectivement, l'heure du dîner approchait, des centaines de geôliers parqueraient bientôt ses codétenus en cellule, puis ils regagneraient la surface, ne laissant qu'à une poignée d'entre eux la charge de surveiller les fosses.

Rhaif avait la ferme intention de s'éclipser avec eux.

Le groupe de tête contourna scrupuleusement le cœur en effervescence de la mine. À l'évidence, le Confesseur ne voulait pas se faire repérer, encore moins attirer l'attention sur l'objet mystérieux qui avait été extrait de l'œuf métallique.

Pour l'instant, cela convenait à Rhaif.

Le concert de grincements et de grondements s'intensifia. Très vite, un fracas de marteaux résonna, discordant et arythmique, entrecoupé d'ordres aboyés et de ricanements. Il était vaguement couvert par la cacophonie des roues qui crissaient sur les rails et des sifflements stridents en provenance des nombreux puits de mine, où des wagonnets entiers de roche calcaire et de charbon étaient hissés à l'extérieur ou redescendus vides.

À force, Rhaif ne le remarquait presque plus, un peu comme les battements de son cœur. Là, si. En quête de repères pour s'orienter, il guetta la moindre note de cette sombre chorale de misère et d'épreuves.

Il pensait avoir deviné où il était. Ses narines étaient chatouillées par l'odeur du soufre qui brûlait dans les énormes brasiers extérieurs et ne se diffusait qu'à proximité du puits principal.

Je ne dois pas être loin.

Sa mâchoire se crispa. D'un instant à l'autre, le cadavre de Muskin risquait d'être découvert. Auquel cas, les cloches sonneraient à toute volée et l'ensemble des puits serait cadenassé ou placé sous étroite surveillance. Après quoi, de féroces thylassaures seraient lâchés et, les naseaux dilatés, ils remonteraient la piste sanglante jusqu'à éperonner leur proie.

À savoir, moi.

Rhaif vérifia son manteau. La tache de sang avait bien séché, au point de devenir presque invisible sur du bleu foncé. Avec leur flair hors pair, les thylassaures ne se laisseraient, hélas, pas berner. Il ne pouvait tergiverser plus longtemps.

C'est maintenant ou jamais.

Il serra le poing et bifurqua dans la première galerie qui s'enfonçait au cœur de la mine. Au détour du virage, toujours obnubilé par son problème de sang, il se heurta à deux imposants surveillants.

Pris de court, il trébucha en arrière… mais sentit qu'on lui agrippait l'épaule et qu'une main couverte de cicatrices attrapait son manteau. Persuadé d'avoir été démasqué, il garda la tête basse.

— Toi, viens avec nous, ordonna l'un des gardiens.

Et il se remit en route, traînant Rhaif dans son sillage.

L'imposteur tâcha d'esquiver.

— J'ai… lâché mon équipe et j'allais remonter à la surface.

— Ça attendra, répliqua l'autre geôlier. On a encore du pain sur la planche.

Rhaif fut relâché. Comprenant qu'il devait les suivre, il s'exécuta de mauvaise grâce. Peu après, il retrouva la galerie qu'il avait quittée au départ.

Mon destin est apparemment de fouler ce chemin.

Les surveillants, qui n'avaient pas l'air plus ravis que lui de leur supplément de besogne, maugréaient entre eux.

— Au fait, c'est quoi tout ce raffut, Hrahl ?

— Bah ! Mieux vaut ne pas se montrer trop curieux, Berryl.

Rhaif regretta de ne pas avoir eu la même sagesse d'esprit.

Berryl se pencha en avant.

— C'est vrai que des Confesseurs rôdent dans les parages ?

— Qu'est-ce que je viens de dire ? s'agaça son collègue.

Avec leur tignasse noire, leur nez épais, leurs lèvres charnues et leurs yeux plissés par de longues années à se protéger du terrible soleil omniprésent, on aurait dit des jumeaux. Seul le tracé de leurs multiples cicatrices permettait de les différencier.

La mère de Rhaif était née de l'autre côté des mers, dans les forêts montagneuses d'Ennuage. Il n'avait d'elle que de vagues souvenirs. Femme svelte à la chevelure flamboyante et au teint pâle, elle n'avait rien à voir avec les autochtones de ces territoires, leur carrure imposante et leur peau brunie par le soleil. Métisse, Rhaif était légèrement plus grand et plus mince que les Guld'guhliens de souche. Ses cheveux auburn tiraient vers le roux, ses traits étaient moins taillés à la serpe. Cerise sur le gâteau, il avait hérité de l'agilité et de la rapidité de sa mère. Voilà pourquoi la guilde l'avait recruté très jeune. *Aussi insaisissable qu'une anguille enduite d'huile*, disait Llyra, conquise tant par son physique que par ses aptitudes.

— La ferme, maintenant, avertit Hrahl, l'index pointé devant lui.

Derrière leurs deux silhouettes massives, Rhaif ne voyait rien, mais il entendit des voix émaner de la galerie. À son timbre grave, il reconnut le Confesseur, accompagné du servile contremaistre de la mine.

Au fond de lui, il tressaillit.

Jamais je ne serai débarrassé de ces crevouillards.

Le contremaistre les apostropha.

— Vous deux, embarquez-moi ces gars jusqu'aux cellules là-haut. Vous m'y attendrez avec eux.

Un cliquetis de chaînes annonça l'arrivée des mineurs condamnés. Rhaif se remémora la consigne que le Confesseur avait chuchotée en secret au contremaistre. Il aurait voulu leur crier qu'ils étaient en danger, mais à quoi bon ?

Juste à me faire tuer, moi aussi.

Un grommellement approbateur aux lèvres, Hrahl et Berryl se précipitèrent vers les prisonniers, exposant Rhaif à l'attention du contremaistre et du Confesseur. Il garda la tête baissée, ce qui pouvait se justifier par la présence exceptionnelle d'un personnage aussi sacré, quelqu'un qui avait accédé au rang de Hautcryste à la fois en alchimie et en études religieuses.

Même les deux frères passèrent rapidement devant lui en évitant son regard.

Le contremaistre tourna les talons en lançant à Rhaif :

— Toi, suis-moi.

La statue en bronze avait été installée à l'horizontale sur un chariot à roulettes. Penché au-dessus d'elle, le Confesseur faisait planer ses mains à quelques centimètres du corps doré, comme s'il se réchauffait à un feu.

Il finit par se redresser et pivota suffisamment pour laisser voir le bandeau tatoué au niveau de ses yeux.

— Suivez-moi, leur somma-t-il avant de s'engager dans un couloir adjacent. Et soyez vigilant, maistre Keel.

Le chef des gardiens fit signe à Rhaif de le rejoindre.

— Ramène tes miches.

Conscient qu'il ne pouvait pas refuser sans éveiller les soupçons, Rhaif s'empressa d'obéir. Le chariot était muni de poignées à l'avant et à l'arrière.

Ensemble, ils s'enfoncèrent dans le tunnel, Rhaif tirant le chargement à reculons et Keel le poussant.

* * *

Au bout de quelque temps, Rhaif se sentit de nouveau attiré par la statue. Il observa sa silhouette intacte, sans une once de ternissure. Il était impressionné par les courbes et la souplesse gracile de ses formes. Son attention ne cessait de revenir vers son visage. Il se rappelait la sérénité de ses traits, même si, sous cet angle, la dame avait l'air moins apaisée. Son front parfait n'était pas froncé, mais on y aurait presque pu discerner un pli d'inquiétude. Quant à ses lèvres pulpeuses, elles paraissaient plus fines. Il scruta plus particulièrement les paupières. Il avait cru les voir s'entrouvrir. Or, là, elles étaient bien scellées, soudées même, sans aucun interstice apparent.

Il remarqua ensuite des détails plus subtils. Les cils délicats étaient figurés par de fines fibres métalliques, plus sombres. Même les cheveux, qu'il avait pensé tressés d'un seul tenant, étaient constitués d'un entrelacs complexe de filaments en bronze.

Cela n'avait, selon lui, aucun sens.

Pourquoi un tel niveau de détail ?

Sa rêverie fut interrompue quand le chariot heurta une aspérité du sol.

— Fais gaffe ! s'énerva Keel. S'il lui arrive le moindre pépin, je te fais la peau.

Rhaif marmonna quelques mots d'excuse et se concentra sur le trajet pour guider le chariot le plus en douceur possible. Il s'aperçut alors qu'il était de nouveau perdu. Le Confesseur les entraînait dans un dédale de couloirs de plus en plus étroits, une section de la mine dont Rhaif ignorait l'existence.

Aux murs, le calcaire blanchâtre avait cédé sa place à une roche d'un noir brillant. On n'y distinguait aucune marque de pioche ou de burin. Le tunnel semblait être moins le résultat d'un forage que d'une fusion du minerai.

Où sommes-nous ?

Rhaif se risqua à jeter un œil à Keel. Même le contremaistre paraissait déconcerté, aux abois, comme si lui non plus n'avait jamais mis les pieds là-bas.

Le Confesseur s'arrêta devant une porte en bronze. Des incrustations de diamant noir y formaient un aspic enroulé sur lui-même et couronné d'épines. Tout le monde connaissait le symbole du serpent à cornes, emblème du funeste dieu Ðreyk. À cette vision, Rhaif se raidit.

Le Confesseur actionna l'énorme battant. Si les membres de la secte vivaient en reclus, une légende circulait sur l'existence, au sein de leur ordre, d'une cabale : les Iflelen, qui se seraient adonnés aux arts interdits, à la magie d'un autre temps, aux sortilèges les plus sombres et à des alchimies plus noires encore.

On racontait que les Iflelen vénéraient Ðreyk et, par conséquent, son serpent à cornes. Dans leur culte, il était question de rituels sanglants, de feux sacrificiels et d'appels aux démons.

Rhaif aurait voulu prendre ses jambes à son cou. Au lieu de quoi, il croisa le regard sévère de Keel. La semonce muette du contremaistre était claire.

Un geste, et tu es mort.

— Installez la statue au centre, ordonna le Confesseur.

Rhaif voulut se dérober mais, d'un coup de chariot, Keel l'obligea à avancer. Acculé, l'imposteur tira la sculpture à l'intérieur d'une salle circulaire au plafond en coupole. Toutes les parois avaient été polies de manière à constituer un éblouissant miroir à mille facettes. On avait l'impression de pénétrer dans l'œil d'un taon.

Les reflets furent d'autant plus troublés que des silhouettes s'approchèrent et contournèrent le chariot. Leurs mouvements, répétés à l'infini sur les pans du miroir, avaient de quoi donner la nausée.

Rhaif se concentra sur la statue mais, du coin de l'œil, il discerna un ondoiement de longs habits et des visages tatoués d'un bandeau noir.

D'autres Confesseurs.

Leur guide rejoignit trois camarades, avec lesquels il échangea dans une langue inconnue. Beaucoup plus âgés que lui, ils avaient la peau grêlée et fripée. L'un d'eux semblait même totalement décharné.

Un homme, qui se tenait jusque-là en retrait, s'avança.

Les doigts de Rhaif se crispèrent sur la poignée du chariot.

Les dieux m'ont maudit, c'est certain.

Le dernier arrivant était un grand brun au visage souligné par une barbe bien taillée et lustrée. Il portait un pantalon de soie, des bottes cirées et un gilet en cuir brodé. L'épée à sa ceinture était ornée d'un pommeau dont l'inestimable diadème en roche météoritique dépassait du fourreau.

Deux ans auparavant, Rhaif avait tenté de la dérober. Il baissa la tête et tira sur les coins de sa capuche. L'archishérif de Lenclume ne se souvenait peut-être pas de lui, mais Rhaif n'avait aucune envie de tenter le diable.

Qu'est-ce que Laach fiche à Craie, à cent lieues de Lenclume ?

Il obtint un début de réponse quand l'homme de loi s'approcha du chariot.

— Je ne comprends pas. Comment cet objet de malheur pourrait-il endiguer la guerre qui menace d'éclater ?

Rhaif fronça les sourcils. Avant son exil forcé, les tensions étaient déjà fortes entre le royaume de Hálendii au nord et les Klashe du Sud. En deux ans, la situation avait donc empiré.

Un membre de la secte tenta de répondre.

— Il va nous falloir l'étudier de plus près, mais ce que nous avons fini par déterminer…

Il fut interrompu par le jeune Confesseur.

— Oublions les conjectures et autres spéculations, Skerren. Jusqu'à ce que nous en sachions davantage.

Son interlocuteur tiqua un peu mais s'inclina.

— Oui, jusqu'à ce que nous en sachions davantage. Tu as raison, Wryth.

Wryth, qui était manifestement le chef, s'adressa à son deuxième confrère.

— Maintenant que nous en avons eu la confirmation, va préparer le nécessaire.

— Nous avons déjà consacré une sanguinette, acquiesça l'intéressé avant d'interpeller son voisin. Nous la ramenons ici.

— Parfait.

Pendant que les deux érudits se dirigeaient vers une petite porte au fond, Wryth, le regard rivé à la statue, s'adressa à l'archishérif Laach.

— Ce qui nous a attirés sur le site, ce sont des mouvements détectés il y a sept jours.

— Pourquoi n'en ai-je pas été informé sur-le-champ ?

— Nous voulions d'abord être certains. Le hasard de vos pérégrinations dans la région a fait que vous êtes arrivé ici à point nommé. Sans parler du tremblement de terre au moment précis de votre entrée dans la mine. Si votre présence a bien joué un rôle décisif, cela laisserait entendre que le Seigneur Ðreyk vous tient en grande estime.

Laach se redressa. À Lenclume, tout le monde savait qu'il avait une très haute opinion de lui-même et qu'il aimait se gargariser de louanges. Sa petite moue suggéra néanmoins qu'il n'était pas très à l'aise avec ce genre d'honneur-là.

Il était rarement de bon augure d'éveiller l'intérêt d'une divinité aussi intraitable.

L'archishérif ravala sa salive et montra la statue.

— Que proposez-vous d'en faire maintenant ?

— Un simple test, censé confirmer ou infirmer la véracité de textes ancestraux.

— Et ensuite ?

— Nous aurons besoin d'au moins une lunaison, voire deux, pour savoir si notre relique a plus qu'une valeur simplement intellectuelle.

La porte du fond se rouvrit et les deux Confesseurs revinrent accompagnés d'un Gyn immense, qui dut se baisser pour entrer. Avec son crâne chauve et son visage taillé à la serpe, on aurait dit un rocher auquel il aurait poussé des bras et des jambes. Pour tout vêtement, le serviteur ne portait qu'un pagne. Ses muscles se dessinaient sous la toison épaisse de son torse et de ses cuisses. Rhaif n'avait pas souvent croisé de membres de cette tribu originaire des steppes septentrionales d'Aglerolarpok, à l'extrême ouest du royaume. Les Gyn, dont on aimait dire qu'ils avaient l'esprit un peu lent, étaient en général cantonnés aux corvées les plus pénibles, mais l'homme en face d'eux était marqué dans sa chair de plus d'une centaine de cicatrices de brûlures, preuve qu'il avait aussi enduré de vieilles alchimies de contrôle et de soumission.

Le colosse poussait un chariot à roulettes deux fois plus gros que ceux réservés au transport du minerai. Dessus, un ensemble complexe de structures en acier, en bronze et en cuivre faisait penser à une étincelante ville miniature. Chaque élément était inextricablement relié à son voisin par un labyrinthe stupéfiant de tuyaux en cuivre. À l'intérieur, des engrenages, peut-être actionnés par la magie ou par l'alchimie, semblaient suivre une espèce de mise en scène ésotérique.

À l'arrière, un élixir doré bouillonnait dans un grand cylindre en verre. Le spectacle rappela à Rhaif le fluide qui circulait à l'intérieur de l'infernal œuf géant.

Là, en revanche, il n'en émanait ni lumière ni éclat quelconque.

Le Gyn et les deux Confesseurs s'avancèrent. Alors, seulement, Rhaif découvrit le cœur du dispositif. Une jeune fille, à peine sortie de l'enfance, était couchée sur le dos, enchâssée au sein de la monstrueuse machine, comme si elle constituait les fondations même de cette cité de l'horreur. Et ce n'était pas le pire.

Rhaif haleta d'effroi et eut un irrépressible mouvement de recul. Sa réaction passa toutefois inaperçue, car Keel tressaillit aussi. Même l'archishérif blêmit et porta la main à sa gorge.

Le Gyn aligna le chariot le long du socle de la statue.

Rhaif aurait voulu regarder ailleurs, mais il était paralysé par le désarroi. La jeune fille avait une fenêtre découpée dans la poitrine, d'où on voyait son cœur battre et ses poumons se gonfler à intervalles réguliers. Un tube dans sa bouche était relié à des soufflets qui, en action, rappelaient ceux d'une forge.

Unique et maigre source de réconfort : la pauvre enfant semblait être partie du monde – vivante mais plus là. Ses yeux vitreux fixaient d'un air absent le plafond en coupole. Ses membres ne luttaient pas contre leurs entraves métalliques.

— C'est… c'est quoi ? bredouilla Laach.

Intégrant peu à peu l'ignominie de la scène, il avança d'un pas.

— Une sanguinette, expliqua Wryth. Vous n'avez pas besoin de comprendre. D'ailleurs, rares sont ceux qui comprennent en dehors de notre cercle. Sachez juste qu'elle va servir au test dont je vous ai parlé.

Il alla manipuler quelque chose derrière le grand cylindre. Aussitôt, une masse sombre envahit le fluide doré et s'y déploya en tourbillonnant. Le cœur exposé de la jeune fille battit plus fort, comme saisi de panique.

Rhaif se focalisa sur le cylindre en train de s'obscurcir.

Du sang.

Pompé du propre cœur du cobaye vers le réceptacle.

Les Confesseurs assistèrent à l'expérience en chuchotant dans leur langue ésotérique. Parfois, ils désignaient la jeune fille du doigt ou ils venaient l'observer plus près. Bientôt, le cœur ralentit et finit par n'être plus agité que d'un léger frémissement, avant de s'arrêter complètement. Les poumons se vidèrent et se rabougrirent au fond de la poitrine.

Wryth acquiesça d'un air satisfait, puis revint à l'avant, muni d'un énième tuyau connecté au cylindre. Aidé de Skerren, il enfonça son tube dans le nombril de la statue.

D'un coup de menton, il donna ensuite le feu vert à un autre Confesseur, qui actionna un levier.

Avec un gémissement inquiétant, le cylindre envoya son élixir à l'intérieur du tuyau, puis dans les entrailles de la sculpture. Une fois l'opération achevée, et sans quitter la statue des yeux, Wryth ôta le tube, qu'il reposa sur le chariot.

— Qu'est-il censé se produire ? demanda Laach.

— Patience, murmura le Confesseur. Cela ne devrait pas tarder.

Alors qu'il retenait son souffle, Rhaif vit le bronze s'éclairer d'une lueur infime, si subtile qu'il sembla être le seul à le remarquer. Personne d'autre ne réagit.

Interloqué, il voulut s'écarter mais craignit d'éveiller les soupçons.

L'étrange lueur parut réchauffer l'être inanimé. Le métal avait beau rester dur, immobile, le reflet des lanternes à sa surface miroitait et dansait, réfractant la lumière dans un camaïeu resplendissant de cramoisis, d'azur et d'émeraude, telle une flaque irisée ondoyant sur l'eau.

Des halètements s'échappèrent enfin de l'assistance. Certains s'approchèrent, d'autres préférèrent se mettre en retrait.

Rhaif ne bougea pas d'un millimètre.

Une des mains croisées de la statue se détacha de son corps, jusqu'à ce que le bras fût complètement tendu.

Éberlué, tout le monde recula, sauf Rhaif, qui resta hypnotisé par ce spectacle incroyable. Il se rappelait avoir vu les paupières de bronze s'ouvrir quelques heures auparavant. Comme réveillées par le souvenir, elles battirent de nouveau, éclairées de l'intérieur par une lumière dorée.

Je n'avais pas rêvé.

La tête métallique pivota légèrement de côté.

L'archishérif s'écarta, comme pour éviter l'étrange regard. Il embrassa le bout de ses doigts et s'effleura les oreilles en vue de conjurer le mauvais sort.

Rhaif, qui avait soudain très envie de voir derrière le halo doré, observa la statue en silence. Hélas l'éclat des prunelles s'affadit et les paupières se refermèrent. Le bras retomba sur le flanc. Toute la magie parut s'évanouir. Même le chatoiement iridescent sur l'eau laissa place à un bronze terne.

Pendant plusieurs secondes d'effarement, personne n'osa ni bouger ni ouvrir la bouche.

— Qu'est-ce que c'était ? pépia l'archishérif d'une voix anormalement perchée. Quel genre de démon avez-vous appelé à l'intérieur de cette coquille ?

— Pas appelé, rectifia Wryth. *Réveillé.*

— Et quelles sont vos intentions ?

La réponse de Wryth résonna d'une sombre avidité.

— Avant de le dire, nous aurons sans doute besoin d'une lunaison ou deux. Et aussi d'innombrables autres sacrifices de sanguinettes.

Rhaif lorgna la défunte et frissonna sous son manteau.

Livide, le regard noir, Laach était à la fois furieux et terrifié.

— Je ne vais pas poireauter ici pendant des semaines. J'ai d'autres affaires à régler à Lenclume.

— Oh, je vous en prie, retournez à vos obligations. Nous nous débrouillerons. Je vous enverrai un corbeau voyageur pour vous tenir informé de nos avancées. Il nous reste beaucoup à étudier.

— Eh bien, soit.

Pressé de quitter les lieux, l'archishérif se dirigea d'un pas raide vers le fond de la salle.

Rhaif s'interrogea.

Cette porte offrirait-elle une autre issue secrète hors des mines ?

Il n'eut pas le temps d'approfondir sa réflexion que le Confesseur Skerren reprit :

— J'aimerais aller examiner l'endroit où notre relique est restée cachée si longtemps. Cela nous aiderait à mieux comprendre comment procéder.

Les autres émirent un murmure d'approbation.

— Je te garantis que cela mérite le voyage, confirma Wryth. Moi, j'ai été contraint de me dépêcher. Or, la hâte est l'ennemie jurée de la connaissance.

Malgré une impassibilité de façade, Rhaif sentit son torse se serrer. Au souvenir de l'œuf en cuivre et du cadavre gisant tout près dans une mare de sang, il pria le ciel pour que l'expédition fût repoussée au lendemain.

Wryth torpilla vite ses espoirs.

— Je t'y emmène de ce pas. Je suis moi-même impatient de l'étudier davantage.

Le Confesseur rebroussa chemin vers la porte principale, entraînant les autres dans son sillage, y compris le gigantesque Gyn. Il s'arrêta un instant et apostropha le contremaistre Keel.

— Occupez-vous des prisonniers de tout à l'heure. Ils ne doivent pas raconter ce que nous avons découvert.

Keel s'inclina et s'apprêta à suivre.

— À vos ordres.

Rhaif esquissa un pas derrière eux mais ne réussit qu'à attirer l'attention de Wryth.

— Vous, restez ici. Vous surveillerez la salle. Que personne n'entre.

Sur l'exemple du contremaistre, Rhaif s'inclina à son tour.

— À… à vos ordres.

Tout le monde sortit et la porte claqua.

Resté seul, Rhaif observa la statue et le corps sacrifié en train de refroidir. La lanterne pendue à sa ceinture se reflétait à l'infini dans les innombrables facettes des miroirs.

Il s'approcha de la femme en bronze et murmura :

— On dirait que je suis condamné à rester avec vous.

En effet, sa boussole l'avait mené à elle, puis elle avait continué de pointer vers la statue, comme hypnotisée. De son côté, Rhaif ne pouvait pas nier l'attirance qu'il éprouvait lui-même. Qu'il s'agît d'une simple curiosité ou de quelque chose de plus profond, il sentait une connexion, comme si d'énormes rouages avaient actionné les cieux et la Terre pour les réunir.

Il secoua la tête, persuadé de se bercer d'illusions. Lui qui n'était, après tout, qu'un modeste voleur de Lenclume chassa une idée aussi saugrenue de son esprit. Il n'avait pas l'intention de rester là une minute de plus. Puisque le temps pressait, la meilleure solution était de chercher un autre moyen de quitter les mines de Craie – avec un peu de chance, en passant par la petite porte que Laach avait utilisée.

Avant de partir, Rhaif s'approcha du wagonnet.

Il effleura la main qui s'était soulevée quelques instants plus tôt, son mouvement alors alimenté par des alchimies interdites. Le bronze était étrangement chaud mais, à sa grande déception, toujours aussi raide et dur.

À quoi t'attendais-tu, pauvre andouille ?

Conscient de l'urgence de la situation, il se tourna vers la porte du fond.

Il n'avait pas esquissé un pas qu'il sentit des doigts tièdes se refermer sur sa main.

CHAPITRE 7

Atterré à la vue des doigts en bronze agrippés aux siens, Rhaif ôta son bras… et sentit l'étau se resserrer. Plus il tirait, plus les doigts de la statue l'étreignaient. De peur de finir avec la main broyée, il céda.

— Que voulez-vous ? haleta-t-il.

Les phalanges métalliques se réchauffèrent un peu plus et devinrent étrangement douces.

La gorge nouée, Rhaif fouilla la salle du regard. La porte par laquelle il avait espéré s'évader semblait à présent incroyablement loin, surtout quand on était attaché à une énorme statue. Hélas, les gongs puissants de l'alerte n'allaient pas tarder à retentir. Quand ses geôliers lâcheraient la horde de thylassaures, c'en serait fini de lui.

— Laissez-moi partir, s'il vous plaît. Je dois me sauver.

Sans conviction, il tira de nouveau. Il s'attendait à entendre ses os craquer, mais la pression resta la même. La réaction, en revanche, fut bien pire.

La statue prenait vie sur le wagonnet. Elle se plia au niveau de la taille, ce qui, *de facto*, redressa son buste, même si, pour cela, il lui fallut deux tentatives et qu'elle dut s'appuyer sur son autre bras. Sa tête roula sur son épaule, comme si elle cherchait à dénouer une tension, et la masse de ses cheveux filamenteux frissonna avec un naturel étonnant.

Les paupières, ourlées de longs cils délicats, s'ouvrirent.

Intimidé, Rhaif crut qu'il allait y voir les feux de l'enfer. Au lieu de quoi, les yeux de la sculpture ressemblaient assez aux siens, en plus vitreux, avec des iris bleu azur légèrement luisants – détail qui n'était peut-être que le fruit de son imagination affolée. La femme l'observa et remonta de sa main emprisonnée jusqu'à son visage.

Elle pencha la tête avec curiosité. Ses lèvres s'écartèrent sur des dents bien blanches. Son autre main se leva et, quand elle s'effleura les lèvres, son front se plissa, comme s'il était ciselé dans une chair tannée par le soleil.

Rhaif constata aussi qu'elle avait les doigts doux et chauds.

Quel genre de démon peut bien animer cette statue ?

Aussi horrifié fût-il, il ne pouvait détacher son regard. Quelques minutes plus tôt, avait-elle joué la comédie après avoir deviné les intentions malveillantes des Confesseurs ? Beaucoup d'animaux feignaient d'être morts pour écarter les prédateurs. À moins qu'elle n'eût juste été en train de prendre des forces, stimulant les alchimies en vue de produire un feu assez vif qui la ressusciterait ?

C'était impossible à prouver mais, au fond de lui, Rhaif estima que le phénomène n'était destiné qu'à lui seul.

Tout en continuant de le jauger, la statue écarta la main de sa bouche et, du bout des doigts, elle lissa ses boucles en bronze, qui avaient pris une teinte plus sombre, comme ternie. D'un cambré du dos qui remonta d'emblée ses petits seins, elle se tourna pour poser les pieds à terre.

Il recula jusqu'à ce que leurs deux bras joints fussent tendus.

Elle se mit debout, d'abord chancelante. Alors qu'il contemplait ses orteils, gravés d'ongles délicats, elle vacilla et pencha vers lui.

Il voulut la remettre d'aplomb mais faillit terminer à genoux. Malgré son apparente souplesse, elle pesait toujours le poids d'une statue en bronze. Sollicitant toute la force qu'il avait dans les jambes et le dos, il parvint à lui saisir le bras et l'empêcha de basculer.

— Je vous tiens, chuchota-t-il.

Elle se redressa enfin et trouva son point d'équilibre.

Il l'observa de plus près. De nombreuses années auparavant, il avait visité la Sainte Cathédrale de Lenclume. La nef principale était ornée d'un vitrail immense représentant le panthéon divin. Alors que la Mère du Dessous y apparaissait bienveillante, le visage de la Fille, aussi dur que du verre, affichait un mélange de détermination et d'inflexibilité. Elle brandissait un arc et portait un carquois de flèches dans le dos, ce qui lui valait parfois le surnom de Chasseresse.

Là, non seulement la statue ne semblait en rien gênée par sa nudité mais, dans ses traits comme dans sa silhouette, la Fille en personne semblait s'être incarnée sur Terre.

Le spectacle avait beau être extraordinaire, Rhaif n'en avait pas oublié le terrible compte à rebours. Il prit une grande inspiration avant d'insister :

— Je dois partir.

Tout en cherchant à se dégager, il se dirigea vers la porte du fond. La statue refusa de lâcher prise et lui emboîta le pas.

Rhaif poussa néanmoins un soupir de soulagement.

Pour le moment, ça me va.

Il continua d'avancer. Sa plus grande crainte ? Que son étrange acolyte ne décidât de s'arrêter et le figeât à nouveau sur place. Il sentait qu'il fallait la maintenir en mouvement, tel un rocher qui dévalerait une colline. De peur de la voir trébucher, il ne se précipitait pas non plus. Sous sa houlette, elle balaya la pièce du regard, le visage fermé, stoïque.

Par chance, la porte n'était pas fermée à clé. Il l'ouvrit et pénétra dans une petite antichambre, où d'infects relents de boyaux et de sang lui assaillirent les narines. Même la femme en bronze eut un mouvement de recul.

À gauche, une mare de sang s'étendait autour d'une table en pierre munie de chaînes. Au sol, on apercevait, jeté négligemment, un carré d'os, de chair et de peau. Rhaif se rappela la pauvre fille sacrifiée.

La statue voulut s'approcher des restes sanguinolents. Il l'en empêcha. Ou, du moins, considérant le poids phénoménal de son acolyte, il l'en dissuada.

— Il n'y a plus rien à faire.

De l'autre côté de la table, des vêtements gisaient en tas : une robe beige informe, une pèlerine rapiécée et des sandales élimées.

Sans doute les effets personnels de la sanguinette.

Rhaif poussa la femme en bronze là-bas.

— Habillez-vous vite. Il est hors de question que je vous traîne les fesses à l'air en public.

Comment aurait-il pu s'éclipser avec une statue automate aux basques ?

Elle inclina la nuque d'un air interrogateur.

Bon Dieu ! Faut-il vraiment que je fasse tout ?

Il mima la scène d'une main et, tout en la conseillant, il réussit à lui enfiler la robe par la tête. Peu à peu, elle comprit l'idée et lui lâcha la main pour laisser le vêtement descendre jusqu'à ses genoux. Elle observa ensuite la pèlerine d'un air dubitatif, puis, sans qu'il eût besoin d'intervenir, elle entreprit de l'endosser.

— Les sandales aussi, prévint-il.

À Guld'guhl, on ne pouvait pas en faire l'économie, car, avec du sable aussi chaud que la braise, on risquait vite de se brûler la plante des pieds. D'ailleurs, si les détenus étaient privés de chaussures, c'était pour contrer toute tentative d'évasion. Rhaif observa sa compagne d'aventure. Il ignorait si le bronze dont elle était faite s'abîmait à la chaleur mais, de toute façon, la vision insolite d'une femme pieds nus sur un sol bouillant éveillerait les soupçons.

Soudain, il prit conscience de la vérité et contempla sa main vide.

Je suis libre.

Pendant que la statue se démenait toujours avec sa pèlerine, il esquissa un pas vers la sortie. En détalant vite, il réussirait peut-être à se tirer d'affaire. Pour lui, ce serait beaucoup plus simple de s'évader seul, incognito, sans une telle aberration dans son sillage.

Il baissa toutefois les paupières avec un soupir exaspéré, car il sentait bien qu'il devait rester.

Tu n'es vraiment qu'un arsoupion.

Il rouvrit les yeux et pivota vers la femme, toujours empêtrée dans sa pèlerine. Il revint lui mettre la capuche sur la tête pour dissimuler au mieux son physique contre nature. À l'ombre, ses prunelles luisaient bien d'un faible éclat. L'expression de la statue – à l'image de son corps en bronze – s'adoucit.

Elle leva un bras. Rhaif crut qu'elle allait l'agripper de nouveau, mais elle lui caressa la joue du revers de la main et il sentit sa chaleur l'imprégner. Elle se pencha ensuite vers les sandales abandonnées.

Il l'aida à se chausser et l'inspecta une dernière fois de pied en cap.

— Tant qu'on n'y regarde pas de trop près, marmonna-t-il avant d'ajouter intérieurement : *Où ai-je la tête ?*

Désabusé, il se dirigea vers le tunnel.

Alors qu'ils arrivaient sur le seuil, un bourdonnement résonna au loin. De seconde en seconde, il s'intensifiait et emplissait les moindres recoins de la mine.

Les gongs.

Il se retourna vers sa comparse en bronze.

On est fichus.

* * *

Oubliée, la prudence ! Rhaif n'avait plus le temps d'étudier le chemin en détail. Il se contentait de courir, vérifiant juste à l'occasion si la femme suivait. De son côté, elle n'avait aucun mal à tenir la cadence. Ses yeux bleus luisaient sous sa capuche et, ce qui agaçait Rhaif au plus haut point, c'était qu'on n'y lisait aucun affolement.

Bondedieux, je devrais déjà m'être fait la malle.

Pourchassé par la clameur des gongs, il s'appliquait à rester dans ce qui ressemblait au tunnel principal. Des couloirs adjacents apparaissaient çà et là, mais ils avaient l'air plus petits et débouchaient sans doute sur des impasses. Certaines salles étaient ouvertes, d'autres soigneusement barricadées. Il n'y prêta aucune attention, même si son âme de voleur aurait adoré savoir quels trésors les Confesseurs avaient enfouis dans leur tanière secrète.

Seule bonne nouvelle, la roche noir brillant avait redisparu au profit d'un calcaire blanchâtre veiné de soufre foncé. Rhaif sentait aussi que la galerie suivait une pente ascendante. Tous les cent pas, la pression dans ses oreilles diminuait et, à chaque respiration haletante, l'air s'asséchait.

Finalement, le tronçon s'aplanit et se prolongea en ligne droite sur quelques mètres. Rempli d'espoir, Rhaif accéléra encore et tomba sur une porte. Les battements de son cœur étaient si forts qu'il s'en étranglait.

Les surveillants risquaient d'avoir fermé toutes les issues à clé, comme ils avaient la consigne de le faire une fois l'alerte donnée. Tout en priant le ciel d'être arrivé à temps, il actionna la poignée. Elle ne céda pas. Il s'acharna quelques secondes. En vain.

Déjà verrouillée...

Le front posé contre le bois clouté, il accepta son triste sort.

Soudain, une main le poussa sur le côté. La femme en bronze posa ses paumes sur le battant et écarta les jambes. Après quoi, elle s'arc-bouta, coinça son épaule contre le montant et poussa plus fort. Ses pieds glissèrent de ses sandales et s'enfoncèrent dans la craie.

Rhaif recula.

Oh, bondedieux...

Le métal gémit, sans qu'on pût dire si c'était les gonds ou la statue. Puis on entendit un vacarme retentissant, la porte vola en éclats et un soleil ardent inonda le tunnel de lumière.

Rhaif eut beau se protéger avec son avant-bras, il fut quand même ébloui. Il sortit d'un pas chancelant.

— Dépêchez-vous, insista-t-il auprès de sa libératrice.

Ils étaient loin d'être tirés d'affaire.

Il avança au grand jour et cligna des paupières pour tenter de se repérer. Des cris fusaient à la ronde. À droite, des bœufs meuglaient. Partout, on entendait le fracas du minerai brut sous les coups de marteau. Ailleurs, tamiseurs et autres laveurs de roche chantaient à tue-tête devant leurs passoires remplies de boue.

Après quelques secondes, Rhaif recouvra la vue et découvrit enfin le chaos qui régnait en surface. Derrière les innombrables puits de mine s'étendait un village entier. Un mélange de tentes, d'écuries, de forges, de fonderies et d'hôtels de passe s'y dressait entre d'immenses terrils. Des wagonnets tirés par du bétail se frayaient un chemin dans un dédale de rues pavées qui, au cours des siècles, s'étaient truffées d'ornières. Hommes ou femmes, tout le monde travaillait dur : responsables des pompes, affineurs, trieurs, menuisiers. D'autres étaient à cheval ou montaient des poneys d'Aglerolarpok. Aussi loin à l'est, c'était une scène rare, car ces derniers avaient la réputation de coûter leur poids en espèces sonnantes et trébuchantes.

Rhaif se retourna un instant vers l'ouverture béante et les débris de bois. Cette entrée-là se situait en marge du village, à bonne distance du puits de mine le plus proche. Personne ne semblait les avoir vus émerger ni avoir entendu la porte sauter.

Assurément, l'accès avait été conçu pour éviter les regards indiscrets.

Tant mieux.

— Par ici, souffla-t-il à sa compagne d'échappée.

Il décida de contourner le village de Craie. Son objectif : rester à l'abri des montagnes de stériles pour passer inaperçu. Il se hâta tout en veillant à ne paraître ni pressé ni suspect. Il avait une destination en tête et la ferme intention de l'atteindre.

À côté, la femme ralentit. Son visage se leva vers la course effrénée des nuages et le soleil implacable. Elle finit par s'arrêter et leva les paumes.

Rhaif revint la réprimander.

— Ce n'est pas le moment de bayer aux corneilles.

Elle ne réagit pas et semblait avoir retrouvé son immobilité de statue. Rhaif faillit la laisser en plan, mais c'était quand même grâce à elle qu'il s'était évadé. Il remarqua aussi qu'au soleil, le visage et les paumes de sa sauveuse s'était éclaircis, comme si la lumière du jour redonnait au bronze tout son lustre. À moins que ce ne fût le Père qui la bénissait, qui l'imprégnait de Son essence vitale.

Au loin retentit un mugissement familier.

Rhaif se raidit.

Les thylassaures.

À l'affût, il regarda vers le village. Près du puits principal, deux gardes promenaient chacun trois thylassaures en laisse et, comme les habitants s'écartaient sur leur passage, la vue se dégageait de plus en plus. Les surveillants détachèrent deux de leurs protégés au pelage lustré et gardèrent le troisième avec eux.

Aussitôt libérés, les monstrueux prédateurs traversèrent les rues au galop. Ils mesuraient, au garrot, un quart de la taille d'un cheval et ils étaient deux fois plus longs. Leur corps onduleux et rayé se faufilait entre les tentes et autres structures. De leur grande queue, ils balayaient la terre, dégageant une odeur musquée qui éclipsait toutes les autres sauf une.

Le sang.

L'un d'eux se cambra sur ses pattes arrière, bientôt imité par un congénère. Leurs naseaux dilatés étaient hérissés d'une touffe rose d'antennes charnues et ultrasensibles, qui frémissaient en quête d'une piste olfactive. Ils se mirent à hurler.

Les bêtes avaient identifié le parfum de leur proie.

Rhaif attrapa un morceau du manteau de la femme en bronze au creux de son poing et la tira sans ménagement.

— Ça suffit ! Il faut y aller !

Elle détourna son visage du ciel pour poser les yeux sur lui. Elle acquiesça d'un imperceptible hochement du menton. Ils détalèrent, Rhaif en tête, et contournèrent un terril de résidus miniers.

À entendre leurs vociférations, les thylassaures lancés à leurs trousses gagnaient progressivement du terrain.

Rhaif fouilla le paysage. Ses oreilles se dressèrent, aux aguets.

S'il vous plaît, faites qu'il ne soit pas déjà parti.

Peu à peu, un chant lointain lui parvint, voguant sur les plaines désertiques qui s'étendaient à perte de vue. Il s'accompagna bientôt d'un puissant grincement de roues.

Non, non, non…

Rhaif accéléra, même si c'était sans doute déjà fichu. Il finit par arriver de l'autre côté du terril, qui donnait sur une vaste bande de sable. À quelques centaines de mètres trônait un imposant convoi de marchandises. Enchaînés les uns aux autres, une dizaine de wagonnets en bois bardés de fer – remplis chacun à ras bord de soufre, de craie et d'autres roches métallifères – étaient fixés à d'énormes roues posées sur des rails d'acier. Les voies partaient des mines de sel, à l'extrême sud, et serpentaient sur une centaine de lieues jusqu'à Lenclume, au nord. En fin de journée, le train effectuait tout le trajet en direction du port de commerce, puis il revenait le lendemain matin pour être de nouveau rempli.

Rhaif regarda la caravane longer les faubourgs de Craie.

Deux gigantesques crabes des sables trottinaient de part et d'autre des voies, reliés par des chaînes à la première voiture. Ces animaux à la carapace noire étaient deux fois plus gros que les wagonnets qu'ils tiraient. Leurs huit pattes articulées se terminaient par des pointes, qui s'enfonçaient dans le sable et la pierre. Issus des friches dévastées du désert, ils possédaient aussi de naissance des pinces en forme de faucille, mais on les leur sectionnait dès leur capture. Les deux bêtes de somme traînaient la dizaine de chariots du convoi. Quand elles se mettaient réellement en action, elles l'emportaient sur les chevaux les plus rapides du pays mais, pour l'instant, elles s'évertuaient surtout à faire s'ébranler les wagons têtus. Ce n'était plus qu'une question de secondes.

Assis dans le chariot de tête, le dresseur de crabes – à qui on en avait confié la charge depuis de nombreuses années – leur chantonnait de douces paroles d'encouragement. À la différence des mineurs prisonniers, il n'y avait point besoin de fouets ni de gourdins pour les convaincre d'avancer. Les harmonies mélodieuses du cornac pénétraient leur carapace et agissaient sur leur cerveau. Rhaif n'y comprenait rien et il était sans doute loin d'être le seul. Ce genre de talent-là était rare. On en trouvait même de moins en moins et leurs services se négociaient à prix d'or.

Malgré la futilité de son effort, Rhaif s'élança à la poursuite de la caravane en marche. Peut-être allait-elle s'arrêter, peut-être qu'une cargaison aurait besoin d'être déplacée ou mieux calée mais, quoi qu'il en fût, il cavalait pour échapper aux hurlements terribles qui redoublaient derrière lui.

Au moment de troquer l'ombre du terril contre la vaste plaine de sable, il n'osa même pas regarder par-dessus son épaule.

Hélas, le convoi prit de la vitesse.

Tout à coup, du mouvement attira l'attention de Rhaif à droite. Un thylassaure esseulé avait bifurqué à l'angle de la montagne de déchets et fonçait sur lui. Sa silhouette ondoyante galopait au ras du sol. Ses babines écumeuses laissaient entrevoir des crocs étincelants.

Il ne tuerait pas sa cible. Cela aurait été une fin trop douce. Non, les thylassaures avaient été dressés pour neutraliser les prisonniers en fuite, souvent en leur arrachant les tendons des mollets.

Les malheureux partaient ensuite à la potence, où la mort y était bien plus lente. Souvent, ils ne succombaient pas à l'empalement mais aux hordes d'oiseaux charognards et de fourmis rouges qui les grignotaient tantôt avec leur bec acéré, tantôt avec leurs morsures urticantes, pendant que le supplicié hurlait de douleur et se débattait.

Malgré le danger, Rhaif se sentit ralentir, affaibli par ses longues années au fond de la mine. Même les feux intérieurs attisés par la terreur finissaient par perdre de leur intensité et s'éteindre.

Soudain, frappé violemment au dos, il trébucha en avant.

Le thylassaure…

Rhaif plongea la tête la première vers le sable, persuadé que des crocs allaient le tailler en pièces. Au lieu de quoi, un bras s'enroula autour de sa taille et le maintint d'aplomb. Ce n'était pas le thylassaure qui l'avait attaqué. Il se retourna vers la statue. Elle le hissa vers le haut, au point que seuls ses orteils continuaient de toucher terre, et le traîna vers le désert.

— Qu'est-ce que vous…

Les jambes de la femme martelaient le sol, ses pieds s'enfonçaient en profondeur dans le sable et elle filait, tel un nuage de poussière balayé par le vent. Rhaif tenta de suivre le rythme, mais il s'agitait en vain, à mesure que le sol glissait sous ses pas.

La statue dépassa le thylassaure, qui tenta de les courser mais fut vite laissé sur place. Il poussa un mugissement de frustration, auquel ses congénères répondirent.

Droit devant, le dernier wagon se rapprochait.

La femme en bronze chercha à le rattraper, mais même sa vitesse phénoménale ne suffisait pas. Alors que le chariot de queue n'était plus qu'à une dizaine de pas, la caravane accéléra encore et ils la virent s'éloigner inexorablement.

Il s'en est fallu d'un cheveu...

Tout à coup, Rhaif sentit son estomac lui remonter dans la gorge : la statue décollait littéralement de terre, bondissant comme un lièvre du désert piqué par une vipère. En une fraction de seconde, elle couvrit le reste de la distance et percuta l'arrière du convoi. Rhaif aurait été éjecté si elle ne l'avait pas fermement retenu par la hanche. De son autre main, elle agrippa le rebord supérieur du wagon.

En poussant son protégé vers le haut, elle faillit le lâcher, mais il parvint à s'accrocher et se hissa à l'intérieur du chariot. Une fois arrivé au sommet du monceau de minerai, il s'allongea sur le dos, exténué, sans se préoccuper des arêtes coupantes qui lui meurtrissaient la peau. Qu'importe ! Pour l'instant, c'était le lit le plus confortable du monde.

La statue grimpa à son tour et s'agenouilla près de lui. En même temps, elle ne put s'empêcher de se retourner vers Craie.

— Tout va bien, haleta-t-il. Maintenant, on ne nous rattrapera plus.

Il ne prit même pas la peine de guetter leurs poursuivants. Les énormes roues du train tournaient de plus en plus vite. À une allure aussi soutenue, la caravane atteindrait Lenclume bien avant que leurs ennemis n'eussent envoyé le moindre message. Une fois là-bas, Rhaif se fondrait vite dans l'agitation tumultueuse du port. Au besoin, il pourrait même partir à l'étranger sur un bateau.

— Nous sommes en sécurité, lâcha-t-il, soulagé.

Il tapota la cuisse de sa sauveuse en signe de réconfort. Décidément, le bronze avait une texture étrangement souple, très proche de la chair humaine.

Stoïque, la statue avait le regard tourné vers le ciel, mais pas vers le soleil. Elle fixait l'horizon bas, où brillait une demi-lune. La première fois que Rhaif l'avait vue, elle lui avait fait penser à la Chasseresse. Or, la Fille sombre et le Fils argenté avaient tous deux élu domicile sur la lune. Selon la légende, ils ne cessaient de se pourchasser, engendrant ainsi les différentes phases de croissance et de décroissance du satellite. Leur course-poursuite était néanmoins le sujet d'une insoluble querelle philosophique. La Fille harcelait-elle le Fils ? Ou était-ce l'inverse ? Le dilemme religieux avait même déclenché des conflits armés.

Rhaif éclata de rire. Il s'en moquait éperdument.

Je suis libre...

Son évasion paraissait inconcevable. La joie qui l'envahit apaisa autant ses palpitations cardiaques que sa respiration pantelante. Il finit par s'asseoir. Le convoi traversait un océan de verre noir, où les sables semblaient avoir fusionné sous l'effet d'un ardent cataclysme. Le reflet du soleil à la surface était aveuglant.

La chaleur aussi devenait écrasante. Rhaif chercha à la ronde. Ils devaient absolument se protéger des rayons directs. Du moins, lui. Il réfléchit à la meilleure manière de se terrer dans les monceaux de cailloux.

Je n'en ai peut-être pas fini avec mes corvées de mineur.

Malgré la brûlure implacable du soleil, il se reconcentra sur l'énigme agenouillée près de lui. Qu'avait-il volé aux Confesseurs au juste ? Quel genre d'esprit était prisonnier de cette masse de bronze ? L'archishérif avait affirmé que, face à une guerre imminente, la mystérieuse créature pouvait changer la donne. Rhaif comprenait à présent. Dirigée par un tel miracle, n'importe quelle armée, un simple bataillon même, deviendrait vite invincible.

Il pressentit toutefois qu'il serait malvenu d'exploiter la statue de la sorte.

Ce n'est pas sa nature.

Tandis qu'elle observait toujours la lune, il tenta de décrypter l'expression de son visage. Il s'en dégageait un certain chagrin, comme si elle déplorait une perte terrible. Il tendit le bras vers elle, puis se ravisa. Il lui était redevable, à elle qui lui avait offert la liberté, qui lui avait sauvé la vie. Il aurait voulu s'acquitter de son immense dette mais craignit qu'elle ne fût pas douée de parole. Ou peut-être avait-elle juste besoin de temps pour laisser son esprit investir le bronze. En tout cas, il ne trouva rien à dire.

Dans leur silence partagé, la statue continua d'admirer la lune. Tandis qu'ils poursuivaient leur route vers le nord, Rhaif se reposa un peu. Après les frayeurs à répétition de la journée, une douce torpeur l'envahit. Il écoutait le chant du conducteur s'égrener jusqu'à eux, le grondement régulier des roues. Il aurait dû bâtir son fameux abri, mais ses paupières, alourdies de fatigue, ne purent lutter plus longtemps.

Au bout d'un moment, il fut réveillé par un gémissement. La femme en bronze fixait toujours l'horizon et il n'aurait su dire si sa plainte était un soupir de désolation ou une première tentative pour prendre la parole.

Rhaif en eut néanmoins la chair de poule.

Elle rentrouvrit les lèvres et le son se raffermit autour d'un seul mot, murmuré à la lune.

— Malédiction…

Croquis d'archives
du Thylassaure
(originaire
de Guld'guhl)

PARTIE III

RÊVES EMPOISONNÉS

Que sont les presaiges, sinon les resves du demain.
Que sont les resves, sinon les espoirs du jour drappés d'umbres lugubres.

— Extrait du poème
« Allégorie d'un Clairvoyant »
de Damon hy Torranc

CHAPITRE 8

Nyx fut réveillée en sursaut par une chute brutale. Elle battit des bras en essayant d'agripper ce qu'elle pouvait pour ne pas tomber. Alors que son cœur bondissait dans sa gorge, une part d'elle identifia un sentiment familier. Maintes fois par le passé, quand, à la faveur d'un demi-sommeil, son esprit divaguait un peu, elle avait eu l'impression que le monde s'effondrait sous ses pieds. Dans ces moments-là, elle se redressait brusquement, affolée… À son réveil quelques secondes après, elle se rendait compte qu'elle était tranquillement revenue dans son lit.

Là, non.

Alors qu'elle dégringolait toujours, Nyx agita les ténèbres autour d'elle – moins pour les repousser que pour s'en envelopper. L'obscurité était, chez elle, une seconde peau. En bas, une drôle de clarté s'intensifia. Hors d'haleine, la jeune fille donna des coups de pied pour tenter de rester dans le confort de la nuit. Hélas, rien ne pouvait lui éviter de plonger vers la lumière.

Elle voulut se cacher les yeux avec le bras, mettre toute cette brillance à distance, mais quelque chose lui enserrait le poignet.

Des mots affolants parvinrent à ses oreilles, à la fois distants et très proches.

Serait-ce une nouvelle crise de convulsions ?

Heureusement, la réponse l'apaisa. *Non, je ne crois pas.* Nyx était soulagée de reconnaître la voix calme et emplie d'assurance de la prieure Ghyle. *C'est différent. On dirait plutôt qu'elle lutte pour ne pas se réveiller.*

Aussitôt, Nyx fut envahie de souvenirs, comme si une digue avait lâché et que des torrents bouillonnant de terreur se déversaient en elle.

✷

Des marches grimpées quatre à quatre.

Une menace de viol et de bannissement.

Un flot de sang chaud entre ses doigts glacés d'effroi.

Un corps décapité.

Une ombre gigantesque qui émerge de la fumée.

Un poids écrasant.

Des crocs et le poison qui se répand dans ses veines.

Puis les ténèbres.

✷

Une ultime image chassa le reste. Des milliers de hurlements emplirent son crâne, son corps, jusqu'à être expulsés par sa gorge. Le monde trembla de nouveau en elle, de plus en plus violemment. Pourtant, au-delà de tout cela, Nyx vit affleurer la crête d'un silence infini. Elle se recroquevilla, effarée par son immensité et son inéluctabilité.

Une main froide se posa sur son front brûlant. Des mots furent susurrés à son oreille.

— Calmez-vous, mon enfant. Vous êtes en sécurité.

Nyx rejeta les paroles réconfortantes de la directrice et préféra se réfugier à l'intérieur de son corps.

— Non…, balbutia-t-elle d'une voix éraillée.

Sa maigre protestation suffit à l'exténuer. À force de respirer bruyamment, elle sentit un mélange de teintures âcres, de thés macérés et de poussiéreuses herbes séchées. L'éclat douloureux de la lumière refusa, hélas, de s'atténuer.

Elle essaya de lever un bras, puis l'autre, mais ses poignets étaient entravés. Elle eut beau fermer les paupières au maximum, détourner la tête, la lumière était partout. Impossible d'y échapper.

— Détachez-la, ordonna Ghyle.

Un homme objecta :

— Si elle convulse à nouveau, elle pourrait blesser…

— Nous devons l'aider à se réveiller, maistre Oeric. Sinon, son sort risque d'être scellé. Je crains qu'elle ne soit devenue trop faible. Elle dort depuis presque une lunaison complète. Si elle replonge dans son sommeil empoisonné, elle n'en réchappera plus.

Nyx perçut deux pressions consécutives et ses poignets furent libérés. Tremblante, elle tenta de se protéger de la luminosité extrême. Les mots de la prieure pesaient sur sa poitrine. *Une lunaison complète.* Comment était-ce possible ? Nyx restait hantée par le terrible étau des griffes monstrueuses, les crocs qui avaient transpercé sa chair. Selon elle, il ne pouvait pas s'être écoulé plus d'une heure depuis son agression. Or, si Ghyle disait vrai, cela signifiait que la fin de l'été approchait.

Nyx se toucha le visage et découvrit un bandage qui, en plus de couvrir ses yeux, lui entourait la tête. Lorsqu'elle en chercha le bout, on lui baissa les mains.

— Laissez, mon enfant, avertit le physicieux de l'école.

Elle n'avait pas la force de résister. Elle n'essaya même pas. Peu à peu, l'obscurité grignota les bords de l'immense clarté et Nyx accueillit son retour avec bonheur. Enfin un élément familier dans toute cette confusion ! Ses bras retombèrent sur le lit. D'un coup, elle était si fatiguée, comme si une torpeur de plomb s'était emparée de son corps.

— Non ! gronda Ghyle. Redressez-lui la tête. Vite.

Une paume se posa sous la nuque de Nyx et la souleva de l'oreiller. Des doigts défirent les pansements autour de ses yeux. Malgré la délicatesse infinie des soins qu'on lui prodiguait, sa tête dodelinait mollement chaque fois qu'on enlevait une épaisseur de bandage. Prise de vertiges, la jeune fille sentit les ténèbres s'enrouler de plus belle autour de l'intense lumière centrale.

— Je croyais qu'il fallait lui garder les yeux bandés, marmonna maistre Oeric. Que cela lui faciliterait les choses.

— Simple précaution motivée par l'espoir, répliqua Ghyle. Aujourd'hui, le risque est devenu trop élevé. Elle sombre de nouveau lentement dans l'inconscience. Nous devons à tout prix l'éviter.

On tira une dernière fois, et le bandage glissa de son visage. Nyx tenta une énième fois d'échapper à la lumière. En vain. Le rayonnement lui transperça le crâne et chassa la nuit.

Des doigts attrapèrent son menton et un chiffon humide au parfum d'almskald ramollit les croûtes sableuses qui lui scellaient les paupières.

— Ouvrez les yeux, mon enfant, insista Ghyle.

Nyx tenta de s'écarter, de refuser, mais la pression se resserra.

— Faites ce que je vous dis, ordonna la prieure d'un ton ferme. Sinon, vous serez perdue à jamais.

Nyx eut envie de rechigner, mais son père, qui l'avait trop bien éduquée, lui avait appris à respecter l'autorité. Elle entrouvrit les paupières et gémit. La lumière – aussi étourdissante que les ténèbres qu'elle avait connues toute sa vie – lui fit l'effet d'une piqûre d'ortie.

Des larmes brûlantes coulèrent sur ses joues, la débarrassant des saletés qui étaient restées collées à ses yeux. Elles transformèrent aussi la clarté impitoyable en un éclat mouillé. Les silhouettes qui évoluaient autour d'elle dans le brouillard rappelaient les ombres d'une radieuse journée estivale. Sauf qu'à chaque douloureux clignement de paupière, les formes s'affinaient. Les couleurs, que jusque-là elle n'avait fait qu'imaginer, resplendissaient également de mille feux.

Son cœur palpita dans sa poitrine, tel un flûte-queue affolé à l'intérieur d'une cage. Elle se ratatina au fond de son lit, loin, très loin de l'idée impensable de voir un jour deux personnes la fixer. Maistre Oeric l'observait d'un air soucieux, sa peau aussi fripée qu'une prune des marais restée trop longtemps au soleil. Du regard, elle en suivit chaque ride. Pour elle qui, depuis sa naissance, évoluait dans un brouillard épais, les couleurs – du moins, le peu qu'elle entrevoyait par grand beau temps – étaient toujours sourdes et ternes.

Mais là...

Elle resta hypnotisée par les prunelles bleu vif du professeur, bien plus resplendissantes que n'importe quel ciel limpide.

Quand l'homme pivota vers sa voisine, son crâne chauve réfléchit les rayons du soleil à travers l'unique fenêtre de la pièce.

— J'ai l'impression que vous aviez raison, prieure Ghyle.

Cette dernière était focalisée sur Nyx.

— Vous nous voyez, n'est-ce pas, mon enfant ?

Abasourdie, Nyx n'en revenait pas. Certes, la directrice était née dans les Klashe du Sud, mais elle avait le teint très mat, beaucoup plus foncé que la jeune fille ne l'avait imaginé. Ses cheveux, blancs comme la craie, étaient remontés en un haut chignon tressé. Quant à ses yeux, ils étaient plus verts que n'importe quel étang ensoleillé.

La prieure avait dû remarquer l'intérêt de son élève. Un sourire de soulagement se dessina au coin de ses lèvres. Même si, en vérité, Nyx n'était sûre de rien. Puisqu'elle n'avait jamais été confrontée à la subtilité des expressions faciales, elle doutait de les interpréter à bon escient.

Elle finit toutefois par hocher la tête doucement.

Je vois.

Alors que le miracle aurait dû la faire exulter, Nyx n'en éprouva qu'une peur irrépressible. Quelque part dans les ténèbres qu'elle avait laissées derrière elle, elle entendait toujours des hurlements jaillir de l'ombre.

Comme si Ghyle avait deviné la terreur qui l'habitait, son sourire se figea. Elle lui tapota la main.

— Dorénavant, vous devriez bien vous rétablir. Vous avez réussi à sortir du coma induit par le poison.

L'obéissante Nyx, qui ne voulait pas paraître ingrate, acquiesça de nouveau en silence.

Sauf qu'en son for intérieur, c'était une autre histoire. Quoiqu'elle eût miraculeusement recouvré la vue, elle était plus désorientée que jamais.

* * *

Le lendemain, Nyx sirotait un porridge largement délayé. Encore faible, elle devait tenir son bol à deux mains.

Assis près du lit, le menton posé sur sa canne, son père l'encouragea d'un sourire, mais ses paupières et son front restaient plissés d'inquiétude.

— Le bouillon est à base de carcasse de poulet et de son d'avoine. (Il lorgna la porte avant d'ajouter à voix basse :) Avec deux ou trois traits de cidre rouge. Ça devrait vite te remettre sur pied.

Ses derniers mots étaient remplis d'espoir.

— J'en suis sûre, murmura Nyx.

Pour le rassurer, elle avala encore une longue gorgée.

Après avoir posé le bol sur sa table de chevet, elle se redressa et contempla la petite cellule installée dans les quartiers du physicieux : les murs en pierre étaient envahis de lichen, la fenêtre était haute et étroite, et des bottes d'herbes séchaient aux poutres du plafond. Une petite flamme dansait faiblement au sommet d'une vieille lampe à huile. Nyx se sentait toujours submergée par les innombrables caractéristiques de la pièce : les grandes toiles d'araignée soyeuses dans un coin, les nuages de poussière qui flottaient au soleil, le bois ronceux de la charpente. C'était trop ! Comment pouvait-on vivre en permanence assailli par une telle profusion de détails ?

L'adolescente en eut le tournis. Elle préféra détourner le regard pour se concentrer sur les yeux, brillants d'angoisse, de son père.

— On prend bien soin de moi ici, tenta-t-elle de le rassurer. Presque tous les physicieux, alchimistes et hiéromoines de l'école sont passés me voir.

Ils l'avaient même à peine laissée dormir.

De crainte que je ne me réveille plus, ils n'osent peut-être pas rater l'occasion de leur vie.

Jusqu'à présent, son père n'avait pas été autorisé à lui rendre visite, alors, ce matin-là, dès qu'il avait reçu le feu vert, il n'avait pas perdu une seconde et était arrivé en boitillant au quatrième étage du Cloistre, où étaient aménagés les dortoirs. Il était accompagné du frère de Nyx, Bastan, qui avait apporté une énorme marmite de porridge, maintenue au chaud sur un seau de braises.

Le jeune homme était déjà reparti aider l'aîné de la famille à s'occuper des enclos. Manifestement, ce n'était pas parce que quelqu'un était revenu d'entre les morts que l'activité trépidante du comptoir de commerce allait ralentir. Avant de prendre congé, Bastan avait serré sa sœur dans ses gros bras musclés, puis, les yeux dans les yeux, il lui avait soufflé :

— Ne t'avise pas de nous refaire une frayeur pareille. La prochaine fois que tu veux en découdre avec une chauve-souris de Mýr, va d'abord chercher tes frangins.

L'ombre d'un sourire aux lèvres, elle s'y était engagée, mais le souvenir de ce funèbre après-midi avait ravivé un sentiment profond de terreur. Au moins, le défilé constant des physicieux à son chevet lui avait changé les idées. Particulièrement curieux, ils l'avaient tripotée de partout, jusqu'à la laisser souvent rougissante. D'autres avaient passé de longues minutes à examiner les plaies cicatricielles de sa gorge : ils avaient mesuré les croûtes, grattouillé les extrémités et même prélevé des échantillons. Deux d'entre eux – au dos courbé par la vieillesse – avaient posé des sangsues sur ses poignets et ses chevilles, puis ils étaient repartis tout excités avec leurs petites bêtes gorgées de sang.

La prieure Ghyle se joignait parfois à eux mais, dès que Nyx cherchait à obtenir des réponses, à combler les blancs des semaines écoulées lors de son coma, la directrice bottait en touche. La jeune fille savait que la nouvelle de sa résurrection avait fait le tour du Cloistre. Parfois, des visages surgissaient à la fenêtre pourtant bien haute de sa chambre, signe que les élèves sautillaient pour apercevoir la miraculée.

Elle connaissait la raison de l'intérêt qu'elle suscitait. *Personne n'avait jamais survécu à la morsure empoisonnée d'une chauve-souris de Mýr.*

C'était un mystère que les alchimistes tentaient d'élucider… et un miracle que les hiéromoines souhaitaient attribuer à la bonne divinité. Pour s'occuper l'esprit, Nyx aimait espionner les conversations des visiteurs. Elle écoutait leurs spéculations, leurs théories fascinées. D'ailleurs, ils discutaient comme si elle n'était même pas dans la chambre.

« Elle n'a pas pu être réellement empoisonnée. Je parie qu'elle n'a reçu, au pire, qu'une goutte ou deux de venin. »

« À moins que nous n'ayons affaire à une supercherie, une pathologie habilement mise en scène. »

« Ou peut-être que la Fille couve l'enfant de son sourire noir. »

« Si c'était plutôt une bénédiction éclatante du Fils ? N'ai-je pas entendu qu'en plein sommeil, elle a crié à la lune et… »

Le dernier échange avait été interrompu par l'arrivée de la prieure Ghyle, qui avait renvoyé les ecclésiastiques d'un air exaspéré et toisé Nyx d'un regard sévère, presque réprobateur.

La survie de son élève n'était pas le *seul* miracle de la pièce.

Nyx frotta ses yeux meurtris d'être sous le feu d'une attention constante depuis qu'elle avait recouvré la vue. Dès que ses paupières papillotaient de fatigue, on l'obligeait à les rouvrir.

Elle avait tenté de suivre les interprétations de ce phénomène extraordinaire, de ce prodige dont elle n'était toujours pas remise. Elle avait l'impression d'avoir quitté la grotte la plus obscure du monde pour sortir sous un soleil on ne peut plus resplendissant. Alors qu'elle aurait dû en être reconnaissante, une part d'elle-même regrettait le confort rassurant des ténèbres. Lorsqu'elle avait essayé pour la première fois de marcher ce matin-là, en donnant le bras à la prieure, Nyx s'était sentie aussi vulnérable qu'un nouveau-né. Certes, son manque de tonus se justifiait par son alitement prolongé, mais elle devait aussi s'habituer à voir distinctement le monde. Du plus loin qu'elle s'en souvînt, sa quasi-cécité était ancrée dans son esprit, sa chair, sa manière de vivre. Là, son cerveau cherchait le juste milieu entre l'ancienne Nyx et la nouvelle.

D'emblée, Ghyle avait compris son malaise.

— Vous atteindrez très vite le point d'équilibre, ne vous en faites pas.

Nyx fixa sa canne dans un coin, la baguette en orme qu'elle avait oubliée à l'astronicum de longues semaines auparavant et qui lui servait toujours autant.

Soupir aux lèvres, elle se couvrit les yeux.

— Oh, j'ai bien peur d'être resté trop longtemps ! déplora son père. Tu dois être épuisée. Je vais te laisser te reposer.

Elle baissa la main et, même si elle souriait, son cœur était serré.

— Jamais, papa. Tu ne resteras jamais trop longtemps.

Elle contempla l'homme qui, après l'avoir sauvée des marais, lui avait offert un foyer et tout son amour. En l'espace d'une journée, la lumière lui avait révélé les détails à la fois subtils et profonds du monde qui l'entourait. Sur son père, en revanche, Nyx n'avait rien appris de nouveau.

Son visage était tel qu'elle se l'était toujours représenté. Au fil des ans, elle en avait suivi chaque ride, chaque bosse ou cicatrice du passé. Elle avait caressé ses cheveux à mesure qu'ils se clairsemaient ; sous ses paumes, elle avait senti la forme de son crâne. Toutes les expressions de bonheur ou d'inquiétude du vieil homme lui étaient aussi familières que les siennes propres. Même ses prunelles étaient de la couleur qu'elle avait toujours imaginée : un vert boueux, qui rappelait le fond vaseux d'un étang au soleil.

Elle n'avait pas eu besoin de voir son père pour le connaître.

Elle observa longuement l'homme qui, à son tour, l'inonda de son amour.

Il est là, mon véritable foyer.

Son père se leva.

— Bon, il faut que j'y aille.

— Peut-être pas encore, fermier Polder, objecta-t-on depuis le seuil.

Sous leurs regards étonnés, la prieure Ghyle entra, suivie de maistre Oeric.

— J'aimerais vous interroger sur le jour où vous avez trouvé Nyx dans les marais, ce bébé abandonné en pleine nature, lui dit-elle en l'invitant à se rasseoir. Cela nous aiderait à comprendre ce qui s'est passé, voire à la soigner.

Le marécagier s'empressa d'ôter sa casquette et acquiesça avec vigueur. Du plat de la main, il lissa son gilet maculé de tourbe, comme s'il regrettait de s'être présenté ainsi.

— Bien sûr, madame la prieure. Je ferai de mon mieux pour vous aider, la petite et vous.

Nyx s'irrita de son humilité affichée. Il n'avait aucune raison de faire des ronds de jambe à quiconque au Cloistre.

Ghyle s'assit sur le rebord du lit d'un air las, puis elle hocha la tête vers le père de Nyx, avec lequel elle pouvait désormais échanger à hauteur d'yeux.

— Merci, fermier Polder.

Les épaules du vieil homme se relâchèrent. Nyx prit alors conscience qu'elle n'avait jamais vu sa directrice dans une posture autre que celle d'une autorité raide.

Là, son attitude était plus chaleureuse, davantage dans l'invitation que dans le commandement.

Maistre Oeric les rejoignit, mais il resta debout, les bras croisés sur son torse maigrelet.

— Qu'aimeriez-vous savoir ? demanda Polder.

— Si j'ai bien compris, Nyx n'était qu'un bébé âgé de six lunes quand vous l'avez trouvée.

— Exact.

Il se détendit encore un peu plus et sourit, ravi de raconter une histoire qu'il partageait volontiers avec qui souhaitait l'entendre. Il redécrivit les vagissements de Nyx en plein marais.

— Pour sûr, c'est le vieux Gramblebuck qui l'a entendue le premier et il nous a traînés directement jusqu'à elle.

— Vous n'avez aperçu personne dans les parages ? s'enquit Ghyle. Aucun signe de celui ou celle qui l'avait abandonnée ?

— Non, madame. Ni une empreinte de pas ni même une tige d'roseau cassée. On l'aurait dite tombée du ciel sur un radeau d'algues marécageuses.

Ghyle croisa le regard préoccupé d'Oeric, puis reprit :

— À l'époque, la jeune Nyx était déjà aveugle ?

Le sourire du père se figea.

— Oui, hélas. Pauvre petite chose ! Ses yeux étaient opacifiés d'une couche bleutée. Rien à voir avec leur actuelle transparence cristalline. Peut-être était-ce la raison pour laquelle on l'avait abandonnée. Il est déjà assez difficile de vivoter dans les marais. Quoi qu'il en soit, leur perte a été ma victoire à moi.

Nyx s'interrogea de nouveau sur ses parents biologiques. Rongée par une vieille amertume, elle n'était pas aussi indulgente que son père. Face à un sujet de discussion aussi délicat pour elle, elle se racla la gorge et préféra changer de conversation.

— Quel rapport avec ce qui m'est arrivé ?

Tout le monde la dévisagea.

— Maistre Oeric et moi pensons que vous n'êtes pas née aveugle, répondit la prieure.

Nyx vacilla de stupeur.

— Je ne me rappelle absolument pas avoir été…

— Vous ne vous en souvenez peut-être pas, intervint Oeric, mais, de toute évidence, vous avez été en capacité de voir. C'est le brouillard bleuté à la surface de vos yeux qui vous cachait le monde.

— Et, aujourd'hui, il s'est dissipé ! s'extasia son père. Un véritable miracle. Une bénédiction de la part de la Mère.

Nyx resta concentrée sur la prieure.

— Qu'est-ce qui pourrait m'avoir aveuglée pendant tant d'années ?

Ghyle se tourna un instant vers Oeric et lâcha :

— Selon nous, vous auriez été contaminée dans les marais. Peut-être par un poison. Ou un nuage de gaz toxique.

— C'est vrai qu'il y a un tas de cochonneries là-bas, confirma son père.

Sur un ton révélateur de son vif intérêt, Oeric ajouta :

— C'est peut-être aussi une mauvaise réaction à quelque chose que vous auriez rencontré. J'ai lu, dans certains traités, que la poussière des salles anciennes pouvait causer un catarrhe phlegmoneux. On l'impute souvent à des revenants ou à la présence d'un démon emprisonné. Pour d'autres, cela relève plutôt d'une affection similaire très répandue au printemps et causée par la dissémination de la pourriture noire d'une fleur, ce que les habitants des Klashe du Sud appellent la fièvre de la rose.

Le père de Nyx parut aussi troublé qu'elle.

— Quel lien avec la cécité de ma fille ?

— La réaction, si elle n'est pas mortelle, se dissipe en général d'elle-même mais, parfois, il reste des séquelles. (Oeric pointa Nyx du menton.) Comme la cécité.

— Pourquoi suis-je guérie aujourd'hui ?

La prieure se tourna vers son élève.

— En combattant le poison, votre organisme a dû se débarrasser de cette vieille infection en même temps.

— Auquel cas, reprit le physicieux, on est en droit de se demander si le présent ne nous offrirait pas des explications sur le passé.

— Qu'entendez-vous par là ?

Ghyle lui tapota une jambe.

— Comme vous vous en doutez, je ne suis pas du genre à faire grand cas des sorcières des marais qui prédisent l'avenir en lançant une poignée d'osselets. Je préfère chercher les explications cachées. Si le venin d'une chauve-souris de Mýr vous a guérie, cela sous-entend peut-être que ce qui vous a empoisonnée bébé était, d'une façon ou d'une autre, proche de ce même habitant des marécages.

— Une autre chauve-souris ?

Nyx aurait voulu balayer l'hypothèse d'un revers de main, mais elle avait en mémoire sa terreur atroce – bien pire que celle de ses camarades d'école – dès qu'un de ces volatiles-là passait au-dessus de sa tête en poussant des cris stridents.

Et si c'était vrai ?

Ghyle se posait la même question.

— Auriez-vous la moindre réminiscence d'une rencontre avec une chauve-souris ? Si, à l'époque, votre vue était normale, vous êtes peut-être tombée nez à nez avec un spécimen.

Nyx baissa les yeux. Elle se figura le moment où elle avait été découverte bébé et se rappela les mots de son père quelques minutes plus tôt : *On l'aurait dite tombée du ciel.* Les paupières closes, elle s'imagina couchée sur un matelas d'algues marécageuses, le regard tourné vers la clarté qui filtrait entre les branches. Elle était de nouveau aveugle, abandonnée, effrayée, vagissante, à fouiller le ciel de son regard voilé. Une tache plus éclatante que le reste représentait le soleil, puis une ombre en forme de faucille déchira la lumière et disparut dans les ténèbres.

Nyx se raidit.

Ghyle le remarqua.

— Qu'y a-t-il ?

La jeune fille rouvrit les yeux et secoua la tête. Elle ignorait si ce qu'elle avait vu était un souvenir réel ou le simple fruit de son imagination nourrie par les spéculations de la directrice.

— Rien, marmonna-t-elle.

Ghyle continua de la transpercer du regard, mais Nyx ne savait pas quoi faire de son souvenir fugace – s'il s'agissait bien d'un souvenir. Elle ne pouvait pas non plus s'en débarrasser, d'autant qu'il s'était accompagné d'un sentiment étrange. Au moment où elle s'était revue bébé, Nyx n'avait éprouvé aucun effroi devant la silhouette arrondie qui était passée devant le soleil. Dans les profondeurs obscures de son cœur, elle savait plutôt ce qu'elle avait ressenti sur le coup. Et cela n'avait aucun sens.

Elle jeta un coup d'œil à son père.

Elle avait eu l'impression d'être chez elle.

CHAPITRE 9

— Pour l'instant, laissons l'affaire de côté, annonça Ghyle. Quand vous aurez repris des forces, d'autres souvenirs remonteront peut-être à la surface. En attendant, je suis certaine que vous ruminez quantité de questions sur votre état actuel. Je suis consciente des inquiétudes que vous tentez d'exprimer depuis quelque temps. Nous allons faire de notre mieux pour les apaiser.

Si elle avait hâte de troquer le passé contre le présent, Nyx n'était pas non plus très rassurée. Certes, les questions se bousculaient dans sa tête, mais les réponses continuaient de l'effrayer.

Elle s'humecta les lèvres. Elle devait absolument parler des conséquences de sa présence au neuvième étage de l'école, affronter son inévitable châtiment.

Elle ferma les yeux afin de puiser un peu de ressource dans le noir, et murmura :

— Byrd…

La réponse de la prieure fut sans détour.

— Mort. Enfin, j'imagine que vous êtes déjà au courant.

Nyx n'en disconvint pas.

— Et les autres ?

— Vos camarades de septième année ?

Au souvenir de la meute qui l'avait pourchassée dans tout l'établissement, elle rouvrit les paupières et acquiesça.

— Ils ont tenté de nous cacher la vérité, mais Jace a pris votre défense et déjoué leur manège.

Soulagée, Nyx le remercia en silence. Le jeune homme – qui avait été ses yeux lorsqu'elle était quasi aveugle – prouvait une fois encore qu'au Cloistre, il était son plus fidèle ami. D'ailleurs, il en avait payé le prix. Elle se rappela son nez ensanglanté.

Ghyle, sensible à ses préoccupations, la rassura.

— Jace se porte bien. Il est pressé de vous rendre visite, mais nous l'avons exhorté à la patience.

Nyx ravala sa salive.

— Et comment va Kindjal ? La sœur jumelle de Byrd ?

La directrice se pencha un peu en arrière. Une ride se creusa entre ses sourcils.

— Elle est rentrée à Fiskur avec la dépouille de son frère, du moins le peu qui n'a pas été réduit en cendres. J'ai essayé de l'en dissuader, mais elle sera de retour à la fin des vacances d'été, dans quinze jours.

D'un regard appuyé, Ghyle ajouta en silence ce qui allait sans dire : Kindjal aurait beaucoup de mal à se remettre de la mort de Byrd. Leur père, haut-maire de Fiskur, aussi.

— Et moi, que vais-je devenir ? demanda Nyx plus égoïstement. Je suis montée sans autorisation au neuvième étage.

C'était une règle absolue du Cloistre. Fouler le dernier niveau avant d'avoir été accepté en neuvième année était puni d'exclusion immédiate et définitive. Aucune exception à la règle n'était tolérée, même si la vie de quelqu'un était en jeu.

— Ce n'est pas vous qui êtes entrée par effraction, objecta Ghyle.

Nyx resta incrédule.

— Si, hélas. Je peux difficilement prétendre le contraire. Beaucoup de gens ont été témoins de la scène.

— Et ils sont tout autant à vous avoir vue mourir, intervint Oeric. Alchimistes comme hiéromoines. Votre cœur a réellement cessé de battre. Pendant une demi-heure, voire plus. Nul ne pensait que vous en réchapperiez.

— Or, vous êtes revenue d'entre les morts, enchaîna Ghyle. Vous avez ressuscité, absoute de votre passé. Tout le monde en a déduit que la Mère vous avait doublement bénie. D'abord en vous ramenant à la vie, puis en vous redonnant la vue.

Le physicieux gloussa tout bas.

— Une idée particulièrement bien insinuée par notre directrice.

— Bah ! Qui ira prétendre que j'ai tort ?

— J'adorerais voir quelqu'un essayer.

— Sauf que c'était bien une intervention de la Mère, insista Polder. Je n'ai aucun doute là-dessus. Elle a toujours protégé ma fille.

Nyx sentit naître en elle une lueur d'espoir.

— Cela signifie que je peux rester à l'école ? Terminer ma septième année et passer en huitième ?

— Je crains que non, concéda la prieure, maussade. Le Conseil des Huit a rendu un verdict défavorable.

— Quelle injustice ! s'insurgea le marécagier.

Nyx prit sa main tremblante. D'une simple pression, elle l'encouragea à se calmer, prête à accepter son destin mais pas moins désespérée pour autant.

— Ce qui est fait est fait, papa.

— Vous m'avez mal comprise, reprit Ghyle. Nyx, il a été décidé que vous ne deviez *pas* poursuivre en huitième année avec vos camarades. Puisque, à l'évidence, vous avez été autorisée à accéder au neuvième étage, personne n'oserait aller à l'encontre d'une volonté affichée de la Mère.

— Je ne comprends pas…

— À la rentrée, vous entrerez directement en neuvième année.

L'adolescente mit trois bonnes secondes à comprendre. D'un clignement de paupières, elle tenta de surmonter le choc.

Neuvième année…

Son père fut plus prompt à réagir. Il hurla de joie si fort que tous sursautèrent.

— Qu'est-ce que je t'avais dit ? Je l'ai toujours su !

Il lui lâcha la main et tomba à genoux au pied du lit. Les paumes jointes, il leva les pouces vers son front.

— Gloire à la Mère du Dessous. Qu'Elle soit remerciée pour la bienveillance qu'Elle nous porte.

Il avait beau être très pieux, il ne put contenir son exaltation très longtemps. Il se remit vite debout, sans même avoir besoin de sa canne, attrapa les joues de sa fille et lui planta un baiser sur le front. Après quoi seulement, il se calma et la contempla, le visage baigné de larmes.

— Non, mais tu t'rends compte ? murmura-t-il en souriant. Ma Nyx en neuvième année. J'ai hâte de l'apprendre à Bastan et Ablen.

Ghyle se leva à son tour.

— Si vous alliez de ce pas leur annoncer la bonne nouvelle ? J'aimerais discuter d'une affaire confidentielle avec votre fille.

— Oui, bien sûr. (Il saisit sa canne, derrière lui.) Je sais que maistre Oeric et vous êtes très occupés. Je ne vous embête pas plus longtemps.

— Merci beaucoup, fermier Polder.

Il pivota une dernière fois vers Nyx. Rayonnant de fierté, il paraissait vingt ans de moins et, même lorsqu'il secoua légèrement la tête, son sourire resta bien accroché.

— Tu t'rends compte ? répéta-t-il.

Non, papa.

Nyx tentait encore d'accepter l'inconcevable. Après tant de miracles, elle se méfiait beaucoup du dernier en date. Elle tâcha néanmoins de rendre son sourire à son père. Au moins, cela lui réchauffait le cœur de faire son bonheur absolu. Elle ne regrettait pas d'avoir failli mourir si c'était pour voir sa foi en elle aussi accomplie, sa générosité d'esprit autant récompensée.

— Je t'apporterai ton dîner avant la première sonnerie des Vespres, promit-il. Bastan et Ablen m'accompagneront. Nous fêterons l'événement avec des gâteaux et du miel.

Tout de suite, Nyx afficha un air plus détendu.

— Cela a l'air merveilleux.

Le vieil homme s'inclina devant la prieure et le physicieux, les remercia à voix basse et prit congé. Nyx écouta sa canne cliqueter dans le couloir jusqu'à ce qu'il eût quitté l'étage.

Ghyle aussi attendit son départ, puis, d'un geste, elle invita Oeric à refermer la porte. En se retournant vers Nyx, elle afficha une mine beaucoup plus sévère.

— Ce dont nous allons parler maintenant ne doit pas sortir d'ici.

* * *

Nyx se redressa sur son lit et patienta pendant que la directrice et le physicieux disaient des messes basses près de la porte. Elle ne discerna que d'infimes bribes de leur échange secret.

« … informer Azantiia… »

« … rumeurs des Iflelen… »

« … le roi n'acceptera pas… »

« … calomnie et blasphème… »

« … doit savoir avec certitude. »

Les derniers mots sortirent de la bouche de maistre Oeric, qui jeta un bref coup d'œil à Nyx. La prieure poussa un soupir profond et, après avoir approuvé d'un hochement de tête, elle alla se rasseoir au bout du lit.

Nyx, qui sentait s'affronter des forces plus puissantes qu'elle, frissonna. Ghyle scruta son visage pendant ce qui lui sembla une éternité et, quoi qu'elle y eût cherché, elle finit par avoir l'air satisfaite.

— Pendant que vous erriez dans les limbes de votre coma toxique, vous avez traversé des phases d'agitation terrible, comme si vous étiez en proie à des cauchemars. En gardez-vous quelque souvenir ?

Nyx nia en silence, mais elle mentait. Elle se rappelait parfaitement le chœur de hurlements au milieu de la nuit, le monde qui tremblait, puis un silence écrasant, interminable. Loin d'elle l'intention d'affabuler. Elle avait juste trop peur d'en parler à voix haute et, ensuite, de ne plus pouvoir y échapper. Elle préférait oublier, n'y voir qu'un rêve enfiévré, un fantasme né de sa crainte de la mort.

La prieure, qui, elle, cherchait à enrober son rêve de chair et de sang, devina son angoisse.

— Il faut que nous sachions, mon enfant. Ce que vous raconterez aujourd'hui restera entre nous trois. Je vous le jure.

Nyx demeura muette encore quelques instants. Comment oser se dérober devant la femme qui avait autant intercédé en sa faveur ? Ne fût-ce que pour s'acquitter de sa dette, elle ne pouvait se taire.

— Je... je n'ai que des bribes d'images. J'avais l'impression qu'une grande calamité s'était abattue sur la Terre. Partout, jusque dans les moindres recoins, des voix mugissaient de terreur. Le monde tremblait, se disloquait. Et puis... et puis...

Nyx eut la bouche sèche.

Les cris à l'intérieur de son crâne lui donnèrent la chair de poule.

Ghyle lui prit la main et insista doucement.

— Qu'est-il arrivé ensuite ?

La jeune fille se recroquevilla de longues secondes et, alors qu'elle aurait voulu tout garder au fond d'elle,

elle releva les yeux, de manière que la directrice vît à la fois sa sincérité et son effroi.

— Un silence absolu s'est propagé dans le vide. Jusqu'aux étoiles glacées elles-mêmes.

Elle sentit sa gorge se nouer, comme pour empêcher les mots de sortir, tant elle était sûre de son fait.

— Je… je sais que cela va se produire. Je ne vois pas comment, mais cela arrivera un jour.

Ghyle jeta un coup d'œil à Oeric, qui s'approcha.

— Vous dites que le silence avait atteint les étoiles. Et la lune ?

— La lune ? s'étonna Nyx. Je ne comprends pas.

Les doigts de Ghyle se crispèrent sur ceux de son élève.

— Pendant vos crises, vous marmonniez et poussiez des cris, souvent au sujet de la lune. Vous ne cessiez de répéter les mots *la lune tombe*.

Sourcils froncés, Nyx secoua de nouveau la tête… et, cette fois-là, c'était vrai.

La directrice l'étudia longuement. Peu à peu, ses yeux s'arrondirent de désarroi.

— Vous êtes certaine de n'avoir aucun souvenir de la lune ?

— Peut-être l'avez-vous vue en rêve, suggéra Oeric.

Nyx les observa tour à tour.

— Je n'ai rien *vu* du tout. Je le jure sur le Fils et la Fille qui ont fait de la lune leur repaire. (De sa main libre, elle s'effleura un œil, puis l'autre.) J'ai entendu hurler, j'ai senti le sol trembler mais, dans mon cauchemar, j'étais plus aveugle que jamais.

Les épaules de Ghyle s'affaissèrent.

— Bien sûr.

Consciente de l'avoir chagrinée, Nyx s'excusa.

— Désolée, c'est tout ce que je me rappelle.

— Je vous crois.

Oeric ferma les yeux, soudain accablé de fatigue.

— Il semblerait que les dieux aient choisi un vase en bien piteux état pour le remplir de leur sagesse.

Nyx se hérissa de la comparaison. Même si, dans sa prime jeunesse, elle aurait aimé mieux voir, elle ne s'était jamais estimée *en piteux état*. Sa réussite scolaire en était, d'ailleurs, la preuve éclatante.

— Ce ne sont peut-être pas les dieux qui l'ont choisie, marmonna Ghyle d'un ton sibyllin avant de se lever. Peu importe ! Tant que nous ne pourrons pas confirmer les éléments prétendument blasphématoires, nous continuerons de partager nos informations. Je vais envoyer un corbereau à Hautmont.

— Mais si le roi décide de…

— Ne vous inquiétez pas, mon fringant ancien élève saura tenir sa langue. Nous connaissons tous deux le travail qu'il accomplit clandestinement à Castelroche.

Convaincue d'avoir déçu ses interlocuteurs, Nyx se sentait mal à l'aise. En entendant le mot « Castelroche », elle dressa néanmoins l'oreille. C'était la doyenne des écoles du pays, établie sur la colline la plus élevée de Hautmont. C'était aussi là qu'était enfoui le premier Antre des Confesseurs où, selon la légende, ceux qui accédaient au rang de Hautcryste à la fois en alchimie et en études religieuses allaient s'attaquer aux recherches les plus ésotériques du monde.

Dans ses rêves les plus fous, Nyx s'imaginait intégrer leurs rangs. Certes, ses espoirs étaient très minces.

En même temps, elle n'aurait jamais cru atteindre un jour le neuvième niveau du Cloistre.

Ghyle finit par s'adresser de nouveau à elle.

— Ne parlez à personne de cela. Ni de notre conversation ni surtout de vos cauchemars. Pas même à votre famille.

Nyx acquiesça. Elle n'en avait nullement le projet et se réjouissait même de ne plus avoir à y penser. Elle enfouirait ses visions au fin fond de ses entrailles, jusqu'à étouffer les hurlements épouvantables. Derrière la consigne de la directrice, elle reconnut aussi une sévère mise en garde, comme quoi sa vie dépendait de sa discrétion.

Mon silence suffira-t-il ?

À nouveau, elle sentit tourbillonner des forces plus puissantes qu'elle, des masses de complots qui dépassaient l'entendement, une tempête qui, peu à peu, prenait forme. Elle se rappela le planétaire de l'astronicum, ses rouages qui faisaient tourner les astres autour d'un soleil chauffé au charbon. Dans son cas si particulier, quelle main pouvait bien actionner l'énorme machine autour d'elle ?

Et combien de temps me reste-t-il avant de finir broyée ?

CHAPITRE 10

Tandis que la dernière sonnerie des Vespres retentissait du haut de l'école, Nyx se dirigea vers son lit. Sa canne à la main, elle traversa la pièce d'un pas vacillant, certes parce qu'elle était encore faible mais, surtout, à cause de la généreuse dose de rhum dans le gâteau. Fourbue, la panse à deux doigts d'éclater, elle était certaine de s'endormir très vite.

Ses oreilles bourdonnaient encore du rire et des chants de son père et de ses frères, qui avaient fêté dignement son Ascension au neuvième niveau. Nyx sourit de les savoir aussi fiers d'elle. Les craintes liées à sa conversation matinale secrète avec la prieure Ghyle et maistre Oeric avaient été balayées par la joie intense de sa famille et ses propres espoirs d'avenir.

Elle avait décidé de mettre de côté ses rêves terrifiants et les laisserait tomber dans l'oubli. Qu'ils fussent ou non de mauvais augure, les sujets d'une telle importance devaient rester l'apanage de ceux qui savaient ce qu'ils faisaient – ou, du moins, de ceux qui avaient assez de pouvoir et d'influence pour changer les choses.

Donc, assurément, pas moi.

Quand Nyx contourna le pied du lit, la flamme de sa lampe vacilla et projeta des ombres dansantes aux murs. Prise de vertiges, elle s'affala sur le matelas en gémissant.

Afin de se ressaisir, elle prit plusieurs grandes inspirations. Les effluves saumâtres des marais imprégnaient la brise d'été qui entrait par la fenêtre. Le vrombissement incessant des moucherons et des mesqueurs rivalisait avec les coassements des grenouilles et les stridulations des criquets. Au loin, le chant entêtant d'un plongeon huard créait une atmosphère mélancolique.

Nyx leva ses yeux las vers la fenêtre. Dehors, le Père d'En Haut brillait toujours, mais Son visage restait caché. Bien que le soleil ne se couchât jamais, Son éclat s'atténuait un peu au moment des Vespres et les ombres se densifiaient. Autrefois, les prunelles voilées de la jeune fille étant plus sensibles aux caprices de la lumière, elle percevait nettement le changement. Depuis qu'elle avait recouvré la vue, elle le discernait à peine et cela l'attristait, comme si sa guérison miraculeuse l'avait privée d'une petite part d'elle-même.

Dégrisée à cette idée, elle alla fermer les volets pour chasser la lumière du jour. Elle ne put cependant se résoudre à les rabattre complètement, elle qui avait vécu trop longtemps dans les ténèbres.

Dans le ciel des Vespres, la pleine lune affichait la figure resplendissante du Fils. Nyx remarqua de vagues prunelles noires, peut-être un nez et sûrement une bouche. Jusqu'à la veille, sa vue avait été trop basse pour observer l'astre en détail.

On dirait vraiment un visage, là-haut.

Elle sourit au Fils, consciente que, d'ici à quelques jours, la Fille sombre le ferait disparaître. Tel était leur éternel ballet depuis la nuit des temps.

— Quand je verrai resurgir Votre visage, Ô Fils argenté, je serai en neuvième année.

Elle se pinçait toujours pour y croire. Encore deux petites semaines, et le vœu si cher à son cœur s'exaucerait. La joie qu'elle en tirait brillait aussi fort que le Fils en plein ciel. D'un autre côté, Nyx ne pouvait négliger une certaine part d'ombre, sa propre Fille des ténèbres, qui attendait d'éclipser son bonheur radieux.

L'origine de sa tristesse, elle la connaissait : elle la devait à la demande insistante de Ghyle. Elle scruta la lune en quête du moindre signe d'inimitié ou de danger. Peine perdue. Elle ne découvrit rien. Ne sentit rien.

Elle exhuma la phrase de la prieure et la testa sur ses lèvres.

— La lune tombe.

Qu'est-ce que cela pouvait bien signifier ?

En l'absence de réponse, elle haussa les épaules et regagna son lit, où elle se blottit sous les couvertures, la tête nichée au creux de l'oreiller. Allongée sur le dos, elle fixa les différentes herbes pendues au plafond. Éclairées par la flamme tremblotante de sa lampe, elles semblaient s'agiter et tendre leurs griffes vers elle.

Elle frissonna.

La vue causait des terreurs uniques en leur genre.

D'un souffle, Nyx éteignit la lampe, puis elle roula sur le flanc et étreignit ses couvertures. Elle ferma les yeux et douta fort que le sommeil l'envahît aussi vite qu'elle l'avait cru en rentrant.

Or, elle sombra aussitôt.

Elle s'envole vers le sommet de la montagne ombragée, à travers une forêt dénudée de ses feuilles, tout en pierre. Des hurlements d'hommes et de bêtes la pourchassent. Un fracas métallique résonne, ponctué par l'écho tonitruant d'engins de guerre.

Hors d'haleine, elle s'arrête une fois arrivée en haut et balaie la vallée du regard. Elle se rend compte qu'elle est plus âgée, plus grande, bardée de cicatrices et qu'il lui manque un doigt à la main gauche. Hélas, elle n'a pas le temps d'élucider tous ces mystères.

En face, des individus au visage tatoué et aux vêtements ensanglantés sont massés autour d'un autel, où une ombre gigantesque se débat furieusement, les ailes clouées à la roche par des pieux en fer.

— Non..., hurle-t-elle d'une voix rauque, le cerveau en feu.

À peine les visages sombres ont-ils pivoté vers elle qu'elle voit surgir des poignards à lame recourbée.

Elle lève les bras au ciel et joint les mains, tandis que des mots jaillissent de sa bouche dans une langue inconnue. Son injonction se termine par un nom.

— Bashaliia !

À cet instant précis, son crâne libère la tempête enflammée qu'il retenait jusque-là. Elle jaillit avec une force telle que l'autel en est réduit en miettes. Les pieux sont arrachés de la dalle en granit noir, et l'ombre bestiale s'échappe dans les airs. Son sang arrose la funeste assemblée, qui se disperse précipitamment.

Un juron aux lèvres, quelqu'un se rue vers Nyx en agitant un couteau.

Désarmée, elle ne peut que tomber à genoux – elle n'a même pas l'énergie de se défendre. Elle se contente de lever la tête vers le ciel enfumé et la pleine lune. La silhouette en faucille de la créature ailée passe devant, puis disparaît dans les nuages et les ténèbres.

Sous le regard effaré de la jeune fille, le temps ralentit et s'étire. La lune commence à grossir. À la ronde, les engins de guerre se taisent. Des hurlements créent un chœur de terreur. Le sol tremble sous ses genoux, de plus en plus violemment à chaque seconde.

De son côté, l'astre nocturne continue d'envahir le ciel. Son pourtour, maintenant en feu, assombrit l'univers autour.

Face au fléau imminent, Nyx murmure :

— La lune tombe...

Puis un poignard plonge dans sa poitrine, lui transperçant le cœur avec la vérité.

J'ai échoué… J'ai tout raté.

✷

Haletante, Nyx se redressa sur son lit.

Sa vision était brouillée de larmes. Son cœur battait la chamade contre ses côtes. Elle s'essuya les yeux et se frictionna la poitrine, persuadée d'y retrouver du sang.

Ce n'est qu'un rêve, se rassura-t-elle.

La bouche asséchée par la peur, elle déglutit et libéra enfin sa langue.

— Ce n'est qu'un rêve, répéta-t-elle à voix haute pour s'en convaincre.

Dehors, la lune brillait toujours, accrochée dans le ciel comme si de rien n'était, ni plus grosse ni plus petite. Tout en cherchant à ralentir sa respiration, Nyx leva la main gauche et ouvrit, puis ferma le poing.

Mes cinq doigts sont là.

Elle se recoucha, soulagée.

— Je suis pompette, c'est tout. En pâtisserie, papa a toujours eu la main lourde avec le rhum. Et puis cette conversation…

La lune tombe…

Elle était certaine que son imagination nourrie d'alcool avait transformé ses doutes et ses inquiétudes en cauchemar. Rien de plus.

Au plafond, les herbes en train de sécher semblaient lui faire signe. Son rêve n'était pas plus réel que le ballet d'ombres projeté par une flamme vacillante.

Nyx se raidit.

Son regard se posa sur la table de chevet, où trônait sa lampe à huile. Elle se rappelait pourtant l'avoir éteinte. Et les volets étaient un peu plus entrouverts. Elle tendit le cou et fouilla le nid d'ombres au-dessus de la charpente.

Il y a un truc là-haut.

Aussitôt, son univers se renversa. Elle se vit assise sur son matelas, les yeux rivés au plafond. Elle laissa échapper un cri, se regarda elle-même hurler. Puis tout se remit en place, et elle fut de retour dans son lit, à scruter les poutres, médusée.

Le frémissement de quelques branches d'oubliebaie séchées attira son attention.

Deux yeux rouges la fixaient.

Un nouveau glapissement gonfla sa poitrine mais, avant qu'il ne fût libéré, une triste mélopée s'abattit sur elle, sans un bruit. C'était une sensation qui l'enveloppait tout entière et lui donnait des fourmillements. L'étrange impression se réverbéra contre le mur et envahit la pièce. Elle vrilla derrière ses tempes et tinta à l'intérieur de son crâne, enflammant les circonvolutions de son cerveau.

Nyx plaqua les mains sur ses oreilles. Sans succès.

Les feux redoublèrent et engendrèrent de drôles de perceptions. Ses narines humèrent un parfum musqué de gingembre, mâtiné d'huile et de sueur. Les papilles de sa langue goûtèrent une crème laiteuse, épaisse et sucrée. Des images floues voletèrent quand sa tête se renversa en arrière, comme giflée par un vent sifflant d'en haut.

Autour d'elle, le monde s'estompa au profit d'un autre.

Ses doigts minuscules s'enfoncent dans le pelage.

Ses lèvres pincées trouvent une mamelle sombre où pendille une goutte de lait.

Elle tète et agite ses petites jambes potelées pour ramper avec avidité vers l'avant.

Les plumes douces qui l'entourent lui permettent de rester au chaud et à l'abri.

Nyx tenta de chasser ces curieuses pensées et de nier ce qu'elle commençait à soupçonner. Hélas, elle ne pouvait s'y soustraire.

D'autres images affluèrent. Parfois, elle avait l'impression de se voir elle-même de loin.

✷

Elle rampe entre les joncs.

Elle essaie de sucer son orteil.

Des émanations de soufre lui piquent le nez.

Une langue chaude lui lèche tout le corps.

Elle est agrippée et propulsée en l'air, le vent soufflant sur ses membres.

✷

Plus les scènes s'enchaînaient à un rythme croissant, plus les images devenaient étrangement floues.

✷

Le lait qu'elle tète continue d'avoir un goût intense et sucré. Il lui remplit le ventre, la rend plus forte, améliore son sommeil mais assombrit aussi lentement son univers.

La langue tiède lui essuie les yeux, moins délicatement qu'avant, avec une ardeur inquiète.

Les couinements et sifflements stridents qui ont toujours empli son environnement, qui définissaient son être même, paraissent maintenant plus affligés, comme si le monde entier pleurait autour d'elle.

Elle repart dans les airs, transportée au milieu des ombres.

Ses oreilles minuscules perçoivent le mugissement d'un gros animal en contrebas, ainsi que le frottement sec des roseaux, tandis que la bête traverse le marais.

Elle est doucement posée près de l'animal. Son nouveau lit est humide et embaume le parfum des fleurs.

À l'heure qu'il est, elle ne voit presque plus.

Une ombre plane au-dessus d'elle. Des yeux gigantesques l'observent. Une babine poilue se plaque contre sa joue. Une langue la lèche une dernière fois. Des narines soufflent et reniflent afin de garder un souvenir d'elle.

Puis, après un ultime battement d'ailes immenses, elle est abandonnée.

Elle hurle son chagrin, sa perte, faisant écho à la mélopée qui continue de l'envelopper depuis le ciel, mais de plus en plus loin.

L'ombre glisse au sommet de la lune et disparaît.

*

Tout à coup, Nyx était de retour sur son lit. Des yeux en bouton de bottine brillaient au plafond, mais la terreur qu'ils inspiraient s'était réduite à une lueur terne. Nyx aurait voulu chasser de son esprit ce qu'on venait de lui montrer, tant de souvenirs ravivés par la mélopée. Hélas, c'était impossible. Elle savait que ses visions étaient vraies. Le choc restait néanmoins incommensurable, car il bouleversait tout ce que la jeune fille comprenait d'elle-même.

Elle n'eut pas le temps de cligner des paupières qu'au plafond, les cris stridents redoublèrent. À nouveau, elle s'observa d'en haut. En fait, elle voyait à travers les yeux de la créature cachée dans un recoin de la charpente. Une autre image se superposa, miroitant comme un reflet sur un plan d'eau étale.

Nyx était redevenue un bébé tout nu, pendu à une mamelle, blotti contre la fourrure et l'aile d'une imposante figure protectrice. Elle contempla l'autre mamelle, où une forme sombre, nue, elle aussi, mais couverte d'un fin duvet, tétait. Ses ailes translucides étaient maladroitement repliées sur le côté. De petites griffes fourrageaient dans le pelage épais, tandis que de minuscules yeux rouges la dévisageaient. Cet autre-là était auprès d'elle depuis le début.

L'image tremblotante finit par s'estomper. La pièce redevint silencieuse.

Étourdie par tout ce qu'elle venait d'apprendre, Nyx aspira de grandes bouffées d'air. Son regard se focalisa sur les poutres, sur la paire d'yeux scintillante. Elle savait à présent ce qui était tapi au plafond.

À titre de confirmation, une silhouette sombre, à peine plus grosse qu'une oie des neiges, jaillit en trombe. Les ailes de la chauve-souris de Mýr se déployèrent, puis, d'un seul battement, elle fonça de biais vers la fenêtre étroite et disparut. Nyx retint son souffle, le temps d'évaluer comment elle se sentait après une telle intrusion.

Les odieux volatiles étaient la plaie de la région, des prédateurs à nul autre pareil. Or, elle n'avait éprouvé aucune crainte. Sa terreur d'autrefois s'était même muée en une certitude glacée.

Nyx savait qui était venu lui rendre visite à l'heure des Vespres.

Elle continua de fixer la fenêtre en repensant à l'autre mamelle, à la petite créature qui, depuis, avait grandi et s'était couverte d'un pelage épais.

Mon frère perdu.

PARTIE IV

LE PRINCE DU PLACARD

La beauté du monde se trouve tout entyère dedans les terres de Hálendii. De l'est à l'ouest, elle se deyverse en marches colossales, comme si leur destin était d'estre foulées par les dyeux en personne. Des plateaux fumans des Suaires aux forestz nébulleuses d'Ennuage, pour finir par se répandre généreusement dans les plaines fertil's & jonchées de fruyts des Brauð. Nonobstan, il n'est pas miracle plus grandiose que la cité sur laquelle ces terres & la majeure partie du monde tournent, la magnyficience triomphante d'Azantiia.

— Annoté du traité
en quatre-vingts tomes,
Comprendre la géographie de Lyrrasta

CHAPITRE 11

Le fils du haut-roi se réveilla, gémissant, au milieu des poux et des relents infects de sa propre haleine. Les cloches du matin sonnaient sur les hauteurs d'Azantiia. Le carillon retentissait d'une tour à l'autre, six au total, chacune positionnée à une pointe des remparts en étoile de Hautmont.

Pour échapper au vacarme, le prince écrasa son coussin sur ses oreilles. Hélas, la clameur était si abrutissante qu'il en avait mal aux dents. L'estomac en vrac, il sentit un jet de bile lui remonter dans la gorge. Il le ravala avec autorité, non sans avoir laissé échapper un rot sonore.

Enfin, le dernier coup de cloche résonna sur la Baie des Promesses et, par bonheur, le silence reprit ses droits.

— C'est pas trop tôt ! apprécia le prince Kanthe.

À cause des volets fermés, la pièce était plongée dans le noir. Les paupières closes, il tâcha de se rappeler où il était. Il empestait la sueur, la pisse et l'odeur âcre des bières qu'il avait ingurgitées. Du gras grésillait sur une grille à l'étage inférieur, et la fumée s'infiltrait par les lattes du plancher. De la cuisine, on entendait aussi le cliquetis des marmites, parfois interrompu par les aboiements d'un aubergiste furieux.

Ah, oui...

Kanthe se souvenait vaguement d'une pancarte en bois, où un chevalier en armure portait une épée à ses lèvres. Le Glaive Pointu. Un jour, un petit malin avait insolemment fait de l'épée un membre viril en érection. Depuis, personne n'avait pris la peine de remettre l'enseigne en état. Amusé, le prince Kanthe n'avait pas pu passer à côté sans entrer. Si ses souvenirs étaient bons, c'était la troisième taverne que, la veille, il avait honorée de son illustre présence. Pour autant, il n'avait pas donné sa véritable identité. Comme d'habitude, il dissimulait son rang sous un pantalon d'étoffe grossière et une simple cape.

Il se redressa sur le lit, songea à se raviser mais persévéra. D'un geste vif, il tourna ses jambes nues au-dessus du sol en se demandant où son pantalon avait disparu. Il se gratta les parties et tenta d'en déloger deux ou trois morpions. Le combat était perdu d'avance. Seul un bain de lessive brûlant viendrait à bout des satanées bestioles.

Kanthe se leva en grognant et ouvrit un volet au-dessus des cabinets pour accueillir un peu d'air frais. Lorsqu'une lumière éclatante lui piqua les yeux, il l'encaissa comme une punition. Il faisait déjà chaud. Le ciel bleu était émaillé, vers l'est, de quelques pyrocumulus roses. Plus bas à l'ouest, de gros nuages d'orage s'amoncelaient à l'horizon. Arrivés par la mer, ils écrasaient de leur ombre les champs de céréales situés sur l'autre berge du Tallak et se dirigeaient inexorablement vers la ville.

Le jeune homme se représenta les fleuves célestes jumeaux que l'alchimiste Frell avait tenté de lui décrire : un cours d'eau brûlant traversait le ciel, charriant la chaleur intense de l'hémisphère accablé de soleil de la Terre vers son autre moitié gelée, puis il rebroussait chemin sous la forme d'une rivière froide cette fois-ci qui, au plus près des terres et des océans, serpentait à rebours, de l'ouest vers l'est. Voués à circuler éternellement dans des directions opposées, les deux fleuves offraient ainsi aux territoires de la Couronne un climat supportable. Si, de l'avis des hiéromoines, il fallait remercier des divinités jumelles – le flamboyant Hadyss et le géant glacé Madyss – de les faire couler dans les cieux, Frell et sa congrégation soutenaient, eux, que c'était dû à quelque souffle naturel du feu et de la glace.

Kanthe soupira. Il s'en fichait comme de l'an quarante… alors qu'il n'aurait pas dû. Lui-même était censé accéder au neuvième niveau dans moins de quinze jours. Certes, il n'avait pas gagné son éminente place à la sueur de son front, mais il était le fils du roi. Le Conseil des Huit pouvait difficilement refuser son Ascension.

En attendant, il profitait de sa liberté jusqu'à la fin des vacances. Bien sûr, il n'avait guère besoin d'excuse pour faire la noce. Tout le monde connaissait sa réputation. Kanthe avait hérité de nombreux sobriquets, qu'on lui attribuait souvent en ricanant dans des bars miteux, tandis que, sous son déguisement, il s'envoyait une pinte de bière : le Prince Imbibé, Roubignolles, le Mouton Noir. L'insulte la plus pertinente restait toutefois le Prince du Placard. Kanthe avait pour unique fonction dans la vie d'être une pièce de rechange si jamais son jumeau plus âgé venait à mourir. Son destin était de rester assis sur une étagère, au fond d'une armoire, au cas où on aurait besoin de lui.

Il aperçut enfin son pantalon, entassé dans un coin, et s'empressa de l'enfiler. Il n'éprouvait aucune honte à être raillé ainsi, car, ces surnoms-là, il les avait amplement mérités. Il avait même tout fait pour. En tant que fils cadet du roi, il ne monterait jamais sur le trône. Il jouait donc son rôle à merveille. Plus il s'avilissait, plus, en comparaison, son frère aîné brillait.

C'est le moins que je puisse faire, mon cher Mikaen.

Tandis qu'il dansait d'un pied sur l'autre pour chausser ses bottes, il se rembrunit. *Peut-être n'aurais-je pas dû rester si longtemps dans le ventre de maman.* Mikaen s'était frayé un passage avant lui et, dès son premier cri, il avait raflé la meilleure place. Destiné au trône, Mikaen était couvert d'amour et d'attentions. À sept ans, on l'avait envoyé à la Légionnaire, sur les terres du château, et, depuis huit années, il y était formé à toutes sortes de stratégies et de maniements d'armes en vue d'exercer au mieux son futur rôle de souverain d'Azantiia.

De son côté, Kanthe avait été chassé de Hautmont et inscrit à l'école de Castelroche. Ce n'était guère une surprise. Les familles royales d'Azantiia avaient une longue histoire de naissance de jumeaux, certains nés identiques, d'autres avec des traits différents. Mikaen, qui semblait avoir été sculpté dans une pierre calcaire immaculée, avait hérité du physique de son père, jusqu'à ses boucles blondes et ses yeux bleu océan. Les jeunes filles – et beaucoup de dames – se pâmaient sur son passage, d'autant plus que ses années d'enseignement militaire lui avaient forgé un corps d'athlète. Et, de son physique de rêve, il faisait un excellent usage. La nuit tombée, Mikaen maniait souvent une épée d'un autre genre au palais des servantes sexuelles de Hautmont.

Rien ne pouvait être plus éloigné de la vie de Kanthe. En tant que fils cadet, il avait interdiction de toucher une épée. De plus, à l'exception d'une tentative éclair, embarrassante et brouillonne, il était pratiquement puceau. Pour ne rien arranger, Castelroche prohibait ce genre de plaisirs-là… et Kanthe ne suscitait pas le désir des femmes aussi ardemment que son aîné.

Alors que Mikaen était tout en éclat et en audace, Kanthe ressemblait davantage à leur mère défunte. Il avait un teint d'ébène luisant, des cheveux de jais et des yeux gris orage. Comme elle, il était aussi d'un tempérament plus calme, préférant se retrouver en tête à tête avec lui-même.

Puisqu'il n'avait pas le droit de manier l'épée, Kanthe avait souhaité s'initier au tir à l'arc. Son père l'y avait d'ailleurs encouragé. Depuis de nombreux siècles que leur dynastie était au pouvoir, le royaume de Hálendii avait particulièrement bien investi le nord de la Couronne et la conquête des territoires s'était moins faite à coups d'épée et de vaisseaux de guerre qu'à grand renfort de charrues, de cognées et de faux. Domestiquer les contrées sauvages était aussi essentiel à la protection du pays que d'ériger des murs fortifiés ou de construire des châteaux. Au même titre que n'importe quelle armée étrangère, la nature était un ennemi à dompter.

Aussi, dès qu'il avait un moment de liberté, Kanthe partait-il dans les collines et les forêts des Brauð pour chasser et affûter ses talents, qu'il s'agît de s'entraîner à viser ou de mieux traquer les cibles. Il rêvait de gravir un jour les falaises de Toucheterre, qui menaient aux bois nébuleux d'Ennuage, voire de pousser jusqu'aux jungles haut perchées des Suaires de Dalalæða. Rares étaient ceux qui osaient s'y aventurer et plus rares encore ceux qui en revenaient vivants.

Enfin, ce n'est pas près d'arriver.

Depuis quelque temps, ses escapades se réduisaient à peau de chagrin, surtout à mesure qu'il gravissait les échelons de Castelroche. Ses études l'accaparaient beaucoup. En conséquence de quoi, il finissait par reprocher à l'école de rester cloîtré à Azantiia. Pour compenser, il avait découvert une nouvelle distraction : il s'était aperçu qu'on pouvait très facilement s'échapper au fond d'une chope de bière.

Et voilà comment il avait atterri là, assailli de poux et la tête comme prise dans un étau.

Une fois habillé, il posa une pèlerine élimée sur ses maigres épaules et dissimula son visage sous la capuche pointue. Après avoir descendu un vieil escalier branlant, il pénétra dans la salle commune de l'auberge. Une poignée de pêcheurs était attablée à côté de la cuisine, histoire de récupérer les plats les plus chauds.

Le tenancier passait un chiffon graisseux sur son comptoir.

— Ça vous dit d'grailler un truc ? J'ai du porridge avec des pieds de bœuf bouillis et des galettes d'avoine.

Kanthe geignit.

— Aussi tentant que celui puisse paraître, je vais décliner l'invitation.

Il sortit de sa bourse un demi-eyrié d'argent que, d'une chiquenaude, il lança en l'air. La pièce rebondit et atterrit près de l'aubergiste, qui la happa vite fait dans son torchon.

— Pour la nuit, avec mes remerciements.

— C'est plus qu'assez, mon gars. Trop même, souffla le patron avec une rare honnêteté.

— Ah. (Kanthe posa la main sur son ventre.) Enfin, vous n'avez pas vu l'état de la chambre que vous m'avez louée.

Les pêcheurs émirent quelques gloussements complices.

— Mieux vaut boire tant qu'on le peut encore, fiston ! lança l'un d'eux en rongeant son pied de bœuf.

Il semblait avoir davantage de porridge sur sa barbe qu'au fond du gosier.

— Avec le nobliau qui va venir festoyer gaiement, Hautmont ne devrait pas tarder à nous assécher ici, dans les Bas-Fonds.

Un de ses camarades acquiesça avec sagesse.

— Je parie qu'ils vont apporter nos meilleures barriques à leur château.

— Ne nous laissant que la lie, conclut un troisième.

Le grand costaud à la barbe couverte de porridge cracha de petits os sur la table.

— Bien sûr, on sait qui videra presque toutes leurs réserves. (Il flanqua un coup de coude à son voisin.) Roubignolles !

Tout le monde s'esclaffa.

— Le Mouton Noir ne va pas apprécier, reprit un autre.

— Et comment ! admit Kanthe, maussade.

— Pas avec son séduisant frangin qui a encore avancé d'un pas vers le trône. (Barbe à Porridge interpella son autre voisin.) Surtout si la jeune Myella a un polichinelle dans le tiroir.

Nouveaux éclats de rire.

D'un geste las, Kanthe les laissa deviser gaiement et quitta l'auberge. Ébloui par le soleil, il invectiva en silence le Père d'En Haut. Aussitôt, le tonnerre gronda, comme s'il condamnait son attitude blasphématoire.

Le prince grommela à mi-voix.

Apparemment, personne n'appréciait Roubignolles.

Et moi encore moins.

Tout en s'apitoyant sur son sort, il se protégea les yeux et observa la vue : la Couronne étincelante de Hautmont se détachait au loin, telle l'étoile du Berger. Il lui restait une longue route à parcourir avant de regagner les dortoirs de Castelroche.

Il baissa la tête et rabattit sa capuche pour se cacher du Père d'En Haut. Hélas, le soleil n'était pas le seul dont il aurait dû se méfier. Dans le dédale des rues tortueuses, son sang battait violemment contre ses tempes. Le reflet éblouissant du matin dans les vitres agressait ses prunelles larmoyantes.

Kanthe avança d'un pas mal assuré et, tout en s'appuyant parfois aux murs, il tenta de calmer son estomac. À l'entrée d'une venelle, il trébucha. Une main l'attrapa et le remit d'aplomb.

— Merci beaucoup, marmonna-t-il.

Soudain, l'individu l'entraîna vers un passage obscur. D'autres mains l'empoignèrent – un trio de brigands en manteau sombre apparut. Face au danger, Kanthe sentit la panique l'envahir. Il se maudit d'avoir baissé sa garde. Dans les Bas-Fonds, c'était toujours une erreur, qu'il fît jour ou nuit.

La pointe d'une dague contre son flanc confirma son imprudence.

— Tu cries, t'es mort, chuchota une voix rauque.

Pendant qu'on l'obligeait à s'enfoncer dans l'allée, Kanthe se rappela le poids de sa bourse, la largesse du demi-eyrié lancé à l'aubergiste. Il n'aurait pas dû se montrer aussi irresponsable. Dans les quartiers mal famés, la générosité était rarement récompensée.

Son agresseur siffla tout bas :

— J'ai l'impression qu'on vient de choper un prince directement sorti de son placard.

Kanthe se raidit. Son tas de pinches en cuivre et d'eyriés d'argent ne suffirait pas à lui rendre sa liberté. Même le Prince Imbibé valait plus qu'une poignée d'eyriés.

Malgré ses vertiges, le pas chancelant, il essaya de tenir tête au bandit.

— Vous croyez… que, parce que je suis d'une beauté sombre à tomber, je suis le prince ?

Il ricana de mépris.

L'acolyte du voleur se mit nez à nez avec Kanthe. Son haleine empestait la bière rance et les dents pourries.

— T'es sûr que c'est lui, Fent ?

Sautant sur l'occasion, Kanthe utilisa sa seule arme. Il libéra sa gorge et cracha un énorme flot de bile. Le jet acide atteignit le voyou en plein visage.

L'homme recula en mugissant, les yeux brûlants.

Kanthe profita de la stupéfaction générale pour assener un coup de talon à la cheville de son propre assaillant. Ce dernier poussa un cri et le jeune héritier parvint à se libérer de son étreinte. La dague trancha son manteau mais ne s'enfonça pas dans la chair. D'un autre coup de pied, il frappa le troisième larron au torse et le projeta contre le mur du fond.

Sans demander son reste, Kanthe détala à toutes jambes. Il remercia en silence l'éclaireur d'Ennuage qui lui avait appris à chasser, à manier l'arc et, plus important, à gérer le danger quand le chasseur devenait la proie. *Parfois, la fuite est la meilleure des armes*, lui avait confié Bre'bran.

Bon élève, Kanthe regagna vite les lumières de la ville. En se fondant au milieu de la foule anonyme, il fit tomber les paquets d'une dame.

— Désolé ! haleta-t-il sans s'arrêter.

Au premier carrefour, il bifurqua et, dans sa course effrénée, il se fit la promesse silencieuse d'être plus prudent à l'avenir – et beaucoup moins généreux.

* * *

Kanthe haleta bruyamment et se boucha les oreilles pour couvrir le vacarme des cloches. Il avait l'impression que les battants en bronze lui martelaient l'intérieur du crâne.

Il s'était réfugié à l'ombre du tunnel qui traversait le Mur des Tempêtes et il guettait l'éventuel retour de ses poursuivants.

La fortification en brique, large de plus de deux cents mètres, avait jadis délimité le périmètre d'Azantiia et, depuis des milliers d'années, elle protégeait la cité des féroces intempéries maritimes qui venaient frapper la Baie des Promesses. Elle défendait aussi Azantiia contre bien plus que la colère des éléments. Sa masse monumentale était truffée de dépôts d'armes et de casernes, sa face externe jalonnée de meurtrières. Un nombre incalculable d'armées s'y étaient cassé les dents, même si cela faisait des siècles qu'aucune n'osait plus tenter l'aventure.

En tout cas, si les rumeurs de guerre se concrétisaient, le Mur risquait d'être bientôt soumis à rude épreuve. Des échauffourées éclataient le long des frontières du sud et les attaques contre les navires de commerce du royaume se multipliaient.

Le calme revenu, Kanthe se remit en route et ressortit à l'autre bout du tunnel. Il laissait derrière lui les Bas-Fonds et, avec un peu de chance, un certain trio de bandits. Il resta néanmoins vigilant.

Au fil des siècles, Azantiia s'était déployée dans toutes les directions, au point d'empiéter sur la baie elle-même, et l'enceinte du Mur des Tempêtes n'avait plus suffi. Érigés sur des étendues de limon compacté, les nouveaux bâtiments avaient obligé à repousser de plus en plus la zone des quais.

Les Bas-Fonds, implantés à l'extérieur des fortifications, subissaient des inondations brutales, au cours desquelles des quartiers entiers étaient submergés ou rayés de la carte. Tout était cependant vite reconstruit et les Bas-Fonds avaient la réputation d'être aussi changeants que le temps – le tonnerre se rappelait régulièrement au bon souvenir des habitants. D'ailleurs, les plans du secteur étaient tracés davantage à l'instinct que d'après des mesures précises à la boussole ou au sextant – et, bien sûr, jamais à l'encre indélébile.

Après avoir franchi le Mur des Tempêtes, Kanthe s'engagea dans la cité proprement dite, baptisée les Mitans. À la faveur de l'imposant rempart, les maisons y étaient plus hautes et elles arrivaient parfois à mi-hauteur de l'enceinte. Bon nombre de fondations étaient construites sur de plus anciennes. Une régence éclipsant la précédente, les édifices s'empilaient comme les pages d'un livre et une véritable histoire s'écrivait dans la pierre.

Les Mitans accueillaient aussi les grandes fortunes de toutes les régions possibles et imaginables : fermes prospères des Brauð voisins, mines de Guld'guhl à l'est ou encore ranchs d'Aglerolarpok à l'ouest. Tout affluait par les Bas-Fonds, puis investissait les Mitans et finissait sur les hauteurs de Hautmont, ville fortifiée au centre d'Azantiia.

Sur le trajet de Kanthe, les boucheries infestées de mouches qu'on trouvait à proximité du Mur des Tempêtes furent peu à peu remplacées par des auberges pittoresques, des ateliers de couture ou des cordonneries. Plus haut encore apparurent des orfèvreries, des joailleries, ainsi que des banques et des cabinets financiers. Les fenêtres des maisons étaient garnies de fleurs en pot. Çà et là, on apercevait des jardins parfumés, souvent clôturés et protégés par des grilles hérissées de pointes. À cette altitude-là, les embruns iodés, charriés par le vent depuis la Baie, chassaient la crasse et les relents infâmes des bas quartiers.

Après avoir jeté un dernier coup d'œil à la ronde, Kanthe estima qu'il avait semé les bandits et il s'autorisa à souffler un peu. La foule était de plus en plus dense. Wagonnets et chariots – l'éternel sang de la ville – circulaient partout, tirés par des poneys ou des bœufs écornés.

Un cri jaillit derrière lui, assorti d'un claquement de fouet.

— Hé, toi ! Dégage de mon ch'min !

Kanthe recula d'un pas au moment où une grosse carriole, chargée de fûts de vin sur deux niveaux, fonça vers la lumière éclatante de la Porte d'Argent. En la voyant franchir les deux battants gigantesques et richement travaillés qui permettaient d'entrer à Hautmont, il se rappela la conversation des pêcheurs au Glaive Pointu.

Ces gars-là avaient manifestement raison de s'inquiéter pour leur futur approvisionnement en boissons.

Les rues avaient été décorées de centaines de drapeaux portant haut les armoiries de la Maison de Massif : une couronne noire plaquée sur les six pointes d'un soleil doré. Les murs de Hautmont, qui reproduisaient ce motif astral, avaient été érigés quatre cent seize ans plus tôt, quand les ancêtres du prince avaient accédé au trône.

Puissions-nous régner encore longtemps, se dit-il avec aigreur. *Quand bien même, moi, je ne dirigerais rien... D'ailleurs, je n'en ai aucune envie.*

Un sentiment de perte lui pinça le cœur. Plus jeune, Kanthe avait le mal du pays et il rentrait souvent à Hautmont, car c'était le seul endroit où il avait l'impression d'être chez lui. Mikaen et lui étaient alors les meilleurs amis du monde, soudés comme seuls des jumeaux pouvaient l'être. Hélas, même des liens aussi forts n'avaient pas résisté au destin qui les entraînait chacun dans une direction opposée.

Peu à peu, Kanthe avait espacé ses visites.

Ce qui, à coup sûr, convenait parfaitement à son père.

Plus le roi était fier de son resplendissant fils aîné, plus son seuil de tolérance vis-à-vis du cadet, plus falot, s'abaissait. Ses petites rebuffades s'étaient muées en accusations et en affronts féroces. Cela expliquait en partie pourquoi Kanthe avait atterri au Glaive Pointu avec une migraine épouvantable et l'estomac en vrac. Peut-être cherchait-il à être en accord avec le mépris de son père.

Pour les épargner tous les deux, Kanthe avait appris à éviter Hautmont mais, d'ici à huit jours, il serait bien obligé de franchir à nouveau la Porte d'Argent.

Poussée par l'orage imminent, une grosse rafale de vent balaya les rues. Les drapeaux claquèrent. Certains s'étaient enrichis d'une tête de bœuf à cornes, emblème de la Maison de Carcassa, qui tirait sa fortune d'une centaine de ranchs à travers les Brauð et les terres d'Aglerolarpok. Si les wagonnets étaient le sang de la ville, Carcassa mettait de la viande sur les os de toutes ces contrées-là.

Kanthe toisa d'un œil sévère les bannières éclatantes des deux maisons, signe que ses jours en tant que Prince du Placard étaient comptés.

Une semaine plus tôt, son frère avait annoncé ses fiançailles-surprises avec dame Myella, de la noble Maison de Carcassa. Leur mariage était prévu huit jours plus tard. La date, très rapprochée, aurait été choisie pour tomber le jour de l'anniversaire de Mikaen, qui fêterait ses dix-sept ans, mais le bruit courait en ville que les noces avaient été précipitées parce que la demoiselle était déjà enceinte. Bien entendu, quiconque colporterait la rumeur en public risquait de se faire aussitôt couper la langue.

Quoi qu'il en fût, la marche de Mikaen vers le trône – avec potentiellement un nouvel héritier en route – était assurée. Dès lors, Kanthe occuperait, au mieux, le rôle de conseiller du monarque. S'il avait été envoyé à Castelroche, c'était pour y être dûment formé à son futur poste de cour. Et il devait être reconnaissant de se voir offrir une si belle place. Ses études d'histoire lui avaient appris que de nombreux jumeaux royaux n'avaient pas eu sa chance. Souvent, les princes du placard étaient délogés sans ménagement de leur étagère, un poignard enfoncé dans les côtes en guise de cadeau d'adieu, de crainte qu'un conflit de famille ne déclenchât une insurrection.

Nul ne semblait placer de telles ambitions en Kanthe.

Tant mieux.

Le jeune homme tourna à l'angle de la rue d'Argent et se dirigea vers le sud, où une grande montagne avait été taillée, puis sculptée pour héberger l'école ancestrale de Castelroche. Avec ses neuf niveaux, elle tutoyait la crête des remparts de Hautmont et, au dernier étage, on voyait même par-dessus. Les deux bûchers qui y brûlaient sur le toit dégageaient en permanence des fumées d'encens et d'alchimies, l'exhortant à regagner son foyer d'exil.

Résigné à assumer son rôle, Kanthe prit le chemin de l'école. Il se hâta de franchir le portail, puis grimpa jusqu'au huitième étage. C'était là-bas qu'il avait ses quartiers – du moins, encore pour douze jours. Après quoi, il déménagerait au neuvième et dernier niveau.

Le temps d'arriver à destination, il avait évacué, par la transpiration, une bonne partie des effets secondaires de sa soirée de beuverie. Même son estomac gargouillait de faim et le jeune homme envisagea d'aller chercher quelque chose à grignoter au réfectoire. Au souvenir de l'état dans lequel il avait mis sa chambre à l'auberge, il se ravisa.

Autant ne pas courir le risque de salir un autre lit.

Il quitta la lumière éclatante de l'extérieur et pénétra dans le dortoir du huitième étage. Ses appartements étaient beaucoup plus vastes que la majorité des cellules austères de ses camarades. Point négatif : la fenêtre de sa chambre donnait sur Hautmont, comme pour le tenter. Dès son emménagement, il avait donc préféré fermer les volets et ne les avait plus jamais rouverts.

Un parchemin scellé était coincé dans l'encadrement de sa porte.

En tirant sur le rouleau, Kanthe le déchira légèrement et, par réflexe, vérifia que le cachet de cire rouge était intact. À la lumière des torches du couloir, il aperçut l'emblème : un livre entouré de chaînes, censé représenter le savoir interdit enfermé dans le vieil ouvrage.

Le symbole de Castelroche.

Ses épaules se dénouèrent. *J'aime autant cela qu'une couronne noire sur un soleil doré.* Tout message en provenance de Hautmont était forcément, à ses yeux, une mauvaise nouvelle.

Il déroula le parchemin et reconnut l'écriture soignée de l'alchimiste Frell. Depuis son entrée à Castelroche, c'était son tuteur et mentor. Pour un érudit aussi respecté, la mission avait dû être frustrante et – la plupart du temps – stérile. Frell persévérait toutefois avec une patience infinie.

À moins qu'il n'agisse par pitié.

Kanthe approcha la lettre d'un flambeau et lut.

Prince Kanthe ry Massif,

J'aimerais vous entretenir en privé d'une affaire importante. Auriez-vous l'amabilité de me rejoindre au plus vite dans mon scholarium personnel ? C'est un sujet urgent qui réclame votre extrême discrétion. Je crois, hélas, que pour résoudre le problème, nous aurons besoin d'un homme de votre stature et de votre circonspection.

Kanthe se rappela avec regret le bain réconfortant dont il avait rêvé durant son laborieux retour. Ce ne serait pas pour tout de suite. Même si la tournure raffinée des phrases faisait penser à une invitation, il n'avait eu aucun mal à lire entre les lignes qu'on lui donnait, en réalité, un ordre. En tant que membre du Conseil des Huit, Frell méritait tous les égards. Pire, il avait envoyé son message la veille, bien après que Kanthe eut entamé sa lente descente vers un lit infesté de poux dans les Bas-Fonds.

Il chiffonna le parchemin et tourna le dos à la porte. Il avait beau s'interroger sur le motif de la convocation, par expérience, il connaissait la réponse.

Ça sent les ennuis pour moi.

CHAPITRE 12

Kanthe se planta devant une porte en bois de fer marquée du sceau de Castelroche. Seul ornement supplémentaire : un mortier et un pilon en argent, emblème des alchimistes. À l'autre bout du huitième étage, une porte fermée à clé était flanquée d'un symbole comparable, à cela près que son livre arborait une étoile dorée, signe distinctif des hiéromoines.

Kanthe n'y avait jamais mis les pieds.

De sous sa chemise à longs pans, il sortit une grosse clé accrochée à un anneau de cuir tressé. Bien qu'il eût déjà déverrouillé la porte un millier de fois au cours de sa huitième année d'études, il éprouvait systématiquement une pointe d'appréhension. Il tourna la clé dans la serrure et poussa le battant. Derrière le seuil, un étroit escalier en colimaçon montait et descendait. L'accès n'y était autorisé qu'aux personnes élevées au rang de Hautcryste en alchimie.

Ou, dans le cas de Kanthe, à un prince qui s'était vu affecter un tuteur membre de l'ordre.

Au fil de la montée, sa respiration s'apaisa. Le passage permettait aux alchimistes de filer au neuvième étage de Castelroche sans être dérangés par des bataillons d'élèves qui arpentaient sans relâche les volées de marches extérieures. Au dernier niveau, la spirale débouchait sur le demi-cercle des tours alloué aux expériences d'alchimie.

Un escalier similaire, réservé aux hiéromoines, se dressait à l'autre extrémité du bâtiment et aboutissait, lui, aux tours consacrées aux dévotions et aux études religieuses. Kanthe n'y était jamais allé – et il ne voyait aucun intérêt à le faire.

En haut des marches, une galerie voûtée, gravée d'une myriade d'obscurs symboles alchimiques, menait à une salle gigantesque. Les yeux rivés au sol, Kanthe se faufila à l'intérieur. Au plafond, les bougies d'un majestueux candélabre en fer chatoyaient étrangement. La plus grosse, au centre, brûlait d'une flamme noire qui dégageait un filet de fumée blanche.

L'atmosphère même de la pièce était emplie de mystère, gorgée d'effluves âcres de produits chimiques et d'énergies orageuses à donner le frisson. Sans doute était-ce accentué par la propre gêne du jeune visiteur, conscient du châtiment infligé à quiconque s'aventurait de son propre chef au dernier étage, où aucun élève n'était admis.

Là aussi, Kanthe bénéficiait d'une dérogation spéciale, non pas tant parce qu'il appartenait à la famille royale que parce que son tuteur était particulièrement estimé. Nul ne s'attendait à ce que Frell arpentât l'établissement en long, en large et en travers pour s'occuper du Prince du Placard. C'était plutôt à Kanthe de se déplacer – presque un jour sur deux.

Après huit ans à le voir s'introduire dans leur antre, les alchimistes avaient fini par s'habituer. Hormis quelques regards agacés, on ne lui prêtait plus attention, ce qui ne changeait guère de la manière dont ses camarades le traitaient au quotidien. Par jalousie, mépris ou ressentiment à l'égard de son privilège, certains élèves préféraient l'éviter. D'autres avaient essayé de s'attirer ses faveurs mais avaient vite jeté l'éponge et rejoint la foule des méprisants.

Un *boum !* retentissant fit presque sauter Kanthe au plafond. D'instinct, le jeune homme se protégea la tête et supposa qu'au-dessus de lui, une expérimentation avait dû mal tourner. Des cris étouffés confirmèrent l'hypothèse. Chaque alchimiste possédait son propre scholarium privé, dans lequel il ou elle menait ses travaux d'étude.

Kanthe se hâta de rejoindre le fond de la salle, puis il longea un couloir sinueux bordé de torches et d'huiles sur toile noircies représentant les plus célèbres érudits de l'école. Arrivé devant la porte de la tour située le plus à l'ouest, il gravit encore quelques marches en colimaçon jusqu'au sommet. C'était là-bas que l'alchimiste Frell avait établi ses quartiers.

Kanthe frappa doucement sur une simple porte en chêne. Il ignorait si son tuteur était encore là, d'autant que sa lettre de convocation datait de la veille.

— Une minute ! cria-t-on de l'intérieur.

Un frisson de nervosité lui parcourut l'échine.

Un verrou finit par grincer. Kanthe s'en étonna, car Frell s'enfermait rarement à clé. Au contraire, il adorait disserter sur ses travaux et avoir des discussions enflammées avec les frères et sœurs de son ordre. Il écoutait même volontiers les conseils des hiéromoines. C'était probablement son caractère coopératif qui lui avait valu d'être nommé au Conseil des Huit. Avant lui, personne d'aussi jeune n'en avait eu l'honneur.

La porte s'entrebâilla juste assez pour permettre à Frell de jeter un œil dehors. Il lâcha un soupir exaspéré et se décida à ouvrir en grand.

— Rappelez-moi de vous faire réviser la définition du mot « urgence », maugréa-t-il. Allez, dépêchez-vous d'entrer.

Kanthe s'exécuta d'un pas chancelant et attendit que l'alchimiste eût reverrouillé derrière lui. Il resta bouche bée devant l'état du scholarium – sans parler de son tuteur lui-même.

Que se passe-t-il ?

En temps normal, Frell frisait la maniaquerie : livres soigneusement alignés sur les rayonnages, rouleaux de parchemins rangés dans leurs casiers numérotés, plans de travail d'une propreté absolue. Si une telle méticulosité était nécessaire, c'était que l'endroit était rempli du sol au plafond. Il tenait lieu à la fois de bibliothèque d'ouvrages anciens, de bureau de recherche et de cabinet de curiosités. De mystérieux appareils – certains en verre, d'autres en bronze – trônaient sur les étagères ou étaient posés sur les tables. Parfois, ils bouillonnaient d'élixirs ou d'étranges solutions chimiques. Et, même si les fenêtres du scholarium donnaient sur les quatre points cardinaux, elles étaient généralement – comme ce jour-là – fermées en vue de préserver l'intégrité des textes précieux conservés sur place. La pièce n'était éclairée que par quelques lampes à huile, dont la flamme, enfermée dans un tube en verre, frémissait au milieu des parchemins et des vélins.

Ce n'était plus le cas.

— Qu'est-il arrivé ici ? demanda Kanthe.

Frell passa devant lui en faisant tournoyer le bas de son habit noir, resserré à la taille par une large ceinture rouge vif. L'alchimiste, deux fois plus âgé que Kanthe, mesurait aussi une tête de plus. Ses cheveux roux foncé étaient retenus en queue-de-cheval. D'ordinaire, il était rasé de frais. Là, une fine barbe envahissait ses joues. Ses yeux, toujours plissés à force de se concentrer sur de l'encre délavée, paraissaient encore plus inquiets et cernés. Enfin, avec ses traits tirés qui laissaient penser qu'il n'avait pas dormi depuis des jours, il avait l'air vieilli de dix ans.

— Venez.

Kanthe le suivit au milieu de la pièce, qui semblait avoir été dévastée par un ouragan. Des livres s'entassaient partout. Des rouleaux de parchemin gisaient à terre. La plupart des lampes à huile avaient été rassemblées sur une longue table, qu'on avait installée près du fleuron du scholarium : un dispositif qui semblait aussi être l'œil de l'obscur cyclone.

Kanthe rejoignit Frell devant le grand télescope en bronze. Le pied était vissé à un plateau tournant et l'extrémité dépassait par une ouverture pratiquée dans le toit. L'énorme instrument d'astronomie, au diamètre deux fois plus grand que la cuisse du prince, était richement orné de cristaux polis et de miroirs aux formes ésotériques.

Frell étudia un parchemin étalé sur la table. Il se frotta le menton, tandis que son autre main planait au-dessus d'une série d'encriers en cristal – chacun de couleur différente – où trempaient des plumes d'oie.

— Laissez-moi noter le résultat de mes calculs avant d'oublier. Maintenant que la lune n'est plus pleine, je dois consigner tout ce que je peux.

Il choisit l'encrier turquoise et alla griffonner quelques nombres en marge d'un schéma détaillé de la lune.

Kanthe en profita pour regarder autour de lui. Il aperçut un petit rouleau de toile enduite noire, typique des messages acheminés par corbereau. Il ne discernait pas ce qui était écrit mais remarqua la présence d'un sceau. On aurait dit l'emblème de Castelroche, sauf qu'au lieu d'être entouré de chaînes, le livre minuscule était entortillé de grandes orties.

Le symbole du Cloistre.

L'établissement de formation de Frell.

Depuis qu'il avait cessé d'écrire, l'alchimiste observait d'un air soucieux le long télescope, comme s'il tentait de voir à travers le plafond. Il avait axé ses recherches sur les mystères du ciel, ce que les hiéromoines décrivaient comme étant la sphère supérieure des dieux. Il cherchait à comprendre ce qui était inscrit dans le mouvement et la disposition des étoiles – même si la plupart de ses travaux étaient réservés à l'hiver, quand le soleil était à son point le plus bas et qu'on distinguait tout juste les étoiles situées de l'autre côté de la Couronne.

Kanthe devinait aisément pourquoi son mentor s'intéressait tant au ciel : il avait grandi aux confins occidentaux de la Couronne, à l'ombre des Crocs de Glace, qui marquaient la frontière avec les friches stériles qui s'étendaient derrière les montagnes. Là-bas, le Père d'En Haut luisait faiblement, voire pas du tout. Frell lui avait un jour décrit le flot d'étoiles qu'on y admirait, mais Kanthe avait beaucoup de mal à l'imaginer.

Au sein de la Couronne sans étoiles, l'alchimiste avait choisi d'étudier ce qui était bien visible dans le ciel. Kanthe lorgna la liasse de documents où figuraient des dessins précis de la lune, à l'encre encore fraîche, auréolés de traits, de mesures et d'annotations cabalistiques de différentes couleurs. Le rendu était d'une beauté froide, assez effrayante.

Les autres parchemins, jaunis par le temps, paraissaient beaucoup plus anciens. L'encre n'y était presque plus qu'un souvenir, mais ils tournaient tous autour du même mystère.

La lune...

Au bout d'un moment, Frell poussa un soupir las.

— J'ai peut-être l'esprit confus. Ou alors c'est sous l'influence du Fils et de la Fille que je me suis bercé d'illusions.

— Que se passe-t-il, Frell ?

Kanthe ne l'avait jamais entendu douter de lui-même et c'était beaucoup plus perturbant qu'il ne l'aurait imaginé. À maints égards, l'alchimiste avait été son pilier durant son enfance tumultueuse.

— Je ne peux plus nier une vérité difficile. Je ne peux plus me terrer ici, dans mon scholarium, à lire de vieux textes et à continuer tranquillement mes calculs. Les recherches n'ont qu'un temps. Au bout d'un moment, les spéculations basculent dans l'inexorabilité.

— Je ne comprends pas. Qu'est-ce qui est inexorable ?

Frell lui saisit le bras.

— Le fait que le monde arrive à son terme. Que les dieux ont décidé de nous détruire.

Kanthe tâcha de comprendre ce qui suivit mais, sous le choc, il restait obstinément sourd au discours de Frell. Comment son mentor osait-il ainsi blasphémer à voix haute ?

— … voulu en faire abstraction, expliqua l'alchimiste. Sauf qu'il y a deux jours, j'ai reçu une lettre du Cloistre et, là, j'ai su que mes mesures, mes calculs ne pouvaient plus être ni mis de côté ni passés sous silence.

Kanthe jeta un œil au courrier noir, puis son regard se posa sur les nombreux dessins de la lune étalés sur la table. Il finit par retrouver sa langue.

— Quelles mesures ? Quels calculs ?

— Laissez-moi vous montrer. Mes inquiétudes concernant l'avenir vous seront plus claires.

Frell remit soigneusement ses vieux parchemins en ordre.

— Ce croquis d'archives date à peu près de la fondation de Castelroche, il y a sept siècles. Voyez le degré de précision avec lequel la lune est représentée. C'est d'autant plus remarquable qu'à l'époque, le matériel d'astronomie était encore très rudimentaire. Le dessinateur a accompli un réel travail d'orfèvre, en particulier pour évaluer le diamètre de la lune.

— Et alors ?

Frell étala trois autres documents devant eux.

— Ces schémas-là ont respectivement deux cents, cent et cinquante ans. (Il lorgna son disciple.) Le dernier est l'œuvre de la cartographe Lyrrasta, après qu'elle eut délaissé ses recherches en géographie pour étudier le ciel.

Perplexe, Kanthe exhuma une vieille leçon d'histoire.

— N'est-elle pas morte sur le bûcher ?

Il pouvait aisément se tromper. On ne comptait plus les audacieux qui avaient connu un sort identique – voire pire – pour s'être risqués à aborder des sujets réservés aux dieux.

— En effet, confirma Frell. Elle a commis l'erreur de mettre en doute l'existence du Fils et de la Fille, attribuant plutôt leur ballet à des forces invisibles. Enfin, là n'est pas la question. Sa carte de la surface de la lune et ses calculs attenants corroborent un processus qui dure depuis des siècles, sinon davantage.

— Lequel ?

L'érudit tapota un nombre qui, inscrit sur chaque page, correspondait au diamètre observé de l'astre. Même Kanthe s'aperçut que les mesures augmentaient au fil du temps.

— Je ne comprends pas. Cela signifierait que la lune est en train de grossir ?

— Plus probablement, qu'elle se rapproche de la Terre. Enfin, de simples récits historiques ne m'apportaient aucune garantie. Il pouvait y avoir eu des approximations dans la méthode de calcul, au niveau des saisons où les données avaient été enregistrées ou encore des positions le long de la Couronne au moment de la retranscription cartographique. J'ai tenté d'expliquer ces changements, tout en cherchant, en parallèle, des preuves supplémentaires.

— Du genre ?

— Des modifications du mouvement séculaire des marées. Ou de la fréquence des saignements féminins qui, on le sait, sont liés à la Fille. Je me suis même renseigné sur le comportement des animaux nocturnes, qui s'adaptent aux différentes phases du Fils.

— Vos travaux ont-ils révélé quelque chose ?

— Rien que je puisse utiliser pour justifier mes craintes grandissantes. Je me suis donc lancé dans mes propres mesures de la lune, chaque fois qu'elle était pleine. Même si je m'y attelle depuis plus de dix ans maintenant, je n'étais pas encore sûr de mon fait. Sur une période aussi courte, les modifications sont infimes. J'avais peur qu'il ne me faille une vie entière pour confirmer ou infirmer mes doutes.

— Alors, qu'est-ce qui vous met aujourd'hui dans un état pareil ?

Frell empoigna d'autres documents.

— Depuis un an, à chaque cycle de la lune, les changements deviennent plus visibles. Je ne peux plus faire l'autruche.

— Parce qu'il s'agit uniquement du fruit de vos recherches personnelles. Ici, à Castelroche.

— Oui. Il est incontestable que la face de la lune grossit à chaque cycle. De plus en plus rapidement.

Kanthe essaya d'apercevoir l'astre par le toit.

— Quel rapport avec la fin du monde ?

— Je crains fort que bientôt – d'ici à quelques années – la Fille ne rejoigne sa Mère, s'écrasant sur la Terre et y exterminant toute forme de vie.

Le jeune homme imagina une collision violente entre la lune et le monde, comme si un marteau venait s'abattre sur une enclume.

— Sa Majesté doit être avertie au plus vite, continua Frell. Voilà pourquoi vous pourriez m'être d'une aide précieuse. J'ai besoin d'être reçu en audience par votre père et son Conseil. Il faut agir… quoique je peine à imaginer comment.

Kanthe fit volte-face vers son tuteur. Il y avait certaines choses pour lesquelles un prince était mieux placé qu'un alchimiste.

— Oh, je vous le déconseille vivement ! Mon père, comme tous les hiéromoines ici, croit que les dieux sont immuables. Oser insinuer le contraire vous condamnera aussitôt.

Il repensa à Lyrrasta sur son bûcher.

— Et, même si votre mise en garde n'est pas jugée sacrilège, mon père ne jure que par les présages. Il est entouré de dizaines de consolateurs et autres diseurs de bonne aventure qui lui chuchotent au creux de l'oreille. À peine va-t-il pisser le matin sans les consulter. Et vous, vous voulez dire au roi – un homme qui se prépare à faire la guerre aux Klashe – que les dieux vont bientôt nous punir ? Évoquer un destin funeste, alors qu'il rassemble ses troupes… Il ne va pas vous traiter de blasphémateur mais carrément de traître. S'il vous tue sur-le-champ, vous aurez de la chance.

Malgré les efforts de Kanthe, Frell semblait déterminé. Il caressa son menton. Il avait beau accepter les arguments de son protégé, il cherchait visiblement un moyen de contourner l'obstacle.

Le prince soupira, excédé, et tenta une autre approche.

— Vous connaissez sans doute les mésaventures du Chevalier Renégat.

Son interlocuteur se raidit. Il était déconcerté par le changement de sujet de conversation, même s'il lorgna un instant la lettre qu'il avait reçue du Cloistre.

Au moins, il sait où l'histoire se termine.

Frell se retourna vers Kanthe d'un air perplexe.

— Qu'est-ce que ce triste récit a à voir avec…

— Vous allez mieux comprendre mon père. Tout le monde a entendu parler de Graylin sy Moor, dont le nom a été rayé de la légion pour être définitivement remplacé par celui de Chevalier Renégat. Il a trahi son serment de fidélité et d'allégeance en couchant avec une des servantes sexuelles préférées de mon père, une beauté à nulle autre pareille.

— Oui et, lorsqu'elle est tombée enceinte, il s'est enfui avec elle dans les marais de Mýr.

— Où elle est morte. Son corps a été retrouvé taillé en pièces, éviscéré et couvert de mouches noires. Le bébé arraché de ses entrailles. (Kanthe ferma les yeux et admit qu'il y avait quand même pire destin que d'être le Prince du Placard.) Graylin a fini par être capturé, condamné au supplice de la roue, puis banni du royaume avec l'interdiction formelle de manier une arme et même de lever le poing. La légende raconte qu'il aurait toujours refusé de renier son amour pour cette femme, y compris sous la torture. Il est mort en exil – non pas de ses blessures mais de chagrin.

L'alchimiste croisa les bras et détourna le regard.

— En effet. La leçon est cruelle, qu'il s'agisse de serments bafoués ou de cœurs brisés.

— L'affaire ne s'arrête pas là, insista Kanthe. Savez-vous ce que mon père croyait ? Pourquoi il a fait traquer le chevalier et sa servante, jusqu'à leur envoyer une bonne partie de son armée aux trousses ?

Frell resta muet.

— La servante, il s'en fichait. Le roi a toujours ouvert généreusement son palais des plaisirs à d'autres hommes, qu'ils fassent partie de ses régiments ou de son conseil rapproché.

Et à un certain fils chéri.

Kanthe continua.

— Que l'enfant à naître soit le fruit de ses ébats ou de ceux du chevalier, il s'en moquait aussi. Depuis des siècles, les accoucheuses savent quoi faire des bâtards royaux qui échappent aux tisanes d'avortement.

— Alors, pourquoi mettre tant d'ardeur à les pourchasser ?

— À cause d'un devin qu'il tient en très haute estime. Pas n'importe quel diseur de bonne aventure, mais un prophète qui ceint son front de noir et porte un long habit gris.

— Un Confesseur, souffla son tuteur, les yeux ronds.

— Sauf que cet homme-là embrasse le symbole du serpent à cornes et que, selon mon père, il communie directement avec le sombre dieu Đreyk.

— Donc, un Iflelen, comprit Frell, atterré, voire écœuré.

— À l'époque, le Confesseur a chuchoté à l'oreille de Sa Majesté que le futur enfant de la servante – qu'il s'agisse d'un bâtard royal ou du fils du chevalier – allait détruire le monde. Sur la base d'une telle confidence, mon père a traqué Graylin, qu'il avait pourtant longtemps considéré comme un de ses chevaliers les plus loyaux et dont il chérissait l'amitié. Tout cela pour tuer un pauvre gosse désigné par un oiseau de mauvais augure.

Bien que Frell eût manifestement compris, Kanthe enfonça encore le clou.

— Et vous, vous voulez vous présenter devant mon père et raviver sa vieille peur. Pensez-vous qu'à l'approche imminente d'une guerre, il accueillera bien la nouvelle ?

— Je ne vais pas lui apporter de prédictions trouvées à la faveur d'un jet d'osselets ou dans les viscères d'un animal sacrificiel. Mes prévisions à moi sont issues d'alchimies incontestables.

Sentant sa migraine revenir à la charge, Kanthe se massa les tempes.

— Je n'ai pas plus confiance que vous dans les prophéties des consolateurs. À mon avis, ce maudit Confesseur a juste soufflé à mon père ce qu'il avait envie d'entendre pour justifier de débarrasser le monde d'un salopard potentiel. À moins que l'intrigant n'ait souhaité, égoïstement, inciter le roi à planter un pieu dans le cœur d'un chevalier qu'il appréciait et dont il écoutait les conseils, et, par là même, éliminer un rival. Depuis ce temps-là, hélas, mon père est de plus en plus influencé par les discours fumeux, surtout de la part du Confesseur en question.

Kanthe toisa Frell d'un air sévère.

— Votre voix ne parviendra pas à couvrir leurs messes basses. D'ailleurs, même à supposer qu'on vous croie, on retournera le discours contre vous. Et de votre côté, qu'y gagnerez-vous ? De votre propre aveu, vous n'apportez aucune solution concrète, aucune action qui permette d'enrayer le sort funeste que vous voudriez déposer aux pieds de mon père.

Frell acquiesça lentement.

— Je crois que j'ai saisi.

Alors que Kanthe aurait dû être soulagé, un éclat de détermination illumina le regard de son tuteur.

— Si je veux réellement convaincre le roi, reprit Frell, je vais devoir surenchérir dans le blasphème.

— Non, ce n'est pas ce que…

— Je ne vois aucune raison d'aller au combat avec une épée à demi sortie de son fourreau. (Il haussa les épaules.) Je ne pourrai qu'être condamné à mort, non ?

Kanthe gémit.

— Qu'avez-vous l'intention de faire ?

— Vous aviez raison. Je ne peux pas me contenter de présenter un *problème* au roi. Je dois aussi lui offrir une *solution*. (Il pivota vers sa table jonchée de parchemins.) Il faut donc que j'étudie en profondeur l'origine de tout cela. Et je crois savoir par où commencer.

Son élève leva un sourcil interrogateur.

— Il existe un texte interdit qui, selon la rumeur, aurait été écrit par Lyrrasta en personne, expliqua Frell. Il traiterait de la relation entre la lune et la Terre – entre le Fils et la Fille, d'une part, et leur Mère du Dessous, d'autre part. On y parle des forces invisibles qui relient absolument tout au sein d'un vaste ballet. Cet ouvrage révèlerait aussi le plus grand blasphème qui puisse exister.

— Lequel ?

— Selon Lyrrasta, il y a fort longtemps, avant que nos propres histoires ne soient écrites, la Mère du Dessous n'aurait pas toujours fait face au Père d'En Haut. Elle aurait jadis tourné sur elle-même, orientant une à une toutes les faces de la Terre vers le soleil.

Kanthe s'esclaffa. Non seulement c'était une théorie blasphématoire, mais elle était d'une impossibilité ridicule. Il tenta d'imaginer le monde en rotation permanente, le soleil dardant ses rayons brûlants d'un côté, puis de l'autre. Une planète qui aurait froid, puis chaud à nouveau. Rien que d'y penser, il eut le vertige. Comment quiconque survivrait-il à une telle folie ?

— Je dois me procurer ce texte, insista Frell. Je sais que j'y trouverai des réponses.

— Où espérez-vous le dénicher ?

— Dans la Bibliothèque noire de l'Anathème.

Kanthe sentit le sol s'ouvrir sous lui. Il regarda même ses pieds, conscient que les archives maudites étaient enfouies dans les obscures profondeurs de l'Antre des Confesseurs.

Frell se dirigea vers la porte.

— Je dois m'y rendre. Avant qu'il ne soit trop tard.

CHAPITRE 13

Non, mais qu'est-ce que je fabrique ?

Kanthe suivait Frell dans l'escalier en colimaçon. Il avait tout fait pour le dissuader d'aller porter ses craintes funestes dans l'éclatante salle du trône d'Azantiia. Bien sûr, il n'avait aucune envie non plus de s'aventurer dans l'Antre des Confesseurs, mais il avait fini par jeter l'éponge et se taire.

Tous les pensionnaires de Castelroche savaient ce qu'il y avait sous les fondations de leur école : le sombre repaire des saints Confesseurs. Si l'on en croyait la légende, leur Antre s'enfonçait d'autant dans le sol que les tours de Castelroche dardaient leur flèche vers le ciel.

Naturellement, les rumeurs allaient bon train : on évoquait des rituels ésotériques, des monstres enchaînés et toutes sortes d'actes de sorcellerie. Les professeurs de Kanthe, soucieux de tempérer les esprits, soutenaient que les caves de l'établissement n'accueillaient qu'un ermitage monastique, où les Confesseurs réalisaient divers travaux de recherche. En tant que rares privilégiés élevés au rang de Hautcryste à la fois en alchimie et en religion, ils poursuivaient des études occultes de très haut niveau. Ils menaient des enquêtes périlleuses, mêlant méditation profonde et transes engendrées par la prise de tisanes spéciales. Ils multipliaient les expériences cabalistiques dans le but de dépasser les limites de l'horizon et de l'histoire. Afin d'assurer le secret de leurs pratiques, ils travaillaient à l'abri des regards, loin de la surveillance des alchimistes et des hiéromoines de Castelroche.

Ce qui favorisait la diffusion des on-dit, c'était aussi la grande discrétion des Confesseurs. Personne ne savait où était l'entrée de leur repaire. Effrayés par des histoires de passages secrets et de portes dérobées, les élèves évitaient de rester seuls, de crainte d'être enlevés à des fins d'obscurs sacrifices sanglants. Pour ne rien arranger, des adolescents avaient bel et bien disparu sans laisser de trace, même si Kanthe les soupçonnait juste d'avoir fugué de l'école.

Une envie que je comprends on ne peut mieux.

Le jeune homme n'était guère pressé de découvrir si les histoires qu'on racontait sur l'Antre des Confesseurs étaient vraies. Il continua néanmoins de suivre Frell dans l'escalier.

Arrivé au rez-de-chaussée, l'alchimiste ralentit et, avant d'entraîner son disciple dans les sous-sols sous l'école, il s'arrêta un instant.

— Prince Kanthe, il vaudrait peut-être mieux que vous regagniez vos appartements. Je vais m'arranger pour accéder à la bibliothèque. Même si les autorisations sont rares, elles existent. De plus, je connais plusieurs Confesseurs qui accepteront d'examiner ma demande.

Kanthe l'incita à se remettre en route.

— Pour forcer les portes de l'Antre des Confesseurs, il vous faudra plus que deux ou trois amis à l'intérieur. Si vous souhaitez réellement entrer, la présence d'un prince à vos côtés vous sera beaucoup plus utile que de péter un plomb.

Frell soupira.

— Vous avez peut-être raison.

Kanthe n'hésiterait pas à user de sa position pour l'aider, mais sa générosité était loin d'être désintéressée. Avec un peu de chance, Frell s'enfermerait plusieurs jours à la bibliothèque – ou, du moins, assez longtemps pour que l'adolescent trouve un autre moyen de l'empêcher de se présenter au roi.

Sous le rez-de-chaussée, l'escalier tourna encore cinq fois sur lui-même, puis déboucha sur une porte en ébène bardée de fer et de clous. Kanthe eut la chair de poule, surtout lorsqu'il aperçut l'emblème gravé sur le linteau. C'était aussi un livre, non plus entouré de chaînes ou d'orties mais pris dans les anneaux d'une vipère menaçante. Le symbole mettait en garde contre le danger du savoir empoisonné conservé derrière la porte.

Frell sortit une clé de sa poche et déverrouilla la serrure. Au moment de tirer sur le battant, il vit Kanthe s'interposer en mettant sa main à plat sur le panneau de bois. Il fronça les sourcils d'un air consterné, mais l'adolescent s'entêta.

N'y allez pas.

Des voix résonnèrent, d'abord étouffées, puis plus nettes avec la porte entrebâillée.

Kanthe n'eut aucun mal à reconnaître l'autorité bourrue de son père. D'expérience, il savait qu'il valait mieux ne pas prendre le souverain au dépourvu. De plus, il craignait que Frell n'allât lui déballer sur-le-champ toutes ses craintes.

La main toujours sur la porte, Kanthe fit signe à l'alchimiste de s'écarter en vue d'espionner ce qui se passait à côté. Quatre silhouettes étaient agglutinées au milieu d'une salle immense creusée dans une roche noire et brillante. Les murs et le plafond, découpés en vastes pans, reflétaient les mouvements à l'intérieur de la pièce. Une vingtaine de portes en ébène, toutes identiques à celle derrière laquelle ils étaient tapis, bordaient les lieux. Chaque linteau était orné d'un symbole différent.

Où peuvent-elles bien toutes conduire ?

Kanthe se rappela ce qu'on disait sur les passages secrets de l'Antre des Confesseurs. En tout cas, il y en avait forcément un qui menait à Hautmont, car son père était là, sans sa sempiternelle garde rapprochée.

Le souverain portait un pourpoint de velours brodé, un collant en soie et des cuissardes cirées. Une épaisse cape bleu foncé le drapait des épaules aux chevilles, comme si un simple habit pouvait dissimuler toute la magnificence de Sa Majesté Toranth ry Massif, Seigneur Couronné de Hálendii, dirigeant attitré de l'ensemble du royaume et de ses territoires.

L'allure pâle et glaciale du monarque se reflétait à l'infini dans les facettes polies des murs. Son visage anguleux était adouci par un halo de cheveux blond blanc, dont les boucles avaient été soigneusement plaquées à la brillantine. Quant à ses lèvres, elles semblaient pincées par la déception – air auquel Kanthe était souvent confronté.

— Vous avez perdu la relique en bronze ? vociféra Toranth. Ce trésor pouvait nous assurer la victoire dans le conflit qui nous pend au nez ! Est-ce la raison pour laquelle vous avez tous rappliqué ici en vitesse ? Pour déposer votre échec à mes pieds ?

— Ce n'est qu'un léger contretemps, sire. Une petite complication qui sera réglée dès que nous aurons remis la main sur le fuyard qui l'a dérobée. Toute la cité de Lenclume est passée au peigne fin. Le malandrin ne pourra pas dissimuler longtemps une curiosité pareille aux yeux du monde.

Kanthe reconnut le sombre individu agenouillé devant son père. Avec son habit gris, son bandeau noir tatoué au niveau des yeux et ses cheveux argentés tressés autour du cou, c'était le Confesseur qui aimait tant chuchoter à l'oreille du roi. Tête baissée, il s'efforçait de calmer sa fureur avec une servilité empreinte de détermination.

Frell siffla à mi-voix.

— Wryth…

Ce nom avait été prononcé avec une telle répugnance qu'il suscitait aussitôt le dégoût.

Je ne suis donc pas le seul à connaître cette ordure.

— Demain, j'embarque sur le voilurier qui repart à Guld'guhl, promit le Confesseur. Je veillerai personnellement à ce que la relique soit récupérée. Ma vie entière est consacrée à la quête de magies ancestrales issues d'alchimies perdues. Je ne laisserai pas une modeste divinité en bronze me filer entre les doigts.

— Je vous le défends ! tonna le roi. Le seigneur général Haddan craint que votre voleur ne monnaie cette arme redoutable auprès des Klashe pour acheter sa liberté. Selon lui, ce serait son seul recours possible.

— En effet, nous y avons déjà pensé. Les espions des Klashe démasqués ont été appréhendés et sont actuellement interrogés sous la torture. Les quais de Lenclume sont aussi fouillés toutes les heures. Il n'existe aucun moyen de s'échapper. Votre chère déesse sera bientôt de retour parmi nous.

Le roi s'écarta de lui.

— Je n'en attends pas moins de vous, conclut-il, rasséréné. De mon côté, j'ai un autre problème à régler. Une demande émise par un petit cousin à l'autre bout de la baie. Il y a du grabuge à Mýr.

Wryth parut intrigué. D'un revers de main, le père de Kanthe coupa court à ses interrogations.

— Occupez-vous de vos recherches à Lenclume. Haddan et moi nous chargerons de l'autre affaire. En cas de réussite, nous n'aurons peut-être même pas besoin de magies ancestrales et de déesses pour remporter la victoire.

Malgré sa curiosité piquée au vif, Wryth se redressa en silence et s'inclina avec une déférence qui, de sa part, était surtout narquoise.

Le roi n'en eut pas conscience et se tourna vers le grand jeune homme qui se tenait à ses côtés en armure légère. À sa vue, Kanthe réprima une moue dédaigneuse.

— Mikaen, il semble qu'à court terme, nous ayons enfin trouvé une utilité à ton frère cadet.

Kanthe se raidit.

C'est quoi cette histoire ?

Toranth s'adressa au quatrième membre de l'assemblée. Si ce dernier, aussi rond que trapu, portait l'habit immaculé des hiéromoines, il ne s'agissait pas d'un simple professeur. C'était le porte-parole du Conseil des Huit, directeur général de Castelroche.

— Abbé Naff, convoquez mon fils et faites-le amener devant la chambre du Conseil à la première sonnerie des Vespres.

— À vos ordres, sire.

Kanthe se fit discret au moment où les membres du groupe commencèrent à se disperser. Sans bruit, Frell referma la porte à clé et enjoignit à son élève de remonter l'escalier.

Ni l'un l'autre n'ouvrit la bouche avant d'avoir atteint le troisième niveau de l'école.

— De quoi parlaient-ils donc ? balbutia Kanthe. Des magies anciennes ? Une arme redoutable ? Une déesse en bronze ?

— Je n'en sais rien, admit Frell, mais si ce pendard de Wryth est impliqué, c'est mauvais signe. Depuis quelque temps, les Iflelen se renforcent dans l'obscurité de l'Antre des Confesseurs. On pouvait s'y attendre. Trop souvent, les paroles sages sont couvertes par les roulements de tambour de la guerre. La peur alimente les viles ambitions, parfois même chez les meilleurs d'entre nous. Et chez les pires…

Il ne termina pas sa phrase.

Kanthe repensa au Confesseur Wryth.

— Que faire ?

Frell accéléra la cadence.

— D'abord, il faut veiller à ce que je puisse vous accompagner devant la chambre du Conseil.

Kanthe se figea.

— Vous n'envisagez pas de mettre sur le tapis…

— Non. Pour l'instant, laissons la lune aux bons soins du Fils et de la Fille. Il y a un souci dans les marais de Mýr. J'ai un peu de mal à saisir le rapport, mais je ne crois ni au hasard ni aux coïncidences. Quelque chose est en train de bouger. Ici, là-bas à Guld'guhl et, maintenant, à Mýr.

Au souvenir du courrier noir sur la table de l'alchimiste, Kanthe se demanda de nouveau quel message Frell avait pu recevoir. Il se frotta le cou. Lui aussi sentait la pression de forces invisibles.

Sauf que, pour sa part, elles lui faisaient surtout l'effet d'un nœud coulant autour de la gorge.

* * *

Pendant que l'écho de la dernière sonnerie des Vespres s'atténuait au loin, Kanthe se tenait bien droit, debout devant la longue table du Conseil. Il était aussi raide que sa tenue, soigneusement époussetée, et que les bottes d'apparat qu'il avait enfilées après son bain de lessive. Il avait même lustré sa cape de velours sombre.

Autant jouer au mieux le rôle du prince.

Il avait les mains jointes dans le dos, les épaules en arrière. Peu de monde avait pris place autour de la table, et Kanthe eut l'impression qu'on s'était contenté de transférer là-bas, derrière la salle du trône, les personnes qu'il avait espionnées dans l'Antre des Confesseurs. Il était quand même soulagé de constater que le Confesseur Wryth avait été remplacé par le seigneur général Haddan sy Marc.

Le chef des légions de Hálendii était installé à la droite du roi, qu'il dépassait d'une bonne tête.

Ses cheveux rasés lui permettaient d'enfiler plus facilement son heaume, mais Kanthe le soupçonnait de vouloir surtout montrer ses multiples cicatrices, notamment la balafre en zigzag qui lui courait du sommet du crâne jusqu'au côté gauche de la mâchoire. Il était sans doute plus fier de ces marques durement gagnées que de n'importe quel ruban, médaille ou autre décoration. Ses prunelles noires brillaient comme des éclats de silex et on pouvait se demander s'il avait déjà souri de sa vie. En tout cas, Kanthe n'en avait jamais été témoin.

Le seul inconnu de l'assemblée était un homme très mince aux cheveux bouclés blond paille. Il était assis à quelques mètres de distance, comme s'il n'avait pas le droit de côtoyer Sa Majesté de plus près. Lorsqu'il n'était pas braqué vers ses genoux, son regard fusait de toutes parts. Son front luisait de sueur. Son habit était propre et net, mais sans commune mesure avec les tenues de cérémonie des autres, et à l'image de sa ridicule chemise à jabot, il était plutôt démodé.

Le roi Toranth avait dû remarquer l'intérêt de son fils.

— Je te présente le vice-maire Harlac hy Charmane, de Fiskur, à l'autre bout de la baie. Votre petit cousin.

L'intéressé se raidit, au point d'en bondir presque de son siège. Il observa tour à tour le roi et les deux princes.

Donc un parent éloigné, pas franchement à sa place ici.

Kanthe vit Mikaen esquisser un sourire moqueur. Son frère jumeau, assis à la gauche de leur père, était paresseusement appuyé sur l'accoudoir de son fauteuil. Il avait coupé ses cheveux blond doré très court, lui aussi sans doute pour mieux enfiler son armure, et il avait l'air bien plus dur qu'à leur dernière rencontre.

Son regard azur était devenu très froid. Il ressemblait beaucoup plus à un homme que Kanthe. Ce n'était plus le joyeux compère qui pourchassait son cadet dans les couloirs du palais en criant et en riant.

Sur ce point-là encore, ils s'étaient éloignés.

Malgré ses plus beaux habits, Kanthe se sentait comme un vulgaire morceau de charbon face à un diamant étincelant.

Leur père reprit la parole.

— Votre cousin Harlac est venu nous raconter une histoire à la fois étrange et tragique. Un problème que son frère, le haut-maire de Fiskur, nous prie de l'aider à régler.

Kanthe sentit Frell frémir derrière lui. Son tuteur avait tenu à l'accompagner. L'abbé Naff avait tenté de l'en dissuader mais, pas plus que le jeune prince, il n'avait convaincu l'alchimiste têtu.

— Quelle histoire notre cousin vous a-t-il racontée ?

Le roi se pencha en avant.

— Le fils du maire, élève de septième année au Cloistre, a été tué dans des circonstances barbares. Décapité par une monstrueuse chauve-souris de Mýr, près des brasiers jumeaux.

Conscient que toute réaction manifeste ferait d'emblée l'objet d'un jugement, Kanthe frissonna intérieurement.

— Le maire demande qu'une escorte reconduise sa fille à l'école et qu'une fois sur place, nous débarrassions la région de ce prédateur féroce.

— Comment savoir lequel a massacré notre cousin ? lâcha-t-il sans comprendre la logique d'une opération punitive.

Les volatiles se comptaient par milliers dans les marais du pays.

— Ah ! Je laisse Haddan vous l'expliquer.

Le colosse se racla la gorge, comme si elle était encombrée de cailloux.

— Nous allons sillonner les marécages avec toute une centurie de soldats.

Kanthe réprima un halètement de stupeur.

Cent chevaliers ? Pour une simple partie de chasse ?

Haddan n'avait pas terminé.

— Ils seront dirigés par une vingtaine de gardes vyrlliens.

Là, Kanthe ne put masquer sa surprise et cela lui valut un sourire pincé de son aîné. La Garde vyrllienne regroupait l'élite de la légion, des combattants aguerris au visage entièrement tatoué de rouge vif, à la fois pour symboliser leurs activités sanglantes et pour effrayer l'adversaire.

— Nous ne nous contenterons pas de traquer une seule bête, précisa Haddan. Ces monstres tourmentent les marais depuis trop longtemps. Nous voulons organiser une grande battue, afin d'en éliminer un maximum jusqu'au prochain cycle de lune. Si nous n'arrivons pas à les éradiquer jusqu'au dernier, nous pourrons au moins les repousser vers les flancs du Poing et leur montrer qu'ils n'ont pas intérêt à revenir persécuter les hommes.

À l'idée de ce massacre, Kanthe eut la nausée. En tant que chasseur, il avait appris à ne prendre, dans une forêt ou une prairie, que le strict nécessaire. Le meurtre gratuit, sans autre motif que de faire couler le sang, était, à ses yeux, cruel et sans cœur. Il ne supportait même pas les pièges à loup. Lorsqu'il en voyait un, il le déclenchait à l'aide d'un bâton ou d'une branche, empêchant ainsi les dangereuses mâchoires métalliques d'attraper et de torturer inutilement un animal innocent.

Face au silence effaré de Kanthe, Frell s'avança.

— Pardonnez-moi, sire, mais, dans la mesure où j'ai vécu neuf ans à Mýr, puis-je émettre une suggestion ?

D'un geste, Toranth accorda sa permission.

L'érudit le remercia d'une révérence.

— Sauf votre respect, je présume qu'une traque d'une telle ampleur va au-delà de la simple vengeance.

Le souverain haussa le sourcil.

— Vous méritez votre place au sein de notre Conseil des Huit.

— Je suis honoré, sire.

— Et vous avez raison : il y a une autre finalité. Depuis un an, Haddan et l'abbé Naff élaborent des stratégies censées améliorer notre arsenal, que ce soit dans la conception des engins de guerre ou dans de nouvelles chimiques à base de poix et de chaux vive.

Kanthe se rappela l'explosion qui avait ébranlé Castelroche.

Son père enchaîna :

— Les Confesseurs ont proposé une autre façon d'accroître la dangerosité de nos flèches, lames et autres lances.

— Le poison, comprit l'alchimiste.

Le second sourcil du roi s'arqua à son tour.

— Exact. Il est de notoriété publique que le venin de ces chauves-souris géantes est d'une toxicité exceptionnelle. Aucun homme n'y a jamais survécu. Les Confesseurs pensent que, si on parvient à l'extraire correctement de leurs glandes, nos armes en deviendront cent fois plus meurtrières.

La gorge nouée, Kanthe était aussi impressionné qu'horrifié.

— Ce qui m'amène à une dernière précision, ajouta Toranth. J'ai dit qu'aucun *homme* n'avait réchappé au terrible venin… mais une *femme*, si. Une jeune aveugle a été impliquée dans l'attaque sur les toits du Cloistre. Non seulement elle a survécu au poison, mais elle a recouvré la vue. Ce miracle est sans doute un message envoyé par les dieux.

Les épaules de Frell se crispèrent.

— Je veux qu'on me la ramène à Hautmont, ordonna le souverain. Là où les Confesseurs et nos physicieux l'examineront des pieds à la tête. Sang, bile, chair, tout ce qui sera nécessaire. Ce que nous pourrons apprendre de cette fille hors norme pourra se révéler précieux mais, quoi qu'il advienne, une telle bénédiction divine ne devrait pas languir au milieu des marais.

Le regard de Toranth se posa sur son fils cadet.

— Et, puisqu'il s'agit d'une affaire de la plus haute importance pour le royaume, le prince Kanthe participera à la battue.

L'intéressé recula d'un pas, effaré.

— On m'a vanté ses talents incroyables de chasseur. Il est grand temps qu'il sorte de l'ombre et qu'il nous prouve sa valeur.

À la simple idée de patauger dans les marécages, Kanthe voulut se dérober. Il chercha des arguments mais n'en trouva aucun. Comment pouvait-il s'opposer au roi ? Renier son titre ?

Mikaen ne semblait guère plus ravi. Il se raidit et chuchota à l'oreille de Toranth, qui le rabroua d'un air fâché. Le jeune homme se contenta alors de jeter un regard atterré au souverain et au seigneur général.

Kanthe s'irrita. Mikaen était-il narcissique au point de ne pas tolérer que son jumeau fût un peu dans la lumière ?

Frell se redressa de toute sa stature.

— Monseigneur, si je puis me permettre, j'aimerais accompagner le prince Kanthe. Puisqu'il doit s'absenter une lune entière, je continuerai ainsi sa formation dans le marais et au Cloistre. Ma connaissance des habitants ailés de la région pourrait aussi vous être utile dans la distillation de leur poison.

Le monarque agita une main désinvolte.

— À votre guise.

Frell s'inclina et, revenant vers Kanthe, il lui adressa subrepticement une œillade inquiète. L'adolescent se rappela la missive noire sur la table de son mentor et sentit le nœud autour de son cou se resserrer. Enfin, ce n'était pas le moment d'en discuter, d'autant que l'attention générale était braquée sur le fils sombre du roi.

— Qu… quand partons-nous ? bégaya Kanthe.

— Votre vaisseau hisse les voiles dans deux petits jours, répondit son père. Alors, je te conseille d'aller vite te préparer.

Kanthe acquiesça en silence. De toute évidence, le monarque avait hâte que son jeune fils – éternelle honte de la famille – eût quitté la ville avant le mariage imminent de Mikaen et dame Myella.

À présent que tout était réglé, Toranth repoussa bruyamment son fauteuil et se leva.

Mikaen et les autres suivirent. Au moment de prendre congé à son tour, Haddan observa Kanthe d'un air froid et stoïque. La main posée sur le pommeau d'une dague rangée dans son fourreau, le seigneur général le toisa avec réprobation, signe qu'il ne devait pas apprécier ce qu'il avait sous les yeux.

Je ne peux pas vous donner tort, pensa Kanthe, *mais il se pourrait que les choses changent.*

Et il savait quelle était la première étape du chemin.

* * *

Kanthe feignit de ne pas remarquer les regards en coin qu'on lui lança lorsqu'il gravit l'escalier qui menait aux quartiers de la Légionnaire. Comme il n'y avait jamais mis un pied auparavant, il s'attendait à entendre le fracas des épées, les cris rauques des durs à cuire, les grivoiseries des compagnons d'armes.

Au lieu de quoi, les salles d'entraînement se révélèrent aussi studieuses que n'importe quelle autre de Castelroche. Seule différence : on entendait aboyer les chiens de guerre, formés eux aussi à la caserne, en même temps que les jeunes garçons et les adolescents.

Kanthe se sentit scruté par les personnes qu'il croisait dans l'escalier. Bien qu'il ne fût plus en habit officiel, tout le monde connaissait Roubignolles, le Prince Imbibé de Hautmont. Chuchotis et rires étouffés résonnaient sur son passage, mais il garda la tête haute.

Arrivé au huitième étage, il chercha la bonne porte et frappa.

On lui répondit par un juron à mi-voix, assorti d'un froissement d'étoffe. Le battant s'ouvrit d'un coup sec.

— Qu'est-ce que vous voulez…

À la vue du visiteur planté devant lui, Mikaen se tut. Sa colère naissante s'évanouit, remplacée par une méfiance palpable.

— Qu'est-ce que tu fiches ici ? Tu t'es perdu en rentrant à Castelroche ?

Kanthe ne releva pas la pique et s'invita chez son frère. À peine entré, il fut surpris de constater que les appartements du fils éclatant du roi étaient plus modestes que sa propre chambre d'internat. Il y avait un lit défait, un petit bureau éraflé et une grande armoire béante, à l'intérieur de laquelle trônait une armure étincelante. Mikaen aussi avait ôté sa tenue d'apparat et ne portait plus qu'une chemise longue, d'où dépassaient ses jambes nues. D'emblée, il paraissait beaucoup plus jeune, loin de son image parfaite de futur chevalier.

Kanthe lui tendit une petite boîte d'ébène.

— Cadeau de mariage. Vu que je n'assisterai pas à la noce.

— Tu aurais pu envoyer un coursier.

— J'ai préféré te l'apporter en personne.

Mikaen soupira et accepta le présent. Après en avoir soulevé le loquet, il regarda longuement à l'intérieur. Lorsqu'il releva la tête, un sourire mi-avenant, mi-amusé éclairait son beau minois.

— Tu l'as gardé.

— Bah, oui ! Comment aurais-je pu faire autrement ?

Mikaen sortit l'objet niché au fond de son écrin. C'était une statuette d'argile grossièrement façonnée qui représentait deux garçons. Placés face à face, les enfants s'agrippaient tendrement les bras. L'un avait été badigeonné d'une couche blanche craquelée, l'autre était gris foncé.

Kanthe la désigna d'un coup de menton.

— Tu me l'avais fabriquée un jour où, cloué au lit par une attaque de Pètefeu, je n'avais droit à aucune visite.

— Je me souviens, chevrota Mikaen. Je voulais être près de toi, même si je ne pouvais pas. Pourquoi me la rendre aujourd'hui ?

— Pour la même raison que tu me l'as offerte il y a longtemps. Je pars dans deux jours. Toi, tu te maries bientôt. Je voulais que tu saches que, quoique nous ayons grandi chacun de notre côté… (Il montra les bras des deux figurines soudés par la chaleur intense du four.) Je serai toujours avec toi en esprit.

Il y avait une autre raison pour laquelle Kanthe s'était faufilé dans leur ancienne chambre de Hautmont et qu'il en avait sorti la boîte dissimulée sous le plancher. Il souhaitait rappeler à Mikaen l'enfant qu'il avait été jadis, quelqu'un d'attentionné vis-à-vis de son cadet rongé par la fièvre. Ils s'étaient progressivement éloignés depuis huit ans, mais il leur restait peut-être une chance de renverser la vapeur et de se retrouver enfin.

Mikaen rangea délicatement la sculpture, et les deux princes en argile regagnèrent leur placard miniature. Une fois la boîte posée sur son bureau, il mit la main à plat sur le couvercle.

— Merci, frangin.

— Sache que je ferai de mon mieux pour rester toujours à tes côtés. Je te le jure.

— Je t'obligerai à tenir parole. (Mikaen se retourna, un sourire espiègle aux lèvres.) Enfin, si tu ne te fais pas zigouiller au fond des marais. J'ai tenté de dissuader Père de t'envoyer là-bas, mais il avait pris sa décision. Tu sais à quel point il peut être têtu.

Oh, que oui.

Kanthe vacilla intérieurement. Il se remémora avoir vu Mikaen murmurer à l'oreille du roi et se faire rabrouer. Il avait alors cru qu'il agissait par jalousie, et non par sollicitude.

Kanthe serra son frère jumeau dans ses bras. Mikaen se raidit un instant, puis il se détendit et l'enlaça lui-même chaleureusement. D'un coup, leurs années de séparation s'envolèrent.

— Je peux encore essayer de le convaincre que tu ferais mieux de rester ici, chuchota Mikaen.

Kanthe se libéra de son étreinte et, comme si la frêle statuette avait pris vie, ils continuèrent de se tenir les avant-bras.

— Non, mon cher frère. Il est grand temps que ce prince-ci sorte du placard.

Une bonne fois pour toutes.

Croquis d'archives
du Corbereau
(présent sur tous
les territoires
de la Couronne)

PARTIE V

RUMEURS
DE DÉSOLATION

Ceus qui montent au plus haut
Risquent une chute plus grande.
Ceus qui tournent le dos à la peur
Jamais ne sauront ce qui les guette
Par-delà l'horizon lointain.

— Mots gravés dans la neuvième marche
du neuvième niveau
de chaque école de la Couronne
(la tradition veut qu'ils soient embrassés
par chaque Ascendant)

CHAPITRE 14

Nyx contempla le miracle dans le miroir argenté.

— Il te va à merveille, apprécia Jace. Comme si ton destin avait toujours été de le porter.

Elle sourit timidement et lissa les plis de son habit de cérémonie. Il était, pour moitié, d'un blanc si étincelant qu'à la lumière vive du jour, il en donnait mal aux yeux. De l'autre, il était noir charbon et attirait les ombres à chaque froissement d'étoffe. Jamais elle n'aurait imaginé porter une telle splendeur, encore moins un habit de l'Ascension.

Dans trois jours, au côté des autres aspirants de neuvième année, elle gravirait les escaliers qui menaient tout en haut de l'école. Leur procession s'ébranlerait au rez-de-chaussée, dès l'aube, et s'achèverait à l'ultime sonnerie des Vespres. Ils allaient traverser l'établissement à quatre pattes, amenés à observer à la fois d'où ils étaient partis, et là où ils étaient attendus. Ce n'était qu'après avoir embrassé la neuvième marche menant à l'étage suprême qu'ils pourraient se remettre debout et investir le sommet du Cloistre.

Depuis sept ans, Nyx assistait à l'événement en tant que simple spectatrice, à la fois envieuse et fière de voir ses aînés ramper vers le ciel.

Bientôt, je serai des leurs.

— J'arrive à peine à y croire.

— Moi, je n'en ai jamais douté ! répliqua Jace, radieux.

Dans le reflet du miroir, Nyx remercia son ami d'un regard, mais son visage était empreint d'un certain sentiment de culpabilité. Jace avait échoué en cinquième année. Il n'endosserait jamais le précieux vêtement tant convoité. Pourtant, ces derniers jours, il n'avait exprimé ni jalousie ni dépit ; elle lisait une réelle fierté dans l'éclat de ses yeux ronds. Il ne semblait pas non plus lui en vouloir de s'être fait brutaliser par sa faute. Or, après la volée de coups qu'il avait encaissée, son nez devait être encore très douloureux.

La blessure du jeune homme tempéra l'enthousiasme de Nyx et lui rappela qu'elle avait des ennemis.

C'était bientôt la fin de vacances et beaucoup d'élèves rentrés chez eux, ou ayant fui la chaleur insoutenable de l'été pour des régions aux températures plus clémentes, étaient de retour. Les escaliers grouillaient déjà de monde. Le bruit et l'agitation de l'école s'intensifiaient de jour en jour.

La jeune rescapée en avait profité pour surveiller ses anciens camarades de classe, notamment ceux qui l'avaient pourchassée. Surtout une, en particulier. Jusqu'à présent, la sœur de Byrd, Kindjal, n'avait pas donné signe de vie. Nyx contempla ses paumes, qu'elle s'attendait à voir couvertes de sang.

Jace dut sentir qu'elle avait le moral en berne et il frotta ses mains tachées d'encre. Arrivé directement du scriptorium pour son dernier essayage, il portait encore le tablier en cuir qui l'avait protégé ce matin-là, lorsqu'il avait traité de nouvelles peaux à la chaux.

— Maintenant qu'on sait que ta tenue te va à ravir, range-la dans son coffre jusqu'à la cérémonie. Je t'attends dehors. Quand tu auras terminé, nous aborderons le dernier tome des histoires de Hálendii et nous réviserons les théorèmes de géométrie sur lesquels tu butes encore.

— Bien sûr…

On aurait dit un gémissement, dont elle s'excusa vite auprès de son ami en esquissant un sourire plus chaleureux.

— Je n'en ai que pour une minute.

Jace soutint brièvement son regard, puis tourna les talons, les joues presque aussi incandescentes que les boucles rousses qui s'échappaient de sa casquette en cuir. Il se précipita hors de la pièce. Une fois seule, elle s'admira de nouveau dans le miroir. Elle n'avait aucune envie d'enlever le bel habit et se mordilla la lèvre inférieure. Après avoir travaillé si dur pour l'obtenir, elle craignait en l'ôtant de le voir disparaître à jamais, telle une espèce de rêve narquois.

Elle pinça le tissu épais entre ses doigts afin d'en tester la noble matière et la solidité.

— C'est à moi, souffla-t-elle à son reflet. Je l'ai mérité.

Depuis plusieurs jours, elle tentait de l'imprimer dans son cœur. Sans succès. Si elle portait l'habit de neuvième année, c'était uniquement parce que la prieure

Ghyle avait convaincu le Conseil que la survie de Nyx était un message divin de la Mère, preuve que leur pensionnaire était digne de l'Ascension.

L'adolescente peinait, hélas, à s'en persuader elle-même.

Surtout quand on voit le retard que j'ai pris dans mon travail.

Elle jeta un coup d'œil vers la porte.

Jace venait de passer quinze jours à la faire étudier dans un ensemble de salles près du pavillon de convalescence. Situé au quatrième niveau, l'endroit – délaissé par un physicieux parti explorer la jungle des Suaires en quête de nouvelles plantes médicinales – lui avait été attribué par la directrice. Nyx n'avait nulle part ailleurs où aller. Ce n'était plus une élève de septième année et, puisqu'elle sautait la huitième classe, elle n'avait pas non plus sa place là-bas. Quant au neuvième étage, il lui restait interdit, tant que la cérémonie d'intronisation n'avait pas eu lieu.

Elle aurait pu rentrer chez elle à la ferme mais, au cas où son état de santé se détériorerait, Ghyle préférait la savoir auprès de maistre Oeric. De toute manière, elle devait se concentrer sur sa scolarité si elle voulait se hisser au niveau de ses futurs camarades de promotion.

La prieure avait donné à Nyx et Jace une longue liste de devoirs qui constituaient l'essentiel des cours de huitième année. Elle avait aussi chargé une ribambelle de novices et d'étudiants en alchimie de l'aider. L'essentiel du travail reposait néanmoins sur les larges épaules de son fidèle ami.

Jusqu'alors, Nyx avait été fière de ses réussites, convaincue de savoir résoudre n'importe quel problème épineux pourvu qu'on lui en donnât le temps. Ce n'était plus le cas. En manque de confiance, perdue, constamment à la lutte, elle avait l'impression d'être redescendue en première année. Jace avait même été obligé de lui apprendre à lire. Il avait toujours été ses yeux mais, à présent qu'elle avait recouvré la vue, elle devait lire par elle-même et éprouvait encore les pires difficultés à le faire.

C'était bien trop décourageant.

Elle se couvrit les yeux avec les mains et laissa l'obscurité l'aider à se calmer.

Je peux y arriver.

Son unique espoir résidait en Jace qui, même après l'Ascension de la jeune fille, continuerait de l'accompagner. La directrice avait compris que Nyx aurait besoin de son soutien sans faille, à la fois dans les études et en tant qu'ami. Les autres aspirants de neuvième année avaient tous effectué leur cursus scolaire au sein de la même promotion. Elle allait être la nouvelle, l'intruse et, sans doute, ne l'estimeraient-ils pas digne d'étudier parmi eux.

Elle prit une profonde inspiration et ôta ses mains. Même si elle regrettait le confort familier de son regard voilé, elle devait apprendre à vivre dans un environnement inédit.

Elle scruta son visage dans le miroir. Son reflet lui paraissait toujours étrange. Ces traits-là ne correspondaient pas tout à fait à ce qu'elle avait imaginé. À l'époque où elle ne voyait pas grand-chose, elle croyait avoir une représentation à peu près juste d'elle-même, entre ce qu'elle tâtait du bout des doigts et la manière dont les gens la décrivaient. Depuis sa guérison miraculeuse, elle découvrait des détails inédits.

Elle caressa ses cheveux bruns. Ils étaient si foncés qu'on aurait pu les croire noirs et, en même temps, illuminés de mèches dorées, comme si un soleil se cachait à l'intérieur. Son teint avait la couleur riche de l'ambre poli, ses lèvres étaient plus roses et ses yeux plus bleus, émaillés de paillettes argentées.

À plus d'un égard, c'était une inconnue qu'elle avait en face d'elle, mais ne fallait-il pas y voir aussi une lueur d'espoir ? Peut-être pouvait-elle mettre de côté la fille qu'elle était, la petite chose docile et embrumée. Et devenir la femme du reflet, celle qui avait de l'or dans les cheveux et des éclats d'argent dans les yeux.

— Je peux y arriver.

Elle réussit presque à y croire.

Presque.

Elle prit la ferme résolution de redoubler d'efforts pour ses études. Au moins, le dur labeur scolaire avait repoussé ses craintes dans un recoin de son être. Comme elle s'écroulait tous les soirs sur son lit, abrutie par ses heures de révisions, elle dormait du sommeil de l'ange. Ses nuits n'étaient plus hantées ni par des hurlements ni par des visions de rituels ésotériques sous un astre géant. Elle refusait même de prononcer les mots « la lune tombe ». Naturellement, elle n'avait rien dit à la prieure Ghyle, d'autant que la mystérieuse chauve-souris n'était plus revenue envahir son plafond. Comment expliquer ses souvenirs enflammés, le goût suave du lait sur sa langue, l'odeur épicée de la fourrure, la chaleur enveloppante des ailes, les yeux rougeoyants près d'une autre mamelle ?

Elle avait envie de croire que ce n'était qu'un fiévreux cauchemar causé par son empoisonnement et elle voulait laisser toute la noirceur derrière elle. À la place, elle focalisa ses efforts et son énergie sur la tâche immédiate qui lui incombait.

Elle caressa les pans de sa robe une dernière fois. Le contraste du noir et du blanc symbolisait le choix auquel elle serait bientôt confrontée. En fin de neuvième année, elle devrait choisir une spécialité. Opter pour le *noir* de l'alchimie ou le *blanc* des études religieuses. Après quoi, elle espérait un jour accéder au rang de Hautcryste dans un ordre ou l'autre.

Voire les deux.

Elle imagina les deux moitiés de sa tenue fusionner pour aboutir à la grise sainteté du Confesseur, puis secoua la tête devant une telle idée.

Il faut déjà que je termine ma neuvième année.

Déterminée et consciente que Jace l'attendait avec une pile de livres, elle se tortilla pour ôter sa robe par la tête. Restée en chemise, elle plia consciencieusement l'habit de cérémonie, puis le rangea avec soin dans son coffre en bois de santal laqué. Tous ses espoirs y étant déposés à l'abri, elle le referma et posa la main dessus.

Je peux y arriver.

* * *

Nyx fit rouler le morceau de fusain entre son pouce et son index, tous deux noircis par de longues heures d'exercices matinaux. Elle contempla d'un air dubitatif le triangle que son ami avait griffonné, ainsi que les nombres inscrits sur deux côtés. On lui demandait de deviner la longueur du troisième et la surface totale.

— Rappelle-toi le théorème de Pythagore, conseilla Jace.

Elle lâcha un soupir de frustration.

— Je sais mais, franchement, ça sert à quoi tout ça ?

Il l'obligea à poser la main. Ses prunelles vertes étincelaient à la fois de compassion et d'amusement.

— Le savoir est une récompense en soi mais, plus encore, il révèle les vérités intrinsèques du monde extérieur. Il dissipe les ombres pour nous montrer l'intime beauté des choses.

Son regard était d'une intensité telle que Nyx dut détourner la tête, sensible au fait que, derrière les mots, couvait une intention autrement plus personnelle. Elle remarqua la chaleur de la main de Jace sur la sienne, la manière dont il s'attardait. Elle ôta ses doigts et se concentra de nouveau sur son problème de géométrie, plus facile à comprendre que le sentiment étrange qui avait grandi entre eux.

Le jeune homme se ressaisit.

— Le théorème de Pythagore, c'est la magie à l'œuvre derrière une foule de choses qui nous entourent. Grâce à lui, les artisans du bâtiment calculent l'inclinaison d'un toit ou la position des murs. Les marins exploitent son pouvoir pour établir leur itinéraire sur les flots. Idem pour les cartographes, lorsqu'ils veulent tracer les littoraux et les frontières.

Inspirée par ses explications, Nyx se sentit pousser des ailes. Elle nota son raisonnement au fusain et aboutit, non sans mal, à la solution.

— Excellent ! Bientôt, tu me laisseras loin derrière, affirma-t-il non sans une pointe de tristesse dans la voix.

— Jamais, promit-elle. Sans toi à mes côtés, je ne survivrai pas en neuvième année.

Il se rembrunit.

— Moi, j'ai trébuché à la cinquième marche. À mon avis, la fille qui réchappe de l'attaque venimeuse d'une chauve-souris de Mýr peut tout affronter.

Nyx aurait voulu le croire. Elle tenta quand même de rassurer son ami.

— Tu vaux beaucoup plus que ton échec en cinquième année. La prieure Ghyle a reconnu ton potentiel en te permettant de rester au Cloistre, à travailler dans le scriptorium et à m'aider depuis tant d'années. Je parie que tu es plus instruit que la majorité des élèves qui vont ramper avec moi jusqu'en haut de l'école.

Jace retrouva le sourire.

— C'est gentil mais, en vérité, je dois batailler pour rester à ton niveau et j'en suis conscient. D'un autre côté, j'ai appris beaucoup de choses par moi-même, non seulement en étudiant avec toi mais aussi en recopiant des textes anciens avant qu'ils ne soient effacés à tout jamais. Certains ouvrages sont terriblement blasphématoires. D'autres abordent des sujets si crus qu'ils feraient rougir le pire des fornicateurs. Une chose est sûre : ma formation n'a rien à voir avec le parcours scolaire classique.

— Elle est tout aussi importante. (Elle lui tapota le genou.) Et voilà comment tu vas m'aider à boucler ma neuvième année.

— Mais après ? Où iras-tu ?

Sous-entendu : *Qu'allons-nous devenir ?*

Nyx répondit aux deux questions à la fois.

— Aucune idée. Je n'ai jamais osé regarder plus loin que le bout de mon nez. Moi qui détesterais quitter mon père et mes frères, je me dis que Ghyle me laissera peut-être continuer mes recherches ici, au Cloistre.

Le regard brillant d'espoir, Jace se redressa.

— J'aimerais…

Il fut interrompu par un concert de clairons. Les deux amis se tournèrent vers la fenêtre. Du violent orage qui, des jours durant, avait sévi sur les marais, il ne subsistait plus qu'un crachin brumeux. D'autres trompettes retentirent aux quatre coins de l'école.

— Qu'est-ce que c'est ? demanda Nyx.

Jace se leva avec effort.

— Accordons-nous une pause et allons voir.

Elle le suivit, ravie. Il partit chercher sa canne, mais elle lui fit signe de la laisser. Elle devait apprendre à marcher seule, s'adapter aux dimensions étranges de son nouvel univers de personne voyante. Et, si elle se sentait submergée, elle pouvait toujours compter sur Jace.

Ils traversèrent les quartiers du physicieux, entraînant d'autres curieux dans leur sillage. De retour à l'air libre, ils se dirigèrent vers l'escalier principal. De nouveaux coups de clairon retentirent en bas et les incitèrent à presser le pas.

Nyx épongea son front humide. Sous les nuages bas gorgés de pluie, la chaleur était suffocante. Ces derniers jours, la fournaise avait à la fois enflammé les esprits et ralenti tout le monde mais, là, il était impossible de faire fi d'un vacarme aussi strident. La curiosité poussait chaque élève à quitter sa tanière.

— Par ici ! lança Jace.

Il entraîna son amie au cœur de la foule compacte et s'arrêta sur une terrasse proche de l'escalier. La vue était imprenable sur la ville de Brayk en contrebas. En découvrant l'incroyable panorama, Nyx resta mi-fascinée, mi-terrifiée. Son univers, autrefois cantonné à un petit périmètre limité, s'étendait désormais à l'infini.

Un autre concert de clairons attira l'attention de Nyx vers les marais.

— Regarde !

Des flambeaux chatoyaient entre les branches emmêlées. Il y en avait des dizaines et des dizaines, avançant lentement vers l'île située au cœur des terres inondées. Un faible roulement de tambour s'éleva en même temps que des meuglements rauques de bovins. Des claquements de fouet retentissaient aussi, comme si des bûches crépitaient dans l'âtre.

— Je crois que les envahisseurs arrivent, murmura Jace.

Nyx, qui connaissait bien les relations tendues du royaume avec les Klashe du Sud, se retourna brusquement.

Son ami la rassura.

— Ce matin, au scriptorium, j'ai entendu dire qu'une bande de chasseurs sillonnait la région de Mýr. La violence des orages les avait contraints à rester terrés quelque temps à Fiskur. Je ne les aurais toutefois jamais imaginés aussi nombreux.

Un premier flambeau se détacha du paysage à l'entrée du marais. Les étendards étaient en toile enduite rouge vif mais, comme il n'y avait pas un souffle de vent, les chasseurs devaient les agiter eux-mêmes. De loin, Nyx vit une couronne noire sur fond de soleil doré.

— L'emblème du roi, annonça Jace.

Malgré la chaleur, elle frissonna d'effroi.

Que se passe-t-il ?

Soudain, ils entendirent des pas lourds dans l'escalier derrière eux. Une silhouette aux jambes interminables montait les marches quatre à quatre. À son allure dégingandée et ses mouvements désordonnés, Nyx reconnut un ancien camarade de septième année. Le visage luisant d'excitation, il avait du mal à contenir son euphorie. C'était la pipelette de la classe, toujours prêt à colporter les rumeurs. Elle l'apostropha.

— Lackwiddle !

L'adolescent aux cheveux moite faillit trébucher en tentant de s'arrêter. Il foudroya Nyx du regard. En un quart de seconde, il avait révélé ce que l'ensemble de sa promotion devait penser de la miraculée.

— Que se passe-t-il en bas ? insista-t-elle.

Il répondit d'un doigt d'honneur. Hélas pour lui, il n'avait pas repris sa course effrénée que Jace l'attrapa fermement par le col.

— Accouche !

Lackwiddle était si mouillé qu'il lui aurait facilement glissé entre les doigts.

— C'est la légion du roi. J'vous jure ! Un bataillon de folie. Y a même des vyrlliens à la gueule rouge. Vous imaginez ? débita-t-il d'une traite, incapable de tenir sa langue plus longtemps.

Le sang de Nyx se glaça.

— Et devinez qui les accompagne ? enchaîna Lackwiddle. Kindjal et son père, le haut-maire de Fiskur ! Ah ! J'troquerais bien un de mes roustons poilus pour être assis là-bas avec eux.

Le cœur de Nyx battait à tout rompre. Elle sentit de nouveau le poids du corps de Byrd sur le sien, la giclée de sang brûlant.

Jace lâcha leur informateur et, soucieux de rassurer son amie, il se pencha vers elle.

Pourtant libre, Lackwiddle resta planté devant eux, les yeux exorbités par un ultime ragot.

— La meilleure, c'est qu'ils auraient capturé une de ces saloperies ailées !

Au souvenir du spécimen tapi au plafond de sa chambre, Nyx se crispa.

— Quoi ?

— Un gros, en plus ! exulta Lackwiddle en écartant les bras. Tout hérissé de flèches et mis en cage. J'ai entendu dire qu'ils l'emmenaient sur l'toit. Ils vont l'y brûler vif, histoire d'venger au mieux la mort de Byrd.

Pour ne rien laisser transparaître de son émotion, Nyx se tourna vers les deux brasiers qui étincelaient sous la bruine. Une mélopée accablée de chagrin lui envahit l'esprit.

— J'ai hâte que cette bestiole s'écrase dans les flammes en hurlant, lâcha Lackwiddle avant de détaler, impatient de propager la nouvelle.

À ces mots, Nyx replongea dans un univers enfumé de cris et d'engins de guerre tonitruants. Une fois encore, elle se trouvait au sommet d'une montagne, à courir vers un gigantesque animal ailé cloué sur un autel en pierre. Un désir ardent se raviva.

Libérer ce qui avait été capturé.

Après quoi, elle réintégra son enveloppe corporelle, debout sous la fine pluie. La mélopée – autant passée que présente – résonnait toujours en elle, mais elle faisait dorénavant davantage penser au bourdonnement furieux d'un essaim à l'intérieur de son crâne. Le son se propageait à tous ses os et renforçait sa conviction.

Nyx observa les soldats qui approchaient.

Elle n'avait pas de plan, juste une intention.

Je dois les arrêter.

CHAPITRE 15

Kanthe se tenait sous la pluie, l'air maussade.

Il aurait pu se réfugier dans le traîneau couvert, d'où le haut-maire de Fiskur et sa fille déchargeaient la montagne de bagages de la jeune élève. Les deux bœufions de tête ne semblaient guère plus enthousiastes. Le pelage mouillé, dégoulinant même, ils soufflaient bruyamment et frappaient le sol de leurs sabots à trois doigts.

Kanthe ne voyait pas l'intérêt d'aller là-bas. Son haut-de-chausses était déjà trempé. La boue et l'eau du marais faisaient *flic-floc* dans ses bottes et ses cheveux étaient plaqués sur son crâne par l'humidité. Il avait l'impression de ne plus avoir été au sec depuis une éternité, même si son calvaire ne durait que depuis une dizaine de jours. Encore qu'il doutât un peu de ses calculs. Le bataillon avait profité d'une accalmie sur le front des orages pour quitter le port d'Azantiia, mais des vents violents avaient creusé des pics écumeux de plusieurs mètres en mer et, l'estomac durement éprouvé, Kanthe n'était pas complètement remis du voyage.

À Fiskur, la tempête avait de nouveau forci. Le ciel s'était obscurci, zébré d'éclairs puissants. Le tonnerre avait grondé assez fort pour ébranler les pilotis sur lesquels la ville reposait. Coincés quatre longues journées là-bas, ils n'avaient eu pour se sustenter que du poisson séché en saumure et de la bière tout aussi salée.

Quand le ciel noir avait viré au gris et que le pire des intempéries s'était décalé vers l'est, Kanthe avait d'abord été soulagé de quitter Fiskur. Hélas, ils avaient enchaîné sur une marche interminable dans de la boue collante, à traverser des nuées de mesqueurs suceurs de sang et de mouches piqueuses qui leur laissaient des vers sous la peau. Que les chasseurs fussent à pied, pelotonnés au fond d'un traîneau ou juchés sur un radeau, le marais tentait sans cesse de les piéger. Des lianes couvertes d'épines tiraient sur leurs vêtements ou leur arrachaient leur couvre-chef. Enfin, c'était toujours mieux que de se faire happer par les mâchoires acérées des innombrables crotales et autres vipères qui ondulaient le long des branches moussues ou glissaient sur l'eau.

À chaque lieue âprement gagnée, Kanthe maudissait son père. Il regrettait de ne pas avoir accepté que Mikaen intercédât en sa faveur pour lui épargner un voyage aussi éprouvant.

L'unique atout du régiment résidait dans son nombre impressionnant de combattants. Le passage d'une centaine de chevaliers et d'une vingtaine de gardes vyrliens avait tenu à distance les plus féroces habitants des marécages. Et Tytan, le dieu des tempêtes, s'excusant peut-être de son mauvais caractère, leur avait accordé une rare faveur grâce à un éclair particulièrement bien ajusté.

Le regard de Kanthe se porta vers un radeau que des chevaliers manœuvraient en direction de la berge. Une grande cage bâchée y était posée. Les bœufions, qui se trouvèrent à proximité, mugirent de désarroi et cherchèrent à tirer le traîneau dans la direction opposée. Le cocher dut leur fouetter les flancs pour les ramener à la raison, mais ils ne cessèrent de trembler de peur.

Malgré l'avertissement des bêtes de somme, Kanthe emprunta le même trajet. Quel bonheur de sentir la terre ferme sous ses pieds ! Par ailleurs, il refusait d'être cantonné au montage des tentes ou à la collecte de bois pour le feu mais, bon, dans les marais, son statut princier n'avait aucune valeur. Difficile de conserver une attitude royale quand on gémissait comme une mauviette par-dessus le rebord du traîneau.

C'était aussi la curiosité qui l'avait attiré vers le radeau et la cage. À peine avait-il aperçu la grosse chauve-souris de Mýr lorsque des soldats l'avaient traînée hors du marais, entortillée dans ses cordes et ses chaînes. La victoire avait été célébrée par des hurlements tapageurs et des coups d'épée sur les boucliers, comme s'ils venaient de remporter une bataille d'envergure. Avec le recul, si l'on en croyait les conversations du soir au coin du feu, il n'y avait pas eu de réel affrontement. Un éclair littéralement tombé à pic avait détruit le tupélo aquatique sur lequel le volatile avait eu le malheur de se percher pendant l'orage. Un groupe de six vyrlliens l'avait découvert par hasard, affaibli et hébété, une aile transpercée par le feu de la foudre.

Ils l'avaient quand même arrosé de flèches avant de le couvrir d'un filet et de le ligoter.

Kanthe avait observé leur trophée avec un pincement au cœur. La chauve-souris capturée avait le gabarit d'un petit poney et elle avait beau saigner en abondance, souffrir de ses brûlures, elle s'était farouchement débattue pour recouvrer la liberté.

Le jeune homme ne comprenait que trop sa folle envie. Et c'était peut-être ce qui l'attirait à présent. Un mélange de pitié et de culpabilité. Manque de chance, il ne fut pas le seul à s'approcher de la précieuse cage.

Anskar le dépassa et sauta d'un pas leste sur le radeau.

— Allons y jeter un œil avant de devoir le traîner là-haut.

Anskar vy Donn était le chef du détachement vyrlien. Kanthe lui arrivait à peine au torse, et l'impressionnant chevalier possédait une force d'éléphant. Non seulement il avait teint son visage et son crâne rasé en rouge, ainsi que le voulait la tradition, mais il avait continué sur les bras et les jambes, lesquels étaient aussi tatoués d'épineuses lianes noires. Kanthe avait entendu dire qu'il ajoutait une épine chaque fois qu'il tuait un homme.

Peut-être était-ce la raison pour laquelle le roi Toranth lui avait discrètement demandé d'être le garde du corps de son fils. Il n'y avait eu aucune annonce officielle, mais Anskar le suivait comme son ombre, ne le quittant presque jamais du regard, même quand Kanthe allait se torcher les fesses. Malgré tout, le prince avait fini par respecter son caractère dur mais aimable. Anskar jouait davantage un rôle de sévère grand frère que de chaperon.

Kanthe le rejoignit sur le radeau.

Le chevalier souleva un pan de la couverture en cuir qui entourait la cage. Son protégé voulut voir dessous.

— Pas trop près, avertit Anskar.

— Ne vous inquiétez pas. J'ai bien l'intention de conserver mon nez là où il est.

À deux pas de distance, il chercha la bête sous le voile enténébré. Il mit quelques instants à discerner une ombre plus foncée. Rien ne bougeait. *Peut-être qu'elle est déjà morte, qu'elle a succombé à ses blessures.* Au vu du sort funeste qui l'attendait, ce serait plutôt une délivrance.

Il leva les yeux vers le toit de l'école. Le Cloistre était de même facture que Castelroche mais un quart plus petit. Des brasiers jumeaux fumaient au sommet. Frell avait déjà délaissé son élève sur la berge rocheuse, tant il était pressé de rendre visite à la directrice de l'établissement, une prieure qui s'était jadis occupée de son instruction. Kanthe l'aurait bien suivi, mais l'alchimiste l'avait exhorté à la patience.

Kanthe se reconcentra sur la cage… et vit deux yeux rouges le fixer d'un air courroucé.

Donc elle n'est pas morte. Mais plus vraisemblablement…

L'ombre lui sauta dessus et fit trembler l'embarcation en s'écrasant contre les barreaux en bois de fer. Kanthe trébucha et atterrit sur les fesses. Il partit à reculons, tandis que des crocs acérés claquaient et s'acharnaient sur la cage. Un poison visqueux coula lentement le long des barreaux.

Anskar éclata de rire et pointa son épée au-devant de la bête pour l'obliger à battre en retraite. Dès qu'elle se fut éloignée, il laissa le pan de cuir retomber et se planta devant Kanthe, qu'il toisa de sa stature colossale.

— On dirait qu'notre invitée se r'tape comme il faut, non ? (Il tendit sa grosse main calleuse.) Allez, debout ! Je ne veux pas qu'un prince de sang royal reste assis sur son cul devant la moitié d'la ville.

— Merci, marmonna-t-il, les joues en feu.

L'incident avait attiré du monde. Des visages l'observaient à la ronde. Quelques personnes chuchotaient. Il s'agissait surtout d'habitants de Brayk et leur attention, au lieu d'être portée sur la cage ou le prince, était dirigée vers les deux hommes qui se tenaient en silence près du radeau.

On ne voyait sans doute pas cela tous les jours.

Un Gyn d'outre-mer à la carrure incroyablement massive patientait torse nu sous la pluie, la peau marquée au fer rouge de curieux symboles. À côté de lui, même Anskar avait l'air d'un nain. La mine sombre, le géant muet laissait entrevoir, sous ses sourcils épais, de petits yeux ternes. Il brandissait une sorte de voilure au-dessus de la tête de son voisin.

Le Confesseur était appuyé sur une canne noueuse en aulne argenté, dont la sève avait la réputation d'estomper les frontières entre le monde ici-bas et les mystères de l'au-delà. Sur toute sa longueur couraient autant de symboles que sur l'imposant Gyn.

Durant l'expédition, Kanthe avait gardé ses distances avec cet homme, car il sentait émaner de son corps décharné un mélange d'hostilité et de danger. Le front tatoué du Confesseur, particulièrement sombre sous sa capuche, tranchait avec son teint clair. Malgré une corpulence assez mince, de la peau flasque pendait de ses joues et de son menton, comme si, après avoir aspiré sa graisse et sa chair, on ne lui avait plus laissé que sa peau fripée sur les os.

Sans doute un Iflelen, pensa Kanthe. *Au moins, ce n'est pas cet enfoiré de Wryth.*

Les yeux du Confesseur, étincelants de cupidité, n'étaient posés ni sur le prince ni sur la cage, mais sur le poison qui commençait à former une flaque au bord du radeau.

— Ne nettoyez surtout pas. Je vais apporter mes fioles afin d'en recueillir une quantité maximale… même si mon désir le plus cher serait de disséquer les sacs à venin d'une bête encore vivante.

— Si vous souhaitez vous y aventurer, Confesseur Vythaas, libre à vous, mais je ne risquerai la vie d'aucun de mes hommes. Par ailleurs, ce spécimen-là doit déjà servir un acte de vengeance et j'ai fait le serment de sang de m'y plier, de brûler notre toute première chauve-souris en l'honneur des dieux. D'autant que c'est le tonitruant Tytan qui, dans sa grande bonté, l'a déposée sur notre chemin.

Le Confesseur eut un air contrarié.

Il avait été envoyé là-bas sur demande du roi, afin de recueillir du poison et d'en tirer une arme hautement létale. Dès que le bataillon se serait acquitté de sa première mission (escorter la fille du haut-maire et procéder à un sacrifice sanglant sur le bûcher de son école), la grande battue pourrait sérieusement commencer. Les soldats massacreraient le plus de chauves-souris de Mýr possible jusqu'à la prochaine lune. D'ici là, Vythaas devrait disposer d'une montagne de sacs à venin pour mener ses expériences.

La patience avait néanmoins ses limites, et pas que pour le Confesseur.

— Qu'est-ce que vous attendez ? lança une voix bourrue.

La foule s'écarta au passage d'une grosse bedaine. L'homme ressemblait à un tonneau auquel il aurait poussé des bras, des jambes et un visage affublé d'une moustache grise. Pour ne rien arranger, il portait une tunique et un haut-de-chausses légèrement étriqués qui laissaient déborder son ventre poilu par-dessus une épaisse ceinture.

Sans ménagement, le haut-maire Goren se fraya un chemin entre le Confesseur et le radeau.

— Nous perdons du temps. Il faut acheminer cette cochonnerie jusqu'au fichu sommet de ce rocher. Je veux qu'avant la dernière sonnerie des Vespres, elle ne soit plus qu'un tas de cendre.

Il était accompagné de sa fille, grande asperge d'à peu près l'âge de Kanthe aux cheveux brun terreux, qu'elle tentait d'égayer par quelques rubans de soie. En dépit d'une beauté assez ordinaire, elle se pavanait comme si, dès la naissance, on lui avait planté un balai dans le fondement. Au cours de l'expédition, elle n'avait jamais posé une pantoufle hors du traîneau, préférant rester blottie contre sa montagne de bagages, sans doute remplis de mets délicats et de parfums.

Hélas, quelqu'un avait dû la prévenir qu'un prince était du voyage. Elle avait donc passé le trajet à lui fourrer, à la moindre occasion, son opulente poitrine sous le nez. Or, que les jeunes gens fussent des parents lointains ou pas, il était deux éminences que Kanthe n'accepterait jamais de gravir.

Anskar observa les bûchers de l'école avec mépris. Il passa une main sur son crâne rouge vif.

— C'est une sacrée montée, surtout avec des bœufions qui refusent même d'approcher une seule corne de la cage.

— Oui, je m'y attendais, répondit Goren. J'ai donc envoyé chercher un expert en attelage bovin. Le voici.

Un vieux marécagier fendit la foule en faisant claquer sa canne. On aurait dit qu'il avait passé son existence entière là-bas, comme de nombreuses générations avant lui. On se serait presque attendu à voir de la mousse pousser dans sa barbe. Et, même s'il était âgé, usé par le temps, il affichait une force têtue. Il était accompagné d'un jeune homme plus grand et plus costaud, tout en muscles, l'œil bien vif.

Son fils, sans doute.

Goren s'approcha du vieux marécagier et ils s'étreignirent les avant-bras, moins pour se saluer chaleureusement que pour se témoigner un respect mutuel. Sans doute écumaient-ils les marais depuis l'enfance.

— Je vous présente le fermier Polder, meilleur conducteur de bestiaux de toute la région de Mýr.

D'un haussement d'épaules, l'intéressé accepta le compliment sans fausse modestie.

Il se pencha pour inspecter la cage.

— J'ai appris vot' souci. Les bœufions préfèrent rester à l'écart de ces démons ailés. Parce qu'y n'leur apportent que des emmerdes. J'connais bien ça.

Anskar émit un grognement agacé.

— J'ai l'impression qu'il va falloir enfoncer des piquets entre les maudits barreaux de cette cage et tenter de la hisser par nos propres moyens. (Il s'adressa au haut-maire.) À moins que nous n'allumions un feu de joie sur cette berge rocheuse pour tout brûler ici même. Et *hop !* débarrassés.

Le visage de Goren s'assombrit de colère.

— Hors de question ! Mon fils est mort là-haut. Cette saloperie subira le même sort.

Anskar parut prêt à protester mais, à l'évidence, il avait reçu la consigne de ne pas causer de vagues. Non seulement le haut-maire était un parent éloigné de Sa Majesté, mais le négoce avec Fiskur – ville réputée pour ses peaux et ses salaisons de viande issues de la chasse dans le marais – était d'une importance cruciale pour Azantiia. La courtoisie et les arrangements étaient donc de mise afin de servir au mieux les intérêts du royaume.

La solution fut apportée par le fermier Polder.

— J'ai pas dit que je n'pourrais convaincre aucun bœufion de vous aider. J'en possède un vieux qui n'a peur de rien. J'vais lui poser des œillères et, pour masquer l'odeur de la chauve-souris, je lui agiterai sous l'mufle un sac de ciste à racine amère fraîchement moulu. (Du pouce, il désigna son fils.) Par précaution, je demanderai aussi à Bastan de le guider à la main. Pour aider l'pépère à rester tranquille.

Le grand gaillard approuva d'un signe de tête.

— Gramblebuck ne vous décevra pas.

Le vieil homme ajouta une mise en garde.

— Bien sûr, vaudrait mieux qu'vous gardiez la bête ligotée jusqu'au toit.

Les bras croisés, Goren ricana.

— Qu'est-ce que j'vous avais dit, Anskar ?

— Bah ! Dans ce cas, allons-y s'il faut que tout soit terminé à la fin des Vespres.

Les marécagiers repartirent d'où ils étaient venus.

Kanthe allait s'engager de l'autre côté, quand il vit la fille de Goren se hisser sur la pointe des pieds et chuchoter à l'oreille de son père. Elle désigna les deux hommes qui s'éloignaient.

Goren ouvrit des yeux ronds, puis la tança à mi-voix :

— La fille de Polder ? Tu dis que c'était *elle* là-haut avec Byrd ? Pourquoi ne pas m'en avoir parlé avant ?

Face à la colère paternelle, elle se recroquevilla et secoua la tête.

Goren lorgna le vieux fermier et son fils. Sous ses sourcils froncés, ses prunelles étincelaient de rage.

— Par tous les dieux du ciel, je jure de les brûler jusqu'au dernier.

Kanthe s'éclipsa avant que le haut-maire ne s'aperçût que sa menace avait été entendue. Il continua néanmoins d'observer les marécagiers, effaré par les manœuvres politiques qui se jouaient devant lui. En une fraction de seconde, de vieux collègues étaient devenus ennemis. Du moins, d'un côté.

Kanthe soupira.

Quelle importance ? Demain, je serai parti.

Il se dirigea vers un grand feu de joie qui dansait le long de la rive, promesse de vêtements bientôt secs. Quant à tout ce qui se passait d'autre là-bas…

Ce n'est pas mon problème.

CHAPITRE 16

Que faire ?

Pendant que la cinquième sonnerie de l'après-midi tintait d'un bout à l'autre du Cloistre, Nyx observa la scène depuis la balustrade d'un balcon grouillant de monde. Au quatrième niveau, son perchoir lui offrait une vue privilégiée sur l'escalier principal qui menait de l'entrée de l'école jusqu'au sommet. La bruine avait cessé et le plafond de nuages gris s'était troué par endroits, laissant apparaître des rayons de soleil éclatants. La brume se parait même de splendides arcs-en-ciel.

— C'est une bénédiction du Père d'En Haut, commenta une nonne. Il nous éclaire de Son sourire généreux.

Au-dessus d'eux, les arches brillantes semblaient s'éloigner vers les étendues vert émeraude du marais. Difficile de contester les mots de la religieuse. Nyx n'avait jamais vu autant de majesté, de magnificence divine. Les bleus étaient chatoyants, les rouges rosés, les jaunes profonds.

Comment y voir autre chose qu'une bénédiction céleste ?

La scène, aussi joyeuse fût-elle, n'effaçait toutefois pas les doutes qui étreignaient la poitrine de Nyx. La procession qui gravissait lentement les marches était conduite par plusieurs rangs de chevaliers. Leur armure étincelait et leur heaume était hérissé d'un panache en crin de cheval. Au bras gauche, ils arboraient chacun un bouclier frappé à l'effigie de leur clan. Le cliquetis de leur attirail faisait penser aux rouages du planétaire de l'école, comme si le cortège était une vaste machine qu'on avait mise en branle et qu'il n'y avait plus aucun espoir de l'arrêter.

Derrière les chevaliers apparut, tête basse, une énorme bête hirsute et légèrement bossue. Un homme marchait à ses côtés, une longe dans une main, l'autre fermement posée sur la bride.

— Ce n'est pas ton frère ? lança Jace.

Nyx ravala sa salive.

— Et Gramblebuck.

À force de rouler des épaules dans son harnais, l'animal avait sa toison et ses muscles profondément meurtris par les sangles. Il traînait un chariot plat monté sur des roues ferrées qui tressautait de marche en marche. Une cage haute, couverte de bâches en cuir, y était solidement arrimée.

Nyx imagina la chauve-souris blessée à l'intérieur. Elle jurait avoir entendu une faible plainte de détresse. À moins que cela ne vînt de ses souvenirs ? Elle se frotta quand même les tempes pour calmer les vibrations aiguës qui lui vrillaient le crâne.

La foule chuchota à l'approche de la cage. Certains spectateurs semblaient impressionnés, d'autres effrayés. Plusieurs embrassèrent le bout de leurs doigts, puis s'effleurèrent les lobes d'oreilles pour conjurer le mauvais sort. Il y en eut même qui lui jetèrent un regard compatissant.

Personne n'avait idée de ce qui pesait sur le cœur de l'adolescente.

Un peu plus tôt, Nyx avait espéré délivrer la chauve-souris, rembourser une dette de longue date. Elle reconnaissait à présent combien elle s'était fourvoyée. C'était la lubie délirante d'une naïve qui avait présumé de ses forces. Il suffisait d'observer le défilé de chevaliers qui allaient encercler le neuvième étage pour comprendre que le combat était perdu d'avance. Seule une poignée de privilégiés serait admise au sommet de l'école, là où la cage était acheminée. Et, à coup sûr, aucun élève n'en ferait partie.

En s'introduisant là-haut par effraction quelques semaines plus tôt, Nyx avait provoqué une série de catastrophes. Il n'était pas question de réitérer ses bêtises, pas après que la prieure Ghyle eut fait des pieds et des mains pour assurer son passage en neuvième année. De plus, si sa propre famille participait au futur sacrifice, comment la jeune fille pouvait-elle envisager de ruiner leurs efforts avec un plan bancal ?

— Je ne suis qu'une imbécile, murmura-t-elle tout bas.

Jace lui jeta un coup d'œil inquiet, qu'elle balaya d'un revers de main.

Lorsque le chariot arriva au quatrième étage, ils virent deux hommes à la suite du convoi. L'un d'eux, en armure légère et son heaume sous le bras, arborait un crâne rouge vif typique des gardes vyrlliens. Il dominait de toute sa stature une silhouette plus mince et plus sombre, cachée sous un manteau vert de chasseur, son arc en bandoulière. Étant donné sa place de choix dans la procession, Nyx se demanda si ce n'était pas lui qui avait capturé la chauve-souris.

Aussitôt, un élan de haine l'envahit.

Derrière eux marchaient une bonne vingtaine de gardes vyrlliens endurcis.

La nonne à gauche de Nyx se pencha vers son voisin.

— Le bruit court que les soldats du roi vont enfin nous débarrasser de ce fléau. Ils veulent se frayer un chemin jusqu'aux flancs volcaniques du Poing, où ces monstres nichent et se reproduisent.

— J'ai entendu la même chose, confirma le hiéromoine.

Les doigts de Nyx se crispèrent sur la rambarde. Elle vit en esprit des formes sombres dégringolant du ciel et s'écrasant sur le marais. L'image se teinta de sang, avec des coups de hache et d'épée qui tranchaient des corps disloqués.

La religieuse pointa l'index vers le marais.

— Il était grand temps que Goren ordonne une campagne d'extermination.

Nyx baissa les yeux au moment où un dernier duo montait l'escalier derrière les gardes vyrlliens. Le haut-maire de Fiskur saluait la foule, le souffle court. Son visage rond, cramoisi, dégoulinait de sueur. À ses côtés, quelqu'un dont Nyx avait redouté le retour : Kindjal, la sœur jumelle de Byrd.

Les jambes flageolantes, elle se cramponna à la balustrade. L'arrivée de Kindjal avait ravivé le mélange de culpabilité et d'inquiétude qui la rongeait. Si Byrd était décédé, c'était en partie parce qu'elle s'était enfuie là où elle n'aurait pas dû, entraînant un garçon de sa classe vers son funeste destin.

Et d'autres morts allaient suivre.

Tout ce sang versé à cause de moi.

Elle eut un mouvement de recul. Écœurée de désespoir, elle tenait à peine debout.

Jace s'approcha.

— Nyx ?

— Fais-moi sortir d'ici.

Il mit le bras autour d'elle, l'aida à s'écarter de la rambarde et fut obligé de la porter à moitié pour traverser le balcon bondé. Le départ précipité de l'adolescente ne passa pas inaperçu, surtout vu la manière dont elle s'appuyait sur Jace.

Des voix résonnèrent derrière elle.

« … pauvre fille sera bientôt vengée… »

« … son calvaire alimentera les flammes, pendant que le monstre se débat… »

« … aucun doute, la Mère l'a bénie deux fois. »

Nyx se sauva loin de leurs messes basses et de leur sollicitude mal placée. Elle se dégagea de l'étreinte de Jace et longea vite les couloirs étroits bordés de salles de cours. Il lui emboîta le pas, mais elle souhaitait fuir tout le monde. Elle ne méritait pas son amitié.

Je ne ferais que te condamner, toi aussi.

Arrivée devant ses nouveaux quartiers, elle s'y engouffra. Elle essaya de fermer la porte au nez de Jace, mais il força le passage.

Les yeux écarquillés, hors d'haleine, il paraissait mort d'inquiétude.

— Qu'est-ce qui ne va pas ? Tu te sens mal à nouveau ? Veux-tu que j'aille chercher maistre Oeric ?

Nyx l'aurait bien chassé à coups de poing. Au lieu de quoi, elle s'effondra dans ses bras, la tête pressée contre son torse, qui exhalait d'âcres effluves de chaux et de transpiration. Tremblant comme une feuille, elle tenta d'y trouver du réconfort, de calmer les trépidations de son cœur. Son corps entier était secoué de sanglots.

En manque de mots pour exprimer son angoisse et sa culpabilité, elle sentit une étrange noirceur s'abattre sur elle.

Soudain, Jace lança :

— C'est quoi ce bruit ?

Alors, seulement, Nyx entendit une mélopée stridente transpercer sa détresse. Elle scruta les poutres du plafond… et aperçut des yeux minuscules qui, dans la pénombre, brillaient d'un furieux éclat rouge vif. Les hululements de son frère perdu lui emplirent la tête, au point de faire vibrer le sang dans son oreille, dans son crâne, et de lui enflammer le cerveau.

Sous un feu aussi nourri, le monde s'estompa.

Pantelante, Nyx se raccrocha à Jace.

— Retiens-moi.

Et, d'un coup, elle partit.

Elle est debout au milieu des flammes. Une ombre se débat violemment à l'intérieur d'une cage en feu. La douleur est charriée par la fumée et le vent. Devant elle, les barreaux en bois se changent en charbon. La chair en cendre. Les os en poussière. Les flammes jaillissent plus haut et la soulèvent. Elle devient une braise ardente qui, emportée au gré des rafales, monte en tourbillonnant vers le ciel gris et chargé.

Maintenant qu'elle a pris de l'altitude, elle voit une tempête noire se former à l'horizon, des nuages s'amonceler et bouillonner d'énergies obscures. La menace descend d'une mystérieuse montagne au loin. Sauf qu'aucun coup de tonnerre ne jaillit du front orageux, uniquement un grondement de colère. Les ténèbres se disloquent en un millier d'ailes qui fondent vers elle en piqué.

Non, pas elle.

Noyée sous la fumée des chairs calcinées, elle observe la scène par au-dessus.

L'école dort tranquillement, sans se douter un instant de la tempête épouvantable qui va bientôt s'abattre sur elle. Nyx essaie de donner l'alerte, mais tout ce qui sort de sa bouche, ce sont les hurlements d'un millier de chauves-souris.

✷

D'un frisson, Nyx revint à elle, toujours blottie contre Jace.

— Elles arrivent, geignit-elle.

Son ami l'aida à se redresser.

— Qui… qui arrive ?

Un battement d'ailes attira leur attention vers les poutres. Une forme noire plongea vers eux.

Le jeune homme glapit et fit écran de son corps pour protéger Nyx.

La chauve-souris les frôla, puis fila par la fenêtre ouverte.

Jace garda la tête baissée.

— Ne bouge pas. Il pourrait y en avoir d'autres.

Consciente qu'il y en avait *beaucoup* d'autres, elle s'extirpa de ses bras. Elle comprenait à présent la raison pour laquelle son frère disparu depuis si longtemps était venu à sa rencontre. Il voulait lui transmettre la mise en garde des siens. Elle partagea son intuition avec Jace.

— Nous devons empêcher le sacrifice, sinon tout sera perdu.

Il la dévisagea d'un air ahuri.

— De quoi parles-tu ?

Seule, elle n'y arriverait pas. Elle fixa la porte.

— Je dois prévenir la prieure Ghyle avant qu'il ne soit trop tard.

* * *

Nyx regarda Jace insérer une clé dans la serrure d'une porte interdite. Il se retourna.

— Je ferais peut-être mieux d'y aller seul.

Tout en se mordillant la lèvre, elle observa, sur le battant, l'emblème drapé de lianes du Cloistre. Y étaient gravés un petit creuset et un pilon en argent. Plus tendue que jamais, elle surveillait les couloirs adjacents. L'ultime sonnerie de l'après-midi pouvait retentir d'une seconde à l'autre. Après quoi, au premier coup de cloche des Vespres, le sacrifice flamboyant débuterait.

Nyx prit une grande inspiration.

— Non, c'est trop urgent. Je dois courir le risque d'y aller moi-même.

— Pourquoi ?

— Je n'ai pas le temps de te l'expliquer.

Et certainement pas le temps que tu me croies.

Jace soupira et lui dévoila l'escalier privé qui menait au neuvième niveau. Il avait le droit de l'emprunter pour porter des livres précieux aux érudits, notamment dans les appartements de la prieure Ghyle, situés au dernier étage. En revanche, sa dérogation ne s'appliquait pas aux invités et, par son intrusion, Nyx mettait la place et le gagne-pain de son ami en péril. Si jamais ils se faisaient attraper, elle soutiendrait qu'il n'y était pour rien.

Jace franchit le seuil en premier. Il n'aurait pas eu le temps de courir jusqu'en haut et de convaincre la prieure de descendre. Or, Nyx savait qu'elle devait s'entretenir directement avec la responsable du Cloistre. Personne d'autre ne la croirait.

— Presse-toi. La route est encore longue, prévint Jace.

Lorsqu'ils reprirent leur route, elle resta de longues secondes en apnée, de crainte d'être accostée par un alchimiste ou quelque autre érudit. Heureusement, ils ne rencontrèrent pas âme qui vive. Tout le monde devait assister à la montée des derniers légionnaires.

— Nous y sommes presque, ahana Jace, les joues rouges, le dos trempé de sueur.

Nyx voyait que le jeune homme était terrifié par l'interdit qu'ils bravaient. Il fit halte sur un palier et désigna une porte du menton.

— Celle-ci communique avec le huitième niveau.

Il lui offrait une dernière chance de changer d'avis. Elle pouvait se sauver par là et nul n'en saurait rien.

— Si tu te caches ici, je peux aller te chercher la prieure.

Nyx hésita, mais elle n'avait pas encore répondu qu'une cloche sonna à toute volée. D'abord étouffé par la muraille, son écho s'amplifia jusqu'à envahir l'ensemble de l'école.

C'était l'ultime sonnerie de fin d'après-midi.

Alors que Nyx avait fait signe à Jace de continuer, d'un coup, il la poussa derrière lui et la plaqua contre le mur. Elle s'affola un instant, puis entendit une clé cliqueter et des gonds grincer. L'éclat du jour inonda les deux jeunes gens.

Tapie derrière la carrure massive de son ami, elle ne vit pas qui était arrivé.

— Que fabriquez-vous ici, Jace ? lança une femme d'un ton accusateur.

Nyx frémit en identifiant le timbre nasillard de sœur Reed, son enseignante de septième année.

Jace commença par bégayer d'effroi, puis, tout en continuant de cacher sa protégée, il se redressa.

— La… la prieure Ghyle m'a demandé de récupérer un exemplaire de la *Doctrine des Sept Grâces* de Plentiarorio pour le rapporter au scriptorium.

— Alors, allez-y, bougonna la religieuse. Plutôt que de traîner dans mes pattes.

Il s'écarta et Nyx se décala de concert pour rester dans son ombre. Sœur Reed passa devant eux sans plus jeter un regard à un garçon aussi médiocre que Jace. Ils attendirent toutefois de ne plus entendre ses pas pour reprendre leur course précipitée.

Sans perdre une seconde, Jace entraîna Nyx au neuvième étage, dans une salle immense où d'étranges alchimies s'échappaient d'un candélabre, puis le long d'un interminable couloir sinueux. Ils croisèrent une poignée d'érudits, mais la jeune fille resta dans l'ombre de Jace. Par chance, ils étaient tous trop accaparés par leurs propres soucis ou par ce qui se passait dehors pour sourciller au passage échevelé de l'adolescent.

Leur périple s'acheva là où la roche volcanique noire des tours des alchimistes fusionnait avec le calcaire blanchâtre de celles des hiéromoines. Entre les deux, une grande porte cintrée était plaquée à moitié de fer et à moitié d'argent.

Jace frappa bruyamment à l'aide d'un heurtoir articulé.

Nyx craignit de voir une armada de chevaliers leur tomber dessus. En réalité, elle n'était même pas certaine que la prieure fût encore dans ses appartements. Auquel cas, elle s'était préparée à aller hurler d'un bout à l'autre de l'étage.

Je n'ai plus le temps.

Enfin, on entendit un léger bruit de pas.

Nyx soupira de soulagement en découvrant la silhouette familière de Ghyle. À la vue de Jace, la directrice parut intriguée et, lorsqu'elle aperçut qui se cachait derrière lui, elle écarquilla les yeux de stupeur.

— Nyx ? (D'emblée, elle comprit que la situation était grave.) Entrez.

Elle s'écarta légèrement, et ils s'engouffrèrent à l'intérieur. La prieure referma la porte, non sans donner un tour de clé dans la serrure.

— Que se passe-t-il ?

Nyx ignorait par où commencer. Elle contempla la pièce qui, de forme circulaire, était bordée d'étagères en ébène d'un côté et en frêne blanc de l'autre. Les rayonnages étaient remplis d'ouvrages poussiéreux, de rouleaux de parchemin dans leur étui et d'étranges objets ésotériques. Au centre, une table avait été fabriquée à parts égales dans les deux bois. Neuf chaises à dossier haut trônaient autour : quatre blanches, quatre noires et la dernière, qui était aussi la plus grande, mi-frêne, mi-ébène.

C'était sans doute là que le Conseil des Huit discutait des affaires de l'école sous l'égide de la prieure, assise dans le neuvième siège. Nyx aperçut aussi quatre grandes cheminées, éteintes, ainsi que d'autres portes, qui devaient mener aux appartements privés de la directrice.

Ghyle l'entraîna vers la table.

— Qu'est-ce qui vous perturbe au point de vous présenter ici sans autorisation ?

Nyx ouvrit la bouche pour parler. Soudain, un inconnu, assis le dos tourné, se leva et pivota vers eux. Il avait beau porter l'habit sombre et la ceinture rouge vif des alchimistes, Nyx ne l'avait encore jamais vu. Avec sa queue-de-cheval roux foncé et ses yeux noisette, il semblait avoir dix ou vingt ans de moins que la prieure.

Nyx fit un pas en arrière, mais Ghyle l'empêcha de reculer davantage.

— Je vous présente l'alchimiste Frell hy Mhlaghifor. De Castelroche, à Azantiia. C'est un de mes anciens élèves. Vous pouvez parler librement devant lui.

Nyx comprit qu'il avait dû accompagner les bataillons du roi. Malgré le discours rassurant de sa directrice, elle se demanda si elle pouvait se fier à quelqu'un arrivé en même temps que des soldats déterminés à sacrifier la chauve-souris qu'ils avaient capturée.

L'alchimiste lui lança un sourire qui lui parut sincère.

— Ah, vous devez être la jeune miraculée ! Celle qui a survécu au poison. Qui a été bénie par la Mère. Et que le roi nous demande d'emmener séance tenante à Hautmont.

Nyx eut un vertige.

— Qu… Quoi ?

Choqué lui aussi, Jace s'adressa à la prieure.

— Vous ne pouvez pas accepter une chose pareille.

— Ayez confiance, mes enfants. Je ferai tout mon possible pour garder Nyx ici. L'alchimiste Frell a eu la gentillesse de m'avertir et j'aurai le temps de fourbir mes arguments.

Nyx s'imaginait déjà enchaînée et traînée vers un cachot lugubre de Hautmont. Elle ne reverrait plus ni son père ni ses frères. Malgré cela, la perspective, aussi déchirante fût-elle, faisait pâle figure en comparaison du drame qui s'annonçait.

— Je… je dois vous dire quelque chose, murmura Nyx.

Elle jeta un regard penaud à Jace, puis se concentra sur la mine avenante mais ferme de Ghyle.

— Quelque chose que je n'ai encore confié à personne.

— À quel sujet ?

— La chute de la lune.

Un halètement jaillit, non pas chez la prieure mais chez l'étrange alchimiste. Il s'approcha.

— Que savez-vous ?

Nyx déglutit.

Tout. Rien.

Elle raconta lentement les événements de la nuit avec son drôle de visiteur. Elle parla de son cauchemar, de ses visions troublantes – à la fois dans le passé et en haut d'une mystérieuse montagne dévastée – et termina par :

— Je pense avoir été sauvée du marais par une chauve-souris de Mýr et élevée comme l'une des leurs, aux côtés de la créature qui m'a rendu visite.

Alors que Nyx tâchait de refouler ses larmes, l'alchimiste se pencha vers son ancienne professeure et chuchota :

— Vous ne croyez pas qu'il puisse s'agir du même enfant. Graylin…

— Pas maintenant, Frell. Ce genre de spéculation attendra. Une certitude, néanmoins : nous ne pouvons pas laisser cette jeune fille tomber entre les mains du roi. C'est hors de question.

L'alchimiste se redressa avec un air approbateur.

— Si j'en crois son histoire, les chauves-souris auraient senti que leur lait avait des effets délétères sur le bébé, qu'il le rendait aveugle et elles l'auraient rendu à ses congénères humains.

— Voilà qui implique un degré d'intelligence infiniment supérieur à tout ce qu'on avait imaginé. (Ghyle se tut, songeuse.) Est-il possible qu'il y a quinze jours, elles l'aient empoisonnée exprès ? Qu'elles l'aient réveillée – à la fois par la vue et le savoir – pour qu'elle prévienne le monde extérieur ? Oserions-nous gratifier ces volatiles d'un sens aussi aigu du raisonnement et de la stratégie ?

Frell caressa son pli au menton.

— Dès la réception de votre lettre, je me suis renseigné sur le venin qui avait contaminé votre élève en étudiant plusieurs textes : *Anaticum absolu* de Justoam, *Historia Animalium* de Lakewright et même les très controversés *Dialogues sur les variations biologiques* du Klashéen Fhallon. On sait par exemple que les roussettes aveugles qui hantent les profondeurs obscures d'Ennuage s'orientent grâce à leurs cris quasi inaudibles. À mon avis, les chauves-souris de Mýr appréhendent le monde de la même façon. Une poignée d'alchimistes soupçonne ces championnes dans leur catégorie de communiquer par des cris suraigus, se liant ainsi les unes aux autres, comme au sein d'une ruche ou d'une fourmilière. Cela permet même peut-être d'accroître l'intelligence collective de l'espèce.

— Le tout est supérieur à la somme des parties, conclut Ghyle.

— Absolument. Les *Dialogues* de Fhallon vont jusqu'à émettre l'hypothèse que leur savoir, mis en communauté et étalé sur plusieurs générations, remonterait beaucoup plus loin que nos propres histoires. Par ailleurs, certaines chauves-souris, surtout celles qui vivent aux confins occidentaux de la Couronne, préfèrent la nuit noire, comme si leur comportement et leurs habitudes étaient associés aux cycles de la lune. Auquel cas, nos chauves-souris de Mýr pourraient elles aussi être très sensibles aux différentes phases de cet astre.

Alors que Nyx était un peu perdue, la prieure Ghyle la fixa avec intérêt.

— Frell, insinuez-vous que les chauves-souris auraient deviné ce que montrent vos recherches ?

— Oui. Que la lune grossit depuis des siècles et, aujourd'hui, de plus en plus rapidement.

Nyx se revit au sommet de la montagne maudite, à regarder la lune enfler, puis s'écraser en feu vers elle.

— La chute de la lune, murmura-t-elle.

Frell se tourna vers elle.

— C'est peut-être ce qu'elles ont tenté de vous faire comprendre. Leur propre façon de vous avertir.

Nyx savait que son explication d'érudit n'éclairait pas tout. La vision qu'elle avait eue d'elle en haut de la montagne était trop détaillée. Encore à présent, les hurlements résonnaient dans sa tête. Elle se rappela le nom qu'elle avait elle-même crié. *Bashaliia*. Pourtant, elle mit tout cela de côté et posa une question qui la hantait depuis le jour de son cauchemar.

— Pourquoi moi ? Pourquoi est-ce moi qu'elles assaillent de leurs cris ?

— Oh ! Je crois que c'est évident, lâcha Frell.

Nyx fronça les sourcils en silence. *Pas pour moi.*

— Mademoiselle, vous avez vécu vos six premières lunes sous leur protection, quand votre esprit, semblable à de la terre glaise, était encore malléable, loin d'être complètement formé. Votre cerveau a grandi sous le feu permanent de leurs cris silencieux. Exposée de la sorte, vous avez peut-être été influencée à jamais par leur mélopée, au même titre qu'un arbre est façonné par les vents.

Les yeux de Jace luisaient de crainte.

Vis-à-vis de moi, déplora Nyx.

— Je crois qu'à certains égards, enchaîna Frell, vous avez rejoint la grande communauté spirituelle autour de vous. Même si, aujourd'hui, vous avez grandi et pris un chemin différent, vous restez connectée au schéma imprimé dans votre subconscient.

Nyx frissonna. Elle aurait voulu protester, mais elle se rappela les moments où elle s'était vue elle-même à travers le regard de son frère perdu.

Ghyle reprit la parole.

— Si les soupçons de l'alchimiste Frell se vérifient, cela voudrait dire que votre récent empoisonnement a réveillé davantage que votre vue. Il a rouvert un œil intérieur fermé depuis longtemps, au moment de votre abandon dans les marais.

Nyx sentit une nausée brûlante lui retourner l'estomac.

Alors, que suis-je ?

Jace, qui avait dû deviner son désarroi, surmonta sa peur et lui prit la main.

— Est-ce pour cela que tu es venue parler à la prieure ?

Prenant conscience de son oubli, Nyx se raidit.

— Non ! s'exclama-t-elle avant de pivoter vers Ghyle. J'ai reçu une autre visite de la part de mon frère perdu.

— Moi aussi, j'ai vu la chauve-souris, acquiesça Jace.

Elle le remercia du regard et recouvra de la force en sentant ses doigts solides entre les siens. Par sa simple présence, il lui adressait une déclaration bouleversante de soutien et d'amitié.

— J'ai eu une autre vision.

Elle raconta la tempête imminente, l'arrivée de milliers de chauves-souris ivres de vengeance.

— Nous devons empêcher les soldats du roi de brûler la bête qu'ils ont capturée, sinon on nous attaquera depuis les airs.

Jace parut intrigué.

— Comment ces animaux pourraient-ils savoir ce que nous avons l'intention de faire ici, alors que rien ne s'est encore produit ?

Nyx avait beau être troublée par l'idée, la réponse fusa :

— Si je suis bien en connexion avec cette vaste communauté spirituelle, peut-être savent-elles aussi ce que je pense.

Elle songea aux changements de points de vue pendant sa vision. Elle se rappela aussi la rage qui l'avait envahie lorsqu'elle avait appris pour le sacrifice, ainsi que son désir furieux d'intervenir. C'était un sauvetage que, de par sa nature douce et docile, elle n'aurait habituellement jamais risqué ni même envisagé.

D'où cette envie m'est-elle venue ?

Elle effleura sa poitrine.

Est-elle issue de moi ? Ou aurait-elle été attisée par elles ?

Avant d'avoir pu trancher, Nyx entendit carillonner par-delà les murs, de plus en plus fort à chaque battement de son cœur.

Le premier coup de cloche des Vespres.

Elle sentit sa gorge se nouer.

J'ai mis trop de temps.

Il n'y avait plus rien à faire.

Ghyle ne partageait manifestement pas son avis.

— Frell, il faut agir, mais je doute que ma parole seule suffise à enrayer un ordre royal.

L'alchimiste acquiesça.

— Alors, nous aurons peut-être besoin de celle d'un prince. Si je réussis à le convaincre.

Un prince ?

Ghyle saisit Jace par le bras.

— Nyx a déjà attiré l'attention de Sa Majesté et je crains que les choses n'empirent bientôt. Vous devez la mettre à l'abri.

— Mais… où ?

— Hors de l'école. Elle n'est plus en sécurité ici. Pour l'instant, ramenez-la chez elle.

Nyx se laissa pousser vers la porte avec son ami. Une question continuait néanmoins de la tarauder.

Où est mon véritable chez-moi ?

CHAPITRE 17

Kanthe renifla et leva les yeux au ciel.

Moi qui croyais empester le marais !

Il chercha à s'éloigner au maximum des relents nauséabonds du gros bovin hirsute, mais les nuées de mouches qui bourdonnaient autour de l'animal péteur et phlegmoneux le suivirent aussi.

Le bouvier, Bastan, y semblait parfaitement indifférent et il pataugeait dans la gadoue en vérifiant le soubassement et les sangles de l'attelage. Il évitait, en revanche, de poser les yeux sur la cage bâchée. Enfin arrivé au neuvième étage, le bœufion était presque au terme de sa mission. Il ne lui restait plus que quelques mètres à parcourir.

Le plan était simple. Il fallait traîner le chariot entre les bûchers installés au sommet du Cloistre, où il serait dételé. Du petit bois serait entassé entre les roues, puis allumé à l'aide d'un flambeau. Après quoi, le véhicule prendrait feu, la cage aussi et, pendant quelques minutes, les deux brasiers ne formeraient plus qu'un.

Il aurait été plus facile de faire reculer l'attelage dans un seul bûcher et l'affaire aurait été bouclée mais, apparemment, les hiéromoines et les alchimistes estimaient que leur honneur serait bafoué si leurs feux attitrés rataient l'occasion d'accomplir un châtiment divin sur le toit de l'établissement.

C'était donc la solution qui avait contenté tout le monde.

Le prince soupira d'agacement.

Finissons-en vite.

Un peu plus loin, le haut-maire, juché sur une estrade, concluait un discours grandiloquent. Par chance, le rugissement des flammes couvrait la majeure partie de ses effets de manches. Avec tous ses *Gloire à* et ses *Béni soit-Il* ou *soit-Elle*, Goren souhaitait qu'on pleurât comme il se devait la mort de son fils. Cependant, il mettait tout autant d'ardeur à se faire valoir devant un parterre composé de l'élite de l'école et des gardes vyrlliens. Pour ceux qui ne fréquentaient pas le Cloistre, c'était l'occasion unique de fouler le neuvième étage. Même la centurie de chevaliers était restée cantonnée un niveau en dessous.

Le vent tourna et Kanthe reçut la fumée des bûchers en plein visage. Un mélange écœurant d'alchimies âcres et d'encens suaves lui emplit la gorge. Pris d'une quinte de toux, il préféra encore battre en retraite vers la puanteur du bœufion. Une grosse mouche en profita pour le piquer au bras. Il la chassa d'un revers de main.

Quand ce calvaire sera-t-il terminé ?

Comme si on avait lu dans ses pensées, il vit s'ouvrir, derrière le haut-maire, de grandes portes, là où les tours noires des alchimistes rivalisaient avec les flèches immaculées des hiéromoines. Deux silhouettes apparurent et, très vite, partirent chacune d'un côté.

Kanthe reconnut Frell, qui le rejoignit. L'autre était une femme coiffée d'une couronne de tresses blanches et vêtue d'un long habit majestueux, une étole noir et blanc sur les épaules. Elle se dirigea vers l'estrade, où Goren, les bras levés au ciel, s'apprêtait de nouveau à louer les dieux. La femme – qui devait être la fameuse prieure Ghyle – alla lui chuchoter à l'oreille. Aussitôt, le haut-maire laissa retomber ses bras, telles les ailes en berne d'un voilurier à la dérive.

Anskar se fraya un chemin jusqu'à Kanthe. Ou plutôt, jusqu'au chariot.

— C'est pas trop tôt. J'ai bien cru qu'ce connard fermerait jamais sa gueule. Aidez-moi à découvrir la cage. Les salauds vont avoir envie de voir le monstre se tordre de douleur. Après quoi, on pourra peut-être enfin s'tirer d'ici.

Bondedieux, je l'espère.

Kanthe allait s'exécuter quand la prieure s'adressa à la foule, attirant leur attention.

— Merci de nous avoir tous rejoints ici.

Elle n'avait pas besoin de crier à tue-tête comme Goren pour se faire entendre.

— C'est avec un profond regret que nous sommes contraints de retarder le sacrifice des Vespres.

Des murmures étonnés s'élevèrent. Certains spectateurs s'insurgèrent. Le haut-maire, tout raide, sembla prêt à empoigner Ghyle. D'un regard sévère, elle l'en dissuada.

Il tint quand même à protester.

— C'est un ordre du roi ! J'ai reçu la promesse de Sa Majesté sous son sceau personnel. Vous ne pouvez pas vous y opposer.

— Cette grenouille de bénitier a raison, grogna Anskar. Je vais voir de quoi il retourne.

Le visage rouge de fureur, il se dirigea vers l'estrade.

Frell agrippa son élève par le bras et l'entraîna près du chariot.

— Nous avons un problème. Et, pour le résoudre, il nous faut un prince.

Kanthe se dégagea de son étreinte.

— J'imagine que c'est en rapport avec l'intervention de la prieure.

— En effet, nous devons empêcher le sacrifice. Si la chauve-souris est brûlée vive, tout tombera en ruine.

— En ruine ? Le Cloistre s'élève ici depuis presque aussi longtemps que Castelroche. Qui oserait l'attaquer ?

L'alchimiste montra de la tête la cage et son mystérieux contenu.

— Les congénères de cette créature. À l'instant où je vous parle, ils sont en train de constituer des bataillons.

— Comment le savez-vous ?

— L'histoire serait trop longue à raconter. Disons juste qu'elle est liée à la fille que votre père veut ramener à Hautmont.

Kanthe tâcha de comprendre, interloqué.

— Celle qui a survécu au poison et recouvré la vue ?

— Elle-même.

Frell entendit d'autres cris émaner de derrière les bûchers. Comment convaincre son jeune élève ? Sans grand enthousiasme, il choisit un angle d'attaque.

— Prince Kanthe, il y a quinze jours, vous m'avez enquiquiné avec l'histoire de Graylin sy Moor, le Chevalier Renégat. Vous vous en êtes servi pour me dissuader de révéler mes craintes au roi.

Le garçon parut intrigué.

— Et ?

— Eh bien, je crois que cette fille est l'enfant que Graylin sy Moor a cherché à protéger en trahissant les siens. Peut-être sa propre fille. (Frell le fixa d'un air sévère.) Ou alors votre demi-sœur.

— Impossible ! ricana Kanthe.

— Je peux me tromper sur son compte, mais je suis certain du danger. Si le sacrifice commence, elle le paiera de sa vie. Et nous tous aussi.

Son disciple le saisit par le poignet.

— Frell, vous êtes davantage un père pour moi que mon propre géniteur. J'ai envie de vous croire, mais êtes-vous conscient de ce que vous me demandez ? Vous voulez que, moi, je viole le serment du roi ? Sa Majesté vient à peine de me réaccorder un peu de sa confiance, de me charger d'une mission sérieuse. Ai-je l'air d'un héros tout droit sorti d'un conte d'antan ?

Frell sourit.

— Je ne vous accablerai pas d'un tel destin. Souvent, l'histoire se termine mal pour ce genre de personnage.

— Vous savez donc que je ne peux pas accéder à votre demande.

Les épaules de Frell s'affaissèrent et il secoua légèrement la tête. Kanthe observa l'homme qui était son mentor depuis son entrée à Castelroche, qui l'avait soutenu si souvent lorsqu'il était en première ou en deuxième année – lui, le petit prince triste en mal d'affection. La déception qu'il lut sur son visage le chagrina infiniment plus que n'importe quelle remontrance enflammée de son père.

Je suis désolé...

Kanthe tourna les talons et se dirigea à l'arrière du chariot.

Frell lui emboîta le pas. Que ce fût pour la cause ou pour lui, il refusait de capituler.

— Prince Kanthe, la prieure nous fait juste gagner un peu de temps. Vous êtes *le seul* à pouvoir dissuader les autres.

— Vous me surestimez encore. Le haut-maire, le Conseil des Huit, même Anskar… personne n'acceptera d'écouter le Mouton Noir. Roubignolles avec un coup dans le nez. Un simple Prince du Placard.

Il remonta son arc en bandoulière et bondit sur le chariot. Alors, seulement, il esquissa un sourire.

— En revanche, ils n'oseront pas me tirer dans le dos.

Et il se rua à l'avant en longeant la cage enveloppée de pans de cuir tendus.

Frell se hissa derrière lui.

— Qu'est-ce que vous…

— Vous là-bas ! héla Kanthe en arrivant près du bouvier.

Surpris, Bastan lâcha l'étrille avec laquelle il brossait son bœufion. Il fit volte-face et leva les yeux vers le prince.

Kanthe fit tournoyer son bras autour de sa tête.

— Demi-tour !

— Qu'est-ce que vous fichez ? s'étonna Frell.

— Ils ne pourront pas accomplir leur sacrifice s'il n'y a plus rien. (Kanthe apostropha de nouveau le fermier, l'index pointé vers les étages inférieurs.) Dites à votre gros plein de soupe de rebrousser chemin. Gramblebuck, si j'ai bonne mémoire. Nous repartons vers les marais.

Kanthe se voyait déjà ouvrir la cage et laisser la chauve-souris blessée s'évader pour retrouver sa tanière humide.

Bastan le dévisagea, bouche bée.

Le prince se pencha vers son tuteur.

— Vous voyez ? Je ne réussis même pas à convaincre le fils d'un marécagier de m'écouter.

À l'avant du chariot, l'alchimiste lança :

— Jeune homme ! Votre sœur Nyx est en danger !

Kanthe resta interdit. *Sa sœur ?*

Tout aussi déconcerté, Bastan s'approcha.

— Que se passe-t-il avec Nyx ?

— Elle a peut-être survécu à la morsure venimeuse d'une chauve-souris mais, si nous ne nous prenons pas la fuite et que nous ne libérons pas ce prédateur, elle sera morte avant l'aube.

Kanthe avait l'esprit en ébullition. *Encore cette fille.* Il se remémora les spéculations de Frell sur son passé, sur le fait qu'elle était peut-être du même sang qu'un certain prince. *C'est la frangine de tout le monde ou quoi ?*

Bastan réfléchit, puis empoigna la longe du bœufion et guida son mufle vers l'escalier. Kanthe agrippa l'arrière du siège pour ne pas tomber quand le chariot vacilla sur ses roues ferrées.

Le remue-ménage commença à attirer l'attention. Alors que, jusque-là, la majorité des regards étaient braqués sur les échanges enflammés de l'autre côté du bûcher, les spectateurs les plus proches se demandèrent ce qui se passait avec le chariot. Certains visages étaient teints en rouge. Des mains se posèrent sur des épées. Des arbalètes furent brandies.

— Dépêchez-vous ! siffla Kanthe.

Bastan tira plus fort sur la longe.

Au moment où l'attelage pivota, deux autres témoins assistèrent de près à la scène. Bien que la pluie eût cessé, le Confesseur Vythaas était resté à l'abri de la voilure tenue par son Gyn attitré. Ses yeux disparaissaient presque entre ses paupières plissées. Pourtant, le saint homme ne donna pas l'alerte. Il aurait pu demander à son géant balafré de leur barrer la route, voire d'assommer le bœufion. Il se contenta d'observer la manœuvre en silence.

Qu'est-ce que ce fumier décharné a bien pu entendre ?

Le chariot acheva sa volte-face et le bœufion se retrouva devant l'escalier.

— Grouillez-vous ! insista Kanthe.

Bastan tenta d'entraîner Gramblebuck vers les marches. Hélas, à la vue de la descente interminable qui l'attendait, l'animal regimba.

Difficile de lui en vouloir...

Kanthe fit signe à Bastan.

— Flanquez-lui des coups d'fouet ! Faut y aller !

Le marécagier le foudroya du regard, comme si on lui avait demandé de brutaliser sa propre mère. Il continua à tirer sur la longe, les talons enfoncés dans le sol. Le bœufion fit de même avec ses sabots à trois doigts.

Le visage de Bastan s'empourpra de frustration.

— Allez, bouge, Gramble ! Nyxie a besoin d'nous.

Le nom de la jeune fille convainquit enfin la bête d'avancer une patte, puis l'autre. Le convoi s'ébranla… mais beaucoup trop lentement. Au neuvième étage, tout le monde les regardait. Un groupe de gardes vyrlliens s'élança vers eux.

Kanthe laissa échapper un juron et se fraya un chemin vers l'arrière du chariot. Il fallait à tout prix grappiller quelques secondes. Au moment où il frôla sa prison, la bête lui siffla dessus.

— J'essaie de sauver tes miches velues, grogna-t-il.

Les jambes arc-boutées, il se planta derrière la cage bâchée et agita les bras. Des cris de colère jaillirent.

— Arrêtez-les, bande de rustres ! mugit le haut-maire.

Les chevaliers vyrlliens dégainèrent leur épée.

Aussitôt, Kanthe douta que son statut princier fût réellement un bouclier à toute épreuve. Il en eut la confirmation en entendant fuser les carreaux d'arbalète. L'un d'eux lui frôla l'oreille. Un autre érafla douloureusement son flanc gauche.

Le jeune audacieux se baissa et regagna l'avant du chariot.

— Maintenant ou jamais ! s'égosilla-t-il.

Il remarqua alors que Frell s'activait derrière la cage : il tirait sur le nœud d'une corde. Un autre câble pendillait à côté.

Qu'est-ce qu'il fabrique ?

Frell se redressa et arracha le pan de cuir qu'il avait détaché. Il trébucha en arrière quand la chauve-souris se jeta contre les barreaux en montrant les crocs et en crachant son venin. Vite, il poussa Kanthe sur le siège conducteur.

— Pourquoi avez-vous… ? bredouilla le prince.

Quand la chauve-souris leur hurla dessus, son cri strident leur fit l'effet d'une gifle. Le chariot bondit vers l'avant, au risque de renvoyer Frell et son disciple contre les barreaux de la cage. Le vieux bœufion avait compris ce qui était caché derrière lui et il cherchait à fuir.

— Accrochez-vous ! brailla Kanthe, tandis que le mastodonte, affolé, se précipitait vers l'escalier.

Le disciple et son mentor se cramponnèrent aux planches du siège.

Gramblebuck atteignit la première marche et s'y rua bille en tête. Par miracle, Bastan réussit à tenir la longe, qui l'aida à se propulser sur l'échine bossue de l'imposante bête de somme.

Juste à temps.

Gramblebuck atterrit adroitement sur ses quatre pattes. Le chariot suivit le mouvement, mais l'arrière se souleva brusquement. Il resta en suspens pendant une interminable seconde, puis s'écrasa dans l'escalier avec un fracas assourdissant. Une corde se sectionna à l'arrière et, quand la cage rebondit vers eux, la chauve-souris coincée à l'intérieur poussa un sifflement féroce.

Tandis que le convoi rejoignait cahin-caha le huitième étage, d'autres traits d'arbalète jaillirent. Les carreaux fendirent l'air et perforèrent l'enclos en bois. Plusieurs projectiles durent toucher la bête emprisonnée, car ses cris devinrent si perçants que les fuyards craignirent de sentir leurs tympans éclater. À coup sûr, les braillements incitèrent le bœufion à accélérer encore.

Une bande de chevaliers en armure étaient agglutinés sur le palier. D'autres, affectés à la surveillance du huitième niveau, affluaient, attirés par le tapage. Kanthe se redressa tant bien que mal pour agiter le bras vers eux.

— Dégagez le passage !

Gramblebuck renchérit avec un beuglement d'effroi.

Ni une ni deux, les chevaliers se dispersèrent. Des vociférations plus aiguës s'élevèrent derrière le chariot. D'un regard en coin, les fugitifs virent des silhouettes au visage rouge charger dans l'escalier. Sous la houlette d'Anskar, plus cramoisi que jamais, les vyrlliens dévalaient plusieurs marches à la fois.

Au moment où bœufion et chariot s'écrasèrent sans ménagement au huitième étage, les roues bardées de fer projetèrent des gerbes d'étincelles. Quelques rayons volèrent en éclats, mais la carriole continua sa course folle vers l'étage inférieur.

Aussi bondissants qu'une harde de cerfs, les gardes vyrlliens se lancèrent à ses trousses. Anskar menait la course, flanqué de ses deux meilleurs éléments. Il leur hurla quelque chose, mais ses ordres furent couverts par le bruit de ferraille. Sans ralentir, les soldats prirent les rouleaux de corde qu'ils transportaient à l'épaule. Ils en libérèrent l'extrémité lestée et les hameçons à ardillon pour en faire des grappins.

Bande d'escogrus.

Kanthe évalua la distance jusqu'au palier suivant.

C'est encore jouable.

Soudain, la roue arrière gauche se détacha. Avec un panache d'étincelles, elle ricocha et dégringola la pente, comme si elle s'enfuyait seule. Le chariot continua de descendre à vive allure, en équilibre sur ses trois roues.

Mais pour combien de temps ?

Arrivé au septième étage, le bovin s'élança vers une nouvelle volée de marches. D'autres cordes cédèrent autour de la cage, puis l'enclos entier commença à glisser vers Kanthe et Frell. La chauve-souris fulminait contre ses barreaux, tous crocs dehors.

Kanthe se laissa tomber sur les fesses et, solidement adossé au siège conducteur, il retint la cage, les pieds calés contre les barreaux en bois de fer. Le lourd enclos continua, hélas, de coulisser vers lui. Frell tenta de l'aider en tendant les bras.

— Surtout pas ! haleta le prince, de crainte que son mentor n'y perdît des doigts, sinon la main entière. Je la tiens.

En fait, non.

Ses muscles l'abandonnèrent et le chargement tomba vers eux. Une de ses jambes s'insinua entre les barreaux. L'avant de la cage les percuta de plein fouet et ils se retrouvèrent coincés. La chauve-souris bava son poison sur le visage de Kanthe. Des griffes lacérèrent son haut-de-chausses et s'enfoncèrent dans sa cuisse.

Voilà donc comment je vais mourir.

Jamais il n'aurait imaginé une fin aussi dramatique.

Tout à coup, la cage fut projetée dans les airs et, de manière inexplicable, elle s'éloigna de son visage et libéra sa jambe prisonnière.

Le prince, à genoux, tenta de comprendre le miracle.

En haut de l'escalier, les deux acolytes d'Anskar avaient noué chacun le bout de leur corde à une grosse statue. Le filin courait jusqu'à la cage, où les grappins s'étaient enroulés autour des barreaux. Prise au piège, la prison de la chauve-souris vacilla en plein vol, s'écrasa sur les marches et, sous le choc, s'ouvrit.

Anskar avait dû l'anticiper. Il fonça au bas de l'escalier et lança un filet, qui tournoya vers la structure disloquée. À l'intérieur, la chauve-souris se débattait violemment pour recouvrer la liberté. À grands coups d'ailes, elle brisa encore quelques barreaux. De ses griffes, elle déchiqueta des morceaux de cuir. Enfin, elle parvint à sortir la tête, mordit à tout-va, ses larges oreilles plaquées sur le crâne et tenta de s'extirper. Son cou se tendit avec un gémissement de désespoir, comme si elle se noyait dans les décombres.

Puis le lourd filet hérissé d'épines s'abattit sur elle.

À bord du chariot qui continuait sa descente infernale, Kanthe accepta l'inéluctable. Il avait échoué. La bête sauvage tenta désespérément de le rejoindre, mais le combat était perdu d'avance. Une fois maîtrisée, elle serait ramenée sur le toit et brûlée vive.

Kanthe décida d'affronter sa défaite en face.

Cela ne m'empêchera toutefois pas de prendre mon destin en main.

La chauve-souris l'observa au loin. Ses prunelles vermillon étincelaient d'un mélange de peur et de misère profonde.

— Que faites-vous ? demanda Frell.

Incapable de répondre, Kanthe se redressa, toujours en appui sur un genou. Il brandit son arc, arma une flèche et tira la corde en boyau jusqu'à sa joue. Au moment de viser, il sentit l'empenne lui chatouiller l'oreille.

Ce sera mieux ainsi.

Il prit une grande inspiration, puis lâcha la corde.

La flèche fusa dans l'escalier.

Et transperça un flamboyant œil rouge.

* * *

Nyx hurla. Elle eut l'impression que son crâne allait exploser. Elle plaqua la main contre son œil gauche. Brusquement, le monde s'obscurcit. Elle rata une marche et chuta au bas de l'escalier interdit.

Jace la rattrapa juste avant qu'elle ne heurtât le sol.

— Nyx ! Que se passe-t-il ?

La douleur cuisante dura encore une seconde et laissa place à un froid glacé. La jeune fille baissa la main. Sa vue se rétablit.

— Je… je ne suis pas sûre.

Tandis qu'elle lisait l'inquiétude sur le visage torturé de son ami, une tempête noire naquit au fond de son esprit. À chaque respiration, elle grossissait, alimentée par une rage intense. Nyx ne put contrôler les tremblements qui saisirent ses mains.

Jace l'aida à se relever.

— Qu'est-ce qui ne va pas ?

Nyx, l'air grave, se retourna et contempla le ciel.

— Nous avons échoué. Elles arrivent.

Croquis d'archives
du Boeufion
(Marais de Mýr)

PARTIE VI

UNE SAGESSE GRAVÉE DANS LE BRONZE

La plus grande sagesse consiste à accepter qu'on ne sache ryen, or que la plus grande folie est de croyre qu'on sait tout.

— Aphorisme d'Hestarien l'Ancien

CHAPITRE 18

Rhaif détestait l'été et, surtout, la chaleur étouffante de Lenclume.

Tandis que retentissait la première sonnerie des Vespres, il longea à la hâte un passage sombre entre deux rues. Il s'était pelotonné sous un long manteau fin beige terreux et portait des sandales pour éviter de se brûler la plante des pieds sur les pavés bouillants. Le bord de sa capuche rabattu sur les yeux, il ressemblait aux ouvriers qui rentraient chez eux ou aux travailleurs de nuit qui effectuaient tristement le chemin dans l'autre sens.

Peu d'entre eux, voire aucun, ne levaient la tête.

Comme lui, la ville entière cherchait à se cacher du Père d'En Haut. Le soleil, à l'est, était à son zénith et, même si les célébrations du milieu de l'été n'avaient lieu que trois jours plus tard, certaines maisons avaient déjà encadré leurs fenêtres d'arcs-en-ciel éclatants. À l'intérieur, des lampes à huile luisaient sous des abat-jour en verre rouge et violet. Les festivités imminentes, la Floraison de Mi-Été, étaient une tentative assez maladroite d'égayer la période la plus sinistre de l'année. De l'avis de Rhaif, c'était plutôt le comble de la soumission, montrant à quel point la population acceptait sa terne existence.

À Lenclume, la phrase *Qu'est-ce que tu veux ?* était aussi courante que *Bonjour* ou *Foutez le camp !*. Tel un bœuf si souvent frappé qu'il ne se rebiffait plus contre les coups de son maître, les gens s'étaient endurcis au contact du malheur. Ils traînaient leur misère jour après jour, jusqu'à finir prématurément dans un cercueil, enfoui sous les sables brûlants. Là-bas, il était rare de dépasser son quarantième anniversaire.

Et, à chaque respiration, on comprenait pourquoi il y avait une telle surmortalité précoce.

Rhaif remonta son écharpe sur sa bouche et son nez. Tous les habitants tentaient de filtrer la suie et la fumée qui noircissaient leurs poumons avant l'heure. Le voile funeste était particulièrement épais l'été, quand il n'y avait quasi pas un souffle d'air marin pour le dissiper. Au lieu de protéger les gens de la chaleur accablante, il ne faisait que la piéger et étouffer la ville.

Rhaif dressa l'oreille. Le grondement sourd qui s'entendait continuellement en arrière-fond était surnommé le Grognement de Lenclume. Il venait du même endroit que la chape de suie et de fumée, c'est-à-dire des centaines d'immenses cheminées crachotantes et des grands feux qui, telles les tours de guet d'une cité assiégée, se dressaient à la ronde. Dans la mesure où toutes les mines de Guld'guhl envoyaient leur production à Lenclume, la ville accueillait un nombre incalculable de hauts fourneaux, raffineries, forges et autres distilleries à gaz. C'était le bloc de fer sur lequel tous les sels, roches et minerais bruts étaient martelés avant leur réexpédition aux quatre coins de la Couronne.

Arrivé au bas d'une rue plus large, Rhaif se fondit dans le flux morne des passants. De belles guirlandes festives pendillaient au-dessus d'eux. Beaucoup étaient hérissées de drapeaux minuscules symbolisant les voiles des milliers de vaisseaux qui venaient à Lenclume, que ce fût par la mer, comme les énormes chalutiers de minerais, ou par les airs, avec des aéronefs géants qui acheminaient en toute sécurité des cargaisons de joyaux précieux par-dessus les océans infestés de pirates.

Comme un fait exprès, un voilurier passa dans le ciel et fendit la sinistre couche noire. Il faisait route vers les quais d'Eyr Rigg, grande ligne de crête située tout à l'est de Lenclume. Rhaif l'observa longuement avec envie.

Si seulement...

Il soupira et étudia la rue devant lui. Au départ, les maisons et boutiques avaient été construites en marbre blanc, puis coiffées de toitures en tuiles d'argile dans des tons de bleu et de rouge profond pour refléter au mieux les rayons du Père d'En Haut. Ce n'était plus le cas, hélas. Au cours des siècles, la suie avait tout recouvert d'une sombre tristesse. Ce n'était qu'à l'occasion du trop bref Rafraîchissement d'hiver, quand les vents se levaient enfin et qu'ils chassaient une bonne partie du nuage noir, que les habitants entreprenaient de récurer la saleté. Leurs efforts étaient futiles, car le vent finissait toujours par cesser et un voile lugubre retombait aussitôt. Même si la plupart des gens louaient les dieux à chaque Rafraîchissement, Rhaif n'était pas dupe. Selon lui, les vents s'apparentaient surtout à un bon coup de soufflet, grâce auxquels le soleil brûlait encore plus fort.

À force de zigzaguer de rue en rue et de gravir des escaliers en ruine, il s'éloigna du port. À la deuxième sonnerie des Vespres, il franchit une arche pointue, constituée par deux gros marteaux à angle droit, et pénétra sur la vaste place centrale de Lenclume. De hauts bâtiments s'élevaient sur les quatre côtés. À gauche se dressait la Monnaie de la Couronne, où les pièces du royaume étaient frappées et protégées derrière des murailles de fer et d'acier. En face, la Cour de Justice était le domaine réservé du shérif. Des drapeaux pendaient de chaque côté de l'entrée, l'un flanqué des marteaux croisés emblématiques de Guld'guhl, l'autre arborant la couronne et le soleil du royaume de Hálendii.

Au moment de bifurquer à droite, Rhaif baissa la tête, sans s'écarter d'une foule toujours dense à l'heure des relèves de poste. Il se courba, le dos voûté et les genoux légèrement pliés : il ne fallait pas qu'en raison de son métissage, sa taille supérieure à la moyenne le distinguât des Guld'guhliens plus trapus autour de lui.

Il aurait juré sentir les yeux de fouine de l'archishérif Laach scruter la foule depuis les hauteurs de son bureau, en quête d'un certain voleur en cavale.

Ton imagination te joue des tours, Rhaif. Arrête déjà de trembler comme une feuille.

Voilà presque quinze jours que le train au départ des mines de Craie s'était finalement arrêté aux dépôts de Lenclume. Son passager clandestin avait profité du chaos du déchargement des marchandises pour prendre la poudre d'escampette. Au galop, il avait remonté la longue file de wagons et était passé devant les deux énormes crabes des sables, qu'on arrosait pour refroidir leur cuirasse fumante. Leur cornac les calmait aussi grâce aux mélodies apaisantes de son hypnochant, dont chaque note agissait sur le petit cerveau caché derrière une épaisse couche de muscles et de carapace.

C'était une musique triste et plaintive, en parfait accord avec le retour de Rhaif à Lenclume. Il s'était même arrêté pour écouter en douce, tant il était sensible à la solitude profonde qui imprégnait le refrain. Pendant quelques secondes, il était resté aussi captivé que les deux crabes. Certes, le talent d'hypnochant était rare et généreusement rétribué mais, depuis plusieurs décennies, ceux qui avaient la chance de le posséder étaient souvent mis à l'écart. À mesure que l'extension urbaine grignotait les terres, une connexion aussi harmonieuse avec la nature, avec les endroits les plus sauvages du monde, était finalement assez méprisable, vestige d'une époque révolue où les hommes devaient batailler contre toutes sortes de prédateurs à poils ou à plumes, contre la glace et le feu.

Ainsi, protégé par sa bulle de vapeur et de musique, Rhaif avait rejoint incognito l'atmosphère enfumée de Lenclume. Bien sûr, il n'était pas seul. L'énigmatique femme en bronze l'avait suivi comme un aimant.

Plus que jamais, elle demeurait un mystère. Pour ne rien arranger, il devait la garder cloîtrée dans la chambre d'un hôtel de passe près du port, où on ne posait guère de questions et où personne ne se montrait trop curieux avec ses voisins. La statue était aussi devenue étrangement léthargique, ne décrochant pas un mot et bougeant à peine. Même l'éclat de ses yeux s'était affadi. Sans doute était-ce lié à l'opaque fumée grise qui masquait les rayons du soleil. Le Père d'En Haut devait l'alimenter d'une certaine manière et, à présent que Son visage était caché presque sans discontinuer, elle s'était étiolée, telle une rose klashéenne en hiver.

Son état était inquiétant, mais pas aussi préoccupant que la perspective d'une nouvelle capture. Un instant, Rhaif avait envisagé de l'abandonner sur place. Il aurait été bien plus simple de fuir Guld'guhl sans un boulet en bronze à la cheville. Seulement, il ne pouvait s'y résoudre. Si elle ne l'avait pas aidé à Craie, il y serait toujours. Il imagina le sort effroyable qu'il aurait subi s'il s'était fait attraper : son corps empalé aurait été exposé à l'entrée de la mine pour y être rongé par la vermine et picoré par des oiseaux charognards.

Je lui dois la vie.

Ce n'était pas l'unique raison. La statue avait beau être morose et apathique, il la surprenait souvent en train de le scruter attentivement, comme si elle l'évaluait en permanence. Il ne s'agissait pas d'une inspection froide. Le plissement discret de son front, les commissures de ses lèvres tournées vers le bas exprimaient une grande tristesse. Il connaissait cet air-là. Lorsqu'il était tout jeune apprenti à la guilde, il avait trouvé un chien amaigri qui s'était fait renverser par un chariot de minerai. L'animal, encore vivant, était à l'agonie. Rhaif l'avait quand même ramené dans sa chambre où, après l'avoir emmailloté, il lui avait tendu un chiffon trempé pour le désaltérer. Il ignorait pourquoi il avait joué au bon samaritain. Naturellement, Llyra, la cheffe de bande était convaincue que le corniaud ne s'en sortirait pas. Le lendemain lui avait donné raison. Le petit chien était mort sur les genoux de Rhaif, le museau niché sous son bras, le regard ambré fixé sur lui, alors même que la vie l'abandonnait. Eh bien, ce mélange d'inquiétude et de chagrin noyés dans un océan de tendresse, il le lisait dans les yeux de la femme en bronze.

Comment pourrais-je la laisser ?

Parfois, il se demandait si, par une espèce d'hypno-chant, elle ne l'avait pas pris dans ses filets. Ou peut-être romançait-il toute l'histoire pour masquer la motivation véritable : sa propre cupidité. Au vu de sa grande valeur, il n'aurait aucun mal à en tirer une rançon équivalant à son poids en or.

En tout cas, Rhaif refusait de l'abandonner. Après avoir traversé Lenclume de part en part pour rejoindre la place, il étudia les tours aveugles érigées à droite de la Cour de Justice : c'était la prison principale, avec ses innombrables cachots.

Un escalier menait à la porte voûtée. Le bas de la herse, actuellement levée, était bordé de pointes acérées qui faisaient penser aux crocs d'une bête féroce. Troublé, Rhaif frémit, de crainte d'être réenglouti par le monstre. Deux ans auparavant, il s'était morfondu presque une lune entière dans la chaleur infernale d'une cellule, le temps d'être jugé et condamné à l'exil dans les mines de Craie.

Il continua néanmoins sa route vers l'escalier.

On ne peut pas changer le passé.

Derrière une statue encrassée de Yyrl, la divinité enchaînée, il se délesta de son manteau, puis resurgit vêtu d'une tunique et d'un haut-de-chausses noirs, le tout sous une demi-cape assortie ornée des marteaux en or croisés de Lenclume. C'était l'uniforme traditionnel des gardiens de prison. Pour s'en procurer un,

Rhaif n'avait pas eu à chercher longtemps. Après avoir suivi un geôlier dans un hôtel de passe du port, il avait attendu qu'à la faveur d'une relation tarifée, l'homme râlât de plaisir pour se faufiler dans la chambre et se servir. Même la femme qui s'ennuyait à quatre pattes, la jupe retroussée sur les hanches, n'avait pas remarqué son intrusion furtive. Par chance, ses années de bagne à Craie n'avaient pas altéré sa capacité à se mouvoir sans être vu ni entendu.

À présent, il allait devoir exploiter d'autres talents.

Il gravit les marches qui menaient à la herse. Comme il était interdit de se dissimuler le visage au sein de la prison, il ôta son foulard. Dès son arrivée à Lenclume, il s'était teint les cheveux et la barbe en blond paille, laissant pousser cette dernière pour parfaire son déguisement.

En passant sous les piques de la herse, il réprima un frisson face à l'ironie de la situation.

Après m'être évadé de prison, voilà que je m'introduis par effraction dans une autre.

* * *

Debout devant les barreaux, Rhaif observa la silhouette efflanquée à l'intérieur de la cellule. On aurait dit que l'ombre avait pris la forme d'une sculpture d'ébène poli. L'homme, qui devait avoir quelques années de moins que le trentenaire, tournait le dos à la porte. Il était complètement nu, à l'exception du collier en fer scellé autour de son cou. Des fesses aux épaules, d'innombrables coups de fouet avaient tracé un vaste réseau de cicatrices blanchâtres sur sa peau noire. À voir son crâne couvert de petits cheveux bruns, on ne l'avait pas autorisé à se raser la tête, comme il était de coutume chez les Chaaens, hommes et femmes confondus.

Rhaif vérifia qu'aucun autre geôlier ne rôdait dans cette partie reculée des cachots.

— J'aimerais te parler, annonça-t-il d'un ton à la fois bourru et le moins conspirateur possible.

Le prisonnier soupira et se retourna, dévoilant des yeux d'un violet hypnotisant et, surtout, une caractéristique physique propre aux Chaaens : entre les jambes, il n'avait rien d'autre qu'une touffe de poils et une grosse cicatrice. Soumis à la castration, les hommes de son ordre étaient tous eunuques. Les femmes subissaient aussi une mutilation génitale, de sorte qu'elles ne pouvaient ni porter d'enfants ni connaître le plaisir de l'union charnelle.

— Que voulez-vous ?

Sa voix était calme, nullement teintée d'effroi, ce qui n'avait pas de quoi surprendre au vu des épreuves qu'il avait dû endurer toute sa vie. Ses inflexions trahissaient ses origines klashéennes.

Rhaif s'approcha.

— Commençons par ton nom, histoire de faire connaissance.

— Je m'appelle Pratik et je suis rattaché à Rellis im Malsh.

— Si j'ai bien compris, ton maître est aussi détenu ici, accusé d'espionner pour le compte des Klashe du Sud.

Pratik le dévisagea en silence.

En ville, le bruit courait que de nombreux marchands klashéens avaient été incarcérés pour y être interrogés au titre d'espions, ce qui était probablement le cas d'une majorité d'entre eux. En plus d'être un port minier d'envergure, Lenclume accueillait une vingtaine de grands laboratoires alchimiques, certains parfois séculaires, dédiés à la conception de machines ésotériques et autres systèmes à engrenages. En la matière, les Klashe du Sud surclassaient les maigres efforts de Lenclume et il y avait tout autant, sinon davantage, de négociants hálendiiens qui, en déplacement dans le Sud, cherchaient à y dérober des informations stratégiques. À Lenclume, le commerce de secrets était aussi important que les expéditions de roches et de sel. Les pièces de monnaie roulaient du nord au sud et vice versa. Certains se faisaient parfois taper sur les doigts quand leurs manigances devenaient trop visibles mais, à terme, tout le monde gagnait à fermer les yeux sur les petits trafics clandestins.

Jusqu'à présent.

L'archishérif Laach avait réuni les marchands klashéens pour une raison simple : capturer Rhaif. Tenu à la gorge par l'odieux Confesseur Wryth, il devait absolument récupérer le trophée en bronze disparu. Comme Rhaif, il savait qu'au nord, la Couronne n'offrirait aucun refuge sûr aux deux fugitifs. Leur unique espoir était de négocier avec un passeur vers le sud. L'archishérif avait fait emprisonner tous les marchands susceptibles d'accepter le marché, à la fois pour les soumettre à interrogatoire et pour les enfermer loin de Rhaif.

Acculé, ce dernier était donc venu plaider sa cause directement en prison. Même le vaniteux Laach ne suspecterait jamais une audace pareille.

Du moins, je l'espère.

Pratik finit par retrouver sa langue.

— Et vous, qui êtes-vous ? À mon avis, vous n'êtes pas un simple maton.

Rhaif réfléchit à la meilleure façon de répondre. Face à un Chaaen, toute tentative de supercherie échouerait, car son peuple avait la réputation de percer très vite les gens à jour. Il choisit donc la vérité.

— Rhaif hy Albar.

Pratik comprit aussitôt.

— Vous êtes en train de tenter le diable pour, j'en ai peur, un maigre bénéfice. Mon maître ne vous sera guère utile.

— Ce n'est pas ton maître qui m'intéresse.

Les marchands étaient beaucoup plus surveillés dans les tours supérieures. Ce n'était pas le cas de leurs serviteurs qui, peu ou prou, étaient considérés comme des esclaves. Et, puisqu'ils méritaient à peine qu'on y prêtât attention, on les avait parqués dans des cachots quasi oubliés de la prison, ce qui convenait parfaitement à Rhaif.

Il brandit un gros trousseau de clés dérobé au poste de garde.

— Je suis venu te délivrer.

Intrigué, Pratik s'approcha.

— À quel prix ?

— M'aider à fuir Lenclume à bord d'un de vos voiluriers.

— Impossible. De toute façon, même si je n'alerte pas sur-le-champ les autorités de votre présence, je finirai par être libéré. Ils ne peuvent pas garder mon maître éternellement sans courir le risque d'offenser notre empereur. Par conséquent, vous me demandez trop cher.

— Ah ! Mais je n'ai pas que cela à marchander. Tu sais ce que j'ai volé.

— Ce que la rumeur dit que vous avez volé, plutôt, rectifia Pratik avec désinvolture.

— C'est plus qu'une rumeur, crois-moi. (Il laissa le Chaaen lire la sincérité sur son visage.) Je vais t'emmener jusqu'à elle. Si tu n'es pas satisfait, tu pourras toujours me livrer à l'archishérif, mais je te garantis que tu ne seras pas déçu. Les Klashe vont vouloir ce que je possède, surtout avec les tambours de la guerre qui résonnent au loin, les armées massées aux frontières. Qui sait ? Ce trophée pourrait payer ma liberté… et peut-être aussi la tienne.

Manifestement intéressé, Pratik effleura le collier en fer qui lui enserrait le cou.

— Montrez-moi.

Rhaif sourit. Il lui fallut quelques tentatives pour insérer la bonne clé dans la serrure, mais il finit par ouvrir la porte et lança un paquet à l'homme nu.

— Dépêche-toi d'enfiler ces vêtements.

Docile, Pratik endossa à son tour une tenue de surveillant. Le Guld'guhlien l'avait volée au poste de garde, où le seul geôlier présent était un gros patapouf ronflant sur une table abîmée.

— Rabats ta capuche au maximum, garde la tête baissée et ne prononce pas un mot.

La mine approbatrice, Pratik se couvrit la tête.

Après une dernière vérification, Rhaif tourna les talons. Il voulait avoir quitté les lieux au plus vite et se fondre parmi les gardiens qui rentraient chez eux.

D'un bref regard, il tenta de déterminer si le Chaaen allait le trahir, mais les hommes et les femmes de son peuple étaient crédités d'une grande loyauté, toute velléité de tromperie leur ayant été depuis longtemps sortie de la tête à coups de bâton et de fouet.

Rhaif avait beaucoup de mal à accepter les pratiques cruelles des Klashe. Leurs terres étaient gouvernées par une seule caste royale, les *imri*, qui signifiait « *divin* » dans leur langue, dirigée par l'Imri-Ka, empereur-dieu des Klashe. Seuls les membres de sa lignée étaient autorisés à montrer leur visage lorsqu'ils étaient en déplacement. Jugées indignes du Père d'En Haut, les centaines de castes inférieures devaient rester couvertes de la tête aux pieds. L'obligation s'appliquait également aux Chaaens, formés et instruits à *Bad'i Chaa*, la Maison de la Sagesse.

Alors qu'au nord, la Couronne possédait une demi-douzaine d'écoles, Bad'i Chaa était l'unique lieu d'enseignement des Klashe du Sud. La Maison de la Sagesse était une vraie ville en soi, divisée en neuf niveaux comme les écoles hálendiiennes, mais avec des méthodes autrement plus cruelles. Elle était obligatoire. Les enfants – garçons ou filles de toutes castes à l'exception des imri – étaient arrachés à leur foyer. Alors que les écoles hálendiiennes décourageaient les rendez-vous galants et les couples, car elles exigeaient de leurs élèves une pureté absolue, la Maison de la Sagesse imposait la chasteté en mutilant d'office les premières années. Pire que tout, ceux qui rataient l'examen de passage en classe supérieure n'étaient pas juste renvoyés chez eux mais exécutés, et leur corps mis au bûcher sur le toit, autant pour mettre en garde les promotions suivantes que pour être sacrifiés au panthéon des dieux klashéens, bien plus assoiffés de sang que leurs homologues du nord.

Rhaif chercha le souvenir de ces années épouvantables sur le visage de Pratik, mais l'homme restait placide, comme s'il avait accepté que la barbarie fît partie de la vie. En même temps, il avait achevé ses études et obtenu le collier en fer des alchimistes. D'autres Chaaens portaient le collier en argent des religieux et des historiens. Les heureux élus qui avaient survécu à la formation étaient ensuite associés par paires – l'un en fer, l'autre en argent – à un imri. Ils conseillaient leurs maîtres. Et, s'il l'on en croyait la rumeur, ils leur servaient aussi d'objets de plaisir. En public, les chaînes cérémonielles de leur collier couraient jusqu'aux chevilles de leur maître ou de leur maîtresse. Plus l'imri occupait un rang élevé, plus il avait de Chaaens, dont les paires étaient attachées les unes aux autres. Selon la légende, l'Imri-Ka aurait soixante-six Chaaens enchaînés à lui, trente-trois paires, le même nombre que leur panthéon de dieux. Où qu'il allât, il traînait un véritable convoi derrière lui.

Tout en essayant d'imaginer la scène, Rhaif sortit des froides profondeurs des cachots pour retrouver la chaleur étouffante du jour. L'atmosphère, viciée, empestait l'huile brûlée. Ils croisèrent quelques gardiens venus prendre leur quart mais, en dehors d'un grognement ou d'un vague hochement de tête, personne ne prêtait attention à qui que ce soit.

Lorsqu'ils arrivèrent en haut de l'escalier, Rhaif siffla à Pratik :

— Suis-moi à la trace. Les yeux rivés au sol.

Le hall principal fourmillait de geôliers qui allaient et venaient, certains escortant des détenus entravés. Une poignée de garçons à casquette rouge fendait la foule pour délivrer des messages aux quatre coins des tours.

Parfait.

Rhaif entraîna Pratik au cœur de la cohue. Ils s'enfoncèrent dans le flot des surveillants qui quittaient leur service. Bientôt, les pointes acérées de la herse apparurent. Alors que tout se déroulait selon ses plans, la foule devant eux commença à s'agiter. Des échos de voix stupéfaites leur parvinrent aux oreilles.

Rhaif s'écarta, le temps de comprendre.

À la vue d'une silhouette familière en habit gris qui arborait un nœud coulant de tresses argentées autour du cou, il gémit. Le Confesseur Wryth gravissait les marches du perron. Les apparitions de ces saints hommes étaient si rares, surtout à l'entrée d'une prison, qu'il avait attiré l'attention générale. La masse compacte des garçons de course et des geôliers se fendit devant lui, autant par respect que par crainte.

Comble de malheur, la tranchée se dirigea droit vers Rhaif.

Un juron aux lèvres, il incita Pratik à rebrousser chemin.

Les dieux doivent me détester.

Qu'est-ce que Wryth fiche là ? La réponse surgit devant eux, quand deux gardiens de prison furent poussés sans ménagement. Un tandem familier s'avança à grands pas, le même qui avait condamné Rhaif aux mines de Craie.

À quelques mètres du fugitif, l'archishérif Laach interpella le Confesseur et agita le bras en direction de la prison.

L'homme de loi, qui portait apparemment des œillères, n'avait pas remarqué Rhaif. Ce ne fut pas le cas, hélas, de la personne à ses côtés. Peu de choses échappaient à la vigilance de Llyra hy March, cheffe de la guilde des voleurs. Son visage se figea de stupeur, puis elle pinça les lèvres et, face à lui, ses prunelles étincelèrent d'un sombre amusement.

Rhaif se lamenta.

C'est confirmé, les dieux me détestent.

CHAPITRE 19

Llyra fixait Rhaif, les doigts plaqués sur l'intérieur de son poignet. Il savait que, sous l'extrémité de sa manche, étaient dissimulés des couteaux de lancer rangés chacun dans leur étui. Un jour, il l'avait vue embrocher trois rats – contre un mur, une poutre et un tonnelet – d'un seul revers de main. Elle n'avait même pas pris la peine de regarder en direction des nuisibles.

La véritable menace était toutefois ailleurs. Ce n'était pas par hasard que Llyra dirigeait la guilde de Lenclume depuis plus de dix ans. Dotée d'un esprit insaisissable, aussi glissant que des pavés graisseux sous la pluie, elle était si retorse que, face à elle, le combat était presque plié d'avance. Rhaif se demandait même parfois si ses talents n'étaient pas galvanisés par un peu de magie ou d'étranges alchimies. Plus jeune, il lui était arrivé régulièrement de l'affronter aux échecs et elle l'avait toujours battu à plates coutures, renversant son roi avec une facilité déconcertante.

Quel espoir pourrais-je donc nourrir maintenant ?

Elle avait forcément déjà une dizaine de coups d'avance et s'apprêtait à contrer la moindre tentative de fuite. À chaque battement de son cœur, il sentait les mâchoires du piège se refermer.

Sans le quitter des yeux, Llyra s'approcha… et lui passa devant en lui donnant un léger coup de coude. Tout en désignant du menton l'agitation autour de la herse, elle s'adressa à l'archishérif.

— Nous ferions mieux d'emmener ce salaud à tresses en haut de la tour avant que les geôliers ne se mettent, un genou à terre, à implorer sa bénédiction.

Docile, Laach pressa le pas pour rejoindre Wryth.

Llyra se retourna une dernière fois vers Rhaif, mais son visage était impénétrable.

À quel nouveau jeu joue-t-elle ?

Malgré le danger, il fut frappé par sa beauté sévère. Ses cheveux blonds étaient coupés aux épaules. Son regard, à l'éclat de cuivre glacé, était encadré de pommettes saillantes. Le seul trait de douceur était sa bouche en cœur. Et, bien qu'elle l'eût maintes fois mis dans son lit, elle ne l'avait jamais laissé découvrir le goût de ses lèvres.

Elle s'éloigna, et Rhaif suivit le mouvement envoûtant de ses courbes. Son chemisier et son corset de cuir soulignaient sa taille ; ses guêtres l'enserraient comme une seconde peau. Certes, à l'instar des Guld'guhliens, elle était assez petite, mais son corps de liane était sculpté dans des muscles si puissants et noueux qu'on les aurait jurés cousus d'acier. Rhaif se rappelait particulièrement ses jambes athlétiques, qu'elle lui enroulait autour des fesses pour l'inciter à être plus performant.

Que veut-elle maintenant ? Pourquoi ne donne-t-elle pas l'alerte ?

Seule certitude de Rhaif, ils devaient partir au plus vite. Il profita donc de son étrange répit pour entraîner

Pratik à l'écart. Il resta à bonne distance des badauds attroupés autour du Confesseur et, quand la voie fut libre, il se hâta de franchir la herse pour se retrouver dehors, sur la place.

Il ignorait si Llyra s'était de nouveau retournée.

Il s'en fichait.

Tant que je suis libre.

Il continua d'avancer en s'interdisant de courir.

— Reste auprès de moi, Pratik. Nous avons encore du chemin à parcourir.

Et, sans doute, un sillage d'ombres à semer.

C'était l'unique explication possible. Consciente de la valeur de la femme en bronze, Llyra voulait certainement s'en emparer. Elle devait compter sur lui pour conduire ses chiens de chasse à sa cachette. Avant même leur arrivée à la prison, elle avait sans doute déjà missionné ses espions disséminés sur l'esplanade et sélectionné les meilleurs éléments de la guilde.

Mais pas le tout meilleur, nuança Rhaif avec une fierté qui, l'espérait-il, n'était pas mal placée. Le temps de rejoindre les marteaux croisés de l'arche principale, il fouilla la place du regard. Ce qu'il cherchait ? Des yeux qui s'attardaient un peu trop longtemps. Des corps qui bifurquaient soudain dans sa direction. Il repéra une demi-douzaine de suspects, mais il devait y en avoir bien davantage. Pire encore, il était convaincu que la nouvelle de sa présence le devançait à vitesse grand V.

Pratik sur ses talons, il navigua au mieux pour regagner le port. Il connaissait parfaitement la ville et choisit les ruelles les plus étroites, où ils ne croisèrent pas un chat. Il prit des raccourcis en passant par des échoppes et des arrière-cours. Il s'engouffra dans une forge enfumée, où on voyait à peine à un mètre. Il lança au maître des lieux un eyrié d'argent et prit deux manteaux à enfiler par-dessus leur uniforme de gardien.

De retour dehors, il continua de serpenter jusqu'à chez lui. Enfin, l'atmosphère nauséabonde s'imprégna d'iode et les cris stridents des hirondelles de mer couvrirent le perpétuel Grognement de Lenclume.

— Par ici, pressa Rhaif.

Ils avaient atteint les Bouillures, obscur quartier étriqué à l'ombre des immenses cheminées de la ville. Là-bas, on ne respirait que de la suie, de la cendre, qui se déposait sur les pavés couverts de boue et de merde. Et ses rues étaient particulièrement mal famées. Rhaif entraîna Pratik dans le dédale de coupe-gorge et de venelles où les proxénètes avaient élu domicile. Il finit par arriver au pied d'un bâtiment dont les tuiles menaçaient de s'écraser par terre.

Il s'arrêta un instant pour rappeler à son comparse de garder le silence.

Il était rare de voir un Klashéen – d'autant plus un Chaaen émasculé – dans un endroit pareil. Or, il ne devait absolument pas éveiller les soupçons avec son accent chantant.

Dès l'entrée, ils furent accueillis par des relents de pisse et de bière aigre. En entendant la porte grincer, une imposante matrone se mit à interpeller quelques silhouettes alanguies, dont la plupart fumaient de l'eupatoire rugueuse ou des feuilles plus puissantes. Quand son locataire la salua du bout des lèvres, elle fronça les sourcils et, l'oubliant presque aussitôt, elle se réaccouda devant sa chope.

Rhaif gravit un escalier branlant, puis longea un couloir dont les portes fermées n'étouffaient guère les râles, halètements et autres gloussements des occupants, parfois sincères, le plus souvent feints. Il poussa Pratik à l'intérieur de sa chambre.

Une fois la porte soigneusement verrouillée, le Chaaen inspecta la pièce minuscule. Le lit n'était qu'une planche jonchée d'une fine couche de foin. Les commodités se résumaient à un seau dans un coin. Le ménage n'avait pas été fait depuis plusieurs jours.

Pratik grimaça d'écœurement. Il se couvrit la bouche et le nez.

— Là, je regrette d'avoir quitté mon cachot, marmonna-t-il entre ses doigts.

Rhaif afficha un large sourire.

— Oh, rassure-toi ! Nous ne sommes pas encore chez moi.

Il s'agenouilla près d'un mur et ôta une série de planches qui dissimulaient un genre de réduit. Peu de temps après son installation, il avait scié l'ouverture en douce.

— Il va falloir finir le trajet à quatre pattes.

Pratik étudia le tunnel obscur entre les vieilles poutres.

— Où cela mène-t-il ?

— À notre liberté, répondit le Guld'guhlien, exprimant tout haut son plus grand espoir.

* * *

Rhaif s'épousseta les genoux et aida Pratik à s'extirper de l'étroit corridor. Le dégagement donnait accès à une chambre plus spacieuse d'un hôtel de passe voisin.

Adossée à la première, elle débouchait sur un coin un peu moins sordide des Bouillures. Tout de suite, l'ancien détenu s'était ménagé une échappatoire en prévision de futurs ennuis qui, en règle générale, ne manquaient jamais de lui tomber dessus.

Il avait aussi appliqué une devise fondamentale pour tout voyou qui se respecte.

Ne te laisse jamais prendre au piège dans une pièce munie d'une seule porte.

Sa mesure de précaution avait dorénavant une nouvelle utilité. En effet, si un sbire de Llyra avait réussi à les suivre, on les penserait réfugiés dans le premier établissement et, en cas d'assaut de la guilde, les murs étaient si minces que Rhaif entendrait forcément le vacarme et ils pourraient se sauver à temps.

Du moins, si Llyra ne nous trouve pas avant.

Dès que Pratik eut quitté la galerie, Rhaif reboucha l'ouverture avec des planches qu'il enduisit de poussière et de graisse, de manière à masquer la trace.

Pratik, qui en avait profité pour inspecter les lieux, semblait soulagé. La chambre était équipée d'une petite fenêtre fermée par des volets. Un âtre luisait dans un coin, ses braises rougeoyantes saupoudrées d'encens aux effluves épicés. Le lit, plus solide, était garni d'un matelas et d'un oreiller rembourrés de foin tendre, le tout drapé d'une fine couverture. Une bassine de toilette était posée sur une table et les cabinets étaient indépendants.

— Il y a un léger mieux par rapport à mon cachot, mais…

Pratik balaya la pièce du regard. Perplexe, il jeta même un œil à l'intérieur des latrines.

— Où est votre fameuse relique en bronze ?

Rhaif sourit et passa de l'autre côté du lit. Si la porte donnant sur le couloir était soigneusement barricadée contre toute tentative d'intrusion, il ne s'était pas arrêté là. Il enfonça ses doigts dans des encoches du mur taillées exprès et dévoila son dernier chantier de menuiserie : une porte dérobée, plus haute que les précédentes, qui laissa apparaître un cagibi entre les poutres sèches.

Pratik se posta derrière Rhaif.

À l'intérieur de la niche, la femme en bronze se tenait droite comme un I, les paupières fermées et les mains sagement croisées sur le ventre. Elle portait toujours la robe de lin jaune qu'il lui avait achetée avec quelques sous chapardés à des passants sur le port.

— *Mes wondres*, murmura Pratik dans sa langue natale. (Il s'approcha, les yeux ronds.) Je n'ai jamais vu un travail de fonte et de forge aussi parfait. On dirait presque qu'elle va respirer d'un instant à l'autre. Cette splendeur a toute sa place dans les plus beaux jardins d'imri ou au sein de la collection de trésors immémoriaux de la Maison de la Sagesse. L'Imri-Ka en personne paierait cher pour se l'offrir.

Rhaif gloussa. Le Chaaen était loin de se douter à quel point la statue était *mes wondres* ; Laach, Wryth et Llyra s'étant réservé le privilège du savoir, ils avaient dévoilé le moins de détails possible sur l'étrange découverte de Craie.

— Pourquoi riez-vous de moi ?

Rhaif indiqua le cagibi.

— Peut-être qu'elle va pouvoir t'expliquer.

Pratik se retourna à temps pour voir la statue s'éveiller. Les pupilles de verre glacé s'éclairèrent, une fois les feux qui couvaient en elle attisés. Son regard s'adoucit et s'attarda sur l'inconnu devant elle.

Médusé, le Chaaen trébucha en arrière.

La femme pencha la tête avec intérêt. D'un geste, Rhaif l'incita à sortir. Elle répondit en décroisant les bras et leva délicatement une de ses jambes élancées.

Pratik s'en étrangla de stupeur. Il recula jusqu'au lit et s'y laissa tomber lourdement.

— Qu… quel genre de magie ou d'alchimie est-ce ? bégaya-t-il, effrayé. À moins qu'il ne s'agisse d'une espèce d'artifice ?

— Non, point de supercherie là-dedans. Et, à vrai dire, je n'y comprends rien moi-même.

Afin de s'assurer la coopération de Pratik, Rhaif devait tout lui raconter de A à Z. Il commença par décrire le séisme dans les mines de Craie et la curieuse trouvaille enfouie sous terre. Il évoqua le sacrifice sanglant qui avait ressuscité la relique, sans omettre d'ajouter que les Confesseurs semblaient, eux, savoir à quoi ils avaient affaire.

Son nouvel équipier le bombarda de questions, auxquelles il fut bien en peine de répondre.

Il termina par son évasion et son arrivée à Lenclume.

— Nous ne pouvons, hélas, pas rester ici. Je dois trouver le moyen de m'enfuir avec elle, avec un peu de chance dans les Klashe du Sud, où l'on n'ira pas nous chercher.

Du lit, Pratik avait passé une bonne partie du récit de Rhaif à étudier l'imposante sculpture. Elle leva les yeux vers le ciel chargé de suie et le halo blafard qui, à l'ouest, marquait l'emplacement de la lune. Ses épaules avachies, son dos douloureusement courbé trahissaient une grande tristesse.

Je fais ce que je peux, promit Rhaif en silence.

Ces quinze derniers jours, il avait senti une certaine impatience en elle. Malgré son apparence léthargique, elle déambulait de longs moments dans la chambre, toujours en direction de l'ouest, tel l'aimant d'une boussole détraquée. Elle semblait préoccupée par une affaire qu'elle seule connaissait.

Rhaif restait hanté par l'unique mot empli de chagrin qu'elle avait prononcée à bord du train, face à la pleine lune.

Malédiction...

Au fur et à mesure, l'agitation de la statue avait déteint sur lui. Il n'arrivait plus à faire abstraction de sa mise en garde.

Mais en quoi un voleur à la petite semaine de Lenclume peut-il espérer intervenir ?

Voilà pourquoi Rhaif avait libéré un Chaaen à col de fer, expert en alchimie. Il voulait comprendre ce qu'il avait dérobé et peut-être découvrir l'énigme enfouie dans son cœur de bronze.

Il y avait aussi une autre raison mais, pour l'heure, elle attendrait. Une question plus impérieuse réclamait toute son attention.

Il fit face à Pratik, une main tendue vers lui.

— Acceptes-tu de m'aider ?

CHAPITRE 20

Rhaif se débattait avec la coiffe de sa tunique longue, qui se composait d'un casque en cuir et d'un enchevêtrement de tissus drapés sur le devant. La seule ouverture était une fente étroite au niveau des yeux. À chaque inspiration, l'étoffe se plaquait contre son nez et sa bouche.

Foutrebleu, on respire comment sous ce merdier ?

— Du calme, gronda Pratik.

Le Chaaen enfonça le pan de tissu sous son faux collier en fer pour le tendre, et Rhaif ne suffoqua plus.

— Merci, haleta-t-il avant de se retourner pour inspecter ses camarades.

La femme en bronze avait enfilé un habit klashéen du même genre nommé *byor-ga*. Le vêtement brodé, qui la couvrait de la tête aux pieds, était agrémenté de gants fins assortis. Seule différence : son collier, presque entièrement caché sous le col de sa tunique, était en argent.

Pratik alla insérer le tissu drapé de son casque à l'intérieur du collier, puis il recula d'un pas et hocha la tête.

— Son mutisme ne posera aucun problème, car nous n'avons pas le droit de parler quand nous suivons un maître dans la rue.

— Et le reste ? s'inquiéta Rhaif. Pourrons-nous passer pour deux serviteurs chaaens ?

— Bah ! Dans les Klashe, peu de gens leur prêtent attention. Je crains que mon rôle ne soit beaucoup plus compliqué… et plus dangereux.

Au moment d'ôter son uniforme de geôlier, Pratik s'était montré étonnamment pudique en présence de la statue et il avait vite enfilé les derniers vêtements achetés par Rhaif chez un tailleur klashéen. Ses bottes étaient en peau de serpent vernie. Son haut-de-chausses moulant et sa tunique sans manches étaient cousus dans une soie rouge vif rehaussée, aux coutures, de surfilages dorés. Par-dessus, il avait ajouté un long habit blanc – ce que les Klashéens appelaient un *gerygoud* – qui lui descendait aux genoux et possédait de longues manches évasées. Un couvre-chef doré complétait l'ensemble.

Hormis le foulard léger qui dissimulait son collier, c'était la tenue habituelle d'un marchand imri des Klashe du Sud. Elle avait coûté à Rhaif la quasi-totalité de l'argent qu'il avait volé ces quinze derniers jours mais, de toute manière, seul Pratik – avec son teint mat et ses prunelles violettes – pouvait faire illusion en tant que membre de la caste dirigeante. Rhaif et la femme en bronze resteraient à l'abri des regards jusqu'à l'arrivée dans leur cabine du voilurier, censé décoller à la dernière sonnerie des Vespres.

Le quatrième coup de cloche ayant retenti depuis un certain temps, il n'était plus question de tergiverser ou de se tromper. Ils devaient traverser Lenclume jusqu'aux quais d'Eyr Rigg, où les vaisseaux étaient amarrés. Si jamais ils rataient l'embarquement, il leur faudrait patienter jusqu'au lendemain, ce qu'évidemment ils ne pouvaient pas se permettre.

Pas avec Llyra lancée à nos trousses.

Alors que les court-courriers traversaient les territoires sur la journée, ceux qui allaient plus à l'ouest ne quittaient le mouillage qu'aux Vespres, en raison d'aléas de pression, de vents et de puissantes énergies magnétiques auxquels Rhaif ne comprenait rien.

À la faveur d'une ultime vérification, il aperçut les fines chaînes à maillons que Pratik avait entre les mains. À Eyr Rigg, elles serviraient à attacher leurs colliers à ses bottes.

En attendant, le Chaaen jonglait nerveusement avec. S'il était démasqué avant d'avoir pu déposer le trésor en bronze aux pieds de son empereur-dieu, le fait d'avoir usurpé l'identité d'un marchand royal lui vaudrait une condamnation à mort.

— Prêt ? demanda Rhaif.

La réponse ne vint pas de Pratik. Un fracas assourdi attira leur attention vers l'issue secrète du fond. Tous se figèrent quand des cris retentirent, suivis d'un hurlement sanguinaire.

Pratik pivota vers Rhaif, les yeux écarquillés.

Llyra...

Rhaif le poussa vers la sortie, puis se concentra sur la statue. Il attrapa sa main gantée. Heureusement, elle n'était pas retombée en léthargie et, sous la fine épaisseur de soie, sa paume était toujours tiède. Elle referma ses doigts délicats sur les siens.

— Il faut y aller, Shiya, murmura-t-il.

Il lui avait donné ce prénom à leur arrivée en ville. Il ignorait si elle y voyait une quelconque signification mais, pour lui, c'était une réminiscence directe de sa mère ou, plutôt, de ses terres natales, dont elle lui avait souvent parlé lorsqu'il était enfant. Les shiya étaient des passereaux typiques d'Ennuage. Avec leur chatoyant plumage or et cuivré, ils sifflaient doucement dans les profondeurs obscures des bois. En même temps, comme la plupart des créatures qui survivaient sur ces hauts plateaux noyés de brouillard, ils étaient très féroces et défendaient leur nid à coups de griffes acérées et de bec crochu.

Rhaif avait trouvé le nom des plus pertinents.

Elle se tourna vers lui, le regard luisant sous les plis de son masque en tissu. Après un léger hochement de la tête, elle se laissa accompagner vers la porte. Pratik avait déjà soulevé la barre qui empêchait l'ouverture, et il l'avait posée sur le côté.

— Dépêchez-vous, insista-t-il, plus crispé que jamais par les cris et le vacarme.

— Surtout pas, objecta Rhaif.

Il imagina Llyra et ses troupes en train de fracasser les battants de chaque chambre de l'auberge voisine.

— Nous devons agir comme si de rien n'était.

Il l'invita à sortir mais, en vérité, c'était le Chaaen qui, conformément à son personnage, devait mener la danse. Pas l'inverse. Avec un dernier frisson, celui-ci franchit le seuil. Une fois qu'ils furent tous trois dans le couloir, ils se dirigèrent vers l'escalier. Aiguillonné par son appréhension, Pratik pressa le pas.

— Moins vite, l'avertit Rhaif.

L'intéressé s'exécuta.

Les marches craquèrent sous le poids de la femme en bronze. Rhaif craignit de les voir céder, mais ils débouchèrent sains et saufs dans la salle commune, plutôt bien aménagée avec ses sofas jonchés d'oreillers et ses lampes teintées qui créaient une ambiance rosée. Les filles là-bas se tenaient plus droites, la poitrine fière. La matrone de l'établissement ne fut pas particulièrement étonnée par l'apparition subite d'un marchand et de ses serviteurs chaaens. Dans les Bouillures, la curiosité était un vilain défaut.

Sans un mot, Pratik les entraîna dehors. Prévoyant, Rhaif avait tout organisé et une voiture à cheval fermée les attendait.

Le cocher jaillit derrière ses deux robustes poneys d'Aglerolarpok.

— J'arrive de suite, annonça-t-il avant d'aller leur ouvrir la portière à la hâte.

Pratik joua son rôle à la perfection. Il refusa la main qu'il lui tendait pour l'aider à monter et le toisa avec un mépris souverain. Personne n'osait toucher un imri.

— Bien sûr, bien sûr, marmonna l'impudent.

Pratik s'engouffra à l'intérieur et Rhaif incita Shiya à le suivre. Docile, elle tendit le cou pour observer à la ronde. Le véhicule tangua sous son poids, mais le cocher ne parut pas s'en rendre compte.

Il était toujours en train de se sermonner à mi-voix.

— Un sombre crétinard, voilà ce que tu es.

Rhaif scruta quelques instants la ruelle. Aucune trace de Llyra ni de ses hommes. Il laissa échapper un soupir qui fit voleter son masque et il grimpa à bord.

Alors qu'il allait refermer la portière, une puissante déflagration délogea quelques tuiles d'ardoise de l'hôtel de passe, qui tombèrent sur les pavés. Les nuages s'illuminèrent quand des flammes s'élevèrent en spirale derrière l'arête du toit.

Rhaif se figura le bâtiment dévasté et en feu.

Llyra avait un sacré caractère, aussi ardent et explosif que n'importe quel combustible. Il savait qu'elle se vengeait de se sentir flouée, incapable de remettre la main sur sa cible. Il n'était pas dupe non plus : les décisions de la cheffe de la guilde étaient toujours à double niveau. En plus d'évacuer sa frustration, elle cherchait à le débusquer. La combine était astucieuse. Même si Rhaif mourait dans l'incendie, elle pourrait encore fouiller les décombres calcinés pour récupérer un trésor qui, lui, n'aurait pas brûlé.

Dépité, il referma sa portière et contempla la statue en face de lui. Il tambourina ensuite sur l'avant de la carriole pour signifier au cocher de prendre la direction d'Eyr Rigg.

Un fouet claqua et, avec un soubresaut, la voiture démarra.

Rhaif se renfonça dans son siège en souriant. *Je l'ai enfin battue.* Alors qu'il se voyait déjà renverser le roi de son adversaire d'une chiquenaude, d'autres détonations ébranlèrent le convoi. Les poneys hennirent d'effroi. La voiture bringuebala, jusqu'à ce que le cocher réussît à ramener son attelage à la raison. Les bêtes terrifiées continuèrent toutefois au grand galop. Derrière la cavalcade de leurs sabots, la carriole rebondissait sur les pavés.

— Que se passe-t-il ? s'égosilla Pratik.

Rhaif se pencha par la petite fenêtre. Autour d'eux, des brasiers projetaient dans le ciel sombre des panaches de fumée âcre. Sous ses yeux, ils grossirent encore et se propagèrent à l'ensemble des Bouillures graisseuses. Sidéré par l'ampleur des dégâts, il comprit à quel point il avait sous-estimé son ancienne cheffe.

Llyra ne se contenterait pas de réduire une maison de passe en cendres pour déloger sa proie.

Elle a décidé de détruire l'intégralité des Bouillures.

Le cocher brailla et fit claquer son fouet, mais ses poneys n'avaient guère besoin d'être guidés pour fuir les flammes et la fumée. La voiture, ballottée d'avant en arrière, se soulevait parfois sur deux roues dans les virages les plus serrés. De nouvelles déflagrations résonnèrent derrière eux.

Les rues étaient envahies d'une épaisse fumée luisante de braises. Ils passèrent en trombe devant une échoppe en feu, dont les tuiles éclataient et fusaient sous l'effet de la chaleur intense.

Partout, les gens se sauvaient. Plusieurs personnes tentèrent de grimper à bord, mais le cocher les en dissuada à coups de fouet. Il refusait d'alourdir son convoi. Plusieurs chocs et hurlements laissèrent entendre que des malheureux avaient été piétinés ou écrasés sous les roues.

Rhaif se rassit. Il devait faire confiance à leur voiturier pour les faire sortir des Bouillures à temps. Toutefois, l'homme n'était pas le seul à connaître les bas quartiers de Lenclume comme sa poche.

Un brusque coup d'arrêt les projeta tous vers l'avant. Rhaif regarda discrètement par la vitre baissée. La chaussée grouillait d'habitants affolés, qui couraient au-devant d'une rangée de types en armure et cotte de mailles. Munis d'une hache ou d'une épée, ces derniers passaient tout le monde au crible.

Rhaif maudit l'instigatrice d'une telle machination. Loin d'être le fruit du hasard, les foyers des incendies que Llyra avait ordonnés relevaient plutôt d'un choix stratégique censé pousser les rescapés vers des goulets d'étranglement étroitement surveillés.

À l'image de celui-ci.

Que faire ? Leur accoutrement ne résisterait sans doute pas à une inspection minutieuse. Il suffisait d'en soulever un voile pour mettre au jour le subterfuge. Rhaif se demanda aussi si Llyra n'avait pas aperçu Pratik à ses côtés dans l'entrée de la prison.

Hélas, ils n'avaient guère le choix. Derrière eux, les incendies faisaient rage et les voiluriers allaient bientôt quitter Eyr Rigg. Pour ne rien arranger, la femme en bronze semblait de plus en plus prostrée. Il n'avait pas le temps d'élaborer un autre plan de fuite.

Le cocher toqua contre le toit de la voiture pour attirer leur attention.

— On fait quoi ?

— Continuez ! Au besoin, frayez-vous un chemin à coups de fouet. Je vous offre une autre pièce d'or si vous nous amenez à l'heure à Eyr Rigg.

— À vos ordres !

La carriole reprit de la vitesse. Rhaif lorgna Shiya, que ni le freinage brusque ni l'embardée n'avaient fait broncher. Il posa sa paume sur les doigts gantés de sa voisine et n'y trouva qu'une froideur déconcertante. Il scruta son visage mais, derrière les mailles fines de son voile, il ne discerna plus aucune lueur dans son regard.

Il pressa sa main rigide.

Tenez le coup, Shiya.

Dehors, le fouet du cocher claquait à tout-va. Les passants criaient et poussaient des jurons. Certains crachèrent par la fenêtre quand la carriole les bouscula vers la rangée d'hommes en armure. Des poings furieux tambourinèrent sur la carrosserie.

Sur le banc d'en face, Pratik s'approcha de Rhaif.

— Qu'allons-nous faire maintenant ?

— Nous, on reste assis. (Il montra le barrage devant eux, sans doute des membres de la guilde qui avaient emprunté une armure ou des mercenaires grassement payés.) Toi, en revanche, tu vas avoir l'occasion d'incarner ton personnage d'imri.

Nerveux, Pratik lissa les pans de son manteau.

La voiture ralentit enfin et le cocher fit s'immobiliser ses poneys devant les gardes.

— Dehors, vouz'autres ! lança une voix bourrue.

D'un signe de tête, Rhaif invita Pratik à s'exécuter. Le Chaaen se faufila jusqu'à la portière et, au bout de deux tentatives, il parvint à l'ouvrir. Aussitôt, il se heurta à un colosse en cotte de mailles rouillée qui portait une hache sur l'épaule.

Le bandit enfonça sa grosse tête de bœufion au nez crochu dans l'habitacle.

— On a quoi là-d'dans ?

Pratik tressaillit, puis il se reprit et gronda d'une voix hautaine :

— Comment… comment osez-vous ? Tant que nous sommes à l'intérieur, ce véhicule est un territoire klashéen. Si vous avez le culot d'y entrer sans autorisation, je vous ferai dépecer vivant pour avoir manqué de respect au grand Imri-Ka.

Pestant dans sa barbe, son interlocuteur s'écarta, non sans jeter un œil aux autres passagers. Son regard s'attarda sur Shiya dans sa longue robe, puis sur Rhaif. D'une main gantée, ce dernier caressa le faux col en fer qui lui enserrait le cou : il feignait d'être inquiet, mais son but était surtout d'attirer l'attention sur son statut d'esclave chaaen.

— Votre souffle m'insupporte et souille mon saint espace privé, continua Pratik. Fichez le camp avant que je ne me fâche pour de bon.

Le colosse se rembrunit et, sans plus chercher à entrer, il héla deux collègues derrière lui.

— Faites bien l'tour. Assurez-vous qu'il n'y a pas d'passager clandestin planqué quelque part.

Pendant que les voyous inspectaient l'extérieur de la carriole, Rhaif observa ce qui se passait autour de lui. La foule apeurée se massait devant les hommes de Llyra qui, en nage, tentaient de la contenir en débitant des chapelets de noms d'oiseaux. Ils tiraient les capuches en arrière, arrachaient les chiffons humides plaqués sur les nez et les bouches, scrutaient chaque visage avant de pousser la personne de l'autre côté.

Soudain, il y eut du mouvement dans les rangs. Rhaif se raidit et maudit sa malchance.

Au loin, il vit Llyra trancher de sa dague le foulard d'un bossu. Elle lui redressa le menton avec la pointe de son couteau, fronça les sourcils et renvoya l'innocent derrière elle. Ses lèvres laissèrent échapper un juron silencieux lorsqu'elle attrapa par le col le suivant, qui affichait à peu près la carrure de Rhaif.

Le fugitif serra les poings.

Tout cela à cause de moi.

Llyra essuya son front maculé de suie, laissant une femme et un garçonnet passer en vitesse. Au même instant, son regard se porta sur la carriole. Elle s'approcha d'un pas.

Tandis que ses troupes achevaient l'inspection, le colosse remarqua l'intérêt de Llyra.

— Des Klasheurs noirs ! mugit-il en crachant par terre de dégoût. Rien d'autre.

La cheffe de la guilde plissa les paupières et fixa, un court instant, le visage masqué de Rhaif. Soudain, le barrage fut submergé par la nuée de désespérés qui passaient outre à toutes jambes. Comme les feux se propageaient rapidement aux quatre coins des Bouillures, la population affolée commençait à se dire que les flammes étaient plus dangereuses que les épées. Llyra empoigna par sa capuche un homme qui tentait de filer et elle le ramena en arrière.

Considérant que son attention portée ailleurs valait approbation, le colosse cria au cocher :

— Dégage de là !

Inutile de le lui répéter. D'un claquement de rênes, il fit repartir son attelage. Le convoi longea le barrage, quitta les Bouillures et pénétra bientôt dans un nouveau quartier de la ville.

Pratik s'avachit sur son siège.

— Nous avons réussi.

D'un regard sévère, Rhaif lui reprocha son audacieux optimisme. Lui préféra retenir son souffle jusqu'à ne plus voir qu'un un vague halo rougeoyant derrière lui. Alors, seulement, il s'autorisa un soupir soulagé. Il se permit même un moment de célébration silencieuse et imagina son index renversant le roi sur un plateau d'échecs. Voilà une partie qu'il rêvait de remporter depuis des lustres.

Il se retourna vers l'éclat flamboyant des brasiers.

Llyra une fois semée, personne ne pourrait plus les arrêter.

* * *

Depuis le balcon de l'archishérif qui surplombait la Cour de Justice, le Confesseur Wryth contempla la vague d'incendies près du port. Les déflagrations lointaines les avaient attirés dehors, mais Laach avait déjà regagné son bureau et il aboyait ses ordres à tue-tête. Messagers et gardes allaient et venaient, tandis que l'homme de loi travaillait de concert avec le haut-maire de Lenclume pour circonscrire les feux.

Resté dehors, Wryth tâchait de trouver du sens aux tourbillons de cendre et de braises ardentes. Contrairement à Laach, il devinait une intention bien précise derrière chaque volute de flammes.

Ses mains se portèrent sur la cartouchière en cuir – son cryste de Confesseur – plaquée en travers du torse, par-dessus son habit gris. Du bout des doigts, il en effleura les nombreuses poches scellées. La plupart des crystes de ses confrères n'abritaient rien d'autre que de pauvres amulettes et de mièvres souvenirs à l'eau de rose, chaque besace étant censée célébrer le long itinéraire de chacun vers son statut sacré de Confesseur.

Son cryste à lui, pas du tout.

Il caressa les symboles gravés au fer rouge. La cartouchière bénie dissimulait de sombres talismans et des échantillons d'alchimies noires. Il transportait, par exemple, des sachets de poudre d'ossements d'animaux disparus qui ne vivaient plus sous le Père d'En Haut, mais dont la poussière restait imprégnée de maladies anciennes. D'autres poches contenaient des fioles d'élixirs puissants extraits de créatures féroces qui hantaient les confins glacés des territoires de l'Ouest. D'autres encore abritaient des ampoules de poison prélevé sur des bêtes qui rampaient, fourrageaient ou ondulaient sur les plaines calcinées de l'Est lointain. Ses biens les plus précieux étaient néanmoins des fragments de textes anciens soigneusement enroulés. Leur encre délavée n'était plus lisible, mais ils parlaient d'alchimies perdues des ancêtres, des arts les plus noirs cachés avant même que les histoires de ce monde-ci n'eussent été écrites.

Sauf s'il servait ses intérêts, Wryth se souciait peu du présent. Selon lui, la civilisation actuelle n'était que l'ombre d'une autre, berceau d'un pouvoir incommensurable sur lequel il avait la ferme intention de faire main basse. Aucun savoir ne lui serait interdit. Aucune violence ne serait trop brutale pour y parvenir.

Là encore, il revit la manière dont le bronze avait pris vie sous ses yeux, le miracle alimenté par le sacrifice sanglant qu'il avait pratiqué dans les grottes de Craie. Ses doigts se crispèrent au souvenir de ce qu'il avait perdu, de ce qu'il devait retrouver.

Il étudia de nouveau les feux. C'était forcément une initiative de Llyra hy March. La cheffe de la guilde des voleurs s'était volatilisée à la mi-journée, sous un prétexte qui paraissait désormais bien mince, balayé par les dizaines de brasiers au loin. Elle avait appris quelque chose et ne lui en avait rien dit, ni à lui ni même à son amant, l'archishérif Laach. Wryth croyait connaître la cupidité de cette femme-là. À l'évidence, il l'avait considérablement sous-estimée.

Son attention fut attirée vers le bureau. Dubitatif, il observa Laach s'agiter dans tous les sens. *Avait-il joué un rôle dans la duperie de Llyra ?* À voir son visage cramoisi de colère, sans doute pas. Le salopard était d'ailleurs trop simple d'esprit pour participer à une fourberie aussi aboutie.

Une sentinelle au regard d'acier surgit dans la pièce, hors d'haleine mais déterminée.

— Archishérif Laach, la prison vient de m'informer qu'un détenu avait disparu. Il s'est peut-être évadé.

Furibond, Laach pointa un doigt raide vers le balcon.

— Vous venez m'enquiquiner avec cela maintenant ? Alors que la ville est en feu ?

Le garde, pris de court, se mit à bredouiller.

Mais Wryth refusa de considérer l'incident comme un fait anodin. Il rejoignit le bureau richement décoré de mobilier en bois exotique et de somptueuses tapisseries.

— Quand s'est-il enfui ?

Le messager, qui n'avait jusque-là pas remarqué la présence du Confesseur, se redressa d'un coup. Il semblait que les habitants de Lenclume ne voyaient pas souvent ce qu'ils avaient sous le nez – et leur étourderie concernait aussi les plus hautes sphères dirigeantes, constata Wryth avec mépris.

D'un geste, Laach exhorta l'homme à répondre.

— Nous vous écoutons.

Le garde s'inclina devant Wryth.

— Nous ne pouvons pas établir avec certitude l'heure exacte de sa disparition, Votre Sainteté. Selon nos estimations, tout se serait passé en fin de journée.

Wryth digéra l'information. *Donc peu de temps après que Llyra hy March se fut inventé une excuse pour prendre congé.* Une autre détonation retentit en provenance de la ville.

— Qui est le prisonnier concerné ?

— Un des nombreux esclaves que nous avons entassés dans les cachots, pendant que vous terminiez d'interroger leurs maîtres, les marchands klashéens.

— Un Chaaen, donc ?

— Oui, Votre Sainteté. Je sais que les Klasheurs ne vont pas apprécier que nous ayons égaré l'un des leurs. Voilà pourquoi je me suis précipité ici.

Le Confesseur réfléchit. Il ne pouvait s'empêcher de croire que les deux affaires – une ville en flammes et un détenu disparu – étaient liées à ce voyou rusé de Rhaif hy Albar.

Mais comment ? Quel emploi un voleur de sa trempe peut-il faire d'un Chaaen ?

Les paupières closes, il caressa un symbole gravé sur sa cartouchière. Ses doigts tracèrent les contours sinueux du serpent à cornes. Le pochon abritait la langue séchée du premier sacrifice sanglant de Wryth. À son grand regret, elle n'était pas capable de lui parler avec l'infinie sagesse et l'intelligence rusée du Seigneur Ðreyk.

À mesure qu'il priait la cruelle divinité, son cœur s'apaisa. Le nœud dans sa tête – formé par les fils entremêlés de tous ces mystères – se desserra. De nouveaux motifs apparurent jusqu'à ce qu'enfin, une image se formât dans son esprit.

Un Chaaen escorté de deux silhouettes en tunique longue et encapuchonnées.

Il rouvrit les yeux.

Bien sûr...

Il pivota vers Laach.

— Convoquez vos meilleurs archers et fines lames. Faites seller vos chevaux les plus rapides.

L'archishérif jeta un œil vers le quartier des Bouillures.

— Pour faire quoi ? Aider à éteindre les incendies ?

— Non. (Wryth indiqua la direction opposée.) Rejoindre Eyr Rigg.

CHAPITRE 21

Rhaif se cramponna au siège quand la carriole amorça un énième virage en épingle. Lancés à l'assaut de la Route Cahoteuse, ils étaient à mi-chemin des cimes d'Eyr Rigg. Derrière eux, Lenclume luisait sous une couche épaisse de bistre et de fumée.

Les feux des Bouillures couvaient toujours, projetant parfois quelques flammes plus hautes, comme si les démons jouaient du soufflet pour attiser les braises. Sur le port, l'un des navires marchands, minéralier à voile triple, n'était plus qu'une torche flamboyante sur les flots.

Rhaif se demanda combien de malheureux étaient morts brûlés vifs. Il aurait voulu en rejeter l'entière faute sur Llyra, mais il savait qu'il avait sa part de responsabilité.

Outre le sentiment de culpabilité qui l'étreignait, il se rongeait aussi les sangs. La statue en bronze de Shiya devenue froide et immobile, il espérait de tout cœur la ranimer pour la faire embarquer à bord du voilurier. Enfin, déjà fallait-il atteindre les quais supérieurs dans le délai imparti. Rivalisant avec les sirènes lointaines du port, la cinquième sonnerie des Vespres avait retenti au moment où la carriole était arrivée sur la crête. Le dernier coup de cloche était attendu d'une minute à l'autre.

En face de lui, Pratik se raidit.

— Venez voir.

— Qu'y a-t-il ?

Des nuages gorgés de suie ceignaient la pointe d'Eyr Rigg. Une forme imposante traversa ce voile épais, tel un énorme monocéros blanc au milieu des eaux noires.

Un voilurier avait déjà décollé.

Redoutant le pire, il leva la tête. La coque inférieure et la quille du vaisseau fendaient la couverture nuageuse. On aurait dit le glaive puissant du céleste dieu Pywll. À la différence près que cette arme-là, constituée de lattes de bois collées et de bandes cloutées en fer forgé, avait une puissance redoutable, conférée par des alchimies connues exclusivement d'une caste particulière de constructeurs navals. Elle ressemblait à n'importe quelle barge ventrue, sauf qu'à la place des mâts, des câbles métalliques disparaissaient dans les nuages, et elle était emportée par le ballon de gaz auquel l'énorme nacelle était suspendue.

Rhaif chercha un pavillon de nationalité à l'arrière. En vain. L'appareil, qui avait encore pris de l'altitude, fut englouti par les ténèbres.

Les deux fugitifs étaient aussi soucieux l'un que l'autre.

Notre vaisseau part-il en avance ?

Rhaif sortit sa tête par la vitre baissée. Il se ravisa très vite, après avoir failli se faire décapiter par un chariot à bœufs qui les croisa à vive allure.

Rhaif retenta sa chance avec plus de prudence.

Un long cortège de véhicules gravissait au ralenti la Route Cahoteuse. Ils étaient encore plus nombreux à redescendre, une fois leur cargaison déchargée. Le cocher, lui, faisait de son mieux pour doubler les voitures devant eux, de manière parfois terrifiante. La pièce d'or supplémentaire promise par son client lui avait visiblement donné de l'intrépidité à revendre.

Rhaif se renfonça dans son siège, conscient qu'il n'y avait pas grand-chose d'autre à faire. Son sort était entre les mains des dieux, même si, ces derniers temps, ils ne s'étaient pas montrés très cléments envers lui.

Quatre virages serrés plus tard, la carriole se remit enfin d'aplomb et déboucha sur le plateau d'Eyr Rigg. L'atmosphère, aussi viciée que dans les Bouillures, était quasi irrespirable. Tout le monde avait un chiffon sur la bouche et le nez.

Rhaif fouilla les lieux du regard, tandis que leur cocher s'alignait derrière les autres véhicules. En général, trois ou quatre vaisseaux quittaient Lenclume aux Vespres. À cause de l'obscurité, on avait du mal à discerner lequel était déjà parti, car, même de près, ces embarcations-là restaient de nébuleux titans au mouillage, leur ballon perdu dans les sombres hauteurs du ciel.

Il aperçut les emblèmes peints sur la coque des deux plus proches : d'un côté, la couronne et le soleil de Hálendii, de l'autre, les cornes enroulées d'Aglerolarpok.

Non, non, non…

— Là-bas ! lança Pratik.

Rhaif se précipita près de lui. Sur un drapeau noir qui claquait au vent, il reconnut les deux épées recourbées posées en croix.

— Les armoiries klashéennes, annonça Pratik, ému. Nous sommes arrivés à temps.

Rhaif lui fourra une pièce d'or dans la main.

— Dehors, vite ! Va payer notre chauffeur. Il l'a amplement mérité.

Il attrapa ensuite les doigts en bronze de leur compagne. Aucune réaction.

— Shiya, il faut y aller.

Impassible, la statue resta figée, au repos. Il frotta la main entre ses paumes pour tenter de la ramener à la vie. Comme il ne parvenait pas à la réchauffer, il ôta leurs gants respectifs et frictionna sa peau métallique.

— Je vous en prie, murmura-t-il.

Il finit par renoncer et souleva son voile. Ses yeux pourtant ouverts n'étaient plus que du verre glacé. Il posa ses paumes tièdes sur les joues de sa sauveuse.

— Shiya, je sais que quelque part au fond de vous, vous avez peur. Servez-vous-en. Il faut y aller.

Il attendit un instant.

Toujours rien.

Il songea à l'abandonner sur place, à fuir avec Pratik.

Non...

Il pressa le visage de la femme un peu plus fort.

— Je ne perdrai pas foi en vous. Alors, ne perdez pas foi en moi.

Enfin, une lueur faible renaquit au fond de ses yeux. Une main se posa sur celle de Rhaif. Ses lèvres remuèrent sans émettre aucun son. Il n'eut cependant aucun mal à imaginer ce qu'elle disait, car il voulait y croire.

Jamais...

Bientôt, les fugitifs se dirigèrent vers les voiliers à quai. Ces monstres aériens les dominaient de toute leur stature en faisant grincer leurs câbles. Ouvriers et dockers terminaient les ultimes préparatifs dans l'agitation générale.

Pratik se figea et pivota sur lui-même.

— Un problème ? frémit Rhaif.

Le Chaaen tendit ses paumes vides, puis, de l'index, il fit le lien entre ses bottes et leur col.

— J'ai laissé les chaînes sur le siège de la carriole.

Contrarié, Rhaif se retourna au moment où la voiture s'éclipsait par-delà la crête. Évidemment, leur chauffeur ne voulait pas risquer de le voir changer d'avis au sujet de la pièce d'or.

De l'autre côté, on desserrait déjà les amarres. Rhaif poussa Pratik à se remettre en route.

— Tant pis, lâcha-t-il dans un soupir. Nous improviserons.

* * *

Juché sur un puissant coursier, Wryth galopait de concert avec l'archishérif Laach. Devant eux, une dizaine de cavaliers cuirassés s'étaient lancés à l'attaque de la Route Cahoteuse. Armés d'épées, ils écartaient de leur chemin toutes les personnes susceptibles d'entraver leur cavalcade effrénée. Ils étaient suivis de près par un groupe d'hommes, archers pour la plupart, aiguillonnés par le carillon tonitruant de la dernière sonnerie des Vespres.

La capuche de Wryth flottait derrière lui, de même qu'une de ses tresses, échappée du nœud autour de son cou. Il était très inconvenant pour un Confesseur d'être aussi échevelé mais il s'en moquait et, loin de ralentir, il martelait les flancs de sa monture à coups d'éperons. Après un énième virage en épingle mené tambour battant, la folle équipée arriva au sommet d'Eyr Rigg.

Les sabots de la bonne vingtaine de chevaux soulevèrent un nuage de poussière et de sable quand le groupe se déploya, puis s'immobilisa au terme d'un dérapage impressionnant. Plusieurs légionnaires mirent vite pied à terre et repoussèrent les dockers surpris. Les autres, prêts à donner l'assaut, faisaient danser leur monture luisante de sueur.

Debout sur ses étriers, Wryth chassa du bras un maximum de poussière. Laach l'imita et toussa pour nettoyer ses poumons. Au bout d'une seconde ou deux, le Confesseur découvrit ce qui se passait sur le plateau montagneux encombré de suie.

À plusieurs mètres d'altitude, un voilurier s'élevait dans l'obscurité, ses contours à peine visibles. À gauche, un deuxième ballon montait avec moult gémissements de câbles. Il suivait le premier en direction du crépuscule.

— Là-bas ! s'exclama Laach.

Jeunesse oblige, il avait la vue plus perçante que Wryth.

À droite, un troisième vaisseau quittait déjà le mouillage et montait rapidement dans les airs.

— Il est aux couleurs des armoiries klashéennes !

Non...

Wryth ne pouvait pas laisser son trésor en bronze – une arme d'une puissance guerrière et d'un mystère sans égal – tomber aux mains de l'ennemi. Par-delà son propre désir d'accéder à des connaissances perdues, il avait conscience que le royaume de Hálendii devait être protégé contre la poigne de fer des dirigeants klashéens qui, s'ils s'en emparaient, y restreindraient drastiquement les libertés et y interdiraient le savoir. Wryth avait passé des dizaines d'années à acquérir son éminente position. Il s'était impliqué corps et âme en faveur de son pays, convaincu de pouvoir le guider vers des sommets de gloire. À présent que le roi l'écoutait religieusement et que lui-même avait presque la mainmise sur l'Antre des Confesseurs, il était en passe d'extraire les secrets du passé et de porter aux nues l'étendard du Seigneur Ðreyk.

Et il y avait une autre vérité dont il était certain.

Le sort du royaume est le mien.

D'un coup d'éperon, Wryth se dirigea vers le voilurier klashéen. Il entraîna les cavaliers dans son sillage et, tout en piétinant ou en renversant les ouvriers sur sa route, il mena la charge contre le navire en partance. À son arrivée, hélas, la quille du vaisseau volait déjà loin au-dessus de leurs têtes et mettait le cap au sud.

Laach le rejoignit dans un fracas métallique.

— Nous débarquons trop tard.

Et il essuya la colère de Wryth.

— Non ! Nous allons faire le nécessaire.

L'archishérif se trémoussa sur sa selle. Il n'était manifestement pas très à l'aise avec la décision prise peu avant, extrémité à laquelle ils avaient tous deux espéré échapper.

— Si Sa Majesté apprend que vous avez laissé une dangereuse relique tomber dans l'escarcelle adverse, prévint Wryth, vous y perdrez votre tête.

Contraint d'admettre que le Confesseur avait raison, Laach se retourna et brailla :

— Archers, en avant !

Le groupe de soldats se détacha. Ils glissèrent au bas de leur selle, arc en main. Un porteur de flambeau remonta les rangs à la hâte pour allumer le chiffon imbibé d'huile enroulé sur chaque flèche. L'un après l'autre, les archers s'agenouillèrent et bandèrent leur arme jusqu'à l'oreille, la pointe enflammée braquée vers le haut.

Laach abaissa le bras.

— Tirez !

Les cordes vibrèrent et une volée de projectiles en feu traversa l'atmosphère enfumée. Plusieurs atteignirent leur cible, perçant la membrane du ballon avant de s'éteindre. Pendant ce temps-là, le porteur de flambeau était déjà repassé et une dizaine de traits enflammés visèrent à nouveau le ciel.

— Encore ! mugit Laach.

D'autres flèches mitraillèrent le ballon avec guère plus d'efficacité. Tandis qu'une troisième série était en préparation, l'homme de loi se tourna vers Wryth. Il oscillait entre la contrition et l'appréhension, leur action risquant, en effet, d'enflammer bien plus qu'un voilurier.

Une détonation assourdie résonna. Le Confesseur leva la tête mais ne vit rien de particulier. Le vaisseau continuait de s'élever. Son ballon de gaz finit par être englouti dans la couverture nuageuse qui, soudain, s'illumina, comme traversée d'un éclair. Le tonnerre suivit avec une série de déflagrations retentissantes. Des gerbes de feu déchiquetèrent l'obscurité. Le voilurier piqua du nez, tandis que des câbles tombaient en pluie de l'amoncellement de nuages enflammés.

Laach tira sur ses rênes et fit faire demi-tour à son coursier.

— Reculez ! On s'en va !

De part et d'autre de Wryth, les gardes détalèrent, certains à cheval, d'autres à pied. Laach le dépassa au galop. Le Confesseur, lui, ne bougea pas d'un pouce, fasciné par l'ardent spectacle céleste.

Je dois en avoir le cœur net.

Le vaisseau versa sur le côté, d'abord lentement, puis plus vite. Wryth guetta d'éventuelles chaloupes jaillissant de ses flancs dans un panache de fumée, au cas où des passagers auraient tenté de fuir le navire en perdition. Rien à l'horizon. L'attaque dévastatrice avait été trop soudaine.

Les quelques câbles encore fixés au voilurier extirpèrent des nuages noirs les restes enflammés du ballon. La nacelle dégringola, emportée vers son funeste destin.

Wryth aurait juré avoir entendu des hurlements de terreur, mais ce n'était peut-être qu'une illusion née de son propre désir. Il maudit le voleur de lui avoir causé tant de contrariétés, d'avoir nécessité une opération commando aussi lourde, mais il n'aurait jamais laissé le vénérable mystère en bronze tomber dans les griffes des alchimistes klashéens. Pour le salut du royaume, il n'en était pas question. Qu'importaient les conséquences.

Il vaut mieux qu'il s'écrase ici.

Il finit par faire demi-tour et partit au galop. L'écho d'une explosion ravageuse retentit derrière lui. Le voilurier venait de percuter le sol et de s'ouvrir en deux. Il projeta aussitôt une vague de sable sur le Confesseur, qui se hâta de rejoindre le reste du groupe. La tempête de sable balaya le bataillon et franchit la crête montagneuse. Une pluie de débris s'abattit sur eux. Finalement, les lambeaux enflammés du ballon dérivèrent jusqu'à recouvrir l'épave d'un linceul flamboyant.

Face au spectacle de désolation, Wryth n'avait qu'un but en tête.

Retrouver le trésor qui lui appartenait.

* * *

Un quart de lieue au-dessus, Rhaif observait depuis la fenêtre de leur cabine le cratère rougeoyant où, sur les hauteurs d'Eyr Rigg, la coque du voilurier klashéen brûlait toujours. Pratik et lui avaient assisté à l'assaut enflammé contre l'autre vaisseau, bien à l'abri de leur voilurier qui, lui, arborait le pavillon aux cornes enroulées d'Aglerolarpok.

— Vos précautions, aussi douteuses soient-elles, ont fini par payer, marmonna le Chaaen, maussade.

On était loin du concert de louanges, mais Rhaif n'éprouvait aucune satisfaction non plus – rien qu'une douleur dans la poitrine qu'il tenta de déloger en la frottant du doigt.

— Je ne m'attendais pas à ce que mon stratagème connaisse une issue aussi tragique, avec tant de victimes innocentes.

Plus ils s'enfonçaient dans les nuages, plus le paysage au sol s'assombrissait. Rhaif décida alors de se concentrer par-delà l'horizon, sur les fumées ardentes des Bouillures.

— Je voulais juste faire croire que j'avais fui vers les Klashe du Sud, lâcha-t-il, dépité. Attirer l'attention là-bas plutôt qu'à l'ouest.

Rhaif jeta un coup d'œil à Shiya, dont le visage était désormais à découvert, après qu'il lui eut retiré son imposant couvre-chef dans l'intimité de leur cabine. Son regard revint ensuite se poser sur Pratik.

— Je ne les imaginais pas faire si vite le rapprochement entre ton évasion et moi. J'étais persuadé qu'il leur faudrait au moins un jour ou deux.

D'ailleurs, il n'avait révélé sa stratégie qu'au moment de rejoindre les voiliers. Son but était que tout le monde, même Pratik, pensât qu'il visait l'autre embarcation. Quelques jours auparavant, quand les hommes de Laach avaient commencé à interroger les marchands klashéens, Rhaif avait soigneusement élaboré son plan. Afin d'appuyer l'hypothèse selon laquelle il voulait rejoindre les Klashe, il avait choisi de faire sortir un Chaaen de prison, conscient que, tôt ou tard, quelqu'un comprendrait qui avait organisé son évasion. Dans l'hôtel de passe où il avait loué une chambre, Rhaif avait aussi semé des indices le reliant au crime. Tous devaient croire qu'il avait convaincu un Chaaen de l'aider à embarquer à bord d'un vaisseau klashéen.

Sauf que j'ai sous-estimé ceux qui nous pourchassent.

La destruction du voilier ne pouvait pas être imputée à Llyra hy March. Il se figura la mine tatouée de Wryth. Depuis le ciel, Rhaif avait vu le Confesseur arriver avec Laach et un bataillon complet de cavaliers. Puis des flèches enflammées avaient fusé, sans doute davantage à l'initiative du maudit Iflelen que de l'archishérif.

Pratik semblait au bord de la nausée.

— Espérons qu'ils ne se rendront pas compte trop tôt que nous n'étions pas à bord de l'autre vaisseau.

Rhaif ne s'en souciait pas outre mesure.

— Cela prendra du temps avant que les incendies soient éteints, les cendres fouillées et qu'ils s'aperçoivent que la statue de Shiya n'est pas enfouie dans les débris. Ensuite, ils devront conjecturer si nous avons rebroussé chemin vers Lenclume ou plutôt emprunté un des deux voiluriers. D'ici là, avec un peu de chance, nous aurons déjà effectué une bonne partie de notre traversée au-dessus des mers et nous nous rapprocherons d'Aglerolarpok.

— Malgré ses conséquences tragiques, votre plan était empreint de sagesse, approuva Pratik.

Désabusé, Rhaif fixa, derrière les nuages, le halo rougeâtre encore visible. La liberté d'un seul prisonnier méritait-elle un coût aussi élevé en termes de vies fauchées ? Les mots de son compagnon d'échappée ne firent que renforcer son sentiment.

— Il va y avoir des répercussions. Cette attaque d'un voilurier battant pavillon klashéen ainsi que la mort dans les flammes de tant de mes concitoyens ne resteront pas impunies. Pour laver son honneur, l'Imri-Ka réclamera une vengeance immédiate et sanglante.

Rhaif tressaillit, l'estomac noué. Il était de notoriété publique que les tensions s'intensifiaient entre le royaume de Hálendii et les Klashe du Sud. La moindre étincelle risquait de déclencher une guerre sans merci. Il revit la flèche en train d'enflammer les gaz volatils dont le ballon du navire était rempli.

Faut-il y voir une métaphore de mes agissements ? Et si j'avais littéralement mis le feu aux poudres et que, par ma faute, une guerre venait à détruire la moitié de la Couronne ?

Rhaif frémit à la perspective d'un conflit aussi meurtrier. Tout ce sang versé, ce chagrin… Il imagina des villes ravagées, des armées combattant dans la boue, des innocents exécutés sans sommation. Atterré, il trébucha en arrière.

Pratik le rattrapa par le bras, inquiet.

— Ne prenez pas tout ce sang sur vous. Même si mon présage devient un jour réalité, vous n'en serez pas la cause. Juste l'excuse. Et si ce n'est pas vous aujourd'hui, ce sera un autre demain. L'hostilité entre ces deux territoires couve depuis bien avant notre naissance. Ancrée dans un passé lointain, elle est le fruit d'inimitiés ancestrales, de credo antagonistes, voire de religions différentes. Vous ne pouvez pas endosser tout le poids de l'histoire sur vos épaules.

Le discours avait beau être d'une sagesse incontestable, Rhaif ne fut pas convaincu. Il se dégagea, agacé. *Que je sois un bouc émissaire ou une excuse, c'est bien moi qui ai allumé la mèche, pas toi.*

Pratik semblait prêt à défendre son point de vue, quand jaillit une lumière vive, douloureusement éblouissante. Médusés, ils se protégèrent les yeux.

Paupières plissées, Rhaif fit face aux fenêtres. Leur ballon ayant enfin dépassé la chape de plomb au-dessus de Lenclume, les rayons bruts du soleil s'engouffraient par les vitres avec la force et l'énergie du Père d'En Haut.

Rhaif s'en imprégna tout entier. Pendant quelques secondes, cela l'aida à combattre sa mélancolie. Ou peut-être était-ce parce que le monde d'en bas n'était plus qu'une sombre mer agitée, sous laquelle les flammes et la mort avaient disparu.

Il ne fut pas le seul affecté par cette magnificence astrale.

Shiya tendit les paumes vers le rayonnement. Ses lèvres s'entrouvrirent, comme si elle tentait d'absorber la puissance du soleil. Elle esquissa un pas raide en direction des fenêtres, puis un autre, et, peu à peu, sa démarche devint plus fluide. Non seulement le bronze de son visage et de ses mains s'adoucit, mais il se mit à chatoyer de tourbillonnants reflets cuivrés et rouge vif.

Pratik eut un mouvement de recul. Rhaif prit alors conscience que le Chaaen ne la connaissait que dans sa version terne et engourdie : il ne l'avait jamais vue au faîte de sa glorieuse luminosité.

La statue posa une main sur une vitre. Ses prunelles – soit qu'elles renvoyaient l'éclat du jour, soit qu'elles étaient alimentées par lui – s'enflammèrent.

Rhaif la rejoignit et s'aperçut de deux choses.

Comme d'habitude, elle était tournée vers l'ouest. Et son regard était rivé au croissant de lune qui, luisant presque au ras de l'horizon, semblait lui faire signe. Elle avait l'air peinée, voire angoissée.

— Qu'est-ce qui ne va pas, Shiya ?

Elle retrouva enfin sa voix, même si ce n'était qu'un murmure, comparable à un souffle de vent entre des cristaux.

— Je dois aller là-bas.

Rhaif lui effleura le bras.

— Où cela ? Pourquoi ?

Elle se tourna vers lui, le regard incandescent.

— Pour vous sauver tous.

PARTIE VII

DE SANG ET DE RAGE

J'ai vu la grande beste voler par le dessus des marais. Ah ! si grande était ma terreur que j'ai à pein' saisi l'ampleur de ses ailes cuirassées & son cri puyssant & la manière dont elle m'a fait vivre pareil mirascle. Il y avait du poison dans l'ayr, et de la beauté en mesme temps. Si seulement je pus lire en son coer comme dans le mien. Prenez-y garde tout'fois. Car son cri sème la mort.

— Extrait du *Bestiaire enluminé*
d'Alkon hy Bast

CHAPITRE 22

Nyx tâchait de convaincre son père qu'un assaut ailé allait bientôt s'abattre sur Brayk et le Cloistre.

— Papa, tu dois me croire !

Une marmite de ragoût bouillonnait dans l'âtre. Armé de sa louche en bois, le vieux fermier veillait à empêcher le dîner de brûler. Quand sa fille lui avait annoncé le danger qui les menaçait tous, il n'avait rien dit, mais on voyait bien qu'il restait sceptique.

— Notre chaumière ne résistera pas aux chauves-souris, insista-t-elle. Nous devons chercher l'abri le plus sûr possible.

Avançant d'un pas, Jace lui apporta son soutien. Il était encore essoufflé d'avoir couru pour rejoindre la maison en lisière du marais. Ses joues étaient aussi rouges que les braises dans la cheminée.

— Nyx a raison. Vous devez l'écouter.

Incrédule, Polder remua son ragoût. Il avait préparé le repas pour Bastan, qui avait emmené Gramblebuck sur le toit de l'école, et pour Ablen, chargé de parquer le bétail avant la nuit. Tout en raclant lentement les parois de la marmite, il secoua la tête.

Une histoire de mort et de vengeance perpétrée par des créatures sauvages semblait beaucoup trop fantaisiste à un homme qui avait toujours réglé sa vie sur le perpétuel flux et reflux des marécages, sur le rythme alangui du bœufion tirant le traîneau et sur le fait qu'un jour en chassait un autre. Même les effluves de légumes racines et de lapin des marais tentaient d'étouffer l'urgence de la situation avec leur promesse d'un réconfort familier.

— Du calme, ma grande. Voilà près de deux cents ans que cette vieille baraque tient contre vents et marées. Les tempêtes ne lui font pas peur.

— Pas cette fois, papa.

Telle une ombre noire déployée à l'arrière de son crâne, Nyx sentit la rage folle du cataclysme imminent.

— Et si nous nous réfugiions dans l'enclos d'hiver ?

La bâtisse, qui accueillait les veaux et les jeunes bœufions de l'exploitation, possédait des murs très épais, un toit en pierre, de simples fentes en guise de fenêtres et une charpente construite avec des arbres plus vieux encore que Brayk.

— Là-bas, en barricadant les portes, nous repousserons n'importe quel assaut.

Jace renchérit :

— Ce que votre fille présage m'échappe un peu, mais je pense qu'il faut l'écouter. D'autant que le roi veut la ramener de force à Azantiia. Abstraction faite de la solidité de votre maison, il vaudrait donc mieux filer et Nyx m'a dit que votre grange d'hiver était cachée au fond des marais.

— En effet, mais qu'est-ce que Sa Majesté Toranth peut bien vouloir à ma Nyxie ? Tu as dû comprendre de travers.

L'adolescente échangea un regard exaspéré avec Jace. Face à un père d'un entêtement légendaire, elle regretta l'absence de Bastan et d'Ablen. Pour le sortir de sa zone de confort, il fallait souvent s'y mettre à plusieurs, comme quand on voulait désembourber une carriole engluée dans une boue collante.

Jace abattit sa dernière carte.

— Fermier Polder, je vous en prie, faites confiance à votre fille. Même la prieure Ghyle croit à son histoire.

À l'évocation de l'éminente directrice, la forteresse paternelle se fissura enfin.

— Elle y croit ? répéta-t-il, mi-inquiet, mi-abasourdi.

Il réfléchit un moment, prit sa décision et se redressa.

— Dans c'cas, mon garçon, aide-moi à transporter la marmite. Nous s'rons contents de manger chaud en arrivant à la vieille grange.

Nyx soupira de soulagement.

Son père n'avait pas encore ôté le ragoût du feu qu'un grand bruit métallique résonna dehors. La porte pivota violemment sur ses gonds. Effrayée, Nyx se recroquevilla derrière Jace.

Bastan entra comme une tornade. Écarlate, en sueur, il balaya la pièce du regard.

— Il faut partir ! Maintenant !

Nyx s'efforça de comprendre la raison de l'apparition subite de son frère. Devant la maison, Gramblebuck renâclait et expirait des halos de vapeur. Le mastodonte était attelé à une carriole bringuebalante avec un essieu cassé et plus aucune roue à l'arrière.

Qu'était-il arrivé ?

Elle eut sa réponse quand deux autres silhouettes surgirent derrière Bastan. Nyx reconnut l'habit noir à ceinture rouge de l'alchimiste de Castelroche. Il était accompagné d'un jeune homme au teint mat et aux yeux gris, vêtu d'une cape verte de chasseur fermée par une petite flèche en argent. L'adolescent portait aussi un arc et un carquois. Dans la procession qui avait gravi l'escalier de l'école, c'était lui qui marchait derrière le chariot de Gramblebuck.

— Bastan a raison ! ahana Frell. Nous devrions bientôt essuyer une attaque massive de chevaliers et de gardes vyrlliens.

Et ce n'est pas tout, ajouta Nyx en silence. *Un danger cent fois pire approche à grands pas.*

Elle entendait déjà crier les milliers de chauves-souris qui fonçaient sur la ville. Les autres, sans réaction, n'entendaient a priori rien de la cacophonie grandissante.

— Où est passé le reste du troupeau ? se renseigna Bastan, le souffle court. En chemin, j'ai remarqué que l'enclos était vide.

— Ablen a rentré les bêtes pour la nuit.

— Alors, nous nous contenterons de Gramblebuck. Je vais conduire notre gaillard à l'embarcadère et lui atteler un traîneau. Destination : le cœur des marais.

Bastan ressortit et, à l'aide d'un couteau, trancha les courroies du harnais pour libérer le vieil animal du chariot accidenté.

Pendant que son fils s'éloignait avec Gramblebuck, Polder s'adressa aux deux nouveaux visiteurs, la voix teintée à la fois de colère et d'effroi.

— C'est quoi cette histoire ? Pourquoi des chevaliers débarqueraient-ils ici ? Ont-ils l'intention d'emmener Nyxie ?

— Possible, admit Frell, mais, pour l'heure, le haut-maire va surtout exiger réparation après la mort de sa victime sacrificielle. (Il lorgna le chasseur d'un air attristé.) Je comprends ce qui vous a poussé à abattre la bête d'une flèche, Kanthe, mais, avant que l'histoire ne soit réglée, il va y avoir des effusions de sang.

Nyx se raidit. Elle se rappela la douleur atroce qu'elle avait éprouvée à l'œil gauche. Un élan de haine l'emporta sur ses craintes lorsqu'elle comprit qui était l'auteur de l'attaque.

— Vous… c'est *vous* qui avez tué la chauve-souris ?

Face au courroux de la jeune fille, le coupable resta de marbre. Son visage se durcit de mépris, comme s'il avait déjà subi bien pire que sa tirade enflammée.

Frell vola au secours de son protégé.

— Croyez-moi, mademoiselle, il n'y a pas eu de mise à mort cruelle. Le prince Kanthe a agi par compassion. Il voulait épargner au pauvre animal le calvaire du brasier.

Nyx tenta de prendre du recul, d'éteindre la rage qui brûlait en elle, mais le choc de la révélation ne facilitait pas les choses. Elle toisa le meurtrier d'un regard sévère.

Un prince ?

Son père haleta et faillit s'agenouiller.

— Le prince Kanthe ry Massif, fils cadet du roi.

Alors qu'un mélange de stupeur et de confusion achevait de doucher sa colère, Nyx entendit de nouveau la horde ailée qui approchait. Elle plissa les paupières pour lutter contre le bourdonnement furieux qui emplissait son cerveau et s'amplifiait à chaque seconde. Sa vision se réduisit douloureusement à la taille d'une tête d'épingle. Les mains plaquées sur les oreilles, elle tentait d'étouffer ce vacarme strident.

Frell l'observa d'un air intrigué. Sa voix parut lointaine.

— Un problème ?

À bout de souffle, elle balbutia :

— Elles… elles sont presque là.

Comme attirée par ses mots, une petite créature ailée survola en rase-mottes l'épave du chariot et entra par la porte. Elle voleta à travers la pièce, incitant toute l'assistance sauf Nyx à baisser la tête. D'un claquement d'ailes, elle fila ensuite se cacher à l'ombre des poutres du plafond.

Le prince mit un genou à terre. Il avait déjà sorti son arc et armé une flèche, sa pointe d'acier dirigée vers le toit en chaume.

— Non ! protesta Nyx.

Jace obligea l'héritier royal à baisser le bras.

— Écoutez-la.

— Il ne nous veut aucun mal. C'est mon frère disparu.

Le prince Kanthe se rembrunit. Ses doigts se décrispèrent sur l'arc, mais il garda la flèche empennée sur la corde et marmonna :

— Elle a combien de frangins, cette fille ?

Nyx n'eut pas le temps de se pencher sur l'étrange remarque. Alors que son crâne vibrait encore de mille hurlements de rage, une note plus aiguë couvrit le tout et se planta au fond d'elle, emportant le monde dans son sillage. Deux images délavées, empilées l'une sur l'autre, s'imposèrent à elle.

*

Un corps sombre brûle dans les flammes. Les ailes fument et se ratatinent. La chair, carbonisée, se délite, laissant apparaître les os. À travers le voile noir qui s'étend sur les brasiers, des yeux rouges brillent – au début, quelques-uns, puis des centaines et encore davantage. Les deux bûchers finissent par voler en éclats sous l'assaut d'ailes furieuses. Le bois en feu et les braises s'abattent en cascade incendiaire sur l'école, suivis de silhouettes sombres qui plongent de toutes parts.

Une forme ailée gît, disloquée, sur les marches du neuvième étage. D'abord traînée lentement par des filets et des crochets, elle est ensuite libérée, abandonnée sur l'escalier, et on enlève les filets hérissés d'épines. Dans le ciel, deux corps monstrueux décrivent un cercle, puis des griffes viennent s'enfoncer délicatement dans la chair morte. La dépouille est soulevée de terre et part dans les airs. Elle traverse la fumée des brasiers et continue son ascension. Elle vogue maintenant au milieu des nuages – son ultime voyage – vers l'ombre lointaine d'une montagne auréolée de vapeur, où elle trouvera enfin le repos éternel. Derrière elle, la tempête noire suit son sillage, laissant l'école intacte.

*

Haletante, Nyx réintégra son enveloppe corporelle et retrouva la chaleur du foyer familial. Les odeurs de ragoût supplantèrent la terreur de la chair brûlée et les vapeurs sulfureuses d'une montagne lointaine.

Jace la rattrapa, alors qu'elle allait s'effondrer.

— Nyx…

Elle reprit sa respiration et pivota vers les autres. Les os de son crâne tremblaient encore sous l'effet des énergies qui grésillaient à l'intérieur. Elle tâcha d'en faire fi pour parler.

— Il subsiste un espoir. Enfoui au sein d'une salutaire mise en garde.

Elle scruta le plafond en quête d'yeux rouges, mais son frère ailé resta caché. Elle se tourna alors vers le prince, qui l'observait, horrifié.

— Peut-être qu'elles ont senti la bienveillance de votre cœur et qu'à leur tour, elles nous offrent un peu de la leur. Leur patience ne sera cependant pas éternelle. Si le corps de leur congénère est brûlé, leur vengeance sera terrible. En revanche, si nous les laissons récupérer sa dépouille sans nous en mêler, elles partiront et nous ficheront la paix.

Frell paraissait aussi estomaqué que Kanthe mais, le regard étincelant de fascination et d'émerveillement, il comprit vite l'enjeu.

— Il faut empêcher que le corps de la chauve-souris soit jeté au feu.

— En avons-nous le temps ? s'inquiéta Jace.

— En tout cas, nous devons essayer. (L'érudit saisit Kanthe par l'épaule.) Vous, vous réussirez peut-être à les convaincre que la mort de ce pauvre animal suffit.

Le prince contempla la porte béante avec un soupir peiné.

— Vous nous demandez de remonter là-haut ? Alors que nous venons à peine de descendre ?

Jace sortit une clé de sa poche.

— J'ai de quoi vous aider. Ce passe donne accès à l'escalier des alchimistes. Vous gravirez ainsi les étages plus rapidement, avec moins de monde pour vous entraver le chemin.

Frell s'en empara.

— Merci. Comme j'ai étudié là-bas, je sais où aller. (Il se planta devant Nyx et les autres.) Que nous réussissions ou pas, vous devez tous vous réfugier au fond des marais. Les chauves-souris ne sont pas l'unique danger qui menace Nyx ou quiconque lui porterait secours.

— Pas de problème, répondit Polder. Nous irons à la grange d'hiver, sur les berges du Ravinat de Tombefeu.

— Parfait, je connais ce lac. Dans la mesure du possible, nous vous y retrouverons, mais soyez prudents. Tenez-vous prêts à fuir plus loin si nécessaire.

— Bien sûr ! Les imprudents ne survivent jamais longtemps sur les terres de Mýr.

Le vieux marécagier contempla son petit autel éclairé d'une vingtaine de cierges. Il embrassa son pouce, le tapota sur son front en signe de prière silencieuse à la Mère du Dessous, puis il hocha le menton vers Frell.

— Faites c'que vous pouvez, et nous ferons d'même.

L'alchimiste serra la clé au creux de son poing.

— Tout à l'heure, Kanthe, vous avez prouvé votre adresse au tir. Vos efforts ont peut-être même permis d'épargner l'école. C'est une occasion à ne pas gâcher. Vous devez les convaincre de vous écouter.

— J'essaierai… Hélas, ma langue n'est ni aussi acérée que mes flèches ni aussi précise.

Frell lui donna une petite bourrade sur l'épaule.

— Nous verrons bien.

Tandis qu'ils prenaient congé, le prince toisa Nyx d'un air interrogateur, comme s'il cherchait quelque chose sur son visage. Il finit par tourner les talons et sortit lui aussi.

Jace entraîna son amie vers l'arrière de la maison, où une porte menait aux quais du marais.

— Dépêche-toi. Nous devons rejoindre ton frère et mettre un maximum de distance entre ce qui arrive et nous, qu'il s'agisse de chauves-souris ou des bataillons du roi.

* * *

Kanthe suivait à toutes jambes la course endiablée de Frell dans le dédale des rues de Brayk. Malgré l'heure tardive, une foule nombreuse célébrait toujours la parade des chevaliers et des gardes royaux. Des chants éméchés résonnaient, assortis d'éclats de rire et de hourras tapageurs. Les deux hommes tombaient aussi parfois sur une rixe, qu'ils évitaient avec soin. Les enfants galopaient comme des fous en agitant des bâtons au bout desquels flottaient des chauves-souris en papier attachées par une ficelle. Un peu partout, des centaines de braseros dégageaient des effluves fumants de poisson, de viande grillée et de pain chaud.

Kanthe n'avait rien avalé depuis une demi-journée mais, de toute manière, il avait l'estomac noué d'inquiétude et de terreur. Quand les grilles du Cloistre apparurent droit devant, il s'attendit à voir une armada de chevaliers et de vyrlliens au visage rouge vif dévaler les escaliers. Or, point d'armures ni d'épées menaçantes. Après avoir récupéré le cadavre de la chauve-souris, la légion royale semblait s'être recentrée sur sa mission et elle mettrait un point final au sacrifice avant de traquer le prince sans foi ni loi.

Les marches étaient néanmoins encore plus bondées que les rues, réinvesties en masse par la population après que le chariot se fut écrasé du sommet. La ville entière semblait vouloir assister à l'incinération du monstre ailé.

Confronté à une si grande promiscuité, Kanthe apprécia d'autant plus la clé que Frell tenait au creux de sa main. Avec un peu de chance, l'escalier privé leur permettrait d'arriver plus vite au dernier étage. Ils durent quand même jouer des coudes pour franchir le portail de l'établissement.

Kanthe se creusait la cervelle pour trouver comment convaincre les autres – surtout Anskar et Goren – de ne pas jeter la dépouille de la chauve-souris au feu. À l'heure qu'il était, il n'avait toujours pas le commencement d'une idée.

Une fois entré, il fut tiré de ses pensées par le passage en force de Frell à travers l'afflux de badauds et les bûchers funéraires qui fumaient là-haut. Soudain, du mouvement attira son regard à gauche, vers une montagne escarpée où il y avait du remue-ménage. Un imposant Gyn dégageait la route à coups d'épaule. À son approche, les gens s'écartaient précipitamment, même si c'était moins dû au colosse menaçant qu'au frêle personnage encapuchonné qu'il escortait. Le Confesseur Vythaas apparut dans l'encadrement d'une porte. Sans doute avait-il emprunté l'escalier des hiéromoines. Il se fondit dans l'ombre protectrice du Gyn, usant de sa canne pour repousser quiconque s'aventurerait trop près. La présence du saint homme était toutefois une mise en garde suffisante. Tout le monde marquait à son égard une distance respectueuse.

Le regard tatoué du Confesseur se promena dangereusement vers Kanthe qui, frissonnant, se fondit parmi les passants agglutinés. Par bonheur, Vythaas ne sembla pas le remarquer et suivit le Gyn, qui se fraya un chemin jusqu'au portail. Il devait chercher à regagner le traîneau noir qui leur avait permis de traverser les marais.

Bon débarras.

Kanthe partit dans la direction opposée et se hâta de rejoindre Frell devant une solide porte bardée de clous. Soudain, une clameur triomphante jaillit du toit. Quelques instants plus tard, l'exaltation fendit la foule, se propageant à la vitesse d'une flamme sur du petit bois sec. Kanthe se recula pour mieux apercevoir le dernier niveau de l'école.

Il redoutait le pire – et ne fut pas déçu.

Son cœur se déchira à la vue de la colonne de fumée noire qui s'élevait des deux bûchers. Des braises ardentes, comme un millier d'yeux furibonds, dégringolaient au cœur du brouillard. Des coups de clairon victorieux retentirent sur le toit et exaltèrent les vivats du public agglutiné en bas.

Kanthe trébucha sur Frell, qui s'était figé, la clé enfoncée dans la serrure.

— Nous arrivons trop tard, gémit le prince.

L'alchimiste poussa un juron – du jamais-vu en présence de Kanthe si ses souvenirs étaient bons – et ouvrit brutalement la porte. Il toisa son disciple d'un regard sévère.

— Je dois avertir la prieure Ghyle. Vous, allez retrouver les autres.

Avant que Frell eût franchi le seuil, un long cri perçant, aussi acéré que du verre brisé, couvrit le tumulte des clairons. D'emblée, les badauds se turent, en proie à une terrible incertitude. Ils ne savaient plus sur quel pied danser. Un chœur de mugissements s'associa au premier cri. Sachant qu'ils se réverbéraient sur la moindre surface, ils semblaient venir de partout et de nulle part à la fois.

Kanthe se boucha les oreilles, mais il était impossible d'échapper à une rage aussi épouvantable. La plainte, atrocement forte, résonna dans ses dents et ses côtes. Il s'arc-bouta pour résister à une force qui, tel le vent, cherchait à l'abattre.

Au sud, les ténèbres formaient un immense nuage orageux. La tempête approchait tambour battant. Soudain, les hurlements stridents cessèrent quand, là-haut, le sombre raz de marée silencieux fut prêt à fondre sur le Cloistre.

Nul ne bougea. Les visages étaient tournés vers le ciel.

Or, il n'y avait pas une minute à perdre.

Kanthe empoigna un pan de l'habit de Frell.

— Je suis certain que la prieure est déjà au courant de notre échec. Et je ne connais pas le marais aussi bien que vous. Si vous voulez que j'aide cette gamine maudite, venez avec moi.

L'alchimiste résista de longues secondes avant de céder.

— Vous avez raison. Et Ghyle m'a chargé d'une autre mission si le reste devait échouer.

Kanthe avait du mal à imaginer de quoi son mentor parlait et il s'en moquait. Pour l'heure, il n'avait qu'une envie : déguerpir le plus loin possible. Ils se dirigèrent vers le portail, et juste à temps. Le calme qui régnait autour d'eux vola en éclats quand la foule prit enfin conscience du danger.

Des hurlements retentirent. Des parents entraînèrent leur progéniture loin de l'escalier. L'instinct de survie prit les habitants au corps et poussa chacun à se trouver un abri, quitte à écraser son prochain.

Malgré la panique générale, Kanthe et Frell parvinrent à quitter l'enceinte de l'école et à rejoindre les rues de Brayk. Derrière eux, le chaos devenait indescriptible – leur but était de conserver une longueur d'avance sur le pire. L'alchimiste, qui connaissait la ville comme sa poche, menait la course. Plus d'une fois, Kanthe le perdit de vue, mais il le retrouvait au bout de quelques mètres. Ils galopèrent en zigzaguant jusqu'à voir enfin apparaître les eaux noires et étales des marais.

— Par ici ! glapit Frell avant de se ruer vers une barque, au fond de laquelle dormaient deux rames en croix.

Kanthe obéit, mais il faillit perdre l'équilibre, déstabilisé par des cris féroces derrière lui. L'assaut l'incita à courber l'échine, tant le tumulte menaçait de lui casser les oreilles. Il aurait juré voir l'atmosphère trembler sous l'effet de cet affolement effroyable.

La vague noire s'abattit sur l'école et explosa en un millier d'ailes. De nouvelles voix prirent part au concert sinistre de hurlements. Des centaines de cris gorgés de sang et de douleur. Les clairons avaient beau trompeter à tue-tête, ils paraissaient bien faibles face à la horde d'assaillants. Plus près, une nuée de spectateurs affolés fit irruption en direction des marais.

— Kanthe !

L'attention du prince revint se poser sur Frell, qui s'escrimait à mettre leur barque à l'eau.

Il courut l'aider et, ensemble, ils la poussèrent au bas de l'affleurement rocheux où elle était posée. Lorsqu'elle commença à dériver, ils pataugèrent jusqu'à elle et montèrent à bord.

À bout de souffle, Kanthe s'écroula sur le siège. Il se débattit avec les rames, pendant que son tuteur s'éloignait de la berge à l'aide d'une longue perche. Le dos tourné au marécage, le prince regarda les autres sur la rive tenter la même évasion. Ils faisaient des pieds et des mains pour attraper la moindre embarcation. Certains se jetaient même directement à l'eau, bravant ce qui risquait de rôder sous le miroir noir du marais. Kanthe comprenait leur choix : *Autant tenter l'inconnu que subir la certitude venue du ciel.*

Ils en eurent la triste confirmation quand une énorme créature sombre – deux fois plus grande qu'un cheval – survola très bas la population hagarde. D'un coup, elle plongea. Ses griffes attrapèrent un homme lancé à l'assaut d'un radeau et l'arrachèrent du sol. La chauve-souris secoua violemment sa proie, puis ses grandes ailes claquèrent et elle reprit de l'altitude, arrosant la foule de sang, de chair et d'os brisés.

Putain de merdiasse...

Kanthe redoubla d'efforts et Frell, abandonnant sa perche, se baissa. Leurs regards épouvantés se croisèrent. La farouche meute noire juchée au sommet de l'école commençait à descendre le long de ses flancs. D'autres ombres ailées sillonnèrent la plage.

Alors qu'ils se pensaient saufs, l'avant de la barque se souleva dans un gros fracas de bois quand quelque chose les percuta par-dessous. Ils furent projetés en l'air. Kanthe parvint à conserver une rame, Frell bascula de l'autre côté et ils plongèrent au cœur des eaux noires. Quant à leur frêle embarcation, elle heurta un arbre de plein fouet et se brisa en deux.

Kanthe refit surface en toussant, le cœur battant, puis il s'écarta d'un bond quand un large dos couvert d'écailles surgit des flots, déploya une nageoire épineuse et disparut à nouveau. Sans lui prêter attention, la bête regagna vite les profondeurs rassurantes du marais. Manifestement, les habitants de la ville n'étaient pas les seuls à fuir l'attaque.

Frell, gêné par son habit gorgé d'eau, battit des jambes pour rejoindre son élève. Sur son visage se lisait une question : *Et maintenant ?*

Kanthe pointa l'index vers des feux de joie qui fumaient entre quelques bannières aux couleurs de sa famille. Un petit groupe de chevaliers s'y était réuni, toutes piques et épées dehors. Jusqu'à présent, la chaleur et les armes tenaient les impitoyables chauves-souris à distance. D'autres soldats du roi ne devraient pas tarder à les rejoindre.

Bien que réticent à l'idée de retrouver les hommes de son père, Kanthe évalua la situation et décida de suivre un vieil adage.

N'importe quel port quand c'est la tempête.

Il commença à nager vers eux en jetant un dernier regard vers les profondeurs du marais. Inquiet de la situation des autres, il leur adressa une prière silencieuse.

J'espère que vous vous en sortez mieux que nous.

CHAPITRE 23

Nyx s'était blottie à l'arrière du traîneau avec Jace. Même les mains plaquées sur les oreilles, elle avait encore la tête qui bourdonnait des cris de l'assaut. Elle aurait aussi juré avoir un goût de sang sur la langue. Un sentiment de culpabilité l'incita à ramener ses genoux contre sa poitrine, comme si cette position pouvait la protéger de ce qui se passait en ville.

Jace l'enlaçait d'un bras protecteur. Les deux amis tournaient le dos à Bastan, qui tenait les rênes aux côtés de son père. Les longues pattes de Gramblebuck pataugeaient lentement dans l'eau et tiraient son chargement flottant derrière lui. L'embarcation était aussi munie de patins en bois de fer qui, en cas de faible profondeur, permettaient d'avancer dans les massifs de roseaux ou les monticules herbeux. Depuis le quai, le chemin était toutefois débarrassé de son chiendent, si bien que le mastodonte fatigué n'avait aucun mal à y charrier un radeau quasi vide. Au cœur de leur immense ferme, ils faisaient route vers le dernier enclos pour récupérer le frère de Nyx, Ablen. De là, ils s'enfonceraient encore davantage dans les marais, jusqu'au sombre Ravinat de Tombefeu, où leur grange d'hiver les attendait.

Nyx profita du trajet pour scruter les abords de l'école. Hélas, les troncs noueux des arbres et leurs branches chargées de mousse bouchaient la vue. Tout ce qui lui parvenait, c'était l'écho de hurlements funestes. À en croire la rage furieuse convoyée par le vent, l'alchimiste et le prince n'avaient pas pu éviter à la chauve-souris de terminer sur le bûcher.

Nyx tenta de chasser le mélange d'effroi et de honte qui la rongeait de l'intérieur.

Tout cela à cause de moi.

Jace resserra son étreinte. Elle crut qu'il réagissait à son désarroi, mais il fixait un point au-dessus d'eux, vers la canopée tachetée de vert émeraude là où le feuillage se clairsemait.

— Il est revenu, chuchota-t-il.

Une forme plus foncée passa, en effet, au-dessus du traîneau. Le jeune frère de Nyx voleta quelques instants à proximité, puis refit un tour. Il répéta son manège à maintes reprises et semblait chaque fois plus agité. Que cherchait-il à lui faire comprendre ? Il finit par s'approcher un peu de l'embarcation pour se dévoiler tout entier. En termes d'envergure, ses ailes étaient aussi longues qu'un bras et leur cuir était si fin qu'on distinguait les petites taches de la canopée au travers. Son corps, lui, était une masse noire élancée, coiffée à l'avant d'oreilles à large pavillon.

Comme s'il avait remarqué l'intérêt de Nyx, il tourna ses yeux rouges vers elle. Un sifflement strident transperça la cacophonie ambiante. L'adolescente sentit sa vision s'enténébrer, et une nouvelle image envahit son esprit.

Une femme court devant une ombre plongeante. Soudain, des griffes s'enfoncent dans ses cheveux lâchés au vent. L'obscur fantôme passe au-dessus d'elle, l'agrippe et la soulève violemment de terre. Le claquement sec des os du cou suit l'envol brutal. Le corps flasque est lâché dans le sillage de l'ombre.

L'image se disloqua au moment où son frère voltigeait devant elle. Il vira sur l'aile et revint, toujours avec sa triste mélopée.

Un jeune garçon en habit de cinquième année se tapit sous un balcon. Une silhouette vient le frôler sous son abri. L'extrémité d'une aile, terminée par un ergot acéré, lui tranche la gorge. Une gerbe de sang jaillit, tandis que les genoux se dérobent.

Nyx revint au réel mais, dès que son frère l'effleura, le monde redisparut.

Une chauve-souris de la taille d'un veau se débat sur le dos, l'aile cassée. Des hommes en cotte de mailles grise et armure argentée la transpercent à coups d'épée et la mutilent sauvagement à la hache.

De retour sur le traîneau, Nyx ne distingua rien. Issues de dizaines d'yeux, les visions de l'attaque s'enchaînaient sans relâche, le tout couvert par des hurlements et saturé par l'odeur du sang.

✷

Une créature s'écrase sur les marches, réduisant en miettes les hampes des flèches plantées dans son poitrail.

Une autre longe un couloir d'un pas raide, les ailes repliées, et rampe sur les corps convulsant des êtres empoisonnés.

Un chevalier, qui bat des bras en hurlant, tombe de griffes monstrueuses et atterrit au centre d'un bûcher funéraire.

D'une des tours de l'école, une chauve-souris observe un quartier entier de Brayk ravagé par les flammes et la fumée.

Un enfant pleure sur la dépouille d'une femme en pleine rue, ses poings minuscules enroulés dans le manteau déchiré qu'elle porte.

✷

Cette ultime image explosa au cœur de la tempête qui agitait son esprit et la laissa pantelante. Des larmes brûlantes se mêlèrent à sa sueur glacée.

Nyx leva les yeux vers les arbres. En silence, elle implora son frère ailé.

Je t'en prie, fais en sorte que tout s'arrête. N'avez-vous pas versé assez de sang ?

Jace se redressa et agita le bras en hurlant à la chauve-souris :

— Laisse-la tranquille ! Fiche le camp !

Obéissant peut-être à son injonction, le volatile regagna les entrailles obscures de la canopée sans, pour autant, s'éloigner trop. De ses ailes noires, il décrivait des cercles lents au-dessus d'eux.

Jace s'agenouilla près de Nyx.

— Tout va bien ?

Tremblante, elle se contenta de secouer la tête. Elle n'osait pas ouvrir la bouche, de peur de hurler. En revanche, elle prit la main de son ami et lui pressa les doigts afin de lui faire comprendre qu'elle n'était pas blessée, juste très déstabilisée. Après le spectacle étourdissant de l'attaque de la ville, elle avait besoin de quelques secondes pour réinvestir son enveloppe corporelle. Elle avait eu cru vivre toutes ces scènes comme si elle y était.

C'en était trop, à trop de niveaux. Elle se sentait à la fois étourdie et écœurée. Plus que jamais, le fait d'avoir recouvré la vue était davantage une malédiction qu'un miracle.

Nyx leva le menton vers son frère perdu, consciente que c'était lui qui l'avait intégrée à cette bataille-là, qui l'avait mise en contact avec le grand esprit commun des chauves-souris de Mýr. À mesure que son pouls se calmait, un autre souvenir de son expérience terrifiante resurgit. Elle avait eu l'impression qu'une énorme paire d'yeux l'avait observée tout au long de l'épreuve, avec beaucoup plus d'intensité que les braises rouges des prunelles de son frère. Elle y avait entraperçu quelque chose d'infiniment plus vieux, immémorial et sombre, impénétrable et glacé. L'effleurement d'une immensité aussi incroyable l'avait terrorisée et, en même temps, quand tout s'était terminé, elle s'était sentie vidée.

Que cela signifiait-il ?

Elle frissonna et se blottit dans les bras de Jace.

Tandis qu'elle cherchait du réconfort, les hurlements au loin changèrent de tonalité. Peu à peu, ils s'atténuèrent, même s'ils étaient encore parfois interrompus par des cris stridents. En quelques secondes, eux aussi s'estompèrent. Seuls persistèrent les vagissements des blessés et des mourants, qui se réverbéraient sur l'eau.

Les ailes sombres de la petite chauve-souris tournoyaient au cœur de la canopée vaguement translucide.

C'est terminé ? S'il te plaît, dis-moi que c'est terminé.

De là-haut, elle n'obtint aucune réponse.

Son père, en revanche, souffla d'une voix impérieuse :

— Couchez-vous, tous les deux. Vite !

Nyx était tapie au fond du traîneau, cachée par le dossier du siège conducteur. Après s'être docilement allongée à plat ventre, elle avait espionné à la ronde et vu un grand radeau approcher.

Jace était accroupi près d'elle.

Elle comprit le motif de la consigne paternelle. La mystérieuse embarcation transportait des hommes qui n'avaient pas l'air de plaisanter. Leurs guenilles et leur barbe emmêlée laissaient supposer qu'il s'agissait de marécagiers des bas-fonds.

À l'exception d'une silhouette, postée à l'avant et menacée d'un couteau.

— Hé, bande de salopards ! les apostropha le vieux fermier. Qu'est-ce que vous foutez avec mon gars ?

C'était Ablen, le frère aîné de Nyx. Une lame de poignard sous la gorge, il avait l'œil gonflé et ensanglanté.

Le radeau vint leur barrer la route. Gramblebuck n'aurait eu aucun mal à passer en force et à les faire chavirer, mais Bastan lui murmura à l'oreille d'y aller tout doux. Leurs interlocuteurs étaient armés de hameçons rouillés et de longs épieux de chasse.

Celui qui menaçait Ablen lança :

— Où qu'elle est, ta fille, Polder ?

— Ma gamine ?

— Ouaip !

Le père de Nyx pivota sur son siège en montrant l'endroit d'où ils venaient.

— À l'école, pardi ! Tu croyais quoi, crétin ? Ça fait belle lurette qu'elle ne gadouille plus dans les marais.

Il en profita pour pointer en douce son index vers la gauche et chuchoter aux adolescents recroquevillés :

— Passez par-dessus bord quand on les crois'ra. Vous vous cramponnerez au garde-corps.

Nyx acquiesça en silence.

Polder refit face au radeau et demanda d'une voix plus forte :

— Vous tramez quoi là-bas, d'ailleurs ?

— Goren veut qu'on vous ramène *tous*.

À l'évocation du haut-maire, Nyx frémit.

— Pour quoi faire ? insista le fermier.

— Ce n'sont pas tes oignons. Nous, on a été payés pour vous conduire à lui, point barre.

— M'en fous. Nyx n'est pas là, et moi, j'ai un troupeau de bœufions à mett' à l'abri avant qu'ces démons ailés les fassent cavaler jusqu'à la côte. Va pas croire que j'te connais pas, Krask. Vu ce que tu pues, je sais très bien qui tu es. Si jamais j'perds une tête de bétail par ta faute, crois-moi, tu m'le paieras. (Il agita le bras.) Vous tous, vous allez morfler.

— C'est pas notre prob…

— Ça l'deviendra quand j'en parlerai au Conseil des Huit.

S'ensuivit un long silence émaillé de chuchotements furtifs.

Fin négociateur, Polder profita de l'hésitation adverse.

— J'te propose un truc, Krask. Laisse mes deux gamins conduire l'traîneau jusqu'à l'enclos et s'occuper de tout mett' en sécurité. Moi, j't'accompagne et j'débarrasse Goren de l'épine qu'il a d'enfoncée dans son gros cul. T'en dis quoi ?

Après de nouvelles messes basses, Krask cria :

— J'en dis qu'on t'embarque le gosse et toi. L'autre là-bas est assez grand pour se débrouiller seul avec ton bétail.

Nyx vit son père se frotter le menton d'un air pensif qu'elle lui connaissait bien, puis baisser le bras.

— D'accord. (Il cracha sur le côté.) Allons-y.

Bastan foudroya du regard le patriarche qui, lui, l'exhorta à avancer. Malgré sa réticence, il fit légèrement claquer ses rênes pour signifier à Gramblebuck de reprendre sa route en bifurquant à droite.

Du coin des lèvres, le marécagier souffla à ses passagers :

— Descendez, tous les deux.

Toujours cachée par le siège, Nyx rampa jusqu'au bord du traîneau avec Jace. Après l'avoir discrètement enjambé, elle se retrouva les mains pendues au garde-corps. Ses jambes fendaient les eaux sombres. Jace l'imita en laissant échapper un grognement qui, heureusement, fut couvert par un rot sonore de Gramblebuck.

Les marécagiers amenèrent leur radeau de l'autre côté.

Assis sur son banc, Polder glissa vers eux.

— Ça va, fiston ?

Ablen répondit, pince-sans-rire :

— Oh ! Tu sais, si un bœufion te pisse pas sur la tête, c'est pas une vraie journée d'boulot.

— T'as raison. (Le vieux briscard sauta sur l'embarcation et interpella Bastan.) Rendez-vous à la maison.

Son cadet le salua d'un geste, puis demanda à Gramblebuck d'accélérer. Il maintint le traîneau un peu de biais, de sorte que personne n'aperçût ni Nyx ni Jace. Lorsqu'ils eurent contourné un gros taillis de pins torturés, le radeau disparut de leur champ de vision et les deux amis purent remonter à bord.

Bastan observa sa sœur d'un air perplexe.

— C'était quoi ce cirque ?

Elle lorgna la ville ensevelie derrière eux.

— Le haut-maire a perdu son fils… Et j'ai bien peur qu'il ne rejette la faute sur moi.

Il n'aurait pas tort.

Jace secoua la tête avec inquiétude.

— Pas que sur toi, Nyx.

— Il veut s'en prendre à nous tous, renchérit Bastan en observant avec rage l'endroit où le radeau avait disparu. Je n'aime pas ça. Surtout avec des cocos de leur espèce.

Nyx suivit son regard, l'estomac noué.

Gramblebuck s'écarta un peu pour rejoindre un tas de boue humide bordé de chardons et de roseaux. Bastan tenta de le raisonner, mais le vieil entêté ne voulut rien savoir. Les cornes baissées, il continua sa route, émergea de l'eau et gravit la pente. Ses sabots fendus s'enfoncèrent dans la boue épaisse.

— Accrochez-vous, ordonna Bastan.

Nyx et Jace agrippèrent son dossier de siège. L'avant du traîneau se souleva quand le bœufion le hissa hors de l'eau, puis les patins prirent le relais. La raison pour laquelle Gramblebuck était si déterminé surgit en face d'eux. La butte était plantée de pommiers d'amour, dont les branches ployaient sous le poids de leurs baies écarlates, mûres à souhait.

Le mastodonte grimpa jusqu'à elles et, usant de ses babines avec une étonnante délicatesse, il cueillit les grappes de fruits nichées entre les feuilles avec un soupir rauque de satisfaction. Tout en remuant gaiement la queue, il entreprit de se remplir la panse, douce récompense que le vieux bougre avait entièrement méritée après sa dure journée de labeur.

Bastan posa les rênes, s'avachit sur son siège et le laissa paître. Nyx aussi essaya de s'apaiser, mais les hurlements qui hantaient toujours le marais l'empêchaient de lâcher prise.

Jace se leva et étira son dos endolori.

— Peut-être devrions-nous…

Il fut interrompu par un concert assourdi de clairons, à la fois vif et impérieux. Nyx se remit debout, suivie de Bastan. Tous se tournèrent vers l'origine du bruit. Du haut de la butte, les niveaux supérieurs du Cloistre apparaissaient entre les arbres. Même de loin, on voyait une rivière argentée dévaler les escaliers de l'école. Des dizaines d'armures qui reflétaient les rayons du couchant.

La légion du roi.

À présent que le sacrifice était terminé et que le combat avait pris fin, chevaliers et gardes quittaient les hauteurs de l'établissement, voire la ville, dévastée tout entière.

— Je n'aime pas ça, répéta Bastan à mi-voix. Mais alors vraiment pas.

Nyx croisa son regard.

— Je rentre, déclara-t-il.

Elle s'agrippa la gorge.

— Quoi ?

— Gramblebuck veillera sur toi. Et tu sais conduire un traîneau. Ton grand copain et toi, dépêchez-vous d'aller au Ravinat de Tombefeu. Moi, j'vais essayer d'aider papa et Ablen. Cette affaire me laisse un goût amer dans l'estomac.

Même si Nyx éprouvait la même chose, son regard oscilla entre la ville lointaine et les profondeurs des marais. Au cœur de ces terres inondées, elle s'était toujours sentie chez elle. Or, voilà qu'elles lui paraissaient désormais lugubres et dangereuses. Surtout si elle se retrouvait livrée à elle-même.

— Tu peux y arriver, Nyxie, la rassura Bastan. J'vais prendre le canot et tenter d'libérer papa et Ablen. Rendez-vous à la grange.

Elle s'obligea à acquiescer, car, de toute façon, qu'elle fût d'accord ou pas, il partirait. Il posa les rênes sur le dossier. Au moment où le jeune homme passait devant elle pour rejoindre la petite embarcation, elle le serra contre elle. Il sentait la sueur et le fourrage ensilé – sa maison.

— Sois prudent, Bastan.

À son tour, il l'enlaça tendrement.

— Dans notre famille… on a tous du bœufion en nous. Tu le sais. Dès qu'on s'attaque à un truc, plus rien ne nous arrête. (Il se dégagea et se pencha vers elle.) Toi, c'est pareil, Nyx.

Elle sourit, cette fois sans avoir besoin de se forcer.

Il l'étreignit une dernière fois, puis flanqua à Jace une tape dans le dos qui faillit le faire tomber en avant.

— Toi, veille bien sur ma frangine, sinon tu verras de quel bois j'me chauffe.

— Je… je ferai de mon mieux. Promis.

Satisfait, Bastan détacha le canot et sauta à bord. Le frêle esquif glissa au bas de la pente boueuse et entra calmement dans l'eau. Bastan manœuvra avec aisance. Une fois à flot, il les salua de sa perche et mit le cap sur Brayk.

Lorsqu'il eut disparu à l'horizon, Nyx prit les rênes à l'avant. Jace la rejoignit. Reconnaissante de sa présence, de son amitié, elle le gratifia d'un sourire timide.

Entre-temps, Gramblebuck avait achevé son festin. Avec un grognement doublé d'un rot vibrant, il traversa la butte herbeuse, redescendit par l'autre versant et regagna les eaux salées. Quelques secondes plus tard, il pataugeait de nouveau dans le marais. Le chenal devint de plus en plus étroit. Les arbres se rapprochèrent. Des rideaux de mousse leur effleuraient le sommet du crâne.

— Dans combien de temps arriverons-nous à la grange ? s'enquit Jace.

— Pas avant une heure au moins, murmura-t-elle, de crainte de troubler le concert lancinant des pépiements d'oiseaux et des bourdonnements.

En réalité, ce n'était pas le motif premier de son angoisse.

Avec l'enlèvement d'Ablen et, à présent, le départ de Bastan, elle n'avait plus ses frères.

Non, c'est faux…

Deux ailes noires la survolèrent.

Il m'en reste quand même un.

Si elle puisa un étrange réconfort dans la présence de la petite chauve-souris, cela ne suffit pas à juguler sa terreur grandissante. Elle se remémora les mots de Bastan : *Cette affaire me laisse une boule acide dans l'estomac.*

Elle éprouvait la même chose, sauf qu'à chaque lieue supplémentaire parcourue, son malaise s'amplifiait. Elle avait l'impression d'être entraînée loin de tout ce qu'elle connaissait, de tout ce qu'elle aimait. Par les brèches de la canopée, la lune pâle et très basse à l'ouest lui rappela le danger qui les menaçait à des centaines de milliers de kilomètres dans le ciel.

La chute de la lune…

Nyx ne voulait pas de ce fardeau-là. Elle avait déjà confié ses rêves et ses visions à la prieure Ghyle. N'était-ce pas suffisant ? Bien sûr, c'était aux dirigeants et aux érudits d'évaluer si la menace était réelle ou pas. En cas de danger, ils étaient aussi les plus sages et les mieux préparés à agir.

Pas moi.

Au lieu de s'attarder sur ses appréhensions célestes, la jeune fille se concentra sur le pas lent de Gramblebuck. Une inquiétude plus grande et plus immédiate l'oppressait, faisant battre son cœur à tout rompre.

Elle regarda une dernière fois par-dessus son épaule.

Que se passe-t-il là-bas ?

CHAPITRE 24

Debout au milieu des feux de joie, Kanthe passa en revue les différentes cachettes possibles. Les solutions, déjà peu nombreuses au départ, se faisaient de plus en plus rares. Des chevaliers en armure souillée de sang et des vyrlliens au visage rouge vif continuaient d'affluer de Brayk et de s'entasser dans le campement royal, en lisière du marais.

Partout, des corps étaient allongés, traînés jusque-là. Beaucoup avaient des membres arrachés, les moignons enroulés à la hâte dans des bandages suintants et ensanglantés. D'autres, en plein délire à cause du poison, avaient la peau qui noircissait autour des traces de morsures profondes. La plupart gisaient sur le dos, une bande de tissu posée devant leurs yeux vitreux et sans vie.

L'air était envahi de mouches noires attirées par le sang. Quelques chevaliers agitaient des flambeaux, au sein desquels brûlaient d'âcres encens. Leur but : enfumer les nuées bourdonnantes pour les éloigner des blessés. Malheureusement, face au nombre croissant des victimes amenées sur le camp, le combat était perdu d'avance.

Gémissements, cris et sanglots s'entendaient jusqu'aux confins de l'école et de la ville. Telle une colonne de fumée, le malheur s'élevait vers les ténèbres du ciel, où les hordes de chauves-souris se montraient toujours très menaçantes. À l'instar des gardes et des chevaliers, elles venaient récupérer leurs morts et leurs blessés. Quiconque osait s'interposer subissait leurs foudres.

Plus personne ne s'en donnait donc la peine.

De la berge, Kanthe contemplait les flammes qui ravageaient un quartier entier de Brayk.

De ce désastre, le prince avait tiré une leçon amère. *J'aurais dû essayer davantage.* Il se remémora sa descente échevelée des escaliers à bord de la carriole. *Au lieu de filer, j'aurais peut-être mieux fait de plaider la libération de la bête.* Hélas, sa nature le portait souvent à fuir la difficulté plutôt que de l'affronter.

Une voix bourrue interrompit sa morne réflexion.

— Ah, vous voilà !

Le chef du bataillon vyrllien s'approcha d'un pas décidé, une hache à équarrir dans la main. Il avait du sang jusqu'à l'épaule, ainsi que des éclaboussures sur son cuir chevelu et son armure. La mine sombre, il le gratifia toutefois d'une accolade virile.

— Le Père d'En Haut soit remercié, vous êtes vivant. (Il le toisa de pied en cap.) Et, apparemment, indemne.

— Oui, je suis en un seul morceau, admit Kanthe, abasourdi par son étrange accueil.

Il s'était attendu à subir une tempête de reproches, voire à finir aux fers à cause de sa fronde. Or, à voir le sourire de soulagement qui illuminait le visage sévère d'Anskar, l'inquiétude du vyrllien était sincère.

— Où aviez-vous la tête tout à l'heure ? Vous enfuir avec cette satanée chauve-souris ?

Le prince soupira. *C'est sûr, mon plan était bancal.* D'un geste ample, il désigna l'ensemble des morts et des mourants.

— Je tentais d'empêcher tout ceci. Je savais que, si la chauve-souris était sacrifiée, la ville serait attaquée.

Anskar parut plus perplexe que jamais.

— Par quel miracle pouviez-vous être informé de…

Sa question fut interrompue par Frell, qui toussa et abandonna le chevet d'un jeune chevalier défiguré. Depuis qu'il avait quitté la maison du marécagier, il aidait deux physicieux débordés à soigner les blessés. Avec son habit noir gorgé de sang, il avait vieilli de dix ans. Il secoua le manteau de mouches noires qui lui couvrait les épaules et les chassa d'un revers de main.

— Nous avons appris que des chauves-souris se réunissaient en masse au sud, mentit Frell. De là, il était facile de supposer que la horde allait voler au secours d'un congénère.

Le vyrllien fit volte-face vers l'école. Au troisième étage, une ombre gigantesque décolla dans un lourd battement d'ailes, un corps disloqué coincé entre ses griffes.

— Si seulement nous l'avions su ! Assurément, ces créatures sont, par nature, d'une noble sauvagerie.

L'alchimiste regarda l'animal s'envoler.

— Faut-il encore s'étonner que personne ne soit jamais revenu avec un des leurs, mort ou vif ?

Kanthe avait en tête une question plus cruciale.

— Et maintenant, Anskar ? Où allons-nous ?

Le chef de bataillon hissa la hache sur son épaule.

— J'hésite encore mais, en tout cas, la chasse aux chauves-souris est terminée. (Il observa d'un œil torve quelques ressortissants de Fiskur, restés à l'écart des feux de joie.) Nous n'aurions jamais dû chercher à contenter ce malotru bouffi d'orgueil.

Au milieu du fameux groupe, le haut-maire Goren mijotait quelque chose. Ses hommes et lui faisaient des messes basses.

— L'enfoiré a eu son sacrifice, pesta Anskar, mais il nous en a coûté le quart de nos effectifs. Sans conteste, nous ne ferions pas le poids si nous devions poursuivre le combat dans les marais, encore moins sur la montagne fumante où ces prédateurs ont élu domicile.

Frell s'approcha.

— Et le souhait du roi de recueillir leur venin pour le distiller et en tirer une arme hautement destructrice ?

— Bah ! Sa Majesté Toranth devra se contenter des sacs déjà prélevés.

— Quels sacs ? s'étonna Kanthe. Venus d'où ?

Anskar lui donna une tape sur l'épaule.

— Du salopiaud que vous avez abattu avec une adresse imparable, mon jeune prince. Le Confesseur Vythaas a excisé deux poches à venin, chacune de la taille de mon poing, avant qu'on ne jette son cadavre au bûcher.

Malgré la chaleur des feux, Kanthe sentit un frisson glacé lui parcourir l'échine. Il se rappelait avoir vu le Confesseur et son Gyn s'éclipser avant l'assaut. *Où peuvent-ils bien être ?*

— Espérons qu'avec ce trophée entre les mains, continua Anskar, nous pourrons plier bagage une bonne fois pour toutes. Bien sûr, il nous reste un boulot à accomplir. Impossible de rentrer à Hautmont sans une ultime prise.

— Laquelle ? demanda Kanthe.

Des éclats de voix triomphants jaillirent de la petite troupe réunie autour du haut-maire. Sans ménagement, Goren se fraya un chemin entre ses sbires et mugit :

— Ah, Krask ! Je vous attendais, le glaiseux !

Un grand radeau approchait de la berge. À son bord, des barbus dépenaillés brandissaient des hameçons et des lances.

Anskar désigna du menton le haut-maire.

— La seule raison pour laquelle j'ai escorté cet enfoiré au campement, c'est qu'il a promis de nous ramener la fille que votre père réclame à cor et à cri, celle qui a survécu au poison et recouvré la vue.

Kanthe échangea un regard avec Frell.

Nyx...

Goren se dirigea vers la rive avec ses hommes.

Anskar incita Kanthe à les suivre.

— Voyons un peu si ces types ont pêché un truc intéressant. Selon la rumeur, la demoiselle aurait été aperçue quittant l'école et traversant Brayk en compagnie d'un gars assez grassouillet.

Guère enthousiaste, Kanthe fermait la marche avec Frell.

— Qu'allons-nous faire ?

Son tuteur l'empoigna par le bras.

— Garder le silence. Il n'y a pas le choix. Nous devons attendre de voir l'évolution de la situation.

Le radeau accosta et, à l'aide d'une perche, il fut hissé sur la berge. Une grosse brute, dont les vêtements semblaient taillés dans des filets de pêche, sauta à terre, lissa sa barbe broussailleuse pour se décrasser la main et agrippa Goren par l'avant-bras.

Tout en lui rendant son salut, le haut-maire scruta les autres passagers.

— Alors ?

Krask s'écarta.

— On vous a rapporté un p'tit quelque chose.

Les marécagiers firent avancer deux hommes. L'un était une version plus âgée de Bastan, l'œil tuméfié. L'autre, cramoisi de rage, joua des coudes pour rejoindre la terre ferme.

Le père de Nyx.

Kanthe retint son souffle, mais il eut beau chercher, il n'y avait aucune trace de la jeune fille à bord.

Le vieux marécagier se planta devant le haut-maire.

— C'est quoi cette histoire ?

Face à son courroux, Goren resta impavide.

— Elle est où votre fille, Polder ?

Le vieil homme ne répondit pas tout de suite et balaya le nombre incommensurable de victimes. Livide, il prenait tout juste conscience de l'ampleur meurtrière de l'assaut.

Goren se mit nez à nez avec lui pour capter son attention.

— Votre fille, Polder.

L'homme secoua légèrement la tête. Toujours sous le coup de l'horreur, il bredouilla :

— À… à l'école.

Goren l'empoigna par le col.

— Non. Et vous le savez. Votre catin des marais a été vue cavalant dans les rues de Brayk. Sûrement pour rentrer chez elle.

Le fermier se libéra avec une force étonnante.

— Alors, allez voir là-bas, ordure ! Mes gamins et moi, on a passé la journée à trimer avec not' bétail.

— Nous avons déjà fouillé votre maison. Quand nous en aurons terminé avec vous, nous foutrons le feu à ce taudis infesté de poux. (Il se pencha.) Et nous ferons pire encore à votre fille.

Kanthe et ses camarades les avaient rejoints. Le prince se rappela les menaces de Goren à l'encontre de la famille entière de Nyx. Visiblement, le haut-maire avait décidé de les mettre à exécution, de venger la mort de son fils par tous les moyens. Sauf qu'il n'était pas l'unique représentant du roi.

Anskar bouscula les hommes du haut-maire pour passer.

— Vous n'en ferez rien, Goren. Cette jeune fille est réclamée par Sa Majesté. Si vous osez ne serait-ce que toucher un cheveu d'un butin aussi précieux, vous affronterez son terrible courroux. (Le vyrllien soupesa sa lourde hache.) Et le mien.

— Soit, marmonna ce dernier, les mâchoires serrées. Enfin, le bouclier d'un roi ne protège pas de tout.

Il fit volte-face et, à la faveur d'un éclair argenté, il enfonça une longue dague dans le ventre du fermier.

Une expression de surprise, plutôt que de douleur, envahit Polder. Goren agrippa le manche de son poignard à deux mains et, d'un coup sec, il remonta la lame jusqu'au torse et au cœur de sa victime.

Kanthe se rua vers l'avant, en vain. Un cri jaillit de la bouche du frère de Nyx, sur le radeau, mais, avant de pouvoir réagir, le jeune homme reçut une volée de coups de bâton qui le mit à genoux.

Anskar poussa Goren sur le côté.

— Qu'avez-vous fait, triple andouille ?

Le haut-maire le toisa d'un regard mi-rageur, mi-triomphant.

Polder trébucha en arrière, agrippa la dague fichée dans son corps et s'effondra lentement, les yeux rivés au ciel. Malgré la souffrance absolue qu'on lisait sur son visage, il ne poussa aucun cri.

Sa douleur s'exprima par des milliers de hurlements stridents qui, de là-haut, firent frémir les eaux du marais.

Accablé de terreur, Kanthe crut deviner l'origine de l'assourdissante cacophonie, et de la fureur qu'elle recelait.

* * *

Pliée en deux de douleur et de stupéfaction, Nyx s'agrippa le ventre.

Quelques instants plus tôt, son frère ailé était descendu vers eux et s'était mis à tournoyer, affolé. D'un coup, sa mélopée avait balayé l'univers de la jeune fille, effaçant le pas lourd de Gramblebuck et étouffant les mots de Jace assis près d'elle.

✷

Elle regarde d'en haut. Son inspection rigoureuse passe d'une paire d'yeux à une autre, et ainsi de suite jusqu'à finir par se déployer en une vue étourdissante du marais de Brayc. Des hommes sont agglutinés au bord, près d'un radeau qu'elle reconnaît. La peur l'aiguillonne. Elle a besoin d'en voir plus. Sa demande devient intention. Une paire d'yeux s'approche de la scène.

À terre, quelqu'un s'effondre à genoux en se tenant l'abdomen, le visage tourné vers elle, tandis qu'elle se précipite vers lui. Elle sent son sang, sa douleur, sa sidération.

Papa…

Elle crie de plus en plus fort, jusqu'à ce que ses hurlements emplissent le monde.

Au sol, des mains frêles s'écartent et laissent apparaître le manche d'une dague. La vie s'écoule autour en formant une large flaque rouge vif. Puis le corps tombe sur le flanc, vaincu par la haine et la cruauté d'un monde injuste.

Non, non, non, non, non…

L'espace d'un souffle, son chagrin se transforme en une rage sanglante.

Du mouvement attire le regard du prédateur vers un homme bedonnant. Le triomphe se lit sur ses lèvres lorsqu'il éclate de rire, dans l'odeur qu'il dégage lorsqu'il exulte. Il a les mains couvertes de sang, de la vie de son père.

Elle fond en piqué au moment où il relève le menton. En une fraction de seconde, l'assassin passe de la joie à la terreur. Dans un grand claquement d'ailes, elle ralentit sa course, toutes griffes en avant. Les autres se dispersent. Elle frappe Goren au torse. Ses serres s'enfoncent dans le cuir et la chair. Ses griffes s'accrochent aux côtes. Elle bat des ailes, le soulève de terre et l'emmène dans le ciel.

Goren hurle. Des flots de sang se déversent de sa bouche et de ses poumons. Elle l'entraîne toujours plus haut. Tandis que des ombres passent devant eux, sa fureur se propage aussi loin que ses cris perçants, mettant le feu à un millier de cœurs ardents.

La bête s'enroule sur elle-même et jette le corps du meurtrier en l'air. Il tournoie, bras et jambes écartés, son torse déchiqueté. Mais il est encore en vie.

Parfait…

Elle fait volte-face. Ses serres viennent lui transpercer le dos et lui agrippent la colonne vertébrale. Il continue de gémir. Elle se penche au plus près de sa proie. Ses dents arrachent les muscles, démembrent le corps. Elle l'étripe et fourrage jusqu'à ne plus avoir que de la chair morte entre ses griffes. Elle s'en débarrasse au-dessus du marais afin qu'il nourrisse tout ce qui rôde là-bas.

Sa colère loin d'être assouvie, elle plonge de nouveau. Sa vue se démultiplie et s'étend. Ses appétits sanguinaires envahissent le ciel. Au sol, des hommes hurlent et meurent. Son instinct lui réclame de rejoindre la bataille.

Mais la conscience de Nyx parvient à rester à la surface et son regard se pose sur le radeau, sur une silhouette familière qui, un court instant, calme sa hargne prédatrice. Elle connaît cette tête-là. Ses narines hument le parfum de marais et de bœufion que l'homme dégage.

Ablen…

Elle s'efforce de réprimer la folie sauvage qui continue de faire des ravages, à la fois en elle et dans le ciel. Elle commence à sombrer vers la nuit, à perdre le contrôle. Sur le radeau, son frère affronte quatre adversaires. Ils le poignardent et le menacent avec des lances et des hameçons. Son corps est couvert d'une vingtaine de plaies sanglantes. Alors qu'il chancelle, un agresseur armé d'une dague tente de le frapper par-derrière.

Elle voudrait voler au secours d'Ablen, mais sa soif de sang l'aveugle peu à peu.

Non…

Soudain, l'assaillant s'écroule, une flèche fichée dans la gorge. Le prédateur en elle l'incite à tourner la tête vers l'autre chasseur qui vient de porter ce coup. Elle reconnaît Kanthe, un genou à terre, qui tire des volées de flèches en direction du radeau pour défendre Ablen.

Son frère, libéré, plonge la tête la première dans le marais et disparaît sous les eaux étales. Un instant, elle voit son propre reflet miroiter à la surface, frémissante ombre ailée qui tutoie les nuages.

Sous le choc, elle perd davantage le contrôle.

Incapable de s'arrêter, elle tournoie dans les airs, attirée par le sang et les hurlements.

Sa vision s'affaiblit, à mesure qu'elle-même se noie dans cette altérité, dans l'immensité qui l'entoure. Là encore, elle sent des yeux sans âge l'observer des profondeurs de la nuit. Ce regard d'une intensité rare finit par la repousser, comme s'il estimait la jeune fille indigne, qu'il désapprouvait sa fureur.

Elle est balayée, tel un moucheron dans la tempête.

✷

Nyx réintégra son enveloppe corporelle avec une force telle qu'elle faillit tomber de son siège. Jace la rattrapa et l'aida à se rasseoir. Elle tremblait comme une feuille, incapable de se ressaisir. Des torrents de larmes coulaient sur ses joues, lui emplissaient le nez et la bouche.

Jace l'étreignit tendrement.

— Je te tiens, Nyx.

Elle sentit la chaleur de son ami, ses muscles puissants, son odeur de transpiration – autant d'éléments concrets et familiers auxquels elle s'accrocha pour se réancrer dans le réel. Elle avait failli céder face à une espèce de force sauvage, se perdre à jamais dans les ténèbres.

Soudain, la vision de son père assassiné resurgit dans son esprit, et son chagrin fut décuplé.

Papa... non...

Son angoisse grimpa en flèche et devint vite trop lourde à porter.

Alors qu'elle était convaincue de ne pas pouvoir survivre, Nyx perçut un pépiement discret. Le chant plaintif l'incita à rouvrir les paupières.

Son frère ailé voletait au-dessus de la croupe de Gramblebuck. Elle croisa ses prunelles rouge vif qui, à l'abri des arbres, luisaient d'un éclat quasi doré. Comme attiré par sa peine incommensurable, il s'approcha.

Nyx se redressa. Jace, qui avait aussi vu la chauve-souris descendre vers eux, resta bouche bée. Son amie, en revanche, ne se laissa pas impressionner et leva une main vers lui.

L'animal lui renifla le bout des doigts. Ses vibrisses la chatouillèrent un peu, puis il remonta le long de son bras. Il atteignit son épaule, où de petites serres trouvèrent un perchoir. Les ailes lui martelèrent la tête, puis se replièrent. Les griffes se déplacèrent de quelques centimètres et il blottit son doux pelage contre la joue et le cou de l'adolescente. Il était brûlant. Ses halètements faisaient penser à de minuscules soufflets de cheminée. Ses grandes oreilles l'effleurèrent.

Nyx leva l'autre main mais, de peur d'en faire trop, elle ne tendit qu'un seul doigt. Lentement, elle alla lui gratter le dessous du menton. La chauve-souris se raidit. Ses ailes se redéployèrent un peu avec nervosité, sur le qui-vive, puis, d'un ultime frisson, son corps se détendit et elle se laissa caresser. Nyx offrit ensuite sa paume ouverte, où le volatile nicha sa tête en y faisant rouler une joue, puis l'autre. Une langue râpeuse goûta le sel sur sa peau.

Il rabattit ensuite ses oreilles duveteuses et fourra sa tête sous le menton de sa sœur en continuant de se frotter. Enfin, il se pelotonna contre elle. Son pépiement s'atténua jusqu'à ce qu'elle ne l'entendît plus qu'au creux d'une oreille.

Un court instant, elle revécut une scène similaire.

Deux petits êtres lovés ensemble, au creux d'ailes tièdes et rassurantes.

Cette réminiscence-là n'était pas le fruit d'une quelconque mélopée. Elle était déclenchée par le contact satiné de sa peau, la chaleur partagée, le faible murmure de deux créatures qui se connaissaient depuis toujours.

Nyx appuya sa joue sur son frère et s'autorisa à refermer les yeux.

Le chagrin demeurait, la douleur restait immense et insondable, et, même si elle n'avait plus mille cœurs vers qui répartir sa souffrance, elle n'était pas obligée de la porter dans son seul cœur.

Pour le moment, deux, c'est suffisant.

CHAPITRE 25

— Il est temps de partir, ordonna Anskar.

La berge n'était plus qu'un vaste charnier de corps déchiquetés, d'entrailles fumantes et de flaques de sang noir. Le beau cercle formé par les feux de joie du campement avait explosé en une centaine de tas de braises éparpillés sur la rive. Plus loin, les étendards étaient en lambeaux. La vingtaine de traîneaux et de carrioles apportés par la légion étaient soit détruits, soit en flammes. Rares étaient ceux encore récupérables, même s'il y en avait sans doute assez pour rapatrier le peu de chevaliers et de gardes rescapés. Anskar avait déjà dépêché un de ses physicieux à l'école. L'idée était de soigner les blessés les plus graves là-bas, pendant que les autres rentraient à Azantiia.

Le chef vyrllien ne voulait plus courir aucun risque avec les chauves-souris. Après l'attaque, la horde se dispersait enfin et rebroussait chemin en direction des montagnes où elle avait élu domicile.

Kanthe regarda le féroce nuage sombre dériver vers le sud.

Apparemment, les deux camps ont eu leur compte de sang versé pour la journée.

Anskar le poussa vers le radeau.

— Ne restez pas la bouche ouverte et allez poser votre cul à bord. (Il y avait déjà quatre chevaliers vyrlliens, dont deux appuyés sur de longues perches.) Mallik, emmène le prince et l'alchimiste Frell à l'abri dans le marais. Au cas où ces saloperies à grandes dents reviendraient à la charge.

Son commandant en second acquiesça en silence. Mallik était à peu près aussi grand qu'Anskar. Le crâne rasé et le visage tatoué de rouge comme tout combattant de son peuple, il avait conservé une bande de fine barbe noire le long de la mâchoire. D'un regard froid, il toisa Kanthe et ne parut guère apprécier ce qu'il avait devant lui.

— Magnez-vous, grommela Mallik.

Frell sauta à bord et Kanthe n'eut pas d'autre choix que de le suivre. Il avait malgré tout hâte de quitter les mouches, la merde ensanglantée et les corps disloqués. De son côté, Anskar resterait sur place, le temps de gérer le retour de l'arrière-garde au pays.

Kanthe ne pouvait rien faire de plus. La fameuse Nyx était toujours quelque part dans le marais et, à présent que son frère s'était enfui, plus personne en ville ne savait où elle était allée.

Elle est donc en sécurité.

Au milieu de tant d'horreurs et de morts, c'était une victoire dont il se réjouissait. La disparition de la prétendue miraculée contrarierait aussi fortement son père et, là non plus, Kanthe ne boudait pas son plaisir. L'expédition n'avait toutefois pas été un gâchis complet, car la légion rentrerait à Hautmont avec un butin non négligeable – le poison de chauve-souris recueilli par le Confesseur Vythaas.

Au loin, sur les eaux boueuses, on discernait encore vaguement les contours de la carriole noire du Confesseur. Avant l'assaut meurtrier, deux bovins avaient tiré son traîneau à l'écart de la berge, sous un dais d'arbres. À voir la fumée noire qui s'échappait de la fine cheminée métallique sur le toit, Vythaas étudiait déjà les composants du poison.

Tandis que leur radeau s'éloignait du carnage, le prince secoua tristement la tête. *Un bien maigre bénéfice.*

Il vit Brayk s'éloigner peu à peu, et, tout en espérant ne plus jamais y remettre les pieds, il s'assit près de Frell. Devant eux, la masse sombre de l'étang s'étendait à perte de vue. On entendait bourdonner, jacasser, piailler. De longues branches noires frôlaient les eaux paresseuses ou ployaient sous des couches de mousse jaune-vert. Des nuées de mouches et de moustiques créaient une sorte de brume au-dessus de l'eau.

Peu à peu, l'embarcation fut cernée par les marais de Mýr, les cris et autres hurlements sporadiques étouffés sous le poids de la forêt. Les troncs d'arbres s'épaissirent. La canopée prit de la hauteur. Même les eaux devinrent plus opaques. Kanthe détestait la région, mais sa beauté imposait malgré tout le respect. À chaque marée, elle changeait, tout en restant immémoriale et éternelle, ses racines solidement ancrées dans le sol.

À l'avant, Mallik se servit de son épée comme d'une machette et trancha les anneaux frémissants d'un crotale pendu à une branche. Le serpent tomba lourdement à bord et, à l'agonie, il continua de convulser.

Ses mâchoires claquaient dans le vide. Kanthe eut pitié du reptile. D'un coup de pied, un autre chevalier jeta ce qu'il en restait par-dessus bord. Les anneaux tressaillirent sur les eaux noires, des remous se créèrent et le reptile fut vite englouti, sa chair allant nourrir les marécages.

Kanthe frissonna. Incapable de rester assis plus longtemps, il se leva.

Frell l'imita et observa ce qui se passait derrière le radeau.

— J'ai l'impression que nous avons semé les autres.

Kanthe se retourna et regarda entre les deux chevaliers qui maniaient leur perche. Une poignée de barques et de canots les avait suivis en quête d'un abri sûr dans les marais. Des bœufions avaient même commencé à tirer des traîneaux dans l'eau. Or là, tout avait disparu. On ne voyait plus que la vaste forêt obscure.

Kanthe fit face à son mentor.

— Ne devrions-nous pas attendre que…

Mallik, qui se tenait à un pas de lui, plongea son épée vers le torse du prince.

* * *

Nyx se laissa tomber hors du traîneau et atterrit sur le sable du Ravinat de Tombefeu. De petits crabes, effarouchés par le bruit de ses sandales, regagnèrent le lac en faisant claquer leurs pinces en signe d'agacement.

En superficie, le Ravinat s'étalait sur une bonne jugère et, même si ses eaux noires ressemblaient beaucoup aux marécages saumâtres, par temps dégagé, le spectateur avisé y discernait des reflets bleutés. Tombefeu était un des rares lacs alimentés par une source. Ses eaux étaient douces, vierges de tout sel amer et c'était précisément ce qui avait incité les ancêtres de la famille Polder à bâtir leur grange d'hiver juste à côté.

— On dirait une vieille forteresse, tout droit sortie du marais, murmura Jace.

Sensible au commentaire admiratif de son ami, Nyx apprécia encore plus leur grange. Le robuste édifice en pierre, érigé cinq siècles auparavant, était aussi haut que deux bœufions empilés l'un sur l'autre. Ses murs étaient en grosses pierres sèches, son toit constitué de tuiles taillées dans la même roche, le tout recouvert d'épaisses couches de mousse et de lichen. L'imposante structure paraissait sortie de terre, tel un présent fait aux aïeux de Nyx. Ses grandes portes étaient façonnées dans du bois si ancien qu'il s'était lui-même pétrifié. Seul un bœufion était capable de les ouvrir et de les fermer.

La grange avait fait le bonheur de générations entières de Polder et de bétail. On ne comptait plus les veaux nés là-bas et les jeunes bêtes qui y avaient grandi, à l'abri des tempêtes violentes qui, l'hiver, sévissaient sur les marais de Mýr, déracinant les arbres et arrachant le chaume des toitures. La construction était un modèle à la fois de praticité inébranlable et de beauté simple.

Nyx contempla de nouveau le lac, le cœur gros. Comme la famille y passait tous ses hivers, l'endroit débordait de souvenirs : quand ils allaient relever leurs nasses remplies de petits krylls cuirassés ou de gros crabes limoneux, qu'ils plongeaient pêcher des barbues taille-boue, ou encore qu'ils se battaient pour ramener de splendides karpaflèches. Elle se rappela les automnes où le lac disparaissait sous l'affluence des oies des neiges aux caquètements assourdissants, ainsi que les rares offensives du froid hivernal intense, qui bordait de glace les rives du plan d'eau.

En même temps que le lieu lui était familier, ce jour-là, Nyx ne se sentait pas tout à fait chez elle. Au fil des ans, elle avait comblé les blancs engendrés par sa quasi-cécité et appris à connaître le Ravinat. Or, ses yeux guéris venaient tout remplacer par des détails qu'elle n'aurait jamais imaginés. Ce qu'elle avait toujours considéré comme son chez-elle était devenu étranger. Elle n'avait plus l'impression d'y avoir sa place et c'était un réel crève-cœur.

Attristée, elle ferma les paupières et écouta le chœur de coassements. Eux n'avaient pas changé. Elle identifia les différents types de sons rauques. Le *chtoc-cronk* des grenouillettes vert émeraude ou le *gronk* plus sourd des crapauds guerriers, grands comme des assiettes. Par-delà le vacarme, comme pour réprimander les animaux musiciens, on entendait aussi le claquement sec des roseaux qui ondulaient au vent.

Nyx rouvrit les yeux en soupirant. Sa vision était brouillée de larmes et c'était plutôt une bonne nouvelle, car l'atténuation des détails lui permettait d'aller mieux.

— Ah ! Qu'est-ce que mon père aimait le Ravinat, souffla-t-elle à voix basse. Nous avions promis de l'inhumer ici, dans le sable.

— C'est toujours possible, intervint Jace. Je suis certain que la prieure veillera sur sa dépouille jusqu'à notre retour.

Nyx aurait voulu se moquer, mais elle garda le silence. Au fond d'elle, elle savait bien que son souhait était illusoire. Elle s'écarta de son ami et se dirigea vers l'avant du traîneau.

— Je vais voir Gramblebuck. Le détacher pour qu'il puisse brouter à son aise.

— Je crois qu'il se débrouille déjà très bien tout seul.

Gramblebuck avait le museau enfoui dans un champ de mellianthes, dérangeant au passage de grosses abeilles qu'il chassait d'un coup d'oreille. Il mâchonnait les fleurs et enfonçait ses défenses recourbées dans le paillis sablonneux en quête de tubercules plus savoureux encore. Les vastes champs qui s'étalaient du lac jusqu'à la forêt étaient l'autre raison pour laquelle les ancêtres de Nyx avaient choisi d'installer leur grange là-bas.

Elle caressa le flanc du vieux mastodonte et sentit, sous sa paume, chaque mouvement de mastication. Elle vérifia les sangles, les sous-ventrières, l'attelle et la bride. Elle chercha d'éventuels points douloureux au niveau des attaches mais, après un siècle à tirer des traîneaux, Gramblebuck y avait le cuir extrêmement tanné. Aussitôt, elle culpabilisa à l'idée que son ami n'aurait jamais eu la peau aussi abîmée s'il n'avait pas travaillé dur pendant tant d'années.

Gramblebuck releva son mufle humide vers elle. Il renifla, lécha les mucosités pendues à ses naseaux et alla la flairer. Ses yeux voilés de gris trahissaient son âge avancé. Elle attrapa ses cornes et, le front pressé contre lui, elle s'imprégna de son doux parfum musqué.

— Merci, chuchota-t-elle.

Le mot était trop faible pour exprimer l'immensité de sa gratitude, mais l'animal lui donna un amical coup de tête, lui lécha la main et, après avoir renâclé une dernière fois, il se remit à paître. Elle recula et entreprit de le libérer de son attelage.

— À ta place, je ne le détacherais pas, lui conseilla Jace. Au moins jusqu'au retour d'Ablen et de Bastan. Nous pourrions être obligés de repartir en catastrophe.

Nyx se souvint du plongeon de son frère dans les eaux noires et acquiesça en silence. Pendant ce temps-là, Gramblebuck tira le traîneau jusqu'à un nouveau parterre de mellianthes. Manifestement, il n'éprouvait aucune difficulté à brouter attaché.

Un léger vrombissement rappela à l'adolescente que le vieux bœufion n'était pas le seul à profiter de leur halte pour se remplir la panse. Sans bruit, son frère ailé traversait à vive allure les essaims de moucherons et de moustiques. Dès l'apparition du Ravinat, il avait quitté son perchoir sur l'épaule de Nyx, appâté par les masses compactes qui bourdonnaient vigoureusement au-dessus de l'eau.

Elle le suivit du regard jusqu'à ce qu'il eût disparu dans l'obscurité.

— Si on mangeait un morceau, nous aussi ? proposa Jace. Nul ne sait combien de temps on risque de devoir patienter ici.

Il repartit à l'arrière du traîneau et détacha la grosse marmite noire. Le visage rougi par l'effort, il chancela, esquissa quelques pas et la posa vite sur le sable.

Nyx s'approcha au moment où il soulevait le couvercle. Dès que les effluves familiers du ragoût de légumes racines et de lapin des marais chatouillèrent ses narines, elle s'arrêta net, tremblante.

— C'est encore chaud, constata Jace. (Il plongea le bout du doigt et le lécha.) Waouh ! On va se régaler.

Submergée par l'émotion, Nyx s'effondra à genoux. Elle revit son père en train de remuer la louche au fond du récipient et prit conscience que c'était le dernier ragoût qu'il aurait préparé de sa vie. Le délicieux fumet – qui lui avait toujours rappelé la maison – lui retourna, cette fois, l'estomac. Prise d'un violent haut-le-cœur, elle se courba en deux et vomit sur le sable. Elle haleta, toussa et, lorsqu'elle ne fut plus capable que de sangloter, elle resta recroquevillée sur elle-même, un goût amer de bile sur la langue.

Jace se laissa tomber près d'elle.

— Nyx… je suis désolé, je suis le pire des gourdiflots.

Le visage enfoui entre les mains, Nyx se redressa.

— Non, hoqueta-t-elle. Ce n'est pas de ta faute.

Tout est de la mienne.

Jace avait remis le couvercle sur la marmite, mais le parfum du ragoût flottait toujours dans l'air. Elle écarta les mains de son visage et son regard se porta au loin, par-delà le Ravinat. Elle s'inquiétait pour Ablen et Bastan, voire pour le prince sombre et l'alchimiste.

Qu'est-ce qui leur prend autant de temps ?

* * *

Kanthe fit un pas de côté à l'instant précis où Mallik tenta de le poignarder. S'il n'avait pas été aussi svelte et s'il ne s'était pas retourné inopinément, il aurait été transpercé par la longue lame de l'épée. Le fer lacéra sa tunique et traça une ligne brûlante en travers de son torse.

Alors qu'il faisait volte-face, Kanthe tomba dans les bras de l'autre chevalier posté à l'avant du radeau.

Avant que ce dernier n'eût resserré son étreinte, le prince tira profit de l'affolement de son adversaire pour réagir aussitôt, comme son expérience de chasseur le lui avait appris. Il sortit une flèche de son carquois et visa l'œil de son agresseur. La pointe métallique s'enfonça dans la chair tendre et frappa l'os. Un hurlement strident s'ensuivit, et l'adolescent put se dégager.

Il se baissa et repoussa le second chevalier vyrllien d'un bon coup de reins. Mallik revint à la charge en brandissant son épée à deux mains. Kanthe s'écarta d'un bond et roula sur l'épaule. L'épée blessa au mollet le chevalier éborgné et faillit lui trancher la jambe. Un cri aux lèvres, le malheureux bascula dans le marais.

Le temps d'achever sa roulade, Kanthe banda son arc. Il glissa ensuite sur un genou et planta solidement son autre pied au fond du radeau. C'était une position qui lui avait été enseignée par un des éclaireurs d'Ennuage, les chasseurs tant respectés de cette forêt verdoyante noyée sous la brume. Il s'y était entraîné sans relâche en espérant, un jour, pouvoir s'aventurer seul dans une contrée aussi dangereuse.

Mallik mugit de rage. Sans doute ne s'attendait-il pas à ce que le Prince du Placard, cet ivrogne de Roubignolles, lui résistât autant. Il se rua sur Kanthe, qui s'évertuait encore à coincer une flèche contre la corde de son arc – apparemment, l'adrénaline avait ses limites.

Soudain, le radeau fut ébranlé par un grand *boum !* assorti d'un éclair éblouissant.

Mallik se figea, prudent.

Du coin de l'œil, Kanthe vit un manœuvrier se faire projeter hors de l'embarcation, la poitrine en feu.

L'autre avait déjà lâché sa perche et, armé d'une dague, il se ruait sur Frell. L'alchimiste leva la main, comme pour se défendre, mais quelque chose jaillit de l'intérieur de sa manche et atterrit au creux de sa paume. D'une simple pression, une flamme jaillit. Frell lança le mystérieux objet au visage de son assaillant. Une déflagration aveuglante lui renversa la tête en arrière avec un craquement d'os et des relents de peau brûlée.

Les yeux plissés, Mallik n'était plus qu'un masque de fureur écarlate. Sans prêter attention aux agissements de Frell, il sauta sur Kanthe, mais le prince, galvanisé par le succès de son mentor, n'avait plus peur. Convaincu que son talent tenait davantage de l'instinct que de la réflexion, il ne visa même pas avant de tirer.

Sa flèche perfora directement le thorax ennemi.

Malgré sa blessure, Mallik continua d'avancer, mais au moment où il voulut attaquer Kanthe, celui-ci se redressa d'un coup et l'envoya valser par-dessus ses épaules. Un énorme bruit d'éclaboussure suivit. Kanthe se retourna à temps pour voir Mallik crachoter au milieu du marais, son épée à bout de bras.

Le regard du vyrllien étincelait de méchanceté.

Hélas pour lui, il y avait déjà trop de sang dans l'eau. Il n'eut pas le temps de battre des jambes pour rejoindre le radeau qu'une forme gigantesque surgit des profondeurs. Un long museau écailleux referma sur son corps ses mâchoires hérissées de méchants crocs jaunes. Le prédateur effectua une pirouette, qui laissa entrevoir son dos cuirassé bordé de mousse luisante, puis ils disparurent tous deux dans les sombres entrailles du marais.

Kanthe se tourna vers Frell. Il ne restait plus qu'eux à bord.

— Non mais, par le cul de Hadyss, qu'est-ce qui vient de se passer ? lâcha-t-il, soudain pris de tremblements incontrôlables.

L'alchimiste le rejoignit, les lèvres fines et exsangues. Il retroussa ses manches et dévoila un mécanisme sanglé à son avant-bras. Plusieurs étuis abritaient l'étrange alchimie qui lui avait permis de se débarrasser des manœuvriers.

— J'avais soupçonné une entourloupe de ce genre, expliqua-t-il en rebaissant ses manches. Même si j'espérais ardemment me tromper.

— Quelle entourloupe ?

Frell contempla le seul corps resté à la surface. Le cadavre frissonnait à cause des bêtes venues le picorer.

— Je craignais que vous ne soyez jamais censé revenir de votre expédition dans les marais. N'avez-vous pas trouvé bizarre qu'après vous avoir ignoré tant d'années, votre père vous confie une pareille mission ?

Kanthe haussa les épaules, histoire de masquer à la fois sa colère et sa propre stupidité.

— Oui, sans doute. J'ai cru qu'il voulait juste m'éloigner de Hautmont pour les noces de mon frère. Et peut-être aussi m'offrir l'occasion de faire mes preuves.

— Vous avez raison au sujet du mariage de Mikaen. C'est assurément l'élément déclencheur d'un acte aussi irréfléchi. Faire place nette pour le nouvel héritier.

Son élève soupira.

En d'autres termes, je n'étais qu'une flaque de boue qu'il fallait nettoyer.

Frell ramassa la perche abandonnée.

— Le plan devait être d'attendre que la légion dépose Goren et sa bande à Brayk. Une fois à l'écart de tout témoin indiscret, vous auriez connu une mort prématurée et sanglante en plein marécage.

Kanthe se rappela qu'Anskar lui avait dit de partir seul, avant le reste des légionnaires. *Combien de personnes étaient-elles au courant du sort funeste qui m'était réservé ?*

Frell poussa le radeau vers l'autre perche qui dérivait au ras de l'eau.

— Attrapez-la, mais soyez prudent. Avec tout ce sang et cette chair déchiquetée…

— Compris.

Tout en récupérant adroitement le long bâton, Kanthe tâcha de réprimer son désarroi. Certes, son père ne l'estimait guère, mais de là à le mépriser à ce point ! Juste avant de se redresser, il perçut des voix lointaines, dont on n'aurait su dire d'où elles venaient.

D'un geste, Frell l'incita à se positionner au bout du radeau.

— Ils ont dû entendre mes bombes chimiques. Sauvons-nous avant que quelqu'un n'arrive. Nos adversaires risquent de comprendre assez vite que vous êtes encore en vie.

Les doigts de Kanthe se crispèrent sur la perche et, grâce aux efforts conjugués des deux hommes, leur embarcation prit de la vitesse.

— Où allons-nous ?

— D'abord, au Ravinat de Tombefeu, répondit Frell.

— Et ensuite ?

L'alchimiste lui jeta un bref regard.

— Il y a beaucoup de choses que vous ignorez.

Kanthe leva les yeux au ciel et lui tourna le dos.

— Frell, vous avez parfois l'art d'enfoncer des portes ouvertes.

* * *

— Nous l'appelons le Roi du Ravinat, expliqua Nyx.

Assise à côté de Jace, elle montrait du doigt l'îlot au milieu du lac. Le monticule arrondi faisait la taille d'un demi-traîneau et sa surface se parait de teintes irisées au soleil, comme si un arc-en-ciel y avait élu domicile.

Malgré la fatigue extrême et le désespoir, cette vision merveilleuse lui réchauffa le cœur, car c'était quelque chose que son regard voilé l'avait toujours empêchée d'apprécier pleinement. La Mère semblait la gratifier de la présence du roi. En tout cas, le père de Nyx l'aurait considéré en ces termes-là.

Alors, moi aussi.

L'îlot dériva vers la berge en émergeant, de temps à autre, sa tête accrochée au bout d'un long cou gris. Jace et Nyx observaient sa traversée avec révérence.

Selon la légende familiale, cette tortue à dos tacheté avait été relâchée bébé dans le lac, juste après la pose de la première pierre de la grange cinq siècles plus tôt. Il s'agissait d'une offrande aux dieux et tout le monde croyait que, tant que la tortue sillonnerait les eaux du Ravinat, la grange tiendrait debout.

Nyx ignorait si l'histoire était vraie ou, d'ailleurs, si c'était toujours la même tortue qui habitait les lieux mais, plus que jamais, elle eut envie de s'y raccrocher. Elle avait besoin d'espérer que sa famille surmonterait l'épreuve, que Bastan et Ablen rejoindraient bientôt leur sœur.

Peut-être jaloux de ne plus être au centre de l'attention, son frère ailé se rappela à son bon souvenir en voletant au-dessus d'elle. Ses piaillements n'étaient plus pollués de visions et de prémonitions, juste assortis d'une mise en garde.

Nyx se releva.

— Quelqu'un approche.

Jace l'imita et fixa la grange.

— Allons vite à l'intérieur.

Ils n'avaient pas esquissé un geste que des voix assourdies leur parvinrent. On ne discernait pas les mots, mais les intonations plaintives étaient entrecoupées de sévères réprimandes. Nyx, qui avait l'ouïe particulièrement fine, ravala sa déception.

Comme Jace paraissait toujours inquiet, elle annonça :

— Je crois qu'il s'agit de l'alchimiste Frell. Et du prince.

Elle resta quand même à l'affût d'autres voix.

Les ronchonnements d'Ablen et la mélancolie de Bastan.

Hélas, les deux hommes semblaient arriver seuls. Bientôt, le murmure se changea en mots et un radeau vint s'engager sur le lac.

Jace leur fit signe.

L'embarcation bifurqua vers eux. Dès qu'ils eurent accosté, Frell se précipita vers Nyx, le teint livide.

— Votre père…

— Je sais, souffla-t-elle, sans pour autant être prête à s'étendre sur le sujet. (Elle s'adressa à Kanthe.)

Et je vous ai vu sauver la vie d'Ablen. Je vous en suis très redevable.

Le prince resta perplexe.

— Comment avez-vous…

La petite chauve-souris passa en trombe au ras de sa tête. Il tressaillit et dut l'esquiver.

— Ah, je vois. Cette bestiole est décidément bien curieuse. Dommage qu'elle n'ait pas pu m'avertir du guet-apens tendu par mon père.

Le regard de Jace oscilla entre Kanthe et Frell.

— Qu'est-ce que vous racontez ? Quel guet-apens ?

L'alchimiste expliqua brièvement leurs déboires. Peu à peu, Nyx sentit la peur remplacer son désespoir et se focaliser sur le sort des absents.

— Des nouvelles d'Ablen et de Bastan ?

Frell soupira.

— Aucune. En chemin, nous n'avons pas vu trace de Bastan. Et, autant que nous sachions, Ablen s'est échappé avant l'attaque des chauves-souris. Vos frères connaissent les marais mieux que n'importe quel soldat du roi. Faisons-leur confiance pour nous suivre à partir d'ici.

Nyx se cabra.

— Qu'entendez-vous par *nous suivre à partir d'ici* ? Pourquoi ne pas les attendre ?

Ce fut Kanthe qui lui répondit :

— Les gardes vyrlliens sont aussi pernicieux que la horde à laquelle votre frère ailé appartient. Leur tentative d'assassinat ayant échoué, ils vont tenter de réparer leur erreur… et de venger leurs camarades défunts.

— À mon avis, ils soupçonnent déjà ce qui s'est passé, renchérit Frell. (Puis il désigna Gramblebuck, qui, repu, ronflait de contentement sous son attelage.) Nous devons continuer de mettre de la distance avec les dangereux adversaires qui nous pourchassent. Non seulement ils cherchent le prince mais, s'ils vous découvrent ici, jeune fille, ils vous emmèneront de force à Hautmont.

D'un coup d'œil implacable, il rappela à Nyx qu'il y avait plus que sa propre liberté en jeu. Au fond de son esprit, elle entendit le grincement des engins de guerre, les hurlements humains et, finalement, un fracas retentissant.

La chute de la lune...

Jace la saisit par le bras.

— Hors de question qu'ils t'attrapent. Il faut partir.

Nyx voulut protester. Ses quelques heures à la grange, nourries de tendres souvenirs, lui avaient mis du baume au cœur. Une lueur d'espoir s'était même ravivée lorsqu'elle avait imaginé ses retrouvailles avec Ablen et Bastan. Son regard se perdit sur le Ravinat. Au moment où elle vit le roi replonger au fond du lac, son rayonnement disparaître, Nyx sentit la faible flamme en elle s'éteindre. Elle ne pouvait pas rester là-bas et ne rentrerait probablement plus jamais chez elle. Son constat amer ne répondait toutefois pas à une inquiétude plus grande.

— Où allons-nous, Frell ? demanda-t-elle.

— Avant mon départ du Cloistre, la prieure m'a donné des consignes, une marche à suivre au cas où la situation dégénérerait et qu'ici, le risque devienne trop grand pour vous.

Kanthe fixa le bout de ses chaussures, tentant de masquer l'étrange tristesse de son regard gris.

— Où cela ? insista Nyx, le cœur battant. Où suis-je censée aller ?

L'alchimiste s'arma de courage et, anéantissant en quelques mots tout ce qu'elle savait d'elle-même, il lâcha :

— Nous devons retrouver votre véritable père.

PARTIE VIII

LE CHEVALIER RENÉGAT

CHEVALIER : *Qu'espérer gagner d'un pareyl rendez-vous galant quand mon coer doublement a trahi – à la foys ma fiancée et mon roy ?*

FEMME : *Lequel des deux tenez-vous en estime la plus haute ?*

CHEVALIER : *Ni l'un ni l'autre – quand dans vos yeulx je plonge.*

— Dialogue tiré du *Serment brysé*
de Galiphaestii, acte III

CHAPITRE 26

Graylin sillonnait Boisgivré avec ses deux frères.

Après avoir suivi le cerf wapiti des neiges une bonne partie de la journée, il s'était peu à peu enfoncé dans le crépuscule permanent de la forêt, avançant à pas de loup sur le tapis d'aiguilles sèches. Il caressa une grosse entaille dans l'écorce d'un cèdre argenté. La sève fraîche lui colla aux doigts. Il renifla le mélange de poix et d'odeur musquée du mâle.

Il est tout proche...

Graylin n'avait pas prévu de s'aventurer aussi loin. Rares étaient ceux qui osaient explorer les régions situées à l'extrême ouest de Boisgivré. Alors qu'à l'est, les terres, plus proches de la mer, étaient verdoyantes et baignées de lumière, les forêts occidentales restaient, elles, dans la pénombre. Privés de la chaleur du Père d'En Haut, les arbres puisaient leur force à la faveur d'immenses branches hérissées d'épines et ils survivaient en plongeant leurs racines dans de grands filons sulfureux. Malgré l'absence de Sa grâce, les vieux spécimens atteignaient des tailles gigantesques. Certains troncs étaient si larges qu'il fallait les bras d'une vingtaine d'hommes pour en faire le tour.

Graylin ne s'était engagé qu'une seule fois dans ces bois. C'était dix ans plus tôt, peu après son bannissement, et il s'était juré de ne plus jamais commettre l'erreur d'y revenir.

Cette forêt-là regorgeait de nombreux dangers.

Les mâchoires serrées, il se concentra sur sa traque. Une profonde marque de griffes sur un pin noir lui rappela la nécessité impérieuse d'être prudent. C'était la signature d'un ours des collines, dont les femelles faisaient penser à d'énormes rochers velus deux fois plus grands que lui. Les mâles étaient encore plus impressionnants.

Je ferais peut-être mieux d'abandonner cette piste...

Son instinct l'avertissait qu'il avait dépassé les limites. Toutefois, la marque dans le tronc était ancienne, couverte d'une épaisse croûte de sève. Au loin, le raire lugubre du cerf wapiti l'incita à continuer son chemin. Il avait sélectionné sa proie après avoir vu une harde traverser la vallée, à proximité immédiate de sa cabane. Vu l'ampleur de ses bois, aux extrémités cassées et moussues, il était très âgé. Graylin l'avait regardé clopiner sur une patte arrière, le pelage barré d'une longue cicatrice qui semblait avoir été causée par un lion.

Graylin avait de commun avec le noble animal un corps bardé de stigmates. Il savait aussi qu'à l'hiver prochain, la pauvre bête souffrirait du froid glacial. C'était sans doute son dernier été, et la saison était bien entamée. À l'arrivée des premières neiges, le cervidé éclopé ne suivrait pas ses congénères dans leur migration vers des cieux plus cléments. Abandonné, il mourrait de faim ou se ferait sauvagement attaquer.

Ce matin-là, tandis que Graylin espionnait la harde derrière un amas de branchages, le vieux wapiti était parti seul vers l'ouest. Peut-être aurait-il fini par rentrer un jour, mais le chasseur avait chargé ses deux frères de l'éloigner encore davantage.

Une fois sa décision prise, il s'était lancé à ses trousses. Malgré son âge avancé, la proie avait affiché une belle finesse d'esprit, fruit de décennies d'expérience dans le rude Boisgivré. Même aidé de ses frères, Graylin avait failli perdre sa trace à deux reprises. Il soupçonnait aussi le cerf wapiti de faire route vers les profondeurs glacées de la forêt pour mettre ses poursuivants au défi de le suivre et, ensuite, les semer.

Au bout d'un moment, il tomba sur un spécimen de bois de cœur. Il s'agissait d'un petit arbre d'un siècle à peine, toujours couvert de son écorce blanche, exilé loin de la vaste forêt occidentale. Graylin embrassa son pouce et, posant sa paume à plat sur le tronc, il crut se déceler une affinité avec la sentinelle esseulée. Il y vit aussi une ferme mise en garde.

Ne va pas plus loin.

Il balaya du regard la clairière, coupée en deux par un cours d'eau argenté, et il siffla, telle une grive des bois, à l'adresse de ses deux frères qui, partis loin devant, avaient même dépassé le vieux mâle. Graylin s'élança en évitant toujours soigneusement les branches mortes et les aiguilles friables. Il prit l'arc qu'il portait en bandoulière sur le dos et, à l'orée de la clairière embrumée, il sortit de son carquois une flèche, dont il plaça la hampe entre ses lèvres. Dans la prairie, le grand cervidé se désaltérait au bord du ruisseau.

Graylin s'avança mais resta sous le vent, à l'abri des regards.

L'animal leva la tête. Malgré un calme de façade, ses oreilles étaient dressées face à la forêt obscure. Ses narines duveteuses se gonflèrent lorsqu'il renâcla. Sans doute avait-il pressenti le danger mais, toujours à découvert, il se contenta de gratter l'herbe avec son sabot. Il secoua ses bois, comme pour défier ce qui se cachait dans les recoins obscurs de la forêt. Trop fier pour s'enfuir, il était prêt à livrer un ultime combat et n'affichait aucune crainte, juste une résignation lasse.

Graylin, qui comprenait son choix, l'honorerait au mieux.

Il humecta l'empenne de sa flèche. Les genoux fléchis, il coinça ensuite l'encoche sur la corde et tira jusqu'à ce que son doigt entrât en contact avec la commissure de ses lèvres. Après avoir visé la touffe de poils à l'arrière de la patte avant, il relâcha doucement la corde.

Le trait fusa. Graylin sentit presque la pointe métallique frapper la fourrure et la peau, devina l'instant où elle traversait les côtes, puis empalait un cœur fatigué. Le cerf frissonna, esquissa un pas et, avec une grande majesté, il s'écroula dans l'herbe, près du ruisseau.

Graylin alla examiner sa prise. En silence, il remercia la Mère du Dessous, à la fois pour sa générosité envers lui et pour la longue vie qu'elle avait accordée au vieux mâle.

D'une petite besace accrochée à sa ceinture, il sortit des couteaux et des sacs d'étoffe grossière, puis il commença à dépecer le gibier. Il faisait assez froid pour conserver la peau sur la viande mais, comme la route était longue jusqu'à sa cabane, il s'allégea en se débarrassant des os. Il érigea aussi une pile fumante d'entrailles sur la berge afin de nourrir la forêt après son départ.

Hélas, la nature, vorace, n'était point patiente.

L'unique avertissement fut un grondement sourd.

Le chasseur se figea, son couteau à dépouiller à la main.

Sur l'autre rive, une ombre gigantesque se détacha de la ligne des arbres. L'ours des collines approchait. C'était une grosse boule de muscles saillants et de poils hirsutes, surmontée d'une tête robuste couronnée d'oreilles rondes. D'énormes babines menaçantes se retroussèrent, dévoilant des crocs longs comme l'avant-bras. Au souvenir des marques profondes de griffes sur le pin noir, Graylin soupçonna d'avoir la coupable face à lui : une ourse adulte. Deux petits yeux étincelaient à l'écart, entre les arbres. Sans doute sa progéniture âgée de quelques semaines à peine.

L'imposante femelle roula des épaules et contracta son arrière-train, prête à donner l'assaut.

Il n'existait rien de plus dangereux qu'une ourse flanquée de son petit affamé. Des monstres aussi colossaux n'avaient rien à craindre dans cette forêt. En dehors d'une race en particulier.

De part et d'autre du plantigrade furibond, ses frères jaillirent de l'ombre. On aurait dit des loups beaucoup plus grands que la normale. Aucun grognement ne trahit leur arrivée. Aucune dent ne fut montrée. Ils se faufilèrent subrepticement en émettant juste un drôle de pépiement saccadé. Le son s'amplifia et devint plus aigu, jusqu'à lui faire dresser les poils de la nuque.

L'ourse s'immobilisa, fébrile. Sa tête massive oscilla entre les deux énormes prédateurs, signe que, comme tous les habitants du secteur, elle avait compris le danger.

Les vargr étaient le fléau de ces sylves. Leur fourrure rayée de noir était presque indécelable dans le brouillard et l'obscurité. D'aucuns y voyaient davantage des esprits que des êtres de chair et de sang – juste des ombres avec des dents. Les vargr sortaient rarement à l'est des forêts embrumées et, le cas échéant, nul n'avait l'audace de les contrarier.

Consciente du danger, l'ourse recula pas à pas. Même si elle avait envie de tenter sa chance face à eux, elle n'oubliait pas son petit. Elle rebroussa chemin vers la forêt et, quelques secondes plus tard, on entendit sa grosse carcasse détaler.

Les vargr penchèrent vers Graylin leur cou hérissé d'une crinière courte. Les deux paires de prunelles ambrées le fixèrent. En parallèle, ils surveillaient la fuite de l'ourse, leurs oreilles broussailleuses aux aguets.

Issus de la même portée, ils semblaient identiques mais, après tant d'années, Graylin avait repéré de subtiles différences. L'espiègle Aamon était légèrement plus petit que son frère, avec une oreille toujours de travers quand il était détendu. Kalder, le stoïque, avait des rayures plus fines sur le postérieur et une queue plus touffue.

Les deux âmes sœurs avaient, en revanche, un même cœur.

Et, pour l'instant, ils m'autorisent à le partager.

Graylin plaqua la main sur son torse, puis tourna sa paume vers eux et les remercia en silence. Il leur devait la vie, une fois de plus. Tout en reprenant le dépeçage du cerf, il se replongea dans une époque sombre dix ans plus tôt. Un rayon de lune sur la neige signalait alors l'endroit où la Couronne laissait place à d'immenses friches glacées…

* * *

Je suis arrivé aux confins du monde.

La nuit tombée, Graylin regarda la pleine lune briller entre les hautes branches de la forêt. Il était fasciné. Une pléiade d'étoiles – spectacle auquel il n'avait pas eu l'habitude d'assister dans son pays natal de Hálendii – emplissait l'arche noire au-dessus de sa tête, aussi étincelante qu'une rivière de diamants. À l'ouest, les Crocs de Glace luisaient comme s'ils étaient éclairés de l'intérieur. Leur crête argentée formait un rempart déchiqueté qui délimitait la frontière la plus occidentale de la Couronne.

Graylin tenta d'imaginer les terres gelées qui s'étendaient au-delà, mais tout ce qui lui vint à l'esprit fut une plaine gigantesque jonchée de débris de glace.

Et c'est peut-être tout ce qu'il y a là-bas.

Il n'avait jamais mis les pieds à Aglerolarpok. Un mois et demi auparavant, il était arrivé sur un bateau-prison. Avec une poignée d'autres détenus, bannis eux aussi de Hálendii, ils avaient été débarqués à Savik. Tout juste était-il remis des sévices subis dans les cachots de Hautmont – sa chair était bardée de grossiers points de suture et d'autres plaies avaient été refermées au fer rouge. Quant à sa fracture au bras gauche, elle s'était consolidée de travers et le moindre geste restait douloureux. N'empêche que, sans la compassion de Sa Majesté, il aurait pu aller jusqu'à perdre des orteils, des doigts, un œil ou deux et, probablement, ses bijoux de famille.

C'était la même miséricorde envers un ancien ami qui avait décidé de son exil forcé. Il comprenait le châtiment. *Le roi Toranth ne supportait plus de me voir. D'un autre côté, il ne pouvait se résoudre à me tuer.*

Brisé au-dedans comme au-dehors, le chevalier Graylin avait donc échoué là-bas, interdit à vie de port d'arme. Certains y auraient vu de la clémence. Lui le considérait comme un ultime supplice à perpétuité. On le condamnait à se rappeler en permanence sa trahison et ce qu'il lui en avait coûté. Encore à présent, sous un fabuleux ciel constellé d'étoiles, il revoyait les gardes jeter le cadavre de son amante, Marayn, à l'intérieur de sa cellule. Sa dépouille – le peu qui en restait – avait été découverte dans les marais de Mýr et, en souvenir épouvantable de sa forfaiture, on l'avait laissée pourrir près de lui, grignotée par les mouches et les asticots.

Cette nuit-là, en pleine forêt, il prit une grande bouffée d'air froid. Il baissa les yeux, tant il se sentait indigne d'admirer le panthéon au-dessus de sa tête. Pourtant, cette nature splendide du bout du monde imposait le respect. Les arbres étaient de gigantesques piliers gris, drapés dans les volutes de brouillard glacé. Le long des troncs brillaient de grosses plaques de champignons phosphorescents, tandis que le feuillage formait des voûtes majestueuses où, çà et là, perçait la magnificence du ciel.

Graylin avait l'impression d'être entré par effraction dans une cathédrale vivante, un lieu saint consacré à la Mère, protégé du regard du Père d'En Haut.

C'est l'endroit parfait pour mourir.

Son souhait se concrétisa. Un cri fantomatique, sinistre et strident, fit écho jusqu'à lui. Les oiseaux cessèrent de chanter. Même les scarabées se turent avec révérence. Une nouvelle voix se joignit à la première, et une autre encore, jusqu'à ce qu'un chœur entier poussât la complainte.

Graylin sentit se hérisser chaque poil de son corps. Son cœur battait si fort qu'on aurait cru les sempiternelles timbales d'une partie de chasse. Oui, il avait entendu parler des prédateurs qui hantaient les profondeurs des bois. Des ombres avec des dents. En revanche, il n'y avait jamais cru, balayant d'un revers de main les récits de leurs hurlements à glacer les roustons, de leur intelligence sauvage, de leurs mâchoires assez puissantes pour broyer le crâne d'un bœuf. À ses yeux, ce n'était que le fruit de fanfaronnades et d'une imagination trop fertile. Au sein de la Légionnaire, Graylin avait lui-même élevé des chiens de guerre, dont certains possédaient du sang de loup. De fait, les légendes qui circulaient sur de prétendus monstres des brumes lui paraissaient particulièrement grotesques.

À présent, Graylin savait que tout était vrai. Il avait été bien téméraire de s'aventurer aussi loin. Quoique au fond, ce fût moins par bêtise que par abattement qu'il avait poussé ses pérégrinations à l'extrême ouest. En son for intérieur, il avait rejoint le bout du monde pour y trouver sa propre fin, chercher une mort qu'on lui avait refusée.

Et voilà qu'aujourd'hui, elle vient à moi.

Ce ne fut qu'à cet instant précis, confronté à l'inéluctable, qu'il admit une vérité personnelle encore plus intime : la vitesse à laquelle le désir de mourir pouvait être stoppé net par un couteau plaqué sur la gorge.

Il fit volte-face et, s'enfuyant à travers la forêt, il prit enfin conscience de ce qui avait été enfoui sous sa honte et son chagrin.

L'envie de vivre.

Hélas, il s'en rendait compte trop tard. La meute lancée à ses trousses hurlait comme une damnée. Incapable d'évaluer à quelle distance elle se trouvait, Graylin cavala à toutes jambes, quitte à trébucher par-dessus les buissons noirs ou à bondir d'un tronc à l'autre. Le sang battait contre ses tempes. Sa vision s'était rétrécie. Il avait beau courir en direction de forêts plus claires, le combat était perdu d'avance. Soudain, les prédateurs derrière lui se turent.

Alors que Graylin s'attendait à voir le brouillard déchiqueté par des corps en extension et des crocs avides, la Fille sombre, l'éternelle Chasseresse, eut pitié.

Un miaulement plaintif émergea des bancs de brume qui se dissipaient lentement. Un appel flûté de désespoir. D'emblée, Graylin bifurqua. Ce n'était pas un acte délibéré, plutôt un chant des sirènes auquel son cœur meurtri ne pouvait résister. Il s'élança dans la direction indiquée… et tomba la tête la première sur un corps qui gisait dans les broussailles.

Il s'étala de tout son long et finit en roulé-boulé.

Hors d'haleine, les yeux hagards, il découvrit un gros tas de fourrure rayée. Bien qu'il n'en eût vu qu'un seul de sa vie, il sut qu'il s'agissait d'un vargr, mort depuis peu. Le geignement venait de l'autre côté du cadavre. Deux petits, âgés peut-être d'une lune ou deux, se tortillaient en cherchant à téter des mamelles froides. Graylin vit aussi les mâchoires du piège métallique qui enserrait la patte arrière ensanglantée, et manifestement fracturée, de la mère. Le puzzle était facile à reconstituer. En se hasardant au-delà de son territoire pour rapporter de quoi manger à ses bébés, la femelle vargr était tombée dans les filets cruels d'un chasseur de Boisgivré. Elle avait réussi à briser ses entraves et s'était traînée jusqu'à sa tanière, où elle avait fini par mourir, non sans avoir offert un dernier repas à sa progéniture.

Graylin fut incapable d'expliquer la réaction qu'il eut. Peut-être voulait-il honorer les efforts de l'animal avant de lui-même rendre l'âme. Ou alors il culpabilisait de ne pas avoir sauvé un autre bébé.

Toujours est-il qu'il tendit une main vers les petits. Lesquels, déjà féroces malgré leur jeune âge, sifflèrent et tentèrent de le mordre. L'un d'eux faillit lui arracher le pouce. Après quoi, ils s'engouffrèrent dans leur antre tout proche, à l'intérieur d'un rondin en décomposition.

Graylin songea à les abandonner, d'autant que l'ennemi approchait dangereusement. Au lieu de quoi, il jura dans sa barbe et pressa les mamelles de la femelle vargr pour recueillir du lait au creux de ses paumes. C'était une astuce qu'il avait apprise dans les chenils de la Légionnaire. Il se faufila ensuite jusqu'au rondin, recouvrit le paillis avec son manteau et ouvrit les mains. L'odeur du lait et de la mère allait lui servir à persuader les petits de quitter leur cachette. Le premier sortit en rampant, un feulement aux lèvres, bientôt suivi du second. Ils devaient être morts de faim.

Dès qu'ils furent assez proches et désormais plus curieux qu'agressifs, Graylin en attrapa un dans chaque main. Vite, il les enferma sous les pans de son manteau. Les félins hurlèrent, se débattirent à coups de griffes et tentèrent de tailler l'étoffe en pièces.

Graylin sortit son couteau de chasse et trancha la queue du cadavre. Après l'avoir frottée contre les mamelles humides, il la fourra à l'intérieur de son vêtement et la serra délicatement contre lui. Les petits, déjà plus calmes, n'émettaient plus que des grognements méfiants. Peu à peu apaisés par la fourrure de leur mère et son lait, ils cédèrent enfin à la fatigue et s'endormirent.

S'estimant chanceux d'être en vie, Graylin se releva.

Sauf que ce n'était pas de la chance.

Des yeux étincelants formaient un demi-cercle autour de lui. Il sentit son pouls s'emballer et maudit sa bêtise de s'être arrêté. En même temps, il ne regrettait rien. Jadis, il n'avait pas su aider une autre mère désespérée.

Disons qu'il s'agit d'un modeste acte d'expiation avant de trépasser.

Les prunelles le fixaient avec intensité. Sans flancher, il accepta son sort, voire l'accueillit avec bienveillance.

D'un coup, une paire d'yeux disparut, puis une autre, et encore une autre. La forêt redevint sombre et silencieuse. Graylin s'écarta en tremblant, attendit, puis esquissa un pas. Il ignorait si les vargr avaient été déroutés par son curieux geste de miséricorde. À moins que l'odeur du lait et des petits n'eût masqué sa présence.

En tout cas, ils le laissèrent partir.

Il accepta d'avoir été épargné et rebroussa chemin sans demander son reste.

* * *

Le dépeçage du cerf terminé, Graylin observa les deux vargr adultes, ses frères de chasse, avec reconnaissance. Non seulement il avait frôlé la mort et s'en était sorti grâce à eux, mais les soins à apporter aux deux petits lui avaient donné une raison de vivre.

Il se redressa. Puisque l'ourse des collines semblait être loin à présent, il les appela.

— Aamon, Kalder, au pied !

Les fauves arrivèrent au petit trot. D'un bond, ils enjambèrent le ruisseau. Graylin détacha deux lobes de foie et en jeta un à chacun. Les vargr mordirent à pleines dents dans la chair crue. Une fois repus, ils reprirent leur patrouille en lisière de forêt, pendant que lui se fabriquait un travois rudimentaire avec quelques branches et de la corde. Il entassa la viande dessus, siffla à ses frères de le suivre et commença à tirer son traîneau jusqu'à la cabane.

Par chance, la route descendait et il avança à un bon rythme. À un quart de lieue de chez lui, il s'arrêta devant un petit lac de montagne, se déshabilla entièrement et y rinça son corps maculé de sang, de sueur et de bile. Engourdies par le froid, ses douleurs musculaires et articulaires s'estompèrent un peu. Après s'être ébroué une dernière fois, il se frictionna avec un sac de jute pour se sécher.

Ce faisant, il aperçut son reflet dans le lac. Il y lut la carte de ses cicatrices, les veines de gris dans ses cheveux et sa barbe broussailleuse. Face aux eaux scintillantes, il s'autorisa à se souvenir à quoi il ressemblait jadis, avant de trahir son serment. Un chevalier robuste à la carrure bien droite, aux muscles saillants, aux cheveux de jais et aux yeux bleu argenté.

Sur la berge, il passa la main sur son torse velu et tenta de se rappeler son ancien lui-même. Ses muscles, certes encore puissants, étaient devenus plus fins, plus durs. Du bout des doigts, il caressa ses cicatrices noueuses, son nez cassé, sa mâchoire luxée. Il avait mal aux hanches et son avant-bras gauche était resté tordu.

Voilà qui je suis aujourd'hui, déshonoré, banni et brisé.

Il se renfrogna. L'étincelant chevalier était mort depuis longtemps. Et, pour la majeure partie du monde, *l'homme* aussi. À plus d'un égard, il avait péri au fond des bois dix ans plus tôt. Le chasseur ressorti avec deux bébés vargr braillards n'était pas le même qui y était entré quelques semaines auparavant.

Graylin tourna le dos à l'illusion qui se reflétait dans l'eau. Aamon et Kalder étaient assis tranquillement sur la berge, à le dévisager. Aamon remua la queue, tandis que Kalder se contenta de plisser les paupières. Il croisa leur regard intransigeant. Au fond de leurs yeux, c'était moins de l'amour qu'une simple tolérance. Il n'avait pas affaire à deux sages toutous. Certes, ils lui obéissaient et ils avaient appris une centaine de signes, mais ils restaient des animaux sauvages, capables, si nécessaire, de lui sauter à la gorge. Il l'acceptait au titre de leur pacte mutuel et n'aurait pas souhaité qu'il en fût autrement.

Puissiez-vous toujours me réclamer des comptes, mes frères.

Il les remerciait toutefois de leur attention et de leur compagnie. Comment rester morose quand on était entouré de camarades aussi fidèles ?

— Au moins, quelqu'un me trouve de la valeur, marmonna-t-il en se rhabillant. Même si c'est juste pour se remplir l'estomac.

Les trois compagnons se remirent en route. Graylin longea un cours d'eau qui partait du lac et serpentait entre de jolies collines boisées. Les forêts, de plus en plus verdoyantes, passèrent des pins sombres à un mélange de chênes, de sorbiers et d'érables. Le ruisseau se hérissa aussi de grands saules. Les buissons se densifièrent avec des genévriers et des acacias jaunes. La brume glacée n'était plus qu'une simple fraîcheur ambiante. Même à l'approche du soir, la lumière se raviva lorsqu'ils gravirent la dernière butte avant de rentrer au bercail.

La cabane que Graylin s'était construite à partir de morceaux de bois trouvés sur place était perchée sur la colline suivante. L'emplacement était stratégique, à la frontière entre les sylves plus accueillantes qui s'étendaient jusqu'à la mer et les forêts crépusculaires de l'ouest, noyées sous le brouillard givrant. C'était aussi assez éloigné de la civilisation pour éviter aux promeneurs de tomber dessus par hasard.

Graylin s'arrêta au pied de la colline et observa son toit de tourbe. Une fine colonne de fumée s'élevait de la cheminée, promesse d'un intérieur douillet et d'un repas chaud.

Le chevalier sentit néanmoins une certaine agitation l'envahir.

Le matin, à son départ, il n'y avait pas de feu dans l'âtre.

CHAPITRE 27

Tapi dans l'ombre des arbres, Graylin s'accroupit à l'orée de son terrain. Il fouilla du regard les jardins, où avaient déjà bien poussé sa production estivale de laitues, d'aubergines violettes, de pommes sanguines, ainsi qu'un carré entier de maïs à escher. Il observa son fumoir, à droite de la cabane, et sa grange, qui abritait un poney et une carriole, grâce auxquels il allait vendre sa marchandise sur la côte, à Savik.

Personne n'y rôdait.

Les frères de Graylin montaient la garde de chaque côté de leur compagnon. Sans bruit, il attira leur attention, puis joignit ses paumes, les rouvrit et écarta les bras avant de plaquer ses mains l'une contre l'autre. L'instruction leur était familière : *[Faites le tour]* et *[Surveillez]*.

Les vargr partirent dans des directions opposées, au ras des arbres. Ils possédaient une acuité de sens extraordinaire et, si un intrus s'était caché quelque part, il ne tarderait pas à le regretter amèrement.

Couvert par ses acolytes, Graylin courut tête baissée jusqu'à la grange et jeta un œil à l'intérieur. Son poney d'Aglerolarpok somnolait dans sa stalle. Il y avait aussi un cheval qu'il ne connaissait pas, sa longe attachée à la grille. L'animal se trémoussait nerveusement, peut-être à cause des vargr qui patrouillaient à proximité.

Graylin se faufila ensuite vers le fumoir et poussa la porte du bout du doigt. À l'exception des gros pavés de viande salée et séchée, l'endroit était vide. Désormais plus agacé qu'inquiet, Graylin arriva devant sa cabane et regarda par une fenêtre. Une silhouette en manteau était assise près du feu. Éclairée par les flammes, elle avait le menton posé sur la poitrine, comme si elle dormait, mais des volutes de fumée s'échappaient de sa pipe rougeoyante. D'un geste, sans même un regard, le mystérieux visiteur invita Graylin à entrer dans sa propre maison.

Le chevalier, qui n'avait repéré personne d'autre à l'intérieur, pesta à voix haute et s'avança jusqu'à la porte, couteau à la main. Des effluves de braises et de feuilles séchées l'accueillirent. La pièce unique était chichement meublée avec, sur le côté, une grosse table en chêne et des étagères chargées d'aliments secs et d'autres biens de première nécessité. Seul signe ostentatoire de luxe, le lit était garni d'un confortable matelas en plumes d'oie et de couvertures en fourrure. Quelques lampes à huile éteintes pendaient à des crochets.

L'inconnu s'étira sur sa chaise, tel un chat paresseux au réveil. C'était un homme musclé qui, sans doute porté sur la bière, avait pris un peu de bedaine. Ses cheveux gris ardoise étaient tressés en arrière et une barbe assortie de plusieurs jours couvrait son menton et ses joues. Sous sa grosse pelisse de voyageur, il portait un haut-de-chausses ample et une tunique sale lacée jusqu'au cou. Ses bottes étaient posées près de l'âtre. Quant à ses grandes chaussettes en laine, elles étaient largement trouées au talon et aux orteils.

— Je vois que tu t'es mis à l'aise, Symon.

Face à l'exaspération de Graylin, les yeux verts de son visiteur pétillèrent d'amusement.

— Comment aurais-je pu faire autrement ? Tu croyais que j'allais me geler les burnes en poireautant toute la journée dehors ?

— Qu'est-ce que tu fiches ici ?

— Comment vont les petits ? demanda Symon avant de se retourner vers la fenêtre.

— Si tu ne réponds pas d'abord à ma question, je serai plus que ravi de les envoyer te saluer.

Symon prit une longue bouffée de tabac, qui fit rougeoyer sa pipe.

— D'accord, inutile de les déranger. Je suis sûr qu'ils se portent à merveille.

— C'est quoi ce cirque ? Pourquoi es-tu ici ?

Comme s'il était le propriétaire des lieux, Symon l'incita à avancer le tabouret. Puisqu'il ne recevait ni n'invitait personne, Graylin n'avait jamais installé d'autre chaise devant la cheminée. La compagnie d'Aamon et de Kalder lui suffisait.

Sa curiosité piquée au vif, il alla chercher le siège malgré son irritation. Symon hy Ralls, commerçant à Savik, l'aidait à marchander les produits dont il avait besoin dans sa cabane perdue en pleine nature – faisant de lui ce qu'il y avait de plus proche d'un ami. Symon était aussi un des rares à connaître sa véritable identité, secret que Graylin tenait à conserver en utilisant un faux nom, dont il changeait régulièrement.

De toute manière, Symon n'aurait jamais été dupe. Alors que Graylin faisait le commerce de fourrures et de viande séchée, Symon évoluait dans l'univers des cachotteries et des messes basses. Les deux hommes se connaissaient aussi depuis une vingtaine d'années, bien avant l'exil forcé du chevalier. Symon avait été alchimiste à Castelroche et leurs chemins s'étaient parfois croisés, notamment dans les tavernes. Il avait fini par être révoqué au motif qu'il préférait le vin et les spiritueux aux livres et à l'enseignement. Du moins, c'était ce qu'on racontait.

Symon était un homme auréolé de mystère et Graylin soupçonnait fort l'histoire de ne pas s'arrêter là. Même avec un bon coup dans le nez, l'érudit apparaissait rarement soûl. Sous sa gaieté de façade, il subsistait, dans son regard, un sévère éclat d'acier, une intention précise derrière ses plaisanteries futiles.

Il avait toutefois su garder le secret de Graylin qui, en échange, le tolérait. Enfin, la bonté d'âme avait ses limites.

Il s'assit sur le tabouret.

— Explique-toi.

Symon sortit de son manteau un rouleau de parchemin scellé à la cire. Lorsqu'il le lui tendit, Graylin préféra croiser les bras. C'était une lettre envoyée par corbereau voyageur et il se moquait bien de son contenu. Son univers se résumait dorénavant à sa cabane, sa forêt et ses frères dévoués. Il n'avait besoin de rien d'autre. Il ne *voulait* rien d'autre.

Symon l'observa un instant et fit rouler le message entre ses doigts jusqu'à lui montrer le cachet de cire rouge.

— Le courrier est marqué du sceau du Cloistre.

Graylin sentit son cœur se serrer.

— Dans les marais de Mýr, précisa le marchand.

— Je sais où se trouve le Cloistre, maugréa son hôte. En quoi suis-je concerné ?

Symon se tassa sur son siège en caressant le parchemin.

— Le corbereau est arrivé hier. On me l'a envoyé… mais c'est à toi que le message est destiné.

— Auquel cas, tu n'as pas tenu parole. Pour que quelqu'un sache que je suis encore en vie et où me contacter, tu as dû avoir la langue bien pendue.

— Bah ! J'ai trahi un traître. Tu ne peux pas m'en vouloir.

Graylin se leva, le poing serré.

Symon soupira.

— Du calme. Quelques personnes devaient être informées de la vérité et elles sont dignes de confiance.

— Comme toi ?

— Comme la prieure du Cloistre.

Graylin la connaissait et la respectait. Il se rassit lentement.

— Mon vieux, tu n'es ni stupide ni naïf. Sans doute comprends-tu que certaines affaires nécessitent de passer outre une parole donnée. Tu l'as d'ailleurs prouvé il y a des années. L'amour ne t'a-t-il pas poussé à rompre ton serment ?

Graylin s'empourpra, non pas de honte mais d'une colère grandissante.

— Crois-tu qu'il faille me rappeler…

D'une simple main levée, Symon l'interrompit.

— Mettons en application le principe d'un commerce équitable.

— Qu'entends-tu par là ? balbutia le chevalier, déconcerté.

— Puisque j'ai trahi ton secret, en contrepartie, je vais t'en dévoiler un des miens.

Graylin resta perplexe. Il se moquait éperdument de ce que Symon avait à cacher. Intrigué, il l'invita quand même à continuer.

La pipe au coin des lèvres, le commerçant se baissa et, à l'aide d'un doigt, il ôta sa vieille chaussette gauche, qu'il jeta sur le côté. Après quoi, il montra sa plante de pied.

— Qu'en penses-tu ?

Graylin s'approcha et conclut avec une pointe d'insolence :

— Que tu as besoin d'un bon bain. Avec une tonne de savon pour te débarrasser de toute cette puanteur. Si tant est que ce soit possible.

— Regarde plus près, au niveau du talon.

Graylin retint sa respiration et se pencha davantage. Il aperçut, en effet, une petite cicatrice en relief. Le genre de plaie qu'on se faisait en marchant sur une braise tombée de l'âtre.

— Tu veux qu'on compare nos brûlures ?

Symon inclina le pied, de sorte que le bourrelet cicatriciel prît vaguement la forme d'une rose.

Non...

Le commerçant reposa son pied.

Graylin s'écarta et observa son ami d'un œil neuf.

— Tu n'es pas en train d'insinuer que tu fais partie de…

— La Rose Rasée ?

— Ce n'est qu'une légende ! s'esclaffa le chevalier. Inventée par des gens qui voient des ombres là où il n'y a rien.

— Tu m'as entendu roter et péter. N'est-ce pas assez réel ?

Durant sa carrière de légionnaire et après, Graylin avait entendu parler de la Rose Rasée, conspiration d'espions qui n'était rattachée à aucun royaume ni aucun empire. Le bruit courait que des alchimistes et des hiéromoines déchus avaient été recrutés en secret pour mettre leurs talents au service d'une superbe ambition : préserver le savoir sans se préoccuper de l'essor et du déclin des dynasties. Certains soupçonnaient que leur véritable objectif était de gouverner l'histoire. Selon eux, la Rose était le bras caché qui, en fin de compte, actionnait les rouages du monde.

Graylin contempla Symon.

Si ce type fait partie d'une telle faction, la Terre est condamnée.

— Cela ne rembourse-t-il pas ma dette ?

— À supposer que tu ne m'aies pas débité de bobards.

— Un secret vendu ne nécessite pas que l'acheteur y croie pour avoir de la valeur. Il se suffit à lui-même.

De plus en plus horripilé, Graylin se releva.

— Considère ta dette remboursée, mais je ne veux rien avoir à faire avec le monde extérieur.

Symon, lui, resta assis.

— Ce n'est pas de l'extérieur que tu dois te soucier. (Il tira une grosse bouffée de tabac et brandit le parchemin au-dessus de sa pipe.) Ma lettre concerne l'enfant de Marayn.

Graylin se glaça d'effroi. Son sang tomba dans ses jambes. La paix tourmentée à laquelle il s'était raccroché explosa en un millier de douloureux éclats.

— Une fille, à ce que j'ai cru comprendre. (Symon approcha le rouleau de la tête brûlante de sa pipe.) Mais si tu n'as pas envie de t'impliquer…

Graylin lui arracha le message des mains et le serra contre lui, tandis que son passé resurgissait et le submergeait.

* * *

Agenouillé dans leur frêle esquif, Graylin serrait les mains tremblantes de Marayn entre ses paumes tièdes. C'était le seul moyen de l'empêcher de parler, afin qu'elle ne refusât pas ce qu'il lui demandait de faire.

Il la sentit frissonner. Elle tenta de se dégager, le regard triste, les joues baignées de larmes.

— Tu dois y aller, insista-t-il.

Il indiqua le banc de sable herbeux où il avait accosté après s'être enfoncé le plus loin possible dans le marais. Il ne pouvait pas faire un mètre de plus. Le meilleur espoir de Marayn pour son bébé à naître et pour elle était de se cacher là-bas, pendant qu'il entraînait derrière lui les bateaux de légionnaires lancés à leurs trousses.

Elle s'arracha de son étreinte, plaqua le poing sur sa poitrine, puis rouvrit les doigts, telle une rose en train d'éclore. *[Je t'aime.]* Elle se mit à signer très vite, presque trop pour qu'il pût traduire, mais sa mine affolée parlait pour elle. *[Laisse-moi t'accompagner.*

Nous devons rester ensemble. Même si cela doit nous mener à la mort.]

Il posa la main sur le ventre de la jeune femme, persuadé de sentir bouger l'enfant – le sien ou celui du roi.

— Et lui ? Risquerais-tu sa vie pour quelques minutes de plus passées tous les deux ?

Elle couvrit la main de Graylin avec la sienne. Un solide coup de pied heurta la paume du chevalier. *Ça, c'est forcément mon bébé.* Malgré la terreur, il se surprit à esquisser un sourire et leva les yeux vers Marayn, toujours aussi éplorée.

— Il faut que tu y ailles, chuchota-t-il, le front posé contre le sien. Ne serait-ce que pour sauver ton enfant.

Elle s'écarta, montra son torse, puis joignit les doigts.

[Notre enfant.]

Il approuva en silence. Ils avaient pris leur décision dès que le ventre de Marayn avait commencé à s'arrondir. L'identité du père biologique lui importait peu, il savait juste que l'enfant serait le sien. Voilà pourquoi ils avaient planifié leur fuite. Le roi avait attendu longtemps avant de se prononcer sur le sort du futur bébé. Toranth avait déjà deux fils, mais un troisième héritier, même bâtard, aurait consolidé son trône au cas où ses aînés trouveraient la mort. Un devin avait jeté quelques osselets, étudié le vase de nuit de Marayn et conclu qu'elle attendait une fille. Comme le monarque ne jurait que par ses consolateurs et ses diseurs de bonne aventure, il avait ordonné l'avortement de Marayn, quitte à laisser les sages-femmes jouer du couteau si la tisane d'Herbe des Bâtards ne fonctionnait pas.

La nuit même, en plein hiver, les amants s'étaient sauvés.

— Impossible de m'attarder plus longtemps, insista Graylin. Si je veux les persuader par la ruse de passer leur chemin, je dois vite me remettre en route.

En larmes, les épaules tremblantes, Marayn finit par céder. Il l'aida à descendre du bateau et lui donna un dernier baiser. Les lèvres de la jeune femme avaient le goût salé de ses larmes. Il aurait aimé rester ainsi éternellement, mais c'était hors de question.

Refoulant à son tour son chagrin, Graylin s'écarta et lui fourra une dague entre les mains.

— Marche le plus loin que tu peux. Et cache-toi. Si je réussis à semer les autres, je te retrouverai. Promis.

Les doigts crispés sur l'arme, elle acquiesça.

À l'aide de sa perche, il quitta la rive et glissa sur les noires eaux saumâtres sans quitter sa bien-aimée des yeux.

Le poing plaqué sur sa poitrine, elle ouvrit la paume.

Il répéta le signe, conscient que c'était là la source de tous leurs ennuis. Un an auparavant, on avait proposé à Graylin les services de Marayn pour qu'elle lui enseignât, en cours particulier, la langue des signes parlée par les servantes sexuelles à la langue sectionnée. Capitaine de la garde royale, il avait décidé d'apprendre à ses troupes à communiquer en silence, parfois directement sur le champ de bataille.

Graylin s'était félicité d'avoir imaginé une telle stratégie.

Et le roi Toranth aussi.

Les deux hommes étaient amis de longue date. Ils avaient suivi ensemble leurs neuf années de Légionnaire et, au fil du temps, des difficultés et des querelles, ils étaient devenus très proches. Graylin se souvenait encore d'un jeune prince jeté dans l'arène des entraînements, alors que, jusque-là, l'enfant au visage fin et aux boucles blondes était bichonné par ses gouvernantes de Hautmont. Toranth était destiné à monter sur le trône et comme le voulait la tradition, les enseignants ne lui avaient accordé aucun traitement de faveur. La devise de l'établissement était claire : *Il faut un caractère de feu pour forger l'acier le plus solide.* Leurs professeurs – tous des soldats endurcis – le leur martelaient violemment à longueur de journée.

De surcroît, Toranth avait été malmené par les autres élèves. Graylin – qui mesurait une tête de plus et auquel ses parents, originaires des Brauð, avaient inculqué un sens aigu de l'équité – protégeait le prince, non pas pour en tirer avantage mais parce que cela lui paraissait juste. Il l'aidait aussi à améliorer ses compétences, à vaincre des adversaires plus âgés ou plus grands que lui. Ce faisant, les deux complices avaient enrichi la devise de l'école d'une recommandation supplémentaire : *L'acier le plus solide du monde naît quand deux métaux ne forment plus qu'un.*

Leur amitié était indéfectible.

Des années après, Toranth avait été couronné et la vie les avait menés sur des voies différentes, mais leur relation étroite avait perduré jusqu'à ce qu'enfin, Graylin s'agenouillât devant le roi et fût nommé chef de sa garde personnelle, lui jurant fidélité et loyauté éternelles.

Alors, quand, beaucoup plus tard, Graylin avait souhaité apprendre la langue des signes des servantes sexuelles, le souverain l'avait invité dans son propre palais des plaisirs. Il ne se montrait jamais possessif envers ses servantes et les partageait sans problème. Toutes sauf une.

Marayn.

La jeune femme, d'une beauté incomparable, était une vraie déesse sculptée dans le marbre. Ses cheveux mordorés semblaient avoir été filés par le Père d'En Haut. Elle possédait un corps svelte, une poitrine généreuse mais, surtout, elle était calme et sereine, chaleureuse et accueillante. Ses yeux étaient d'un bleu si profond qu'on risquait de s'y perdre à jamais.

En raison de leur longue amitié, renforcée par les serments que Graylin avait prêtés, Toranth avait une confiance totale en Marayn et en lui. Sans compter que le chevalier était fiancé depuis peu à une demoiselle originaire de sa ville natale. Sa future union ne l'enthousiasmait guère mais, chez lui, elle arrangeait tout le monde.

Durant de nombreuses lunes, il avait appris la langue des signes auprès de Marayn et cet enseignement-là impliquait beaucoup de contacts : comment bien plier les doigts, où positionner sa main, quand passer d'un geste à l'autre. Ils avaient souvent ri, puis eu des conversations plus calmes mêlant signes et langage parlé. Graylin avait découvert la vie privée des servantes sexuelles, ce que les femmes ne partageaient jamais et qu'elles gardaient pour elles – leurs craintes, leurs peines, leurs longues journées d'ennui et leurs espoirs.

Non seulement la situation lui avait fendu le cœur, mais elle avait interpellé son sens de la justice, d'autant que le visage de Marayn était beaucoup plus expressif que ses gestes. Il avait cherché à l'aider, ainsi que ses compagnes d'infortune, en s'appuyant sur son amitié avec le roi, mais ses efforts, demeurés vains, n'en avaient été que plus frustrants. Il avait eu l'impression de pousser un rocher en haut d'une pente de plus en plus abrupte.

Marayn ne lui avait jamais tenu rigueur de ses échecs. Un soir, elle l'avait même emmené devant une cage d'argent qui abritait un minuscule oiseau-lyre. Le volatile gazouillait doucement, de perchoir en perchoir, alors que la porte restait ouverte en permanence.

Elle s'était adressée à Graylin. *[Nous habitons tous une cage ou une autre.]* Elle avait affiché un sourire triste. *[Le sachant, nous devons chanter dès que nous en avons l'occasion.]*

Au fil du temps, quelque chose s'était fissuré en lui.

Sans même l'avoir embrassée, il était tombé amoureux.

Finalement, ni l'un ni l'autre n'avaient pu nier la force de leurs sentiments silencieux.

À mesure qu'il s'éloignait dans son canot, Graylin se rappela leur première nuit ensemble. La peur l'avait incité à agir avec une extrême douceur, car il savait à quel point Marayn avait souffert par le passé. Il l'avait pénétrée lentement et laissée choisir le moment où elle l'attirerait plus profond en elle. Bientôt, leur passion s'était muée en une chaleur ardente à laquelle ils n'avaient pu résister. Ensuite, pendant de longues minutes, elle avait continué de trembler sous lui. Ce n'était qu'au moment où il avait pu se retirer qu'il s'était rendu compte que ses frissons de plaisir étaient devenus des sanglots muets.

Elle lui avait expliqué ses larmes, mélange de joie et de chagrin. De sa vie, on ne l'avait jamais prise avec autant d'amour et de tendresse. Par la suite, ils avaient partagé de nombreuses nuits, lovés dans les bras l'un de l'autre, se découvrant au-delà des mots, jusqu'à ce que le ventre de la jeune femme s'arrondît d'un futur bébé. Graylin ignorait si l'enfant était le sien ou celui du roi mais, quand Toranth avait ordonné de s'en débarrasser comme on aurait jeté le contenu d'un pot de chambre dans le caniveau, le chevalier avait su ce qui lui restait à faire.

Il devait rompre son serment.

Du fond de sa barque, il contempla Marayn, seule et affligée au bord du marais, la vérité lui sautant au visage.

J'ai gâché notre vie à tous.

* * *

Graylin tenait le parchemin d'une main fébrile. *Que renferme-t-il ? L'espoir d'une rédemption ou un acte de cruauté auquel je ne survivrai jamais ?*

Tout ébranlé qu'il était, il devait percer le mystère.

Il brisa le sceau de cire et déroula la missive. Dès les premiers mots, formés d'une belle écriture manuscrite, une plaie ancienne se rouvrit.

À Graylin sy Moor...

La particule honorifique *sy* faisait référence à son statut de chevalier. Une quinzaine d'années plus tôt, on l'en avait privé à vie et, même dans ses multiples fausses identités, il n'avait jamais bravé l'interdiction de l'utiliser. Ces deux petites lettres-là étaient emplies d'une souffrance autant physique que morale. Il eut envie de jeter la lettre au feu, mais ses doigts se crispèrent sur le papier.

Je n'ai pas accompli tout ce chemin pour rien.

Il lut la suite. Le message avait beau être bref, il avait une portée telle qu'il ne put contenir son émotion. C'en était trop.

L'enfant de Marayn est vivant, du moins nous le soupçonnons.

La vue brouillée de larmes, il continua sa lecture.

Rendez-vous à Havrechand, entre les Jumeaux. Allez attendre au Rameau d'Or. Je ferai de mon mieux pour l'envoyer là-bas, sinon je vous préviendrai. Emmenez-la à Boisgivré et cachez-la.

Il n'y avait pas de signature, mais Graylin croyait Symon au sujet de l'auteur de la lettre. Si l'enfant de Marayn avait, par miracle, réchappé aux marais, le Cloistre pouvait parfaitement l'avoir accueilli.

Il baissa le parchemin.

— Pourrait-ce être vrai ? murmura-t-il, autant à lui-même qu'à Symon.

L'ancien alchimiste – membre potentiel de la Rose Rasée – lui arracha le document des mains et le jeta dans l'âtre.

— Comme je te le disais tout à l'heure, un secret vendu ne nécessite pas que l'acheteur y croie pour avoir de la valeur. Il se suffit à lui-même.

Sans mot dire, Graylin regarda la missive se réduire en cendres.

— L'essentiel, c'est la manière dont, toi, tu vas réagir.

Le chevalier, en équilibre sur un fil, hésita. Havrechand était une ville construite entre les Jumeaux, les deux lacs d'Ennuage. Il connaissait l'endroit mais savait aussi ce que cela impliquait de se rendre là-bas.

— J'ai trahi un serment et pris un autre engagement, balbutia-t-il d'une voix rauque. Ne plus jamais mettre les pieds à Hálendii sous peine de le payer de ma vie.

Symon se pencha en avant et souleva quelque chose, jusqu'alors caché de l'autre côté de la chaise. Il dut s'y prendre à deux mains pour poser le long paquet sur ses genoux.

— Ce n'est pas *tout* ce que tu as juré. Tu as aussi promis de ne plus porter d'arme de chevalier.

Le marchand rabattit le tissu et dévoila une épée dans son fourreau. Il sortit l'étincelante lame argentée, le long de laquelle étaient gravées des branches de vigne chargées de raisin. La splendide ornementation rendait hommage au comté natal de Graylin, dans les Brauð, région fraîche et vallonnée à l'ombre des falaises de Toucheterre, où s'étendaient les immenses vignobles de sa famille.

Graylin recula d'un pas.

— Épinacœur… Je croyais qu'elle avait été détruite.

Au même titre que ma vie.

— Non, juste égarée un moment. La Rose estime que certains objets méritent d'être conservés précieusement.

Il rangea l'épée dans son étui.

— Mes serments…, murmura Graylin. Combien puis-je en trahir et continuer d'être le même homme ?

— Tu as rompu ton premier engagement dans l'espoir de sauver l'enfant de Marayn. Il a donc priorité sur les suivants. En retournant là-bas, tu ne feras que poursuivre le même délit, que tu avais mis de côté quelque temps et pour lequel tu as déjà été châtié. (Il haussa les épaules.) Dorénavant, l'acte le plus honorable pour toi sera de mener ta première tricherie à son terme.

Le raisonnement tortueux de Symon avait de quoi donner la migraine, mais le cœur de Graylin souffrait encore bien davantage.

Conscient de ce qu'il avait à faire, le chevalier empoigna le fourreau, fixa Épinacœur à sa ceinture. Le poids du métal contre sa hanche le revigora, comme si un de ses membres avait repoussé après de longues années d'amputation.

Symon afficha un large sourire.

— Bon retour parmi les vivants, Graylin sy Moor.

CHAPITRE 28

Graylin avait lancé sa carriole à pleine vitesse à travers bois. Il suivait une piste qui n'était même pas semée d'ornières, un chemin vierge sinuant au cœur d'une forêt d'aulnes à écorce blanche. Devant lui, Symon chevauchait sa jument, équidé irascible qui décochait des coups de sabot au poney de Graylin lorsqu'il osait s'approcher trop près.

Sans doute la nervosité de l'animal était-elle due, en grande partie, à leurs sombres escortes. Aamon et Kalder n'avaient aucun mal à tenir la cadence, même après leur longue journée de chasse. Symon avait, en effet, insisté sur le fait que, pour avoir une chance de négocier son retour à Hálendii auprès d'un passeur, Graylin devait voyager de nuit, et donc partir dès les Vespres.

Malgré ses doutes, le chevalier l'avait autorisé à l'accompagner au sud de Savik. Ils se dirigeaient vers une région où peu de gens avaient le cran de s'aventurer. C'était un paysage tourmenté de fjords abyssaux encombrés de hauts rochers escarpés. Ses eaux étaient traversées par de dangereux hauts-fonds et d'imprévisibles contre-courants. Sur l'ensemble du littoral, les falaises étaient truffées de grottes marines qui, selon la légende, formaient un labyrinthe souterrain deux fois plus vaste que Savik.

Ces longues étendues de berges loqueteuses étaient le repaire de bandes de pirates, coupe-jarrets et brigands de tout poil. Ils écumaient les mers de la Couronne et, plus précisément, les bateaux de plaisance qui, partis de Hálendii, ralliaient les villas et palais entassés au pied des falaises de Lyria, au nord de Savik. C'était là-bas qu'en été, les riches familles du royaume troquaient les chaleurs torrides de l'intérieur des terres contre la fraîcheur plus acceptable d'Aglerolarpok.

Après de longues heures de trajet, pendant lesquelles Graylin faillit s'endormir, Symon ralentit enfin et se laissa déporter à hauteur de la carriole. Sa jument hennit une énième fois d'agacement contre le poney de Graylin, qui se contenta de remuer la queue et de lui fouetter le flanc.

Les aulnes bien droits avaient peu à peu été remplacés par des pins sombres et des cyprès noueux. Graylin se redressa. L'atmosphère s'était gorgée d'effluves iodés. Au loin, malgré le cliquetis des roues et le fracas des sabots, on entendait aussi les vagues déferlantes gronder sur les rochers acérés.

Symon fit volte-face sur sa selle.

— Maintenant, prudence. Ne t'éloigne pas de moi. Ces types sont autant capables de te planter une lance dans le bide que de te souhaiter la bienvenue.

— On peut leur faire confiance ?

— Bien sûr que non ! Cette crapule de Darant sait toutefois respecter un pacte, du moment que la récompense l'emporte sur le prix de la trahison.

La carriole était remplie de sacs de fourrures, de peaux de bêtes et d'assez de viande séchée pour nourrir un village pendant l'hiver. C'était plus que suffisant pour négocier sa place sur un bateau, mais de là à exiger qu'on gardât son secret ? Comme il ne pouvait courir aucun risque, il avait vidé sa cabane de tout ce qui avait de la valeur.

Symon incita sa monture à repartir de l'avant.

— Allons-y.

Graylin fouilla les bois du regard. Il n'aperçut aucun rôdeur mais appliqua à la lettre les recommandations de son ami. Il siffla même à Aamon et Kalder de les rejoindre. Inutile de déclencher une guerre avant même d'avoir atteint le littoral.

Un quart de lieue plus tard, il comprit qu'ils ne s'approchaient pas de la côte. *Nous y sommes déjà.* Une fissure à gauche envoya une grosse rafale de vent chargée d'embruns salés.

Un trou souffleur.

Il balaya les environs. Alors que la forêt semblait s'étendre en plaine, le sol était traversé de brèches fumantes, au fond desquelles l'eau bouillonnait bruyamment. Petit à petit, les crevasses se transformèrent en chenaux profonds qui finirent par constituer les fjords du bord de mer.

Symon s'arrêta, se dressa sur ses étriers et scruta les lieux quelques secondes.

— Tu es perdu ? grogna Graylin.

— Non, lâcha-t-il sans grande conviction. Je préfère être prudent et ne pas foncer droit vers une falaise ou dans un trou d'eau. Ce n'est pas sans raison que personne n'a jamais pu déraciner ces durs à cuire de leurs rochers encore plus durs.

Alarmé, Graylin siffla de nouveau pour rappeler Aamon et Kalder. Deux ombres surgirent derrière eux. Les vargr, pantelants, remuaient vigoureusement la queue, leurs oreilles duveteuses dressées bien haut.

La jument hennit de peur et regimba. Symon eut l'heureux réflexe d'agripper le pommeau pour rester en selle. Il poussa un juron et tenta de maîtriser sa monture, qui frappait vigoureusement le sol avec ses sabots.

Les frères de Graylin ne bronchèrent pas, même si Kalder baissa le museau pour observer la danse effrénée de l'animal. Ils étaient sans doute affamés.

Symon foudroya Graylin du regard.

— La prochaine fois, préviens. J'ai failli me pisser dessus.

— Quoi ? rétorqua son ami, amusé. Tu ne m'as pas entendu siffler ?

Symon maugréa et se remit en selle, face à la route.

— Par ici.

Ils repartirent, serpentant sur un chemin que le marchand avait l'air de connaître.

Ou, du moins, prétendait connaître.

* * *

Après un trajet interminable qui ondula dans un sens, puis dans l'autre, un faible grondement s'éleva derrière la carriole. Graylin se raidit. Ameutés par le bruit, une dizaine d'hommes en manteau vert foncé émergèrent des bois et se positionnèrent en travers de la route.

— Reste ici, ordonna Symon, qui avança au pas vers eux.

Graylin n'entendit pas ce qui se dit. En revanche, une branche craquait parfois à droite, une autre à gauche, signe que d'autres bandits étaient tapis à proximité. Derrière lui, les vargr ne bougeaient pas. Seules leurs oreilles, à l'affût, pivotaient dans tous les sens. Le poil de leur échine était hérissé, comme s'ils humaient l'atmosphère en quête d'une menace éventuelle.

Symon invita son camarade à le rejoindre. Graylin reprit les rênes et la carriole roula d'un pas lourd jusqu'à lui. Le groupe des manteaux verts redisparut dans la nature, sauf deux d'entre eux, qui leur ouvrirent la route.

De temps à autre, Graylin discernait un coin de mer bleue coiffée d'écume blanche, mais eux ne se rendaient pas aussi loin. Leur escorte les conduisit devant une large crevasse, bordée d'un chemin précaire qui descendait le long de la paroi. En contrebas, l'eau gargouillait, agitée de violents remous.

Sans hésiter, Symon s'engagea. Graylin lui emboîta le pas et parvint à engager sa carriole sur le raidillon étroit. Aamon et Kalder trottinaient juste derrière.

Le sentier s'écarta de la crevasse et pénétra dans un tunnel humide éclairé de flambeaux. Une forte odeur de mer piquait les narines avec ses relents de sel mâtinés de varech. Graylin se figura les mers saturées une centaine de lieues au sud. La masse compacte d'algues qui flottait sans discontinuer du littoral jusqu'aux marais de Mýr formait un rempart naturel contre les invasions venues du sud, un peu à la manière des hauts-fonds et des atolls constitués par les îles du Bouclier, de l'autre côté de Hálendii. Ces barrières géologiques protégeaient le royaume depuis des siècles, empêchant toute intrusion indésirable.

Graylin espéra que leur petite entrée par effraction passerait inaperçue. Il sentait encore le rouleau de parchemin et les débris de cire entre ses doigts. Les mots du message étaient gravés en lettres de feu dans son esprit.

Je n'ai pas le droit d'échouer.

Si jamais la seconde chance qu'on lui offrait venait à capoter, il ne s'en remettrait jamais.

Après une longue descente sinueuse, le chemin s'éclaira d'une lumière aveuglante et, bientôt, la galerie déboucha sur une vaste plage de sable cernant un bassin bleu argenté, où se reflétait un ciel vespéral. À droite, une rivière languissante coulait vers la mer, coincée entre d'imposantes murailles rocheuses. À gauche, une énorme cascade s'écrasait dans l'eau avec fracas, créant un nuage de brume qui emplissait la vallée festonnée. À la ronde, les falaises humides étaient tapissées de fougères dégoulinantes et d'une épaisse mousse émeraude.

Graylin suivit Symon et leur garde rapprochée jusqu'à la plage. Hommes et femmes s'affairaient. Des caisses étaient entassées au bord du bassin. À l'abri d'un affleurement rocheux s'élevait un village branlant, dont les cabanes s'empilaient tant bien que mal, reliées par des échelles, des marches en bois, des poulies à câble et des ponts balancés par le vent. Un concert joyeux de tambours, de cornemuses et de cordes résonnait là-bas, accompagné de gros éclats de rire, de cris et de consignes aboyées avec autorité. Quant à l'atmosphère, elle était enfumée par des dizaines d'âtres et de braseros grésillant.

Symon et lui se dirigèrent vers le monceau de caisses. Sur leur passage, on leur jetait des œillades d'un air peu intéressé. Mais, à la vue des deux vargr qui suivaient le lourd convoi, les habitants se figèrent aussitôt. Les parents se placèrent devant leurs enfants. Quelques audacieux s'approchèrent, mais la plupart des gens préférèrent reculer prudemment.

Soudain, une voix de stentor couvrit le brouhaha.

— Ah, vous voilà !

Une grande silhouette avança vers eux d'un pas décidé. Les pans de son court manteau bleu foncé voletaient derrière elle. L'homme portait une tunique et un haut-de-chausses assortis, une ceinture en peau d'anguille et des bottines du même cuir.

Il arborait un large sourire, dont Graylin se méfia.

Personne d'honnête ne peut être aussi heureux.

Symon descendit de sa monture. Pour faire bonne mesure, il gratifia leur hôte d'une accolade franche et d'une tape dans le dos.

— Bonjour, Darant.

Les deux hommes bavardèrent quelques instants de la pluie et du beau temps, ainsi que des rumeurs de guerre.

Graylin en profita pour jauger l'inconnu qui, selon Symon, dirigeait une des nombreuses bandes de voyous établies sur le littoral dévasté. Ses cheveux, coupés aux épaules et lâchés, étaient si noirs qu'ils luisaient de reflets bleus, en parfaite harmonie avec sa tenue vestimentaire. Ses yeux sombres étincelaient comme des diamants sur son visage buriné par le sel et rasé de frais.

Graylin tenta d'estimer son âge. Le pirate semblait un peu plus jeune que lui, mais il pouvait aussi facilement avoir dix ans de plus. Quelque chose dans son regard lui conférait plus de maturité. Graylin observa les deux épées pendues à sa taille. Leurs fourreaux étaient si effilés qu'on ne pouvait pas s'y tromper.

Des épées-fouets.

Cette arme klashéenne, fine comme le doigt au niveau du manche, se terminait par une pointe si acérée qu'elle en était presque invisible. Son acier était fabriqué par des alchimistes selon des procédés mystérieux qui la rendaient à la fois quasi incassable et ultraflexible. Entre les mains des danseurs de sabre klashéens, elle passait, en un éclair, de la lame perforante au fouet le plus redoutable du monde. Seuls les experts les plus aguerris osaient en manier deux à la fois.

Graylin en tint compte dans son évalution du pirate.

Tout en échangeant des propos de convenance, Darant était aussi en train de l'étudier. En quelques instants, il se forgea une opinion. Sous sa jovialité apparente, le bandit restait impénétrable. Le masque ne se fendilla qu'au moment où Aamon et Kalder sautèrent à bord de la carriole pour renifler les morceaux de gibier séché. Pendant une fraction de seconde, un voile plus sombre passa dans le regard enjoué de Darant.

Symon, qui le remarqua lui aussi, désigna Graylin.

— Je vous présente l'homme qui a besoin de se rendre à Hálendii.

— À Havrechand, vous voulez dire, rectifia le pirate. Je ne suis peut-être qu'un marin, mais je sais que cette ville se situe beaucoup plus à l'intérieur des terres.

Graylin lorgna son ami. *Comment ce brigand connaît-il ma destination finale ?*

Symon ne releva pas.

— Exact, concéda-t-il à Darant avant de lui tendre un papier plié en deux. Voici la liste des marchandises que nous avons à troquer. Notre chargement vaut largement deux grosses pièces d'or et une poignée d'eyriés d'argent. C'est plus que le prix de sa place sur votre vaisseau le plus rapide.

— Mon vaisseau le plus rapide ? (Il toisa Symon d'un air dubitatif.) Croyez-moi, il a déjà largué les amarres. À moi de juger, cependant, si ce contrat de vente suffira.

Tandis que le pirate examinait la liste, Graylin bouillonna intérieurement. Parfois, Darant scrutait la carriole, l'air de vérifier que ce qui était inscrit correspondait bien à la cargaison. Là-dessus, aucune crainte à avoir. Ils n'avaient pas essayé de le duper.

Darant se racla la gorge, baissa la feuille et donna à son tour son estimation.

— Je veux le poney en plus.

Graylin se crispa et lorgna la croupe de sa solide monture. Il l'avait achetée quatre hivers auparavant et ne lui trouvait aucun défaut. Il avait été convenu que Symon ramènerait l'animal et sa carriole à Savik, puis qu'il le mettrait à l'écurie jusqu'au retour du chevalier.

Si je reviens un jour.

— Attendez ! protesta Symon. Ce n'est pas un canasson empoté mais un Aglerolarpok pur race dans la fleur de l'âge. Il vaut autant d'argent que tout ce que cette carriole transporte *et* la carriole elle-même.

Darant haussa les épaules, croisa les bras et attendit.

D'un bref coup d'œil, Symon laissa son ami décider.

— D'accord, accepta Graylin.

— *Mes wondres*, lâcha le pirate en klashéen.

Il frappa dans ses mains et tendit les paumes vers eux en signe de marché conclu.

Symon secoua la tête, tandis que Graylin observait la rivière en trépignant d'impatience.

Darant s'éclaircit la voix.

— Parlons maintenant de la *véritable* identité de mon passager. Vous être Graylin sy Moor, je suppose.

L'intéressé fit volte-face si vite qu'il s'en tordit presque le cou. Il foudroya Symon du regard, mais ce dernier semblait tout aussi sidéré.

Darant se contenta de sourire, la mine toujours aussi réjouie, quoique peut-être un tantinet plus sévère.

— Vous n'êtes pas le seul à faire le commerce de mystères, Symon. Sur cette côte, nos clans ont des yeux, des oreilles. Nous recueillons les secrets et les conservons aussi précieusement que des trésors. Il n'était pas difficile de deviner qui nous arrivait sous un faux nom, surtout qu'il était accompagné de deux vargr et qu'il avait besoin de voyager incognito. Ne me prenez pas pour un idiot.

Les épaules du marchand s'affaissèrent.

Les joues cramoisies de rage, Graylin grommela :

— Que souhaitez-vous en échange de votre silence ?

— Bah ! Rien que vous n'ayez en abondance. Je suis sûr que vous pourrez m'en réserver un.

Les poings du chevalier se crispèrent sur ses rênes. Il savait ce que le salopard allait lui réclamer.

— Je veux un de vos vargr, confirma Darant. Je vous laisse choisir lequel.

Jamais.

Ses frères faisaient autant partie de lui que le cœur qui battait dans sa poitrine.

— Tout ce que vous voudrez mais pas eux, gronda-t-il, les mâchoires serrées.

— Très bien. Que proposez-vous à la place ?

Graylin posa la main sur l'épée solidement fixée au dossier de son siège. Épinacœur faisait partie de sa famille depuis d'innombrables générations, mais ce n'était qu'un morceau d'acier. À l'évidence, Darant partageait son avis.

— Je n'ai pas besoin d'une nouvelle arme. Et, si vous la dégainez, je vous prouverai que les deux miennes font largement le poids face à la vôtre.

Graylin ôta sa main.

Symon le dévisagea, mi-affligé, mi-penaud. Le chevalier se rappela sa mise en garde au sujet des négociations avec leur interlocuteur : *Darant sait respecter un pacte, du moment que la récompense l'emporte sur le prix de la trahison.*

Or, il devait pouvoir compter sur la loyauté du bandit, quel qu'en fût le coût.

Il pivota vers la carriole, où ses frères le contemplèrent de leurs yeux mordorés. Affligé, il répondit sans les quitter du regard :

— D'accord, mais ainsi que vous me l'avez proposé, je choisirai lequel.

— Soit.

Graylin fit de nouveau face au pirate pour lui imposer la seule condition qui valait pareil sacrifice.

— Et ce sera uniquement à mon retour. Dans l'intervalle, ils demeurent ma propriété.

Tel un faucon curieux, Darant le scruta avec attention. Après quoi, il hocha la tête, frappa de nouveau dans ses mains et tendit ses paumes.

— Marché conclu.

Graylin scruta la rivière.

— Où est votre vaisseau ?

— Déjà ici. Il attendait juste que nous parvenions à un accord satisfaisant.

Graylin se retourna au moment précis où un grand navire à la coque émoussée sortait de derrière la cascade. Il comprenait à présent pourquoi Symon avait confié à Darant qu'il se rendait à Havrechand, au cœur des montagnes d'Ennuage. La traversée que le commerçant lui avait réservée ne s'arrêtait pas à la côte de Hálendii.

Médusé, Graylin observa l'embarcation en train de franchir le rideau d'eau. Il ne s'agissait pas de ces impressionnants voiliers qui sillonnaient les mers avec cargaison et passagers, mais d'un vaisseau d'attaque plus petit – un véloce – utilisé par de nombreuses armées de la Couronne. Ses ballasts spéciaux étaient remplis d'alchimies obscures qui, une fois enflammées, décuplaient sa vitesse, lui permettant de défier les vents et de manœuvrer habilement pendant les combats.

Darant donna un léger coup de coude à Symon.

— Vous m'avez dit vouloir un moyen de transport *rapide*.

— Vous êtes un homme de parole.

Graylin descendit de sa carriole et fit signe à Aamon et Kalder de le suivre. L'eau de la cascade dégoulinait du ballon et tombait en pluie sur le bassin. Un jet de flammes, niché entre les aubes métalliques à l'arrière, apparut et la nacelle glissa en douceur jusqu'à la plage.

Une fois les amarres en place, une passerelle coulissa à bâbord et on commença à charger caisses, tonneaux et autres barriques.

Darant revint après avoir supervisé son équipage. Prudent, il resta à quelques pas des vargr.

— Nous sommes prêts à partir.

Symon saisit l'avant-bras de Graylin.

— Que les dieux te protègent, mon ami.

— Où vas-tu, maintenant ?

— Oh ! J'ai d'autres affaires à régler. La Rose est une épineuse maîtresse. (Il lécha son doigt et le leva en l'air.) Ne sens-tu pas que le vent est en train de tourner ?

Graylin resta perplexe. Il était avéré et immuable que les vents faibles soufflaient toujours vers l'est, les vents forts vers l'ouest.

Symon baissa la main en souriant.

— Quelque chose me dit que tes actions ne sont que le premier coup d'une vaste partie d'échecs.

Graylin soupira, lassé des devinettes à répétition. *Il vaudrait peut-être mieux que je traite avec des alliés moins énigmatiques.*

Après un dernier au revoir, il s'avança vers la passerelle. Aamon et Kalder trottinaient de chaque côté, collés à ses jambes.

Ce ne fut qu'arrivé au bout de la plage qu'il s'aperçut qu'on les suivait. Il se retourna et tomba nez à nez avec Darant, qui hissait un paquet sur son épaule.

— Vous venez ? s'étonna Graylin.

Le pirate sourit.

— Ouaip ! J'ai bien l'intention de surveiller mes honoraires. (Il désigna les deux fauves.) En plus, le trajet permettra à vos splendides frangins de se familiariser avec moi.

Aamon et Kalder retroussèrent leurs babines en grognant.

Guère intimidé, Darant passa devant eux, les contournant quand même à bonne distance.

— En route.

Graylin contempla le dos du brigand.

Ce n'est pas tout de suite que je me débarrasserai de ces alliés énigmatiques.

Croquis d'archives
du Vargr (Boisgivré)

PARTIE IX

LE CHEMIN DES PERDUS

Les immensibles faleises de Toucheterre sont une lame cruelle qui en deux sépare le pays de Hálendii, abaissant les terres d'un costé & élevant les autres vers les dyeux. Leur but ? Préserver la virginitet & la pureté de cette forest de montagne, qu'elle reste à l'écart de toute corrompture humaine. Seuls trois cols, tous ryches en cascades et truffés de steppes dangereuses, offrent un accès à ces merveilleuses constrées sauvages. Au nord, au centre et au sud. Du dernier gardez-vous bien, car il est maudiz.

— Extrait du *Resve sylvien*
de la reine Praa ry Fai,
écrit un an avant son assassinat

CHAPITRE 29

Deux jours après avoir quitté la grange, Nyx était arrivée aux frontières de son monde. Elle contempla les marais fumants et écouta leur concert de coassements, de bourdonnements et de chants d'oiseaux. Elle s'imprégna de leur brume aux effluves de mousse et de musc. Elle sentit leur sombre goût saumâtre sur sa langue. Toute sa vie, elle n'avait connu que cela. Elle serra les bras contre sa poitrine, comme si elle cherchait à retenir la force nécessaire pour leur dire adieu.

D'immenses à-pics blancs disparaissaient dans la grisaille cotonneuse du ciel. Les falaises de Toucheterre bordaient le marais à l'est. Juste derrière Nyx, la paroi était traversée d'une longue faille ravinée par une rivière de montagne qui prenait sa source à Ennuage. L'eau descendait en une série de cascades argentées et de chutes bleutées, puis s'écoulait lourdement, comme vaincue, vers la pénombre iodée de Mýr.

Les pieds dans le limon, Frell et le prince Kanthe réfléchissaient à voix basse à la meilleure manière de gravir le Chemin des Perdus. Jace restait discrètement en retrait, le temps pour Nyx de faire ses au revoir.

Car ce n'était pas qu'aux terres submergées qu'elle devait renoncer.

Elle longea la plage, franchit quelques touffes de roseaux bien raides et rejoignit Gramblebuck. Englué dans la vase, le vieux bœufion arracha une tige détrempée de salicorne, la secoua pour la débarrasser de son eau salée et mâcha lentement. Il salua l'arrivée de Nyx d'un halètement rauque et pataugea jusqu'à elle. Un peu plus tôt, elle l'avait détaché du traîneau et laissé brouter à sa guise.

Il baissa sa tête énorme, qu'elle enlaça de ses bras. La joue pressée contre son front, elle le sentit gronder de l'intérieur autant qu'elle l'entendit. Plus que toute autre chose, il incarnait son foyer. C'était Gramblebuck qui, l'ayant entendue vagir, avait conduit son père jusqu'au matelas d'algues où elle était couchée. C'était lui qui la consolait, qui écoutait ses doléances lorsqu'ils partaient se promener. Il avait été le pilier de son existence.

Et maintenant, je dois t'abandonner.

Elle se hissa sur la pointe des pieds et chuchota au creux de son oreille :

— Je t'aime de tout mon cœur, mais il est temps que tu rentres à la maison. (Elle savait qu'il n'aurait aucun mal à retrouver le chemin de la ferme.) Va retrouver Bastan. Ou Ablen.

Rien qu'à prononcer le nom de ses frères, elle faillit s'effondrer de douleur, éclater une nouvelle fois en sanglots. Depuis deux jours, le chagrin la frappait sans crier gare. Quand bien même elle se serait crue vide et asséchée, si elle apercevait une tige de lavande de mer, que son père appréciait tant, ou si elle entendait le cri éploré d'un plongeon huard qui résonnait dans la forêt, aussitôt, ses larmes coulaient, prêtes à la submerger.

Elle étreignit Gramblebuck, caressa sa large encolure jusqu'à l'épais anneau calleux qui s'était formé à l'endroit où on lui attachait le joug du traîneau. Comme pour effacer sa cicatrice, elle le frictionna.

— Ou alors oublie les enclos. Reprends ta liberté. Trouve le propre chemin de ton cœur. Tu l'as bien mérité.

Elle plongea son regard dans les yeux laiteux de vieillesse du bovin. Il lui donna un petit coup de museau, l'air de dire : *Mon cœur est ici.* Ce à quoi elle répondit en silence : *Et le mien est auprès du tien.*

Elle pressa son front une dernière fois contre celui du gros bœufion et lui fit une promesse solennelle.

— Qu'importe où tu iras, je te retrouverai. Je te le jure.

Au loin, des clairons sonnèrent. Leur écho se réverbéra sur les hautes falaises, rappelant qu'elle ne pouvait pas s'éterniser.

La clameur stridente incita Gramblebuck à se dégager des bras de sa jeune amie, d'autant qu'elle s'accompagnait de mugissements avides de thylassaures, sans doute amenés de Fiskur pour aider la légion royale à les traquer. Ces pisteurs de sang hors pair étaient impossibles à semer mais, au moins, l'eau des marais les ralentirait. Par chance, ils étaient originaires des déserts de Guld'guhl, et donc piètres nageurs.

Malheureusement pour le groupe, cet avantage-là sur les prédateurs prendrait bientôt fin. Nyx jeta un coup d'œil au vieil escalier moussu, qui taillé à même la roche du ravin, longeait la rivière. Ses camarades et elle devaient s'éloigner au maximum des ennemis lancés à leurs trousses. De vagues cris retentissaient toujours par-dessus les eaux étales.

Jace apostropha son amie.

— Nous ne pouvons pas attendre plus longtemps.

Elle comprit le message. Gramblebuck aussi, apparemment. L'animal, agité par le raffut lointain, lui présentait désormais sa croupe. Lorsqu'il orienta son énorme tête vers elle, elle lui fit signe de la main.

— Vas-y maintenant. Pars.

Il la dévisagea en silence. Il semblait prêt à défendre les siens, quitte à se faire étriller par une meute de thylassaures ou transpercer de lances et de flèches. D'ailleurs, si sa maîtresse le lui avait demandé, il aurait obéi sans hésiter.

— Allez ! insista-t-elle, plus catégorique.

La consigne se doubla d'un claquement d'ailes et d'un cri aigu adressé au mastodonte. Le petit frère de Nyx se mit également à harceler le vieux Gramblebuck, qui finit par se racler le gosier et repartir d'un pas lourd vers le dais sombre du marais.

Nyx patienta jusqu'à ne plus le voir. Après son départ, elle eut l'impression d'avoir été détachée de son ancre. Elle rebroussa chemin vers son ami du Cloistre, puis tous deux rejoignirent Frell et Kanthe.

Jace observa l'interminable volée de marches, dubitatif.

— Combien de temps allons-nous mettre pour atteindre les forêts sauvages au sommet ?

— Toute la journée, répondit l'alchimiste. Au bas mot.

— À condition d'avancer à un bon rythme, renchérit Kanthe en fixant la bedaine du jeune homme d'un air interrogateur.

Nyx toisa le prince avec humeur. Peiné, Jace posa une main protectrice sur son ventre. Elle le rassura en effleurant son bras.

Kanthe haussa les épaules, puis s'éloigna avec dédain.

Elle l'observa de dos et tenta de déterminer s'il pouvait réellement être son demi-frère. Pour maintes raisons, elle n'avait pas envie d'y croire. Frell, qui avait remarqué son intérêt, parut s'excuser du regard. Peut-être culpabilisait-il aussi d'avoir taillé son passé en pièces. Après tant d'années, l'adolescente avait péniblement réussi à trouver la paix, même si son sentiment était terni par les parents mystérieux qui l'avaient laissée en plein marais jusqu'à ce qu'une nouvelle mère, ailée celle-là, la sauvât.

Depuis deux jours, elle avait été abreuvée d'une foule d'éléments inédits sur ses origines à digérer. L'alchimiste Frell avait expliqué sa théorie – partagée par la prieure Ghyle – selon laquelle l'abandon de Nyx était lié à une histoire qui s'achevait elle aussi dans les marais : la légende du Chevalier Renégat, récit édifiant de serments brisés et d'amours interdites.

Nyx soupçonnait l'érudit d'avoir gardé certains détails pour lui. Elle les avait parfois surpris, le prince et lui, à chuchoter et à lui lancer de brefs coups d'œil, tandis qu'elle feignait de somnoler à l'arrière de la carriole. Elle avait entendu parler de prophéties annoncées par un sinistre Confesseur, de quelque chose en rapport avec les mésaventures du fameux chevalier.

Et peut-être avec moi.

Elle arriva devant leurs maigres provisions posées au pied des marches. Jace avait rempli leurs outres à la rivière. Le prince, lui, s'était débrouillé pour abattre un gros canard et trois lapins des marais. Nyx lui avait montré comment saler le gibier en trempant des sacs de jute remplis de viande dans l'eau saumâtre du marécage, puis en les faisant sécher au soleil. L'opération répétée plusieurs fois permettait au sel d'enrober et de bien pénétrer la nourriture.

Ils rassemblèrent leur paquetage, leurs peaux de bête et se préparèrent à prendre la route. Du coin de l'œil, Nyx scruta le fils du roi en quête d'éventuels caractéristiques physiques communes. Déjà, elle ne possédait ni son teint d'ébène ni ses yeux gris et, s'ils avaient tous deux les cheveux bruns, ceux de Kanthe étaient beaucoup plus foncés. Certes, ils avaient le nez fin et pointu au bout, mais c'était loin d'être rare.

Désabusée, Nyx passa à autre chose.

Son frère miniature vola au ras de sa tête, puis s'engouffra dans la faille rocheuse, comme s'il leur enjoignait de le suivre. Sa véritable intention se révéla lorsqu'il fondit en piqué vers des nuées d'insectes que les brumes tourbillonnantes de la rivière tenaient à distance.

Finalement, un nouveau concert de clairons les poussa tous vers le ravin.

Frell gravit la première marche couverte de mousse.

— Prudence ! Au moindre dérapage, vous êtes mort.

Derrière lui, Kanthe lâcha avec aigreur :

— Voilà peut-être pourquoi on parle du Chemin des Perdus.

Jace invita Nyx à se lancer et ferma la marche.

— Selon les *Annales des temps oubliés* de Plébien, déclara-t-il gravement, l'endroit a été baptisé bien avant que nos propres histoires n'aient été écrites. Peut-être par ceux-là mêmes qui ont sculpté les marches. Nul ne sait exactement d'où vient l'appellation. Néanmoins, l'information qui a traversé les siècles, c'est que la route est dangereuse, voire perfide. Certains pensent qu'elle est maudite. D'autres qu'elle est hantée ou peuplée de démons.

— En tout cas, personne ne l'a foulée depuis une éternité, concéda Kanthe. Aucune fleur de pourpier n'est piétinée.

De minuscules corolles blanches apparaissaient nichées au cœur du tapis émeraude et perlées d'étincelantes gouttelettes de brume. Sous leurs pas, de doux effluves de menthe poivrée émanaient des parterres.

— Ce ne sont probablement pas des légendes de revenants et de malédictions qui ont tenu les gens à l'écart, rectifia Frell. Les deux autres cols à destination d'Ennuage – près d'Azantiia et, plus haut, dans le nord des Brauð – sont beaucoup plus faciles d'accès et mieux entretenus. Pour venir ici, en revanche, il faut déjà traverser la moitié des marais. Ce n'est pas par hasard si j'ai choisi de rallier Havrechand par ces ruines quasi abandonnées, envahies de végétation.

Une question d'un tout autre sujet taraudait Nyx.

— Croyez-vous vraiment que votre chevalier, Graylin sy Moor, va nous retrouver là-bas ?

Un homme susceptible d'être mon père...

— Espérons-le. Il nous faut un allié solide et de toute confiance pour vous mettre à l'abri, loin de Hálendii. Au cas où, hélas, Graylin nous ferait faux bond, les bois opaques d'Ennuage nous offriront toujours une certaine protection.

Nyx ne savait pas grand-chose de la région, où subsistait, comme rarement ailleurs, une flore immémoriale encore sauvage. Peu de gens y avaient élu domicile, hormis une poignée de nomades au teint pâle, dont on racontait qu'ils étaient aussi sauvages que leurs terres. Même Havrechand tenait moins de la ville que du morceau de forêt aménagé en comptoir commercial.

Peu à peu, la pente se raidit, au point qu'ils durent continuer à quatre pattes. L'effort physique et la concentration leur imposèrent vite le silence, tandis que le rugissement des cascades, coincées entre les parois vertigineuses du ravin, devenait assourdissant. Il n'était cependant pas assez puissant pour couvrir le vacarme des cors de chasse qui résonnait derrière eux par à-coups.

Soudain, Frell s'arrêta.

Malgré son désir de poursuivre, Nyx haleta de soulagement, le besoin d'une pause se faisant ressentir dans ses muscles raides. Derrière elle, Jace, hors d'haleine, rouge comme une tomate, avait le visage dégoulinant de sueur et d'embruns. Avec ses vêtements plaqués le long du corps, on l'aurait cru tombé dans la rivière.

Un peu plus haut, Kanthe poussa un juron.

En s'écartant légèrement, Frell leur montra que son brusque arrêt n'était pas un acte de clémence mais une mise en garde. Plusieurs marches, effondrées depuis longtemps, s'étaient écrasées dans les remous de la cascade. Seuls quelques vestiges moussus dépassaient encore de la paroi. Il se retourna, consterné.

— Je peux y arriver, annonça Kanthe.

Du bras, Frell l'empêcha de passer.

— C'est trop dangereux.

Son élève prit à témoin un lointain coup de clairon.

— Plus périlleux que des assassins vyrlliens à nos trousses ? Allons donc ! (Il lui abaissa le bras et se faufila devant.) Je vais traverser et vous fixer un filin de sécurité.

Il sortit de son sac un rouleau de corde issu de l'attelage du traîneau. Après en avoir lancé une extrémité à Frell, il s'approcha de la portion de marches effondrées, puis réfléchit au meilleur plan d'action pour, sans doute, anticiper chaque geste.

* * *

Comment me sortir de ce pétrin ?

Face au défi qui l'attendait, Kanthe prit conscience de l'absurdité de sa fanfaronnade. Son cœur était remonté au fond de sa gorge et battait à tout rompre, comme pour condamner son irresponsabilité. Non seulement un pan de l'étroit escalier s'était écroulé sur presque toute sa largeur mais, au milieu, deux marches avaient même complètement disparu. On aurait dit le rictus édenté d'un scélérat raillant son inutile bravade.

— Nous pouvons trouver un autre chemin, lui souffla Frell le plus discrètement possible.

Kanthe serra la corde entre ses doigts. Les regards étaient braqués sur lui, notamment celui de sa demi-sœur potentielle. Son visage s'échauffa. Auparavant, le Prince du Placard ne connaissait pas la honte. Il avait souvent vomi tripes et boyaux dans des tavernes. Il se contentait alors de s'essuyer la bouche et continuait sa route, sans se soucier d'autrui. Or, pendant leur expédition, un déclic s'était opéré en lui. Peut-être parce qu'il était libéré de l'ombre de son frère ou qu'il n'avait plus à subir les railleries du roi. À moins que la noblesse de ses compagnons d'aventure n'eût juste réveillé ce qui avait toujours dormi au fond de lui ?

En tout cas, il refusa de flancher. Animé par un sentiment inédit de fierté ou peut-être par sa colère contre un père qui avait commandité son assassinat, Kanthe décida de se lancer. Le dos tourné au mur, il tendit un pied vers la première marche cassée et testa sa résistance. Rassuré, il foula la deuxième, puis la troisième et, à pas comptés, il se fraya un chemin jusqu'aux marches qui avaient carrément disparu. Là, il ferma les yeux et inspira à fond, conscient de devoir sauter au-dessus du vide pour atteindre le segment de roche suivant.

Je peux y arriver.

Il rouvrit les paupières et lorgna le groupe derrière lui. Tout le monde retenait son souffle. Les prunelles bleues de la jeune fille brillaient d'une confiance que, pour sa part, il n'avait pas en lui. Elle l'encouragea d'un infime hochement de tête.

Ragaillardi, il se détourna en ravalant sa salive. Il leva une jambe, plia l'autre et sauta de côté vers le maigre appui d'en face. Il atterrit sur un pied, crut que la pierre allait céder mais, par miracle, elle tint bon. Il n'en alla pas de même, hélas, pour son équilibre.

Kanthe s'écarta de la paroi en vacillant.

Voilà comment je vais mourir.

Soudain, une ombre surgie du brouillard percuta son dos de plein fouet. La chauve-souris rebondit et se mit à battre fougueusement des ailes contre lui. Qu'il fallût remercier la force de l'impact ou juste son propre effroi,

Kanthe revint vers la falaise et se stabilisa en posant l'autre pied au sol.

Après trois grandes respirations sur son perchoir minuscule, il se hâta de franchir les dernières marches abîmées jusqu'à en trouver enfin une intacte. Il s'y laissa tomber à genoux, tremblant comme une feuille.

Si tu voulais faire bonne figure, c'est raté.

Pourtant, personne ne se moqua. Il s'assit, fouilla le promontoire du regard et aperçut un arbre rabougri enraciné dans plusieurs lézardes de la paroi. Après avoir vérifié sa solidité, il enroula un bout de sa corde autour du tronc noueux. Frell récupéra l'autre extrémité, tendit le filin et l'attacha à une saillie rocheuse, juste au-dessus de sa tête.

Une fois la passerelle en place, Nyx s'y rua la première, le pied si sûr qu'elle ne paraissait même pas avoir besoin de tenir la corde. Kanthe l'accueillit de l'autre côté et la serra dans ses bras. Elle se raidit, mais pas au point de se débattre.

— Merci, lâcha-t-il.

Elle se méprit sur le motif de sa gratitude.

— Ce n'est pas moi qui ai guidé la chauve-souris si c'est ce que vous croyez. Elle s'est lancée de sa propre initiative.

Kanthe restait sceptique. Au cours des deux dernières nuits, il avait remarqué que le volatile, sans doute pouilleux et infesté de germes, adorait se nicher contre la jeune fille endormie. Dans son sommeil, Nyx semblait reproduire son doux pépiement, comme si tous deux avaient tissé des liens indéfectibles. Résultat : même si elle n'avait pas envoyé exprès la chauve-souris à la rescousse, son petit protégé exauçait peut-être ses désirs.

Ce n'était toutefois pas ce qui avait poussé Kanthe à la remercier. Il se rappelait le petit signe de tête dont elle l'avait gratifié, plein de confiance.

Vis-à-vis de moi.

Une lueur qu'il n'avait jamais vue dans les yeux de quiconque, et certainement pas adressée à lui. C'était cette expression-là, plus que toute autre chose, qui lui avait permis de franchir le satané fossé.

Nyx passa devant lui et fit signe à Jace.

— Tu peux y arriver ! Je t'en sais capable !

Voyant qu'elle affichait à présent sa confiance en autrui, Kanthe éprouva une pointe d'irritation. *Peut-être qu'elle en arrose tout le monde.* Aussitôt, il rougit d'avoir eu une pensée aussi peu charitable.

Pour s'amender, il lança à son tour à Jace :

— Ce n'est pas si difficile. Même ma frangine s'en est sortie haut la main.

Nyx le toisa d'un regard sévère, persuadée qu'il se moquait à la fois de son ami et d'elle.

Kanthe voulut s'expliquer, puis renonça.

Ce doit être lié au ton de ma voix. Il faut que je travaille là-dessus.

Toujours est-il que la vive appréhension de Jace se mua en détermination. Parfois, la colère était plus efficace que le courage. L'adolescent empoigna la corde et releva le défi. Moins habile que Nyx, il eut besoin de l'assurage pour rester d'aplomb mais parvint à les rejoindre.

Nyx l'enlaça.

De nouveau, Kanthe se sentit agacé.

Qu'ils aillent au diable, tous les deux !

Frell traversa à son tour et le félicita d'une tape dans le dos.

— Bien joué.

Tandis que le jeune prince acceptait le compliment d'un air maussade, son tuteur reprit la tête des opérations. Kanthe s'attarda un peu, le temps de détacher sa corde du tronc et de la ranger dans son sac.

Un court instant, la chauve-souris fendit la brume à ses côtés.

Il la foudroya du regard.

— Si, toi aussi, tu attends des remerciements, tu peux te brosser.

Plus le brouillard s'épaississait, plus la montée devenait périlleuse. Ce n'était pas dû qu'à l'humidité ambiante. Le mélange d'embruns et de brume arrosait un jardin incroyablement luxuriant. Des lianes épineuses tapissaient la falaise ou ondulaient sous leurs pieds. Des massifs fleuris jaillissaient partout, à la fois sur les marches et aux murs. Les arbres chétifs du bas de la crevasse s'étaient transformés en géants qui, avec leurs énormes racines, tentaient de les déloger de l'escalier.

L'intrusion du groupe dérangea des dizaines de corbeaux freux, qui avaient élu domicile dans des cavités de la paroi, ainsi qu'une poignée de faucons juchés sur les branches hautes. Des fouines velues et d'autres bestioles détalèrent sur leur passage. Quelques serpents sifflèrent et crachèrent. Kanthe vit même un chevreuil nain déguerpir à grands bonds, sauter sur un caillou au milieu de la rivière et disparaître dans un taillis de l'autre rive.

À mesure que l'escalier s'enfonçait dans la brume, la végétation devenait plus compacte. Dans les cimes, un feulement léonin les mit en garde. Kanthe imagina les forêts lointaines d'Ennuage se déversant dans la crevasse aussi farouchement que la rivière qui longeait les marches avec fracas.

Enfin, ils atteignirent une vaste terrasse, près d'une chute d'eau. D'un geste, Frell les invita à s'arrêter. Ils avaient tous besoin de repos avant d'attaquer la dernière portion du ravin envahi par la forêt. Personne ne contesta cette décision.

Trempé jusqu'aux os, Jace tourna le dos à la montée, comme s'il se sentait incapable de l'affronter. En réalité, il y avait une autre explication. Il pointa l'index vers l'endroit d'où ils venaient.

— Nyx.

Tout le monde fit volte-face.

Par-delà le brouillard, les parois du ravin encadraient l'ultime image qu'ils auraient des marais de Mýr. Aussitôt, Nyx se décomposa et Kanthe eut envie de pousser Jace dans la rivière pour avoir rappelé à l'adolescente tout ce qu'elle laissait derrière elle et, surtout, *qui* elle laissait. Il ignorait s'ils avaient du sang en commun, mais il connaissait deux hommes – Bastan et Ablen – qui, sans en posséder une goutte, étaient les meilleurs des frères.

Eux et un autre.

Sensible à la détresse de Nyx, la chauve-souris tourna en rond au-dessus d'elle. Ou alors l'animal était lui aussi profondément troublé. Les marais s'étalaient autour d'une montagne noire qui dominait les plaines émeraude. Le Poing était auréolé d'un halo de vapeur et, le long de ses versants, des brèches rougeoyaient sous l'effet des feux de Hadyss.

Même de là-haut, on voyait des ombres plus foncées se laisser porter par les courants d'air chaud ascendants autour de la cime. Plus près, la petite chauve-souris piailla tristement, le poil de sa nuque hérissé, comme si elle appelait ses congénères.

La main en pare-soleil, Frell l'observa.

— Apparemment, votre ami préfère rester avec nous plutôt qu'avec sa bande.

Le regard perdu au loin, Nyx ne répondit pas.

Kanthe tenta de lui changer les idées.

— S'il a décidé de nous coller au train, il faudrait peut-être lui trouver un nom. Histoire que je puisse le maudire proprement.

Jace approuva mais contempla Nyx d'un air inquiet.

— Comment crois-tu que nous devrions l'appeler ?

La jeune fille était toujours perdue dans ses pensées.

Kanthe se souvint que la chauve-souris l'avait attaqué un jour qu'il avait essayé de la toucher.

— Cette saloperie a si mauvais caractère que son nom devrait avertir les gens de sa sauvagerie naturelle. Un truc du style « Dragon Volant ».

— Ce n'est pas qu'une simple bête ! s'insurgea Jace. Il possède aussi une grâce indéniable. Quelque chose qu'à l'évidence, vous êtes incapable d'apprécier.

Kanthe grogna d'exaspération.

— Eh bien ! Voyons comment, vous, vous vous débrouillez.

Anskar avait exprimé le même genre d'opinion à leur sujet. *Ces créatures sont, par nature, d'une noble sauvagerie.* L'image du capitaine vyrllien ne fit que l'aigrir davantage. Il se lassait déjà de leur petit jeu.

Frell, non.

— Vous avez autant raison l'un que l'autre. La sauvagerie et la grâce sont deux facettes de sa personnalité. Peut-être faudrait-il un nom issu du dialecte des Anciens, car leur lignée existait bien avant nos histoires à nous. Dans cette langue morte, *bash* signifie « sauvage ».

Jace s'illumina.

— Et, si mes souvenirs sont bons, « grâce » se dit *aliia*.

— Exact, confirma l'érudit avec un sourire. Je trouve que le nom lui sied à merveille.

Jace le testa à haute voix.

— Bash Aliia.

Nyx chancela, horrifiée.

— Non…

CHAPITRE 30

Alors que Nyx prêtait à peine attention aux messes basses derrière elle, un nom transperça son rempart de tristesse et la poignarda au cœur.

Bash Aliia...

Son terrible cauchemar au sommet d'une montagne en feu lui rejaillit en pleine figure. Les tambours de la guerre résonnèrent dans sa tête, ainsi que des hurlements de plus en plus puissants. Elle s'élança de nouveau en trombe vers une ombre ailée clouée à un autel. Un nom jaillit de sa gorge, déchirant tout avec une force ahurissante pour appeler la bête torturée sur son rocher.

Bashaliia !

— Non..., gémit-elle devant les autres.

Ce détail-là de sa vision, elle ne l'avait partagé ni avec Ghyle ni avec Frell. Sur le coup, il lui avait paru anodin, d'autant qu'elle avait attribué son mauvais rêve enfiévré à l'effet combiné du poison et d'une peur panique.

L'alchimiste la dévisagea.

— Qu'est-ce qui ne va pas, Nyx ?

Sans répondre, elle pivota vers son frère, si minuscule au milieu du brouillard. Dans sa vision, il faisait la taille hors norme d'un bœufion adulte, avec des ailes gigantesques et assez solides pour emporter vers le ciel un animal du même gabarit. Assurément, les deux n'étaient pas compatibles.

Sauf que le nom…

Jace se trompa sur la raison de son désarroi.

— Pardon, Nyx. Bien sûr, c'est toi qui devrais choisir son nom.

Elle continua d'observer son frère ailé et admit ce qu'elle savait être, au fond de son âme, la vérité.

— Non, il est Bashaliia, murmura-t-elle, terrifiée.

Sensible à son malaise, la chauve-souris fendit la brume à tire-d'aile en sifflant et en virevoltant furieusement. La vision de Nyx s'effilocha sur les bords. Aucune image ne s'imprima au fer rouge dans son esprit, mais son pouls battait la chamade, tant il était électrisé par l'agitation du volatile et par ses criaillements.

Même Kanthe remarqua le manège de l'animal.

— Qu'est-ce qui cloche chez lui ?

La réponse, venue du pied du ravin, surgit derrière eux. Un hurlement strident ricocha contre la pierre et fut bientôt suivi de nombreux autres. Le groupe se figea.

— Des thylassaures, lâcha Frell.

Kanthe fit volte-face vers le marais. Il scruta ce qu'il y avait en contrebas et pointa le doigt.

— Là-bas.

Nyx s'approcha. Du mouvement avait attiré son attention. La lumière du soleil faisait étinceler l'armure d'un des chevaliers qui gravissaient l'escalier en file indienne. Le bataillon avançait vite, mais pas autant que les ombres sinistres qui galopaient devant eux.

— Et les marches cassées ? s'enquit Jace. Croyez-vous qu'ils réussiront à les franchir ?

— Les soldats du roi risquent d'être retardés, répondit Frell. Ils vont devoir fixer une échelle de corde.

— Les thylassaures, en revanche, non, compléta Kanthe. Je les ai déjà vus chasser. Ils vont franchir le fossé d'un bond et nous rattraper en deux temps trois mouvements.

Les mugissements étaient de plus en plus forts et nombreux.

Le prince tendit l'oreille.

— Ils sont au moins une dizaine, peut-être douze.

— Dépêchons-nous de grimper, reprit son mentor. Nous devons rejoindre Ennuage avant qu'ils ne nous tombent dessus.

— Et ensuite ? demanda Jace.

— Nous déciderons plus tard, déclara Kanthe. Pour l'instant, le but est de ne pas se faire pincer sur un escalier aussi étroit.

Vite, ils se remirent en branle et s'enfoncèrent dans une flore toujours aussi dense. Chaque pas était un combat. Les épines déchiraient leurs vêtements et leur lacéraient la peau. Les racines et les branches tentaient de leur barrer la route. On aurait dit que la forêt entière cherchait à les piéger, à les empêcher de monter plus haut.

Et la végétation délirante n'était pas leur seul obstacle.

Après s'être échinés sur une vingtaine de pas, ils arrivèrent près d'une arche calcaire qui enjambait le ravin. Bashaliia s'y précipita et tournoya au-dessous comme un fou. Il enchaînait les plongeons en piqué et battait frénétiquement des ailes, affolé.

— Attendez ! s'exclama Nyx.

Tout le monde pivota vers elle.

Elle montra Bashaliia.

— Il cherche à nous avertir.

Au loin, des cris sauvages ricochaient partout à la ronde.

Kanthe agita la main derrière lui.

— Je ne crois pas que nous ayons besoin de votre frère pour saisir le message.

— Non. Il ne parle pas des thylassaures. (Nyx empoigna Frell par le bras.) Pour Bashaliia, il n'en a jamais été question. Il refuse que nous franchissions l'arche. C'est ce qu'il essaie de nous dire depuis le début. Il pressent un danger plus haut là-bas.

Jace se serra contre eux.

— Quoi donc ?

Nyx secoua la tête. Elle ignorait la réponse mais était certaine d'une chose.

— Ce qui nous attend est encore pire que les thylassaures.

Elle reçut un soutien inattendu.

— Votre bestiole pourrait bien avoir raison, souffla le prince.

* * *

Depuis leur modeste terrasse, Kanthe montra un bassin bleu foncé en bas. Une cascade chantante tombait dans la rivière d'un côté, puis en ressortait sous la forme d'une violente chute d'eau, enveloppée de brume. Entre les deux, l'étrange lac miroitant était assez translucide pour laisser entrevoir le fond et, si le lit de la rivière était jonché de galets, ce n'était pas tout ce que le courant avait poli.

Des ossements formaient de macabres monticules dans les profondeurs cristallines. Des crânes de diverses tailles s'y entassaient, des géants aux cornes brisées jusqu'aux calottes bien plus modestes flanquées d'un bec pointu. Des os allongés s'enchevêtraient partout, parfois terminés par des griffes jaunies ou des sabots blanchis. Des centaines de cages thoraciques défoncées s'entremêlaient, un peu à l'image des assommoirs de chasse, et elles servaient désormais de refuge aux crabes et à quelques poissons argentés.

Comble de l'horreur, on apercevait aussi des crânes humains aux orbites vides, dont certains portaient encore leur heaume brillant. Une centaine d'épées dépassaient des monceaux d'ossements, parfois tenues par des mains squelettiques.

— Je crois que nous savons maintenant pourquoi ce col a été baptisé le Chemin des *Perdus*, lâcha Kanthe.

Tous regagnèrent l'arche, où la chauve-souris virevoltait toujours.

— Qu'y a-t-il donc là-haut ? s'étonna Jace.

Les hurlements des thylassaures se muèrent en plaintes féroces, si proches qu'on sentait leur faim dévorante.

— Aucune idée, avoua Kanthe. En revanche, nous savons parfaitement ce qui nous talonne de près.

— Continuons notre route, décida Frell. Les dépouilles sont peut-être vieilles de plusieurs siècles.

Dans la mesure où les vociférations des thylassaures allaient crescendo, nul n'y trouva à redire. Rester sur l'escalier, alors que la meute déchaînée approchait, c'était signer son arrêt de mort.

Kanthe ne se laissa toutefois pas aveugler par les paroles de son mentor. Prenant très au sérieux le ballet aérien de la petite chauve-souris apeurée, il empoigna son arc et prit une flèche. Les épées argentées dans les mains des cadavres le firent douter de l'utilité de son geste.

Une chose est sûre : leurs armes ne les ont pas aidés.

Au moment de franchir l'arche d'un pas prudent, ils retinrent leur souffle, mais les marches suivantes ressemblèrent aux précédentes. Devant eux, la forêt emplissait le ravin. Ils progressèrent pas après pas, palier après palier. Par chance, aucune menace ne surgit.

Peut-être que Frell avait raison…

Nyx fut la première à constater un changement.

— Les oiseaux sont partis, murmura-t-elle.

Kanthe s'arrêta. L'oreille à l'affût, il scruta la végétation. Plus aucun faucon ne leur criait dessus. On n'entendait également plus piailler les colonies de corbeaux freux. Il prit aussi conscience que, depuis un moment, il n'avait plus aperçu de nuisibles ni dû esquiver l'attaque d'un serpent.

Frell leur fit signe de continuer.

Le prince s'exécuta, tout en cherchant un signe de vie autre que vert et hérissé d'épines. Il observa attentivement les falaises. Au sommet, les trous de nidification paraissaient vides et abandonnés.

Où tout le monde est-il donc…

Son regard fut attiré par du mouvement au niveau d'un trou. Une masse dégringola le long de la falaise et disparut dans le sous-bois.

Kanthe s'arrêta et laissa les autres passer. Intrigué, il passa en revue les autres cavités, mais l'étrange phénomène ne se reproduisit pas. Il était prêt à penser qu'une simple pierre s'était détachée de la paroi quand, soudain, une deuxième boule gris-noir sortit d'un vieux nid de freux et rebondit jusqu'au bas de la pente.

Puis une autre.

Et encore une autre.

Alors que Kanthe tentait de percer le mystère, un cri jaillit devant lui. Vite, le jeune homme écarta les broussailles et rejoignit ses camarades. Arrivée à la terrasse suivante, Nyx avait la main plaquée sur la bouche. Jace la tira en arrière, pendant que Frell, lui, se penchait en avant.

Quelque chose gisait au sol.

Kanthe se fraya un chemin pour voir.

— Pauvre bête…, marmonna Nyx.

Un chevreuil nain était couché sur le flanc, les pattes raidies par la mort. Ses yeux vitreux les fixaient. Son ventre était anormalement distendu.

— Qu'est-ce qui l'a tué ? déglutit Jace.

En chasseur aguerri, Kanthe chercha une plaie ou une tache de sang.

La remarque de Frell lui donna la chair de poule.

— Il n'est pas mort.

Aussi horrifiée que Kanthe, Nyx recula encore.

— Quoi ?

Il avait pourtant raison. Sous leur regard atterré, l'œil du chevreuil se dirigea vers l'alchimiste. Des narines de l'animal s'échappait un souffle d'agonie, si faible qu'il ne soulevait même pas son poitrail.

Le cœur de Kanthe se serra de pitié.

Il est vivant mais incapable de bouger.

Avec l'intérêt macabre d'un scientifique, Frell s'agenouilla.

— Ce sont des épines noires, plantées dans son cou ?

Kanthe se moquait bien de résoudre l'énigme. Il ravala sa salive et détourna le regard. Hélas, ses yeux se posèrent sur un endroit encore plus épouvantable. L'abdomen gonflé du cervidé avait commencé à trembloter, tel un ragout à petits bouillons.

— Frell…, prévint-il.

Son tuteur le prit par l'épaule et les entraîna tous à l'écart.

— N'approchez pas !

Le ventre de l'animal remuait de plus en plus. Un vagissement plaintif émana de son gosier. Puis son estomac explosa en une gerbe de sang, laissant échapper une masse grouillante de vers blancs gros comme le petit doigt. Ils se tortillèrent et roulèrent au milieu d'une énorme flaque de bile et de sang.

Le groupe se sauva en poussant des halètements et des cris de stupeur. Par chance, les vers aveugles ne leur prêtèrent pas attention : ils se trémoussèrent jusqu'aux buissons touffus et s'y réfugièrent à l'abri de la lumière.

— Qu'est-ce que c'est ? bredouilla Nyx.

Frell la dévisagea, livide. Il n'eut pas le temps de répondre qu'un crépitement énorme retentit, comme si un orage de grêle s'abattait sur un toit d'ardoise.

Kanthe se rappela le curieux phénomène auquel il avait assisté quelques minutes plus tôt. Il regarda par une brèche de l'épais rideau de verdure. Des boules entourées d'une carapace, chacune de la taille d'un poing, surgissaient des vieux nids de freux et dévalaient la falaise. Elles affluaient par centaines. En face et derrière. Même des escarpements situés sur l'autre berge.

Une sphère rebondit vers eux. Elle déplia ses pattes articulées et cuirassées, hérissa son dos d'épines noires et déploya des ailes diaphanes. Puis elle s'envola en bourdonnant d'un air menaçant.

Par la bite enfiévrée de Hadyss, c'est quoi ce machin ?

Frell répondit à sa question silencieuse.

Et ses mots sonnèrent comme une malédiction.

— Des skriitch…

* * *

Nyx sonda les forêts opaques avec horreur. Le crépitement autour d'eux s'était transformé en un bourdonnement d'ailes de plus en plus puissant. Le bruit se propageait à la vitesse d'un feu de broussailles sur l'herbe desséchée. Le cœur battant, elle s'apprêta à détaler, quand Frell croisa son regard et secoua la tête.

Il attrapa aussi Kanthe et l'obligea à se baisser.

— Que personne ne bouge, ordonna-t-il à voix basse.

Jace força Nyx à s'accroupir, puis chuchota à l'alchimiste :

— Des skriitch ? Je croyais l'espèce éteinte depuis des siècles.

— Ce qui figure dans les livres a souvent été écrit avec davantage d'espoir que de certitude.

Et, à toute vitesse, Frell partagea ses connaissances indispensables à leur survie.

— Les skriitch sont un fléau de l'ancien temps. Non seulement leur piqûre a un terrible effet paralysant, mais ces dévoreurs de chair nichent dans leurs victimes afin de nourrir leur progéniture. Ils chassent à l'aveugle, attirés par les bruits forts et l'haleine de leurs proies.

Nyx contempla le cadavre en piteux état du petit chevreuil. Dieu merci, le pauvre animal était désormais mort, éventré et saigné à blanc par la horde d'asticots voraces. Si la plupart s'étaient réfugiés à l'ombre, une poignée de vers continuait de fourrager son abdomen déchiré ou de frétiller dans son sang. La puanteur qui régnait sur le plateau rocheux n'évoquait pas l'odeur d'un meurtre récent mais, au contraire, les relents nauséabonds de la corruption et de la putréfaction.

Frell montra le chemin derrière la dépouille.

— Notre unique espoir est de reprendre la route. Seulement, nous devrons être prudents et masquer notre respiration. (Il se couvrit le nez et la bouche avec sa manche, puis reprit d'une voix étouffée.) Prions le ciel pour que la reine ne se réveille pas.

Sur ces paroles sibyllines, il se redressa.

— Attendez, intervint Jace, la voix étouffée par l'épaisseur de son manteau. J'ai eu l'occasion de recopier une édition décrépite du *Primordia Biologicum* de Haasin, paru il y a quatre siècles. On y parlait de skriitch. Et d'une manière possible de s'en protéger. Selon l'auteur, les larves imprègnent leur proie d'une odeur caractéristique censée identifier leur nid charnu. Peut-être pour dissuader leurs congénères de déposer des œufs à l'intérieur d'un corps déjà occupé.

De son regard perçant, Frell considéra le jeune homme sous un nouveau jour. Quant à Nyx, elle se remémora sa conversation avec Jace le jour où elle avait essayé son habit de l'Ascension. Lors d'un échange qui lui semblait remonter à une éternité, elle lui avait assuré que sa formation au scriptorium était à la fois unique et essentielle.

— Qu'est-ce que ça change pour nous ? lâcha Kanthe, nerveux.

Jace trempa son manteau dans la flaque de bile et de sang.

— En nous enduisant le corps et les vêtements d'une odeur aussi spécifique, nous pourrons peut-être détourner leur attention, leur faire croire que nous sommes déjà infestés.

— Pourquoi pas ? J'ai déjà senti bien plus mauvais que cela.

Sans perdre une seconde, tous imbibèrent de sang putride leurs manteaux, tuniques longues, hauts-de-chausses et s'en barbouillèrent les joues. Alors que Nyx était prise de fortes nausées, Kanthe tendit vers elle une main souillée. Elle vacilla en arrière, mais il ôta de son épaule un gros ver qui allait ramper dans ses cheveux. Elle en chercha frénétiquement d'autres sur le reste de son corps, mais était sauve.

Lorsqu'ils eurent terminé, Frell se retourna vers la colonie bruyante d'insectes qui sillonnait la forêt.

— À mon avis, la seule raison pour laquelle nous n'avons pas déjà été attaqués, c'est l'odeur pestilentielle qui se dégage du cadavre. Espérons que ce miasme écœurant nous suivra jusqu'à ce que nous ayons quitté leur territoire. Allez, du nerf.

Ils repartirent dans la brume de plus en plus cotonneuse, où la cime des arbres finit par disparaître.

Le bourdonnement lancinant des skriitch hantait leur progression. Des feuilles s'agitaient au gré de leur passage ailé. Les bancs de brouillard frissonnaient.

Les skriitch étant toujours occupés ailleurs, le groupe continua de grimper. Au bout d'un moment, le bras plaqué sur le bas de son visage, Nyx repéra plusieurs créatures juchées au sein de buissons dont les branches frêles ployaient sous leur poids. D'autres, accrochées à des troncs noueux, se confondaient presque avec l'écorce.

Soudain, quelque chose lui heurta le haut du bras.

Nyx tressaillit. Un skriitch s'était posé sur son épaule. Elle le dévisagea, interdite. Huit paires de pattes articulées agrippaient sa manche. Sur un corps constitué du même nombre de segments carapacés, les deux du milieu pivotèrent sur des charnières et laissèrent se déployer, de chaque côté, deux ailes reliées par des veines microscopiques. Les sections avant se cabrèrent et, de ses antennes frangées, l'animal testa l'atmosphère. Il dévoila aussi quatre grosses mandibules. Juché sur la manche de Nyx, il respirait si fort qu'on voyait ses segments se dilater et se contracter. Chaque absorption d'air agitait aussi la ligne d'épines noires sur son dos.

Elle imagina les mêmes piques acérées plantées dans la gorge du chevreuil nain.

Le skriitch commença à trottiner sur son bras. Tandis qu'elle retenait son souffle, il traversa la tache de sang près de son épaule, s'y attarda un peu, puis, d'un bond, reprit son envol.

Nyx frissonna de terreur et de soulagement. Tout le monde la fixa du regard, mais elle leur fit signe d'avancer. La sueur qui ruisselait sur leur visage menaçait de laver leurs joues du sang qu'ils y avaient étalé. Sans un mot, ils marchèrent en tâchant d'éviter la horde vrombissante qui continuait d'investir la forêt. Beaucoup de skriitch stagnaient aussi au niveau des bancs de brume et du feuillage des arbres.

Les yeux rivés vers la canopée, Jace fit craquer une branche sèche sous sa botte. Aussitôt, deux skriitch fondirent sur lui. Il se baissa, mais ils frôlèrent son crâne et rebroussèrent chemin à tâtons en cherchant l'origine du bruit. Le jeune homme plaqua plus fort son manteau sur sa bouche. Les prédateurs effectuèrent encore deux rondes au-dessus de lui, puis s'éloignèrent.

Frell fronça les sourcils vers Jace et lui intima, en silence, d'être plus prudent.

Ils reprirent leur lente montée.

Nul ne savait jusqu'où le territoire des skriitch s'étendait, mais leur périmètre était forcément circonscrit. Ils n'avaient pas envahi le bas du ravin depuis des siècles, comme si quelque chose les retenait là-haut. Peut-être le brouillard plus épais ou alors une odeur prégnante, comme ce qui se dégageait de leurs vêtements souillés de sang.

Soudain, Frell s'immobilisa et ses épaules s'affaissèrent.

Leur itinéraire était traversé par la rivière, et les marches suivantes se trouvaient sur l'autre rive.

— Il va falloir nager, marmonna-t-il d'un ton maussade.

Tous avaient conscience que le danger ne venait pas de la force du courant. Cette portion-là de la crevasse était relativement plate et les eaux assez calmes. En revanche, la forêt d'en face aussi bourdonnait de skriitch. Les falaises y étaient truffées de centaines de nids et de cavités plus vastes. S'ils continuaient à la nage, le sang dont ils avaient barbouillé leur peau et leurs vêtements se diluerait, les laissant à nu, sans défense.

— Il faut tenter le coup, estima l'alchimiste.

Personne ne protesta.

Les uns après les autres, ils pénétrèrent dans l'eau fraîche en prenant soin d'éviter tout bruit d'éclaboussures. Nyx ne quitta pas Jace d'une semelle. Kanthe fermait la marche, son arc à la main. Leurs regards restèrent rivés vers le ciel au-dessus d'eux. Des skriitch les frôlèrent en bourdonnant. Certains s'écrasèrent sur l'eau et, après quelques battements d'ailes, ils furent entraînés par le courant.

Finalement, le groupe atteignit l'autre berge. Sous l'eau, des marches sortaient de la rivière. Frell s'y accroupit.

— Il n'y a pas une seconde à perdre. Prions pour que nous arrivions vite aux frontières de leur fief. Si jamais vous vous faites piquer, courez le plus longtemps possible. Soyez prêts à vous entraider si quelqu'un flanche.

Nyx acquiesça et s'arma de courage.

Au moment où l'alchimiste se levait, Kanthe l'empoigna par le bras.

— Restez ici.

Frell fronça les sourcils.

— Je sais que c'est dangereux…

— Non, écoutez.

Le sang battant contre ses tempes, submergée par l'atmosphère de terreur, Nyx était devenue sourde aux hurlements des thylassaures. La meute clatissait à la mort, comme si elle avait senti ses proies toutes proches.

Les rugissements triomphants des prédateurs s'amplifièrent, de plus en plus excités, au point de résonner d'un bout à l'autre de la forêt. Or, Nyx et ses camarades n'étaient pas les seuls à les entendre. Des skriitch se ruèrent vers la meute hurlante, prêts à paralyser les intrus, chacun rivalisant pour être le premier à pondre ses œufs dans un nouveau nid douillet. En un clin d'œil, des essaims compacts se formèrent au-dessus de la rivière et plongèrent vers le fond du ravin.

Nyx se réimmergea prudemment en les regardant passer. Finalement, leurs ailes vrombissantes s'éloignèrent, jusqu'à ce qu'il ne restât plus que quelques retardataires à fendre la brume. Ceux-là chancelaient et tombaient parfois à l'eau, trop âgés ou trop faibles pour constituer une quelconque menace.

— Maintenant, ordonna Kanthe.

Ils sortirent de la rivière, leurs vêtements alourdis par l'eau qui, à chaque pas, dégoulinait sur le sol.

Le prince lorgna la berge opposée.

— Je n'ai jamais été aussi heureux d'être pourchassé.

— Nous devrions quand même nous dépêcher, prévint Frell. Et tenir compte de ce que je vous ai dit tout à l'heure.

Ils déguerpirent sans plus se soucier de rester silencieux. Les hurlements enragés des thylassaures éclipsaient sans problème le craquement fortuit d'une branche ou la chute d'une pierre. Peu à peu, leurs cris victorieux se muèrent en gémissements terrifiés de douleur. Nyx se figura leurs corps ondoyants couverts de skriitch qui devaient s'en donner à cœur joie pour les piquer, les mordre, les empaler et les ensemencer. Au souvenir de l'épouvantable agonie du chevreuil nain, elle éprouva un bref élan de compassion.

Aucune créature ne mérite une fin aussi cruelle.

Distraite, elle se heurta à Frell. Elle sentit qu'il la repoussait en arrière.

Par-dessus son épaule, Nyx identifia la raison de ce brusque recul.

Les bois débouchaient sur un pan de falaise et l'entrée d'une vaste caverne. Dans une forêt qui semblait avoir été creusée pour former un tunnel jusqu'à l'entrée de la grotte, les branches étaient enduites d'épaisses toiles d'araignée argentées.

Depuis son antre, la responsable de l'effroi de Frell apparut sur ses longues pattes articulées. De la taille d'un bœuf, elle avait le dos bardé de plaques cuirassées et traînait derrière elle un long abdomen bulbeux. Des antennes segmentées s'agitèrent vers eux. À leur extrémité, les yeux ressemblaient à des diamants noirs à facettes.

Lorsque la créature se dressa sur ses pattes arrière, sa tête triangulaire mordit le vide avec ses mandibules acérées. Elle rampa jusqu'à l'escalier et leur barra le passage.

Sa main prise d'un léger tremblement, Frell fit signe à ses camarades de ne plus bouger.

— Une reine skriitch.

CHAPITRE 31

Kanthe laissa les autres battre en retraite. Il le savait : il n'y avait qu'un chemin possible, une seule issue.

Directement par ce putain de monstre.

Son arc à bout de bras, il mit un genou à terre et, tout en positionnant une flèche contre la corde, il lutta contre l'abominable vision d'une créature hybride, mi-araignée, mi-guêpe, qui semblait exhumée d'une crypte iflelen. Ou alors c'était un démon créé par leur dieu terrifiant, Ðreyk. Tandis qu'elle sifflait sur le groupe, un gaz nauséabond s'échappa des pores situés le long de ses flancs ridés et huileux. Kanthe ignorait si les émanations étaient toxiques, mais elles dégageaient l'odeur infecte des entrailles pourries d'un cadavre bouffi par le soleil.

Le pas lourd, la reine s'avança. Elle martelait le sol de ses pattes squelettiques, dont l'arrière était bordé de crochets chitineux.

Kanthe ne se démonta pas. Il amena la corde de son arc vers sa joue. Lorsque l'empenne de la flèche lui chatouilla l'oreille, il visa la sombre tête triangulaire, à moitié dissimulée par le rebord du segment supérieur, et tira. La flèche fusa. Comme si elle avait anticipé l'attaque, la reine inclina le bord de sa couronne et la pointe métallique ricocha sur son épaisse carapace.

En matière de chasse, Kanthe ne manquait cependant pas d'expérience. Une leçon de l'éclaireur d'Ennuage, son premier mentor, résonna en lui : *Souvent, ce n'est pas le premier tir qui est mortel, mais celui qui part juste après.* On lui avait appris à ne jamais compter sur la première flèche, à ne pas s'arrêter pour savourer son adresse. Une fois le coup parti, il fallait l'oublier.

Aussi, quand le trait heurta sa cible sans causer de dégâts, Kanthe avait-il déjà armé le tir suivant. Il lâcha la corde, de sorte qu'au moment où la reine se redressa, le projectile la frappa en pleine tête. L'abominable créature le chargea en hurlant.

Le prince, impavide, resta à son poste, tandis que les flèches partaient, les unes après les autres.

Toutes dans le mille.

Malheureusement, la reine continuait d'approcher.

Il pencha la tête, définit son point de mire et fit vibrer la corde.

La flèche fonça entre les mâchoires du monstre, directement à l'intérieur de son gosier obscur. Ses mandibules la brisèrent en deux, mais un second trait suivit le premier.

Goûte-moi encore ça.

Touchée de plein fouet, la reine vacilla, telles les échasses d'un mime qui tenterait de marcher sur les pavés.

Kanthe persévéra. Il visait le crâne, mais aussi parfois le thorax à découvert de la bête, cherchant à atteindre le cœur, si tant est qu'elle en eût un.

Enfin, elle s'effondra sur les marches et dérapa vers lui.

Alors, seulement, il se redressa et recula. Il tendit le bras vers son carquois mais ne sentit aucune plume. Il avait épuisé sa réserve de flèches. À la place, il sortit une dague, au cas où la reine donnerait encore signe de vie.

Par chance, l'énorme carcasse resta immobile. Même dans la mort, du gaz pestilentiel s'échappa de son abdomen renflé et forma un nuage autour.

Kanthe s'empressa de fuir.

Frell le rejoignit, talonné par les autres. Le prince s'attendait à un tonnerre d'acclamations et de félicitations. Son tuteur le gratifia seulement d'un regard inquiet. Quant à Nyx et Jace, ils fixaient la berge opposée. Au cœur du brouillard, le faible bourdonnement des skriitch était devenu une plainte furieuse. Concentré sur sa proie, le jeune chasseur n'avait pas remarqué le changement de timbre de la horde.

— Ils arrivent, signala Jace.

Attirés par l'odeur de leur reine ou par ses cris stridents, les skriitch avaient la ferme intention de venger leur défunte cheffe.

— Courez, ordonna Frell. Et ne vous arrêtez pas.

Ils contournèrent, à distance, le cadavre fumant et reprirent leur ascension du vieil escalier. Kanthe, en tête, fut le premier à se rendre compte qu'ils avaient commis une erreur d'appréciation.

Quatre ou cinq galeries constituées d'épaisses couches de toile d'araignée partaient en étoile des marches embrumées. Des ombres immenses apparurent.

D'un regard furieux, Kanthe tança Frell de ne pas avoir su la vérité, car son ignorance allait tous les tuer.

Les skriitch n'avaient pas qu'une seule reine.
Ils en avaient beaucoup.

* * *

Nyx resta bouche bée devant les silhouettes noires qui s'entassaient sur l'escalier. Derrière elle, le vrombissement furieux de la horde était monté en un crescendo terrifiant, à en faire trembler le brouillard. La jeune fille sentit les bourdonnements sur sa peau, dans ses os. Quand le bruit lui donna l'impression d'avoir un essaim de frelons à la place du cerveau elle secoua la tête.

En réalité, elle n'était pas harcelée par des skriitch mais par quelque chose de plus familier. Une triste mélopée s'insinua à travers leur brouhaha fiévreux.

Elle leva les yeux au moment où un volatile plongeait entre les branches. Après un passage en rase-mottes, il reprit de l'altitude, comme s'il essayait de l'entraîner – et il y parvint.

Alors qu'elle sentait encore le sol sous ses pieds, Nyx s'envola. Les images se superposèrent. Elle voyait toujours la forêt alentour, mais elle regardait aussi le ravin s'ouvrir en contrebas, à mesure qu'elle prenait de plus en plus de hauteur. Même la brume n'entravait pas sa nouvelle vision. Son acuité était telle qu'elle englobait toute la crevasse, au rythme d'un chant qui soulignait chaque recoin, chaque branche, chaque feuille, chaque fissure. Au cœur de la nuée, elle distinguait, en se concentrant, chacun des skriitch qui survolaient la rivière.

Elle se remémora un épisode comparable au Cloistre, alors qu'elle fuyait à toutes jambes loin de Byrd et de ses comparses. Pendant un bref laps de temps, le carillon des cloches de l'école lui avait dévoilé un plan vaporeux des lieux. Elle s'en était servie pour avancer d'un pas plus sûr.

À présent, elle soupçonnait la vérité.

Peut-être que ce n'étaient pas les cloches.

Bashaliia aurait-il déjà été là ? Était-ce lui qui avait demandé à la grosse chauve-souris de tuer Byrd ?

Elle n'avait pas le temps d'étudier la question.

En bas, les reines sombres avançaient vers ses compagnons d'aventure et elle. La panique qui tambourinait dans sa poitrine tenta de l'arracher au brouillard, de la renvoyer dans son corps. Mais Nyx n'atteignit jamais le sol. Les lamentations, de plus en plus stridentes, effacèrent l'escalier de son champ de vision et l'attirèrent vers les nuages. Elle lutta pour ne pas remonter.

Il faut que je les aide.

Sa requête restée lettre morte, Nyx fut contrainte d'observer le marais. L'atmosphère s'y était électrisée, comme avant un orage. La puissance folle qui s'agglutinait autour du Poing flamboyant plongeait toute la zone dans l'obscurité. Soudain, celle-ci jaillit en direction du ravin, l'inonda sur toute sa longueur et se propagea vers la jeune fille.

À travers ses yeux humains, Nyx vit Frell faire redescendre les garçons de quelques marches. Elle l'entendit dire quelque chose au sujet d'une grotte, d'un abri loin de la horde prédatrice.

Elle sut que l'idée ne fonctionnerait pas.

Vu d'en haut, le raz de marée noir, tel un œil géant, approchait bruyamment. Nyx se mit à trembler devant un regard aussi vaste, insondable et éternel.

Elle voulut y échapper.

Un tintement résonna alors au creux de son oreille. Cette étincelle minuscule au milieu de l'immensité prenait enfin sens. *Bashaliia*. D'emblée, Nyx retrouva le goût du lait, la chaleur d'un frère partageant son nid douillet. Il y avait là une réalité qu'elle pouvait appréhender, voire aimer.

Elle s'y cramponna quand la tempête s'abattit sur elle et qu'elle la ballotta, telle une brindille au gré des flots déchaînés. Le courant l'arracha du ciel et lui fit réintégrer son corps. Là aussi, une force indescriptible l'inonda, de Bashaliia dans le ciel jusqu'à elle. Elle se sentit brûler sous le coup d'une énergie colossale qui lui emplissait chaque os, chaque veine, chaque organe. Au loin, des pupilles immémoriales jugeaient froidement ce qu'elle allait faire. Pourtant, une puissance phénoménale continuait de l'envahir, jusqu'à ne plus pouvoir être contenue.

Nyx fut obligée d'ouvrir les vannes.

Elle se prit le crâne entre les mains et hurla pour évacuer l'incroyable force accumulée. L'énergie éclata partout, dépouillant le monde de ses secrets. Plus rien n'échappait à la jeune fille. En une fraction de seconde, elle perçut chaque nervure de feuille, chaque charançon occupé à fourrager l'écorce, chaque filament de champignon dans le sol. Autour d'elle, les autres devinrent des os, des cœurs battants, des gerbes de sang.

Ce qui jaillit d'elle ne se résuma toutefois pas à une vision amplifiée. Son cri était gorgé de la force des frères et sœurs de Bashaliia, agrégée en une entité infiniment plus vaste.

Elle se rappela son cauchemar au sommet de la montagne, quand la même force avait brisé la roche. À ce moment-là, face au marais, elle n'avait pas autant de contrôle.

Lorsque la vague déchaînée déferla hors d'elle, Nyx se sentit hissée sur la pointe des pieds, presque décoller de terre. Le cataclysme chassa le brouillard et renvoya la horde conquérante au fond du ravin. Ses compagnons d'expédition trébuchèrent de part et d'autre, repoussés entre les arbres et les buissons.

La reine la plus proche s'écroula sur l'escalier. On aurait dit une araignée brûlée par un charbon ardent. Les autres ombres déguerpirent, pourchassées par un ouragan de feuilles arrachées et de branches cassées. Avec ses nouveaux yeux, Nyx vit les cœurs minuscules des créatures se serrer de terreur lorsqu'elles délaissèrent les marches à la hâte pour se réfugier sous les cailloux.

Et tout fut terminé.

La puissance étrange qui avait envahi l'adolescente disparut. Sa vision acérée laissa place à un amas d'ombres, un kaléidoscope de lumière et d'obscurité, comme si elle était retombée dans la quasi-cécité de son enfance. Ses pieds retrouvèrent la terre ferme.

Vidée de ses forces, Nyx sentait que ses jambes ne la soutenaient plus, et elle bascula en avant. Des mains la rattrapèrent.

— Je te tiens, annonça Jace.

Un autre bras la saisit et l'aida à se redresser.

— Nous ne pouvons attendre, avertit Kanthe.

Frell confirma :

— Lorsqu'elles auront repris leurs esprits, les reines risquent de repartir à l'assaut.

Nyx se sentit portée par Jace et Kanthe, chacun d'un côté. Parvenant à peine à maintenir ses paupières ouvertes, elle se laissa faire. Sur les marches, ses orteils raclaient doucement derrière elle. Elle perdit connaissance quelques secondes et se réveilla confuse, affolée.

Heureusement, Jace était là pour la rassurer.

Elle recouvrit la vue petit à petit. D'abord, la profondeur de la forêt verdoyante, puis les détails des feuilles et des branches. Elle mit davantage de temps à reprendre des forces. Sa tête ballottait entre ses deux gardes du corps.

Finalement, Frell leur fit signe de s'arrêter.

— Je pense que nous avons réussi. Reposons-nous un peu.

Jace conduisit son amie vers un rondin posé à terre. Malgré ses difficultés pour marcher, elle effectua les derniers pas toute seule et s'y laissa tomber avec gratitude. D'un air morne, elle contempla les arbres gigantesques, dont la cime disparaissait entre les nuages bas. On n'apercevait aucune trace de falaise ni de paroi rocheuse. Sans doute Frell les avait-il entraînés assez loin dans les bois avant de leur autoriser une halte.

Merci la Mère...

Kanthe aussi promena son regard à la ronde.

— Nous sommes arrivés à Ennuage. Toute ma vie, j'ai rêvé de me pointer ici. (Il haussa les épaules.) Bon, bien sûr, peut-être pas dans des circonstances pareilles.

— Nous ne pourrons pas nous éterniser, indiqua Frell. Il nous reste deux à trois jours de marche jusqu'à Havrechand. Sans compter que cette forêt est potentiellement tout aussi dangereuse.

Jace contempla le chemin déjà accompli.

— Et les autres ? Ma main à couper que la légion royale sera incapable de franchir le ravin. (Pâle, nerveux, il lorgna vers Nyx.) Du moins, pas de la manière dont nous l'avons traversé.

— Possible, répondit Kanthe, mais je connais le chef de la Garde vyrllienne. Anskar a certainement déjà envoyé un corbereau à Hautmont. S'il connaît notre itinéraire, il ne devrait avoir aucun mal à deviner que nous cherchons à rallier Havrechand.

S'ensuivit un silence morose.

Nyx surprit ses camarades à la fixer.

Frell avança de quelques pas pour lui poser une question. Kanthe l'en dissuada d'un geste sec.

— Plus tard.

L'érudit hocha la tête.

Nyx savait qu'ils voulaient l'interroger sur ce qui s'était passé là-bas, mais qu'ils avaient aussi conscience de son épuisement physique. *Quoiqu'un peu d'attente n'y changerait pas grand-chose.* Elle doutait d'avoir des réponses à leur offrir.

Elle fouilla les cimes embrumées du regard.

Jace remarqua son intérêt.

— Nous n'avons vu aucun signe de ton frère. Pas depuis que…

Sa voix se brisa.

— Bashaliia, murmura-t-elle.

Comme s'il répondait à l'appel de son nom, un petit être ailé émergea du brouillard et descendit vers Nyx. Il glissa sur les airs en silence, sans mélopée ni pépiements.

Il doit être aussi exténué que moi.

Son frère pencha soudain sur le côté, voleta faiblement et dégringola vers le sol.

Nyx se releva et s'approcha d'un pas chancelant. Kanthe arriva de l'autre côté. Ensemble, ils rattrapèrent Bashaliia et le posèrent délicatement à terre.

Elle s'agenouilla, la gorge nouée. Bashaliia était étendu sur le dos, le poitrail quasi immobile, le cou tendu et de guingois.

Frell et Jace les rejoignirent à la hâte.

— Que lui est-il arrivé ? se renseigna Jace.

Kanthe tourna la tête de Bashaliia.

— Le pauvre animal n'a pas pu se protéger, comme nous, avec de la bile nauséabonde. Il nous a quand même suivis et il en subit les conséquences douloureuses.

Une série d'épines noires était fichée dans le cou de la petite chauve-souris. Du bout du pouce, Frell caressa à rebrousse-poil sa fourrure ensanglantée et révéla une méchante trace de piqûre.

Kanthe leva les yeux vers Nyx.

— Je suis désolé.

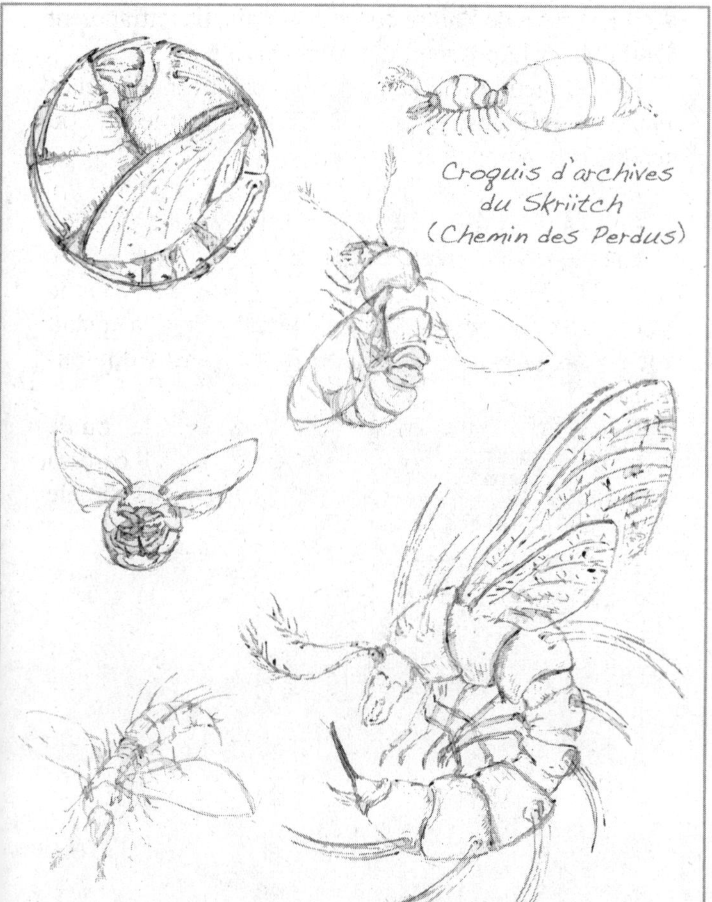
Croquis d'archives
du Skriitch
(Chemin des Perdus)

PARTIE X

À L'ASSAUT DU VENT

Ne crains pas d'estre en tort. Crains surtout d'estre honneste.

— Mise en garde tirée du *Livre des Sagesses à l'usage des garçons*

CHAPITRE 32

Rhaif, qui avait de nouveau revêtu une byor-ga klashéenne dissimulant son visage et sa silhouette, longea le couloir principal du voilurier. Muni d'un panier vide, il allait récupérer leur déjeuner au garde-manger. En général, les repas se composaient de fromage dur, de pain encore plus dur et d'une petite bouteille de vin amer pour faire passer le tout.

Enfin, s'il se dirigeait vers les cuisines, c'était moins pour se remplir l'estomac que pour glaner des informations.

Avec ses deux camarades d'échappée – Pratik, l'esclave chaaen, et Shiya, la femme en bronze –, Rhaif voyageait depuis deux jours à bord d'un vaisseau baptisé le *Poney volant*. Ce matin-là, un mot collé à la porte de leur cabine les avait avertis d'un changement d'itinéraire. Au départ, ils étaient censés rejoindre directement la Traverse du Marchand, ville tentaculaire située au cœur des grandes plaines herbeuses d'Aglerolarpok. C'était un endroit sauvage et sans loi qui pouvait offrir à Rhaif une multitude d'options pour disparaître, voire changer de vie.

Sauf que, d'ici à quelques heures, ils allaient désormais faire escale à Azantiia.

Pourquoi ?

Le changement de programme qui tracassait beaucoup Rhaif, l'avait incité à quitter ses quartiers – d'autant que le court message ne précisait pas combien de temps ils resteraient à Azantiia. Or, son stratagème pour fuir Lenclume ne tolérait aucun retard.

À coup sûr, le Confesseur Wryth devait être en train de fouiller les cendres du vaisseau klashéen abattu et il entrerait dans une colère noire lorsqu'il constaterait l'absence de la précieuse statue. Il enverrait alors une volée de corbereaux dans toutes les directions et, plus particulièrement, vers les deux voiliers partis de Lenclume le soir même.

Rhaif ne pouvait pas courir le risque de voir un corbereau survoler le *Poney* et rapporter qu'à son bord se trouvaient peut-être un voleur et un extraordinaire trésor en bronze. Il s'inquiétait aussi du moment choisi pour cette escale inopinée. Était-ce simplement de la malchance – comme cela lui arrivait souvent – ou fallait-il craindre une manœuvre plus perverse ?

D'un pas pressé, il remonta l'allée. Malgré la protection apportée par son heaume en cuir et le lourd drapé de soie de sa byor-ga, il marchait tête baissée. Arrivé dans la salle commune, il passa discrètement la pièce au crible. L'endroit, qui accueillait le garde-manger et les cuisines, avait été aménagé au milieu du vaisseau, là où le couloir s'élargissait un peu. Rhaif arriva devant une porte battante et s'engouffra dans la pièce. D'emblée, ses narines furent assaillies par des odeurs de corps en sueur et de fromages forts, qu'on avait du mal à distinguer les unes des autres.

Les réserves de nourriture étaient séparées en deux catégories. À droite s'élevaient les rayonnages et placards du garde-manger. Ils étaient précédés d'un long comptoir, où un serveur en livrée bleu ciel était accompagné d'un scribe maussade qui vérifiait les rations allouées à chaque passager. Bien entendu, en échange d'un ou deux eyriés d'argent supplémentaires, on pouvait s'offrir de menus plaisirs : fruits secs, faisselles, salaisons de viande. Un petit four à braises permettait même de réchauffer son pain ou son fromage pour un demi-eyrié de plus. Rhaif, qui avait consacré presque toutes ses économies à la location d'une cabine digne d'un négociant imri, ne pouvait pas gaspiller ses derniers sous dans des à-côtés aussi superflus.

À gauche, la seconde moitié des réserves de nourriture était le miroir de la première, mais le comptoir abritait aussi des rayonnages de bouteilles poussiéreuses soigneusement arrimées ainsi qu'une série de tonneaux à terre. Une vieille patronne de bar y servait au compte-gouttes des godets de liqueur épicée, des chopes de bonne bière et des cruches de vin fruité. Elle proposait même un assortiment de tabacs à pipe, à fumer exclusivement dans les parties communes, où la moindre flamme était surveillée par des gardes tâtillons. Vu le danger qui flottait au-dessus de leurs têtes, personne n'y trouvait à redire.

Rhaif observa la dizaine de passagers présents : des Guld'guhliens aux jambes arquées, mais aussi quelques Aglerolarpoks dégingandés au visage buriné. Ces derniers avaient découpé une ouverture dans le haut de leurs manches pour exhiber les marques au fer rouge de leurs différents ranchs. Les têtes se tournèrent vers lui. Sur la centaine de voyageurs qui avaient entrepris le périple en ballon jusqu'aux frontières de l'Ouest, les Klashéens n'étaient qu'une poignée. Du moins, d'après ce que Rhaif avait identifié jusque-là.

Les regards oscillaient entre simple méfiance et franche hostilité. D'habitude, c'était plutôt Pratik qui allait chercher à manger, car il fallait à tout prix protéger leur anonymat. Le Chaaen, qui se faisait passer pour un membre de la caste imri et parlait couramment klashéen, pouvait aisément tenir une conversation si quiconque lui adressait la parole. Rhaif, en revanche, ne bredouillait que quelques mots. En définitive, la précaution s'était révélée inutile, car aucun autre Klashéen à bord n'avait approché Pratik.

La raison de leur mise à l'écart était évidente. Sur le voilurier, les tensions et les inimitiés étaient à leur comble. Tout le monde avait assisté à l'incendie ravageur du vaisseau klashéen sur les quais d'Eyr Rigg et les soupçons allaient bon train. Selon la plupart des gens, l'attaque avait forcément une explication valable. Sinon, pourquoi risquer de mettre en rogne les Klashe du Sud ? Au cours du trajet, les craintes ne cessaient d'ailleurs de s'amplifier, exaltées par des hypothèses de représailles et de déclaration de guerre. Toute cette anxiété-là avait besoin de se concentrer quelque part et, à bord, c'étaient les Klashéens qui en avaient fait les frais, car ils parlaient une langue étrangère et qu'ils vivaient en reclus.

Quelqu'un avait même craché sur Pratik, affront qu'en temps normal, aucun imri n'aurait toléré. De peur d'attirer l'attention, le Chaaen n'avait pourtant pas bronché. Le comportement blessant des autres passagers n'était sans doute pas passé inaperçu auprès des autres Klashéens. Pour éviter d'attiser les suspicions, les trois fugitifs préféraient ainsi rester dans leur cabine et se mêler le moins possible aux voyageurs.

L'annonce de leur halte imprévue à Azantiia avait, hélas, créé un climat particulièrement fébrile. La méfiance se lisait sur les visages des gens quand Rhaif traversa la salle commune. Les prunelles étincelaient de colère, comme s'il était coupable de tout et même de leurs propres peurs.

Rhaif était prudemment venu demander si quelqu'un savait pourquoi le *Poney* avait soudain besoin de s'arrêter à Azantiia. En marchant vers le comptoir, il comprit vite la vanité de son entreprise et aussi la forte probabilité de se faire jeter par-dessus bord si jamais il attirait trop les regards.

Peut-être auraient-ils plus intérêt à débarquer à Azantiia ? Ils pouvaient tenter de se cacher sous le nez de leurs poursuivants au lieu de risquer le trajet complet jusqu'à Aglerolarpok.

— J'vous donne quoi ? demanda le serveur.

Rhaif posa son panier sur le comptoir et tendit sa fiche.

— Juste la ration habituelle, répondit-il avec raideur, histoire de feindre au mieux que le hálendii n'était pas sa langue maternelle. Un tout grand merci, ajouta-t-il avec une politesse extrême.

Sa courtoisie ne lui valut qu'un regard sévère du serveur, qui prit son panier et pivota vers les étagères de nourriture. Comme un nouvel affront tacite, l'homme agit avec une lenteur exagérée. Sa main passa d'une tranche de fromage jaune fraîchement coupée à une autre plus desséchée, dont la croûte était piquée de moisissures vert foncé. Il lâcha le vieux morceau à l'intérieur du panier. La miche de pain qui suivit avait aussi des taches noires de pourriture.

Rhaif fit mine de ne rien remarquer. *Ce n'est pas le moment de protester.* Il entendit les autres tablées grommeler. Des voix plus fortes s'élevèrent à dessein contre lui.

« … saletés de Klasheurs… »

« … faudrait les brûler tous, j'vous dis… »

« … jeter leur clique par-dessus bord… »

Au comptoir, le vieux scribe, qui affichait en permanence un air lassé de dégoût, prit la fiche de Rhaif et nota ce qu'il avait reçu. D'après le carré découpé dans sa manche, c'était un Aglerolarpok, mais sa marque au fer rouge était barrée d'une autre cicatrice, preuve qu'il avait été banni de son ranch. Le ciel était apparemment l'unique refuge auquel il avait droit.

— Vous voulez autre chose ? marmonna-t-il machinalement. Réchauffer votre fromage, peut-être ?

Rhaif secoua la tête. Même s'il en avait les moyens financiers, il valait mieux prendre congé sans attendre que son fromage coriace eût le temps de fondre.

Une voix chantante s'éleva derrière lui.

— Allez-y, je vous en prie. Je serai ravie de vous l'offrir.

Il se retourna et tomba nez à nez avec une autre personne en byor-ga brodée. En mal de compagnie au milieu de la foule hostile, elle s'approcha, peut-être un peu trop.

Rhaif eut envie de rentrer sous terre.

— *B... Ben... midi*, bégaya-t-il en imitant le timbre mélodieux de son interlocutrice pour la saluer en klashéen.

Il aurait voulu refuser sa générosité, mais il ne maîtrisait pas assez la langue pour le faire. Et surtout, il ne voulait pas être démasqué. Il ne pouvait qu'imaginer la réaction de l'assemblée déjà nerveuse derrière lui si son subterfuge était découvert. Il se figura une longue chute du pont avant vers les forêts d'Ennuage. Le *Poney* avait presque terminé de survoler la région verdoyante. Un plongeon aussi vertigineux marquerait alors un retour dramatique sur les terres natales de sa mère, une visite à l'improviste dont il préférait se passer.

La Klashéenne posa un eyrié sur la table. Ses doigts gantés poussèrent la pièce d'argent vers le scribe et, d'un revers de main, elle indiqua qu'elle lui laissait le demi-eyrié en pourboire.

— Pour le mal que vous vous donnez et votre aimable service, précisa-t-elle avec son phrasé musical.

Le scribe s'en saisit et montra son trésor au serveur. Le morceau de croûte moisie de Rhaif fut immédiatement troqué contre une tranche plus fraîche, et les deux hommes se dirigèrent vers le four.

La Chaaenne se pencha vers Rhaif.

— Puisqu'il faut attendre que votre fromage chauffe... (Sa voix se dépouilla de ses intonations chantantes, et il sentit une pointe acérée piquer son flanc, juste au niveau du rein.) Profitons-en pour discuter.

Entre les plis de soie qui dissimulaient le visage de son interlocutrice, Rhaif aperçut des prunelles cuivrées qui lui étaient, hélas, bien familières.

Il ferma les yeux, sidéré par l'incroyable concours de circonstances.

C'était Llyra hy March.

* * *

Planté devant la fenêtre de la cabine, Pratik se demanda pour la centième fois ce qu'il fabriquait là. Il avait accepté d'accompagner le voleur et son précieux butin dans l'espoir de présenter un trophée inestimable à l'Imri-Ka et, grâce à cela, racheter peut-être sa liberté.

Il effleura son collier en fer. Il n'avait pas oublié le mélange de joie et de terreur qu'il avait éprouvé quand l'anneau lui avait été scellé autour du cou. Il gardait une cicatrice du métal bouillant qui, malgré l'application d'une plaque isolante en céramique, avait brûlé sa chair tendre. Le collier symbolisait sa brillante accession au rang de Hautcryste en alchimie, mais il le liait aussi à vie à son maître, Rellis im Malsh. Il tenta d'imaginer ce que ce serait d'être délivré d'un tel fardeau. Sans doute décollerait-il de terre si jamais, un jour, on le libérait de ses entraves. Son rêve était mâtiné autant d'espoir que de crainte.

Pratik baissa la main.

À Lenclume, Rhaif ne l'avait averti du changement de vaisseau qu'à la toute dernière minute et il n'avait pas eu d'autre choix que de suivre. Seulement, où le nouvel itinéraire les mènerait-il ? Devant le trône de l'Imri-Ka, comme prévu ? Ou Pratik était-il condamné à rester un paria, un Chaaen qui avait rompu ses attaches, éternellement en cavale ?

Il avait tenté de confier ses inquiétudes au bandit guld'guhlien, lequel avait botté en touche. *Trop d'éléments demeurent en suspens*, avait rétorqué Rhaif. Et, d'un geste ample, il avait désigné le voilurier pour masquer, sous couvert d'humour, l'ambiguïté de sa réponse.

Pratik avait même envisagé d'aborder des Klashéens à bord, de leur révéler le subterfuge et d'implorer leur pardon. Sans doute aurait-il alors signé son arrêt de mort, surtout depuis qu'un navire battant pavillon klashéen avait été détruit par les flammes. Le poids du drame reposait en partie sur ses épaules.

Et puis il y avait la véritable raison pour laquelle il tenait sa langue.

Il se tourna vers la femme en bronze.

Shiya était postée devant l'autre fenêtre. Depuis deux jours, elle ne s'en était que rarement éloignée et se délectait de la lumière éclatante du jour. Elle avait même ôté sa byor-ga et, effrontément nue, elle s'exposait le plus possible au Père d'En Haut. Sous Son regard puissant, le bronze, ramolli, était devenu incroyablement doux et chaud. Les tresses de la statue n'étaient plus que des filaments frémissants, si fins qu'on pouvait les écarter de ses joues et les lui coincer derrière l'oreille.

Quiconque lui jetterait un rapide coup d'œil la prendrait sans doute pour une femme normale au teint hâlé et, il fallait le reconnaître, plus que ravissante. Seuls ses yeux trahissaient son artificialité, car ils étaient vitreux et brillaient d'un impressionnant feu intérieur. Les énergies qui l'animaient avaient donné à ses prunelles azur la teinte bleu profond d'un océan frappé par les éclairs, de sorte que son regard était à la fois effrayant, inexplicable et d'une beauté fascinante.

Pratik ne comprenait aucune des alchimies qui donnaient force et vie à la statue. Une question le taraudait. *S'agit-il d'ailleurs d'alchimies ? Ou est-elle vraiment bénie des dieux ?* Voilà le miracle qui le poussait à rester. Qu'importait la réponse, il sentait que Shiya avait été créée bien avant leurs histoires les plus anciennes, peut-être même avant que la Couronne n'eût été forgée dans le feu et la glace, ce qu'on avait appelé en langue des Anciens *Pantha re Gaas*, les Temps Abandonnés.

Alors, comment pourrais-je moi-même vous abandonner ?

Il alla l'observer de plus près. Depuis peu, un détail le chiffonnait, sans qu'il parvînt à mettre le doigt dessus.

Au soleil, les joues de Shiya miroitaient de riches teintes cuivrées, du rosâtre au rouge foncé. Ses lèvres, qui réunissaient toutes ces tonalités, créaient un halo coloré accentuant l'arc de Cupidon de sa bouche. En revanche, son bas-ventre et ses jambes, en partie cachés par le rebord de fenêtre, restaient d'un bronze plus profond, où tourbillonnaient plusieurs nuances de brun et de jaune terreux. La moitié arrière de la statue, à l'abri du soleil, était sombre elle aussi, ce qui accentuait la largeur de ses hanches et le bombé de ses fesses. Le regard de Pratik remonta jusqu'à ses seins : pas plus gros que des prunes bien mûres, ils avaient une forme parfaite, avec des aréoles bronze foncé et des tétons pointant vers le soleil.

Le Chaaen continua d'admirer la magnifique sculpture, dont on pouvait aisément dire qu'une déesse avait voulu y instiller son essence. Il eut envie de caresser ses courbes, mais pas de la manière qu'un homme enlacerait une femme. Plutôt comme un alchimiste soucieux d'explorer et de comprendre le mystère de son être.

Troublé par elle, par ses propres sentiments, il se tourna vers la fenêtre.

Les falaises s'éloignaient, à mesure que le voilurier quittait les hauteurs d'Ennuage pour survoler la Baie des Promesses. En face, les vastes territoires d'Azantiia embrassaient le littoral vers le nord. De là-haut, on distinguait les remparts en étoile de la citadelle de Hautmont. Dans le port, la mer bleue était semée de milliers de voiles blanches. De l'autre côté de la ville, des dizaines de ballons montaient et descendaient des quais aménagés sur des centaines d'hectares. Certaines embarcations étaient aussi grandes que le *Poney volant*, beaucoup d'autres plus modestes. Il y avait aussi, amarrés au nord-est, des vaisseaux de guerre, à côté desquels leur navire paraissait minuscule.

Pratik avait visité la ville plusieurs fois avec Rellis, lors de déplacements commerciaux ou diplomatiques, et il l'avait trouvée tumultueuse, désordonnée. Rien à voir avec la capitale de leur empire, Kysalimri, dont le nom, « embrassé par les dieux », reflétait bien la réalité. Il se rappela les jardins superbes, les palais immaculés et les trente-trois flèches surmontées des statues dorées du saint panthéon. Sous le poing d'obsidienne de l'Imri-Ka, un ordre strict régnait. Les castes inférieures avaient toutes un rôle à jouer. Elles constituaient chacune un rouage de la vaste machine et nul n'osait dévier de la tâche qu'on lui avait assignée.

Sauf moi.

Son nouveau personnage, affranchi de toute caste et de tout règlement, l'excitait autant qu'il l'effrayait.

Pratik avait toujours rêvé d'être libre, de se débarrasser de son collier en fer, mais où ce chemin le mènerait-il ? Le Chaaen n'avait pas peur de la mort. Sa vie entière, il avait eu une épée sous la gorge et le moindre faux pas lui aurait valu d'être exécuté sans sommation. Non, ce qui lui enserrait réellement la poitrine, c'était la peur de l'autonomie, ne plus avoir à obéir à l'énorme mécanique qu'étaient les Klashe… et, en fin de compte, voir son espoir anéanti.

Ce serait pire que n'importe quelle mort.

Le voilurier descendait vers les quais d'Azantiia en affrontant des vents qui, à basse altitude, soufflaient obstinément à l'est. Depuis qu'il avait quitté les eaux territoriales guld'guhliennes, le *Poney* suivait les deux puissants courants marins qui, au sein de la Couronne, circulaient dans des directions opposées. Avec les vents chauds et humides qui soufflaient vers l'ouest, il s'élevait très haut et se laissait porter jusqu'à ce que la température devînt insupportable. Alors, il redescendait vers les courants plus froids qui soufflaient dans l'autre sens et bataillait contre eux. Une fois rafraîchi, il reprenait de l'altitude. Encore et encore. Il montait et descendait, comme un voilier sur la mer houleuse.

Là, ils ne devraient a priori plus remonter.

Le *Poney* bifurqua vers les champs au nord d'Azantiia, prêt à accoster.

Au moment où le voilurier changea de cap, Shiya fit de même. Son visage s'orienta vers l'autre fenêtre, obligeant Pratik à s'écarter en catastrophe. Elle voulait absolument continuer à fixer les falaises.

Qu'est-ce qu'elle fiche ?

Soudain, il comprit. Il sut enfin ce qui l'avait dérangé toute la matinée. Depuis leur départ, elle s'était à peine exprimée, ne prononçant que des commentaires laconiques, le plus souvent sur l'urgence d'atteindre un but connu d'elle seule. Ces deux derniers jours, elle avait toujours regardé vers l'ouest. Rhaif en avait parlé à Pratik, persuadé que ce qu'elle cherchait se trouvait là-bas.

Or, ce matin-là, dès l'aube, Shiya avait commencé à tourner. On aurait dit l'ombre du soleil sur le cadran de l'horloge annuelle érigée au centre de Kysalimri. Minute après minute, son visage était passé du plein ouest vers l'est, où elle regardait désormais. C'était encore plus flagrant, à présent que le *Poney* volait en rond avant d'atterrir.

Qu'est-ce qui a changé ?

Pratik s'approcha. Shiya n'avait d'yeux que pour les bois immémoriaux d'Ennuage, par-delà les falaises. Au loin, on discernait à peine les cimes les plus hautes du pays, presque englouties par les nuages, les Suaires de Dalalæða.

Pendant la phase de descente du voilurier, Shiya se tourna encore pour continuer de regarder vers l'est.

— Qu'est-ce qui cloche ? marmonna le Chaaen, plus à lui-même qu'à la statue.

Le regard fixé devant elle, elle répondit :

— Nous devons repartir.

— Où cela ?

Elle se mura de nouveau dans le silence.

— Shiya, où voulez-vous que nous allions ?

Elle n'eut aucune réaction. Signe, néanmoins, d'une réelle nervosité, les nuances de sa peau nue s'agitèrent comme jamais.

De crainte d'un problème grave, Pratik se tourna vers la porte de la cabine.

Où est Rhaif ?

CHAPITRE 33

— Comment ? demanda Rhaif, contraint de longer, sous la menace d'un couteau, le couloir principal vers sa cabine.

Le petit mot recouvrait une foule de questions : *Comment Llyra pouvait-elle être là ? Comment l'avait-elle retrouvé ? Quel plan avait-elle échafaudé pour eux tous ?*

Derrière lui, l'ancienne cheffe du Guld'guhlien avait toujours la pointe de son arme enfoncée dans son rein gauche. Elle l'avait obligé à quitter la salle commune après avoir récupéré son panier rempli de pain et de fromage chauds, qu'elle tenait au creux de son bras. À l'évidence, elle refusait de voir son adversaire tenter d'en faire une arme.

Tandis qu'il marchait, Rhaif sentit un filet de sang couler au bas de son dos et le long de la raie des fesses.

— Comment nous avez-vous retrouvés ?

Parmi toutes les questions qui hantaient son esprit, il s'était focalisé sur celle-là en particulier. La dernière fois qu'il avait aperçu Llyra, elle contrôlait un barrage routier à la sortie des Bouillures.

— Jusqu'au dernier moment, j'ai failli ne pas y arriver, répondit-elle, exaspérante de calme. Au fil des ans, j'avais oublié à quel point tu es astucieux et insaisissable.

— Des années qui m'ont été volées parce que vous m'avez livré à l'archishérif Laach.

L'air de rien, elle remonta la lame et l'enfonça de plus belle.

— Cette trahison m'a attiré les bonnes grâces de Laach et, depuis deux ans, la guilde en a bien profité.

— Ah ! Je devrais donc vous remercier d'avoir été aussi utile, souffla Rhaif, qui saluait presque son impitoyable sens pratique. Enfin, vous ne m'avez toujours pas dit *comment* vous avez atterri ici.

— Dans les Bouillures, le bruit a couru que des Klashéens avaient quitté un hôtel de passe mitoyen de celui que j'avais incendié. Je me suis alors rappelé qu'une personne au teint mat t'accompagnait quand je t'ai croisé à la prison de Lenclume. Sur le coup, j'étais si surprise que je n'y avais pas accordé d'importance.

Rhaif se souvint à la fois de l'attitude de Pratik et des flammes qui dansaient sur les toits lorsqu'ils avaient fui le quartier.

— Hélas, la nouvelle m'est parvenue trop tard, d'autant qu'une certaine carriole avait déjà franchi mon barrage. Je n'ai eu que le temps d'enfourcher un rapide destrier et de me lancer à vos trousses. J'ai supposé que vous essaieriez de rejoindre un voilurier. Pour vous contrer, j'ai gravi la Route Cahoteuse à bride abattue jusqu'à Eyr Rigg.

Rhaif se rappela les longues heures que leur véhicule pataud avait mises à gravir les innombrables lacets du trajet. Ils avaient, en effet, été dépassés par d'autres chevaux, montés par des messagers esseulés ou des passagers retardataires.

L'un d'eux devait être Llyra.

— Je me suis trompée sur votre destination et j'ai embarqué sur le vaisseau qui battait pavillon klashéen. (La pointe de la dague s'enfonça encore davantage.) De là, j'ai vu une bande d'individus en habit long jaillir d'une carriole et se diriger vers un voilurier arborant, comme emblème, les cornes enroulées d'Aglerolarpok. Je t'ai maudit si fort qu'il est étonnant que tu ne m'aies pas entendue. Toujours est-il que je suis descendue du navire et que j'ai pris celui-ci, juste avant qu'il ne largue les amarres. Heureusement pour moi.

Rhaif réprima l'élan de culpabilité qu'il éprouva au souvenir de l'incendie qui avait détruit l'autre vaisseau. Et, il allait bientôt le découvrir, ce n'étaient pas les seuls morts dont il était responsable.

— Comme je voulais fouiller le navire incognito, j'ai pris exemple sur toi. J'ai suivi trois Klashéens, je me suis introduite par effraction dans leur cabine et je m'en suis débarrassée vite fait. Je leur ai ensuite emprunté une byor-ga pour passer inaperçue.

Rhaif ferma les yeux un instant en se demandant jusqu'à quel point ses mains pouvaient encore se couvrir de sang.

— Et cette halte impromptue à Azantiia ?

— Hier soir, j'y ai envoyé un corbereau pour faire savoir qui était à bord. La réponse est arrivée ce matin, ordonnant au vaisseau d'atterrir pour une inspection complète. D'ici là, je vais m'assurer que vous restiez tranquilles et je ne vous quitterai pas des yeux.

Si Rhaif reconnut sa défaite, il lui restait un ultime espoir, juste derrière la porte de sa cabine. Il tourna la clé dans la serrure et laissa Llyra le pousser à l'intérieur. À son tour, elle franchit le seuil en le tenant fermement par le col, la lame toujours piquée dans son dos.

Pratik avança d'un pas, le front plissé d'inquiétude. Très vite, il s'écarta en voyant que Rhaif était accompagné d'une femme drapée des pieds à la tête.

— Que se passe-t-il ? s'enquit-il sans reconnaître Llyra et il reposa sa question en klashéen. *Byr se quaan ?*

Elle ne répondit pas. Sidérée par l'autre occupante de la cabine, elle s'était figée, obligeant Rhaif à s'arrêter lui aussi.

Il profita de la stupéfaction de Llyra pour prendre la parole.

— Permettez-moi de vous présenter Shiya. Shiya, voici Llyra hy March, cheffe de la guilde des voleurs.

Désormais conscient de la menace, Pratik recula encore.

La statue dénudée pencha la tête vers eux, cligna des paupières et retourna tranquillement vers la fenêtre.

Si je voulais qu'une guerrière en bronze vole à mon secours, c'est raté.

Dehors, le vaisseau s'inclina assez pour laisser entrevoir les terrains d'amarrage.

Les doigts crispés sur le col de son otage, Llyra se ressaisit.

— Incroyable ! Je n'avais aucune idée de l'ampleur du miracle. Je comprends maintenant pourquoi tu l'as volée.

Au ton de sa voix, Rhaif devina toute sa cupidité et il tenta d'en tirer avantage.

— Cela vaut bien une rançon royale. Une rançon encore plus précieuse si nous partageons le butin en deux. (Un regard sévère de Pratik l'incita à se corriger.) Voire en trois.

Llyra réfléchit à la proposition et évalua les différentes options. Elle pouvait les tuer tous et tenter de filer seule avec le trésor, mais elle était déjà allée trop loin en prévenant les autorités d'Azantiia. Pour conserver un espoir de dérober la statue, elle avait besoin de leur aide. Elle pourrait toujours leur régler leur compte plus tard. Bien entendu, la solution la plus simple et la plus sûre était de s'en tenir au plan actuel et de remettre le trophée aux légions d'Azantiia, où elle recevrait une modeste récompense en échange de ses bons et loyaux services.

D'un regard en coin, Rhaif tenta de deviner sa décision.

Llyra étudia la magnifique sculpture en bronze. C'était une chose d'élaborer passivement une stratégie de compromis quand on n'avait pas le trophée devant soi. C'en était une autre de voir Shiya étinceler au soleil, tel un flambeau augurant de richesses infinies.

— Non…

Rhaif se demanda ce qu'elle refusait au juste, mais le poignard ne s'était pas enfoncé plus loin dans sa chair. Elle posa les yeux sur lui, prête à expliquer son choix quand, soudain, le monde sous eux explosa.

Tous pivotèrent brusquement vers les fenêtres, même si Rhaif avait toujours le flanc meurtri par la lame.

Sur les quais, les voiliers étaient victimes de violentes déflagrations incendiaires. Leurs ballons déchiquetés claquaient au milieu des flammes et de la fumée.

Les embarcations s'embrasaient les unes après les autres. Encore à l'approche, le *Poney* se cabra pour échapper au carnage.

Au moment où eux-mêmes rebroussaient chemin, un véloce esseulé fila au-dessus du brasier en crachant de petites flammes à chaque manœuvre. On aurait dit une souris qui cherchait à se sauver d'une maison en feu. Sauf qu'elle n'essayait pas de fuir. Des barils sombres basculèrent de la soute et s'enflammèrent. Un tonneau percuta l'un des voiliers à quai. Quelques secondes plus tard, son ballon éclatait dans une gerbe de feu. Le véloce continua de traverser le ciel en semant la destruction sur son passage.

Rhaif remarqua alors deux détails.

Sur la minuscule bannière noire à l'arrière du vaisseau, on apercevait les épées croisées des armoiries klashéennes. Il comprit. *L'empire se venge de ce qui est arrivé à Lenclume.* D'autres corbereaux – comme celui envoyé par Llyra – avaient dû être missionnés pour annoncer le massacre qui avait eu lieu dans la ville et la nouvelle était parvenue aux oreilles de saboteurs klashéens implantés à Azantiia.

Rhaif se concentra sur le deuxième élément intéressant de la scène. Malgré un itinéraire des plus sinueux, le véloce avait mis le cap au nord-est, vers la partie fortifiée des quais où étaient amarrés les grands guerroyers. Leurs ballons puissants, ornés du soleil et de la couronne de Hálendii, surplombaient le champ de ruines et constituaient des proies faciles pour un navire agresseur.

Le véloce fonça sur eux, mais Rhaif savait déjà que ses efforts seraient vains.

Une volée de lances enflammées jaillit d'une rangée de balistes – de gigantesques arbalètes positionnées à l'entrée des quais. Les longs traits rougeoyants fendirent les airs avec une traînée de fumée. Une pointe d'acier perfora le petit véloce klashéen et le fit voler en éclats. Une autre incendia son ballon. L'épave vola encore un quart de lieue avant de s'écraser au sol, sans jamais inquiéter les énormes vaisseaux de guerre.

En revanche, le mal était fait.

La moitié des quais d'amarrage de la ville était en feu, enfouie sous un épais brouillard gris.

Ce ne furent pas les seuls dégâts, hélas.

Pratik s'écarta précipitamment de la fenêtre lorsqu'il vit une lance fuser devant lui. Le projectile transperça le ballon du *Poney* assez fort pour ébranler le voilurier. Tout le monde leva les yeux au plafond et, au bout d'un instant, entendit une détonation assourdie. Une boule de feu s'éleva en plein ciel, puis s'éloigna dans un panache de fumée.

Le *Poney* donna de la bande. Il tournoya à l'écart des ruines enflammées, laissant entrevoir brièvement la Baie des Promesses, et entama une chute fatale.

Quand ils furent projetés à l'avant de la cabine, Rhaif accepta son sort avec fatalité.

Les destructions dont je suis responsable à Lenclume ont fini par me rattraper.

Il se remémora une leçon que sa mère lui avait apprise un jour : Répare tes torts avant qu'ils ne t'en fassent à toi.

J'aurais dû l'écouter.

La leçon suivante ne fut pas aussi éloquente.

Llyra le poussa sans ménagement vers la porte.
— Magne-toi le cul !

* * *

Pratik avait voyagé assez souvent à bord de voiliers pour connaître l'intention de la femme. D'ailleurs, elle la formula tout haut.

— Rejoignez les chaloupes.

Le Chaaen avait saisi l'urgence de la situation. S'ils voulaient fuir, le temps leur était compté. Ces petites embarcations permettaient de convoyer des passagers ou des marchandises entre la terre ferme et les airs mais, en cas de vaisseau en perdition, elles servaient aussi de canots de sauvetage. En général, il n'y avait pas assez de places pour tout le monde. Pire, elles étaient arrimées à la poupe, c'est-à-dire à l'extrême opposé du navire.

Indifférent aux ordres de Llyra, Rhaif mugit :

— Shiya, venez par ici !

La statue regardait toujours dehors, les jambes arc-boutées, une main cramponnée à l'appui de fenêtre. Elle tourna la tête vers Rhaif, le seul en qui elle avait réellement confiance.

Pratik attrapa sa main libre. Elle avait la paume brûlante. Les teintes changeantes de sa peau tourbillonnaient d'angoisse. Il tenta de l'entraîner derrière lui mais, lentement, elle pivota vers l'est, sa nouvelle destination de prédilection.

La cheffe de la guilde pesta de colère et détala dans le couloir. Elle les quittait, manifestement convaincue que sa propre vie était plus précieuse que n'importe quel trésor. Par la porte restée béante, ils virent des gens se sauver en hurlant. La plupart n'étaient qu'à moitié habillés. Tous se ruaient vers l'arrière du voilurier, dont la proue penchait de plus en plus.

— Shiya, il faut partir, insista Rhaif. Vous survivrez peut-être à un crash, nous non.

Impassible, elle continua de fixer les falaises.

— Venez, intervint Pratik. Je vous emmènerai où vous le souhaitez. Je vous le jure.

Ses doigts se crispèrent sur ceux du Chaaen, comme pour l'exhorter en silence à tenir parole.

— Je vous promets de faire mon possible, renchérit-il.

Enfin, elle accepta de se laisser conduire vers la porte. Rhaif l'escortait de l'autre côté.

— Nous devons récupérer la dernière chaloupe avant qu'elle n'ait quitté la cale.

Le couloir, à présent désert, était jonché de bagages abandonnés, parfois grands ouverts. Il y en avait même un qui débordait de bijoux et de pierres précieuses.

— Shiya, emmenez-nous au fond du vaisseau.

Elle acquiesça et, pas après pas, gagna en vitesse. À mesure que le sol s'inclinait vers le haut, les câbles gémissaient et le voilurier tremblait, les projetant d'un mur à l'autre. La voie étant dégagée, ils atteignirent néanmoins rapidement la salle commune, à mi-chemin.

Des dizaines de passagers y entravaient le passage, pris de panique dans le goulot d'étranglement qui menait à l'autre moitié du *Poney*. Sans ralentir, Shiya leur fonça dessus. Elle empoigna des personnes par le bras ou la nuque et les jeta sur le côté, comme de simples poupées de chiffon. Les malheureux mirent une bonne seconde à comprendre ce qui les attaquait : une imposante femme nue en bronze, galvanisée par les feux du Père d'En Haut, les yeux étincelant d'une rage flamboyante. Ils poussèrent des hurlements de terreur et, tant bien que mal, s'écartèrent.

À grands coups de coude, Shiya se fraya un chemin vers le bout du couloir. Rhaif et Pratik se glissèrent dans son sillage et, très vite, ils s'aperçurent que l'allée suivante était, elle aussi, totalement congestionnée par les passagers et les membres d'équipage. La récente clameur avait toutefois attiré l'attention vers leur étrange groupe. La cohue vint de la déesse en feu parmi eux. Certains tentèrent de grimper sur leurs voisins. La plupart s'engouffrèrent dans des cabines abandonnées, dont les portes oscillaient sur leurs gonds.

Shiya continua sa charge entre les derniers réfractaires. Après son passage, ils finissaient souvent blessés et en larmes, ce qui incitait encore davantage les premiers fuyards à lui laisser le champ libre.

Enfin, le trio pénétra dans la soute arrière. Un concert de cris résonnait dans l'espace gigantesque, rempli à ras bord de caisses et de tonneaux solidement arrimés. Plusieurs piles avaient rompu leurs amarres et s'étaient renversées, créant un paysage de chaos. De surcroît, l'atmosphère était saturée d'une fumée épaisse qui s'engouffrait par les portes béantes du fond.

Ils se démenèrent pour rejoindre la clarté. Dehors, tout était envahi de flammes et de lambeaux de toile enduite. L'arrière du *Poney* avait été propulsé vers le ballon en ruine qui les surplombait, tandis que l'avant piquait sérieusement du nez. Une autre déflagration l'ébranla et accéléra radicalement sa chute.

Tout le monde perdit l'équilibre, sauf Shiya.

— Par ici ! tonna Rhaif, le doigt pointé vers la passerelle.

Shiya comprit. Elle empoigna les deux hommes par les bras et, les portant autant qu'elle les traînait, elle couvrit le peu de distance qui les séparait du pont incliné. Ils rejoignirent les colonnettes métalliques où, d'ordinaire, on fixait les chaloupes.

Sur six, il n'en restait plus que deux.

Un canot s'élança dehors, propulsé par le même mécanisme que les arbalètes géantes d'en bas. La modeste embarcation, qui ressemblait à un bateau fermé, décrivit un arc de cercle, puis un petit ballon sortit de son toit en coupole et la freina avant qu'elle ne tombât à pic dans la mer. De minuscules jets de feu alchimique s'échappèrent de la poupe et l'entraînèrent loin du voilurier en flammes.

Shiya conduisit ses deux protégés devant la dernière chaloupe. La porte arrière était encore ouverte. Quelques traînards émergèrent de la masse d'individus allongés à terre. L'un d'eux tenta de ramper à bord, mais il trébucha en arrière en s'agrippant la gorge. Il s'effondra sur le côté, une lame fichée dans le cou.

Pratik prit alors conscience que les personnes étendues au pied du canot n'étaient pas hébétées de stupeur.

Elles étaient mortes.

Un cri retentit de l'intérieur.

— Franchement, vous avez mis le temps !

Shiya les tira assez pour laisser entrevoir Llyra accroupie au fond de la chaloupe vide. Elle brandissait, d'une main, une courte épée ensanglantée et, de l'autre, un couteau de lancer argenté. Loin de leur avoir faussé compagnie, elle avait couru s'accaparer un canot pour leur réserver une place manu militari.

— Dépêchez-vous de monter !

Shiya les jeta à bord et leur emboîta le pas. L'unique autre occupant était un membre d'équipage en livrée bleue, assis aux commandes. Horrifié, il resta bouche bée devant l'allure des nouveaux arrivants.

Lorsqu'ils furent au complet, Llyra le menaça de sa dague.

— Tu démarres ou tu meurs.

Rhaif se retourna vers la foule désespérée derrière eux.

— Attendez ! Nous pourrions emmener…

Un violent soubresaut faillit les expulser par la trappe arrière. Pratik réussit à attraper une courroie en cuir, mais il dérapa et, un court instant, il resta suspendu dans le vide, le souffle coupé. Shiya avait empoigné Rhaif par le col pour le maintenir à l'intérieur.

La chaloupe prit beaucoup d'altitude, avant de redescendre.

Pratik n'avait toujours pas repris sa respiration qu'il entendit un grand bruit au-dessus de lui. Le ballon se déploya, puis se tendit d'un coup et rattrapa l'embarcation en chute libre. Plaqué au sol par son poids, le Chaaen toussa de soulagement.

Dehors, le *Poney* dégringolait toujours, une longue traînée de fumée dans son sillage. Il finit par s'abîmer en mer en créant un immense geyser d'eau. Les débris enflammés de son ballon suivirent et recouvrirent les vagues, où il continua de brûler.

Reconnaissant d'avoir survécu, Pratik se tourna vers Rhaif. Le voleur, cramoisi de rage, déchargea sa colère sur Llyra, qui avait rangé son épée mais gardé son couteau.

— Nous aurions pu en sauver une bonne dizaine de plus ! tempêta-t-il en agitant le bras vers les ruines du voilurier.

— Possible, mais je devais tenir compte de votre trésor en bronze. À lui seul, il pèse sans doute le poids de plusieurs hommes.

Pratik admit, à regret, qu'elle avait raison. Le front perlé de sueur, leur pilote se débattait avec le gouvernail et les pédales. Bien qu'ils ne fussent que quatre à bord, la surcharge amenée par Shiya posait un problème. À travers le fin pare-brise, on voyait bien que leur embarcation redescendait dangereusement vers la mer. Pour l'empêcher, le pilote tira un levier et des flammes jaillirent, juste sous la porte béante derrière eux.

— Nous n'arriverons jamais à gagner la côte, annonça-t-il, grimaçant.

Pratik s'écarta du feu alchimique et scruta les flots. Le naufrage du *Poney* l'avait fait dériver loin de la Baie des Promesses. Pire, au moment de l'éjection, leur petite chaloupe avait été envoyée encore plus au large.

Le pilote tenta d'utiliser sa flamme motrice pour repartir vers la terre ferme. En vain.

— Nous sommes trop lourds.

— Qu'est-ce que je vous avais dit ? (Llyra dégaina son épée, dont la pointe oscilla entre Rhaif et Pratik.) J'ai l'impression qu'il va falloir s'alléger.

CHAPITRE 34

Rhaif se creusait la cervelle pour convaincre Llyra de garder tout le monde. Il songea à ordonner à Shiya de la jeter par-dessus bord, mais une telle demande exprimée à voix haute aurait signé la fin de tout espoir d'arrangement. D'ailleurs, il n'était même pas certain que la statue aurait obéi. Par le passé, elle s'était déjà montrée assez capricieuse, dans ses désirs comme dans ses actes.

L'idée lui donna toutefois de quoi argumenter.

Il posa la main sur son torse et parla à toute allure, comme si sa vie en dépendait – et c'était le cas.

— Écoutez, Llyra. Shiya n'a confiance qu'en moi. Si vous espérez fiche le camp avec elle, vous aurez besoin de sa coopération et, par conséquent, de mon aide.

La cheffe de la guilde haussa les épaules et orienta son épée vers Pratik, qui recula d'un pas.

Rhaif se planta devant le Chaaen.

— J'ai aussi une bonne raison d'avoir libéré Pratik. Il est assujetti à Rellis im Malsh, une ordure qui, comme vous le savez, adore se mêler d'obscurs procédés alchimiques.

C'était un mensonge mais, avec un peu de chance, elle n'admettrait pas ignorer quelque chose que lui prétendait connaître.

Le doigt pointé sur son camarade, il insista.

— Eh bien, voici son expert en chef. Il maîtrise davantage d'arcanes et de mystères anciens que quiconque ou presque. C'est grâce à lui que Shiya continue de bouger, par le biais d'alchimies dont lui seul a le secret.

D'un haussement de sourcils, Rhaif chercha le soutien de Pratik.

Lequel comprit la manigance et croisa les bras.

— Rares sont les habitants des Klashe du Sud à connaître l'existence de créatures comme Shiya. Mon maître possède, à son palais de Kysalimri, une incroyable bibliothèque remplie d'ouvrages immémoriaux, dont certains écrits peu après Pantha re Gaas. Elle est même fréquentée par le *Dresh'ri* de l'Imri-Ka.

— L'Œil Interdit, traduisit Llyra avec répugnance.

C'était une cabale qui avait la réputation de fouiller le passé ancestral en quête de savoirs dangereux. On racontait aussi que ses membres usaient de méthodes cruelles et sanglantes, telles que le sacrifice de nourrissons, pour aboutir à leurs fins.

Rhaif observa Pratik en se demandant dans quelle mesure ce qu'il venait de révéler était exact. Les Chaaens étaient de piètres fabulateurs. Il y avait donc certainement une part de vérité.

Llyra aboutit à la même conclusion et baissa son arme.

— Que proposez-vous ?

Rhaif s'était préparé à la question. Il indiqua la fenêtre.

— Nous ne pouvons peut-être pas rejoindre le littoral hálendiien au nord ni même les marais au sud. En revanche, les falaises de Toucheterre sont plus proches. Le vent dans le dos, il devrait être possible de dériver jusqu'à Ennuage.

— À l'est, murmura Pratik à l'adresse de Shiya.

— Nos adversaires vont mettre un peu de temps à se rendre compte qu'un certain trésor en bronze ne gît pas au fond de la mer. Pendant qu'ils cherchent, ces bois verdoyants et noyés sous la brume nous offriraient un refuge idéal et particulièrement discret.

Llyra lança au pilote :

— On pourrait y arriver ?

Avec un soupir lourd, l'homme mit le cap sur les falaises.

— Peut-être. Enfin, tout juste.

Llyra rengaina son épée mais conserva son couteau.

— Si tu veux avoir la vie sauve, tu feras en sorte que ce soit possible.

Tout le monde se massa derrière le poste de commande. Voûté au-dessus de son gouvernail, le pilote actionna adroitement des pédales, qui firent grincer un mélange de câbles et de rouages cachés. À en croire le carré découpé en haut de sa manche, ce grand brun dégingandé venait d'Aglerolarpok. Comme le scribe du garde-manger, sa marque de ranch était barrée d'un X au fer rouge. Encore un paria, condamné à voguer dans le ciel jusqu'à la fin de ses jours ! C'était un sort malheureux mais, au moins, il lui avait permis d'acquérir des compétences cruciales.

La chaloupe continua de descendre vers la mer. En face, les falaises menaçaient de les arrêter, mais c'était sans compter sur le talent hors pair du pilote. Arrivé devant l'impressionnant rempart, il se servit du courant ascendant pour passer la frontière de Toucheterre. Bientôt, la quille de leur petite embarcation se retrouva à glisser tranquillement par-dessus les bancs de brouillard qui masquaient la forêt.

Du regard, Rhaif fouilla la région natale de sa mère. Au lieu de prêter attention aux lointaines crêtes noires des Suaires de Dalalæða, il se concentra sur la mer blanche d'écume. Deux brèches y indiquaient l'emplacement des lacs de la forêt – le vert Eitur et la bleue Heilsa, surnommés les Jumeaux.

— Pouvez-vous rejoindre Havrechand, là au milieu ?

— Oui, confirma le pilote. Grâce aux vents porteurs, nous devrions y arriver pile poil.

Llyra arqua un sourcil vers Rhaif. C'était le plus grand compliment dont elle gratifierait jamais ses troupes. Son ancien disciple n'était cependant pas dupe. Si, pour l'heure, ils étaient alliés de fortune, tout risquait de changer dès qu'ils mettraient pied à terre.

Shiya aussi regardait droit devant.

Bizarre...

Intrigué, Rhaif lorgna vers l'ouest où, jusqu'à très récemment, la statue était focalisée jour et nuit. Pratik remarqua peut-être son trouble. Il tourna la tête vers l'est, comme s'il savait quelque chose.

Mais quoi ?

Ce n'était pas le moment de poser la question.

Llyra, qui en avait une plus importante en réserve, se pencha d'un air menaçant vers le pilote.

— Tu es certain d'y arriver ?

La chaloupe avait dérivé si bas que sa quille fendait les nuages, tel un bateau naviguant sur des flots immaculés.

— Ne vous tracassez pas, je cherche juste des vents plus puissants près des cimes. J'ai besoin de toutes les forces possibles pour me propulser.

Le vaisseau semblait, en effet, avancer plus vite.

Rhaif empoigna une courroie en cuir, persuadé qu'il allait bientôt entendre la cime des arbres érafler le bas du canot.

— Accrochez-vous ! avertit le pilote.

Que croyez-vous qu'on fasse ?

Sous l'impulsion de courants issus des nuages, ils prirent soudain beaucoup d'altitude. Quelques instants plus tard, ils atteignirent la brèche nord sur la mer blanche et voguèrent bien au-dessus des eaux émeraude de l'Eitur, réputées toxiques. Pas le genre d'endroit où on avait envie de s'écraser.

Mais c'était le cadet des soucis de Rhaif.

En revanche, des éclats de lumière au sud révélèrent qu'ils approchaient de Havrechand. Vu la vitesse, il crut qu'ils allaient juste la survoler. Il commençait à douter de leur trajectoire quand le pilote tira d'un coup sec sur le gouvernail. Au moment de quitter le périmètre de l'Eitur, la chaloupe prit un virage extrêmement serré. Sa quille fendit les nuages et, après une étourdissante rotation à trois cent soixante degrés, son nez pointa de nouveau vers l'endroit d'où ils venaient.

Rhaif concéda qu'il n'aurait jamais dû douter du pilote.

Grâce aux vents contraires, ce dernier avait pu ralentir pour amorcer sa descente vers la ville embrumée.

Le Guld'guhlien le félicita d'une tape sur l'épaule.

— Bien joué, mon vieux.

Le pilote afficha un sourire empli de fierté.

Quelqu'un d'autre n'était pas aussi admiratif de ses talents.

Un gémissement s'éleva derrière lui. Shiya fixait la poupe à présent orientée vers l'est, et semblait souffrir le martyre. Tandis qu'ils continuaient vers l'ouest, elle esquissa un pas dans la direction opposée, puis un autre.

— Shiya, non..., protesta Rhaif.

Elle ne releva pas, comme attirée par une force mystérieuse.

Il lâcha sa courroie et se précipita vers elle.

Trop tard.

Sans même jeter un regard en bas, la femme en bronze sortit par la trappe de la chaloupe. Rhaif arriva à temps pour la voir basculer dans le vide, tournoyer sur elle-même et disparaître au cœur des nuages.

Muet de stupeur, il pivota vers les autres.

Les lèvres de Llyra étaient pincées par une rage inouïe. Persuadée d'avoir été bernée, elle empoigna sa dague, prête à se venger.

— Il faut la retrouver..., bredouilla Rhaif dans un souffle.

La cheffe de la guilde s'approcha de Pratik et dirigea la lame vers lui. La seule chose qui l'empêcha de le transpercer furent les mots qu'il prononça.

— Je sais où Shiya est allée.

PARTIE XI

CHANT FUNÈBRE

Pleurons à chaudes larmes, jusqu'à tant que la terre, de notre chagrin, soit salée.
Lamentons-nous à cor et à cri, de sorte que le Père d'En Haut entende nos peynes.
Arrachons-nous les cheveux, pour que notre désespoyr atteigne la Modron voilée.
Faisons tout cela –
À des fins que la Mère du Dessous prisse, entre ses bras protecteurs, ce que nous chérissons & à tout jamais le préserve.

— Sonnet 14
du *Livre des Lamentations*

CHAPITRE 35

Pendant que le groupe s'accordait une halte au cœur de la forêt ennuagée, Nyx berçait le corps flasque de Bashaliia dans une fine couverture.

Mon petit frère...

Agenouillée sur une couche de feuilles friables, elle écarta l'étoffe de laine et dévoila un petit minois velu, un museau délicat, des oreilles douces et repliées. Voilà une journée et demie qu'elle le portait contre elle. Il était si léger qu'on aurait pu croire que ses os étaient creux ou frappés d'un sortilège qui les changeait en air.

À moins que la vie, l'ayant déjà quitté, n'ait laissé derrière elle qu'une coquille vide.

Elle l'enlaça et vit ses narines frémir de manière presque imperceptible. Il était encore vivant, ce qui, à la fois, lui brisa le cœur et lui redonna un peu d'espoir. Frell, qui l'observait d'un air inquiet, avait fait tout son possible. Il avait retiré à la pince chaque épine empoisonnée du cou frêle de Bashaliia et ôté l'aiguillon dentelé de sous son aile. Il avait ensuite badigeonné une pommade aux herbes médicinales sur ses plaies mais sans promettre de miracle. *On ne peut qu'espérer que les chauves-souris de Mýr ont développé un moyen de défense naturel contre les attaques de skriitch*, avait-il expliqué.

Jace s'assit en tailleur à côté de son amie, la mine aussi défaite qu'elle.

— Un signe d'amélioration ?

— Non, gémit-elle.

Kanthe se tenait à l'écart, son arc à la main. Il s'était taillé quelques flèches rudimentaires dans des bouts de bois et, en guise d'empenne, il avait utilisé des feuilles coupées ou des plumes ramassées à terre. L'astuce lui avait été enseignée par un ancien professeur, éclaireur au sein des bois verdoyants où ils se trouvaient.

Même Jace s'était façonné une lance à partir d'une longue branche bien droite. L'arme était posée près de lui. Jusqu'à présent, ils n'avaient croisé aucune menace réelle, alors que, selon la légende, la forêt était peuplée de tigres d'Ennuage et de panthères. Le premier soir, ils avaient allumé un feu afin d'éloigner les éventuels prédateurs. Des cris, au loin, avaient toutefois averti la faune locale de leur présence. Seul gros animal aperçu : un sanglier à cornes enroulées qui s'était enfui dès que Jace avait hurlé, plus d'effroi qu'autre chose.

Face à l'absence étonnante de danger, Kanthe avait émis une hypothèse amère : *Peut-être les bêtes préfèrent-elles ne pas s'aventurer ici à cause de ce qui rôde derrière nous.* Et il avait jeté un regard lourd de sens au malheureux Bashaliia.

Ravalant son chagrin, Nyx était envahie par le désespoir.

Frell s'approcha. Consciente de ce qu'il était venu annoncer, elle serra son petit frère contre son cœur.

— Nyx… (Il posa un genou à terre.) Cela fait presque deux jours qu'il a été attaqué. Les œufs déposés à l'intérieur de son corps sont sans doute déjà en train d'éclore et sa léthargie, induite par le poison, ne lui évitera pas le plus atroce des calvaires.

Elle le savait aussi. Ce matin-là, l'alchimiste avait pincé la tendre membrane située entre l'aile et le corps de Bashaliia. Le pauvre animal n'avait pas bougé, mais sa respiration était devenue plus sifflante, preuve qu'il avait bien senti quelque chose.

— La suite des événements va engendrer des douleurs inconcevables, prévint Frell. Si nous ne pouvons pas l'aider, il n'est pas charitable de le garder en vie.

— Je comprends.

Nyx avait beau vouloir protester farouchement, elle craignait d'avoir déjà trop tardé. Elle n'en avait parlé à personne, mais Bashaliia respirait de plus en plus mal – le pire semblait avoir déjà commencé.

Elle contempla son crâne velu, pas plus gros que le poing. Elle se rappelait ses yeux, désormais vitreux, qui, jadis, l'avaient contemplée dans la chaleur de grandes ailes aimantes. Elle avait d'ores et déjà tant perdu. Son père, ses frères aînés disparus. Même la plaie de ses adieux déchirants à Gramblebuck était encore à vif.

Et maintenant ceci…

Elle avait peur de ne pas y survivre.

Kanthe les rejoignit et sortit sa dague du fourreau pendu à sa ceinture.

— Laissez-moi vous délivrer de ce fardeau.

D'emblée, une colère noire envahit la jeune fille.

— Ne me parlez pas de fardeau ! Il n'en a jamais été un.

Un puissant sanglot l'ébranla. Elle regretta son agressivité, car la proposition du prince partait d'une bonne intention. Néanmoins, elle n'eut pas la force de s'excuser. Au prix d'un effort surhumain, elle réussit tout juste à tendre la main vers la lame.

— Je m'en charge.

Kanthe hésita. Voyant que sa main commençait à trembler, elle leva vers lui ses yeux embués de larmes. Il acquiesça et posa l'arme au creux de sa paume. Elle se cramponna au poids de l'acier pour affermir sa décision.

— Je… j'aimerais être seule.

Les autres se retirèrent sans broncher. Jace lui effleura l'épaule en signe de compassion, puis s'éclipsa.

Elle prit une grande inspiration et posa doucement la couverture sur le tapis de feuilles. En rabattant les bords, elle dévoila un corps frêle, enroulé dans le cocon de ses ailes. La tête de Bashaliia se renversa et lui exposa sa gorge, comme s'il l'appelait au secours.

Des larmes tombèrent sur le carré de laine, sur les poils de son poitrail.

Nyx agrippa la dague, sans trop savoir si elle était capable d'aller jusqu'au bout. L'image du chevreuil nain, et de son corps atrocement profané, lui revint violemment en mémoire. Elle se rappela sa réflexion quand elle avait entendu les thylassaures être assaillis à leur tour : *Aucune créature ne mérite une fin aussi cruelle.*

Elle caressa la peau veloutée sous le menton de Bashaliia.

Surtout toi.

Elle continua de frotter l'endroit qui avait souvent fait ronronner son frère de plaisir lorsqu'ils avaient voyagé blottis au fond du traîneau. Elle baissa la lame vers son gosier… et tergiversa encore. Elle n'avait pas oublié le moment où Frell avait pincé l'aile de la petite chauve-souris.

Tu es toujours sensible à la douleur, donc tu vas ressentir ce que je dois faire.

Sa main frémit. Un coup rapide valait mieux qu'une pénible agonie, mais Nyx détestait ne fût-ce que l'idée de faire du mal. Bashaliia lui avait sauvé la vie à maintes reprises, plus souvent peut-être qu'elle n'en avait elle-même connaissance.

Les épaules tremblantes, elle baissa le menton. Un nouveau sanglot dévastateur monta de sa gorge sous la forme d'un faible gémissement. Lorsqu'il atteignit ses lèvres, c'était devenu une mélopée, un doux chant de deuil. Elle n'essaya ni de le réprimer ni de le comprendre. Elle le fredonna à son frère, se souvenant vaguement l'avoir fait en rêve, alors qu'ils dormaient lovés l'un contre l'autre.

Les paupières closes, elle laissa le chant devenir sa vision et chuchota à l'oreille de Bashaliia. Chaque note l'entraînait vers le puits sombre qu'il avait à l'intérieur de lui. Quelque part tout au fond, il finit par répondre. Sa plainte ténue faisait penser au chant d'un plongeon huard au-dessus des eaux étales.

Je t'entends…

Elle continua de le bercer de sa douce mélopée, non pas pour l'attirer vers elle mais, au contraire, pour l'écarter au maximum de son corps ravagé et l'empêcher de sentir la pointe acérée de la lame. Lui refusait de l'abandonner, mais elle l'enveloppa de son chant, si bien que son amour et sa douleur, son chagrin et sa joie lui tenaient dorénavant lieu de couverture. Elle le souleva et l'envoya au loin.

Au même instant, des yeux immémoriaux s'ouvrirent au fond du puits obscur et la dévisagèrent.

Sans en tenir compte, elle concentra son amour sur l'étincelle qu'elle chérissait plus que tout.

Trouve la paix, petit frère.

Lorsqu'elle le sut libéré de son corps, elle lui trancha la gorge.

* * *

Kanthe, Frell et Jace s'étaient retirés près d'un massif d'églantiers. En même temps, ils étaient restés à proximité, au cas où Nyx aurait eu besoin d'eux. Il avait prévu de cueillir quelques baies, mais il avait vite oublié. Tout le monde avait oublié. La tête baissée, chacun s'était plongé dans ses pensées.

Pendant quelques minutes, Nyx avait psalmodié d'une voix presque chantante à l'attention de son petit frère. C'était le même genre de mélopée que lorsque la chauve-souris et elle sommeillaient à l'arrière du traîneau, mais en beaucoup plus délicat, chaque note exprimant un mélange intime d'amour et de souffrance.

Enfin, elle revint vers eux, chancelante.

Au moment de s'avancer, Jace faillit trébucher.

La raison de son trouble ? Nyx avait du sang sur les paumes, ainsi que sur sa tunique et les bords de son manteau. Kanthe l'imagina cajolant la dépouille égorgée de son frère chéri.

— J'ai… j'ai besoin d'aide, gémit-elle.

Dès qu'elle s'arrêta, traumatisée, hébétée de chagrin, ses jambes flageolèrent. Le prince courut la rattraper in extremis.

— Je veux l'enterrer, mais… mais…

— Nous allons le faire, la rassura-t-il avant de jeter un regard à Jace et Frell. Nous allons tous nous en occuper.

Il la reconduisit vers la couverture ensanglantée et l'assit à côté. Après avoir écarté les feuilles et le paillis, ses camarades et lui creusèrent une petite tombe. Il voulut emmener le corps vers le trou, la couverture et le reste, mais Nyx refusa catégoriquement que quiconque touchât son frère.

Au moment d'inhumer Bashaliia, elle parut retrouver un peu de force. D'un hochement de tête, elle les autorisa à couvrir le défunt de terre et de feuilles. Après quoi, sans un mot, ils ramassèrent des petits cailloux afin d'ériger un cairn signalant l'emplacement de la tombe et honorant le sacrifice du valeureux animal.

— Merci, souffla Nyx.

D'un coup de menton, Kanthe désigna l'arbre majestueux qui surplombait la sépulture. Le tronc était couvert d'une écorce blanche qui se détachait en rouleaux fins comme du papier. Les feuilles étaient vertes d'un côté, argentées de l'autre. Les arbres de cette essence-là étaient rares. Voilà pourquoi il avait demandé au groupe d'y faire halte. La forêt était ici un mélange d'épicéas noirs, de pins verts et, surtout, de gigantesques aulnes à feuilles dorées, dont la cime disparaissait dans les nuages.

Il posa la main sur l'écorce pâle.

— Les indigènes surnomment cet arbre *Ellai Sha*, ou Souffle d'Esprit.

Il arracha un petit rouleau, qu'il tendit à Nyx. On aurait dit un parchemin de corbereau.

— Emportez-le. Si, un jour, l'envie vous prend de parler aux défunts, chuchotez à l'intérieur, puis brûlez le tout dans un feu de camp. La fumée portera votre message jusqu'au ciel.

Émue, Nyx serra le fragment d'écorce contre son cœur. Elle se retourna ensuite vers le cairn.

Après lui avoir accordé encore quelques instants de recueillement devant la sépulture, Frell reprit :

— La journée est déjà bien entamée et il nous reste du chemin jusqu'à Havrechand. Nous devons repartir tant que c'est encore possible.

Jace s'approcha de Nyx.

— Ou nous pouvons rester plus longtemps si tu préfères.

Elle les observa, la mine grave mais déterminée.

— Non. Bashaliia s'est sacrifié pour nous sauver la vie. Je ne gâcherai pas son inestimable cadeau. Continuons notre route.

Kanthe l'étudia en silence. Il avait renoncé à chercher quelque ressemblance entre eux, à tenter d'établir si elle pouvait réellement être sa demi-sœur. Quelle importance au fond ? Cependant, à la voir couverte de sang et pourtant si forte, il ne pouvait imaginer faire partie d'une lignée commune.

Même Mikaen n'a jamais affiché une telle volonté d'acier.

Cette prise de conscience le réjouit. Et, en toute honnêteté, il espéra que Nyx n'était pas sa sœur. Pour d'autres raisons que juste…

— Allons-y, déclara Frell. En gardant un bon rythme, nous pourrions rejoindre l'Heilsa d'ici demain midi, puis Havrechand à la dernière sonnerie des Vespres.

Guidés par sa boussole, ils mirent le cap au nord.

Kanthe fermait la marche, une flèche déjà armée sur son arc. Bre'bran – le chasseur d'Ennuage qui l'avait formé deux ans plus tôt – lui avait souvent parlé des dangers sournois de cette splendide forêt ancestrale. Ennuage aimait, par la ruse, inciter les imprudents à baisser leur garde, notamment grâce au doux pépiement des oiseaux, au babil des ruisseaux argentés ou au souffle du vent entre les feuilles. Même la couche uniforme des nuages, qui oscillaient avec nonchalance dans le ciel, semblait jeter un sortilège hypnotisant, accentué par les volutes de brouillard qui dérivaient, tels les rêves des spectateurs restés en bas.

Les bois eux-mêmes séduisaient par leur beauté et refusaient de se laisser ignorer. De toutes parts se dressaient d'immenses troncs d'aulnes. Ces éternels colosses embrumés étaient les piliers immaculés de la forêt. Ils soutenaient le firmament et s'enfonçaient au cœur des nuages. Les feuilles vert doré de leurs branchages particulièrement touffus frémissaient à chaque souffle de brise, susurrant aux visiteurs dans la langue inconnue d'une végétation immémoriale.

Sous la canopée spectrale, un mélange bigarré de taillis vert sombre signala la présence d'épicéas et de pins. Plus bas encore, le sol jonché d'aiguilles et de feuilles était hérissé, çà et là, de tiges d'épilobes roses.

Chaque caillou était orné de lichen dans des tons éclatants d'écarlate, de pourpre, d'émeraude et de saphir. Quant au sous-bois, il mêlait genévriers, aronias, céanothes et même frêles hellébores.

Une volée d'une dizaine d'ailes rubis traversa les hautes branches, leur longue queue oscillant entre le noir et l'argenté, comme pour avertir la forêt de leur arrivée. Attirés dans leur sillage, des oiseaux plus petits, au plumage mi-cuivré, mi-doré, surgirent en piaillant furieusement contre les intrus.

Un bruissement à droite attira l'attention de Kanthe.

Une bande de colins huppés au ventre tacheté de blanc filait au ras du sol. Le prince brandit son arc dans l'espoir d'en abattre un, voire deux, mais ils disparurent dans les broussailles sans lui laisser le temps de viser.

Il allait baisser son arme quand, soudain, son pouls s'emballa.

Tous les oiseaux s'étaient sauvés dans la même direction. *Devant nous.* Il lorgna par-dessus son épaule. La forêt était là, impassible. Plus que le bruit de leurs pas, quelque chose avait-il effrayé les volatiles au point de les faire déguerpir ?

Nyx...

Elle avait toujours ses vêtements imprégnés de sang.

Le souffle court, il tendit l'oreille à l'affût d'un grognement menaçant ou d'un raclement de pattes sur le sol. Malgré le silence, il ne fut pas dupe. Leur mystérieuse fortune qui, jusque-là, tenait les prédateurs à distance, s'était envolée, mise à mal par l'odeur alléchante du sang frais. Quelque chose avait flairé son doux fumet et remontait leur piste.

Kanthe se hâta de rattraper ses compagnons.

— On nous traque, annonça-t-il.

Sa lance plaquée sur le torse, Jace scruta les environs.

Frell contempla le chemin déjà parcouru d'un air intrigué.

— Vous êtes sûr ? Par quoi ?

Kanthe n'avait de réponse à aucune des deux questions. Juste une intime conviction. À force de chasser, il avait appris à se fier à son instinct.

Nyx le dévisagea d'un air entendu.

— Que proposez-vous ?

— Débarrassez-vous vite de vos vêtements ensanglantés.

La jeune fille s'observa des pieds à la tête.

— De tout, insista-t-il. Même s'il n'y a qu'une goutte dessus.

Sans regimber, elle ôta son manteau souillé, puis desserra les cordons de sa tunique et l'enleva par la tête. Elle n'avait plus que son haut-de-chausses, ses bottes souples et une sous-chemise sans manches. Cette dernière étant également mouchetée de sang, l'adolescente soupira et entreprit de la retirer elle aussi.

Jace se servit de son propre manteau pour cacher la nudité de son amie. Lui-même détourna le regard.

Kanthe ramassa les vêtements dont elle s'était déjà délestée et courut les éparpiller de part et d'autre du chemin. Il revint récupérer la tunique, qu'elle lui lança.

Aussitôt, il la porta à sa bouche et la coinça entre ses mâchoires. L'odeur de la peau et de la sueur de Nyx lui emplit les narines.

Jace le fixa sans comprendre.

— Qu'est-ce que vous… ?

Le prince l'interrompit d'un brusque geste de la main et partit à l'assaut de l'aulne le plus proche. Après avoir grimpé le plus haut possible, il cloua le vêtement au tronc à l'aide d'une flèche. Avec un peu de chance, la créature à leurs trousses croirait sa proie réfugiée au sommet, du moins assez longtemps pour qu'ils pussent s'enfuir.

De retour sur la terre ferme, il cassa une branche d'épicéa et la tendit à Nyx, qui portait désormais le manteau de Jace.

— Enduisez-vous les mains de sève afin de masquer toute trace résiduelle de sang.

Tandis qu'elle s'exécutait, il les incita tous à repartir.

— Maintenant, dépêchons-nous. J'ignore combien de minutes mon stratagème peut nous faire gagner.

Ils accélérèrent le pas. En queue de cortège, Kanthe continuait de sonder la forêt silencieuse. Il retint sa respiration quatre longues secondes, aux aguets. Lorsqu'une branche craqua vaguement au loin, il se figea, arc au poing.

Il tendit l'oreille, mais rien.

Il y a toujours quelqu'un, j'en suis sûr.

Contrarié, il suivit les autres. En chemin, il perçut des chuchotis de détresse ainsi qu'un faible gargouillis d'eau. Une rivière serpentait entre deux berges rocheuses, à l'ombre de saules jaunes.

Kanthe arriva au moment où Jace, agenouillé sur la rive, remplissait son outre.

— Avez-vous vu ce qui nous suivait ? demanda Frell.

— Non. Force est de reconnaître que ce salopard est un sacré malin. Peut-être qu'après avoir traversé, nous pourrons…

Jace mugit et, s'écartant violemment de l'eau, il atterrit sur les fesses. Son outre, elle, s'éloigna au gré du courant.

Nyx s'approcha.

— Que s'est-il passé ?

— Un truc m'a sauté dessus. Il a essayé de me mordre la main, mais ses mâchoires se sont plantées dans mon outre et il est parti avec.

Il la lui montra, qui tressautait et se retournait, comme si on l'attaquait par-dessous.

Pas de doute, il y a quelque chose dans l'eau.

Alors que Kanthe tentait de voir à travers le miroir translucide, un bruit de branches écrasées résonna derrière lui.

Il fit volte-face.

Enfin, notre prédateur arrive.

Au bruit qu'elle faisait, la bête semblait imposante et se dirigeait droit sur eux. Un arc et de petites flèches ne suffiraient pas. Kanthe s'empara de la lance que Jace avait posée près du ruisseau.

— Reculez tous !

Il prit les devants et essaya d'estimer l'origine de l'attaque. Une fois une extrémité de sa lance enfoncée dans le sol, il la coinça contre son pied, la pointe acérée braquée vers la forêt.

À peine l'avait-il orientée correctement qu'un énorme sanglier, bien plus gros que lui, les chargea au galop, défenses à ras de terre et babines écumantes.

Kanthe s'appuya de tout son poids sur la lance. Il espérait empaler l'assaillant, puis avoir le temps de s'écarter d'un bond. Il s'arc-bouta en prévision du choc mais, à l'ultime seconde, le sanglier bifurqua. Le prince recula et vit la bête passer en trombe avant de plonger dans l'eau la tête la première.

Le sanglier refit surface en battant frénétiquement des pattes pour rejoindre la rive opposée. Le cœur battant, Kanthe se retourna vers la forêt. Quelque chose avait terrifié l'animal au point qu'il n'avait même pas prêté attention à leur petit groupe.

Pour preuve, un grondement rauque émergea du brouillard.

Kanthe sentit ses bijoux de famille se crisper dans son pantalon.

Non...

Il connaissait ce son-là. Bre'bran l'avait imité il y a fort longtemps et il avait surtout dit à son jeune élève que, le jour où il l'entendrait, la mort ne serait pas loin.

Derrière lui, les autres haletèrent. Tous fixaient la rivière. Un braillement tonitruant émana des flots. Le sanglier se débattait, pris dans un tourbillon d'eaux vives. De plus près, on voyait des écailles argentées étinceler au milieu de l'agitation. En une fraction de seconde, la rivière vira au rouge vif. L'animal roula, laissant apparaître des pattes rongées jusqu'à l'os, avec des dizaines de créatures qui lui sautaient dessus pour croquer ses muscles et ses tendons. Il finit par sombrer, entraîné vivant vers les profondeurs écumeuses.

Kanthe savait qui était en train de faire festin. Bre'bran l'avait aussi mis en garde. Il regarda l'outre abandonnée tournoyer dans le courant. Quelque chose bondit dessus. On aurait dit une grosse grenouille noire, dont les flancs luisants étaient couverts d'éclatantes rayures violettes. La créature faisait deux fois la taille des poings du prince et semblait être tout en pattes, à l'exception de sa longue queue natatoire qui balayait l'eau. Ses gros yeux globuleux les fixaient, comme pour les mettre au défi.

— Écartez-vous de l'eau !

Kanthe attrapa Nyx et la ramena violemment en arrière, entraînant Jace et Frell dans son sillage.

L'odieuse bestiole s'élança vers eux et atterrit lourdement sur la rive. Sa gueule s'ouvrit sur une mâchoire hérissée de dents pointues, dégoulinant d'un poison verdâtre.

— C'est quoi ? balbutia Nyx.

— Un pyrantha. (Kanthe désigna les remous d'eau rougeâtre.) Une espèce carnivore, à la morsure venimeuse.

Le groupe recula. Hélas, ces abominables batraciens n'avaient pas que l'eau pour terrain de jeu. D'autres spécimens envahirent la berge en sautillant et en se tortillant vers leurs proies. Massés le long de la rivière, ils s'entassaient les uns sur les autres.

Frell jeta un regard à son disciple.

Derrière lui, le grondement de colère résonna de nouveau.

Kanthe vacilla d'effroi. Bre'bran lui avait parlé de l'intelligence remarquable de ce monstre – à ne surtout pas sous-estimer – et de la manière dont il transformait la forêt à coups de dents.

Scrutant la clairière embrumée, Kanthe comprit ce qu'il se jouait.

Il nous a poussés jusqu'ici afin que nous nous retrouvions coincés face à une rivière meurtrière.

Entre les arbres, deux prunelles apparurent enfin, flamboyantes et sauvages. L'image raviva l'avertissement final de Bre'bran.

Si tu vois les yeux d'un tigre d'Ennuage, tu es déjà mort.

CHAPITRE 36

Nyx se tenait près de Kanthe quand la bête approcha d'un pas décidé. Les lèvres pincées, le prince agrippa la lance à deux mains. Une certaine colère émanait de lui, mais elle semblait dirigée davantage contre lui-même que contre le monstre qui les avait suivis. Ils étaient pris au piège et n'avaient pas d'autre choix que de faire face.

Certains ne furent pas aussi courageux. Derrière elle, Nyx entendit un concert bruyant d'éclaboussures, à mesure que les pyranthas regagnaient précipitamment le confort de la rivière.

Kanthe n'avait pas besoin de nommer la bête qui rôdait dans l'ombre. Depuis le premier jour, il les mettait en garde. Néanmoins, toutes les recommandations du monde n'auraient pu retranscrire à sa juste valeur la férocité inouïe du prédateur.

Le tigre apparut. Même tapi dans la végétation, il était encore plus gros que le plus grand des bœufions. Ses pattes blanches, munies de griffes jaune foncé, étaient aussi larges que la poitrine de Nyx. Ses oreilles pointues, terminées par une longue touffe de poils, ressemblaient à des cornes velues. Ses yeux d'ambre étincelaient. Son pelage blanc nuage était couvert de rayures dorées, plus sombres le long du dos et plus claires dessous. À chaque pas, les traits ondoyaient et la fourrure pâle miroitait, comme s'il s'agissait d'un simple mirage, comme si le cœur de la forêt ancestrale avait pris corps.

Tous reculèrent vers la rivière. Le fauve ralentit mais continua de chalouper en les fixant.

Kanthe brandit sa lance.

Face à la menace, le tigre plissa les paupières. Ses oreilles s'aplatirent. Ses babines se retroussèrent sur des crocs longs comme l'avant-bras. Lorsqu'il serra les hanches, ses muscles frémirent. Ses mâchoires s'ouvrirent pour pousser un cri.

Nyx tressaillit, non pas à cause de l'attaque imminente mais parce qu'elle ressentit dans son feulement de la fureur, de la faim et du désir. Le son, de plus en plus fort, se réverbéra dans son corps jusqu'à devenir insupportable. Quelque part au fond d'elle, elle le combattit. Elle geignit tout haut, tâcha de trouver les notes opposées à sa mélopée bestiale, mais autant demander à un sourd d'écrire un chef-d'œuvre symphonique. Elle n'en trouvait même pas les premiers rythmes élémentaires.

C'était au-delà de ses compétences.

Mais pas pour d'autres.

Derrière elle s'éleva une voix chantante, qu'elle perçut aussi bien avec l'oreille qu'avec le cœur. Une autre s'y joignit, puis une troisième et, finalement, une vingtaine de gorges érigèrent les strates musicales qu'elle cherchait tant. Elles lui donnèrent de la force, l'incitant même à esquisser un pas vers le tigre.

Kanthe l'arrêta et jeta un œil à la rivière.

L'animal aussi avait senti ce vent de mélodie et de puissance mêlées. Il s'en écarta en feulant. Sa queue courte fouetta l'air. Ses oreilles se collèrent tellement à son crâne qu'elles disparurent sous sa crinière. Il n'était plus que fureur et haine.

Le chœur, avec ses voix de plus en plus fortes, le repoussa davantage vers l'intérieur de la forêt.

Au bout d'un moment, le monstrueux prédateur secoua la tête, poussa un cri rageur de frustration et, d'un bond, fit volte-face pour rejoindre l'ombre protectrice des arbres.

Nyx se retourna au moment où le chant s'interrompit.

Sur la berge d'en face, à moitié cachées sous les saules, une dizaine de silhouettes s'approchèrent en ligne. Ce fut à peine si les rideaux de branches frémirent. Leurs sauveurs étaient à moitié nus, vêtus uniquement d'une peau de bête ou d'un morceau de fourrure noué à la taille. Les femmes avaient ajouté un bandeau fin autour des seins – sûrement moins par pudeur que par praticité, un moyen de courir plus vite sans être gênées.

Ils étaient tous armés d'un arc ou d'une lance à pointe d'os.

— Les Kethra'kai, murmura Frell.

Ces indigènes qui hantaient les bois depuis la nuit des temps avaient la peau extrêmement pâle. Leurs cheveux longs – tressés chez les hommes, noués en arrière chez les femmes – arboraient toutes les teintes possibles de doré, du bronze flamboyant au blond rosé.

À l'image du tigre, ils faisaient partie intégrante de la forêt et s'y fondaient à merveille.

Nyx lorgna la végétation derrière elle et comprit ce qu'il venait se passer. *Des hypnochants*. Elle n'en avait entendu qu'à de rares occasions. Dans les marais de Mýr, peu de gens aimaient faire la démonstration de ce don étonnant, qui consistait, par des intonations mélodieuses, à se faire obéir d'animaux plus faibles. À l'évidence, le tigre n'avait rien d'une créature inoffensive, mais l'association d'un si grand nombre de voix l'avait obligé à battre en retraite.

Nyx s'effleura la gorge en se rappelant comment elle s'était sentie quand le tigre avait feulé. Son cri résonnait encore en elle, de même que sa modeste tentative de contre-attaque. Elle se remémora l'intimité qu'elle avait partagée avec Bashaliia. Leurs retrouvailles avaient-elles réveillé autre chose en son cœur ? Une émotion qui avait toujours été là ?

Frell alla s'adresser à Kanthe.

— Sauriez-vous leur parler ? Je n'ai aucune envie de m'attarder si ce tigre devait revenir dans les parages.

— Je peux toujours essayer. Bre'bran m'a appris quelques phrases et un peu de vocabulaire.

Le jeune homme s'approcha de la rive et leva le bras.

— *Ha'hassan !* (Il pressa ses paumes l'une contre l'autre, baissa le front vers ses doigts joints et fixa les indigènes.) *Tall'yn hai*.

Nyx devina qu'il les remerciait, mais plusieurs Kethra'kai entamèrent des messes basses. D'autres manifestèrent leur franche désapprobation.

Kanthe dut s'en rendre compte.

— Depuis le temps que je n'ai pas pratiqué, mes intonations doivent laisser à désirer. Leur langue est plus une affaire de cadence que de mots.

— Nous devons absolument traverser la rivière, insista Frell. Peut-être connaissent-ils un gué où passer sans risque.

Son élève acquiesça en silence, prit une grande inspiration et cria de nouveau :

— *Meer pay*… euh… *pyrantha krell nay ?* (Il montra le ruisseau paisible et le danger qui rôdait sous le reflet de la forêt.) *Nee wahl nay ?*

La rangée d'hommes et de femmes se contenta de le dévisager d'un air stoïque. Certains rebroussèrent chemin vers les saules et disparurent.

Kanthe lorgna son groupe d'un air penaud.

— Si ça tombe, je leur ai dit que j'adorais me renifler le cul.

— Attendez ! intervint Jace. Regardez.

Les quelques individus qui s'étaient éclipsés revinrent avec des arcs armés de flèches. Sauf qu'à la place des pointes en os ou en fer, ils avaient fixé des sacs de la taille d'un melon. Ils se cambrèrent et tirèrent chacun vers le ciel. Leurs flèches s'enfoncèrent dans le sol, les unes après les autres, en une ligne impeccable qui relia les deux rives. Au contact de l'eau, les petits sacs éclatèrent et déposèrent une fine poudre jaune à la surface.

Un archer leur fit signe d'avancer.

— *Krell nay*.

Jace s'interrogea.

— Ils nous demandent de traverser à la nage ? Dans ces eaux-là ?

Nyx n'avait pas oublié le sanglier affolé.

Kanthe, perplexe lui aussi, contempla la pellicule mouvante de poussière jaune qui commençait déjà à sombrer.

— Peut-être qu'ils assaisonnent la rivière. Ils veulent être sûrs que les pyranthas vont se régaler.

— *Krell nay !* s'agaça l'archer.

Tandis qu'ils hésitaient toujours à braver le cours d'eau, une vieille femme apparut parmi les Kethra'kai. Elle s'appuyait sur une grande canne blanche, sculptée dans un bois presque luisant. Sa chevelure de neige avait, depuis longtemps, perdu la couleur dorée typique de ses semblables ; au vu de ses rides profondes, elle était au moins centenaire.

Les membres de la tribu s'écartèrent sur son passage en la saluant d'un petit signe de tête.

D'une voix aussi forte et pure que la rivière à ses pieds, elle lança :

— Les courants sont sûrs, mais pas pour longtemps. Vous devez traverser maintenant.

Preuve s'il en était, un pyrantha remonta à la surface, inerte, le ventre en l'air. Un autre suivit. Et puis plus rien. Or, il en restait des centaines au fond de l'eau.

— Dépêchez-vous, les pressa la doyenne. Avant que les effets du sortilège de paralysie ne s'estompent.

— Nous devons lui faire confiance, confirma Frell.

— Comme si nous avions le choix, rétorqua Kanthe en se retournant vers les bois derrière eux.

Sans plus tarder, ils traversèrent la rivière à la nage. En apnée, Nyx battit des bras et des jambes. Le manteau de Jace, qui se gonflait autour de sa poitrine dénudée, semblait vouloir la ramener en arrière. Le contact de l'eau froide lui donnait la chair de poule. Quelque chose heurta son mollet. Elle vacilla, s'imaginant évoluer parmi une masse compacte de corps violets engourdis. Aiguillonnée par une peur panique, elle accéléra encore.

Dès qu'elle eut rejoint la rive opposée, elle s'extirpa de l'eau avec ses camarades et tâcha de préserver au mieux son intimité en enroulant le manteau trempé de son ami autour de ses épaules.

— Suivez-nous, ordonna la vieillarde.

Alors, seulement, Nyx remarqua ses yeux étranges. L'un était d'un éclatant vert émeraude ; l'autre bleu foncé, tel un ciel crépusculaire. De son regard perçant, elle étudia la jeune fille, puis tourna les talons et s'éloigna.

Les Kethra'kai prirent à leur tour congé. Nyx et les autres leur emboîtèrent le pas. Au moment où elle se faufilait entre les branches de saule, un mugissement furieux résonna de l'autre côté de la rivière. Elle frissonna à l'idée du sort qu'ils auraient subi si la tribu n'était pas venue à leur secours.

Enfin, son pouls s'apaisa et une question se forma dans son esprit. Nyx contempla le dos pâle des Kethra'kai qui, devant elle, apparaissaient et disparaissaient au gré des bosquets.

Pourquoi nous aident-ils ?

* * *

Dans une clairière, Kanthe se tenait nu avec Jace et Frell. Des membres de la tribu, debout ou agenouillés autour d'eux, examinaient scrupuleusement leur peau, écartaient leurs cheveux et fouillaient le sommet de leur crâne.

Un certain Jaleek qui, lui, avait une belle tignasse fauve, tapota la croûte que Kanthe avait à la hanche, là où un carreau d'arbalète l'avait éraflé lorsqu'il avait tenté de libérer la chauve-souris de sa cage, au Cloistre. L'Azantiien tressaillit quand l'homme rouvrit sa plaie et qu'elle se mit à saigner.

— Aïe ! Pas touche.

Même si on ne s'était pas adressé à lui en kethra, l'autre comprit et détourna son attention de la blessure. Kanthe fut soulagé jusqu'à ce que, de ses doigts glacés, le même individu lui saisît les parties intimes pour inspecter le dessous de ses roubignolles. Ses joues s'empourprèrent, autant de colère que d'humiliation.

Il voulut s'écarter, mais Frell le sermonna.

— Laissez-le vous fouiller.

Kanthe prit alors conscience qu'il n'avait jamais vu son mentor sans son habit, désormais empilé avec l'ensemble de leurs vêtements et de leurs sacs. L'alchimiste était tout en muscles saillants sur des os noueux. Et, à l'aune du beau paquet qu'on lui soupesait, en esclave sexuel, il n'aurait déçu personne.

Tant mieux pour vous, Frell.

Derrière lui, Jace avait le visage aussi rouge que le sien et la main posée sur son bas-ventre. Comme il était plus grand, l'inspection s'était prolongée, d'autant que sa peau était presque entièrement couverte d'une toison bouclée. Kanthe constata aussi qu'il était plus musclé qu'il n'y paraissait.

Un vrai ours des Brauð, ce gars-là.

— Que cherchent-ils ? articula péniblement Jace.

Un des Kethra'kai qui avaient passé leurs vêtements et leurs sacs au crible pivota soudain vers un autre et lui parla trop vite pour que Kanthe parvînt à suivre. Ce dernier n'identifia qu'un seul mot, identique dans les deux langues.

Skriitch...

L'indigène tendit le chiffon de laine qu'il avait sorti de l'habit de Frell. À l'intérieur : les quatre épines extraites du cou de Bashaliia ainsi que le long dard dentelé du skriitch. D'autres vinrent examiner les ignobles trophées. La mine soucieuse, ils se retournèrent vers les trois étrangers et les toisèrent de pied en cap.

— Je crois avoir deviné ce qu'ils cherchent, souffla Kanthe. Ils veulent vérifier que nous ne sommes pas infectés. Que nous n'avons pas de plaies synonymes de contamination.

— Vous avez sans doute raison, approuva Frell. Ils refusent que ce terrible fléau contamine le reste de la forêt. La rivière infestée de pyranthas constitue probablement un rempart naturel. Le seul danger pourrait venir des oiseaux. Peut-être surveillent-ils les berges au cas où des skriitch tenteraient d'envahir leur territoire.

Le Kethra'kai qui avait trouvé les épines et le dard leur adressa un regard courroucé. Il caressa une dague en os pendue à sa taille.

Kanthe intervint.

— *Nay.* (Il secoua la tête et posa une paume sur son torse dénudé.) *Nee shell.*

Il tâcha d'expliquer la situation avec des gestes : il mima des ailes, feignit d'ôter les épines, puis pointa l'index vers ce que l'homme tenait. Il secoua de nouveau fermement la tête et reposa la paume sur sa poitrine.

— *Nee shell*, répéta-t-il. Pas de nous.

Le Kethra'kai lâcha son arme. Un autre arriva avec un bol en bois remplie de poudre grise.

— De quoi s'agit-il ? se renseigna l'alchimiste.

Jaleek, qui avait examiné Kanthe, parut comprendre. Il se redressa, désigna les épines, ensuite le bol et croisa les bras pour former un X.

— *Kraal*, déclara-t-il d'un ton rassurant.

Kanthe baissa les paupières.

Oh, non…

Jace l'apostropha.

— Qu'est-ce qu'il raconte ?

Le prince grimaça en silence, conscient qu'il ne pourrait jamais l'expliquer à voix haute, en particulier à un certain membre éploré de leur groupe. Il rouvrit les yeux et regarda vers les hauts buissons, là où la vieillarde et quelques femmes kethra'kai avait emmené Nyx pour l'examiner en toute discrétion.

Il ne faut pas qu'elle sache.

Il espéra ardemment que personne là-bas n'expliquerait à Nyx ce que le mot voulait dire.

Si seulement nous avions patienté une demi-journée de plus…

Jaleek esquissa un sourire d'encouragement, comme pour lui assurer que les skriitch ne constituaient aucune menace.

— *Kraal*, insista-t-il, le doigt pointé vers le bol de poudre.

Kanthe secoua la tête, non pas d'incrédulité mais de désespoir.

Kraal signifiait « remède ».

CHAPITRE 37

Nyx leva les bras et laissa une certaine Dala enrouler une bande de fourrure tachetée autour de ses seins nus. Après l'avoir fermement ajustée, la Kethra'kai la lui attacha dans le dos, puis contempla sa protégée d'un air satisfait.

L'inspection corporelle terminée, Nyx renfila son haut-de-chausses et ses bottes souples. La tribu avait mis ses vêtements à tiédir près d'un petit feu. Leur chaleur douce l'aida à se calmer. Et les personnes qui l'entouraient étaient, en dépit d'une certaine réserve, assez accueillantes.

Comme le gros manteau en laine de Jace était encore trempé, elle le laissa sécher près des flammes. Après s'être considérée des pieds à la tête, elle s'estima décemment vêtue. On entendait les hommes parler de l'autre côté des buissons. Elle ignorait s'ils s'étaient rhabillés mais, vu la façon dont quelques femmes les épiaient en chuchotant et en échangeant des clins d'œil, elle supposa que non.

La doyenne kethra'kai, celle qui avait tous les honneurs, se leva d'une souche et s'approcha de Nyx.

Elle avait assisté, de loin, à l'intégralité de sa fouille, sans jamais la quitter du regard. Elle arriva devant elle, appuyée sur sa canne. La longue baguette blanche était incrustée d'une rangée de pâles coquillages nacrés. Ils avaient été sculptés pour figurer les différentes phases de la lune, du mince croissant jusqu'à l'astre plein qui, ensuite, s'affinait de nouveau.

Nyx se rappela, oppressée, ce qui l'avait amenée à entamer son périple. Malgré la beauté indéniable de la lune représentée sur la canne, le motif était, pour elle, trop marqué par le chagrin et les effusions de sang. Elle réentendit la mélopée de Bashaliia, revit son père s'effondrer. Elle se souvint du cairn érigé au fond des bois. Le tout s'articulait autour d'une seule expression emplie de terreur et d'une sordide prémonition.

La lune tombe.

La vieille femme parut deviner son subit désarroi. Elle alla poser une paume tiède – fripée mais aussi ferme que le bois de sa canne – sur sa joue glacée.

— Je vous ai entendue, mon enfant.

Nyx resta perplexe, mais son trouble l'aida à reprendre pied.

Dala se pencha vers son aînée, puis s'adressa à l'adolescente.

— *Xan. Dob van Xan.*

Nyx crut comprendre que Dala lui révélait le prénom de la doyenne.

— Xan, souffla-t-elle pour vérifier.

L'intéressée confirma d'un hochement de tête.

— Votre chant était si doux. Comment n'aurais-je pas pu être attirée par de si belles intonations ?

— Que voulez-vous dire ?

Nyx se souvint du tigre et de sa piètre tentative pour contrer l'animal féroce. À côté du chœur envoûtant des Kethra'kai, elle faisait bien pâle figure. Le don de cette tribu sylvicole pour les hypnochants était unique en son genre, profondément ancré dans son sang. Du moins, c'était ce qu'on racontait à Hálendii et dans de nombreuses régions de la Couronne. Quelques autres possédaient le même talent mais, souvent, ils avaient un vague lien de parenté avec eux.

Nul ne savait pourquoi les Kethra'kai avaient la fibre musicale aussi développée. Nyx se remémora une discussion dont elle avait été témoin, en sixième année, entre alchimistes et hiéromoines. Selon ces derniers, c'était une grâce accordée par la Fille, la sombre Chasseresse de la lune.

D'ailleurs, sur la canne, l'alignement de coquillages sculptés décrivait l'éternelle poursuite du Fils argenté par la Fille, symbole de la lune croissante et décroissante. De leur côté, les alchimistes estimaient que l'hypnochant, loin d'être une bénédiction divine, était plutôt né d'une nécessité concrète. Pour survivre dans une forêt immémoriale où le danger pullulait à chaque tournant, il avait fallu davantage que des talents de chasseur et une bonne connaissance de la végétation. Les hypnochants auraient aidé les autochtones à subsister, à mettre une partie de la faune sous leur joug.

Elle repensa au tigre qui s'était enfui d'un bond.

Peut-être que les alchimistes avaient raison.

Cela étant, à l'époque, Nyx n'avait pas été convaincue et elle ne l'était toujours pas. Selon elle, l'hypothèse avancée ne répondait pas au mystère fondamental. *Où et comment la tribu s'est-elle forgé un tel talent héréditaire ?*

— J'ai entendu votre chant, répéta Xan. Pleinement gorgé de peine et aussi d'amour. Votre appel est arrivé jusqu'à moi pour me demander de venir.

Comment était-ce possible ?

Nyx sentit de nouveau les feuilles friables sous ses genoux, la lame de Kanthe dans sa main, son doigt qui frottait le pelage velouté. Le petit tumulus était déjà loin. Depuis la mi-journée, ils avaient marché de longues heures avant d'atteindre la rivière.

— Comment avez-vous pu m'entendre ? s'étonna-t-elle.

— Le pouvoir de l'hypnochant ne vient pas des lèvres mais du cœur. (Xan posa une paume entre ses seins, puis tendit le bras vers la poitrine de Nyx.) Il touche les personnes qui savent écouter avec leur esprit.

L'adolescente refusa d'y croire et, surtout, de se dire qu'elle possédait un tel don.

— Enfin, prenez garde, mon enfant. Il y a des bêtes, comme le tigre tout à l'heure, qui seront attirées dans votre sillage. Elles voudront tuer quiconque cherchera à les amadouer par le chant.

Nyx se souvint de ses habits maculés de sang. Si Xan avait raison, ce n'était pas l'odeur du sang qui avait appâté le farouche prédateur. *C'était moi.* Auquel cas, il n'était guère surprenant que l'idée des fausses pistes pour semer le tigre eût échoué.

— Et il n'y a pas que des animaux dont vous devez vous méfier, ajouta la vieille femme d'un ton grave.

Intriguée, Nyx attendit des précisions, mais Dala se manifesta avec impatience.

— *Nee crys wan jar'wren.*

D'un geste, Xan l'incita à se calmer.

— Dala vous dit que nous avons *tous* entendu votre chant.

— *Wee jar'wren*, insista la jeune Kethra'kai.

— *Ya, jar'wren.*

Nyx les observa tour à tour d'un air interrogateur.

— Un problème ?

La doyenne sourit.

— Non, au contraire. Dala est honorée de rencontrer quelqu'un à qui les *jar'wren* se sont attachés. Les dieux qui les habitent ne nous écoutent jamais. Ils ne chantent jamais pour nous.

— C'est quoi les *jar'wren* ?

Pensive, voire inquiète, Xan répondit :

— Les *jar'wren* sont ce que les Hálendiiens appellent les chauves-souris de Mýr, mais ce sont aussi tant d'autres choses. Il y a fort longtemps, elles ont été touchées par les dieux ancestraux et…

Un cri l'interrompit. Nyx, qui avait reconnu la voix de Frell, se retourna. Une Kethra'kai postée devant les buissons fit signe à Xan et se mit à parler rapidement.

La doyenne tapota le bras de Nyx.

— Peut-être vaudrait-il mieux en parler plus tard. Je vois que cette histoire vous rend livide.

Nyx voulut protester. Elle avait un millier d'autres questions à poser, mais elle laissa les femmes de la tribu la ramener auprès de ses camarades. En chemin, son esprit resta focalisé sur les confidences de Xan, sur la possibilité que son cœur pût abriter une forme d'hypnochant. Elle tenta de s'en servir pour combler les blancs du passé. Elle repensa au bébé qui vagissait dans les marais. La grosse chauve-souris qui l'avait sauvée avait-elle identifié son talent ? Ses cris de nourrisson étaient-ils déjà imprégnés d'une amorce d'hypnochant, attirant le volatile et peut-être ensuite Gramblebuck ? Était-ce pour cela que les bœufions la suivaient toujours, que Gramblebuck l'aimait tant – et qu'elle l'aimait aussi en retour ?

Nos cœurs étaient-ils unis par le chant ?

Elle se rappela les propos de Frell pour expliquer son extrême proximité avec les chauves-souris de Mýr. *Vous avez vécu vos six premières lunes sous leur protection, quand votre esprit, semblable à de la terre glaise, était encore malléable, loin d'être complètement formé. Votre cerveau a grandi sous le feu permanent de leurs cris silencieux. Exposée de la sorte, vous avez peut-être été influencée à jamais par leur mélopée, au même titre qu'un arbre est façonné par les vents.*

Elle se demanda si ce n'était pas, en réalité, qu'une partie de la réponse. Non seulement son cerveau n'était pas formé à l'époque, mais ses capacités non plus. La mélopée des chauves-souris l'avait-elle, d'une façon ou d'une autre, liée à elles, créant quelque chose de nouveau et d'unique en son genre ?

Face à tant de spéculations, elle secoua la tête. Elle ne pouvait pas le savoir et ne le saurait jamais vraiment. Surtout depuis que Bashaliia était parti.

Au moment de s'insinuer entre deux buissons, Nyx vit Frell tenter d'agripper un Kethra'kai.

Le membre de la tribu ne lui prêta aucune attention, captivé par le trophée au creux de sa main. C'était la boussole de l'alchimiste, l'instrument qui lui servait à s'orienter à travers bois.

— J'en ai besoin pour rejoindre Havrechand ! réclama Frell.

Kanthe le tira en arrière.

— C'est leur philosophie de vie. Les Kethra'kai partagent l'ensemble de leurs possessions. Ce qui est à quelqu'un appartient à tout le monde.

— Donc, cela reste à moi.

— Uniquement quand l'autre y aura renoncé. S'il pose l'objet, vous pourrez le récupérer. Pas avant. (Le jeune homme s'amusa de la frustration de son ami.) Vu la manière dont il dévore votre boussole des yeux, comme s'il s'agissait d'un gros diamant, cela n'est pas près d'arriver.

Jace proposa un compromis.

— Pourquoi ne pas attendre demain matin ? Les Vespres sont déjà bien entamées. À l'aube, le chasseur sera peut-être lassé de son butin.

Nyx prit conscience de sa propre fatigue. D'autres feux avaient été allumés et, peu à peu, le campement fut cerné de belles flammes. Les Kethra'kai s'installaient pour la nuit.

En attendant, Nyx était revenue parmi les siens.

Jace fut le premier à s'en apercevoir. Il fit volte-face, prêt à la saluer, voire à chercher son soutien. Soudain, ses prunelles s'écarquillèrent et, très vite, il se retourna en fixant ses orteils.

Kanthe et Frell eurent la même réaction stupéfaite.

Une fois remis du choc, le prince parut apprécier le spectacle. Ses lèvres s'arrondirent d'amusement.

— Je vois que les Kethra'kai ont adapté votre tenue vestimentaire ou, du moins, qu'ils l'ont réduite. Je dois avouer que j'aime bien. Quoiqu'en tant que potentiel frère aîné, pourrais-je suggérer d'y ajouter un joli manteau ?

Furieuse, Nyx commença à vouloir cacher son ventre nu, puis ses bras retombèrent. Elle n'avait pas à avoir honte.

Elle indiqua le rempart de flammes.

— Jace a raison. Nous devrions repartir du bon pied demain matin.

Xan la rejoignit et s'adressa à Frell.

— N'ayez crainte, nous allons vous conduire à Havrechand. De toute façon, c'était notre route, jusqu'à ce que nous entendions la jeune fille chanter. Ses intonations nous ont menés jusqu'à vous et, à partir de maintenant, nous ferons le trajet ensemble.

Frell chercha une explication auprès de Nyx, qui secoua la tête. Un instant déconcerté, il se concentra de nouveau sur Xan.

— Vous avez aussi prévu de vous rendre à Havrechand ?

— Non, quelqu'un d'autre nous appelle plus au nord. Nous longerons Havrechand et vous déposerons là-bas.

L'alchimiste acquiesça en silence, visiblement radouci et satisfait du programme. D'un geste, il invita Kanthe et Jace à établir leur propre campement.

Nyx resta avec Xan qui, toujours appuyée sur sa canne, regardait droit devant elle, sans vouloir partir. Elle semblait attendre que la jeune fille prît la parole.

Elle la mettait peut-être même au défi de se lancer. Nyx savait quel sujet la doyenne souhaitait voir abordé.

— Xan… vous avez dit qu'un autre vous appelait au nord.

Son interlocutrice acquiesça en silence.

— Qui ?

Elle tourna les talons en frappant sa canne au sol et s'éloigna.

— Je ne sais pas. Néanmoins, il y a quelqu'un qui fredonne sombrement avec la voix des dieux ancestraux, un chant de danger et de désolation.

Nyx voulut la suivre mais, sans un mot, les autres femmes kethra'kai se massèrent derrière leur cheffe.

Arrivée devant les buissons, Xan lorgna derrière elle. Elle caressa, sur sa canne, la rangée de coquillages sculptés en forme de lune, comme si elle voulait les polir.

Nyx comprit qu'elle venait de confirmer ses pires craintes.

Les dernières paroles de Xan résonnèrent dans son esprit bien après qu'elle eut disparu.

Un chant de danger et de désolation.

Si elle doutait encore de posséder le don d'hypnochant, Nyx était, en revanche, certaine d'une chose. Cette rengaine-là, elle ne la connaissait que trop bien. Surtout son ultime et retentissante note.

La lune tombe…

CHAPITRE 38

Épuisé, perclus de courbatures, Kanthe se tenait sur un promontoire boisé qui offrait une vue spectaculaire sur l'immense étendue bleutée de l'Heilsa. Le lac de forêt brillait sous le soleil de fin d'après-midi. Après être resté si longtemps enseveli sous les nuages et le brouillard, le prince était frappé par la lumière éclatante du ciel. Les yeux plissés, il admira le miroir étincelant des eaux étales. Elles étaient traversées par quelques voiles de pêcheurs de Havrechand, cité embrumée nichée sur la berge d'en face.

On comprenait aisément pourquoi la tribu nomade des Kethra'kai avait fondé leur unique ville en bordure de l'Heilsa. Plutôt que de refléter simplement le ciel bleu, les eaux du lac absorbaient sa couleur et la concentraient en un camaïeu profond de cobalt et d'indigo. Les Kethra'kai l'appelaient *Meyr'l Twy*, c'est-à-dire « larmes des dieux » – par sa forme, l'Heilsa ressemblait à une larme tombée du ciel.

Ce n'était pas l'unique raison de son nom.

Jace gémit. Assis sur un rondin dont l'écorce avait disparu sous la mousse, il avait ôté ses bottes et se frictionnait les chevilles.

— Qu'est-ce que je ne donnerais pas pour tremper mes pieds dans l'eau ! confia-t-il à Nyx, debout près de lui.

Les Kethra'kai leur avaient imposé une cadence soutenue. Ils paraissaient infatigables, même la doyenne. Et, encore, Kanthe les soupçonnait de ralentir leur allure pour s'adapter au rythme des étrangers qu'ils escortaient. En tout cas, ils avaient mis une bonne partie de la journée à atteindre le lac. Les estimations de Frell qui, la veille, croyait rejoindre l'Heilsa à l'heure du déjeuner, avaient été vite balayées par la réalité, à la fois en termes de distance et de difficulté du terrain. Ils avaient aussi multiplié les détours, car il fallait, entre autres, éviter les dangers connus, s'arrêter pour cueillir de rares herbes médicinales ou s'écarter de l'itinéraire initial en vue de chasser du gibier frais.

Un faible carillon résonna en provenance de Havrechand. Ces cloches lointaines, aux harmonies obsédantes et éplorées, signalaient soit la fin de l'après-midi, soit la première sonnerie des Vespres.

Jace décida de renfiler ses bottes. Leur journée de marche n'était pas terminée. Ils devaient encore contourner le lac, ce qui leur prendrait presque jusqu'à la fin des Vespres. Pour l'heure, les Kethra'kai achevaient leur rituel près du lac. Frell, qui les avait accompagnés, assistait à cette cérémonie comprenant bon nombre de révérences. Les paumes étaient plongées dans l'eau, puis posées sur les joues. On entendait aussi l'écho d'un chant.

Nyx les contempla, les bras croisés. Elle avait rendossé le manteau de Jace, après qu'il eut séché toute la nuit, mais, noué de manière lâche, il laissait entrevoir sa peau nue et le bandeau de fourrure tachetée autour de sa poitrine.

À plusieurs reprises, Kanthe avait surpris Jace à épier son amie en douce. Non pas qu'il lui eût jeté la pierre. Il avait fait pareil. Et ce n'était pas seulement la vue de sa chair qui avait éveillé leur intérêt, voire celui de Frell – même si les coups d'œil de l'alchimiste étaient plus studieux qu'admiratifs.

Depuis quelques lieues, une atmosphère étrange entourait Nyx, telle une cape dont on lui aurait drapé les épaules. Sa peau ne luisait pas que de sueur. Ses mèches dorées s'étaient éclaircies, alors que le reste de sa chevelure avait foncé. La jeune fille semblait tirer une étonnante vitalité des bois.

Personne n'y fit allusion, mais tout le monde le sentait.

Les Kethra'kai lui lançaient des regards à la dérobée et chuchotaient entre eux.

Seule Nyx ne paraissait pas s'en apercevoir. Au cours du long trajet, elle avait à peine ouvert la bouche, sans doute absorbée par des sujets encore trop délicats à aborder. Elle lorgnait souvent en direction de la doyenne kethra'kai. Cependant, dès qu'elle tentait de la rejoindre, elle se faisait éconduire : c'était comme si le vent éloignait les femmes de la tribu chaque fois que Nyx s'approchait trop.

Très protecteur, Jace ne la quittait pas d'une semelle, même s'il avait un peu de mal à suivre le rythme sans s'essouffler. Kanthe s'était rendu compte à quel point il avait sous-estimé à la fois l'endurance du jeune homme et son extrême loyauté envers son amie. Certainement fallait-il voir dans sa fidélité sans faille un amour d'adolescent qui n'avait pas encore éclaté au grand jour. Une ou deux fois par le passé, Kanthe avait éprouvé pareil sentiment et il savait combien le cœur en souffrait, tiraillé entre une merveilleuse angoisse mêlée d'espoir et une terrible insécurité.

Il devinait toutefois chez Jace une profondeur dont l'intéressé lui-même ne semblait pas avoir conscience. Au début, Kanthe l'avait trouvé négligé, gringalet et bedonnant, engourdi par ses longues années passées dans le giron du Cloistre. Bref, un vrai gamin. Or, à force de le côtoyer, il admettait son erreur de jugement.

Et j'étais franchement mal placé pour critiquer.

Ses oreilles bourdonnaient des multiples quolibets lancés à son encontre par des gens qui ne le connaissaient pas : Roubignolles, le Mouton Noir et une foule d'autres surnoms encore plus grossiers.

Pourtant, malgré sa nouvelle bienveillance, Kanthe avait parfois envie de lui flanquer des claques. Comme à cet instant précis.

Après avoir enfilé ses bottes, Jace désigna le lac.

— Selon la légende, l'Heilsa posséderait d'extraordinaires pouvoirs curatifs. Beaucoup de malades gravement atteints viennent ici et jurent qu'après avoir pris un bain ou bu l'eau du lac, ils ont été guéris.

Kanthe ferma les yeux, dépité. Il se rappela le grand sourire de Jaleek et le mot qu'il avait employé en montrant un bol de poudre. *Kraal.* Apparemment, les Kethra'kai savaient soigner les victimes d'attaques de skriitch.

Un gémissement l'incita à rouvrir les paupières. Nyx avait quitté sa place près du rondin pour rejoindre le lac. La mystérieuse magie qui avait pu s'insinuer en elle lui voûtait le dos. Kanthe savait ce qu'elle redoutait, la culpabilité qui en découlait. La promesse d'eaux curatives avait rouvert une plaie toute fraîche.

Il se racla la gorge et chercha une légèreté de ton qui, dans son cœur, faisait pourtant cruellement défaut.

— Ce ne sont que de pauvres légendes ! L'éclaireur que je connaissais, Bre'bran, se moquait de pareilles balivernes.

Il mentait, mais Nyx avait besoin de l'entendre.

— Croyez-moi, ce lac n'est pas différent des autres. La population de Havrechand tombe autant malade qu'ailleurs. D'accord, il est joli et tout, mais miraculeux ? (Il siffla de dédain.) Ridicule !

— Pourtant, d'après le *Medicum Priz* de Lyllandra, les eaux sont pleines de…

— De merde, l'interrompit Kanthe, furieux, en lui jetant un regard entendu. En provenance directe des égouts de la ville. Les pêcheurs du coin ont aussi pissé plus d'une fois dans le lac.

Enfin, Jace parut comprendre. Les joues en feu, il ravala sa salive et acquiesça.

— C'est sans doute vrai.

— Assez parlé d'eaux miraculeuses. Le chemin est encore long jusqu'à Havrechand et les Kethra'kai sont de retour.

La petite troupe gravissait la butte vers eux, accompagnée de Frell, tout rouge d'excitation après avoir eu le rare privilège d'assister à une de leurs cérémonies.

Kanthe fronça les sourcils.

Si jamais cet alchimiste maigrichon lâche un mot au sujet d'un remède…

Hélas, le mal était fait. Nyx se redressa, pelotonnée dans son manteau, comme si elle avait froid. À moins peut-être que, par la fâcheuse remarque de Jace, la forêt n'eût soudain perdu son aura magique.

Frell dut remarquer qu'au-dessus du tertre, l'ambiance avait changé. Inquiet, il scruta les environs mais, comme il n'aperçut rien de louche, il se retourna vers le lac.

— Nous devrions arriver à Havrechand dans deux ou trois heures.

— Alors, en route ! lança Kanthe.

Sous la houlette des éclaireurs kethra'kai, il traîna derrière lui ses propres craintes lugubres, qui s'amplifièrent au fil des pas. Sa hanche était douloureuse depuis qu'il avait été blessé par un carreau d'arbalète, tir qu'il avait cru accidentel mais qui, à présent, devenait suspect. Il se revit sur le radeau, le faciès rouge de Mallik dégainant son épée contre lui. Et le visage d'un autre chevalier vyrllien, chef du bataillon. Anskar ne resterait pas longtemps les bras ballants après avoir permis à Kanthe d'échapper à sa tentative de meurtre.

Il jeta un regard soucieux à Nyx. Elle aussi avait survécu, bébé, à un ordre d'assassinat émis par Sa Majesté. Peut-être était-elle la fille du roi Toranth, aussi abhorrée qu'un certain fils spolié de ses droits. Elle portait également le fardeau d'une sinistre prophétie, d'une malédiction déposée à ses pieds, d'une mise en garde chuchotée à l'oreille du monarque par un odieux Iflelen. Jusqu'alors, Kanthe n'avait accordé aucun crédit à ces prédictions, mais comment faire abstraction d'une inquiétude qui, depuis peu, grandissait en lui, alimentée par la peur, surtout avec ce qu'il avait vu et entendu les jours précédents ?

Il contempla Nyx.

Et si ce salaud de Wryth avait raison ?

* * *

Nyx regarda les Kethra'kai s'évanouir dans la brume.

La dernière sonnerie des Vespres retentit à droite, dans l'ombre de la cité couverte d'un manteau blanchâtre. Fidèles à leur promesse, leurs guides les avaient déposés aux abords de la ville. Les deux groupes s'étaient ensuite séparés à l'endroit où une route semée d'ornières menait à Havrechand.

À l'orée de la forêt, seules Xan et Dala s'attardaient, le regard rivé sur l'adolescente, tels de fantomatiques esprits sylvestres. Et peut-être bien qu'elles l'étaient. Dala embrassa sa paume, la tendit à Nyx, puis rebroussa chemin vers le brouillard et disparut, ne laissant que la doyenne derrière elle.

Nyx ne comprenait pas pourquoi Xan l'avait évitée toute la journée. *L'aurais-je offensée ? Ou n'est-elle pas prête à partager tous ses secrets ?*

Les prunelles de l'aînée des Kethra'kai – saphir et émeraude – luisaient dans la pénombre lugubre. On ne distinguait presque que cela sous sa chevelure de neige. Soudain, Nyx se rendit compte à quel point les yeux de Xan ressemblaient aux Jumeaux, les deux lacs resplendissants qui encadraient Havrechand : les eaux bleues de l'Heilsa derrière eux et l'étendue verte de l'Eitur, plus loin au nord, perdue dans le brouillard.

Elle n'eut pas le temps de se pencher sur la question que Xan commença à chanter pour elle. Comme on ne voyait pas ses lèvres, on avait l'impression que sa voix émanait de la forêt entière. Nyx ne comprenait pas un mot, mais les intonations, le rythme et la mélodie lui parlèrent du temps qui passait, de graines minuscules qui devenaient des géants grinçants, de l'inéluctabilité de la mort, de la joie apportée par les pétales, les feuilles, l'humus, ainsi que de toutes les créatures qui appréciaient, là-bas, leur brève étincelle.

Nyx imagina Bashaliia voletant de branche en branche, à la poursuite de moucherons qui étincelaient au soleil. Elle sentit monter des larmes qui avaient toujours été là, au fond d'elle, mais qu'elle avait refoulées, persuadée à tort qu'elles ne servaient plus à rien. Leur sel lui piqua les yeux.

Xan continua de psalmodier mais, sous sa voix, une autre mélopée s'insinua, émaillée de notes dorées. Elles l'enveloppèrent jusqu'à ce que Nyx acceptât de s'ouvrir à elles. Les paupières closes, elle fut propulsée à différentes époques des Kethra'kai. Les visions se brouillèrent. Elle tâcha de les suivre mais, par manque d'expérience, elle trébucha. Elle aperçut fugacement de sombres falaises, des mers ancestrales enchâssées entre de hautes parois rocheuses, quelque chose qui remuait au-dessus, dans les suaires.

Soudain, elle perdit le rythme et réintégra son enveloppe corporelle.

Elle rouvrit les yeux et regarda droit devant elle. Xan était déjà partie. Face au brouillard dense, l'adolescente se sentit de nouveau abandonnée, exclue d'une famille à laquelle elle ne pourrait jamais appartenir.

Jace s'approcha, inquiet.

— Nyx… ?

Elle tourna la tête vers lui et se mit à trembler. Dès qu'il fut à ses côtés, elle tomba dans ses bras. Il la soutint et, en silence, la laissa sangloter, conscient qu'il n'y avait rien à dire. Heureusement, sa chaleur, son parfum suffisaient à lui rappeler qu'elle n'était pas seule.

Quand les derniers échos du chant se furent estompés, elle reprit enfin la pleine possession de son corps, blottie contre son ami.

Elle s'écarta et le regarda dans les yeux.

— Merci.

Il rougit en marmonnant presque des mots d'excuse.

Elle saisit sa main et la serra tendrement. Kanthe et Frell avaient tous deux l'air gêné.

D'un toussotement, l'alchimiste s'éclaircit la voix.

— Nous devrions y aller.

* * *

À l'approche de Havrechand, Kanthe demanda à Frell :

— Avez-vous déjà mis les pieds ici ?

Sous son nuage blanchâtre, la bourgade était à peine visible.

— Non, mais la prieure Ghyle m'a donné un nom. Le Rameau d'Or. Une auberge quelque part à Havrechand.

Peu à peu, le brouillard s'estompa et les contours de la ville se dessinèrent.

Kanthe, pourtant éternel pragmatique, resta sidéré par ce comptoir marchand en pleine forêt, qui luisait de mille feux. On avait l'impression que tout était sorti de terre plutôt que d'avoir été construit par la main de l'homme. Et, à maints égards, c'était le cas. Là, un vieux bosquet d'aulnes d'Ennuage s'élevait jusqu'au ciel. Leurs troncs géants avaient été creusés pour loger la population sur plusieurs étages. On y voyait briller des fenêtres minuscules et des cheminées tordues en pierre laissaient échapper un filet de fumée. Les maisons les plus hautes s'enfonçaient dans le brouillard, ne révélant leur présence que par le reflet de lointaines ouvertures.

Malgré cela, les arbres, toujours vivants, continuaient d'étendre leurs branches chargées de feuilles vertes ou dorées. Un grand nombre d'entre elles avaient été taillées pour former des passerelles et, là où il en manquait, des centaines de ponts de singe quadrillaient la ville. Même les énormes racines, souvent aussi épaisses que des troncs d'arbres ordinaires, avaient été sculptées en escaliers naturels.

Au moment où leur groupe passa sous une arche imposante, Kanthe aperçut des marches rocheuses qui descendaient, donnant par la même occasion un nouveau sens à l'expression « cave à racines ». À entendre les rires et les tintements de chopes qui s'échappaient des profondeurs, une bonne partie de Havrechand était enfouie sous le vieux bosquet.

Des maisons traditionnelles en bois et en pierre, en bardeaux et en chaume, étaient adossées aux troncs. De plus en plus nombreuses, elles s'entassaient les unes sur les autres, mais une certaine naturalité continuait d'émaner d'elles dans l'arrondi des murs, les couches de lichen en façade ou encore les fenêtres circulaires, qui rappelaient les yeux luisants des chouettes.

Frell demanda plusieurs fois son chemin aux habitants qui, en dépit du brouillard perpétuel, affichaient invariablement une mine enjouée. Kanthe comprit pourquoi. Partout, on entendait de la musique. Partout, des lampes aux mille et une couleurs brillaient. L'atmosphère elle-même embaumait le feu de bois et le riche humus, comme si chaque souffle d'air était gorgé de vie.

Vu l'heure tardive, les rues n'étaient plus guère fréquentées que par de rares habitants des plaines au teint mat et par de pâles Kethra'kai. La majorité des échoppes étaient fermées, mais quelques étals chatouillaient les narines avec leurs effluves alléchants de viande grillée, de ragoût et de bière mousseuse.

— C'est par là, les renseigna un homme aux joues rouges.

Derrière sa plaque de fonte brûlante, il n'était pas loin de faire rôtir son gros ventre.

— Juste après le Vieux Mast. Vous ne pouvez pas rater le Rameau d'Or.

Kanthe espéra que leur bon samaritain avait raison. Entre le brouillard dense et le dédale de rues tortueuses, il avait perdu ses repères et aurait eu un mal fou à retrouver l'Heilsa, qui lui paraissait désormais au bout du monde. Il fouilla les environs du regard. L'éclat du réverbère voisin se dissipait au loin, ce qui n'aidait pas à estimer la superficie globale de la ville.

Frell remercia le marchand ambulant et se remit en route.

Jace s'approcha.

— C'est moi ou est-ce que nous tournons en rond ?

— Nous ne devons plus être loin, grogna l'alchimiste.

— Bah ! Sinon, je m'arrête devant le prochain vendeur de ragoût que nous croiserons.

— Ou la prochaine taverne, renchérit Kanthe.

Finalement, ils contournèrent un gigantesque tronc d'arbre. Son écorce s'était détachée ou avait été arrachée, dévoilant un bois blanchâtre aux reflets dorés. Sa surface était si polie qu'on pouvait s'y mirer. L'accès se faisait par une arche pointue, dont les grandes portes étaient façonnées dans le même bois d'aulne. Au-dessus du chambranle, une immense fenêtre ronde scintillait d'éclats de verre. D'un côté, un soleil flamboyant dardait ses rayons dorés sur un ciel bleu pâle. Par-delà les lances resplendissantes, les fragments de vitrail devenaient plus foncés à mesure qu'on approchait de l'autre moitié, où des étoiles, aussi étincelantes que des diamants, entouraient le disque argenté d'une pleine lune.

— Ce doit être la cathédrale de la ville, annonça Jace.

Hantée par le terrible danger qui les réunissait, Nyx contempla l'astre argenté d'un air hagard.

— Non, c'est le Vieux Mast. Dala m'en a parlé. Ce ne sont pas nos dieux qui sont vénérés ici mais ceux des Kethra'kai. Ils y rendent hommage au panthéon de la forêt.

Frell les incita à avancer.

— Auquel cas, s'il s'agit bien du Vieux Mast, l'auberge n'est plus très loin.

Pour la première fois depuis leur arrivée à Ennuage, il avait raison.

Un bâtiment tentaculaire apparut enchâssé dans l'arbre suivant, dont le tronc était à peine plus modeste que son prédécesseur. L'édifice s'élevait sur une dizaine de niveaux. Il était construit en bois, avec un toit d'ardoise et des fondations en pierre couvertes de mousse et de lichen. Il se fondait entièrement dans le vieil aulne contre lequel il s'adossait, lui aussi muni de fenêtres qui le faisaient resplendir de l'intérieur. Tout était si harmonieux qu'on avait du mal à savoir où le travail humain s'arrêtait et où la nature commençait.

Deux gigantesques portes de grange étaient ouvertes en grand. Des échos de rires et de musique s'en échappaient. Des flammes dansaient dans les cheminées. Au-dessus de l'entrée, une enseigne avait été sculptée en forme d'arbre doré, de ses sombres racines enchevêtrées jusqu'à l'imposante cime aux feuilles ambrées.

Kanthe soupira.

— Si, ça, ce n'est pas le Rameau d'Or, je reste quand même. Vous continuerez de sillonner cette saleté de brouillard sans moi.

Frell le poussa vers la porte béante.

— Espérons que nous n'aurons pas accompli le voyage en vain.

* * *

Nyx patienta dans la grande salle de l'auberge, qui était moins une pièce d'un seul tenant qu'un ensemble complexe d'espaces accolés les uns aux autres. Certains, petits et intimes, n'étaient qu'une alcôve dissimulant une table derrière un rideau brodé poussiéreux. D'autres accueillaient de vastes salles à manger, des tavernes enfumées, des cuisines minuscules ou encore des antres de jeux – des paisibles échiquiers peints sur les tables, devant lesquels on se creusait les méninges, jusqu'aux salons bruyants où on pariait sur le lancer de dés ou de jetons klashéens.

Ce soir-là, la ville entière semblait s'être donné rendez-vous au Rameau d'Or. Les poutres du plafond étaient obscurcies par la fumée des pipes. Des éclats de rire sonores faisaient sursauter la jeune fille. Assiettes en étain et chopes en grès tintaient. Partout à la ronde, on entendait des clameurs, des fanfaronnades et des menaces – certaines badines, d'autres plus sérieuses.

Après de longues journées passées dans le calme paisible de la forêt, Nyx fut assourdie par le vacarme. La profusion d'images dans un environnement aussi chaotique heurtait également ses yeux toujours fragiles et lui donnait le vertige. En quête d'un répit salutaire, elle s'était réfugiée près d'un petit âtre rougeoyant. C'était l'endroit s'approchant le plus de sa maison d'enfance qu'elle avait pu trouver dans un lieu aussi singulier. Resté à ses côtés, Kanthe se tenait debout devant leur table éraflée avec Jace.

Frell, qui était allé se renseigner au comptoir, acquiesça en silence et gratifia discrètement d'une pièce un aubergiste à la barbe bien fournie. Nyx aperçut un reflet d'or. Quoi qu'il eût demandé, il avait fallu payer le prix fort.

Il pivota sur ses talons et hocha la tête vers Kanthe.

Celui-ci prévint Jace d'un petit coup de coude et fit signe à Nyx.

— Allons-y. Avec un peu de chance, les lits ici ne sont pas des tas de feuilles humides. Donnez-moi un gros matelas sec rempli de paille et je dormirai comme un bébé dans le plus doux des berceaux.

Lorsque les trois jeunes gens eurent rejoint Frell, ce dernier apostropha un gamin maigrichon, dont la casquette rouge vif était ornée d'une feuille en papier doré. Il lui remit une lettre pliée en deux et une pinche de cuivre. Les deux disparurent dans une poche de gilet et le garçonnet détala dans le labyrinthe des salles.

Frell leur intimant à mi-voix de se dépêcher.

— Où allons-nous ? demanda Jace.

— Aux écuries, lâcha l'érudit, mi-distrait, mi-nerveux.

Kanthe se rembrunit.

— Je n'aurais peut-être pas dû dire qu'un lit en paille me satisferait pleinement.

Ils suivirent le rythme de leur jeune guide qui, cavalant de-ci de-là, quitta la salle et longea une série de couloirs. Enfin, il atteignit une grande porte, qu'il s'empressa de leur ouvrir. Au même instant, un fracas de métal résonna dehors, furieux et brutal.

Nyx ralentit, tandis que Frell rejoignait l'enfant à la hâte. Il lui offrit un autre sou de cuivre et, d'un geste, l'exhorta à sortir.

Il intima ensuite à son groupe de s'arrêter.

— Vous, restez ici.

Il franchit le seuil, seul.

Jace et Nyx étaient autant effrayés l'un que l'autre.

Que se passe-t-il ?

Un grand patio s'étendait sous le ciel voilé. Des lampes étaient pendues aux quatre coins. De chaque côté s'élevaient une dizaine d'arches, fermées par des demi-grilles. Derrière la plus proche, Nyx aperçut des stalles, où des chevaux trépignaient, probablement perturbés par l'agitation ambiante.

Dans la cour, deux hommes s'affrontaient sans merci. Leur chemise et leur haut-de-chausses étaient lacérés d'entailles, dont certaines noircies de sang. L'un d'eux brandissait une épée argentée qui, entre ses mains, n'était plus qu'une ombre floue. L'autre maniait deux lames si fines qu'elles faisaient davantage penser à un mirage qu'à des tiges d'acier. Fort agiles, ils croisaient le fer et paraient les coups. Leurs bottes dansaient sur les pavés. Le visage luisant de sueur, ils grimaçaient ou, au contraire, affichaient un sourire féroce, allant d'avant en arrière aussi lestement que leur jeu d'épée.

Le pouls affolé de Nyx s'apaisa lorsqu'elle comprit qu'il s'agissait juste d'un entraînement, certes acharné mais dénué d'intentions meurtrières. Le jeune messager siffla pour attirer l'attention des combattants. Ils finirent par s'arrêter, le souffle court, et le toisèrent d'un air agacé.

— Qu'y a-t-il, petit ? (Celui qui avait le teint le plus mat replaça une mèche noire et humide derrière son oreille.) J'espère que c'est important, sinon je t'flanquerai une bonne raclée pour avoir osé nous interrompre.

Confus, le garçonnet farfouilla dans sa poche.

— Laissez-le tranquille, Darant. Il va finir par se pisser dessus.

L'autre bretteur avait une grosse barbe hirsute poivre et sel assortie à ses cheveux longs. Chacune de ses joues était barrée d'une vilaine cicatrice.

— M… Message, balbutia l'enfant.

Il tendit au balafré le papier ciré et plié que Frell lui avait confié.

Avec un soupir las, l'intéressé rengaina son épée et le prit.

— Encore une facture pour la chambre, j'imagine. L'auberge ne fait pas confiance aux pirates ou quoi ?

Un pirate ?

À l'écart, le regard rivé sur celui qui tenait son message, Frell paraissait aussi impressionné que lorsqu'il avait assisté à la cérémonie kethra'kai au bord du lac – comme s'il voyait un pan d'histoire devenir réalité.

L'homme se raidit en remarquant le cachet de cire rouge vif. Il s'empressa d'ouvrir la lettre, la lut attentivement, puis leva les yeux vers le jeune coursier, qui désigna Frell du doigt.

— C'est vous qui m'apportez ce courrier ? lança-t-il à l'alchimiste. Écrit de la main de la prieure Ghyle ?

Frell confirma et courba légèrement la nuque.

— Oui, mais je suis venu avec beaucoup plus.

Il se retourna vers la porte et chuchota :

— Nyx… Approchez, vous n'avez rien à craindre.

Peu convaincue, l'adolescente avança d'un pas, entraînant Jace et Kanthe dans son sillage.

— Je vous amène la fille disparue de Marayn. Nyx, je vous présente Graylin sy Moor, l'homme susceptible d'être votre père.

Nyx eut un mouvement de recul et observa l'inconnu avec la même stupeur que lui.

— Non…, bredouilla le grand brun. Impossible.

Il fit un geste dans sa direction.

Aussitôt, Nyx se réfugia entre ses deux gardiens.

— Je vous tiens, la rassura Kanthe.

— Nous sommes là tous les deux, renchérit Jace.

Forte de leur soutien, elle ne flancha pas. Son effarement se mua en quelque chose de plus froid. S'il y avait une once de vrai dans l'histoire, elle avait face à elle le chevalier qui l'avait laissée pour morte au fond des marais.

Soudain, l'homme vacilla et mit un genou à terre.

— V… Vous lui ressemblez tant, hoqueta-t-il, bouleversé.

Il continua de la manger du regard, les yeux embués à la fois de joie et de tristesse. Ses lèvres se pincèrent de douleur.

— Par tous les dieux… vous êtes bien l'enfant de Marayn.

À son tour, Nyx esquissa un pas. Elle scruta son visage en quête d'une quelconque ressemblance physique mais ne vit qu'un homme dur et brisé.

— Je… je suis désolée, murmura-t-elle. Je doute que ce soit la vérité.

Ses mots le blessèrent, néanmoins elle n'en tira aucune satisfaction alors que, toute sa vie ou presque, elle lui en avait horriblement voulu. C'étaient des paroles de colère coincées dans sa poitrine et, depuis longtemps, transformées en pierres. Elle ignorait quoi faire de ce chevalier déchu. Elle avait essayé de s'y préparer mais n'avait jamais vraiment cru que la rencontre aurait lieu un jour. Elle n'osait même pas l'espérer.

Et, alors qu'elle le retrouvait enfin, une vérité cruelle lui éclata en pleine face.

Il ne représente rien pour moi.

Comme si quelqu'un avait entendu ses pensées secrètes, des grognements résonnèrent au fond de la cour. D'une écurie sur sa droite, une énorme ombre rayée bondit par-dessus une demi-porte, suivie de son double. On aurait dit des loups, sauf que chacun lui arrivait à hauteur de poitrine. Ils traversèrent le patio d'un pas ondoyant, se dépassant à tour de rôle, la tête basse mais les oreilles poilues bien dressées.

Jace haleta. Kanthe poussa un juron.

Avec un frisson d'admiration, Frell tenta de repousser ses trois protégés vers la porte.

— Attention, ce sont des vargr.

Nyx n'en tint pas compte et resta plantée là, happée par le babillage sombre qu'elle percevait derrière le feulement des fauves. Elle écouta leur discrète plainte stridente. Les notes étaient si hautes qu'elle en eut la chair de poule.

Graylin se tourna vers les animaux.

— Aamon, Kalder, à la niche ! Maintenant !

Au lieu d'obéir, les vargr firent un grand détour de part et d'autre du chevalier. Lorsqu'ils l'eurent dépassé, ils se rejoignirent, comblant l'espace entre Nyx et lui. Comme pour la mettre au défi, ils grondèrent, leurs babines retroussées sur des crocs impressionnants.

Elle se rappela l'avertissement de Xan : *Il y a des bêtes qui seront attirées dans votre sillage. Elles voudront tuer quiconque cherchera à les amadouer par le chant.*

Qu'importe. Elle leur tint tête et ramassa le fil enfoui au cœur de leur plainte. Leur chant parlait de forêts obscures sous les étoiles glacées, du feu de la traque, de chairs qu'on arrachait à l'os, de la chaleur de la meute à l'intérieur des tanières enneigées. Elle laissa les différents brins sauvages s'insinuer en elle et s'y entrelacer. Elle avait accepté la nature féroce des vargr, leurs désirs sanguinaires. Elle n'avait aucune envie de les dominer par l'hypnochant. En revanche, elle refusait de se laisser intimider.

Elle réunit toute la colère, la peine et la culpabilité qui la rongeaient, même sa solitude et sa honte, jusqu'à ce que ce grand maelström de sentiments réclamât de sortir au grand jour, d'exploser sous la forme d'un hurlement bestial. Face au meurtre de son père, elle avait laissé libre cours à sa tempête intérieure et son accès de rage avait fait de nombreuses victimes.

Plus jamais.

Elle concentra donc son immense puissance brute sur une image précise. Celle d'une petite chauve-souris qui s'était sacrifiée pour la sauver. Celle du lait et de la chaleur qu'ils avaient partagés. Celle d'un frère lié à son âme. Les paupières closes, elle savoura leur proximité filiale, alimentée par tout ce qu'elle éprouvait au fond d'elle. Puis, à son tour, elle psalmodia en harmonie avec le double fil qui la reliait aux deux cœurs sauvages accroupis devant elle.

Ce faisant, elle leur ouvrit le sien.

Peu à peu, les chants se mêlèrent. La mélopée de Nyx se transforma en un hululement silencieux dans sa poitrine. Elle partagea leur cri obsédant en direction des étoiles glacées, encadrées par des branches couvertes de givre et des aiguilles friables.

Après ce qui parut une éternité, elle rouvrit les yeux.

Un vargr s'inclina devant elle, puis l'autre. Leur mâchoire inférieure frôlait les pavés. Leurs prunelles d'ambre luisaient vers elle. Leur queue remuait en guise de salut. De leur gosier émanèrent de faibles vagissements de retrouvailles vis-à-vis d'un membre égaré de la meute qui revenait enfin au bercail.

Elle observa ses nouveaux frères et croisa le regard de leur maître. Elle était loin d'avoir les mêmes affinités avec lui. Elle affronta son air effaré, le respect mêlé de crainte sur son visage.

Elle n'avait qu'un message à lui adresser.

Voilà ce que vous avez abandonné dans les marais.

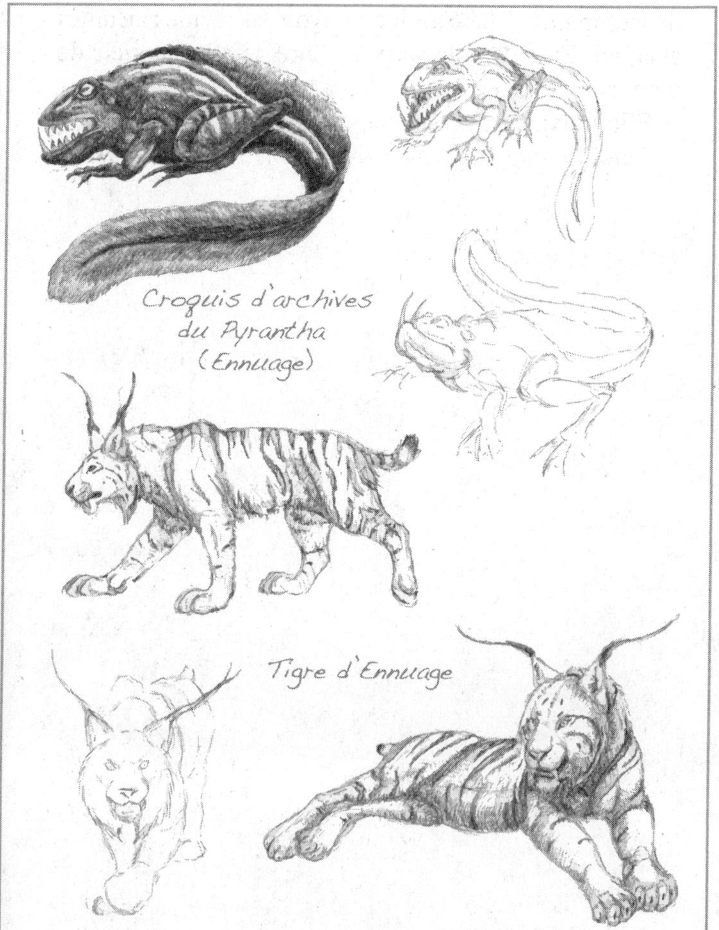
Croquis d’archives
du Pyrantha
(Ennuage)
Tigre d’Ennuage

PARTIE XII

SANGUINETTE

Ainsi il est écrit : Magi im Rell, Premier des Dresh'ri klashéens, s'est, par-devant ses frères, osté le coer de la poitrine & l'a brandi comme preuve de sa supériorité. Il l'a remis au Second de sa dynastie avant d'estre finalement emporté par la mort. La légende raconte que, depuis des siècles, l'Imri-Ka conserve le pressieux talysman dans un mausolée sacré où, aujourd'hui encore, il continue de battre.

— Extrait d'*Histoire des arcanes et de la thaumaturgie* de Baskal

CHAPITRE 39

Le rayonnant fils du roi se tenait dans l'ombre.

Mikaen était arrêté dans l'escalier qui traversait les remparts de Hautmont. Une fine meurtrière laissait entrevoir le paysage au nord, où fumaient encore les décombres du port.

Voilà déjà trois jours que les voiluriers sans défense avaient été victimes d'une lâche attaque. Pourtant, une brume lugubre continuait d'envelopper les quais, tel un linceul. Des centaines d'innocents étaient morts brûlés vifs, des milliers d'autres avaient été estropiés. Par-delà le rideau de fumée, les imposants vaisseaux de combat, qui toisaient les environs de leur stature, battaient fièrement pavillon aux couleurs du soleil et de la couronne.

Au moins, ceux-là ont été épargnés, et Dieu merci.

Mikaen posa la main sur le pommeau de son épée.

Il est maintenant certain que la guerre va être déclarée contre les Klashe.

Sa fureur redoubla. Ce n'était pas le retour au bercail qu'il avait espéré. Le jeune homme arborait encore l'habit cérémoniel de son défilé nuptial. Un long cortège de chevaliers, de nobles et de domestiques avait quitté Azantiia pour rejoindre les vastes plaines occidentales des Brauð. Mikaen avait laissé sa toute nouvelle épouse, dame Myella, au Fort Carcassa, immense demeure seigneuriale nichée au cœur de collines verdoyantes. Les toits bas et onduleux des bâtiments y étaient couverts de la même herbe qui nourrissait leurs grands troupeaux. On avait prétexté des rumeurs d'attaque militaire pour mettre Myella à l'abri, loin de tout danger potentiel. En vérité, son séjour au ranch avait été planifié de longue date, histoire de cacher la vitesse à laquelle son ventre s'arrondissait avant l'arrivée du fils du futur héritier du trône de Hálendii.

Les yeux fermés, Mikaen tenta d'oublier l'atmosphère sinistre pour se raccrocher à la perspective du jour où il tiendrait son bébé dans ses bras. Il imaginait une couronne de boucles blondes, assortie à la sienne, et les beaux yeux émeraude de sa chère Myella. Un élan de protection paternelle avait déjà empli son cœur. Il ne laisserait jamais rien arriver à son enfant.

— Ce n'est pas le moment de tarder, rappela le seigneur général Haddan quelques marches plus bas. Le roi attend. Et, la colère aidant, il s'emporte encore plus facilement.

Mikaen acquiesça d'un air entendu. Dès qu'on l'avait informé de l'assaut klashéen, il avait regagné Hautmont à bride abattue et était arrivé aux aurores. Ses impeccables bottes noires étaient tout éraflées par les étriers et le crin de cheval, son manteau bleu nuit était couvert de boue et lui-même empestait la sueur – la sienne et celle de sa monture. Juste après avoir mis son cheval à l'écurie, où l'animal avait grand besoin d'être étrillé et rafraîchi, il avait gravi l'escalier pour prendre un bain froid suivi d'une étuve réconfortante dans les baigneries de la Légionnaire. Il n'avait qu'une hâte : débarrasser sa peau meurtrie de la crasse du voyage.

Hélas, Mikaen n'avait pas ôté son manteau que Haddan lui avait tendu la convocation de son père. Conscient de ne pouvoir ni s'y dérober ni même retarder la rencontre, il avait emboîté le pas du chevalier.

Et il leur restait une longue route à parcourir.

Le prince suivit l'impassible Haddan dans une interminable série d'escaliers en colimaçon, puis il longea l'endroit où il avait mis son cheval à l'écurie et s'enfonça dans les entrailles du bâtiment, passant bientôt des murs de pierres scellées au mortier à la roche brute. Enfin, ils atteignirent un palier et un pan de paroi a priori quelconques. Une fissure dissimulait pourtant un trou de serrure, que Haddan déverrouilla à l'aide d'une clé noire. Le seigneur général ouvrit une porte étroite et franchit le seuil.

— Dépêchez-vous, ordonna-t-il d'un ton bourru.

Mikaen referma derrière lui et ils empruntèrent un long couloir, qui descendait encore plus bas. Conscient du poids des remparts au-dessus de lui, il marchait tête baissée. Leur trajet n'était éclairé d'aucun flambeau fumant – juste de veines luisantes dans la paroi rocheuse, sous la lueur desquelles le crâne rasé de Haddan était d'une pâleur maladive.

Mikaen avait horreur de descendre dans l'Antre des Confesseurs, mais il comprenait la nécessité de garder les secrets enfouis. Les savoirs obscurs étaient davantage à l'abri loin de la lumière resplendissante du Père d'En Haut.

Une porte ouverte finit par apparaître, encadrée par l'éclat d'un feu.

Haddan pressa le pas, manifestement aussi heureux que le prince de quitter le couloir. À moins que ce ne fût l'attrait de ce qui les attendait ? La porte d'ébène donnait sur une immense salle en coupole. Les murs d'obsidienne y avaient été taillés en un millier de petits miroirs reflétant un ensemble circulaire de torches, qui frémissaient devant d'autres battants noirs. Ces derniers étaient tous verrouillés, sauf celui derrière Mikaen et un autre à droite, où deux personnes patientaient.

Haddan s'élança vers elles. La nuque courbée, il posa un genou à terre.

— Sire.

Mikaen le suivit et fit une révérence à son tour.

— Père, je suis navré d'arriver si tard après cette attaque honteuse contre nous tous. J'aurais dû être là.

Le roi Toranth les invita à se relever.

— Je suis content de te revoir à Hautmont, Mikaen.

Le prince héritier se remit debout. Son père avait tout sauf l'air *content*. Son teint de marbre blanc avait viré au gris cendre. Son front était barré de profonds sillons qui donnaient à ses yeux bleus un air de tempête. Il avait même troqué ses délicats habits de velours brodé contre des bottes de légionnaire et une fine combinaison en cuir, plissée aux genoux et aux coudes, que les chevaliers enfilaient avant d'endosser leur armure. Seule fantaisie : il portait, par-dessus, une sobre tunique bleu foncé arborant le blason de la Maison de Massif.

Le haut-roi se préparait à la guerre.

Mikaen apprécia autant sa tenue vestimentaire que sa détermination farouche. Il voyait les nuages noirs se former autour des épaules de son père – et formula une promesse silencieuse.

Je ferai tout ce qui est en mon pouvoir pour être la foudre éblouissante de votre formidable tonnerre.

Le roi fit un signe à l'homme à ses côtés, une silhouette qui, d'aussi loin que Mikaen se souvînt, ne le quittait pas d'une semelle. Les yeux du Confesseur, cernés de leur éternel bandeau tatoué, le toisèrent d'un air sévère, comme s'il était agacé par son intrusion.

— Wryth, conduisez-nous au cachot. Nous avons laissé assez de temps à Vythaas pour tout mettre en place.

Le Confesseur s'inclina et se dirigea vers la porte derrière lui.

Le roi et le général suivirent Wryth. Mikaen profita que personne ne regardait pour inspirer à fond. Il n'avait jamais dépassé le seuil de l'Antre des Confesseurs et avait espéré ne jamais avoir à le faire. Lui, c'était le prince qui brillait de mille feux au soleil, caparaçonné dans son armure étincelante. Le fracas de l'acier et le cliquetis des boucliers étaient sa musique. Les endroits sombres, il les laissait aux créatures qui fuyaient le Père d'En Haut. Selon la légende, les couloirs de l'Antre tremblaient de cris qui s'échappaient à la fois de la gorge des prisonniers et de celle des démons.

Mikaen s'engagea néanmoins dans les profondeurs sinistres. Wryth avait pris le temps de décrocher du mur une lampe qui, très vite, devint indispensable. Plus ils avançaient, moins il y avait de flambeaux. Ils suivirent d'étroits escaliers usés par des siècles de passage de sandales et de bottes. Chaque corridor était plus tortueux que le précédent.

Au début, ils croisèrent des Confesseurs en habit gris qui s'écartaient devant eux, des textes poussiéreux plaqués sur le torse, sans doute des ouvrages interdits exhumés de la Bibliothèque noire de l'Anathème. Un érudit, escorté d'un de ses semblables, avait la main bandée d'un pansement vermeil, signe qu'une expérience avait dû mal tourner.

Au fil de la descente, les couloirs se vidèrent peu à peu.

Mikaen guettait le moindre mugissement démoniaque. Il n'entendit qu'un silence étouffé, qui devint vite aussi pesant que la roche au-dessus de sa tête. Le groupe semblait suivre une légère odeur de soufre, tel un thylassaure lancé sur une piste sanglante.

L'origine des effluves âcres apparut au bout d'une longue galerie tortueuse : il y avait là un ravin abrupt, que le dieu Nethyn semblait avoir ouvert d'un coup de lame. Le précipice était enjambé par un pont en pierre flanqué de deux piliers noirs.

Wryth les y entraîna. Un aspic rouge vif couronné d'épines était enroulé autour de chaque colonne. Les deux serpents à cornes se faisaient face, comme pour défier quiconque d'oser passer. Aucun doute, ils marquaient l'entrée du domaine réservé du sombre dieu Ðreyk et, par conséquent, celui des Iflelen.

Mikaen se hâta de longer les reptiles au regard fixe et foula le pont. Il commit l'erreur de jeter un œil en bas. La crevasse empestait tellement le soufre qu'il en eut l'estomac retourné et les larmes aux yeux. Une lueur menaçante couvait au fond. Ce n'était pas le réjouissant éclat écarlate d'un âtre flamboyant mais le vert émeraude nauséeux des fissures phosphorescentes qui couraient déjà le long de la roche noire.

Le jeune homme frissonna et rejoignit vite les autres, réunis à l'entrée d'un vaste tunnel. L'arche d'accès était gravée de symboles ésotériques qui brillaient du même vert odieux, comme si les veines de la pierre s'étaient soumises à la volonté des Iflelen pour former les symboles.

Sur le seuil, Mikaen rechigna.

Wryth, qui l'avait peut-être senti prêt à détaler en courant, annonça :

— Ce n'est plus très loin.

Il franchit la voûte avec sa lampe. En voyant son père et Haddan le suivre, Mikaen n'eut pas d'autre choix que de continuer. De toute façon, il doutait fort de retrouver le chemin de la sortie.

Le Confesseur arriva devant une porte métallique, accrocha sa lampe à côté et saisit à deux mains le moraillon circulaire – un anneau en forme d'aspic entortillé sur lui-même. Il dut user de toute sa force pour ouvrir. Au moment où le lourd battant pivota enfin sur ses gonds huilés, une lumière ardente jaillit – ainsi qu'un hurlement qui emplit la galerie et résonna au loin, comme s'il tentait de fuir.

Mikaen frémit. Le cri n'émanait pas de la gorge d'un démon mais de quelqu'un qu'on était en train de torturer.

Wryth leur enjoignit d'entrer et ferma la marche.

Le prince avait la vue bouchée par la large carrure de Haddan, jusqu'à ce que le seigneur général trébuchât sur le côté en grognant de stupeur. Avec cette salle entièrement façonnée en fer martelé, on avait l'impression de pénétrer dans un four. À cela près que le métal riveté aux surfaces était d'un noir inouï. Au fond, des flammes rugissaient dans un petit âtre ceint de barreaux.

Une chaise du même métal trônait au centre de la pièce. À côté, le vieux Confesseur Vythaas accueillit le roi en silence, puis il se pencha vers une série d'instruments argentés posés sur une table. Chaque outil était pointu, muni d'une lame ou chantourné en forme de poinçon. Beaucoup dégoulinaient de sang. Ce ne fut pourtant rien de tout cela qui pétrifia Mikaen et le glaça d'effroi.

Une femme nue était assise sur la chaise, le front, le cou et le torse sanglés au dossier par des lanières de cuir. Sa mâchoire pendait, inerte, comme si la malheureuse venait de s'évanouir à cause du mystérieux événement qui l'avait fait hurler. Elle avait les cheveux rasés et, à voir le monceau de tresses blanches au sol, c'était très récent. Des filets de sang coulaient le long de ses joues, s'accumulaient au creux de sa gorge exposée et débordaient ensuite sur sa poitrine.

Pire, le sommet de son crâne était hérissé d'une demi-douzaine d'aiguilles en cuivre. Sous le regard effaré du jeune héritier, Vythaas se plaça derrière la chaise. Il leva les mains au-dessus de sa prisonnière et planta une autre pique en cuivre, longue comme le doigt, dans un trou fraîchement percé à travers le cuir chevelu et l'os.

Mikaen imagina l'aiguille s'enfonçant dans le cerveau de la femme.

Il fabrique quoi cet enfoiré ?

Même le roi paraissait atterré.

— Que signifie tout ceci ?

D'un geste, Wryth l'incita à la patience.

— La prieure Ghyle se montre beaucoup plus coriace que nous ne l'avions prévu.

* * *

Pendant que Mikaen faisait les cent pas, Wryth et Vythaas peaufinaient les préparatifs concernant la directrice du Cloistre. Tout en conversant à voix basse, ils mesuraient les aiguilles plantées dans son crâne et les déplaçaient stratégiquement.

Les bras croisés sur la poitrine, Mikaen tentait de contenir son sentiment d'horreur, de masquer tout signe ostensible de choc ou d'effroi devant son père et le seigneur général. Il avait, dans le nez, l'odeur du sang et même celle de la flaque de pisse que, sous la torture, la pauvre suppliciée n'avait pu retenir. Il avait aussi les papilles imprégnées des amers produits alchimiques qui brûlaient dans l'âtre.

Il évitait soigneusement la chaise du regard. D'après ce qu'il avait compris, le chef du bataillon vyrllien, Anskar vy Donn, était rentré des marais bredouille et furieux. Kanthe se serait enfui avec la fille qui, par miracle, avait survécu aux morsures empoisonnées d'une chauve-souris.

Dans quel sale pétrin t'es-tu fourré, frérot ?

C'était une question qui exigeait des réponses. Selon Anskar, il devait se tramer autre chose, des complots minutieusement ourdis. Il avait donc enlevé la prieure, convaincu qu'elle en savait beaucoup plus qu'elle ne voulait l'admettre. Pour obtenir des explications, il l'avait conduite devant le roi.

Dépité, Mikaen observa la femme ensanglantée.

Et mon père l'a livrée aux Iflelen.

Wryth parut remarquer le désarroi général.

— La prieure Ghyle s'est montrée si entêtée que, j'en ai bien peur, c'était le seul moyen de la faire parler. Aujourd'hui, nos quais d'amarrage sont en feu et, d'après la rumeur, des navires se masseraient le long des côtes des Klashe. Il n'est donc plus question de traînasser avec de traditionnelles méthodes d'interrogatoire.

Haletant, Toranth balaya la salle d'un geste ample.

— Que faites-vous au juste ?

— Notre technique a été mise au point par Vythaas, mais elle est le fruit de plusieurs siècles de recherche. (Wryth s'adressa à son confrère.) Sommes-nous prêts pour la démonstration ?

Le vieux Confesseur acquiesça et s'approcha de la table. Il prit un coffret en cuivre, d'où dépassaient des aiguilles qui, celles-là, se terminaient par une houppette de filaments si fins et soyeux qu'on aurait dit du duvet. Dès qu'il actionna un levier sur le côté, un faible bourdonnement s'éleva de la boîte.

Le bruit se propagea et, piégé entre les murs métalliques, il monta dans les aigus. Une fraction de seconde plus tard, il devint à la fois aussi perçant que la lame la plus acérée du monde et aussi tranchant qu'une scie. Il agressa les oreilles, malmena les cerveaux. Même Haddan tressaillit, alors qu'un jour, Mikaen l'avait vu se trancher la cuisse sans ciller et même rire pendant qu'il se recousait à vif.

La touffe de filaments graciles se mit à luire doucement. L'air lui-même frémit. Pourtant, le son s'amplifia encore.

Un halètement de douleur attira l'attention de Mikaen. Malgré ses yeux grands ouverts, la prieure paraissait aveugle. Un rictus de souffrance lui tordait la bouche. Les aiguilles qui dépassaient de son cuir chevelu brillaient désormais du même éclat que les filaments de la boîte. Elles semblaient frissonner à l'intérieur même de son crâne.

Vythaas observa sa réaction jusqu'à ce que le visage de Ghyle se relâchât, succombant à la mystérieuse magie employée par ses tortionnaires. Son front resta toutefois perlé de sueur, comme si on avait pressé le jus d'une prune. Quelque part au fond d'elle, elle luttait contre la terrible agression dont elle était victime.

Vythaas hocha le menton vers Wryth.

Le Confesseur pivota vers le roi Toranth et, d'une voix forte, tenta de couvrir le tapage du coffret en cuivre.

— Sire, vous pouvez poser toutes les questions que vous souhaitez. Elle sera incapable de s'y dérober. Maintenant que sa volonté est annihilée, elle ne peut plus mentir.

— Mais comment… ? bredouilla le monarque, mi-écœuré, mi-fasciné.

Soupir aux lèvres, Wryth chercha un angle d'explication accessible aux non-initiés.

— Vous connaissez l'hypnochant, j'imagine ? Le talent que certains ont d'ensorceler les créatures les plus simples et de les soumettre à leur volonté. Eh bien, nous procédons à peu près pareil : grâce au son, à la chaleur et aux vibrations, nous dépouillons la personne de son libre arbitre et nous la faisons agir à notre guise.

La voix de Haddan se teinta de stupéfaction.

— Par cette méthode, vous êtes en mesure d'imiter l'hypnochant, voire de le reproduire à l'identique ?

Mikaen était loin d'être aussi admiratif. *Ce n'est pas une reproduction à l'identique mais un abject plagiat.*

L'index pointé sur son cobaye, Wryth confirma :

— Absolument. Sire, demandez-lui ce que vous voulez.

Toranth s'avança, un peu chancelant à cause du bruit.

— Prieure Ghyle, quel rôle avez-vous joué dans la disparition de mon fils Kanthe ?

Les yeux hagards de la directrice trouvèrent la force de se poser sur lui. Ses lèvres gercées s'entrouvrirent.

— Je… lui ai dit. Un… un grand danger arrive. La lune tombe… Tout sera détruit.

Mikaen vit les épaules de son père se soulever. Le souverain accordait un crédit immense aux devins de tout poil et il accueillait en son palais autant de consolateurs et de diseurs de bonne aventure que de servantes sexuelles.

— Qui évoque une telle fatalité ? reprit Toranth.

— L'al… chimiste Frell. Il a calculé… d'après les étoiles. Et quelqu'un d'autre aussi…

— Qui donc ?

— Une jeune fille… Nyx… a entendu les cris d'alerte des chauves-souris de Mýr.

Haddan s'esclaffa bruyamment.

D'un geste, le roi lui ordonna de se taire.

Wryth haussa les épaules.

— Vrai ou pas, la prieure y croit. Elle ne peut pas mentir.

Le seigneur général n'en démordit pas. S'il ne pouvait pas frapper quelque chose d'un coup d'épée, c'était que cela n'existait pas.

— La prieure Ghyle est originaire des Klashe du Sud, insista-t-il. Par conséquent, elle y possède de puissantes attaches familiales. Peut-être s'agit-il d'une manigance instillée en elle par l'ennemi pour semer la discorde. Dans un contexte de guerre, des rumeurs persistantes de fin du monde vont forcément affaiblir les convictions au moment où nous aurons besoin qu'elles soient les plus affirmées possible. Regardez ce qu'elles ont déjà fait à votre fils, sire.

Toranth le foudroya du regard.

— Palsambleu, quel rapport avec Kanthe ?

La question était adressée à Haddan, mais la directrice du Cloistre l'entendit et ne put s'empêcher de répondre. Alors qu'elle tâchait clairement de résister, son front dégoulina de sueur.

— Il… cherche à aider… sa sœur.

Mikaen se raidit et décroisa les bras.

— Sa sœur ?

— La d… demoiselle qui parle au nom des Mýr… c'est… la fille… la fille perdue de Marayn.

Mikaen ne comprit pas. En revanche, son père, choqué, trébucha vers l'arrière en gémissant :

— Non… Impossible. (Il se tourna vers Wryth, tout aussi médusé.) Vous disiez que le bébé était mort !

— Nous le croyions tous, se défendit le Confesseur, la mine défaite.

Le visage du roi s'assombrit de rage.

— Un enfant que *vous* m'aviez annoncé, Wryth. Une *fille*, exactement comme dans votre prophétie.

À cause de qui la Couronne serait anéantie, et le monde avec.

Grâce aux informations délivrées par son père, Mikaen retissa la légende du Chevalier Renégat. Kanthe et lui s'étaient souvent raconté d'effrayantes rumeurs sur l'histoire secrète de leur famille. Cachés sous leurs draps la nuit, les deux enfants s'en étaient donné à cœur joie, à l'époque où ils étaient encore très liés, avant d'être envoyés l'un à Castelroche et l'autre à la Légionnaire.

Haddan restait sceptique.

— Cette gamine n'est qu'un coup monté des Klashe, censé inciter un prince puîné à s'associer à une prétendue fille du roi. Notre ennemi veut exploiter des boniments pour déclencher l'insurrection contre notre héritier véritable.

Il se retourna vers Mikaen qui, à son tour, songea au ventre rebondi de dame Myella.

— Même à supposer qu'elle soit la fille disparue de Marayn, rétorqua Toranth, on ignore si elle est de moi ou de ce traître de Graylin.

Leur échange fut interrompu par un cri de douleur. Sur sa chaise, la prieure tirait furieusement sur les sangles qui lui entravaient les poignets. Elle ne put toutefois pas empêcher les mots de sortir de sa bouche.

— Graylin… Graylin va pour la rencontrer, balbutia-t-elle. À Havrechand.

— Quoi ? mugit le roi.

Vythaas approcha le coffret en cuivre du siège pour tenter de ramener la directrice sous sa coupe.

Selon le rapport d'Anskar, Kanthe et ses camarades s'étaient sauvés par le Chemin des Perdus. En revanche, nul ne savait s'ils avaient survécu à l'éprouvante ascension, car un étrange fléau implanté là-bas avait contraint les troupes vyrlliennes à battre en retraite. Si Kanthe était parvenu à Ennuage, il était fort probable qu'il chercherait à atteindre le comptoir forestier de Havrechand. Là-haut, il n'y avait rien d'autre. Le roi Toranth avait donc ordonné à un guerroyer de se préparer à aller y chercher son cadet disparu.

Mikaen vit les épaules de son père s'affaisser, comme le ballon d'un voilurier qu'on viendrait de percer. Il savait combien il avait été proche de Graylin, son ami d'enfance. Certes, il avait puni le félon, mais il avait préféré le bannir et donc lui laisser la vie sauve. Tout le monde croyait que le Chevalier Renégat était mort en exil.

Apparemment, non.

Auquel cas, Graylin était un traître à double titre, lui qui avait juré de ne jamais revenir à Hálendii, de ne plus poser un pied sur les terres du royaume.

Même Haddan concéda à quel point la miséricorde pouvait parfois vous faire des crasses.

— Peut-on encore douter de l'imminence d'une révolte ? Le fils du roi, une demi-sœur potentielle et, maintenant, le retour d'un chevalier en disgrâce ! Ils doivent être empêchés de nuire avant que cette rancœur ne s'étende et s'ancre plus profondément.

La mine résolue, Toranth approuva l'ardeur de son général.

Wryth, en revanche, n'avait pas terminé avec leur prisonnière. Les yeux plissés, il la regarda s'acharner contre ses sangles. Vythaas s'approcha de l'autre côté avec sa maudite boîte hurlante.

— Qu'est-ce que vous vous retenez de dire, prieure Ghyle ? demanda-t-il froidement.

Les yeux de la directrice se révulsèrent. Des gouttelettes d'écume bordaient ses lèvres crispées de douleur. De leur côté, les aiguilles du coffret flamboyaient de plus en plus pour éreinter sa volonté.

Elle rugit et revint à sa langue maternelle. Des mots en klashéen jaillirent de son gosier meurtri.

— *Vyk dyre Rha !... Vyk dyre Rha se shan benya !*

Ébranlé, Wryth s'écarta. Vythaas frissonna et faillit lâcher son appareil. Il le rattrapa in extremis, mais cela suffit à la malheureuse pour reprendre ses esprits.

Le regard de Ghyle se focalisa de nouveau. Sa souffrance se changea en rage. Elle sortit un bras de son entrave, au point de s'écorcher la peau, et attrapa un long couteau sur la table. Avant que quiconque n'eût pu l'en empêcher, elle plongea la lame dans sa gorge.

Wryth voulut lui saisir la main, mais elle fit pivoter le tranchant et le ressortit avec une énorme gerbe de sang. Son regard était si haineux que le Confesseur eut un mouvement de recul.

Après quelques dures secondes, la vie la quitta.

Le roi empoigna Wryth par l'épaule.

— Qu'a-t-elle raconté à la fin ? Que voulait-elle dire ?

— Je ne sais pas. Rien que des bêtises lâchées alors qu'elle tentait de retrouver son libre arbitre. À l'évidence, elle ne voulait pas nous en apprendre davantage.

Mikaen le soupçonna de mentir. Même son père observa le Confesseur d'un air sévère. Haddan, lui, en avait assez entendu.

— Peu importe. Ce ne sont que les preuves supplémentaires d'un complot visant à semer la discorde et à diviser le royaume. Un stratagème alimenté par les Klashe et orchestré par l'un des leurs. Nous devons vite mater l'affaire.

— Le général a raison, renchérit Wryth. Il faut y mettre un terme avant qu'une guerre n'éclate.

Rouge de colère, Toranth hocha la tête.

— Haddan, vous commanderez le guerroyer en partance pour Ennuage. D'ailleurs, doublez même les effectifs. Je veux en finir une bonne fois pour toutes.

Il s'adressa ensuite à son fils.

— Toi, Mikaen, tu l'accompagneras. Il est grand temps que tu revendiques tes droits face à la trahison de ton frère. Si tout le pays de Hálendii en est témoin, cela réglera les éventuelles interrogations en matière de succession.

D'une courte révérence, Mikaen accepta sa lourde charge. À l'approche du conflit armé qui menaçait d'éclater, il lui fallait briller plus que jamais, être l'étendard autour duquel le royaume se rassemblerait. En même temps, il savait pourquoi son père lançait son aîné dans une bataille aussi âpre.

Il repensa au ventre rempli de promesses de dame Myella.

La dynastie royale des Massif perdurerait – elle *devait* perdurer – coûte que coûte.

CHAPITRE 40

Après avoir demandé à un Iflelen de reconduire la délégation royale à Hautmont, Wryth se réfugia encore plus loin du soleil. Il descendit d'une demi-lieue vers le cœur véritable du domaine réservé de son funeste dieu – et le secret enfoui là-bas depuis sept siècles.

Vythaas était resté dans son scholarium, où il avait décidé d'ouvrir le crâne de la prieure pour disséquer son cerveau. Il voulait affiner sa méthode en comprenant ce qui avait fonctionné ou pas au cours de la procédure. Les Iflelen – à l'instar des autres Confesseurs – savaient que la connaissance progressait moins à coups d'éclairs de génie que par des échecs successifs et de modestes victoires. Rares étaient ceux à être conscients du nombre de siècles qu'il avait fallu pour rassembler ce que les anciens avaient délaissé et pour ramener à la vie d'aussi précieuses reliques.

C'était particulièrement vrai de ce qui attendait Wryth.

Il arriva devant de hautes portes d'ébène gravées du serpent à cornes. Lorsqu'il les poussa, le symbole se scinda en deux et il pénétra dans la tanière secrète des

Iflelen. À l'exemple de la salle principale aménagée de nombreux étages plus haut, c'était un dôme d'obsidienne polie, bordé lui aussi de portes dédiées à différentes branches de recherche, le tout relié à ce que la coupole accueillait.

D'étranges substances alchimiques circulaient et bouillonnaient dans un vaste réseau complexe de tubes en cuivre et de cuves en verre soufflé. Le dispositif tentaculaire, qui s'élevait du sol lustré jusqu'à la voûte du plafond, soufflait, fumait et palpitait comme une créature vivante.

Quatre sanguinettes figuraient les points cardinaux des énergies magnétiques de la Terre. Les martyrs étaient tous des petits de moins de sept ans, enlevés dans les rues bondées des Bas-Fonds de la ville. Les enfants consacrés étaient ce qu'il y avait de plus puissant pour le processus de distillation. Chaque victime sacrificielle était étendue, inerte, une ouverture pratiquée dans le torse. Leurs poumons étaient remplis d'air par un soufflet qui, à mesure qu'il gonflait et se dégonflait, laissait entrevoir leur cœur battant.

Leur sang circulait dans les différents tubes et ballons du système. Les cellules passaient par de nombreuses phases de macération et de purification, au terme desquelles il ne subsistait plus qu'un élixir particulièrement riche en force vitale. Selon l'antique littérature scientifique, l'énergie se concentrait dans de minuscules particules libérées par les cellules ainsi démantelées, des grains invisibles que les anciens avaient baptisés *mytokondrasnes*. La recette de l'incroyable carburant était tirée des mêmes textes. Les chercheurs iflelen avaient toutefois mis plusieurs siècles à parfaire leurs méthodes au gré d'adaptations et de progrès – dont l'immolation d'êtres vivants.

Chaque enfant résistait cinq jours, puis il succombait après avoir offert toute sa vie au vorace réseau de cuivre et de cristal. Un siècle plus tôt, la même machine consommait encore un enfant par jour et, au fil des ans, les Iflelen avaient amélioré le processus. Ils avaient aussi appris à utiliser les mêmes élixirs distillés pour prolonger leur propre durée d'existence.

Wryth passa devant une blondinette menue qui, la tête renversée, avait un tuyau enfoncé dans la gorge. Il lui caressa les cheveux et la remercia en silence de son généreux sacrifice.

Il se rappelait la première fois qu'il s'était agenouillé devant l'énorme machine, peu après avoir juré fidélité au dieu Đreyk et rejoint les Iflelen. Son intronisation avait eu lieu soixante-trois ans auparavant, mais il avait l'impression que cela remontait à une éternité.

À peine se rappelait-il son enfance en tant qu'acolyte d'un mystique gjoéen. Sa mère et lui avaient fui le Dominion lorsqu'il avait six ans, juste avant la cérémonie où il aurait été rendu aveugle en perspective de sa formation religieuse dans leur bastion de montagne. Il réprima les souvenirs de cette période difficile, où s'étaient succédé leur traque par des chasseurs gjoéens, le meurtre de sa mère commandité par les marchands d'esclaves et ses propres années de mauvais traitements. Après quoi, il avait enfin atterri à l'école de Teassl, sur les îles de Tau, à l'autre extrémité de la Couronne.

Wryth n'avait été accepté dans un établissement réputé que parce qu'un hiéromoine avait abusé de lui dans un hôtel de passe et qu'il avait remarqué le tatouage à l'intérieur de sa lèvre supérieure, l'identifiant comme propriété des mystiques. Peu d'enfants avaient le privilège de suivre leur enseignement. Persuadé que le garçonnet était spécial – et peut-être aussi parce qu'il voulait le garder à portée de main pour son plaisir personnel, le religieux l'avait fait entrer à Teassl. L'enfant avait excellé dans ses études, à l'issue desquelles il avait accédé au rang de Hautcryste en alchimie. Après quoi, il avait remercié le hiéromoine comme il se devait en étripant ce salopard à coups de couteau. À Castelroche, il avait ensuite obtenu son second Hautcryste et intégré, de fait, l'univers des Confesseurs, puis le cercle extrêmement fermé des Iflelen.

Après tant d'années fructueuses, il n'avait pas oublié les vieilles douleurs et humiliations de sa jeunesse, à l'époque où, sans défense, il s'était retrouvé à la merci des autres. Cela ravivait en lui le feu glacé de l'ambition, la volonté farouche de ne plus jamais être sous la coupe de quiconque. Pour ce faire, il avait décidé de rechercher le pouvoir dans le savoir immémorial, déterminé à ne laisser rien ni personne l'empêcher d'acquérir une force phénoménale, qui surpasserait la puissance des rois.

Un grondement silencieux aux lèvres, Wryth chassa de son esprit ses sombres rêvasseries et se reconcentra sur le miracle éblouissant devant lui. Il avait consacré le restant de son existence à élucider les mystères enfouis là-dedans. Il fouilla du regard devant lui, là où patientait un de ses frères.

Le Confesseur Skerren l'avait convoqué d'urgence, mais Wryth avait dû attendre le départ du roi pour se déplacer.

Tête baissée, il se fraya un chemin tortueux à travers l'étourdissant maillage de tubes en cuivre et il arriva au centre où, talisman d'une signification capitale, une araignée affamée l'attendait, enchâssée en son cœur.

Skerren était penché sur la sainte relique.

Wryth eut quelques images fugaces de son manège. Le buste en bronze était relié au système par un vaste assemblage de fils et de tuyaux. La sculpture représentait un homme dont la barbe bouclée était assortie à la longue natte enroulée sur son crâne. Son teint mordoré flamboyait sous l'influence des énergies qui l'imprégnaient. Ses poils de barbe et ses cheveux les plus fins ondulaient, agités par des vents invisibles. Ses yeux en verre d'un bleu violacé, aveugles à ce qui l'entourait, luisaient à peine.

Selon l'histoire du talisman, le buste avait été découvert à Havrechand deux mille ans plus tôt. Il avait été retrouvé dans une cave oubliée du Vieux Mast, elle-même ensevelie sous les racines de l'arbre ancestral. Depuis, la tête sans corps était passée entre un nombre incalculable de mains. Personne ne savait vraiment quoi en faire, mais tous appréciaient la beauté de sa conception et de son exécution. Elle avait voyagé jusqu'aux confins des Klashe du Sud, puis au nord, dans l'Hégémonie isolée de Hapre. Elle avait été étudiée, rejetée et, après avoir orné de nombreux appartements royaux, elle avait échoué à Azantiia.

Au fil du temps, certains livres anciens avaient apporté des éléments d'explication au sujet du miracle dont le buste était capable, sur la manière dont, correctement alimenté, il pouvait être ramené à la vie. Les Iflelen avaient mis quelques siècles de plus à sortir le talisman de sa léthargie et à en tirer le peu qu'ils pouvaient. Depuis sa réactivation, la tête ne s'était exprimée qu'à quatre reprises. Chaque déclaration sibylline avait été chuchotée dans une langue mystérieuse et, en attendant d'être décryptés, les messages figuraient en bonne place dans les textes les plus sacrés de la secte.

Siècle après siècle, les Iflelen avaient appris une foule de choses. Ils avaient découvert, par exemple, comment le précieux talisman produisait une drôle d'émanation, une vibration dans l'air. Dès qu'on s'en approchait, on avait la peau qui chatouillait. Encore à cet instant précis, Wryth sentit l'étrange souffle autour de lui. Les Iflelen avaient réussi à maîtriser sa force grâce à des éclats de magnétite enroulés dans du fil de cuivre. Très vite, ils s'étaient aperçus que les ondes émises affectaient les petits animaux sauvages : oiseaux, lézards, serpents. Tombés sous son emprise, ils devenaient dociles et faciles à contrôler.

C'était Vythaas qui, le premier, avait établi un rapprochement avec l'hypnochant. Il avait ensuite passé toute sa vie à tenter de capturer le son en question pour domestiquer des créatures plus grosses. Il avait perfectionné sa méthode au moyen d'aiguilles en cuivre insérées dans des zones clés du cerveau. Après avoir travaillé quelque temps sur des animaux, il s'était rendu compte que ces grands dadais de Gyn étaient les êtres humains les plus simples à manipuler. Puis il était encore monté d'un cran.

Le talisman continua de diffuser son étrange chant silencieux. Afin de surveiller sa mélopée, l'objet était entouré d'anneaux concentriques en bronze. Ceux-là formaient une armature sphérique complexe, semblable aux planétaires qui permettaient d'étudier les étoiles. Les anneaux étaient bordés de fragments de magnétite suspendus dans une bonne centaine de boules en cristal remplies d'huile, qui servaient de minuscules girouettes. Grâce à elles, la direction et la force des vents invisibles du talisman avaient été consignées au cours des siècles. Depuis un temps infini, l'amulette poussait ainsi son cri au monde.

Jusqu'à ce qu'une réponse vînt enfin.

Soixante-deux ans plus tôt (par chance pour lui, un an à peine après que Wryth eut prêté serment de sang à l'ordre), un vent nouveau avait agité les girouettes. Le souffle était venu de l'est et, à en juger par sa puissance farouche, il avait dû se lever vers les côtes de Guld'guhl. Le Confesseur avait donc supervisé l'installation d'un avant-poste iflelen près des mines de Craie et continué de guetter le retour du signal.

Trois fois au cours des trente dernières années, les fameux vents avaient orienté les girouettes vers le buste en bronze, renforçant la conviction de la secte que quelque chose de comparable à leur talisman était enfoui là-bas. Puis, il y avait une lune de cela, les vents mystérieux avaient resurgi, d'abord par épisodes sporadiques, puis les rafales s'étaient intensifiées. La tempête avait attiré Wryth et Skerren jusqu'aux mines de Craie, où la femme en bronze avait été mise au jour et, hélas, promptement dérobée par un voleur guld'guhlien.

Wryth rejoignit Skerren, affligé par l'ampleur du trésor qu'ils avaient perdu et qui devait à présent dormir au fond de la mer.

— Tu en as mis du temps !

— Qu'y a-t-il de si urgent qui m'oblige à quitter le roi ?

Skerren avait une plume d'oie dans une main, une règle en argent dans l'autre. Il s'écarta pour lui laisser voir une carte topographique posée sur une petite table. À côté trônait un livre ouvert, où avaient été consignés, depuis plusieurs siècles, tous les mouvements des éclats de magnétite dans leurs sphères en cristal.

— Il y a une heure, notre instrument de mesure a détecté un autre signal.

Wryth s'approcha.

— Où cela ? Dans la Baie des Promesses ?

Il imagina la femme en bronze foulant les fonds marins après le naufrage du voilurier battant pavillon guld'guhlien.

Skerren montra la carte couverte de chiffres et de flèches.

— Non, le signal ne venait pas de la mer. Très bref, il a été enregistré au nord-est. Je dois revoir mes calculs pour être certain.

— Loin, au nord-est ?

— Au niveau des forêts d'Ennuage, quelque part près des Jumeaux.

Wryth se renfrogna.

Encore Ennuage. Là où les autres s'étaient enfuis.

Il ne pouvait pas s'agir d'une coïncidence. Debout au centre de la toile d'araignée en cuivre, il sentit la pression de forces invisibles qui réunissaient toutes les pièces d'un vaste jeu de société.

Wryth tourna les talons.

— Où vas-tu ? lança Skerren.

— Continue de surveiller le talisman. Je veux être averti s'il y a le moindre changement.

— Et toi ?

— Je pars rejoindre le prince et les bataillons de la légion au port des guerroyers. Si la relique est là-bas, je refuse qu'elle m'échappe à nouveau.

* * *

Mikaen fouilla sa chambre de la Légionnaire à la recherche de ses bottes. Après avoir savouré un bain chaud et s'être minutieusement récuré de partout, il se sentait redevenu lui-même – l'éclatant prince du royaume. S'il s'était montré aussi zélé avec la brosse et le savon, c'était moins pour ôter la crasse de sa pénible traversée des Brauð à cheval que pour se débarrasser de la puanteur soufrée de l'Antre des Confesseurs.

Vêtu d'une fine combinaison en cuir, comme son père quelques heures plus tôt, il s'apprêtait à décoller vers Havrechand. Il attendrait d'avoir jeté l'ancre là-bas pour endosser son armure. En revanche, il avait déjà fixé son épée dans son fourreau filigrané d'argent et une dague dans un étui assorti. Par-dessus sa combinaison, il portait un pourpoint d'argent brodé aux armoiries du soleil et de la couronne. En tant que prince héritier, il se devait de maintenir un certain décorum.

Mais où sont donc passées mes chialetés de bottes ?

Il n'était pas question d'aller au port militaire pieds nus.

Il vérifia sous le lit et, d'un geste sec, les sortit de là. Soudain, on frappa à la porte. À en juger par l'autorité du mystérieux visiteur, il avait plutôt intérêt à répondre. Malgré son statut d'altesse royale, le jeune homme restait élève de huitième année à la Légionnaire et son rang élevé ne lui apportait qu'une maigre liberté qui, la plupart du temps, se réduisait à peau de chagrin.

Il lâcha ses bottes, poussa un juron et alla ouvrir. Un colosse rouge vif se dressait sur le seuil. Anskar vy Donn arborait une armure légère, comme s'il était né avec et qu'il ne l'avait jamais enlevée depuis. Il portait son heaume sous le bras.

— Prince Mikaen, j'aimerais vous toucher un mot avant notre départ.

Sans attendre qu'on lui en donnât la permission, il entra et claqua la porte derrière lui.

— Que se passe-t-il ? lança Mikaen en s'efforçant d'adopter un ton ferme et princier, ce qui n'était pas chose aisée quand on était pieds nus.

— Vous devez intervenir auprès du roi en faveur de votre frère.

— En faveur de Kanthe ?

Anskar parut intrigué.

— Auriez-vous un autre frère dont j'ignorerais l'existence ?

Mikaen se sentit rougir. Il jeta un œil au coffret qui, toujours posé sur son bureau, abritait la statuette en argile de deux garçons se tenant les bras, cadeau de fiançailles de son cadet.

Kanthe conspirait-il alors déjà contre le royaume ?

— Quelque chose m'échappe. Vous êtes au courant que mon frère nous a trahis. En dépit de tout l'amour que je lui porte, sa déloyauté envers la couronne, ses manigances avec les rebelles, rien de tout cela ne peut rester lettre morte.

— À mon avis, sa fuite est moins un acte d'insurrection qu'une tentative de survie.

Les sourcils très froncés, Mikaen tâcha d'imiter la sévérité paternelle.

— Qu'entendez-vous par là ?

— Il y a une heure à peine, j'ai appris l'existence d'un complot pour assassiner Kanthe dans les marais. Sur l'ordre de Hautmont. Un contrat qui devait être exécuté par mes hommes.

Mikaen trébucha en arrière. Ses mollets heurtèrent le montant du lit et il s'assit lourdement.

— Je suis sûr que vous vous trompez.

Le vyrllien le suivit et posa un genou à terre pour bien montrer qu'il était sérieux.

— Selon moi, c'est cette tentative de meurtre qui a poussé votre frère à se sauver. Je viens donc aujourd'hui vous demander de m'aider à détourner Sa Majesté de ses projets sanglants.

— Cela risque d'être compliqué. Si mon père m'apprécie, on ne peut pas en dire autant de Kanthe.

— Je comprends, mais lors de notre dernier périple, j'ai constaté qu'il possédait, en réalité, une belle force intérieure. Une détermination certes cachée derrière les beuveries et la bombance, mais bien là. J'en suis certain. Or, face à la menace d'une guerre imminente, le fait que notre souverain soit encadré de ses deux princes sera un grand atout pour le royaume.

Mikaen évalua la situation en soupirant.

Anskar baissa la tête un instant, le temps de trouver l'argument décisif qui le convaincrait d'intercéder auprès de Toranth.

Prêt à retenter sa chance, il redressa le menton.

Il vit alors que Mikaen avait sorti sa dague et le fils du roi lui trancha la gorge.

Le vyrllien tomba sur les fesses, sidéré. De ses mains puissantes, il s'agrippa le cou, mais sa poigne de fer ne suffit pas à stopper l'hémorragie. Au fil des gargouillis qui s'échappaient de ses lèvres, la vie le quitta peu à peu.

Mikaen contempla les éclaboussures de sang sur son pourpoint et sa combinaison de cuir. Il allait encore devoir se changer. Au sol, Anskar leva les yeux vers lui, toujours choqué – non pas par l'attaque mais par sa subite compréhension de la situation.

— Oui, c'est moi qui ai donné l'ordre de tuer mon frère dans les marais. Mon père n'en aurait jamais été capable. Il a le cœur trop tendre. Chez un monarque, la générosité d'esprit peut être une bénédiction en temps de paix mais, aujourd'hui que la guerre est à notre porte, c'est un grave handicap.

Mikaen passa son pourpoint taché par-dessus sa tête, puis défit les premières boucles de sa combinaison.

— Que Kanthe agisse de son plein gré ou non, on s'en fiche. Regardez ce que la gentillesse a apporté au roi. Un fils cadet qui menace de semer le chaos. Et puis il y a cette bâtarde qu'on aurait dû liquider dès que sa mère a commencé à s'arrondir. Même la clémence de mon père envers son ami, le chevalier Graylin, fait que d'autres serments ont été brisés au détriment du royaume.

Anskar se laissa glisser sur le flanc, tâchant d'exprimer, par ses ultimes râles, son profond désaccord.

— Dorénavant, je couperai court à tout acte de miséricorde. (Mikaen se rappela la promesse silencieuse faite à Toranth.) Je serai la foudre du tonnerre de mon père. Je frapperai chaque fois que la mort sera de mise. J'épargnerai au roi la nécessité d'une froide implacabilité. Voilà le fils que je serai pour lui.

Tandis qu'il se démenait avec sa combinaison, Mikaen s'aperçut qu'il soliloquait avec un cadavre. Au moment où il contournait la flaque de sang, on toqua fermement à sa porte.

Contrarié, il évaluait les options qui s'offraient à lui quand une voix retentit du couloir.

— Prince Mikaen, c'est Haddan. Je suis avec le Confesseur Wryth, qui vous apporte un message urgent de l'Antre des Confesseurs.

Il alla ouvrir.

— Messieurs, il semble que nous ayons tous des affaires pressantes à traiter avant notre départ. (Il dévoila sa victime à terre.) Anskar a eu vent du sort que nous réservions à mon frère.

Le seigneur général se rua à l'intérieur avec Wryth. Devant la mare écarlate, il se frotta le menton.

— Dommage ! Anskar était un homme bon et un excellent soldat. J'espérais le rallier un jour à notre cause.

Mikaen n'en avait cure. À ses yeux, le problème avait été réglé. Il s'adressa plutôt à Wryth.

— Haddan disait que vous aviez un message important à me transmettre.

La stupeur passée, le Confesseur retrouva sa langue.

— En effet. Je viens d'apprendre qu'une arme perdue aurait été retrouvée du côté d'Ennuage. Vythaas est en train de préparer un nouvel arsenal pour nous aider dans notre campagne.

Mikaen parut intrigué.

— Quel arsenal ?

Wryth répondit.

Le garçon blêmit, les yeux rivés sur la dépouille d'Anskar.

Et moi qui me croyais impitoyable.

CHAPITRE 41

Mikaen se tenait sur le pont du guerroyer *Tytan*, qui tirait son nom du dieu des tempêtes. Au-dessus de sa tête, le gros ballon à gaz oscillait, tel un cheval impatient. Des câbles gémissaient de partout. Six étages plus bas, sous la quille, les dockers s'affairaient à l'approche du départ.

Plus loin, c'était la même cohue autour d'un autre engin de guerre, le *Pywll*, baptisé ainsi en l'honneur du dieu géant qui soutenait la voûte céleste. Ce matin-là, un seul vaisseau aurait dû décoller pour Ennuage mais, après ce qu'il avait appris dans l'Antre des Confesseurs, le roi Toranth avait décidé que le *Pywll* rejoindrait le *Tytan* afin d'étouffer l'insurrection dans l'œuf.

Mikaen appréciait la détermination de son père.

À l'arrière du *Pywll*, une dizaine de Margoulins, féroces combattants gyn armés de haches et de masses métalliques, entraient en file indienne. Ils étaient suivis de thylassaures enchaînés et même de deux faucilleurs casqués d'acier – des énormes fauves prédateurs dont les crocs immenses dépassaient de leurs babines retroussées de rage.

Les guerroyers transportaient chacun toute une centurie de chevaliers, une vingtaine de gardes vyrlliens et une soixantaine de chevaux. Leurs flancs étaient hérissés de canons et de gigantesques balistes munies de lances acérées. Plus bas sur leur coque, des trappes dissimulaient les réserves de barils, prêtes à déverser un déluge de bombes alchimiques sur les contrées ennemies.

Leur formidable puissance de feu visait non seulement à balayer les prémices d'une insurrection, mais aussi à appliquer la politique de la terre brûlée. Après une pareille démonstration de force en montagne, plus personne n'oserait élever la voix – encore moins brandir une épée – contre le souverain. Cela fédérerait également les populations autour du drapeau de Massif. Quand on sortait les muscles, le cœur des gens s'embrasait et ils défendaient alors plus fièrement leur roi et leur royaume.

Bien sûr, il s'agissait aussi d'agiter une bannière enflammée sous le nez des armées klashéennes. Hálendii possédait vingt autres vaisseaux comme le *Tytan* et le *Pywll*, amarrés au port ou dans des lieux stratégiques disséminés aux quatre coins du pays. L'information allait se répandre à toute vitesse vers les Klashe du Sud, affirmant la position inflexible de Sa Majesté Toranth et mettant en garde contre la futilité de s'en prendre à lui.

Avec sa manche, Mikaen lustra son plastron métallique jusqu'à en obtenir des reflets argentés à l'ombre du gros ballon. Conscient qu'il y avait un but ultime derrière tant de férocité, il avait décidé d'enfiler son armure et de rejoindre les rangs du *Tytan*. Le roi Toranth voulait voir la réputation de son fils briller de mille feux. Si réellement une guerre éclatait, le peuple se saurait protégé par un souverain puissant et un prince forgé dans un argent mortel.

Mikaen observa, à l'est, les falaises de Toucheterre. Il valait peut-être mieux que le plan d'assassiner Kanthe dans les marais eût échoué. Pour son cadet, cela aurait été une fin indigne, point d'orgue d'une vie de débauche. Sa mort devait plutôt servir une ambition supérieure, à l'échelle du royaume. Le Prince du Placard allait endosser le rôle du sombre usurpateur, trucidé par l'héritier resplendissant de la couronne.

Mikaen soupira en direction des montagnes embrumées.

Merci, frangin. Grâce à ton sang, mon armure va briller encore davantage.

Un martèlement de bottes ramena son attention vers le pont du *Tytan*. Son père approchait, paré de ses plus beaux atours royaux, tout en bleu nuit et cuir noir bien ciré. On aurait cru un nuage d'orage en mouvement.

Mikaen s'avança, prêt à s'agenouiller et à lui dire au revoir. Au lieu de quoi, Toranth l'étreignit.

— Certes, ce que je te demande est une tâche ardue, Mikaen. (Il s'écarta et le prit par les épaules.) Sache néanmoins une chose. Je ne me fâcherai pas si tu te contentes de ramener ton frère au bercail. Je l'accueillerai même avec plaisir.

Mikaen baissa la tête pour masquer sa déception. Même face à un risque imminent d'insurrection, le roi refusait de durcir sa position. Le prince tâcha de réprimer son amertume et se rappela qu'il serait l'acier sans merci à la place de son père, délivrant la mort dès que le besoin s'en ferait sentir.

Il se racla la gorge.

— Je ferai mon possible pour ramener Kanthe à Hautmont. Je vous le promets.

Toranth acquiesça d'un air satisfait.

— J'en suis certain. La fille porteuse de la prophétie doit, en revanche, être tuée. Et pas de quartier pour ceux qui lui viennent en aide.

Mikaen posa un genou à terre.

— À vos ordres, sire, souffla-t-il, dissimulant, au fond de son cœur, un autre secret qu'il y avait récemment enfoui.

Après les scènes sanglantes de l'Antre des Confesseurs, il s'était dit qu'il y avait peut-être un meilleur usage à faire de cette adolescente aux pouvoirs mystérieux et à l'ascendance obscure. *Je pourrais la garder pour moi.* Elle semblait destinée à devenir une pièce stratégique au sein d'un vaste jeu d'échecs. Il hésitait même à la mettre dans son lit, demi-sœur ou pas, et à instiller ainsi les pouvoirs de la jeune miraculée à sa propre descendance.

La corne de brume retentit, suivie de près par les cris de l'officier de port. Le *Tytan* allait bientôt lever l'ancre. Au bout du quai, les mêmes notes résonnèrent autour du *Pywll.*

Mikaen se releva.

Le roi l'empoigna par l'avant-bras et lui dit enfin au revoir.

— Je sais que tu me rendras fier, mon fils.

— Merci, père. (Il posa le poing sur son plastron d'acier argenté, où étaient gravées les armoiries de la dynastie des Massif.) Longue vie à votre règne.

Toranth se fendit d'un rare sourire, tel un rayon de soleil au milieu des nuages noirs, puis il prit congé.

Alors que Mikaen le regardait s'éloigner, son attention fut attirée par Haddan et Wryth qui, à l'autre bout du bastingage, semblaient se disputer à voix basse. Il traversa le pont. À sa vue, les deux hommes se redressèrent.

— Un problème ? s'enquit le prince.

La mine sévère de Haddan était plus implacable que jamais.

— Le Confesseur Wryth propose qu'à notre arrivée à Ennuage, le *Pywll* fasse un détour pour récupérer la fameuse relique disparue qui, selon lui, serait quelque part au nord-est du lac Eitur.

— La femme en bronze ?

Wryth croisa les mains dans les manches amples de son habit gris. Ses yeux tatoués n'étaient plus que des fentes bouillonnant de colère.

— Il y a peu, j'ai reçu des informations de l'Antre des Confesseurs. Un affinement des calculs nous a permis de localiser la statue avec davantage de précision. Or, elle doit être mise à l'abri avant de s'évaporer à nouveau. Avec la guerre qui nous pend au nez, nous ne pouvons pas risquer d'égarer une arme aussi puissante et, surtout, de la voir tomber aux mains des Klashéens.

Malgré son statut de prince, Mikaen n'était encore qu'un élève de huitième année à la Légionnaire et il n'avait pas le droit de commander la flotte militaire. Son père avait donc légitimement demandé au seigneur général Haddan de mener l'assaut. Wryth et lui s'étaient toutefois adressés au jeune homme pour régler leur querelle, peut-être conscients qu'il monterait un jour sur le trône. Ou alors ils lui témoignaient leur respect après avoir vu avec quelle froideur il s'était débarrassé d'Anskar. En vérité, ils avaient surtout besoin d'un vent – n'importe lequel – pour débloquer la situation et pousser leur voile d'un côté ou de l'autre.

— L'Eitur se situe juste au nord de Havrechand, raisonna Mikaen. Ne pensez-vous pas qu'un bref détour pourrait nous offrir une belle et grande récompense ?

Haddan se rembrunit en silence.

— Quand nous arriverons au comptoir forestier, le *Tytan* sera, à coup sûr, paré à tout affronter. À supposer que le *Pywll* jette l'ancre un peu plus au nord, il suffira de lui envoyer un message par corbereau ou de l'alerter à la corne de brume pour qu'il rebrousse chemin.

Wryth sortit les mains de ses manches. Bien qu'impassible, il se réjouissait clairement de la direction que le vent avait prise.

Mikaen le ramena vite à la réalité.

— Et les armes que vous nous aviez promises ? Ont-elles été chargées à bord ?

— Quand j'ai embarqué, on les stockait en soute.

— Parfait. Vous allez les laisser là et veiller à ce qu'elles soient correctement arrimées avant de rejoindre le *Pywll*. Cet arsenal ne vous servira pas à grand-chose dans votre quête. Pour nous, en revanche, il peut se révéler d'une importance vitale.

— Bien sûr, Votre Altesse.

Wryth et Haddan se saluèrent, satisfaits d'avoir, pour l'instant, réglé le problème. Tandis qu'ils partaient chacun de leur côté, Mikaen approcha du bastingage. Derrière lui, on achevait les derniers préparatifs avec de grands éclats de voix. Les câbles métalliques poussaient de longues plaintes. Les rafales de vent faisaient claquer l'étoffe tendue du ballon.

Indifférent au remue-ménage, Mikaen se concentrait plutôt sur les nuages qui, peu à peu, s'assagissaient au-dessus de Toucheterre. L'accalmie ne durerait pas. Ni là-bas ni au sein de la Couronne entière.

Une tempête se profilait à l'horizon.

Et je serai sa foudre.

* * *

Au son de la corne de brume qui annonçait leur départ imminent, Wryth s'élança vers la cabine enfouie dans les entrailles du *Tytan*. Les armes enfermées à l'intérieur étaient trop sensibles au regard étincelant du Père d'En Haut pour être stockées aux étages supérieurs. Deux énormes Margoulins montaient la garde de chaque côté de la porte. Les Gyn, dont le regard benêt était assombri par des sourcils épais et un casque de fer, le connaissaient. Ils ne bronchèrent donc pas en le voyant frapper à la porte.

Une canne cliqueta de l'autre côté et on entendit une clé déverrouiller la serrure.

Wryth ouvrit lui-même le battant et entra. La pièce sans fenêtres était très spartiate, avec juste un lit étroit, une lampe pendue à un crochet et une porte au fond.

— Je n'ai pas beaucoup de temps, annonça-t-il. J'ai réussi à écarter Haddan du *Pywll*, mais il n'y a pas une seconde à perdre.

Le Confesseur Vythaas adossa son corps efflanqué au mur et s'appuya sur sa canne en aulne argenté.

— Des nouvelles de Skerren ?

— Non, mais au moindre changement, il enverra un corbereau. (Wryth caressa le lourd pochon accroché à la ceinture de son cryste de Confesseur.) Il m'a aussi remis un instrument qui nous aidera à remonter la piste énergétique de notre cible. Seulement, il ne fonctionne qu'à courte distance.

— Alors, rejoins vite le *Pywll*. (Vythaas alla s'asseoir sur le lit. Son regard se posa sur la porte du fond, bardée de fer et solidement cadenassée.) Moi, je surveille les armes ici et je les dirigerai contre notre plus grande menace.

Wryth se remémora les ultimes paroles arrachées à la prieure Ghyle. De sa voix rocailleuse, il les répéta tout bas.

— Vyk dyre Rha…

Les yeux rivés à l'autre battant, Vythaas souffla :

— Le nom ancestral de la funeste déesse klashéenne. La Reine des Ombres sur ses ailes de feu.

Cette entité-là était plus ancienne encore que les trente-trois divinités du panthéon klashéen. Son nom n'avait été écrit qu'une seule fois. Il figurait dans le texte le plus sacré du Dresh'ri, abrité dans une chambre forte cachée sous les splendides jardins de l'Imri-Ka : le Codex Abyssal de leur ordre. C'était la démone du Dresh'ri, une déesse que les Klashéens vénéraient avec autant de ferveur que le Seigneur Ðreyk chez les Iflelen, à la différence qu'elle n'était, elle, jamais évoquée à haute voix, même par le Dresh'ri. Elle n'était représentée par aucun symbole ni aucunes armoiries. On la révérait dans l'obscurité et le silence absolus.

Jusqu'à maintenant.

Wryth entendait encore le hurlement de Ghyle résonner dans sa tête et, en particulier, ses derniers mots : *Vyk dyre Rha se shan benya !*

Vythaas, qui semblait avoir lu dans ses pensées, traduisit tout haut.

— « La Reine des Ombres est ressuscitée. »

— La prophétie klashéenne, murmura Wryth en frissonnant d'effroi.

— Celle qui renaîtra un jour, en chair et en os, déclama son camarade. Détruisant par le feu tout ce qu'Elle possédait, ne laissant dans Son sillage que ténèbres et barbarie. Un être terrifiant qui sèmera la désolation sur Son passage, jusqu'à ce que la Terre entière soit réduite en cendres.

Wryth resta silencieux un instant, puis il formula une question qui, à coup sûr, les préoccupait tous les deux.

— Pourrait-ce être la vérité ?

Quinze ans auparavant, il avait assisté au numéro d'une consolatrice, une sorcière qui avait jeté des osselets aux pieds d'une servante sexuelle enceinte. Elle avait prédit que Marayn attendait une fille, ce qui était tout ce que Wryth avait souhaité savoir à l'époque. Il voulait être certain que l'enfant à naître ne fût pas un garçon, susceptible de déranger, voire de mettre en péril, la dynastie des Massif. La prophétesse, livide, s'était ensuite un peu trop hâtée de ramasser ses osselets. Intrigué, il avait fortement insisté et elle avait fini par révéler qu'un mauvais présage destructeur planait sur le bébé.

En ce temps-là, Wryth n'y avait guère accordé de crédit. La plupart des sorciers et des diseurs de bonne aventure n'étaient que des charlatans. Ces sombres allégations lui avaient été néanmoins très utiles pour effrayer le roi et le convaincre de faire tuer la mère et l'enfant. Son stratagème lui avait aussi permis de se débarrasser de Graylin sy Moor, chevalier qui, à son goût, poussait plutôt Toranth vers la gentillesse, ce qui n'était guère recommandé quand on dirigeait un pays menacé par un voisin hostile.

Sauf que le mal était fait. Même après la trahison de Graylin, le monarque avait trop tardé à ordonner le meurtre de la mère et il s'était montré trop clément envers le chevalier félon. Conscients de la situation, Wryth et Haddan s'étaient rabattus sur le jeune prince héritier qu'au sein de la Légionnaire, le seigneur général avait déjà mis sous sa coupe. Ils avaient passé les huit dernières années à faire de Mikaen un chef implacable. Or, voilà que les osselets d'une sorcière avaient trouvé un nouveau moyen d'expression dans les cris d'une prieure.

Vythaas aussi semblait inquiet.

— Vérité ou simple divagation ? Je l'ignore, mais on ne peut pas s'exposer à ce qu'une telle créature accède un jour au pouvoir. Lorsque nous arriverons à Ennuage, tu te mettras en quête de notre talisman perdu. Moi, je m'occuperai de cette potentielle Vyk dyre Rha et je m'assurerai qu'elle soit détruite.

— Et les armes que tu as fabriquées pour l'éliminer ?

Vythaas se retourna vers l'autre porte.

— Tout est prêt.

Wryth voulut en avoir le cœur net. Il alla soulever le loquet et, quand il poussa le battant, la lampe de la pièce éclaira la petite cellule obscure. Deux silhouettes s'y tenaient debout, tête baissée, le corps entortillé de chaînes, mais ce n'étaient pas leurs entraves métalliques qui assuraient l'essentiel de leur docilité.

La lumière se refléta sur les aiguilles en cuivre qui sortaient de leur crâne rasé. Vythaas leur avait planté à chacun une dizaine d'électrodes, soit deux fois plus que sur Ghyle. Le but : réduire leur volonté à néant afin qu'ils ne fussent plus que des coquilles vides obéissant aveuglément aux Iflelen. C'était Anskar qui les avait capturés dans les marais et ramenés en même temps que la prieure.

Wryth contempla le visage inexpressif des deux hommes et leur adressa un ordre silencieux.

Ablen et Bastan... vous serez nos chiens de chasse, chargés de traquer et de tuer votre sœur.

PARTIE XIII

DU FEU DANS LA BRUME

Le feu est un allié sourrnois ; allumez-le en direction d'un enemi &, souvant, il vous bruslera davantage que votre adversere.

— Proverbe gjoéen

CHAPITRE 42

Nyx observa le véloce d'un air dubitatif. Elle était impressionnée par l'énorme ballon qui oscillait au-dessus de sa tête et surplombait une large zone défrichée à l'est de Havrechand. Comment cette boule de gaz, aussi gigantesque fût-elle, pouvait-elle soulever et transporter la nacelle qui lui était accrochée ?

La jeune fille n'avait jamais vu de voilurier d'aussi près. Elle avait entendu dire que, parfois, ils faisaient escale à Fiskur, mais l'événement demeurait rarissime. Certes, elle avait déjà aperçu les gros vaisseaux qui survolaient la région de Mýr – petites ombres au cœur des effilochures de nuages – mais c'était autre chose de se tenir au pied d'un colosse pareil.

Jace la rejoignit, pendant qu'on peaufinait les ultimes préparatifs du départ. Il étouffa un bâillement. La matinée était bien entamée et Nyx ne pouvait pas lui reprocher d'être fatigué. Accaparés par l'organisation de leur voyage, ils s'étaient couchés très tard, longtemps après la fin des Vespres.

La main en pare-soleil, il embrassa le véloce du regard.

— Difficile de croire qu'il s'agit là d'un petit vaisseau, spécialement adapté aux manœuvres délicates. Le voilurier qui m'a amené de mes îles natales du Bouclier devait être cinq ou six fois plus grand. Enfin, j'étais jeune, sept ans à peine, et je m'apprêtais à passer l'examen d'entrée au Cloistre. Peut-être qu'au fil du temps, ma mémoire a un peu grossi la vérité.

La mine réjouie, il espérait que son anecdote aide Nyx à surmonter son mal-être. Elle n'eut rien de mieux à lui offrir qu'un maigre sourire.

— Hier soir, continua-t-il, j'ai entendu le pirate, Darant, dire du vaisseau qu'il s'appelait l'*Épervier*. Espérons qu'il sera aussi rapide que l'oiseau du même nom. Selon Frell, nous devrions atteindre les côtes d'Aglerolarpok dans moins de deux jours, ce qui me paraît inimaginable.

C'est inimaginable.

Nyx croisa les bras sur la poitrine, exténuée par sa quasi-nuit blanche. À l'auberge, elle n'avait cessé de se retourner dans son lit, tourmentée par des cauchemars où la lune s'écrasait sur la Terre. Tout allait trop vite. Elle se sentait privée de ses attaches, ballottée sans ménagement. Elle avait presque tout perdu et, devant ce qu'elle avait gagné, elle éprouvait juste de la colère et un profond malaise.

Elle jeta un œil au chevalier – son père potentiel – qui réglait les derniers détails avec Darant et Frell. Les deux vargr de Graylin étaient assis tout près, leurs oreilles duveteuses à l'affût. Parfois, ils posaient les yeux sur elle en même temps, comme s'ils avaient perçu son intérêt. Le regard fixe, ils reconnaissaient en elle un nouveau membre de la meute et devaient se demander pourquoi elle restait à l'écart.

Elle aussi sentait une connexion. L'écho d'un mugissement résonnait dans sa tête. Cependant, elle ne pouvait se résoudre à les approcher. Elle avait gardé ses distances avec Graylin, car elle ne savait pas quoi faire de cet inconnu-là, pourtant si lié à son passé. Son courroux initial s'était transformé en un mélange, plus tempéré, de gêne et de suspicion. Elle se rendait bien compte que sa froideur lui était pénible, d'autant qu'elle avait repoussé toutes les tentatives du chevalier pour lui parler. En même temps, une part d'elle appréciait de le voir aussi malheureux.

Un bruit de bottes l'incita à se retourner. Kanthe foulait les planches de la passerelle qui traversait la zone portuaire. Il était accompagné de deux membres d'équipage, deux sévères jeunes femmes vêtues à l'identique d'un uniforme en cuir gris et d'un manteau foncé. Peut-être étaient-elles sœurs, sauf que l'une affichait un teint caramel et des cheveux blond blanc, alors que l'autre avait la peau extrêmement pâle et une crinière de jais. Kanthe et elles étaient allés racheter des flèches au marché de Havrechand. Enfin, à en croire leur regard vorace et leurs sourires en coin, elles avaient sans doute eu des intentions plus salaces.

Le prince, qui ne s'en était apparemment pas aperçu, rejoignit Nyx et Frell. Ravi, il haussa une épaule, puis l'autre. Des empennes rayées dépassaient de ses deux carquois en cuir, tels de mortels bouquets de fleurs. Ses accompagnatrices en transportaient aussi quelques paquets.

— Des flèches de Kethra'kai ! exulta-t-il. Taillées dans une tige d'aulne noir, avec une pointe en os et une empenne en plumes d'autour des palombes. On ne trouve pas mieux dans toute la Couronne !

Kanthe remarqua le regard envieux de Jace.

Il mit la main derrière son dos et ressortit une hache à double tranchant montée sur un manche gris.

— Je l'ai dénichée chez un petit forgeron. Elle est fabriquée en acier de Guld'guhl et dotée d'un manche infrangible, sculpté dans une branche pétrifiée récupérée en forêt de Boisfijé. Ce genre de hache est très prisé des bûcherons de la région. Sa lame a la réputation de ne jamais s'émousser.

Jace la prit à deux mains et la soupesa.

— Merci, apprécia-t-il, un grand sourire aux lèvres.

— Elle vous servira au moins à raser les trois poils que vous appelez une barbe, lâcha le prince, désinvolte.

Toujours aussi radieux, Jace ne releva pas la pique.

D'un coup, Kanthe parut contrarié.

— Pourquoi n'êtes-vous pas à bord, tous les deux ? Je croyais arriver le dernier et devoir sauter sur le pont pendant qu'on larguait les amarres.

D'un pas alerte, il se dirigea vers la passerelle bâbord, comme s'il était un grand habitué des voyages aériens.

Et c'était peut-être le cas.

Dans son sillage, Nyx examina les gros câbles qui reliaient le ballon à l'élégant vaisseau en bois. L'*Épervier* avait l'allure d'une flèche à pointe d'acier. Sa quille massive, doublée d'épaisses plaques d'acier au niveau de l'étrave, avait une poupe aplatie mais une proue fuselée. Ses longues fenêtres étroites à l'avant faisaient penser aux yeux perçants de l'oiseau de proie qui lui avait donné son nom. Une seule rangée de hublots ronds courait jusqu'à l'arrière, juste sous le pont, qui remontait légèrement aux deux extrémités.

Un membre d'équipage fonça entre le gaillard d'avant et la poupe. Suspendu à un câble qui courait sous la toile enduite, il agrippait la poulie fixée au filin métallique. Devant tant d'insouciance, Nyx réprima un frisson.

Au Cloistre, elle avait suivi des cours sur les voiliers et la manière dont l'alchimie des gaz légers remplissait leurs ballons. Elle comprenait à peu près la dynamique à l'œuvre, notamment avec les réservoirs spéciaux de carburéclair qui alimentaient les forges de l'agile vaisseau.

Enfin, c'était une chose de lire des manuels et c'en était une autre de monter à bord. À chaque pas qui la rapprochait de la trappe béante, Nyx sentait son pouls s'accélérer, son souffle devenir plus court.

Quelques mètres devant elle, Graylin fit signe aux vargr, qui gravirent la passerelle d'un pas sautillant. Le chevalier suivit ensuite ses frères poilus. Elle remarqua la façon dont il avait caressé leur flanc lorsqu'ils étaient passés devant lui. Sa réaction machinale était la preuve furtive du lien profond qui les unissait. Les épaules de l'homme se relâchèrent un instant, puis se crispèrent à nouveau.

Bientôt, toute la troupe fut à bord, entraînant avec eux les derniers membres d'équipage. En haut de la passerelle, une immense soute à marchandises courait sur toute la longueur du vaisseau. S'y entassaient des montagnes de caisses bardées de filets et des dizaines de tonneaux arrimés au sol. Plusieurs cages suspendues aux chevrons abritaient de bruyants volatiles sombres, peut-être des corbereaux.

Deux chaloupes fermées patientaient de part et d'autre de l'entrée. Nyx espéra de tout cœur qu'ils n'auraient pas à s'en servir.

— Par ici ! lança Darant à l'avant.

Un escalier en colimaçon menait aux quartiers d'habitation.

Tout en gravissant les marches, Graylin siffla ses deux vargr et leur indiqua une grande stalle ombragée bordée de foin frais. Ils s'y dirigèrent, non sans avoir fait un détour près de Nyx. Haletant, la langue pendante, Kalder la fixa d'un long regard en biais. Quant à Aamon, il s'approcha au point de l'effleurer, comme pour l'inviter à les rejoindre dans un endroit sûr et chaud.

Du bout des doigts, elle caressa leur pelage.

Une autre fois...

Kanthe tenta de l'imiter, mais Aamon grogna en montrant un peu les crocs. Même s'il ôta vite sa main, le prince continua d'observer les prédateurs avec admiration.

— Quelles bêtes magnifiques ! s'extasia-t-il à voix basse.

Le groupe s'engouffra dans un long couloir qui desservait une douzaine de cabines, six de chaque côté. Au fond à droite, une porte menait a priori au gaillard d'arrière.

Darant partit dans la direction opposée.

— Si vous voulez voir l'épervier prendre son envol, je vous invite à nous rejoindre.

Frell se hâta de rattraper le pirate.

— Fascinant ! Je n'ai jamais mis les pieds dans la timonerie d'un véloce.

Kanthe eut beau hausser les épaules d'un air blasé, il pressa aussi l'allure.

Jace se retourna vers Nyx, le regard brillant d'excitation.

La jeune fille était loin de partager leur enthousiasme. Elle imaginait le vaisseau s'élever indéfiniment vers le ciel et disparaître dans un vide intersidéral. Ou pire, monter pour retomber immédiatement en piqué et s'écraser en mille morceaux.

Hélas, si elle refusait d'y aller, Jace resterait à ses côtés et elle détestait l'idée de le priver d'une occasion pareille. Alors qu'elle hésitait encore, elle croisa le regard insistant de Graylin. Comme elle ignorait quelle cabine on lui avait attribuée et qu'elle ne voulait pas rester seule avec lui, elle fit signe à Jace d'avancer et lui emboîta le pas.

Le chevalier les suivit à distance.

Darant franchit la porte du gaillard et les invita à entrer. Le poste d'équipage n'était constitué que d'une seule et vaste pièce. Entre deux longues fenêtres étroites, qui laissaient voir les quais en contrebas, trônait une grande barre de gouvernail en bois.

Le pirate s'approcha. Les deux femmes qui avaient escorté Kanthe au marché se tenaient devant un tableau de bord truffé de roues à vis et de manettes.

— Je vous présente Glace. (Il désigna la jolie fille aux cheveux blancs, puis tendit le bras dans l'autre direction.) Et voici Brayl. Mes deux filles, nées de mères différentes. Je peux vous dire que personne ne sait dompter cet oiseau aussi bien qu'elles.

Une corne de brume retentit, signe qu'on venait de larguer les amarres.

Darant prit les commandes. Il se frotta les paumes, les plaqua sur son front et implora la grâce divine.

— Puissent les vents nous porter en douceur et en sécurité à bon port.

Il posa les mains sur la barre.

Nyx, qui s'attendait un décollage brutal, s'arma de courage. Au lieu de quoi, elle ne sut même pas qu'ils s'étaient envolés que le sol s'éloignait déjà. Ils prirent de l'altitude sans aucune secousse. À peine sentait-on les légères oscillations de la nacelle sous le ballon.

Piquée par la curiosité, Nyx avança d'un pas.

Ce n'est pas si mal.

Le regard rivé tantôt aux fenêtres, tantôt aux petites ouvertures rondes devant elles, Glace et Brayl actionnaient les différentes roues du tableau de bord à l'aveugle. De faibles panaches de flammes grondaient à droite et à gauche, sans doute émis par les gouvernails métalliques situés à bâbord et à tribord.

Le voilurier accéléra son ascension. Dehors se profilait l'orée brumeuse de la forêt, où d'épaisses strates de branches au feuillage doré s'agitaient en guise d'adieu. Dans un souffle, le ballon hissa finalement l'embarcation au cœur des nuages et le monde extérieur disparut.

Le nouveau paysage spectral donnait l'impression d'avoir été entraîné au royaume des esprits. Nyx s'écarta mais, comme elle n'avait plus rien sur quoi concentrer son attention, elle devint sensible au moindre roulis.

Prise de nausées, elle recula vers Jace et lui tendit le bras à tâtons.

Une main agrippa son épaule.

— Je vous tiens.

Ce n'était pas Jace.

— Il n'y en a plus pour longtemps, la rassura Graylin.

Aussitôt, la colère eut eu raison de son trouble et Nyx se dégagea de son étreinte. Avant qu'elle pût dire quoi que ce fût, ils resurgirent du brouillard et le monde explosa de lumière. Le soleil révéla alors l'immense douleur gravée sur le visage du chevalier : le désespoir imprimé dans le pincement de ses lèvres, le chagrin dans ses yeux et, surtout, sa terrible mine hagarde.

Nyx fut obligée de tourner la tête, mais pas par amertume. La souffrance de son potentiel père biologique était trop difficile à affronter, d'autant qu'elle reflétait les tiraillements que l'adolescente éprouvait en son propre cœur.

Des nuages resplendissants s'étalaient à perte de vue. Leur éclat vif était douloureux, mais elle ne cilla même pas, préférant s'imprégner de leur rayonnement pour chasser les ténèbres.

Avec l'altitude, la vue devint de plus en plus panoramique. Au loin, la couche duveteuse semblait se déverser d'un coup, telle une cascade dégringolant d'une falaise. Après quoi, on discernait le chatoiement bleuté de la mer.

La Baie des Promesses.

Soudain, un astre sombre s'éleva vers l'horizon. Il était énorme et sa noirceur absorbait l'éclat du soleil.

— Un guerroyer, maugréa Graylin.

Nyx identifiait à présent la forme d'un ballon absolument gigantesque. Des drapeaux claquaient au sommet.

— Un Hálendiien, précisa Kanthe. Tout droit issu de la flotte de mon père.

À mesure que l'aérostat montait, apparut un vaisseau aux proportions phénoménales. Des flammes de manœuvre jaillissaient le long de ses flancs. Il bifurqua au nord, vers un trou dans les nuages qui, à cause des eaux toxiques de l'Eitur, luisait d'un éclat verdâtre.

— Je ne crois pas qu'on nous ait repérés, annonça Darant. Enfin, il vaut mieux éviter d'attirer l'attention.

À ses mots, ses filles tournèrent quelques roues du tableau de bord. L'*Épervier* soupira et redescendit lentement vers l'océan cotonneux et immaculé. D'un grand coup de barre, le pirate mit le cap au sud, loin de l'ombre menaçante.

— Regardez ! s'exclama Jace, le doigt pointé vers un second astre noir venu remplacer le premier.

Un autre guerroyer…

Celui-là montait plus vite et de façon plus agressive.

— Hâtons-nous de rejoindre les nuages, chuchota Darant, comme s'il craignait d'être entendu.

L'*Épervier* fondit en piqué, mais cela ne servit à rien. À l'image de la petite souris cherchant à fuir le chat, ses mouvements saccadés ne firent qu'attirer l'attention du prédateur. Le guerroyer lâcha d'ardents panaches enfumés et sa proue blindée, de plus en plus monstrueuse, se dirigea vers eux.

L'indicible danger s'évanouit quand l'*Épervier* s'engouffra dans la mer blanche. Le monde extérieur se désagrégea alors en bancs de brume agités.

Au sein du poste de commande, tous retinrent leur souffle.

* * *

En entendant ses oreilles se déboucher d'un coup, Kanthe comprit que le véloce continuait de descendre. Hélas, ils ne pourraient pas perdre indéfiniment de l'altitude. Le léger raclement des cimes d'arbres sur la quille le lui confirma.

— Impossible de descendre plus bas, murmura Darant.

À la manœuvre, ses filles se démenèrent pour les faire remonter et, bientôt, on n'entendit plus frotter sur la coque.

— Silence, tout le monde. (Le pirate se tourna vers eux.) En cas de nécessité, parlez à voix basse. Les guerroyers ont des oreilles, d'immenses tambours capables de capter un pet de moineau.

Appliquant ses recommandations à la lettre, Glace et Brayl actionnèrent d'autres roues jusqu'à ce que même le ronflement des forges se tût. Elles s'écartèrent ensuite des tableaux de commande, la mine grave.

L'*Épervier* continua de fendre le brouillard.

Aux aguets, Kanthe serra les mâchoires, car il savait ce qui allait arriver. Tout Prince du Placard qu'il était, il avait été imprégné de stratégie militaire, notamment parce que l'école de Castelroche se situait à proximité immédiate de la Légionnaire.

Il n'était pas le seul à avoir suivi cet enseignement. Graylin s'approcha de la fenêtre à tribord, Kanthe à bâbord et, tous deux à l'affût de la moindre attaque ennemie, ils scrutèrent la blancheur éclatante.

Une petite détonation résonna dans la brume, assez puissante pour agiter les nuages et ébranler le vaisseau. Il y en eut une autre, puis encore une autre. Des éclairs orangés illuminèrent la ligne d'horizon, qui resplendit quelques instants, puis s'assombrit de nouveau.

Sachant que les déflagrations avaient momentanément assourdi le guerroyer, Kanthe lança tout haut :

— On veut nous empêcher d'atteindre Toucheterre. Les explosions vont déchirer le brouillard et nous exposer au grand jour si nous tentons de passer par là.

Pour preuve, d'autres détonations tracèrent un trait étincelant en travers de leur chemin.

— Ce n'est pas tout. (Graylin pointa l'index plus bas, là où une traînée rougeâtre fumait dans le sillage des explosions.) Ils sont en train de créer une ligne de feu au cœur de la forêt. Je parie qu'ils ont prévu d'encercler Havrechand par les flammes.

Et, en effet, une canonnade retentit au nord. Par les hublots à tribord, ils aperçurent des éclairs flamboyants.

— Le premier guerroyer…, annonça Kanthe. Il veut établir un barrage sur les berges de l'Eitur.

Graylin acquiesça.

— Son alter ego devant nous va l'imiter au sud et enflammer les rives de l'Heilsa. (Il regarda derrière lui, comme s'il tentait de voir à travers le voilurier.) Ils feront ensuite le tour par les deux côtés et investiront les ports d'attache de Havrechand à l'est.

— Où ils débarqueront leurs bataillons armés et écumeront la ville.

Nouveau signe approbateur du chevalier.

— Alors, par où passer ? s'enquit Darant.

— Nous n'avons que quelques minutes pour décider, prévint Graylin. Impossible de faire route vers l'est. Nous tomberions sur les falaises des Suaires de Dalalæða et, pour les franchir, cela nous obligerait à ressortir des nuages et à nous mettre à découvert. La meilleure solution est de filer plein sud. Les turbines à fond, nous pourrions passer in extremis entre les mailles du filet.

— Votre itinéraire implique de survoler l'Heilsa, objecta Darant. Or, il n'y a pas de plafond nuageux au-dessus du lac.

— Voilà pourquoi il faudra être rapide – brûler jusqu'à notre dernière goutte de carburéclair si nécessaire – et nous renfoncer illico dans le brouillard de l'autre côté.

Le bandit approuva et donna un grand coup de barre.

Contrarié par leur plan, Kanthe ferma les yeux et se frotta le front. Il réfléchit au tempérament irascible de son père et à tout ce qui s'était passé. *Toranth a envoyé deux guerroyers.* Cela montrait bien qu'il traquait davantage qu'un fils fugueur, même si celui-ci avait échappé à une tentative d'assassinat. Il lorgna Nyx. Elle avait les yeux grands ouverts, le regard fixe. Frell l'observa d'un air inquiet. Il nourrissait les mêmes soupçons que son disciple.

Le roi est au courant pour elle, voire aussi pour Graylin.

Kanthe savait également qui menait a priori l'expédition.

Le seigneur général Haddan.

Au vu de tout cela, les régiments lancés à leurs trousses ne les laisseraient pas s'échapper si facilement. Haddan devait même déjà s'attendre à leur réaction, voire l'espérer. Kanthe imagina des chassquifs – peut-être un autre véloce – faire déjà route vers la berge opposée de l'Heilsa, telle une meute de loups lâchée dans la brume.

L'adolescent se précipita vers Darant.

— Nous ne pouvons pas passer par là.

Le pirate lui jeta un regard noir. Même Graylin se renfrogna. Ils semblaient peu enclins à écouter l'avis du Mouton Noir de Hautmont, encore élève à Castelroche.

— On nous tend un piège, insista Kanthe.

Il exposa rapidement ses soupçons et conclut par :

— Je connais Haddan. Cet enfoiré au cœur de pierre a forcément fait surveiller l'endroit par lequel nous serions susceptibles de fuir.

Les doigts de Darant se crispèrent sur la barre.

— Nous devons courir le risque. Et, croyez-moi, mon *Épervier* a de sacrées serres. Il va leur donner du fil à retordre.

Sa confiance affichée ne suffit pas à rassurer Graylin, qui resta fixé sur Kanthe.

— Que proposez-vous ?

Le regard du prince oscilla entre les deux hommes.

— Vous n'allez pas apprécier.

CHAPITRE 43

Nyx agrippa l'extrémité de la barre en acier qui sécurisait une des deux chaloupes de l'*Épervier*. Elle se rappela combien, à son arrivée, elle avait espéré ne jamais devoir monter à bord d'une aussi frêle embarcation.

Maintenant, je regrette de ne plus pouvoir.

Le vent s'engouffrait par la porte arrière de la cale. Une fois abaissée, la passerelle avait été verrouillée, si bien qu'on aurait dit une grosse langue en bois dépassant de la coque. Au-delà, les brumes tourbillonnaient. En dessous, les couronnes des aulnes géants passaient, tels de sinistres hauts-fonds.

— Tenez-vous prêts ! (L'exhortation étouffée de Darant leur parvint du gaillard d'avant par un système de tuyaux métalliques.) Le brouillard se lève. Nous sommes presque arrivés à l'Heilsa.

Ce n'était pas leur unique raison d'être sur le qui-vive.

À gauche de Nyx, des explosions enflammées illuminaient la forêt, à mesure que le gigantesque guerroyer s'approchait du lac. Comme lancé à leurs trousses, il allait bientôt longer le rivage. Il faudrait donc agir vite – et nager encore plus vite.

Graylin rejoignit le groupe, les vargr sur ses talons.

— Arrivé au lac, notre vaisseau quittera brutalement la cime des arbres, donc accrochez-vous bien. Dès que nous serons au ras de l'eau, vous sauterez par l'arrière.

Frell avait troqué sa tenue d'alchimiste contre un pourpoint, un haut-de-chausses et des bottes. Kanthe avait ses deux carquois sanglés dans le dos, enveloppés d'étoffe cirée. Quant à Jace, il portait sa hache de Guld'guhl en bandoulière.

— Nous n'aurons pas le temps de ralentir, avertit Graylin. Alors, préparez-vous à heurter la surface de l'eau de plein fouet. Ensuite, foncez vers la berge.

Leur seul espoir était de quitter l'*Épervier* en douce et de prier pour que la trajectoire du véloce monopolisât l'attention de l'ennemi. Avec un peu de chance, leur stratagème leur permettrait de se réfugier dans le labyrinthe forestier de Havrechand, le temps de laisser les brasiers s'éteindre et le reste du groupe revenir.

Néanmoins…

Nyx pivota vers le chevalier grisonnant. Sur son visage, elle lut la souffrance passée. Ses prunelles luisaient aussi de peur, mais pas pour lui-même.

Il lui saisit l'épaule.

— Il y a longtemps, je vous ai abandonnées, ta mère et toi, dans l'espoir fou d'éloigner les légions du roi. (Ses doigts se crispèrent.) Cette fois-ci, je ne te ferai pas défaut.

Nyx aurait aimé se moquer, lui assener que son sacrifice ne suffirait pas, mais elle ne trouva pas de mots assez forts pour le blesser davantage qu'il ne l'était déjà. Elle sentit chez lui l'envie de la prendre dans ses bras et, en même temps, sa déception de savoir qu'elle le rejetterait.

Il lui lâcha l'épaule et s'adressa à un de ses vargr.

— Aamon, va avec Nyx. (Il la montra du doigt et, de l'autre main, s'agrippa le poignet.) Protège-la.

Le regard ambré du fauve se posa sur elle. L'animal trépigna et émit une plainte aiguë qui enveloppa la jeune fille autant qu'elle l'imprégna. Le fil qui la reliait aux deux vargr scintilla de plus belle. Aamon trottina jusqu'à elle et fourra le museau dans sa main, laissant la paume de Nyx se loger entre ses oreilles.

Graylin chuchota si bas que le vent emporta ses mots, mais on put lire sur ses lèvres :

— Merci, mon frère…

Kalder avança d'un pas vers Nyx et Aamon, comme s'il voulait suivre les fils brillants. Graylin lui effleura le flanc.

— Toi, tu restes ici. Nous avons des dettes à rembourser.

Nyx comprit qu'une part de l'obligation la concernait mais, vu la manière dont le chevalier laissait sa main posée sur le vargr, sa phrase sibylline devait avoir un sens caché, au sujet d'un autre compte tacite à régler.

Graylin s'écarta et jeta un œil aux autres.

— Assurez-vous qu'elle soit bien en sécurité.

— Bah ! Nous l'avons amenée jusque-là, non ? lâcha Kanthe.

— C'est plutôt elle qui nous a conduits ici, grogna Jace.

Frell saisit le chevalier par l'avant-bras.

— Ravi de vous avoir rencontré, Graylin sy Moor. Nous ferons de notre mieux pour protéger la fille de Marayn jusqu'à ce que vous puissiez…

La voix de Darant tonna dans le tube en laiton.

— Nous y sommes ! Heilsa droit devant !

L'*Épervier* sortit du brouillard et survola des eaux calmes où se reflétait un étincelant firmament bleu. Éblouie par la subite luminosité du ciel et du lac, Nyx cligna des paupières, puis haleta quand elle sentit le véloce fondre en piqué. Le décrochage brutal la fit décoller du sol et, si elle ne s'était pas cramponnée à sa barre métallique, elle aurait été renvoyée à fond de cale. Derrière, les oiseaux piaillèrent dans leurs cages suspendues.

De sa poigne solide, Graylin permit à Frell de rester debout. Kanthe, lui, agrippa Jace. Lorsqu'il finit par se redresser, l'*Épervier* vira légèrement de bord et longea la rive. Sa quille descendit jusqu'à frôler le bassin en projetant des gerbes d'eau.

Graylin poussa l'alchimiste vers la porte béante.

— Maintenant !

Kanthe et Jace se ruèrent juste après.

Nyx jeta un dernier regard à l'homme susceptible d'être son père et, avant d'être paralysée par la peur, elle se retourna. D'un pas lourd, elle foula la passerelle avec Aamon. Devant elle, les trois hommes sautèrent l'un après l'autre et disparurent dans les eaux bleu marine.

Nyx arriva au bout de la rampe. Elle faillit renoncer mais, comme s'il voulait donner l'exemple, Aamon bondit à son tour. Galvanisée par l'audace de l'animal, elle avait décidé de se lancer quand le nez du vaisseau commença à se redresser. Déséquilibrée, elle trébucha dans le vide et s'écrasa sur le plan d'eau.

La violence du choc la fit rouler sur le dos et lui coupa la respiration. Saisie par le froid, elle reprit ses esprits et battit des bras et des jambes pour regagner la surface. D'une bonne quinte de toux, elle rouvrit ses poumons, puis elle fouilla les environs du regard.

Aamon resurgit tout près et secoua ses oreilles trempées. Jace et Frell pataugeaient déjà vers le rivage embrumé. Non loin de là, Kanthe faisait du surplace. Une fois rassuré de l'apercevoir, il agita le bras vers la forêt et se mit à nager derrière les autres.

Nyx s'arma de courage et se dirigea vers la rive.

Aamon, qui avait réglé son allure sur la sienne, fendait doucement les eaux, le regard droit devant lui mais une oreille tournée vers le clapotis émis par l'adolescente. Elle se rappela la consigne de Graylin. *Protège-la*. À l'évidence, le vargr était déterminé à honorer la demande de son maître.

Les bottes dégoulinantes de Nyx touchèrent enfin le sable. Elle émergea enfin du lac. Au même moment, l'*Épervier* rallia la berge opposée et disparut dans les nuages.

Un faible grondement donna l'alerte.

Et aussi un cri de Kanthe :

— Foncez dans les bois !

Vite, Nyx rejoignit le brouillard et serpenta tant bien que mal entre les branches basses. Les autres l'imitèrent. Juste à temps.

Au loin à droite, une silhouette massive survola la canopée. Son ombre s'étalait au-dessus des eaux scintillantes. La proue d'un vaisseau émergea du manteau nuageux, ainsi qu'un énorme ballon.

Le guerroyer…

Nyx sentit une main lui attraper l'épaule.

— Continuez d'avancer, l'exhorta Kanthe. Il n'est pas question de nous faire repérer par leurs longoscopes s'ils décident d'épier la rive.

Elle allait repartir quand de lointaines explosions retentirent des forêts opaques de l'autre côté du lac. Des gerbes orangées étincelèrent, puis s'éteignirent, tels d'éphémères papiflammes au-dessus d'un marais obscur.

Kanthe aussi en fut témoin.

— Ce salaud de Haddan…

Il avait eu raison de craindre une embuscade.

Par son grognement, Aamon fit écho au propre mélange de colère et d'inquiétude de Nyx.

Elle avait peur pour les autres, restés dans le voilurier, mais aussi pour son groupe.

Le spectre menaçant grandit au-dessus de l'eau.

Leur subterfuge allait-il tromper l'ennemi ?

* * *

Mikaen montra, par les fenêtres en saillie du *Tytan*, les panaches de flammes alchimiques qui s'élevaient au bout du lac. L'excitation de la traque mettait son cœur en émoi. Sa vision n'était plus qu'un point rivé à sa cible.

— Emmenez-nous là-bas !

Dans le gaillard d'avant, le panorama était imprenable sur l'éclat aveuglant de l'Heilsa. Les membres d'équipage, dix de chaque côté, manipulaient une ribambelle d'outils de pilotage. On actionnait des roues, on tirait des leviers et on braillait des ordres à l'intérieur de tuyaux en bronze. Deux hommes postés à bâbord et à tribord scrutaient le lac, le ciel et la forêt au longoscope.

Derrière Mikaen, une grande carte punaisée à une table ronde représentait en détail la région d'Ennuage et la ville en contrebas. Du moins, tout ce qu'on connaissait de ces hauts plateaux noyés sous la brume. Les lignes à l'encre bleue ou rouge qui s'y entrecroisaient planifiaient des stratégies et quadrillaient le périmètre de recherche.

Mikaen, qui ne s'intéressait guère à ces subtilités-là, se rapprocha de Haddan. Près du pilote, le seigneur général regardait par les hautes fenêtres, impassible, les mains croisées dans le dos.

Le jeune prince, au contraire, ne tenait pas en place. Il cherchait les éclairs de flamme dans les brumes du lac. Il aurait juré sentir les effluves alchimiques de la tempête de feu, mais ce n'était probablement que les propres vapeurs des forges du *Tytan*. On les entendait rugir à travers la coque. Des tourbillons de fumée apparurent. Le guerroyer sembla ralentir et même dévier vers l'est.

— Pourquoi nous éloigner ? Nous devrions plutôt les pourchasser. Leur remettre la main dessus, à ces salopards.

— Non, refusa Haddan.

— Ils sont pris au piège ! s'insurgea Mikaen. Notre *Tytan* ne ferait qu'une bouchée de leur véloce.

Le chef de l'expédition n'observait pas la lointaine tempête de feu, mais les eaux juste en bas.

— Nous ne sommes même pas certains que votre frère ou les autres soient à bord.

— Alors, pourquoi se sont-ils sauvés en nous voyant ?

— Bah ! Havrechand est une plaque tournante essentielle du commerce. Tout ce qui s'y échange n'est pas forcément très légal. Les occupants de ce navire ont peut-être eu peur de se faire arraisonner et fouiller.

— Quand bien même, ne vaudrait-il pas mieux éliminer tout risque de les voir nous filer entre les doigts ?

— Ne vous inquiétez pas. Ma flotte de chassquifs va prendre l'affaire en main. Je crois néanmoins que vous avez raison, prince Mikaen. L'ennemi voyageait bien à bord du véloce.

— Dans ce cas, pourquoi est-ce que nous…

— J'ai dit : « *voyageait* à bord ».

Mikaen fronça les sourcils.

Haddan l'obligea à s'approcher de la fenêtre.

— Que voyez-vous en bas ?

— De l'eau. Le lac Heilsa.

— Si vous espérez devenir roi de guerre un jour, vous devez apprendre à déchiffrer les indices, tel un diseur de bonne aventure avec ses osselets. (Il lui colla le nez contre la vitre.) Regardez les ondulations à la surface. Elles s'écartent de chaque côté, comme si on avait donné un coup de couteau dans le lac.

Le front plissé, Mikaen comprit.

— Ou qu'il avait été tranché par la quille d'un véloce.

— Avant de remettre les gaz.

Haddan relâcha son étreinte.

Mikaen le foudroya du regard, mais sa fureur n'était pas dirigée contre lui.

— Vous pensez qu'ils ont largué quelque chose, ou quelqu'un, là-bas.

Kanthe...

Le général confirma d'un soupir.

— Même si nos proies ont bien vogué à bord du véloce, je crois à présent qu'elles rebroussent chemin vers Havrechand.

— Qu'allons-nous faire ?

— Nous en tenir au plan initial. Mes hommes postés de l'autre côté du lac vont abattre le vaisseau et soumettre les rescapés à interrogatoire. De notre côté, nous allons resserrer l'étau au sol. Une fois le *Tytan* à quai, nous débarquerons nos bataillons et passerons Havrechand au peigne fin en brûlant tout sur notre passage.

Mikaen se retourna un instant vers la carte annotée et reconnut la sagesse d'un tel entêtement stratégique. Il força son cœur à ralentir ses battements.

— Je vois qu'il me reste beaucoup à apprendre.

Haddan lui flanqua une tape sur l'épaule.

— Oh ! Vous êtes encore jeune, mais n'ayez crainte. Grâce à moi, vous allez devenir un vrai roi de guerre, assez malin et audacieux pour défier les dieux.

Mikaen se redressa, acceptant cette vérité-là – et une autre.

Il faut d'abord que je débarrasse la Couronne de mon frère, d'une sœur bâtarde et de ce foutu chevalier.

* * *

Accroupi à la barre de la chaloupe, Graylin rasait à vive allure les berges de l'Heilsa. Il restait tapi dans la brume et, pour s'orienter, il se servait des eaux éclatantes qui, à droite, transperçaient l'épais manteau blanchâtre.

Un peu plus tôt, il s'était éjecté de l'*Épervier* dès que le véloce avait pénétré le brouillard qui enveloppait l'autre rive du lac. Darant avait ensuite bifurqué vers l'est, ce qui avait permis au chevalier de prendre discrètement la direction opposée.

Les forges du véloce avaient fonctionné à plein régime pour créer d'éblouissantes spirales de carburéclair. Objectif : duper les loups qui avaient suivi son sillage enflammé, afin de laisser Graylin s'éclipser en douce. Une fois hors de danger, le chevalier avait poussé à fond le moteur de son canot – conçu spécialement par Darant avec des réservoirs de carburéclair plus gros que la moyenne pour attaquer les grands voiliers – et suivi le rivage occidental de l'Heilsa.

Il atteignit enfin le chemin de désolation tracé par le guerroyer. Décidé à le rattraper, il changea de cap. En même temps, il se sentait comme du menu fretin lancé à l'assaut d'un squale impitoyable.

Grâce aux pédales, il pouvait doser l'alimentation en carburant des forges bâbord et tribord afin de piloter son engin au mieux, des brumes fraîches aux colonnes de fumée brûlantes. Il n'allumait ses fourneaux qu'au moment de survoler le sillage grisâtre du guerroyer. L'agitation au sol masquait les flammes minuscules de sa chaloupe. À chaque gerbe de feu, il gagnait en puissance, de sorte qu'en se réinsérant dans le brouillard, il put éteindre ses feux et traverser sans bruit la couche nuageuse.

Peu à peu, il rattrapa son retard sur son immense cible. Sa chaloupe était une flèche résolument lancée vers le guerroyer. Derrière lui, la cale était bordée de deux rangées de tonneaux, tous alignés le long d'une rampe inclinée et graissée. La pente était orientée vers la poupe béante. Les barils remplis de produits alchimiques étaient retenus par des cordages. Les genoux de Graylin cognaient dans les manettes qui, de chaque côté, les détacheraient et déclencheraient son attaque en règle sur ce qu'il survolait.

Enfin, je dois d'abord rejoindre ce putain de ballon.

Darant l'avait mis en garde contre le probable échec d'un tel assaut. Il avait même proposé d'envoyer un de ses hommes, un brigand qui, selon lui, était bien plus qualifié.

Graylin avait refusé.

Il faut que ce soit moi.

Il ne sacrifierait personne d'autre pour solder sa dette envers la fille de Marayn. Il se cramponna à la barre. Kalder était resté avec le pirate, donc, en cas d'échec, il aurait au moins respecté sa parole donnée à Darant.

Plus que tout, c'étaient les mots qu'il avait dits à Nyx qui restaient gravés dans sa mémoire, aussi flamboyants que le chemin qu'il suivait. *Il y a longtemps, je vous ai abandonnées, ta mère et toi, dans l'espoir fou d'éloigner les légions du roi. Cette fois-ci, je ne te ferai pas défaut.*

— Hors de question, jura-t-il à voix haute.

Il continua vers l'est, sur la rive septentrionale de l'Heilsa. Alternant entre courants de fumée et brouillard, il veillait à conserver l'éclat du lac sur sa droite.

Le sillage enflammé finit par s'éteindre, signe que sa cible s'était déportée au-dessus du plan d'eau.

Graylin ne ralentit pas. Il fonça jusqu'à ce que la lumière vive à droite fût éclipsée par une ombre funeste.

Le guerroyer...

Le chevalier vira de bord pour le rejoindre. Il avait ses bottes à quelques centimètres des pédales de carburéclair, mais il se retint d'appuyer. Il attendrait la dernière seconde, car il ne pouvait pas risquer de révéler sa présence trop tôt.

Ses précautions ne lui furent, hélas, d'aucune utilité.

Tout là-haut à gauche, une ombre sinistre déchira les nuages.

À son tour, la petite chaloupe de Graylin bondit hors du brouillard et survola le lac ensoleillé. Le guerroyer le dominait de toute sa stature. Un canon fumait à bâbord. D'autres crachaient des flammes.

Graylin prit conscience de plusieurs choses à la fois. Il était ressorti trop tôt de la couverture nuageuse et, si le canot avait émergé à la même hauteur que l'énorme quille du guerroyer, c'était sa faible altitude qui lui permettait, pour l'instant, d'être épargné : les boulets de canon fusaient par-dessus et allaient s'enfoncer dans la forêt.

Il écrasa les deux pédales. Le feu, jailli de la poupe, le propulsa vers l'avant. Graylin tira sur la barre pour redresser le nez de son embarcation. Il fut plaqué contre le dossier du siège mais garda les pieds sur les pédales, sans jamais relâcher la pression.

La chaloupe se faufila derrière la première canonnade.

Sans laisser aux légionnaires le temps de recharger leurs armes et de viser juste, il fonça à l'assaut du guerroyer qui, peu à peu, se rapprochait. La coque était hérissée d'une interminable série de canons. À peine avait-il dépassé les hautes rambardes que des hommes traversèrent le pont intermédiaire à toutes jambes.

Penché sur sa barre, Graylin tendit le cou vers le ciel. Il devait encore grimper au-dessus du ballon, ascension vertigineuse et a priori impossible. Il retint son souffle et pria pour avoir assez de carburéclair dans ses cuves.

Les canons étaient, malgré tout, l'élément le plus modeste de l'arsenal du guerroyer.

Des lances enflammées, tirées depuis la ligne de balistes, fendirent l'air autour de lui. Des traînées de fumée zébrèrent le ciel.

Graylin accusa le coup, sans pour autant ralentir.

Il implora tous les dieux de lui accorder leur salut.

Il n'en fut pas jugé digne.

Un javelot en feu fusa près du hublot. La chaloupe fut violemment ébranlée au moment où son ballon fut touché, puis un terrible effet de souffle la fit tournicoter dans les airs.

Tandis qu'il dégringolait en piqué, Graylin combattit le mouvement de spirale infernale en relâchant une pédale et en enfonçant sa voisine. Les forges s'éteignirent donc d'un côté et repartirent de l'autre. Dehors, le ballon du guerroyer s'élevait près de lui, pendant que sa chaloupe à lui chutait à une vitesse étourdissante.

Il serra les dents.

Avant de mourir, je veux causer un maximum de dégâts.

Il dirigea son embarcation trépidante vers le pont découvert qui lui fonçait droit dessus, puis écrasa les deux pédales pour allumer les réservoirs ensemble.

Ce regain de puissance l'emmena vers le pont intermédiaire, son ballon en lambeaux derrière lui.

Des hommes s'affairaient de part et d'autre du pont.

La proue de sa chaloupe se fracassa à bâbord, entre deux énormes balistes. La quille dérapa sur le pont, faisant tournoyer le canot comme un caillou plat sur une mer d'huile.

Graylin se cramponna à la barre pour garder l'équilibre.

Soudain, dans un fracas tonitruant, la chaloupe en perdition heurta de côté un gros câble à tribord. Elle fut stoppée net et tranchée en deux. La force de l'impact éjecta le chevalier de son siège. Sa tête percuta violemment la coque. Il tenta de se relever mais, pris de vertiges, il dut poser un genou à terre.

Des hommes se ruèrent vers lui en rangs serrés.

Il dégaina son épée, résolu à se battre jusqu'à son dernier souffle.

Pour Nyx...

Il brandit la longue lame argentée d'Épinacœur… et vit le monde tourner autour de lui. Ses jambes flageolèrent. Il tendit son épée et assena un coup sec. C'était tout ce dont il était encore capable. Il espéra que cela suffirait. Après quoi, il s'effondra en arrière sur son siège. Il essaya de se redresser, mais les ténèbres l'engloutirent.

CHAPITRE 44

Arrivé aux portes de la cité, Kanthe continua d'entraîner ses camarades dans le chaos affolé de Havrechand. Les carrioles dévalaient les rues avec fracas. À grands coups de fouet, des hommes à cheval écartaient les passants de leur chemin. Souvent, les malheureux étaient de simples habitants portant leur vie entière sur le dos. Et ils étaient infiniment plus nombreux à se terrer derrière leurs volets clos.

Les cloches, qui sonnaient à toute volée, couvraient le tapage des cris et des mugissements.

Le groupe aurait eu bien du mal à se frayer un passage dans cette marée humaine sans l'énorme bête mouillée qui marchait à leur tête. Le poil hérissé d'Aamon formait une crête frémissante le long de son échine. Son museau était tordu par un grognement permanent, qui dévoilait des crocs étincelants. Devant la menace de ses babines retroussées, les eaux s'ouvraient et ils pouvaient ainsi traverser la ville sans encombre.

Jace posa à voix haute une question qui les hantait tous.

— Où allons-nous ?

— Il faudrait vite en décider, déclara Frell. Au moins, maintenant, nous sommes à l'abri dans les entrailles de la ville.

Kanthe le toisa d'un air réprobateur.

— On est encore loin d'être en sécurité.

Tous avaient entendu le vacarme assourdissant des coups de canon, quelques minutes auparavant. Ils ignoraient ce que cela présageait, mais le bombardement les avait aiguillonnés de plus belle. De lointains incendies luisaient à la ronde, sauf à l'est, vers les quais d'amarrage. La majeure partie de la population avait beau fuir là-bas, ce n'était franchement pas une solution sûre. La zone n'allait pas tarder à être investie par un des guerroyers, voire les deux.

— Donc, où allons-nous ? insista Jace.

Cramponné à sa hache, il ne quittait pas Nyx d'une semelle.

Lassé de courir sans but, Kanthe ahana :

— Par là.

Il laissa la foule les dépasser et leur enjoignit d'aller se blottir sous l'auvent d'une échoppe abandonnée.

Pendant qu'Aamon montait la garde, le prince exposa la situation.

— Connaissant Haddan, je parie qu'une fois Havrechand bouclée, ses légionnaires la fouilleront méthodiquement, quartier par quartier, en brûlant tout derrière eux pour être certains de n'avoir rien oublié. S'ils ne nous ont toujours pas retrouvés, ils passeront ensuite les cendres au crible… Allons au Rameau d'Or.

— L'auberge ? s'étonna Frell. Votre choix me paraît risqué. La dernière fois, j'ai acheté leur silence mais, avec une ville à feu et à sang, je crains fort que ma largesse ne suffise pas.

Kanthe s'empressa de développer ses arguments.

— Il n'est pas question d'y louer une chambre. Nous allons nous faufiler en douce et rejoindre directement les caves à vin.

— Les caves à vin ? répéta Jace, intrigué.

— Je les ai explorées hier soir, pendant que vous mettiez de longues heures à échafauder vos plans. Plans qui ont manifestement échoué. À quel autre endroit cet ivrogne de Roubignolles de Hautmont aurait-il pu aller pour passer la nuit ?

Flairant le loup, son mentor fronça les sourcils.

En vérité, Kanthe n'était pas descendu se délecter de bouteilles poussiéreuses. Il avait cherché une solution de repli en cas d'attaque de l'auberge. Depuis leurs nombreuses péripéties, il voyait le danger partout. C'étaient ses craintes qui l'avaient poussé à rester sobre et l'avaient empêché de fermer l'œil.

— Les caves sont enfouies sous les racines de l'arbre géant qui abrite l'établissement. Un vrai labyrinthe ! Non seulement elles plongent très profond, ce qui nous protégera des multiples brasiers en surface, mais il existe une bonne vingtaine d'itinéraires possibles. Contre trois pinches de cuivre, un jeune domestique m'a montré deux issues et m'en a indiqué plusieurs autres.

— C'est donc là que nous irons tous, approuva Frell.

Il n'avait pas tourné les talons que Kanthe l'empoigna.

— En plus, elles sont bel et bien remplies de vin, ces caves. Au cas où il faudrait envisager le pire, nous serons bien contents de pouvoir nous soûler comme des vaches.

L'alchimiste se libéra d'un air exaspéré et le repoussa vers la clameur de la foule.

— Allons-y.

Ils se remirent en route. À peine s'arrêtaient-ils parfois pour demander leur chemin à un passant. Tout affolés qu'ils étaient, face à l'impressionnant Aamon, les habitants se montraient très coopératifs.

L'enseigne brillante du Rameau d'Or apparut enfin. A priori, rien n'avait changé. Plusieurs fenêtres du tronc géant s'étaient éteintes, mais les immenses portes de la salle principale restaient ouvertes. Une musique enjouée s'en échappait, en même temps que les habituels cris et éclats de rire.

Quoique, selon l'oreille experte de Kanthe, ils semblaient beaucoup plus alcoolisés, certains appliquant déjà à la lettre sa précédente recommandation. *Se soûler comme une vache pendant que le monde brûlait.*

Tandis qu'il menait vaillamment son groupe vers les clients ivres, un grondement résonna derrière lui.

Il se retourna et vit Nyx fixer avec obstination les brouillards enfumés de la ville. Elle avait la main posée sur le flanc d'Aamon, qui tremblait d'inquiétude. Les yeux étroits et la pointe des oreilles du vargr étaient rivés dans la même direction.

La jeune fille pencha la tête, comme si elle écoutait une chanson qu'elle était la seule à entendre.

Jace s'approcha.

— Qu'est-ce qui ne va pas ?

Sans le regarder, elle répondit :

— Quelque chose arrive.

* * *

Graylin se réveilla dans un monde de cris et d'explosions qui faillirent le renvoyer dans les limbes de l'inconscience. Il lutta pour ne pas s'évanouir à nouveau. Chaque battement de cœur lui vrillait le crâne. Il tenta de se ressaisir, mais il avait toujours l'impression de regarder l'univers du fond d'un puits. De terribles bourdonnements d'oreilles lui assourdissaient les bruits.

Graylin agrippa le dossier du siège et se redressa. Par miracle, il n'avait pas lâché son épée. Il serra Épinacœur contre lui et comprit enfin pourquoi il était encore en vie, encore libre.

Avant de perdre conscience quelques instants plus tôt, il avait accompli le seul acte dont il était capable. Il avait tranché la corde qui maintenait la plus proche rangée de fûts sur son rayonnage incliné. Les barriques remplies de produits alchimiques inflammables avaient dévalé la rampe, chaque détonateur s'allumant dès qu'il frôlait un briquet à silex fixé au bout de la passerelle.

Un tonneau muni d'un fil déclencheur plus long explosa dans un panache ardent et fracassa le plancher. Le pont était déjà semé de flaques d'huile en feu. L'embarcation était envahie d'une fumée noire, prise au piège sous le gros ballon à gaz. Des matelots combattaient l'incendie avec des seaux de sable, pendant que les chevaliers en armure légère se rassemblaient pour attaquer la chaloupe en perdition.

Graylin savait qu'ils allaient bientôt charger. D'autant qu'ils avaient été rejoints par deux Margoulins immenses, armés de marteaux en fer massif.

Conscient qu'il n'avait pas intérêt à se faire piéger à l'intérieur du canot accidenté, il trancha la corde de sécurité de l'autre rangée de barriques. Pendant que les fûts dégringolaient et que leurs mèches s'allumaient une à une, il les suivit. Il planta juste sa dague au bout de la rampe, coinçant ainsi les trois derniers tonneaux, dont le premier avait déjà une étincelle au bout de son fil détonateur. Vite, il sauta hors de la chaloupe et s'engagea dans le sillage des barriques qui rebondissaient allègrement.

Les légionnaires s'enfuirent en poussant des cris d'alarme.

Manque de chance, les Gyn campèrent sur leurs positions et jouèrent du marteau pour envoyer les tonneaux par-dessus les rambardes. Ils s'élancèrent ensuite vers lui en rugissant de colère.

L'un d'eux fut heurté par le dernier baril, qui explosa sous le choc. Son corps gigantesque, couvert d'huile enflammée, fut projeté dans les airs.

L'autre Gyn arriva jusqu'à Graylin et voulut le frapper. Ce dernier, qui avait anticipé l'assaut, se baissa pour esquiver le coup. Il fit volte-face… et se retrouva face à une dizaine de soldats, épée au poing.

Il pila pour éviter de se faire embrocher.

Privés d'une mise à mort facile, ses adversaires lui sautèrent à la gorge. D'une pirouette, Graylin se déroba, tout en égrenant un compte à rebours dans sa tête. Lorsqu'il arriva à zéro, il bondit de côté et s'aplatit sur le pont.

Décontenancés, les chevaliers s'étaient arrêtés. Soudain, les trois derniers fûts explosèrent et la déflagration ébranla l'ensemble du guerroyer. Le pont tressauta. Les hommes décollèrent du plancher. Quant au canot, il éclata en mille morceaux enflammés qui s'enfoncèrent dans le ballon.

Graylin, qui connaissait la résistance du cuir utilisé pour les ballons de guerroyers, savait que les fragments, même acérés, ne causeraient pas de dégâts. L'explosion créa néanmoins un large périmètre de sécurité autour de lui. Les légionnaires hurlaient, certains en feu, d'autres le corps truffé d'éclats ou transpercés de part en part.

Graylin sentait des picotements douloureux à l'arrière des cuisses et des épaules, mais il réussit à se relever, prêt à foncer vers une des portes béantes qui menaient dans les entrailles du grand vaisseau. Il espérait s'y cacher et provoquer peut-être d'autres dommages.

Si la première ouverture donnait sur le gaillard d'avant, des portes encore plus imposantes pivotèrent juste à côté. D'autres chevaliers surgirent. Parmi eux trottait un étalon, harnaché de noir et monté par un homme armé d'une lance.

Graylin le reconnut malgré le heaume qui dissimulait son visage.

Haddan sy Marc.

À l'époque de son bannissement, le seigneur général n'était encore que simple commandant, mais il l'avait traité avec une implacable cruauté. C'était Haddan qui lui avait cassé le bras pendant le châtiment des baguettes. La plupart de ses camarades, apitoyés, s'étaient contentés de le fouetter, de lui donner un coup ou de l'entailler lorsqu'il était passé devant eux. Haddan avait carrément pris un marteau pour lui briser l'avant-bras et réduire les os en miettes.

L'odieux personnage avait, à présent, des intentions bien pires. D'un bon coup d'éperon, il lança sa monture au galop, le dard dirigé vers Graylin. Les chevaliers se massèrent derrière lui pour l'empêcher de battre en retraite.

Alors, soit.

Il brandit Épinacœur et se mit en position d'assaut.

Soudain, le guerroyer fut secoué par une série d'explosions dans le ciel. Tout le monde, y compris Graylin, fut projeté au sol. Resté seul debout, l'étalon se cabra, effectua quelques pas de danse et retomba violemment avec son cavalier toujours cramponné à sa lance.

Graylin s'accroupit et leva les yeux en se demandant si les débris enflammés de la chaloupe n'avaient pas fini par transpercer et incendier le solide ballon à gaz. La partie inférieure paraissait pourtant intacte. Plus haut, le ciel était encombré de tourbillons de fumée et des flammes s'échappaient du sommet de l'aérostat.

Un énorme tonneau hérissé de pointes métalliques rebondit sur le flanc du ballon. Il parvint à l'emboutir avec une force telle qu'il s'y enfonça avant d'exploser dans un panache de flammes et de percer le revêtement. La puissance du souffle secoua tout le guerroyer et ballota l'énorme nacelle fixée dessous.

Graylin tenta de garder l'équilibre et d'atteindre la rambarde.

Un rugissement aux lèvres, Haddan fit galoper son étalon sur le pont vacillant. Il refusait de perdre sa cible de vue et avait la ferme intention de l'embrocher d'un coup de lance.

Au lieu de lutter contre la déclivité de plus en plus forte du pont, Graylin se retourna et se laissa glisser. Il lui restait un espoir. Une ombre émergea de la fumée au-dessus du ballon en feu. C'était la partie inférieure d'un vaisseau plus fuselé.

L'*Épervier*.

Une échelle de corde dégringola d'une trappe. Elle se déroula le long du ballon et oscilla dans le vide, dès lors que le véloce eut dépassé le ballon à gaz. L'*Épervier* bifurqua et descendit un peu, de manière à approcher le bas de l'échelle.

Graylin se rua à bâbord, alors que le guerroyer commençait à s'incliner en sens inverse. Derrière lui, le fracas des sabots devint assourdissant. À tout instant, la pointe d'une lance risquait de lui transpercer le dos.

Parvenu par miracle sain et sauf devant la rangée de balistes abandonnées, il bondit entre deux d'entre elles et s'élança vers le garde-corps. Du haut de son perchoir, il plongea la tête la première pour attraper l'échelle de corde. Épinacœur serrée dans une main, il tendit l'autre bras.

Très vite, il s'aperçut qu'il serait un peu court. Par chance, Darant, qui devait douter de la puissance musculaire du chevalier, avait avancé l'*Épervier* afin que l'échelle fût plus proche de lui.

La corde le heurta au visage.

Il parvint à enrouler son bras libre autour du premier barreau et s'accrocha de justesse. Non sans mal, il rengaina son épée et sécurisa sa prise avec l'autre main. De son côté, l'*Épervier* regagna les nuages. L'échelle balançait violemment, comme si elle voulait déloger son passager, mais il l'agrippa de toutes ses forces et leva les yeux vers la quille du véloce.

Comment se fait-il qu'il soit ici ?

Des boules de feu étincelaient vers le lac. Graylin se rappela le discours de Darant sur le talent de ses brigands. L'autre chassquif de l'*Épervier* devait fendre le ciel opaque en haranguant l'ennemi. Son équipage, quel qu'il fût, incitait la meute de loups à le suivre, ce qui avait permis à Darant de contourner subrepticement le lac pour approcher sa cible par-derrière. Une fois sur place, le pirate avait profité de la collision de sa chaloupe pour foncer dessus.

Le guerroyer gîtait dangereusement au-dessus du lac. Graylin distingua la silhouette noire d'un étalon qui dansait furieusement sur le pont. Plus haut, une bonne partie de la structure gonflable se flétrissait et fumait. Le reste semblait tenir bon. Les ballons des guerroyers étant compartimentés par des cloisons pare-feu, il faudrait plus que le déluge de bombes d'un seul véloce, même muni des serres acérées de l'*Épervier*, pour en abattre un.

Enfin, le mal était fait.

Avant d'être englouti par les nuages, Graylin vit l'énorme embarcation dériver cahin-caha vers Havrechand. Elle continuait de perdre de l'altitude. Pour atteindre les quais, elle allait devoir être remorquée au ras des arbres, ce qui l'abîmerait encore davantage.

Cela suffira-t-il néanmoins ? Nyx et les autres auront-ils le temps de se cacher quelque part ?

Avec un guerroyer en piteux état échoué dans son port, la légion aurait-elle plus de mal à incendier la ville ?

Soudain, une sirène retentit. Elle émanait du navire en perdition, qui appelait son frère jumeau.

Malgré leur maigre victoire, Graylin dut accepter une vérité désolante : *Notre stratagème ne fonctionnera pas deux fois.*

PARTIE XIV

LES MURMURES DES DIEUX ANCESTRAUX

Concernant les dyeux des Kethra'kai, il n'en existe que quatre, chacun figurant les quatre dimansions de la natur, les quatre racynes du Vieux Mast. Il y a le spectral Vyndur, qui commande aux nuages, aux vens & aux cimes aériennes. Puis la mercurielle Vhatn, de la pluie, des cours d'eau & des lacs. Et l'opulant Jarðvegur, chargé de la terre fertile, du paillis & des rochers. Enfin, la tempestueuse Eldyr, à la fois flame accueillante du foïer & enfer des ruines en feu. Or là, qu'au-dessous des quatre cités, bien plus loin que la plus longue des racynes du Vieux Mast, dorment leurs dyeux ancestraux – dont les Kethra'kai n'osent pronnoncer le nom, de crinte de les réveiller.

— Extrait de *Sous le joug des dyeux & la colère des démons* de Krass hy Mendl

CHAPITRE 45

Après deux jours de fouilles infructueuses dans les bois d'Ennuage, Rhaif était de mauvaise humeur, avachi à l'arrière de la carriole. La voiture qu'ils avaient louée était conduite par un guide kethra'kai et tirée par deux irascibles mules musquées. Assis face à lui, Pratik contemplait les forêts embrumées qui s'étalaient à perte de vue.

À chaque lieue qui passait, Rhaif sentait sa bourse s'alléger, en même temps que s'amenuisaient les espoirs de retrouver Shiya. Pour la millième fois, il la revit plonger à l'arrière de la chaloupe et disparaître dans les nuages, sa trajectoire marquée par le craquement des branches et le tintement du bronze.

Le groupe avait ensuite atterri à Havrechand, dégonflé son ballon et acheté, d'une pièce d'or, le silence de l'officier de port. Il leur avait fallu presque tout le reste de leurs économies – même avec la participation de Llyra – pour affréter leur carriole et recruter deux éclaireurs kethra'kai supplémentaires.

Les indigènes à la chevelure dorée – issus du même peuple que sa mère – montaient à cru des chevaux au pelage lustré. Llyra les accompagnait sur une fougueuse jument. Un peu plus tôt, Rhaif l'avait interrogée sur son obstination à poursuivre la traque. Sa réponse avait été très sibylline : *J'ai lié ma destinée à la vôtre. Je ne peux plus faire marche arrière.*

Enfin, tous seraient peut-être bientôt obligés de rebrousser chemin.

Il leur restait un à deux jours pour remettre la main sur Shiya. Après quoi, ils seraient à court d'argent. Alors, probablement que les éclaireurs se volatiliseraient dans les bois ainsi que le guide et ses saletés de mules musquées.

— Pff ! Vous croyez que ces salopiauds auraient accordé un rabais à quelqu'un de leur sang !

Pratik pivota vers lui.

— Les Kethra'kai sont notre meilleure chance de retrouver la piste de Shiya.

— Si tant est qu'il existe une piste. Dans sa chute, la statue a peut-être subi des dommages irrémédiables. Ou elle s'est brisée en percutant le sol.

— Ah, possible ! Voilà pourquoi j'ai proposé de louer une carriole. Au cas où Shiya serait abîmée, nous en aurons besoin pour la rapatrier à Havrechand.

S'il portait toujours son habit princier de négociant imri, le Chaaen avait ôté son manteau, et ses soieries étaient souillées par leurs dures journées de marche. Un plan posé sur les genoux, il utilisait une boussole pour suivre leur progression.

Puisqu'ils n'avaient qu'une vague idée de l'endroit où Shiya était tombée, quelque part à l'est de l'Eitur, ils avaient des centaines de lieues à parcourir. Au fil du trajet, leurs éclaireurs débusquaient parfois d'autres

Kethra'kai, auxquels ils demandaient s'ils avaient vu une femme en bronze marcher ou boitiller en pleine forêt. Vu l'incongruité de la vision, l'information se serait forcément répandue comme une traînée de poudre.

Or, personne n'avait rien signalé.

En l'absence d'indices, il fallait donc élargir le périmètre des recherches au-delà de la rive orientale de l'Eitur. À cet instant précis, Rhaif aurait quand même juré qu'on les faisait tourner en rond et que chaque passage les délestait juste un peu plus de leur maigre pécule.

Il toisa Pratik d'un air sévère et lui rappela son hypothèse à bord de la chaloupe.

— Crois-tu toujours que Shiya veut rejoindre les Suaires de Dalalæða ?

Le Chaaen eut encore un de ses satanés haussements d'épaules.

— Je ne peux que le supposer. Sur le *Poney volant*, j'ai noté qu'elle avait entamé son lent pivot de l'ouest vers l'est pendant le survol des Suaires. Et, au-dessus de l'Eitur, nous avons orienté l'arrière de notre canot vers ces mêmes falaises en vue d'atteindre Havrechand. Elle n'a sans doute pas supporté de s'en approcher si près pour ensuite se rééloigner et a agi sur un coup de tête.

— Sauter d'une embarcation en mouvement, oui, on peut dire que c'est un *coup de tête*.

— Si, à l'atterrissage, elle était physiquement en mesure d'avancer, je me dois de présumer qu'elle a poursuivi son idée. D'un autre côté, n'oublions pas que, même intacte, elle tire son énergie du soleil. (Il contempla la canopée embrumée.) Il n'y a peut-être pas assez de lumière ici pour l'alimenter.

Rhaif l'imagina clouée sur place, telle une nouvelle statue qui ornerait la forêt, accueillant les nids d'oiseaux et se couvrant progressivement de lichen et de mousse. En plus de sa frustration, une crainte glacée l'envahit. Aussitôt, il fut gêné d'éprouver pareils sentiments. Shiya n'était pas un être de chair et de sang. Toutefois, il ne pouvait pas s'empêcher de se tracasser pour elle.

Quel sortilège m'a-t-elle jeté ?

Il se focalisa sur Pratik.

— Si tu as raison, pourquoi souhaiterait-elle rejoindre les Suaires ? Là-haut, il n'y a rien d'autre que des bêtes sauvages, des jungles impénétrables et de noires tempêtes. Même les Kethra'kai ne s'aventurent pas jusqu'à cette région hantée.

— Pas exactement. Ils y montent une seule fois dans leur vie, à l'occasion d'un rituel d'initiation. Le *Pethryn Tol* – « cœur attentif » en langue des Anciens – est un voyage qui marque leur entrée dans l'âge adulte. Les jeunes Kethra'kai grimpent en haut de Dalalæða et y passent la journée entière. Ils doivent en rapporter une pierre.

Pratik hocha la tête vers la cordelette en cuir qui pendait au cou de leur guide.

— Ils sont nombreux à ne pas revenir. Ceux qui y parviennent sont considérés comme élus des dieux ancestraux et intègrent ainsi la tribu.

Rhaif insista.

— Si les seules choses de valeur là-haut sont quelques cailloux de-ci de-là, qu'est-ce qui pousserait Shiya à s'y rendre ?

— Peut-être les cailloux justement.

— Les cailloux ? ricana Rhaif. Sérieux ?

Le Chaaen se tourna vers l'est.

— Je ne peux qu'émettre des conjectures…

— Des conjectures sur quoi ? Où penses-tu qu'elle puisse vouloir aller ?

Pratik afficha un regard soucieux.

— Au sommet des Suaires trône un sombre cromlech, ensemble de pierres levées qui, selon certains hiéromoines, serait aussi vieux que les dieux ancestraux eux-mêmes. Même les tout premiers textes klashéens n'en parlent pas. Alors, quant à deviner où notre étrange statue en bronze pourrait se rendre, il se pourrait fort bien qu'une énigme en ait attiré une autre.

Rhaif soupira.

— Si nous la retrouvons, nous n'aurons qu'à lui poser la question.

Il scruta la forêt alentour. Au gré d'un itinéraire connu uniquement des éclaireurs kethra'kai, ils traversaient un bosquet de peupliers blancs. Aucune ornière n'avait creusé le tapis de feuilles mortes. Aucun tas de cailloux ne servait de balise. Rhaif tenta d'y imaginer sa mère petite fille. Grâce à sa maîtrise de l'hypnochant, elle avait signé un contrat de travail de huit ans à Lenclume. C'était là-bas qu'elle avait rencontré le père de Rhaif. Ils étaient tombés amoureux et étaient morts ensemble, enlacés, lors d'une terrible épidémie de Pètefeu. À onze ans à peine, leur fils s'était retrouvé orphelin et jeté à la rue, où il avait trouvé un nouveau foyer, aussi impitoyable fût-il, au sein de la guilde.

La mère de Rhaif avait une chevelure flamboyante et la peau si pâle qu'elle ne bronzait jamais. Il avait du mal à se remémorer ses traits qui, au fil du temps, s'émoussaient inéluctablement. Ce qui l'avait marqué, en revanche, c'était quand elle s'asseyait à son chevet et qu'elle lui fredonnait de douces mélodies en lui caressant le front.

Il ferma les yeux, engourdi par le roulis de la carriole. À nouveau, il entendit s'égrener les notes d'une berceuse en kethra, souvenir solitaire du calme forestier face à la clameur tonitruante de Lenclume.

Tandis qu'il s'assoupissait, la vieille chanson parut s'aviver, comme polie par une autre. Il se réveilla en sursaut quand une botte frappa le montant de la voiture, près de sa tête.

— Debout ! mugit Llyra. Nous avons de la visite.

Rhaif se redressa au moment où le cocher pila. En face, un éclaireur discutait avec plusieurs individus au teint pâle qui avaient des arcs dans le dos ou qui s'appuyaient sur leur lance.

Un autre groupe de Kethra'kai.

— Ils savent quelque chose ? se renseigna Rhaif.

Llyra, qui avait continué de trotter, lança derrière elle :

— Espérons-le ! Sinon, nous pourrions être obligés de renoncer.

Il sauta à terre en gémissant et, avec Pratik, ils suivirent la piste piétinée par les chevaux des éclaireurs. La couche de feuilles comblait presque les empreintes de sabots.

Pas étonnant que nous n'ayons pas retrouvé la piste de Shiya. Ces bois semblent déterminés à dissimuler leurs secrets.

L'éclaireur baissa la tête devant quelqu'un et lui parla rapidement en kethra, trop vite pour permettre à un étranger de suivre la conversation. Rhaif observa les nouveaux arrivants. Un homme à la chevelure fauve et à la carrure imposante brandissait une boussole, qu'il faisait tourner lentement en rond. À le voir, il semblait plutôt s'amuser que prendre de réelles mesures.

Leur éclaireur fut entraîné à l'écart par une femme aux cheveux blancs qui s'approcha du groupe et de Rhaif. Ses yeux – l'un bleu, l'autre vert – le fixèrent avec sévérité. Elle avança à petits pas avec sa canne et s'arrêta devant lui. Lorsqu'il ouvrit la bouche pour parler, d'un geste, elle lui intima de se taire.

Interloqué, il eut un mouvement de recul.

Elle tendit le bras vers le front de Rhaif et, de ses doigts tièdes, écarta quelques mèches. À son contact résonna de nouveau la berceuse de sa mère, dont chaque note dansait avec éclat dans son crâne. Tout redevint silencieux quand la vieillarde baissa sa main décharnée. Au moment où les doigts s'éloignèrent, Rhaif sentit néanmoins quelque chose s'extraire de lui.

La main posée sur sa canne, elle le dévisagea longuement.

— *Dosh van Xan.*

— *Tall'yn hai.* (Il inclina respectueusement la nuque.) Merci de m'offrir votre nom.

— *Hai ral mai kra'mery'l whyshen.*

Rhaif cligna des paupières, persuadé d'avoir mal entendu ou mal compris : *Vous entrez en résonance avec les murmures des dieux ancestraux.*

Pratik se raidit et le toisa d'un air sévère, preuve qu'il maîtrisait mieux la langue kethra qu'il ne le laissait croire.

Du haut de sa monture, Llyra fronça les sourcils.

— Qu'a-t-elle dit ?

Rhaif balaya la question d'un revers de main.

— Rien d'important.

Xan tiqua face à son mensonge mais, le regard rivé à la forêt, elle s'exprima ensuite en hálendii.

— Vous et moi, nous cherchons le même chant porté par le vent. (Elle l'invita à la suivre.) Heureusement, nous touchons au but.

Sans pour autant crier victoire trop tôt, Rhaif se tourna vers Llyra.

— Il semble qu'elle ait trouvé la piste de Shiya.

La cheffe de la guilde la regarda rejoindre sa tribu kethra'kai.

— Elle a intérêt à…

Elle fut interrompue par un sinistre roulement de tonnerre. Rhaif scruta les brumes resplendissantes à l'ouest, mais aucun nuage n'assombrissait le ciel. Le tonnerre grondait pourtant obstinément au-dessus d'eux.

— Des bombes incendiaires, expliqua Llyra.

Le pouls de son ancien disciple s'emballa.

Pratik étudia l'aiguille en magnétite de sa boussole.

— En provenance de Havrechand.

Tous échangèrent un regard entendu, que la cheffe de la guilde traduisit à haute voix.

— Les forces royales savent que nous sommes ici.

— Elles viennent pour la chanteuse, confirma Xan. (Elle tourna les talons et ajouta une phrase sibylline en kethra.) *Du'a ta.*

— Grouillez-vous de remonter à bord, grogna Llyra.

Leur guide avait ramené les deux mules musquées. Rhaif et Pratik grimpèrent en marche et le convoi accéléra rapidement, tandis que les Kethra'kai s'élançaient vers la forêt. À pied, ils galopaient aussi vite que les chevaux de tête, au point que leur silhouette devenait presque spectrale. Un éclaireur hissa la doyenne, Xan, sur la croupe de sa monture. Elle lui chuchota à l'oreille et tendit sa canne vers l'avant.

Ils pressèrent encore la cadence.

La carriole rebondit et cliqueta derrière eux. Rhaif agrippa le dossier du siège pour ne pas tomber. Pratik l'imita mais, indifférent au paysage, il scrutait plutôt l'ancien bandit.

— Quoi ? aboya l'intéressé.

— Les mots de Xan. Les murmures des dieux ancestraux…

Rhaif haussa les épaules et faillit lâcher prise.

— J'ignore de quoi elle parle. Avec l'âge, elle n'a sans doute plus toute sa tête.

— Et sa dernière phrase au sujet d'une chanteuse traquée ? insista le Chaaen. *Du'a ta.*

Rhaif se rembrunit.

— Je te dis qu'elle divague, cette vieille folle.

Les mots n'avaient, en effet, aucun sens. *Du'a ta* signifiait « toutes les deux ». Il tâcha d'imaginer une autre Shiya. Impossible.

Le chemin devint plus rude et les cahots répétés mirent un terme aux conversations. Les branches basses leur fouettaient le visage, tant et si bien qu'il fallait se concentrer pour ne pas être éjecté du chariot.

Les mains cramponnées au siège, Rhaif sentait ses dents cliqueter. Soudain, un grommellement furieux s'éleva de la cime des arbres. Des dizaines de passereaux jaillirent des branches ou de leur nid suspendu. Ils fendaient le ciel dans un tourbillon mi-cuivré, mi-doré, voletant et fondant en piqué sur les intrus bruyants qui osaient arpenter leurs terres.

Ces oiseaux-là, il les connaissait. Il s'en était même inspiré pour baptiser une mystérieuse statue en bronze.

— Des shiya…, murmura-t-il.

D'un coup, la carriole ralentit, projetant violemment les deux hommes en avant. Le convoi tressauta, puis s'immobilisa. Quand le cliquetis assourdissant des roues se fut tu, le tonnerre retentit de nouveau, de plus en plus proche.

Rhaif se redressa. Plusieurs Kethra'kai s'étaient massés près d'un grand aulne. Les racines, couvertes de mousse, dépassaient d'un épais paillis de feuilles. Tandis qu'ils avançaient lentement en chuchotant de stupeur, Rhaif aperçut un éclat métallique enseveli au pied de l'arbre.

La gorge serrée, il sauta à terre. Llyra aussi était descendue de sa jument. Pratik derrière eux, ils se frayèrent tous trois un chemin entre les Kethra'kai.

Lorsque la vue se dégagea, Pratik agrippa Rhaif par le bras.

— Je suis désolé.

Une silhouette en bronze gisait sur le flanc, à moitié enfouie sous les feuilles. Des yeux vitreux le fixaient, sans vie. Une des jambes était tordue, son articulation totalement luxée.

Non, non, non…

Rhaif se précipita.

— Shiya…

Xan était déjà à genoux, les mains à quelques centimètres des cheveux de la statue.

Il leva les yeux au ciel, comme s'il implorait les dieux. En réalité, il inspectait la canopée, toute dorée de feuilles d'aulnes, qui s'évanouissait dans les nuages. Il imagina Shiya dégringolant au milieu, sauf qu'aucune branche ni aucune feuille ne semblait avoir été dérangée.

Le poids glacé sur son cœur se réchauffa un peu.

Elle n'est pas tombée ici.

Alors seulement, il discerna, dans la forêt, une trouée de buissons piétinés et de rameaux pliés. Shiya avait dû passer par là, s'accrocher à la végétation pour continuer d'avancer… et finir par succomber à ses blessures.

Sa boussole à la main, la mine sombre, Pratik s'approcha.

— Je me suis trompé. Elle ne se dirigeait pas vers les falaises des Suaires. Au contraire, elle voulait s'en éloigner.

— Pas étonnant que nous ne la trouvions pas, maugréa Llyra.

— Et où allait-elle ? demanda Rhaif.

Le Chaaen suivit du regard le chemin que Shiya paraissait avoir emprunté. Là-bas, le tonnerre grondait, accompagné d'éclairs. Chaque trait de foudre illuminait un brouillard aux reflets verdâtres.

— Elle essayait d'atteindre l'Eitur, comprit Pratik.

— Pourquoi ? s'étonna Llyra.

— Peut-être voulait-elle nous rejoindre, lâcha Rhaif, affligé d'imaginer la sculpture luttant pour le retrouver.

Pratik eut tôt fait de balayer son élan romantique.

— Grièvement blessée, elle devait être à bout de forces. Auquel cas, elle a sans doute cherché la chaleur du soleil pour raviver son feu intérieur.

Llyra toisa la statue abîmée d'un air courroucé.

— Et maintenant, elle nous a quittés à jamais.

— Non, objecta Xan, qui tenait toujours ses paumes au-dessus du bronze froid. Elle continue de chanter, aussi faiblement soit-il.

Malgré le regard vitreux et le corps disloqué de Shiya, la doyenne devait avoir raison. Sinon, comment les aurait-elle conduits jusque-là ? Rhaif sentit renaître une lueur d'espoir.

— Il faut vite la hisser dans votre carriole, conseilla Xan.

Tandis qu'il rechignait à la déplacer, une détonation fracassante attira leur attention vers le lac. Un panache de feu s'éleva brièvement, assez puissant pour les éblouir. La secousse ébranla feuilles et branches, au point d'en déchiqueter le brouillard.

Des eaux émeraude brillèrent un instant, puis la brèche se referma.

— Nous n'avons plus le temps, insista Xan.

En effet, le ciel avait noirci à l'ouest. Un énorme nuage d'orage quitta le lac empoisonné et les survola. Autour d'eux, la végétation fut plongée dans une semi-obscurité et ils sentirent un poids colossal s'abattre sur leurs épaules.

Sauf que ce n'était pas un nuage qui projetait une ombre aussi phénoménale.

— Un guerroyer…, murmura Llyra.

* * *

Wryth se précipita à la barre du *Pywll*.

— Arrêtez-vous !

Le commandant du vaisseau, robuste vyrllien répondant au nom de Brask hy Laar, le toisa d'un air hargneux.

— Pourquoi donc ? Nous avons reçu l'ordre de rejoindre l'autre rive du lac, puis de refermer notre partie du nœud coulant à hauteur des quais de Havrechand.

— Sauf instruction contraire, rappela fermement le Confesseur. Le seigneur général Haddan m'a donné toute latitude pour traquer une précieuse relique dérobée au royaume. Une arme d'une grande puissance.

Bien qu'exaspéré, Brask fit signe à son pilote d'obéir.

— Faites ce qu'il dit.

L'homme donna ses consignes au gaillard d'avant et, quelques secondes plus tard, les forges à carburéclair rugirent pour freiner.

— Comment espérez-vous trouver quoi que ce soit dans cet océan de brouillard ? demanda Brask.

Wryth brandit l'objet qu'il avait entre les mains.

— Grâce à ceci.

Au creux de ses paumes était lovée une boule en cristal. Skerren l'avait conçue exprès pour leur expédition et fabriquée dans l'Antre des Confesseurs. Le globe poli était rempli d'une huile lourde. De minuscules fragments de magnétite étaient suspendus à l'intérieur, chacun enroulé de fil de cuivre. Une version plus imposante du dispositif existait, enchâssée autour du buste en bronze de leur Antre. Chaque éclat de magnétite était sensible aux émanations produites par les objets sacrés.

Malheureusement, le petit instrument exigeait d'être tout proche de la source pour réagir. Durant le voyage, Wryth s'en était servi comme d'une boussole en quête d'un quelconque flux d'énergie. Ce n'était qu'à proximité des rives orientales de l'Eitur que certaines pierres avaient frémi dans l'huile, perturbées par des courants invisibles. Au fur et à mesure du trajet, elles avaient désigné l'est du lac, conformément aux calculs initiaux de Skerren.

Le cœur battant, Wryth serra la boule entre ses doigts.

Depuis peu, quelque chose avait changé. Les magnétites tournoyaient fébrilement sur place. Le Confesseur montra la sphère à Brask : les pierres enveloppées de cuivre s'étaient toutes disposées en cercle, à l'horizontale du sol.

— Je suivais une piste quand j'ai perdu le signal, mais regardez…

Wryth fit rouler le globe jusqu'à ajuster l'anneau de magnétites perpendiculairement à la forêt. Les fragments cessèrent de tourner et reprirent leur place initiale, tous pointés vers le bas. Le visage tatoué de rouge de Brask s'éclaira lentement. Le commandant du *Pywll* comprenait ce que cela signifiait.

— L'arme se trouve en dessous de nous.

— Il faut absolument la récupérer, confirma Wryth. Quitte à réduire cette forêt en cendres.

CHAPITRE 46

Rhaif pesta quand l'ombre du guerroyer s'immobilisa au-dessus d'eux. Il emmena Shiya vers la carriole en la tenant par un de ses bras raides. Au toucher, elle était d'un froid glacial. Comment pouvait-il y avoir encore un souffle de vie à l'intérieur ?

Pratik l'avait empoignée par l'autre bras et quatre Kethra'kai portaient son torse et ses jambes. Les sourcils froncés, le Chaaen contempla l'énorme masse noire du navire de guerre.

— D'une façon ou d'une autre, ils savent que Shiya est ici.

— Raison de plus pour la hisser sur la remorque, intervint Llyra, qui les escortait à cheval.

— S'ils nous ont pistés jusqu'ici, ils le pourront aussi quand nous déplacerons Shiya, objecta Pratik, peu enthousiaste.

— Nous n'avons pas le choix, grogna Rhaif.

Il redoutait à tout instant d'affronter un déluge de bombes incendiaires.

Ils arrivèrent néanmoins à la carriole et, au prix d'un effort soutenu, ils installèrent la sculpture à bord.

Au moment de grimper auprès d'elle, Rhaif se souvint du jour où un cadavre avait été traîné hors d'une ruelle à Lenclume. Le pauvre avait eu la gorge tranchée, mais ses membres, rigidifiés par la mort, semblaient encore vouloir se défendre contre son meurtrier.

La silhouette figée de Shiya lui inspira le même sentiment.

Xan monta avec l'aide d'un membre de la tribu, une certaine Dala. Trois autres femmes et elle la suivirent. Pratik fut le dernier à prendre place autour de la statue inerte.

Des cris et des sifflets fusèrent parmi les Kethra'kai, puis le groupe entier se mit en branle. Rhaif tressaillit en entendant le fracas métallique du convoi. Les guerroyers avaient l'ouïe extrêmement fine et il espéra de tout cœur que les bombardements avaient rendu sourd leur adversaire.

Comme si les dieux l'avaient entendu, des séries de détonations retentirent au sud, dans la direction qu'ils avaient prise. Compte tenu de leur écho saccadé, il ne s'agissait pas de bombes.

— Des coups de canon, s'inquiéta Pratik.

L'attaque augurait-elle la présence d'un autre guerroyer ?

Dans leur fuite à travers bois, ils suivirent la lueur verte de l'Eitur. Havrechand était la seule destination susceptible de leur offrir un abri.

Enfin, si un autre guerroyer ne croisait pas déjà là-bas.

Rhaif agita la main vers l'est.

— Il vaudrait mieux bifurquer vers le cœur de la forêt.

En silence, Xan se contenta de lever les paumes au-dessus du visage de Shiya.

Pratik, lui, s'opposa à la proposition du Guld'guhlien.

— Les bois ne seront pas une protection suffisante. Notre unique espoir est d'atteindre Havrechand et de l'enfouir en lieu sûr, où sa présence ne sera plus détectable. Si nous nous dépêchons, ils ne sauront peut-être même pas que nous avons filé là-bas.

Rhaif observa le ciel, sceptique. Ils n'avaient toujours pas échappé à l'ombre menaçante du guerroyer, qui paraissait faire route vers l'Eitur. Il l'imagina se poser et débarquer tout un bataillon de chasseurs. Bientôt, ses camarades et lui risquaient d'être poursuivis à la fois sur terre et depuis les airs.

Il contempla Shiya.

Et elle ?

Il savait que Pratik avait raison. Les occupants du guerroyer avaient trouvé un moyen de la pister, aussi sûrement que Xan avait conduit le groupe jusqu'au corps disloqué de Shiya.

Il jeta un coup d'œil à la doyenne, assise sur ses talons dans la carriole bringuebalante, comme si elle avait déjà renoncé. En réalité, Xan leva un bras. Les quatre autres femmes à bord l'imitèrent et, ensemble, elles se mirent à chanter. C'était une mélodie sans paroles, une espèce de poème lyrique sonore et polyphonique qui sortait des gorges, et que les lèvres façonnaient en quelque chose de plus majestueux encore.

Tandis que Rhaif écoutait, la fameuse berceuse de sa mère lui revint en tête, ravivée par le chant des Kethra'kai. Autour de lui, les femmes de la tribu posèrent leurs mains sur le corps de Shiya. À leur contact, le bronze sombre s'éclaira de reflets dorés et cuivrés. La magie, partie de leurs paumes, s'étendit sur la poitrine de la statue.

Elles semblaient avoir des rayons de soleil au bout des doigts, mais le pouvoir n'était pas tant dans leurs mains que dans leur chant, attisé par des voix assez fortes pour transpercer la peau en bronze, rallumer les forges glacées de Shiya et les ramener à la vie.

Xan attrapa fermement le poignet de Rhaif et amena sa main au centre des reflets tourbillonnants. Elle la posa entre les seins de Shiya, comme pour l'inviter à tâter un pouls qui, il le savait, n'existait pas.

Au moment où il effleura le bronze, les chants s'intensifièrent, moins dans ses oreilles que dans son âme. La berceuse de sa mère résonna de nouveau, fluctuant au gré de la mélodie principale. Soudain, quelque chose surgit. C'était un fil en bronze, chaud et doré, qui les reliait tous. La berceuse maternelle brillait assez pour que Rhaif pût suivre son fil à l'intérieur de Shiya et le dérouler jusque dans son propre cœur.

Il se rappela s'être demandé pourquoi il se sentait aussi proche de l'étrange femme en bronze. À Lenclume, il avait émis l'hypothèse qu'elle l'avait peut-être ensorcelé par une espèce d'hypnochant silencieux. Il comprenait à présent qu'il avait eu raison – et, en même temps, tort. Ce qui les reliait n'était pas un chant manipulatoire. C'était une mélodie forgée autant par son propre isolement et son désespoir que par la solitude et le sentiment de rejet qu'éprouvait Shiya. Ils avaient eu besoin l'un de l'autre et s'étaient trouvés. Il ne s'agissait pas d'un chant d'envoûtement mais d'une relation profonde – de deux esprits liés par le destin.

Des doigts tièdes se posèrent sur sa main et appuyèrent sa paume sur la poitrine de Shiya.

Toujours absorbé par la musique, Rhaif mit un instant à s'apercevoir que ce n'était pas Xan qui le tenait.

Il contempla les doigts en bronze posés sur les siens.

— Shiya…

Des yeux ternes l'observaient. Ils étaient toujours froids, mais on y discernait une infime trace de chaleur.

— Je suis là, chuchota-t-il.

Le chant tribal s'éleva autour de lui, mais les Kethra'kai n'essayaient pas de ressusciter Shiya davantage. Leur mélopée ne possédait pas le pouvoir flamboyant du Père d'En Haut. Elle avait juste permis de lui redonner quelques forces, de la soutenir provisoirement. Le nouveau crescendo servait, en réalité, un autre but. Les voix combinées s'amplifièrent et, peu à peu, elles dissimulèrent le halo éclatant sous leurs notes puissantes.

Bientôt, Rhaif ne discerna plus les fils d'or, conscient que leur tactique de camouflage n'était pas censée aveugler ses yeux à lui. Il leva la tête au moment où la carriole quitta l'ombre gigantesque du guerroyer et qu'elle se renfonça dans un brouillard ensoleillé. Un temps ébloui par la lumière, il regarda la grosse lune noire dériver vers les eaux vertes de l'Eitur.

Ce sont ces yeux-là qui doivent rester aveugles.

* * *

Au bord de l'Eitur, Wryth secoua la sphère de Skerren et la remit d'aplomb. Comme les éclats de magnétite tournoyaient frénétiquement, il attendit de les voir s'immobiliser pour savoir où aller. Hélas, ils continuèrent de frétiller dans l'huile, pointant même parfois dans des directions opposées. Il tenta de retourner le globe et effectua lui-même des cercles.

Toujours rien.

Brask, qui se trouvait au bout d'une passerelle suspendue au colossal *Pywll*, observa sa frustration. Son visage tatoué de rouge s'était assombri. Wryth lui avait ordonné de faire descendre son guerroyer au-dessus du lac et d'abaisser une rampe jusqu'à la berge. Trois rabatteurs aidés de thylassaures en laisse étaient déjà partis explorer la forêt. Le bataillon principal, composé d'une dizaine de chevaliers sur leur monture et conduit par le second de Brask – son frère, Ransin –, attendait, en revanche, les instructions du Confesseur.

— Avez-vous d'autres indications à fournir ? s'impatienta le commandant. Je ne vais pas laisser mon frangin et les autres tourner indéfiniment en rond.

Wryth baissa le globe, prêt à admettre sa défaite. *Peut-être ai-je besoin d'être en plein ciel pour identifier les courants d'énergie. Peut-être qu'aussi près de la forêt, de mystérieuses émanations naturelles masquent l'emplacement de la relique.*

Il décida de confier la traque au sol aux trois chasseurs et à leurs thylassaures. En attendant de rétablir le contact, il craignait de gaspiller des ressources et d'agacer encore plus Brask. Il n'eut pas le temps d'annoncer leur retraite qu'un brouhaha attira l'attention du groupe vers les bois.

Un rabatteur arriva hors d'haleine, sans sa bête de proie.

— Nous… nous avons trouvé un campement. Un coin de terre foulé par beaucoup de gens, creusé d'ornières par les roues d'une carriole et marqué d'empreintes de sabots. La boue y est toute fraîche.

Brask se tourna vers Wryth, mais le soldat enchaîna :

— On dirait que ceux qui étaient là-bas ont filé au sud.

— Vers Havrechand, marmonna le commandant.

Le Confesseur sentit sa respiration s'emballer.

C'est forcément eux.

Auquel cas, cela expliquait la perte de signal. Les bandits avaient peut-être emporté sa statue hors de portée de la boule de cristal de Skerren. Impatient de suivre la piste, il sonda la forêt blanchâtre. Il n'était pas question qu'elle lui échappe. Plus important encore, il fallait empêcher les fuyards d'atteindre Havrechand, où ils seraient beaucoup plus difficiles à débusquer.

Wryth expliqua à Brask les détails de son plan. Le vyrllien parut contrarié mais transmit les consignes. Très vite, un feulement rauque s'éleva derrière lui. Il fit volte-face au moment où deux énormes faucilleurs noirs empruntaient la passerelle. Les fauves coiffés d'un casque en acier, et aussi grands que des Gyn, possédaient des crocs beaucoup plus longs que leurs mâchoires. Ils étaient accompagnés de leurs deux maîtres chanteurs, rares personnes aptes à les contrôler.

Wryth s'adressa au rabatteur.

— Emmenez-les au campement que vous avez trouvé. (Il pivota vers les maîtres chanteurs.) Dites à vos animaux d'y renifler les odeurs, puis lâchez-les. Ils n'auront plus qu'à traquer et massacrer quiconque croisera leur route.

Le sort de la femme en bronze ne l'inquiétait pas. Elle ne dégageait aucun effluve de transpiration ou de sang et sa carcasse métallique résisterait sans doute à l'assaut des deux terrifiants prédateurs.

Quand le groupe eut docilement pris congé, Wryth annonça :

— Moi, je vais me joindre à votre frère et à ses hommes.

Brask parut s'en réjouir, tant il était pressé de se débarrasser de ce Confesseur un peu trop despotique. Alors qu'il allait prévenir Ransin, le mugissement d'une sirène transperça le brouillard au sud. Elle égrena trois longues notes de détresse.

Le commandant parut soucieux.

— Le *Tytan* nous appelle. Il doit y avoir un problème.

Wryth serra le poing.

— Mais nous pouvons toujours…

Sourd à sa requête, Brask agita le bras vers la forêt.

— Ransin ! Prends deux gars avec toi. Vous allez suivre les chasseurs et leurs fauves !

Le Confesseur tenta encore d'objecter.

— Nous pourrions avoir besoin d'un maximum d'hommes et de chevaux.

— Pas avant de savoir ce qu'il advient du *Tytan*. Je me suis déjà largement mis à votre service. J'ai même affecté mon frère à votre recherche d'Iflelen.

Dans sa bouche, le nom de la secte avait tout d'une insulte.

— Je peux vous laisser un cheval. Pas davantage.

En gravissant la passerelle, il entraîna la plupart de ses soldats dans son sillage et aboya des ordres à la ronde en vue d'un départ imminent.

Deux options s'offraient à Wryth : suivre le frère de Brask ou tenter de repérer la relique du ciel. Après avoir observé Havrechand et le rempart de feu en bordure du lac, il prit sa décision.

Il fit volte-face et emboîta le pas à Brask.

Ransin et les autres pouvaient se débrouiller seuls. En revanche, si les voleurs parvenaient à rejoindre Havrechand, Wryth voulait les y attendre de pied ferme. Les doigts crispés sur sa boule de cristal, il pria Ɖreyk de pouvoir localiser à nouveau leur piste.

Un féroce hurlement léonin fit trembler la forêt.

La puissance du cri le conforta dans son choix.

Je n'ai peut-être pas besoin de la bénédiction du Seigneur Ɖreyk. Juste de la bestialité sauvage de deux félins prédateurs.

* * *

Rhaif se raidit en entendant un mugissement terrible fendre le brouillard, assez fort pour couvrir le tapage métallique de la carriole. Un autre lui répondit.

L'homme fouilla le paysage du regard, conscient des formidables prédateurs susceptibles de hanter les bois.

— C'était un tigre d'Ennuage ?

Xan était toujours agenouillée avec les quatre autres femmes kethra'kai. D'un signe de tête, elle les incita à continuer de chanter bien haut et se tourna vers lui.

— Non. Il ne s'agit pas du bon cri. Et le tigre chasse en solitaire. (Elle se remit face à la route.) Il n'y a pas une minute à perdre.

Elle toucha quelques mots au cocher en kethra. Ce dernier acquiesça en silence et émit un sifflement perçant à l'adresse des hommes de tête. Les éclaireurs à cheval suivirent l'itinéraire établi, mais les autres Kethra'kai détalèrent à pied vers l'est et l'ouest, sans doute pour tenter d'entraîner leurs adversaires sur de fausses pistes.

Cela nous laissera-t-il le temps d'atteindre Havrechand ?

La carriole traversa la forêt à vive allure. Secouée par les cahots du sentier, Shiya cliquetait au fond de la remorque. À chaque soubresaut, les chants des femmes aussi étaient violemment hachés. Rhaif, aux abois, craignit que leur couverture ne volât en éclats. Près du lac, on ne discernait plus l'ombre gigantesque du guerroyer.

Trois coups de corne de brume sonnèrent en face, chacun plus proche que le précédent. Le brouillard s'était paré d'ardents reflets orangés, signe qu'ils s'approchaient des faubourgs embrasés de Havrechand.

Peut-être couraient-ils à bride abattue vers un funeste destin. Deux hurlements assoiffés de sang lui rappelèrent toutefois que, derrière, la mort les guettait avec autant de certitude. Il tenta de déterminer si les cris divergeaient, bernés par la multiplication des fausses pistes. Impossible à dire.

La gorge nouée d'angoisse, il s'évertua à décoller de son palais sa langue asséchée par la peur.

Le danger était partout.

Il observa Pratik. Malgré son front luisant de sueur, le Chaaen semblait insensible aux menaces et il se concentrait sur Shiya, comme s'il voulait lui arracher quelques ultimes réponses avant de mourir.

Pratik leva les yeux vers Xan.

— Les Suaires de Dalalæða…

L'évocation des hauts plateaux couverts de jungle éveilla l'intérêt silencieux de la doyenne kethra'kai. Il continua :

— *Dalalæða* signifie « pierres mortelles » en langue des Anciens. Cela présagerait-il un lien avec le Cromlech du Nord ?

Qu'est-ce qui lui prenait de s'y intéresser dans des circonstances pareilles ? Rhaif remarqua alors ses épaules tremblantes, ses poings crispés sur son habit de soie.

Il est aussi terrorisé que moi et cherche certainement à se changer les idées.

Face à l'horreur d'une situation, Pratik devait avoir l'habitude de se réfugier dans la connaissance. Voilà comment il avait pu endurer de longues années de violence au sein de Bad'i Chaa, la Maison de la Sagesse. Rhaif se rappela qu'à la prison de Lenclume, il avait vu sa peau nue zébrée d'innombrables cicatrices nacrées. Une castration cruelle l'avait dépouillé de sa virilité, dans tous les sens du terme. Durant sa scolarité, il avait sans doute trouvé du réconfort dans les études, enfouissant sa douleur et sa terreur sous une montagne de livres.

Xan posa sa paume sur la joue de Pratik et chuchota à son oreille. Il ouvrit des yeux stupéfaits, les lèvres arrondies par un halètement muet. Puis elle laissa retomber sa main. Dès lors, le Chaaen considéra Shiya avec un profond respect mêlé de crainte. Même ses épaules avaient cessé de trembler.

Rhaif n'eut pas le temps de l'interroger que Llyra émergea du brouillard. Elle fit ralentir sa jument pour rester à hauteur de la carriole et clama :

— Nous arrivons à Havrechand !

* * *

Il fallut encore un quart de lieue pour confirmer l'annonce de Llyra. Le regard rivé devant lui, Rhaif respirait à peine – autant à cause de l'ambiance tendue que de la fumée âcre.

Les brumes blanches avaient été remplacées par un épais nuage noir. Partout, les incendies faisaient rage et la chaleur était devenue intolérable. D'immenses arbres s'élevaient de chaque côté. Certains brûlaient comme des torches en projetant des tourbillons de braises. D'autres restaient sombres et indistincts.

Les habitants, qui fuyaient la ville à pied, à cheval ou en carriole, avaient commencé à envahir les bois, si bien que le groupe avait beaucoup de mal à se frayer un chemin.

À Havrechand, ils furent accueillis par d'autres plaintes de sirène.

Rhaif chercha, à l'est, l'ombre du second guerroyer, mais la fumée était si envahissante qu'on ne discernait plus rien.

Xan se pencha vers le cocher, qui hocha la tête et siffla de nouveau à l'adresse des deux éclaireurs. Leur route bifurqua vers l'ouest, loin des quais. À mesure que la foule en exode se densifiait, les Kethra'kai criaient à tue-tête et faisaient piaffer leurs chevaux pour ouvrir le passage.

Des habitations apparurent de chaque côté, construites dans des troncs d'aulnes géants ou entassées à leur pied. Au-dessus de leurs têtes s'entrecroisaient des ponts, dont certains, en feu, propageaient les flammes au cœur de la ville. En passant sous l'un d'eux, le convoi reçut une pluie de cendre. Les mules musquées eurent les flancs touchés par plusieurs brandons. Furieuses, elles se mirent à braire et à donner des coups de queue. Le cocher chanta pour les apaiser, sans succès.

— Où allons-nous, maintenant ? se renseigna Llyra.

Sans répondre, Xan s'approcha du cocher et joignit sa voix à la sienne. Peu à peu, les mules se laissèrent bercer. Leur allure devint plus régulière, même si leur coopération devait sans doute moins à la douce rengaine qu'au fait qu'elles s'éloignaient de la zone critique des incendies. Droit devant, le centre-ville de Havrechand avait beau être noyé sous la fumée, il restait, jusqu'à présent, épargné par les flammes.

À chaque respiration, l'air brûlait les poumons.

— Où ? insista la cheffe de la guilde.

L'urgence de sa demande fut ponctuée par les hurlements subits de la foule derrière eux, assez stridents pour couvrir le craquement des brasiers. Les responsables de l'élan de panique annoncèrent leur arrivée par de terrifiants feulements sanguinaires.

Rhaif se retourna vers les flammes et la fumée. Les Kethra'kai n'avaient pas dû réussir à éloigner les fauves, du moins pas le temps nécessaire. Le raz de marée humain s'immobilisa peu à peu d'effroi, bloquant la progression de leur groupe, puis, lentement, le flux s'inversa pour s'éloigner le plus possible des cris affolés et des mugissements de prédateurs.

— Plus vite ! tonna Rhaif.

La carriole et les chevaux suivirent le repli général dans le dédale des rues. À grands coups de pied et de fouet, Llyra tâcha de rester au contact, mais la pression devint trop forte. Sans prévenir, sa jument s'effondra après avoir trébuché sur des dizaines de corps déjà piétinés.

La cavalière fut éjectée de sa selle et plongea la tête la première à l'arrière de la voiture. Rhaif la rattrapa. Elle haleta dans ses bras.

— Je savais qu'un jour, tu finirais par me tuer.

— Je ne peux que l'espérer, mais prions quand même pour que ce ne soit pas aujourd'hui.

Llyra se dégagea de son étreinte et regarda droit devant.

— Où cette femme nous emmène-t-elle ?

Elle eut sa réponse quand, juchés sur leurs montures, les éclaireurs contournèrent le pied d'un aulne si vieux que la majeure partie de son écorce s'était détachée, mettant à nu son bois poli par les siècles. En circonférence, il rivalisait sans souci avec les énormes cheminées de Lenclume. Encore épargné par les flammes, l'arbre déployait son majestueux feuillage doré, comme s'il cherchait à repousser le ciel noir.

La carriole pila entre les deux Kethra'kai.

— Pourquoi s'arrêter ici ? s'étonna Llyra.

Excellente question.

Pratik tendit le cou vers l'imposant végétal. Malgré l'absence de portes visibles, il le reconnut.

— Le Vieux Mast, marmonna-t-il.

Xan n'apporta pas plus d'explications.

— Descendez ! Vite ! ordonna-t-elle avant de s'adresser rapidement aux femmes de sa tribu en kethra.

Dociles, elles cessèrent de chanter et tendirent les bras pour soulever Shiya du plateau. Rhaif voulut les aider, mais la statue, même faible et tremblante, réussit à se lever seule. Les indigènes la guidèrent jusqu'au rebord de la remorque. Leurs chants semblaient lui avoir redonné de l'énergie. À voir ses membres flageolants, l'effet serait néanmoins de courte durée.

Xan mit pied à terre avec l'aide d'un éclaireur, puis elle s'appuya sur une canne taillée dans le même bois blanc que l'aulne géant. Une série de coquillages sculptés y représentait les différentes phases de la lune.

Au souvenir que Shiya nourrissait la même obsession vis-à-vis de cet astre, Rhaif sentit un frisson lui parcourir l'échine.

Xan rejoignit la statue au moment où cette dernière se laissa tomber de la carriole et vacilla sur une jambe. L'autre, tordue au niveau du genou, ne pouvait lui servir que de béquille. Les femmes se rassemblèrent autour d'elle et la saisirent par les bras et la taille.

À son tour, Rhaif descendit avec Pratik et Llyra.

Xan entraîna Shiya à l'écart.

— Où allons-nous ? s'obstina Llyra en promenant son regard à la ronde.

À droite, un autre aulne colossal s'élevait au centre d'un parterre de cahutes au toits de tuiles, sa cime engloutie par la fumée. À sa base, de grandes portes étaient ouvertes sous une enseigne représentant un arbre au feuillage doré. En dépit du chaos, un beau feu de cheminée les invitait à entrer. Quelques habitants en fuite coururent s'y réfugier.

Même Xan se dirigea là-bas avec Shiya, escortée par les quatre femmes kethra'kai.

Rhaif leur emboîta le pas.

— Je crois que nous sommes censés…

Toutes s'arrêtèrent au centre de la place. En appui sur sa canne, Xan leva la tête et se mit à chanter. Les autres se joignirent à elle, ainsi que Shiya. La statue tendit son visage de bronze vers les cieux voilés, les joues luisant d'un éclat cuivré. Ses prunelles étincelèrent, et une voix flûtée sortit de sa gorge.

Le chœur s'amplifia, déployant ses ailes immenses tout là-haut dans le ciel. Il paraissait impossible qu'un si petit nombre de voix produisît un tel volume sonore. L'atmosphère vibrait autour du groupe, repoussant les dernières traînées de fumée afin de laisser entrer autre chose.

Leur appel trouva écho dans un hurlement léonin.

Une silhouette phénoménale s'avança. De sa patte géante, la créature balaya un homme en fuite, qui décolla de terre dans une gerbe de sang. Le félin émit un cri glaçant. Ses babines se retroussèrent, dégoulinantes de bave, sur des crocs démesurés. Ses yeux jaunes brillaient sous un casque d'acier.

Rhaif avait déjà entendu parler de ces étranges couvre-chefs aux propriétés alchimiques. Chaque calotte étant réglée sur le timbre de voix unique de son maître attitré, aucune autre personne ne pouvait utiliser l'hypnochant pour contrôler l'animal.

Cependant, les notes qui flottaient dans l'air semblaient tenir le dangereux prédateur à distance.

À moins qu'il ne guettât juste le moment opportun.

Un second faucilleur se faufila derrière lui et, ensemble, épaule contre épaule, ils affichèrent la même posture menaçante.

Rhaif préféra regagner la carriole.

Autour de Shiya, les Kethra'kai continuèrent de chanter, apparemment insensibles au danger.

Qu'attendent-elles ?

L'une des bêtes finit par perdre patience. Elle s'accroupit, puis bondit en hurlant de rage, toutes griffes ensanglantées dehors.

Avant que le fauve ne s'écrasât sur le cercle de femmes, une ombre sinistre jaillit de l'auberge. Elle le percuta au flanc et l'envoya rouler sur le côté. Les deux monstres firent la culbute dans la terre compacte. Lorsqu'ils s'arrêtèrent enfin, une montagne de muscles au pelage rayé était perchée sur le faucilleur, les mâchoires plantées dans sa gorge. En renversant la gueule en arrière, la bête arracha un lambeau de chair et de fourrure. Du sang gicla de la plaie béante.

Le félin au sol se débattit et vagit, laissant sa vie lui échapper dans un dernier râle.

L'assaillant, qui n'avait que faire de son agonie, se tourna vers l'autre faucilleur. De son corps frémissant, il sembla le défier.

— Qu'est-ce qu'un vargr fiche ici ? haleta Llyra.

Intrigué, Rhaif scruta les femmes autour de Shiya.

Avaient-elles, d'une manière ou d'une autre, sommé l'incroyable prédateur de leur venir en aide ?

La réponse à sa question apparut. Une jeune fille, escortée de trois hommes, émergea des ombres projetées de l'auberge. Son chant entra en parfaite harmonie avec celui des Kethra'kai.

Rhaif tâcha de comprendre qui elle était.

Pratik, lui, murmura :

— *Du'a ta.*

CHAPITRE 47

Nyx chanta en direction des animaux. Tandis qu'elle joignait sa voix au chœur de femmes, elle attira à nouveau leurs fils mélodiques en son sein et s'y projeta elle-même, telle une araignée dansant sur sa toile. Encore hésitante face à son nouveau talent, elle procédait avec une infinie délicatesse.

Elle reconnut Xan à son timbre argenté, Dala à la fougue de sa jeunesse. Les autres Kethra'kai ajoutaient leur puissance sur chaque note. Quelque part, elle perçut même les accords lointains d'une berceuse.

Entrelacés au milieu, il y avait aussi d'étranges fils en bronze, si anciens que leur patine semblait ternie et mêlée de vert-de-gris. Du coin de l'œil, Nyx en découvrit l'origine : une femme à la peau peinte en bronze. Visiblement blessée, elle dégageait par ailleurs une impression troublante.

Plutôt que de s'y attarder, Nyx préféra se concentrer à l'endroit qui lui était le plus familier, l'âme d'une bête sauvage, uniquement amadouée par la chaleur de sa meute.

L'audacieux Aamon s'élança. Son grondement sourd, combiné à un pépiement strident, donnait la chair de poule. Il s'agissait pourtant bien d'un chant, aussi magnifique de sauvagerie que n'importe quelle douce mélodie.

À peine Nyx commença-t-elle à fredonner que leurs cœurs fusionnèrent et que les appétits sanguinaires du fauve devinrent ceux de la jeune fille. Elle voyait autant par les yeux d'Aamon que par les siens propres.

Elle se rappela avoir vécu la même expérience avec Bashaliia et se força à ravaler son chagrin.

Pas maintenant.

À la place, elle se délecta du goût de sang sur sa langue, du frémissement de ses muscles. Le prédateur, en position accroupie, n'était que fourrure noire, griffes jaunes et crocs avides. Son chant sifflant était empli de rage contre tout et n'importe quoi, mais on sentait aussi la peine douloureuse d'une créature durement bridée.

Nyx tenta d'attirer le chant léonin à elle et renvoya à l'animal des fils mélodiques similaires. Elle se heurta, hélas, à une forte dissonance métallique.

À travers le regard d'Aamon, elle vit la calotte fixée au crâne du faucilleur.

Les hanches repliées, le fauve s'apprêtait à bondir.

Kanthe surgit auprès de Nyx. Son arc à la main, il avait déjà armé une flèche.

— Non, l'avertit-elle.

Frell arriva de l'autre côté.

— Impossible d'attendre plus longtemps. Nous devons vite nous cacher dans les caves.

Têtue, Nyx avança encore un peu, car elle craignait, au contact de l'alchimiste, de perdre le rythme de leur chant polyphonique. Or, elle avait besoin de chaque note.

Un peu plus tôt, en arrivant à proximité du Rameau d'Or, elle avait décelé les premiers fils ténus du chœur. La mélodie, lointaine, lui avait paru émaner du fond des bois, mais, l'oreille à l'affût, Nyx l'avait entendue se rapprocher inexorablement. Ses camarades avaient voulu l'entraîner à l'intérieur de l'auberge, la faire descendre dans les caves à vin, mais elle avait refusé, de peur de perdre le fil musical. Tout juste s'était-elle laissé amener en haut des marches, où elle pourrait fuir le danger, tout en restant à l'écoute du chant qui, peu à peu, gagnait du terrain.

À l'arrivée du chœur, la musique s'était assourdie quelques instants, avant de reprendre avec une irrésistible urgence. Nyx avait alors été embarquée aussi sûrement que n'importe quel animal sous l'emprise de l'hypnochant. L'attirance n'avait pourtant rien d'autoritaire. C'était davantage une supplique, une complainte empreinte de prière et d'espoir.

Nyx n'avait pas pu y rester indifférente.

Tous ses compagnons de route, même Jace, avaient tenté de s'interposer, mais le féroce Aamon les avait d'emblée mis au pas, ne leur laissant pas d'autre choix que de la suivre.

Lorsqu'elle foula ostensiblement la place devant l'auberge, l'énorme faucilleur tourna la tête vers elle. Elle croisa son regard jaune. Le prédateur parut prendre son élan, tandis qu'un hurlement se formait dans son thorax.

Avant de le voir sauter, Nyx réunit en elle tous les chants des autres femmes (l'argenté, le fougueux, le bronze et même la trame de berceuse), puis elle jeta une espèce de rets sur la bête. Sans chercher ni à la capturer ni à l'ensorceler, elle laissa les différents fils se poser sur la calotte et tester la dissonance qui lui faisait obstacle.

Au Cloistre, ses professeurs lui avaient enseigné par quelle alchimie on fabriquait les casques. Le maître chanteur fredonnait à l'acier en train de refroidir. Ainsi, il l'imprégnait de sa personnalité unique à mesure que le métal durcissait.

Les paupières closes, Nyx convoqua un ultime chant, le premier qu'elle eut jamais appris. De sa gorge, une douce mélopée s'éleva au point de faire vibrer les tendons de son cou. Aussitôt, un goût de lait chaud lui emplit la bouche. Elle se rappela la dernière fois qu'elle avait entonné ce chant, galvanisée par la force d'un millier de chauves-souris. À l'époque, dès qu'elle en avait libéré la pleine puissance, elle avait pu discerner les nervures de chaque feuille et même le squelette des personnes présentes autour d'elle. Là, elle n'en avait plus la force, mais leurs motifs restaient ancrés en son cœur, gravés à jamais comme une part d'elle-même.

Elle concentra la puissance des autres en son sein et chanta avec un regain d'énergie. Une autre image familière se présenta. Nyx voyait à présent chaque facette du métal qui constituait la calotte, chaque motif du fer incrusté dans le carbone. Ce n'était guère différent que de distinguer les nervures d'une feuille. Elle identifia la serrure enfouie à même l'acier et se servit des fils comme d'une clé. Lorsqu'elle l'eut ouverte, elle les envoya à travers le motif métallique afin d'atteindre la créature enragée et torturée nichée à l'intérieur.

En l'apostrophant, Jace faillit ruiner l'opération.

— Les chevaux arrivent.

— Les chevaliers, rectifia Kanthe.

Les yeux toujours fermés, Nyx chanta assez fort pour redéfinir le motif du casque, réorienter toutes les pièces et, par conséquent, modifier à jamais le code de verrouillage de la serrure. Libéré, le faucilleur n'était plus soumis à personne, même pas à elle. Elle n'avait pas oublié la colère noire du tigre d'Ennuage quelques jours auparavant, la manière dont il avait donné l'assaut pour empêcher quiconque de le dominer.

Je ne serai pas la maîtresse de ce fauve.

Elle décida plutôt de lui offrir un ultime cadeau.

Elle lui révéla qui l'avait asservi et martyrisé.

Quand elle rouvrit les paupières, elle vit le monstre en furie. À la différence près que la colère de l'animal n'était plus dirigée contre elle. Trois étalons fonçaient vers eux au galop, des chevaliers en armure sur le dos. Derrière eux apparurent rabatteurs et maîtres chanteurs, deux par deux un coursier.

L'énorme prédateur feula, puis fit volte-face et bondit sur les forces de la légion. Son rugissement fut vite remplacé par un brouhaha de sang, de chairs déchiquetées et de hurlements de ses victimes.

Pendant que Nyx achevait sa propre chanson, les fils d'énergie s'effritèrent. Elle s'affaissa, exténuée. Sa vision s'assombrit, comme si elle était de nouveau frappée par la quasi-cécité de son enfance. Le monde n'était plus qu'un ensemble flou d'ombres et de lumières.

Kanthe la rattrapa.

Aamon aussi se précipita et, de son flanc protecteur, il la retint de l'autre côté.

Peu à peu, Nyx recouvra la vue mais, à la ronde, le paysage demeura cotonneux.

Lorsqu'on l'écarta de la scène de carnage, elle aperçut une autre créature à la peine. La mystérieuse femme à la peau de bronze trébucha et dut s'appuyer sur les personnes autour d'elle. Deux hommes volèrent à son secours.

Kanthe tenta de ramener Nyx à l'auberge.

— Il est grand temps de rejoindre les caves.

— Non ! s'exclama-t-on au bout de la place.

Une silhouette munie d'une canne se détacha de l'attroupement de femmes. La vue encore brouillée, Nyx eut l'impression que ses cheveux blancs, gorgés de puissance, scintillaient sur ses épaules.

Xan...

La doyenne désigna le Vieux Mast.

— Les racines de votre arbre ne sont pas assez profondes. Celles-là, oui.

À l'arrière-plan, les autres membres de la tribu aidèrent l'étrange femme à rejoindre l'aulne séculaire.

Frell incita ses camarades à avancer.

— Elle a peut-être raison. S'il existe un endroit sûr sous ce vieil arbre, elle est forcément au courant.

Kanthe et Jace n'avaient pas encore pris de décision qu'une énorme explosion retentit au-dessus d'eux. Ils regardèrent vers le ciel. Le nuage de fumée se déchira, dévoilant un pan d'azur… et la quille d'un immense guerroyer.

* * *

Wryth avait l'œil plaqué sur l'oculaire de son longoscope. Les différents miroirs et lentilles de l'instrument lui permettaient de voir par-delà la brèche dans l'épaisse fumée noire.

Il ne pourrait pas en profiter longtemps.

La trouée se refermait déjà.

Le Confesseur fouilla du regard autour d'un aulne majestueux, sans doute le vénéré Vieux Mast de Havrechand. Parti des quais, il avait été attiré jusque-là.

Un peu plus tôt, ils étaient arrivés à bord du *Pywll* et avaient découvert le *Tytan* solidement amarré. Les vestiges de son ballon fumaient encore. Par bonheur, une grande partie du vaisseau n'avait pas souffert et des réparations étaient en cours. Soucieux d'aider à la remise en état du second guerroyer, Brask avait vite envoyé des hommes et du matériel. Le *Pywll* avait été averti qu'un dangereux requin rôdait au cœur du brouillard, un véloce sournois qui avait fait tomber le géant dans son embuscade.

Et il est toujours dans les parages.

Tout en scrutant la zone au longoscope, Wryth garda la mise en garde à l'esprit. Brask lui avait appris qu'un revenant voyageait à bord de l'autre navire : Graylin sy Moor. Haddan avait réussi à le piéger quelque temps sur le pont du *Tytan*, mais le salopard s'était enfui de justesse. Informé des faits et quasi persuadé de savoir qui Graylin protégeait – une fille susceptible d'être la prophétique Vyk dyre Rha des Klashéens –, le Confesseur avait pris ses dispositions pour gérer l'étonnant coup de théâtre.

Tout avait cependant été relégué au second plan quand la boule de cristal de Skerren avait vibré dans sa paume. Depuis qu'ils avaient quitté les rives de l'Eitur, Wryth ne l'avait pas lâchée. Il ne la quittait même presque jamais des yeux. Sa frustration était arrivée à son comble quand les éclats de magnétite entourés de cuivre avaient refusé de s'agiter au gré des vents magiques. Soudain, alors que l'érudit avait presque perdu espoir, la sphère avait refrémi de manière prémonitoire entre ses doigts.

Les fragments de magnétite pointaient à l'ouest des terrains d'amarrage, mais la boule avait tremblé au creux de sa main, comme si elle avait du mal à supporter pareilles forces. Haddan avait toutefois dû envoyer un message par corbereau pour convaincre Brask de faire route en direction des mystérieux vents invisibles.

La boule de Skerren avait conduit le *Pywll* au-dessus d'une vaste couronne dorée qui, saillant d'une grisaille opaque, appartenait à un arbre beaucoup plus grand que les autres. On aurait dit une île scintillant au milieu d'une mer d'encre. Pour espionner sous les eaux sombres, Wryth avait proposé de larguer une bombe incendiaire, qui avait dissipé l'écran de fumée.

Grâce à son longoscope, le Confesseur étudiait à présent les plaines en contrebas, pendant que le guerroyer volait en rond autour de l'île en question. Des gens couraient dans tous les sens, affolés par la déflagration. Wryth aperçut une scène sanglante de chevaux massacrés. Parmi eux, des corps en uniforme de légionnaire.

Il se raidit en devinant de qui il s'agissait.

Le frère de Brask et les autres chevaliers.

Que s'est-il passé ?

Il s'apprêtait à prévenir Brask quand son attention fut attirée par du mouvement sur la place. Une bande d'individus trottinait vers l'immense canopée du Vieux Mast. Il n'y aurait vu qu'une poignée de villageois terrorisés quand, soudain, un rayon de soleil se réfléchit sur un morceau de bronze étincelant.

Wryth empoigna le longoscope à deux mains et pressa l'oculaire contre son orbite. Quelques personnes portaient, autant qu'elles traînaient, une statue en bronze. Son cœur se serra dans sa poitrine.

Enfin...

Sans détourner le regard, il lança à Brask :

— Elle est là !

C'était la première fois depuis les mines de Craie qu'il revoyait l'antique talisman. Il retint son souffle.

Le commandant le rejoignit.

— Qu'attendez-vous de moi ? Nous voguons trop haut et la forêt est trop compacte pour que le *Pywll* puisse descendre.

— Peu importe. (Les doigts tremblants, Wryth vit le nuage de fumée se reconstituer et effacer la scène au sol.) Nous ne pouvons pas courir le risque que cette arme soit utilisée contre le royaume.

— Alors, que devrions...

— Déclenchez immédiatement une tempête de feu autour de l'arbre. Brûlez-le jusqu'à la pointe de ses racines.

* * *

Tout en soutenant Nyx par le bras, Kanthe traversa la place à toutes jambes. Aamon suivait de l'autre côté.

Un grondement s'échappait en permanence de la gueule du vargr et, depuis la déflagration tonitruante au-dessus de leurs têtes, le fauve gardait ses longues oreilles poilues plaquées le long du crâne.

Jace les suivait du mieux qu'il pouvait avec Frell. Ils s'étaient tous élancés vers les Kethra'kai. L'autre groupe avançait plus lentement, alourdi par une femme mystérieuse qui, à son grand étonnement, semblait faite de métal.

Ses interrogations devraient toutefois attendre.

D'autres décharges assourdissantes retentirent, projetant des panaches de flammes et de fumée. Face au danger, ils se mirent à courir tête baissée. Derrière eux, une bombe frappa les portes du Rameau d'Or avec une puissance telle qu'elle les propulsa vers l'avant.

Kanthe se retourna. Il y avait désormais un trou béant dans la grande salle commune et le feu se propageait rapidement.

— Vite !

Il aida Nyx à se relever.

De leur côté, les Kethra'kai avaient contourné l'énorme tronc du Vieux Mast. De hautes portes pointues apparurent, ainsi que la fenêtre ronde en vitrail qui les surplombait.

Un membre de la tribu, déjà sur place, maintenait un battant ouvert.

Un autre s'élança vers Xan pour lui venir en aide.

Tout le monde se précipita vers la porte béante. Arrivé sur le seuil, Kanthe entendit un terrible craquement de branches. Il leva les yeux à l'instant précis où un gigantesque tonneau enflammé traversa la canopée et leur fonça droit dessus.

— Courez ! glapit-il en poussant Nyx devant lui.

Tous s'engouffrèrent à l'intérieur.

Il leur enjoignit d'aller plus loin.

— Continuez d'avan…

L'explosion les catapulta au bout d'une salle plongée dans l'obscurité. Nyx entre ses bras, Kanthe heurta durement le sol. Une boule de feu les effleura, suivi d'une traînée de fumée brûlante. Une pluie de verre brisé s'abattit sur eux.

Dès que le pire fut passé, Jace se démena pour balayer les débris sous lesquels ils étaient coincés. Aamon grogna en exécutant une espèce de danse protectrice autour des jeunes gens. Au fond de la pièce, les autres se relevèrent à leur tour.

Kanthe jeta un œil dans la pièce. Les portes avaient été arrachées de leurs gonds. Un corps gisait au sol, écrasé sous un pan de bois fracassé. Kanthe reconnut la victime. D'un pas vacillant, il tenta d'éloigner Nyx.

La jeune fille, rétive, avança d'un pas en se frottant les yeux, comme si elle voulait mieux voir.

Xan l'obligea à rebrousser chemin.

— Non, ordonna-t-elle.

— Qui… ? balbutia Nyx.

La doyenne la pressa de reculer.

— Qui ? insista l'adolescente d'un ton plus ferme.

Le prince, qui connaissait à présent son entêtement, souffla :

— Dites-lui.

Le regard de Xan croisa celui de Nyx.

— Dala.

Kanthe se remémora la jeune Kethra'kai, toujours souriante.

Plus maintenant, hélas.

Hébétée, Nyx vacilla. Jace la guida doucement vers le centre de l'arbre séculaire. Derrière eux, de violentes explosions les poussaient à s'enfoncer toujours plus loin.

Kanthe lorgna une dernière fois entre les immenses portes en ruine et les fenêtres fracassées.

À quelques mètres, les incendies faisaient rage.

Il jura de faire payer les responsables d'un tel spectacle de désolation.

Vous regretterez d'avoir croisé ma route.

* * *

Wryth s'écarta du longoscope. Plusieurs fois, il dut cligner des paupières pour obliger sa vision à se réajuster à l'intérieur du gaillard d'avant du *Pywll*. Impossible, en revanche, de chasser sa colère noire.

— Alors ? demanda Brask.

Le Confesseur n'avait qu'une envie : déverser son courroux sur la première personne qui passait.

— Votre frère est mort ! aboya-t-il.

— Quoi ? (Le commandant se rua vers le longoscope.) Pourquoi ne m'avez-vous pas dit… ?

Wryth lui barra le passage.

— Inutile, lâcha-t-il avec une once de compassion forcée. La fumée des bombardements empêche de discerner quoi que ce soit.

— Larguons une torpille pour créer une nouvelle brèche.

— Cela ne servirait à rien. Les nouveaux brasiers répandent de la fumée partout au sol. Enfin, je peux vous dire une chose. Ce sont ces bandits-là qui ont tué votre frère.

Le visage rouge vif du vyrllien s'assombrit de rage.

Wryth pivota vers l'arc de fenêtres en saillie, d'où on apercevait le feuillage doré de l'aulne séculaire. Pendant le bombardement, il avait aperçu, par bribes, des images de la situation au sol. Impuissant, il avait vu ses adversaires emmener la femme en bronze à l'intérieur du vénérable sanctuaire de la forêt, le Vieux Mast.

Pour ne rien arranger, il avait aussi repéré une silhouette qui, le visage tourné vers le ciel, avait traversé la place en trombe. La scène avait été très furtive, mais les traits mats du fuyard tranchaient avec la foule de Kethra'kai au teint pâle.

Et puis il y avait son fameux arc en travers du dos…

Le doute n'était plus permis.

Kanthe.

Wryth serra le poing.

Comment le prince s'était-il retrouvé en possession de la relique ? S'agissait-il d'un nouveau complot insurrectionnel ?

Pour le salut général de Hálendii, il fallait y mettre un terme, quitte à détruire le trésor ou, du moins, à l'ensevelir quelque temps. Il fit volte-face vers un Brask toujours furibond et désigna la frondaison dorée du Vieux Mast.

— Les meurtriers de votre frère se sont sauvés à l'intérieur de cet arbre. Il faut les anéantir.

Le commandant du *Pywll* se détourna, la gorge nouée.

— Alors, arrêtons de jeter des cailloux.

Wryth frémit à l'idée d'y être peut-être allé trop fort. L'annonce de Brask lui en donna confirmation.

— Je vais leur balancer un chaudron de Hadyss sur la tête. Quand j'en aurai terminé, il n'y aura plus rien d'autre au sol qu'un cratère fumant.

* * *

Des bourdonnements encore plein les oreilles, Nyx longea d'un pas vacillant l'immense espace creusé dans l'aulne. Jace l'escortait d'un côté, Aamon de l'autre, tous deux pantelants. Elle avait recouvré une bonne partie de sa vue et récupéré assez d'énergie pour marcher seule.

La pénombre était envahie de tourbillons de fumée, qui s'accumulaient dans un plafond en coupole tapissé de mousses et de champignons phosphorescents. À la faveur de lampes minuscules qui constituaient la seule autre source d'éclairage, d'imposants personnages se dressaient aux quatre points cardinaux de la pièce, comme sculptés à même le tronc du Vieux Mast.

Nyx avait appris de Dala que ces statues-là représentaient les dieux kethra'kai. En l'honneur de son amie, elle les observa une à une et les grava dans sa mémoire avant qu'elles ne fussent perdues à jamais.

Le temps de traverser la salle sacrée, elle identifia chaque divinité. Vhatn, en charge des eaux, se tenait debout et, de ses mains en coupe, le maigre filet d'une source cachée tombait dans un bassin à ses pieds. Avec son front bas, Jarðvegur, maître de la terre fertile et des pierres, ressemblait plus à un rocher qu'à un homme. Vyndur, qui commandait aux forces du ciel, avait, au-dessus de lui, des nuages traversés d'éclairs argentés. Quant à Eldyr, déesse du feu, elle était habillée d'un long manteau et on n'apercevait, sous sa capuche, que des yeux étincelant d'une flamme secrète.

En passant devant elle, Nyx frissonna. Le regard flamboyant d'Eldyr semblait la suivre, l'accuser. Malgré son ouïe défaillante, elle entendit les flammes rugir à l'extérieur.

Aux côtés d'Aamon, Xan martelait le sol avec sa canne. Elle remarqua l'intérêt de la jeune fille, ses tremblements.

— Le feu peut aussi avoir une action purificatrice. Les flammes nettoient la forêt. Elles brûlent les cônes et autres pommes de pin pour répandre de nouvelles graines.

Un vacarme assourdissant retentit dehors, signe qu'un aulne s'était écrasé quelque part. Nyx peinait à imaginer comment une dévastation d'une telle ampleur pouvait avoir le moindre effet bénéfique.

Frell la rejoignit, accompagné de Kanthe. Une rage noire se lisait sur le visage du prince.

— Où allons-nous ? demanda l'alchimiste.

Xan pointa sa canne vers deux éclaireurs kethra'kai. Après avoir fait la course en tête, ils avaient ouvert une porte arrondie qui ressemblait à un nœud du tronc et brandissaient aussi des lampes.

— Nous allons descendre vers les racines les plus enfouies du Vieux Mast. Voilà pourquoi je vous ai conduits ici.

Derrière elle, les Kethra'kai soutenaient la femme peinte en bronze, dont les traits étaient masqués par les ombres et la fumée. Elle semblait porter un masque métallique et sa présence n'avait toujours aucun sens. Nyx se rappela les vieux fils ternis qui s'étaient échappés en même temps que la mystérieuse femme avait fredonné sa chanson.

Nyx observa aussi les inconnus à ses côtés. À en juger par son teint mat et son élégance vestimentaire, l'un d'eux était un négociant klashéen. L'autre, trapu et musclé, était plutôt d'origine guld'guhlienne, de même que la femme sévère aux cheveux blonds coupés court et à la mine perpétuellement renfrognée.

— Maintenant, dépêchez-vous.

Xan les entraîna tous vers la porte, qui s'ouvrait et se fermait autour d'un axe central.

Elle enjamba le seuil et prit la tête du cortège. Même les deux éclaireurs s'écartèrent pour lui laisser sa place attitrée.

Le groupe emprunta un escalier en colimaçon sculpté au milieu de ce qui devait être une grosse racine – peut-être la racine pivotante de l'aulne. Les fibres dorées du bois contrastaient avec son fond blanc argenté. Au fur et à mesure des innombrables marches en spirale, le veinage s'estompa, ne laissant plus qu'un duramen immaculé, manifestement aussi ancien que le socle rocheux de la région.

Peu à peu, les feux rugissants laissèrent place à un calme solennel, à peine troublé par le son des pas des explorateurs, par leur souffle court et par le trottinement d'Aamon. Partant de l'escalier principal, d'autres portes et couloirs obscurs proposaient des itinéraires annexes.

Xan, qui souhaitait peut-être dissiper le malaise général, rompit un silence de plus en plus pesant et indiqua une galerie.

— Le Vieux Mast semble constitué d'un seul arbre mais, en réalité, il regroupe l'ensemble des arbres alentour. Ses racines poussent en étoile dans toutes les directions et les autres aulnes sont issus de ses vieux rejets.

Nyx tenta d'imaginer la masse tentaculaire de racines et de troncs. Elle leva les yeux au plafond et regarda autour d'elle, sidérée. *Tout ce bosquet n'est, en fait, qu'un seul et même arbre.*

Kanthe eut une interprétation d'emblée plus pragmatique des explications de Xan.

— Pourrions-nous utiliser cet incroyable dédale de racines pour rallier n'importe quel point de la ville ? Voire échapper aux incendies qui ravagent tout en surface ?

— Et semer nos adversaires, renchérit Jace.

Frell s'adressa à Xan.

— Est-ce la raison pour laquelle vous nous avez amenés ici ?

— Non. (La doyenne agita sa canne.) L'entrelacs de caves et de galeries va se réduire progressivement. Je crains fort qu'à notre sortie, nous ne soyons encore sous un déluge de feu et de cendre.

— Alors, quelle est la solution ?

— L'objectif est d'atteindre une racine encore plus ancienne, qui appartient au panthéon des dieux ancestraux, annonça-t-elle d'un ton énigmatique. Nous devrions…

Un énorme roulement de tonnerre fit trembler la cage d'escalier. Tous trébuchèrent ou dévalèrent quelques marches. Un bruit épouvantable de déchirure leur transperça les tympans et leur comprima la poitrine, comme si le sol lui-même volait en éclats.

Nyx n'eut pas le temps de se relever qu'un mur de fumée ardente, saturé d'émanations soufrées, les balaya. Le phénomène s'assortit d'un grondement, puis un torrent de cailloux se déversa, entraînant une coulée de terre et de sable.

Kanthe empoigna Nyx, la remit debout et hurla aux autres :

— Continuez de descendre ! Vite !

Les éclaireurs prirent les devants. Oubliant leur déférence habituelle, ils soulevèrent Xan de terre et, sans lui demander son avis, la portèrent dans l'escalier. Tandis que les autres s'élançaient derrière eux, Aamon resta auprès de Nyx en bondissant et en grognant.

Un nuage de poussière et de gravats les pourchassait. Soudain, un vacarme effroyable retentit au-dessus d'eux. Le bois des marches ploya sous Nyx, qui faillit être renvoyée en arrière. Elle parvint à conserver l'équilibre en agrippant le flanc du vargr et put continuer de descendre.

Les yeux au ciel, elle imagina le gigantesque dais de branches dorées du Vieux Mast s'abattre sur Havrechand.

Nous n'aurions jamais dû venir...

Finalement, les terribles grondements se muèrent en gémissements de plus en plus lointains. L'atmosphère resta chargée de poussière mais, plus ils descendaient, plus le nuage s'amenuisait. L'escalier devint également plus étroit, à mesure que la racine pivotante s'affinait autour d'eux.

Frell remarqua un détail troublant.

— Depuis l'explosion, nous n'avons plus longé aucun tunnel latéral.

Jace se retourna, en sueur, les yeux ronds.

— Autrement dit, nous sommes pris au piège.

— Cela signifie aussi que nos poursuivants ne peuvent pas nous atteindre. Si jamais l'information peut vous réconforter ?

À voir la mine atterrée de Jace, ce n'était pas le cas.

Après plusieurs tours en colimaçon, ils durent continuer en file indienne. Xan se libéra de l'étreinte des éclaireurs et, d'un pas décidé, elle termina le trajet seule. L'escalier quitta enfin la racine géante pour déboucher sur une salle en coupole. Le plafond y était traversé d'une immense coulée de bois blanc aux reflets dorés. Le reste de la pièce était entièrement constitué de pierre noire polie.

La coulée de bois était, en réalité, l'extrémité de la racine du Vieux Mast, qu'ils avaient suivie de part en part. Elle plongeait derrière la salle et disparaissait au cœur de la roche. On avait l'impression que le lieu entier était un caillou niché dans une sombre rivière et Nyx comprit vite pourquoi.

Au fond se dressait l'obstacle contourné par la racine pivotante.

Xan s'approcha.

Nyx et les autres se massèrent derrière la doyenne.

Une porte ovale en cuivre saillait du mur. Les fils enchevêtrés d'or et de bronze qui serpentaient sur ses montants s'enfonçaient dans l'énorme racine et la pierre. Rien ne semblait avoir été façonné par la main de l'homme. Tout y était fluide, sans arêtes tranchantes.

Nyx imagina le battant coulisser lentement jusqu'en bas et s'y loger, bien décidé à puiser sa force et sa nourriture à la base de l'arbre sacré.

On aurait dit la gueule en cuivre d'une bête colossale.

Ou peut-être d'un dieu…

Les mains posées sur sa canne, Xan se mit à chantonner. Les notes restaient au niveau de sa frêle poitrine, comme si elle voulait tirer quelque chose du fin fond de son cœur.

Nyx écouta attentivement. Elle avait beau chercher le rythme, la mélodie, cela ne ressemblait à rien de ce qu'elle avait entendu jusque-là. Elle avança d'un pas, mais Aamon se mit à grogner et se planta devant elle pour lui défendre de s'en mêler.

Il a raison…

Derrière Nyx, la femme peinte s'approcha en boitillant. Elle repoussa les Kethra'kai qui l'avaient aidée à marcher et, lorsqu'elle pénétra dans le halo de lumière, elle se dévoila enfin pour la première fois.

Nyx eut un mouvement de recul.

Jace tenta de l'écarter, tandis que Frell haletait de stupeur et que Kanthe poussait un juron.

Le Guld'guhlien tendit le bras vers elle.

— Shiya…

D'une poigne ferme, le Klashéen l'empêcha de la suivre.

Nyx étudia l'étrange femme en métal. Ses gestes étaient assez raides – le bronze paraissant combattre sa détermination intérieure.

Arrivée auprès de Xan, la statue se mit à chanter et, contrairement à Nyx, elle n'eut aucun mal à trouver la juste cadence. La fragilité de chaque note raviva la tristesse et le chagrin qui habitaient la jeune fille. Sa peine n'était sans doute pourtant qu'une goutte d'eau comparée à l'océan de souffrance qui avait envahi la sculpture vivante.

À mesure qu'elles chantaient en direction du battant métallique, des fils scintillants s'échappèrent des deux femmes. Ils flottèrent jusqu'à la porte et y constituèrent un nœud complexe qui disparut au sein du métal.

Nyx devina sur-le-champ ce qui se passait. Elle se rappela sa confrontation avec le faucilleur, la manière dont elle avait déverrouillé la serrure de sa calotte d'asservissement en fabriquant une clé spéciale.

Ici, c'est pareil.

Une note grave, atonale, répondit à leur chant mêlé… et la porte en cuivre pivota sur son axe central, comme le premier battant en bois l'avait fait de nombreux étages plus haut.

Au-delà du seuil s'étendaient les ténèbres.

Xan s'affaissa, exténuée. La femme en bronze – Shiya – trébucha en arrière et ne dut son salut qu'au Guld'guhlien, accouru pour la rattraper. Les Kethra'kai et les deux camarades de l'homme lui vinrent en aide.

Nyx s'approcha de la porte.

Un éclaireur brandit sa lampe. Un long tunnel tapissé de cuivre s'enfonçait dans la nuit. L'adolescente se rappela comment Xan avait décrit ce qui les attendait en bas.

Une racine encore plus ancienne, qui appartient au panthéon des dieux ancestraux.

Frell, qui devait s'en souvenir lui aussi, demanda à Xan :

— Cette galerie… où conduit-elle ?

Malgré la fatigue, la doyenne répondit, le souffle court :

— Aux Suaires de Dalalæða. (Elle se tourna vers la statue.) Là d'où elle vient.

Croquis d'archives
du Faucilleur
(Havrechand)

PARTIE XV

LES PIERRES MORTELLES

Écoute le coer grand béant,
plutost que de faire la sourde oreille.
Chante avec ton esprit,
plutost qu'avec ton soufle.
Sculpte chaque note avec détermination,
plutost qu'avec juste ta langue.
Alor', seulement, la vérité tu verras,
moult mieux que tout ce que tes yeux jamais
te monstreront.

— Chant tiré du rituel de Pethryn Tol,
traduit par Rys hy Layc

CHAPITRE 48

Graylin rejoignit l'ombre projetée par l'*Épervier*, qui était en vol stationnaire au-dessus d'une clairière. À cause du brouillard, on ne distinguait même plus le ballon. Débarqué un peu plus tôt avec quelques membres d'équipage, le chevalier les avait aidés à attacher la proue du véloce et les amarres arrière à des arbres en lisière de la clairière.

Darant s'était chargé de prospecter le secteur lorsqu'il avait contourné l'Heilsa pour tendre une embuscade au guerroyer. À présent, ses hommes et lui se terraient à l'abri, contraints d'attendre. Ils n'auraient pas eu besoin de Graylin pour fixer les cordages, mais celui-ci avait préféré redescendre l'échelle providentielle qui l'avait sauvé deux heures auparavant. En fait, il ne supportait pas d'être enfermé à bord. Ses longues promenades avec ses frères dans les vastes étendues désertes de Boisgivré lui manquaient. L'exiguïté des quartiers d'habitation était aussi un facteur aggravant d'angoisse. Hanté par l'image de Nyx et d'Aamon sautant du pont arrière de l'*Épervier*, il se sentait rongé de l'intérieur par leur sort plus qu'incertain.

Graylin avait donc suivi les marins à terre, car il avait besoin de bouger, de respirer à l'air libre, de sentir la caresse de l'herbe sur ses mollets, d'écouter le chant des oiseaux et les hululements lointains dans la forêt sauvage. Encore là, il n'était guère pressé de rejoindre le vaisseau – sauf qu'une déflagration troublante avait retenti au nord-ouest de leur position, non loin de Havrechand.

Le sol avait tremblé et, sur les branches, les feuilles dorées avaient frémi. Graylin ignorait ce que l'explosion augurait mais, craignant le pire, il s'était donc frayé un chemin entre les herbes hautes jusqu'à l'*Épervier*. Le pont arrière était ouvert à tous vents. La porte abaissée formait une solide plate-forme, qui dépassait de la poupe. La main en pare-soleil, Darant y scrutait la brume épaisse. Lui aussi était inquiet. Soudain, quelqu'un appela le pirate, qui disparut à l'intérieur.

Une fois au pied du véloce, Graylin s'élança vers l'échelle. Il gravit les barreaux et rejoignit en vitesse la trappe à bâbord. L'ascension lui rappela son corps douloureusement abîmé. La pluie de débris enflammés qu'il avait essuyée après l'explosion de la chaloupe avait couvert sa peau d'entailles et de cloques. Avec l'aide de Brayl, la fille de Darant, il avait extrait le plus d'échardes possible, mais il en sentait encore d'autres enfoncées dans sa chair. Hélas pour lui, toute inspection complémentaire devrait attendre.

Arrivé au sommet de l'échelle, il se hissa dans la cale, où il faillit se faire renverser par Kalder. Le vargr lui sauta dessus et, comme il l'aurait fait avec n'importe quel membre de sa meute, il le salua d'un grand coup de flanc. D'une main, Graylin attrapa le montant de la porte et, de l'autre, il tapota Kalder, qui renâcla, le souffle court, les oreilles dressées. Il le savait aussi tracassé que lui. La séparation d'avec son frère rendait le fauve particulièrement nerveux et, à l'évidence, il n'appréciait pas que Graylin se fût absenté. Son enfermement prolongé n'aidait pas non plus à le tranquilliser.

Soucieux de le rassurer, l'homme lui prit les babines à deux mains et pressa son front contre le crâne poilu de Kalder.

— Promis, la prochaine fois, je t'emmène.

L'animal lui donna un coup de museau, assez fort pour le faire osciller sur ses talons. Le message était clair : *Tu as intérêt.*

Un cri poussé en haut de l'escalier résonna d'un bout à l'autre de la soute. Quelques oiseaux en cage émirent des piaillements rauques, mais l'appel était destiné à un autre.

— Graylin ! Remontez vite ! gronda Darant. Il faut que vous voyiez ça.

Son ton sombre n'annonçait rien de bon. Le chevalier tapota une dernière fois Kalder, traversa la cale et gravit les marches quatre à quatre. Dans le couloir supérieur, le pirate l'invita à le suivre à l'avant.

— Que se passe-t-il ? questionna Graylin.

— Vous avez entendu l'explosion tout à l'heure ?

— Évidemment ! J'en suis presque tombé sur le cul.

— Eh bien, il y a eu d'autres conséquences.

Dans le gaillard, Brayl était couchée sur le dos, à vérifier quelque chose sous son poste de commande. L'unique autre membre d'équipage était un vieil homme grisonnant au visage grêlé, planté près d'un longoscope. L'instrument n'avait, en général, pas sa place sur un véloce, mais Darant avait dû procéder à quelques améliorations pour faire de son *Épervier* un attaquant encore plus redoutable.

— Hyck, montre-lui ce que tu m'as montré.

L'intéressé hocha la tête. Il vérifia dans son oculaire, effectua deux ou trois réglages et recula d'un pas.

— Ça d'vrait être bon.

Darant fit signe à Graylin de regarder par le longoscope.

— C'est Hyck qui l'a fabriqué.

— Absolument, confirma ce dernier. On m'a p't-être confisqué mon manteau d'alchimiste, mais ce sont eux les perdants, j'vous le dis.

Graylin tenta de discerner ce qu'il pouvait y avoir d'intéressant dans la forêt. Il dut cligner plusieurs fois des paupières pour comprendre ce qu'il avait devant les yeux. En fait, il n'observait pas ce qui se passait autour du vaisseau ou dessous : il avait plutôt une vue panoramique sur les champs de brume. Les nuages formaient une immense mer immaculée.

Darant expliqua.

— Hyck s'est servi de tubes, à la fois en caoutchouc et en bronze…

— En cuivre, rectifia le savant à l'haleine chargée de bière aigre et d'herbe séchée.

— Et en cuivre. Il y a ajouté une série complexe de lentilles et de miroirs. L'objectif de son longoscope peut être déployé plus haut que le ballon, nous offrant une vue à trois cent soixante degrés.

Abasourdi, Graylin entendit à peine l'exposé. Là-bas au loin, la mer blanche percutait de plein fouet un sombre banc de fumée bouillonnante. Au centre, une grosse colonne noire montait très haut et dégageait de furieux panaches de flammes.

Un guerroyer flottait à une lieue de là, près des quais.

Sans se préoccuper de la menace qu'il représentait, Graylin se concentra sur la colonne de fumée, qui marquait certainement l'emplacement de la récente explosion.

Darant avait peut-être vu les épaules du chevalier se crisper jusqu'aux oreilles. Il précisa :

— Il devait s'agir d'un chaudron de Hadyss. Or, je n'imagine pas ces saligauds en larguer un sans raison valable. Comme cibler une certaine jeune fille…

Étourdi, Graylin se cramponna au longoscope.

— Les autres n'ont pas pu survivre à une telle déflagration.

— Nous n'en savons rien, répliqua le pirate. Je suis souvent allé à Havrechand. Cette ville s'enfonce aussi profondément sous terre qu'elle s'élève dans le ciel. À certains endroits, cela excède même la portée d'un chaudron.

Graylin espéra de tout cœur que ses compagnons d'aventure eussent trouvé refuge quelque part. Il n'oubliait pas pour autant le guerroyer qui planait au-dessus d'eux.

— Il faut les arrêter.

Darant lui flanqua une tape sur l'épaule.

— Ah ! Mon petit oiseau de proie est bourré de ressources, mais il n'a pas été conçu en prévision de longues escarmouches. Attaquer et fuir, voilà la force de l'*Épervier*. Nous n'avons plus qu'une poignée de bombes incendiaires et nos réserves de carburéclair sont presque à sec.

— Que faire, alors ?

— La même chose que maintenant. Patienter comme prévu, plutôt que de courir la bite à la main en défiant quiconque avec des prouesses graveleuses. Nous devons compter sur les autres pour fuir cet étau et nous faire signe quand tout danger sera écarté.

Les poings serrés, les bras croisés, Graylin réprima un mugissement de colère qui enflait dans sa poitrine.

— En attendant, continua l'autre, nous devons rester libres de nos mouvements. Être prêts, le cas échéant, à plonger pour les récupérer et à foutre le camp en vitesse.

— Donc, on attend, répéta-t-il avec amertume.

— Et il n'y a pas qu'eux que nous attendons, ajouta Darant d'une voix plus haut perchée.

Le pirate se hâta de rejoindre les fenêtres en saillie. À cet instant-là, un petit esquif glissa devant la proue de l'*Épervier*, annonçant le retour de leur seconde chaloupe, indemne. Après avoir semé la meute de loups dans le brouillard des rives lointaines de l'Heilsa, elle rentrait à bon port.

Darant plaqua ses paumes contre la vitre et scruta la modeste embarcation.

— Pas l'ombre d'une égratignure, marmonna-t-il avec fierté.

Lorsque le canot eut descendu de quelques mètres, son hublot laissa entrevoir l'identité du pilote : une sublime créature aux cheveux blancs et au teint mat.

Brayl rejoignit son père.

— Comment se fait-il que Glace ait eu le droit d'aller s'amuser pendant que moi, j'étais coincée ici ? se plaignit-elle.

Darant l'attira contre lui.

— Simplement parce que c'est ma préférée.

Le pirate, qui en fut quitte pour un petit coup de poing au torse, la laissa partir en exultant de soulagement. Sa joie fut de courte durée face à la peine absolue sur le visage de Graylin.

D'un ton solennel, il lui fit une promesse.

— Si la fille de Marayn est en vie, nous la retrouverons.

Graylin contempla le brouillard dense.

Pourvu qu'elle soit encore en vie…

* * *

Vêtu d'une armure soigneusement lustrée, Mikaen sillonnait les faubourgs encore fumants de Havrechand. Il était accompagné d'une quarantaine de chevaliers sur leur monture et d'un bataillon de vyrlliens endurcis. Le jeune homme acceptait mal la nécessité d'une garde aussi rapprochée mais, pour convaincre Haddan de le laisser traverser la cité en ruine, il n'avait pas pu en faire l'économie.

En réalité, même le seigneur général reconnaissait l'intérêt fondamental de son équipée.

Mikaen revit le *Tytan* échoué de travers sur le quai. Quel stigmate de la honte exposé à la vue de tous ! Son expédition avait donc, notamment, pour objectif de mettre le prince du royaume, futur souverain de Hálendii, sous le feu des projecteurs. Encore simple élève de huitième année à la Légionnaire, il s'était senti monter dans l'estime de bon nombre de chevaliers, de gardes, voire de certains Margoulins, qui voulaient le voir se sortir le sceptre du cul et faire un carnage parmi les ennemis du royaume.

Or, ces mêmes yeux-là avaient étincelé de mépris quand, face au lâche assaut contre le *Tytan*, le garçon était resté impuissant, cloîtré à l'avant du vaisseau.

À moins que ce ne soit le reflet du propre mépris que j'éprouve envers moi-même.

Après l'attaque, il avait aidé de son mieux aux réparations. Hélas, ce n'était pas en clouant quelques planches sur un pont dévasté qu'il était parvenu à redorer son blason.

Le *Pywll* avait ensuite largué un chaudron de Hadyss en plein centre-ville. Son commandant n'avait même pas envoyé de corbereau à Haddan pour demander l'autorisation d'employer une arme aussi redoutable. Son usage était, d'ordinaire, réservé aux situations désespérées. Il n'était pas question d'y recourir à tort et à travers, d'autant que les guerroyers ne disposaient chacun que d'un seul chaudron. Mikaen avait aperçu celui du *Tytan*, solidement arrimé dans la soute inférieure. L'énorme bidon, de la taille d'une petite grange, était davantage fait de fer que de bois. Il emplissait presque tout l'espace, suspendu au-dessus d'une trappe fermée qui séparait la quille en son milieu.

Mikaen comprenait cependant pourquoi Brask avait déployé son arsenal le plus puissant. De retour du *Pywll*, Wryth avait expliqué que le frère du commandant avait été tué par les fugitifs au sol. À bord, le Confesseur avait aussi été témoin d'une scène capitale : non seulement il avait aperçu l'arme en bronze qu'on lui avait dérobée, mais il avait peut-être également reconnu un certain prince sombre en train de se sauver avec elle.

Kanthe…

S'il subsistait le moindre doute que son frère jumeau eût fomenté une insurrection avec une prétendue demi-sœur, celui-ci était à présent balayé.

Sinon, pourquoi Kanthe viendrait-il fricoter avec des voleurs assassins ?

En apprenant la nouvelle, Haddan avait ordonné à la moitié des forces du *Tytan* d'écumer la ville et de passer au crible le lieu de l'explosion. Mikaen avait tenu à rejoindre la mission, histoire de paraître aux yeux de tous en armure, juché sur son destrier, à l'endroit où son traître de cadet avait été vu pour la dernière fois.

Mikaen toisa d'un regard noir la horde de chevaliers vyrlliens chargés de le protéger.

Comme si c'était nécessaire.

Havrechand n'était plus qu'un vaste cimetière cerné par les flammes. Quelques lampes perçaient, çà et là, l'épaisse grisaille, sinon les rues étaient désertes. Les rares survivants fuyaient le vacarme de la cavalcade. Ils disparaissaient à l'intérieur des bâtisses, terrés derrière leurs volets ou au fond de caves humides, dans l'espoir d'échapper au pire de l'incendie.

L'atmosphère, encore brûlante, était saturée de fumée. Les soldats progressaient avec des écharpes humides plaquées sur leur visage, mais cela n'empêchait pas la puanteur d'irriter les narines. La chaussée était jonchée de cadavres disloqués, piétinés ou carbonisés, au point que la légion devait leur passer dessus pour continuer vers le centre de Havrechand.

Ils longèrent le tronc fracassé d'un aulne gigantesque qui s'était écrasé sur une bonne partie de la cité. Enfoui dans un nid de branches cassées, il gisait à gauche, tel un immense rempart blanc. Peu à peu, des flammes apparurent, faisant rôtir le bois immaculé. Lorsqu'ils arrivèrent enfin au bout, les cavaliers ne découvrirent que des ruines déchiquetées. Le feu continuait de couver et la fumée empêchait de voir plus loin.

Les hommes en tête du cortège furent engloutis par l'étrange obscurité.

Son écharpe pressée contre la bouche, Mikaen leur emboîta le pas avec d'autres gardes. Le monde s'effaça et la chaleur devint quasi insupportable. Son groupe suivit les croupes des chevaux de devant, jusqu'à ce que le nuage noir se fût assez dissipé pour révéler ce qui avait soufflé l'aulne géant.

Un cratère colossal, deux fois plus large qu'un terrain de joutes, s'étendait devant eux. Une fois et demie plus profond, il brûlait et fumait sur tout le pourtour. Mikaen resta bouche bée devant l'exorbitance de la scène, sidéré par la puissance destructrice qu'elle impliquait.

Tout cela à cause d'un seul chaudron de Hadyss.

Il se surprit à sourire derrière son foulard.

Juché sur un haut cheval pie, un homme se fraya un chemin au petit trot entre les gardes. Malgré le masque qui lui couvrait le bas du visage, Mikaen n'eut aucun mal à reconnaître Wryth, avec sa cartouchière de cryste et son tatouage noir au niveau des yeux. Le Confesseur était parti en éclaireur avec quelques soldats.

Tandis que sa monture avançait vers les ruines de l'aulne, il brandit une boule translucide qui lui servait à remonter la piste de la précieuse relique en bronze qu'on lui avait dérobée.

Le prince contempla le cratère devant eux.

Wryth annonça le résultat de sa quête.

— J'ai fait le tour complet du trou, haleta-t-il, le son de sa voix étouffé par son écharpe. Rien.

Mikaen savoura le ton amer de sa défaite.

— Vous allez devoir creuser pour récupérer votre trésor.

— Il semblerait, oui. L'opération va malheureusement nécessiter plusieurs lunes de recherche. Avec la guerre qui menace, je crains fort de ne pas y arriver à temps.

— N'ayez crainte, ricana Mikaen. Mon père vous affectera toutes les ressources nécessaires afin d'extraire au plus vite des réponses de ce trou. Et pas uniquement pour le salut de je ne sais quelle arme ancestrale.

Wryth afficha un silence interrogateur.

— Pour mon frère aussi.

L'érudit se tourna vers le vaste cratère.

— Rien ne peut avoir survécu à une explosion pareille.

Lorsqu'il s'agissait de son jumeau, Mikaen nourrissait ses propres convictions.

— Tant que je n'aurai pas le crâne de Kanthe entre les mains, je ne le tiendrai pas pour mort.

Wryth acquiesça lentement.

— Sage décision.

Mikaen se représenta Kanthe, la statue en bronze et l'ombre d'une demi-sœur qu'il n'avait jamais rencontrée. Il enfonça sa frustration tout au fond du cratère fumant.

S'ils ne sont pas morts, où pourraient-ils bien être ?

CHAPITRE 49

Shiya longeait clopin-clopant la galerie tapissée de cuivre. Dès qu'elle posait un pied au sol, le métal resplendissait d'un éclat plus vif, puis s'assombrissait une fois le contact rompu. Ses doigts, qui caressaient le mur, laissaient aussi une traînée lumineuse derrière eux.

Un puissant parfum d'orage emplissait l'atmosphère.

Sur l'insistance de Xan, Shiya marchait en tête, mais Rhaif la talonnait, prêt à voler à son secours si jamais elle montrait des signes de faiblesse ou qu'elle trébuchait. Ils arpentaient la galerie depuis plus d'une heure, peut-être davantage, et s'ils n'en voyaient toujours pas le bout, la bonne nouvelle, c'était que Shiya tenait bon.

L'étrange métal lui instillait une certaine force. Néanmoins, comme avec le chant des femmes kethra'kai, il lui permettait tout juste d'avancer et rien d'autre.

Shiya n'avait pas encore prononcé un mot.

Plutôt que d'écouter les messes basses des Hálendiiens derrière lui, Rhaif fouilla l'endroit du regard. Il examina le tunnel circulaire et en effleura le cuivre incroyablement lisse.

Pas un rivet ni même un seul clou.

La voûte du plafond était particulièrement haute et, malgré sa grande envergure de bras, Shiya était incapable de toucher les deux murs en même temps. Pensif, Rhaif se rappela la dernière fois qu'il avait aperçu un métal aussi mystérieux.

Dans les mines de Craie.

Il avait découvert Shiya dans un œuf constitué du même cuivre homogène, enchâssé dans le sous-sol rocheux. Là-bas, la statue était nichée à l'intérieur d'une alcôve en verre, ceinte par un réseau complexe de tubes en cuivre et d'éprouvettes, où bouillonnait un élixir doré. C'était alors une splendide beauté sculpturale, une déesse de bronze endormie.

Il la contempla à présent, avec sa jambe tordue et son corps cabossé couvert d'éraflures. *Tu n'aurais peut-être jamais dû quitter ton œuf. Ce monde est trop impitoyable, même pour une femme en métal.*

Il soupira.

Pratik et Llyra marchaient derrière. Si le Chaaen observait tout d'un œil émerveillé, Llyra restait concentrée sur Shiya. Chaque fois qu'une flaque de lumière apparaissait au sol, ses yeux étincelaient d'un air cupide et calculateur.

Il va falloir que je la surveille de près.

De son côté, Pratik était toujours aussi fasciné – et pas seulement à cause de Shiya. Il ne cessait de regarder derrière lui, non pas vers les Kethra'kai qui entouraient Xan mais plus loin, en queue de cortège, là où les Hálendiiens étaient escortés d'un gros vargr. Il était intrigué par la mystérieuse jeune fille d'une quinzaine d'années qui, visiblement, possédait un talent rare de maître chanteuse. Xan avait d'ailleurs expliqué *qui* les soldats du roi recherchaient à Ennuage.

Des chanteurs.

Du'a ta.

Qui signifiait « toutes les deux ».

Rhaif observa tour à tour Shiya et la dénommée Nyx.

Deux chanteuses – une de bronze, une de chair et d'os. Et pourtant, il percevait un lien puissant entre elles. Comment était-ce possible ? L'une avait l'âge canonique des terres qu'ils foulaient, l'autre n'était encore qu'une enfant.

Une voix forte retentit à l'arrière.

— Pourrions-nous faire une brève halte ?

Rhaif scruta le cortège et identifia l'aîné des Hálendiiens, avec sa queue-de-cheval auburn et sa fine barbe sombre. D'après les intonations formelles de son discours et son attitude quelque peu autoritaire, il devait s'agir d'un érudit.

L'homme désigna la petite chanteuse, toute pâle à la lumière des flambeaux kethra'kai. Elle était appuyée sur le bras d'un jeune homme robuste aux joues rouges, qui portait une hache dans le dos, et elle semblait au bord de l'évanouissement. Contrairement à Shiya, elle ne retirait aucune force du tunnel métallique.

Xan leva sa canne et demanda à tout le monde de s'arrêter. L'expert hálendiien vint alors examiner Shiya en compagnie d'un garçon muni d'un arc et de deux carquois en bandoulière. La statue avait une flaque luisante autour de chaque pied et sa paume, plaquée au mur, y créait un halo brillant.

Rhaif tenta de s'interposer.

Xan agita sa canne.

— Laissez-les passer. Ils l'ont bien mérité. Voici l'alchimiste Frell hy Mhlaghifor. Et Kanthe ry Massif.

Pratik et Llyra regardèrent l'adolescent avec un subit intérêt.

— Le prince de Hálendii ? lança le Chaaen.

— Fils cadet de Toranth, confirma Llyra, le front plissé par de nouveaux calculs. Maintenant, je vois la ressemblance.

On procéda au reste des présentations. Rhaif apprit que l'ange gardien bedonnant de Nyx s'appelait Jace et que c'était un ami du Cloistre. Quant au vargr, il répondait au nom d'Aamon. Chacun raconta ses aventures. Du côté de Rhaif, un récit de la trouvaille qu'il avait faite au fond d'une mine et de sa fuite précipitée d'un bout à l'autre de la Couronne. Du leur, l'exposé d'une prophétie funeste et de phénomènes magiques associés aux chauves-souris de Mýr.

L'ancien bandit estima leur affaire grotesque mais, bon, il se promenait bien avec une statue vivante. *De quel droit pourrais-je me moquer ?* Il découvrit aussi que Nyx était liée aux déboires du Chevalier Renégat qui, apparemment, était encore en vie.

Rhaif était étourdi par l'avalanche d'informations. Le temps de tout assimiler, il laissa les autres étudier Shiya de plus près. Retournée à son immobilité de statue, elle s'imprégnait au maximum de l'énergie du tunnel.

Xan observa Rhaif en inclinant légèrement la tête. Comme le jour de leur rencontre, elle approcha la main de son visage. Il sentit ses doigts caresser sa joue. La berceuse de sa mère résonna un instant, puis s'estompa lorsque la main s'écarta.

— Vous avez du sang de Kethra'kai, annonça la doyenne. Vous chuchotez au rythme de nos vieux chants.

— Ma mère était originaire d'Ennuage. Elle est morte quand j'étais gamin.

— Ah ! Votre cœur chante tout l'amour que vous lui portez, attisé par un soupçon d'hypnochant au fond de vous.

— Je ne possède pas ce genre de talent.

Xan jeta un coup d'œil à Shiya.

— Auquel cas, vous ne pourriez pas communiquer avec elle. Moi, je crois que, sans votre don, vous ne l'auriez jamais trouvée dans les ténèbres.

— Vous parlez de la mine ? Non, c'est la magnétite d'une boussole qui m'a conduit jusqu'à elle.

— Hum ! Oui, ces pierres sont très sensibles aux variations d'énergies magnétiques et elles réagissent aux inflexions de l'hypnochant.

Cela expliquait-il la manière dont les forces de la légion avaient retrouvé leur trace ?

Frell, qui avait entendu leur conversation, intervint :

— Fascinant ! Figurez-vous qu'un alchimiste de Castelroche a découvert de minuscules fragments de magnétite dans le cerveau de certains oiseaux. Selon lui, ils leur permettraient de s'orienter lors des grands vols migratoires saisonniers. Il émet même l'hypothèse que nous puissions, nous aussi, en avoir.

Les bras croisés, Pratik hocha la tête.

— À la Maison de la Sagesse, cela a été confirmé.

Les deux scientifiques se mirent à comparer leurs études et leurs théories. Rhaif cessa d'écouter. Il imagina plutôt la chanson de Shiya en train d'activer, dans son cerveau à lui, des éclats métalliques pointant tous vers elle.

Xan continua de fixer Rhaif.

— C'est peut-être ce qui vous a conduit à tâtons jusqu'à elle – un reflet du talent qui vous habite – bien plus que n'importe quelle boussole.

Il haussa les épaules.

Après tout, quelle importance ?

— Puis-je vous demander comment s'appelait votre mère ?

Rhaif rechigna. Sa chère génitrice lui avait toujours dit qu'il y avait, dans les noms, une puissance, une vérité enfouie au fond de chaque syllabe. Son identité était donc un grand secret, qu'il n'avait même jamais confié à Llyra. Il conservait jalousement son nom tout près de son cœur, telle une braise du passé n'appartenant qu'à lui seul.

Xan méritait néanmoins une réponse.

— Ma mère se prénommait… Cynth… Cynth hy Albar, après qu'elle eut épousé mon père.

La doyenne se raidit. Plusieurs femmes aussi s'agitèrent et le dévisagèrent, les yeux brillants.

— Quel est le problème ? s'étonna-t-il.

Xan plaqua la main sur sa bouche.

— Désolé, je ne voulais pas…

— Impossible, lâcha-t-elle, le regard embué d'émotion.

Sa majesté naturelle s'évapora subitement, ne laissant face à lui qu'une vieille femme ravagée par le chagrin.

Rhaif devina l'ampleur de son désarroi.

— Vous la connaissiez ?

La voix de Xan chevrota de tristesse.

— C'était… c'était ma petite-fille.

Il cligna des yeux, incrédule, et recula d'un pas. À nouveau, il eut l'impression d'être écrasé par le poids de toutes ces informations.

— Les faits remontent à si longtemps, balbutia-t-elle, hébétée. (Une larme roula sur sa joue.) Mais, maintenant, je la vois… dans vos traits, dans votre souvenir de sa chanson.

Elle détourna la tête, honteuse de ne pas l'avoir reconnu plus tôt. Rhaif alla la serrer dans ses bras. Ce n'était pas dans ses habitudes, mais il sentait qu'elle avait besoin de sa chaleur bienveillante pour se remettre du choc.

Contre lui, Xan trembla.

— Elle était si sauvage, cette enfant. Ma fille avait toutes les peines du monde à l'empêcher de se sauver en courant dès que quelque chose attirait son attention.

Rhaif tenta d'imaginer sa mère aussi jeune.

— Au fil du temps, elle est devenue de plus en plus têtue et impétueuse. Lorsqu'elle a été en âge d'observer le rituel d'initiation du Pethryn Tol, elle a refusé de s'y soumettre. Elle n'avait pas envie d'intégrer la tribu. Au lieu de rester prisonnière de la forêt, elle préférait explorer le monde.

Voilà qui ressemblait bien à sa mère.

Est-ce ainsi qu'elle a atterri à Guld'guhl ?

Xan se dégagea de l'étreinte de Rhaif et posa une paume sur son cœur à lui.

— Et aujourd'hui… elle est de retour.

Ses joues étaient zébrées de larmes. Ses épaules tressaillaient à la fois de bonheur et de chagrin. Les autres Kethra'kai se massèrent autour d'elle, laissant Rhaif face à un grand vide.

Llyra le rejoignit.

— Tout va bien ?

Une rare compassion éclairait son regard.

— Je... je ne sais pas.

Elle lui pressa la main.

— Nos histoires ont la fâcheuse habitude de ne pas vouloir demeurer dans le passé.

Il sentit que les mots de la jeune femme étaient empreints d'une signification plus personnelle. Sa curiosité l'aida à reprendre le dessus. Il voulut se renseigner, mais elle lui lâcha les doigts, ayant manifestement épuisé ses maigres réserves de bienveillance.

— Il faut repartir, déclara-t-elle. Nous ne pouvons pas rester éternellement ici.

Ils mirent encore une demi-heure à lever le camp, derrière les pas luisants de Shiya. Après les nombreuses révélations dont ce tunnel maudit avait été le théâtre, plus personne ne bronchait. À moins que ce ne fût juste la fatigue.

Le regard rivé à l'énigme en bronze devant lui, Pratik revint à hauteur de Rhaif.

En le voyant arriver, le Guld'guhlien se rappela avoir vu la doyenne kethra'kai lui chuchoter quelque chose à l'arrière de la carriole. Il jeta un coup d'œil à la vieillarde qui affirmait être son arrière-grand-mère.

— Qu'est-ce que Xan t'a dit tout à l'heure dans la forêt ? Elle t'a murmuré un truc à l'oreille.

Soupir aux lèvres, Pratik hocha la tête vers la statue.

— Elle m'a raconté que Shiya est habitée par l'esprit d'un dieu ancestral, un de ceux qui ne sont pas totalement calmés.

Rhaif fronça les sourcils. Il ne savait pas grand-chose sur le sujet et s'y intéressait encore moins. Des dieux ancestraux, il se souvenait juste qu'ils avaient sillonné la Terre à l'époque lointaine de Pantha re Gaas, des Temps Abandonnés. Il s'agissait d'entités à la fois sauvages et puissantes, d'une force aussi splendide que leur courroux était implacable. Selon la légende, Pantha re Gaas s'achèverait quand le panthéon du royaume aurait capturé et dompté tous les dieux ancestraux, les emprisonnant pour les punir de leur cruauté au fin fond des entrailles du monde.

Sceptique, il tâcha d'imaginer pareille divinité à l'intérieur de Shiya qui, jusque-là, avait été un modèle de grâce et de tendresse.

En même temps, l'œuf en cuivre où il l'avait trouvée était fendu et abîmé de toutes parts. Et quelle énergie lorsqu'elle s'était frayé un passage dans la cohue affolée du *Poney volant* !

Il laissa ses doigts courir sur la paroi du tunnel et frissonna de sentir la puissance qui émanait du cuivre, tel un orage invisible.

Pratik s'en aperçut et cita Xan :

— « Une racine encore plus ancienne, qui appartient au panthéon des dieux ancestraux. »

Rhaif baissa la main et contempla, par-delà Shiya, les vastes ténèbres devant eux. Selon la doyenne kethra'kai, la galerie menait aux falaises des Suaires, d'où Shiya était originaire. Si elle disait vrai, ils étaient peut-être en train de marcher vers les foyers glacés de ces divinités impitoyables.

Il sentit ses jambes ralentir.

Il vaudrait peut-être mieux ne pas aller frapper à leur porte.

* * *

Deux heures plus tard, Nyx aperçut une lumière au fond du tunnel. Elle s'appuya sur l'épaule d'Aamon pour se maintenir debout et continuer d'avancer.

Ce n'est pas trop tôt...

Attiré par l'éclat du dehors, ils accélérèrent le pas. Pourtant, malgré la fatigue, la jeune fille appréhendait de retrouver le ciel et la forêt. Réfugiée au sous-sol, elle avait profité d'un court répit loin des horreurs du monde. En même temps, elle savait qu'il faudrait bien ressortir un jour.

La lumière s'intensifia, au point de devenir aveuglante pour des gens qui avaient passé plusieurs heures sous le faible halo de deux petites lampes. Peu à peu, Nyx sentit néanmoins ses yeux se réhabituer. Sur la fin, les parois étaient beaucoup plus abîmées, comme si l'ouverture vers l'extérieur, littéralement déchiquetée, était hérissée de gros crocs en cuivre.

Lorsqu'ils durent franchir les mâchoires acérées, chaque membre du groupe baissa la tête, se contorsionna avec prudence et se faufila au milieu d'un amas de rochers moussus, semés de lichen. Telle une vipère métallique tapie entre les cailloux, la gueule du tunnel était si bien cachée qu'on pouvait aisément passer à côté sans la remarquer.

Ils se redressèrent et découvrirent le paysage devant eux.

Le monde s'arrêtait quelques mètres plus loin, bouché par un rempart de falaises noires. Les nuages bas qui s'y amoncelaient faisaient penser à des vagues léchant un littoral escarpé.

Le cou tendu, Nyx essaya de percer le brouillard pour apercevoir ce qu'il y avait au-dessus. *Les Suaires de Dalalœða*. Au Cloistre, elle avait suivi des cours sur cette région de moyenne montagne balayée par la tempête. Du moins, sur le peu qu'on savait d'elle. Seuls les plus téméraires osaient s'aventurer au sommet, et la plupart n'en revenaient pas. Quant aux heureux rescapés, ils rapportaient des histoires fantastiques de monstres et de créatures effroyables qui hantaient les jungles compactes.

Xan les conduisit au pied des falaises. En s'approchant, Nyx remarqua, gravées dans la roche, des marches qui montaient le long de la paroi et disparaissaient dans les nuages.

Frell s'en aperçut aussi.

— Ce doit être l'escalier que les Kethra'kai utilisent lors du rituel du Pethryn Tol.

Nyx savait comment le cérémonial se déroulait. Elle imagina les jeunes gens gravissant le sentier précaire avec la ferme intention de prouver qu'ils méritaient leur place au sein de la tribu. Comme la majorité de ceux qui y pénétraient sans autorisation, ils étaient nombreux à y laisser la vie.

— Nous sommes censés grimper là-haut ? chuchota Jace.

— Nous, peut-être pas, le rassura Nyx.

Bien qu'encore faible, la femme en bronze marchait, elle, d'un pas déterminé vers les falaises.

Un vent fort se leva et effilocha le brouillard. L'éclatante lumière du jour transperça le plafond nuageux et s'abattit sur la paroi rocheuse, y révélant les moindres lézardes.

Éblouie, Nyx se protégea les yeux. Très loin au-dessus d'eux, une plaque métallique flamboyante renvoyait les rayons du soleil. C'était là-bas que menait le sombre escalier. La jeune fille se retourna vers la gueule aux crocs acérés du tunnel, puis elle leva la tête vers l'intense reflet cuivré sur la falaise.

La galerie continue là-haut.

Nyx imagina un long tube en cuivre violemment tranché en deux par le mystérieux cataclysme qui avait frappé la montagne et soulevé la roche de terre pour créer la muraille de falaises. Puis le brouillard se reconstitua et tout s'effaça. Après cela, le monde environnant parut beaucoup plus sombre.

En chemin, le groupe se rendit compte que les gros cailloux au pied des falaises étaient, en réalité, des maisons rudimentaires, percées de lucarnes et empilées les unes sur les autres. Sur les toits, de minuscules cairns ressemblaient à des cheminées. Les niveaux étaient aussi truffés d'entrées de grottes, signe que le hameau s'enfonçait autant dans la roche qu'il s'entassait à l'extérieur.

L'endroit paraissait désert. Sans doute les Kethra'kai s'y réunissaient-ils uniquement après le rituel du Pethryn Tol. Blotties autour de l'âtre, des familles entières devaient s'y abriter et prier pour revoir leurs enfants chéris sains et saufs.

Xan les entraîna en bas des marches, où une arche de blocs de pierre encadrait le passage. Les deux piliers, adossés l'un à l'autre en équilibre parfait, formaient une pointe à leur sommet. De là, l'escalier courait le long du mur.

Shiya voulut aller plus loin mais, d'un geste, Rhaif l'en empêcha. Elle obéit. Ou peut-être avait-elle pris conscience qu'elle avait besoin de reprendre des forces avant la longue ascension.

Xan se posta sous l'arcade.

Penché vers Nyx, Jace reformula plus fort son inquiétude.

— Je parie que nous, nous ne grimpons pas là-haut.

La doyenne kethra'kai l'entendit.

— Non. Pour qui gravit cet escalier sacré, c'est la mort assurée. Seuls les individus possédant un talent de maître chanteur ont un espoir de revenir.

Jace poussa un soupir de soulagement.

— Bénie soit la Mère…

Kanthe aussi parut s'en réjouir.

— Nous pouvons donc rester planqués là et, en attendant, tenter de faire signe à l'*Épervier*. (Il empoigna son arc.) Avec un peu de chance, les légionnaires ont toujours le regard braqué sur Havrechand et non ici.

Nyx lui effleura le bras en silence pour l'inciter à patienter.

— Les Kethra'kai vont aider Shiya dans les ultimes étapes de son voyage, reprit Xan. Il y a toutefois trois d'entre vous qui sont les bienvenus parmi eux et dont le destin est peut-être de suivre cette route. Trois personnes rompues à l'hypnochant.

Rhaif s'avança.

— Si Shiya y va, moi aussi. Je n'ai pas traversé la moitié de la Couronne pour l'abandonner ici. Et, comme vous l'avez dit, j'ai un soupçon d'hypnochant en moi.

Xan inclina la tête en signe de gratitude, puis son regard se posa sur Nyx. L'adolescente, qui n'en attendait pas moins, approcha à son tour.

Jace et Kanthe l'empoignèrent chacun par un bras.

— Je ne te laisserai pas y aller, gronda Jace.

Le prince renchérit :

— S'il vous arrive quoi que ce soit, un certain chevalier aura ma peau. Et j'ai déjà assez de gens qui veulent ma mort.

Nyx n'eut pas à se libérer par elle-même. Peut-être sensible à son envie de tenter l'aventure, Aamon montra les crocs. Les deux garçons n'insistèrent pas.

Elle les en remercia.

— Je dois le faire. Vous le savez autant l'un que l'autre.

Elle lut sur leur visage que, même à contrecœur, ils ne pouvaient pas le nier.

— Alors, nous irons aussi, annonça Jace.

Il se redressa et chercha le soutien de Kanthe.

Nyx secoua la tête. Elle faisait confiance au savoir et au sévère avertissement de Xan.

— Non, ce n'est pas votre destin.

— Alors, promets-nous de revenir, implora son ami. Il faut que tu reviennes.

Dépité, Kanthe lorgna les petites maisons en pierre.

— Nous vous attendrons ici, quitte, en votre absence, à inviter ce fameux chevalier à nous retrouver.

Le problème réglé, Nyx se dirigea vers l'arche. Aamon trottina à ses côtés et, d'un regard furieux, il mit quiconque au défi de l'en empêcher.

Quand l'adolescente eut rejoint Shiya et Rhaif, Xan acquiesça en silence, puis observa le reste du groupe.

— En ce qui concerne le troisième…

Nyx étudia les candidats potentiels. *Qui d'autre possède un talent de maître chanteur ?*

Le regard de la doyenne s'arrêta sur quelqu'un auquel la jeune fille n'aurait jamais pensé.

Frell se raidit. Il semblait sidéré, presque offusqué.

— Moi ? Impossible ! ricana-t-il d'une voix forte.

Xan s'adressa à lui comme à un enfant.

— J'entends de faibles accords musicaux émaner de vous. Vous ne les entendez peut-être plus, car vous attachez trop d'importance à ce qui se passe ici. (Elle s'effleura le front, puis baissa la main vers sa poitrine.) Au lieu de vous concentrer sur ce qui est là.

L'alchimiste n'eut pas l'air convaincu.

Kanthe lui donna un petit coup de coude.

— Vous m'avez supporté, preuve qu'il y a bien un cœur là-dedans.

Les yeux rivés à Frell, Xan caressa les coquillages de sa canne.

— Réfléchissez un peu. Qu'est-ce qui, au départ, vous a poussé à vous intéresser aux mystères de la lune, travaux qui vous ont permis de découvrir la malédiction qui pèse sur nous ?

— Pure curiosité intellectuelle, lâcha-t-il d'un ton sceptique.

Nyx perçut néanmoins le doute grandissant dans sa voix, dans le léger froncement de ses sourcils.

Il devait être en train de repasser son existence au crible.

— On m'a dit que vous aviez vécu de nombreuses années au Cloistre, insista Xan. Comme Nyx. À l'ombre du Poing, où nichent les chauves-souris qui agitent l'atmosphère de leurs mises en garde. À mon avis, quelque part au fond de vous, vous avez entendu leurs craintes. Elles vous ont incité à mener vos travaux, à chercher des réponses aux énigmes qui vous tracassaient.

Les yeux ronds, Frell porta la main à son torse.

La vieille Kethra'kai pivota vers les marches.

— La chute de la lune approche à grands pas. S'il subsiste le moindre espoir pour l'avenir, il nous attend là-haut.

Incapable de résister, Frell esquissa un pas, puis un autre.

Face à l'escalier, Nyx se remémora son rêve d'une cime montagneuse enflammée, avec des engins de guerre qui s'affrontaient et la lune qui s'écrasait sur la Terre. Depuis quelques jours, ses efforts de survie l'obnubilaient tellement qu'elle en avait oublié la menace terrible qui les avait tous conduits là-bas.

La main posée sur le flanc d'Aamon, elle sentit son poitrail vibrer d'un grondement silencieux. Tant de sang avait été versé pour la guider au pied des falaises. Elle n'avait d'autre choix que de suivre sa destinée jusqu'au bout.

S'il y a une quelconque réponse là-haut, je dois la trouver.

CHAPITRE 50

Kanthe regarda ses camarades gravir les premières marches abruptes. Il les surveilla de près jusqu'à ce qu'ils eussent disparu, l'un après l'autre, dans les nuages.

— Que peuvent-ils espérer trouver là-haut ? marmonna Jace, désemparé par le départ de Nyx.

Pratik, l'alchimiste klashéen, avança une explication.

— Selon la légende, un rocher millénaire trônerait au sommet des Suaires : le Cromlech du Nord. D'ailleurs, il a peut-être servi à forger le nom *Dalalæða* qui, en langue des Anciens, signifie « pierres mortelles ».

Kanthe lui jeta un regard en coin.

— Très rassurant.

Jace intervint.

— J'ai grandi dans les îles du Bouclier. Là-bas aussi, nous avons un cromlech.

— En effet, confirma Pratik. Le Cromlech du Sud.

— J'y suis allé. Ce n'est qu'un ensemble circulaire de grandes dalles moussues, dont certaines ont été renversées au fil des siècles. Il est situé au milieu d'une vaste lande de bruyères, où vont paître nos moutons. Rien de bien extraordinaire.

Pratik objecta :

— Selon plusieurs érudits de la Maison de la Sagesse, votre cromlech aurait, au contraire, une haute signification astronomique. Même si, en vérité, nul n'est capable de décrypter l'intention à l'œuvre derrière leur orientation.

— Savez-vous qui a positionné les pierres ? lança Kanthe.

Au souvenir que Shiya venait des Suaires, il se figura un bataillon de soldats en bronze hissant d'énormes blocs par-dessus leurs têtes et les plantant au cœur de la lande.

Pratik haussa les épaules.

— Comme ces rochers datent des Temps Abandonnés, personne ne sait vraiment.

Plus inquiet que jamais, Jace fixa à nouveau l'escalier.

Llyra s'approcha, la mine sombre et agacée. Un peu plus tôt, Kanthe avait entendu les derniers mots qu'elle avait chuchotés à Rhaif avant son départ, l'index pointé sur la statue : *Ne la perds pas*.

De l'avis du jeune homme, elle se souciait moins du bien-être de Shiya que de sa valeur marchande. On aurait dit une propriétaire de ranch jugeant du prix d'un bœuf primé à la foire, à calculer tout l'or que le bronze pourrait lui rapporter s'il était fondu.

Elle était suivie d'un éclaireur kethra'kai maigre et nerveux prénommé Seyrl. Elle balaya le groupe d'un regard acéré et, à l'évidence, elle n'était guère impressionnée par ce qu'elle voyait.

— Prince Kanthe. (Son utilisation du titre officiel se faisait plus sur le ton de la raillerie qu'autre chose.) Que nous proposez-vous maintenant ? Tout à l'heure, vous parliez d'envoyer un signal.

Il acquiesça et contempla la forêt d'aulnes.

— Si la chance nous sourit, nous pourrions avoir un moyen de fuir cet endroit. Il suffit que je parvienne à les attirer jusqu'ici.

Il se dirigea vers une pierre plate, où il déposa son arc. Après avoir sorti deux flèches de son carquois, il dénoua les liens d'une besace pendue à sa ceinture et y prit deux œufs en cuir ciré. Remplis de poudre alchimique, ils étaient enroulés d'un long fil imbibé de carburéclair. C'était le pirate Darant qui les lui avait fournis.

Chaque œuf fut soigneusement attaché à une flèche, juste derrière la pointe en os.

Jace scruta le brouillard.

— Quand allez-vous les lancer ?

Kanthe continua de s'affairer.

— Quand j'estimerai que Nyx et les autres ont terminé leur ascension et qu'ils sont entrés dans la seconde section du tunnel en cuivre. Je ne veux pas risquer que notre signal attire l'attention de l'ennemi, du moins pas tant qu'il y a du monde sur la falaise.

Il noua une autre boule de poudre à une flèche. Il prévoyait d'en envoyer une par-dessus l'épaisse couche de brume et une par en dessous. Elles éclateraient dans un petit nuage bleuté. Seul impératif : les forces adverses devaient continuer d'être focalisées sur Havrechand. Sinon, il fallait prier pour que son signal fût interprété comme une simple fumée de feu de camp.

Lui avait surtout besoin d'attirer l'œil acéré de l'*Épervier*.

Si tant est que le vaisseau soit toujours là.

Il jeta un bref coup d'œil à l'escalier. Avant le départ du groupe, il s'était entretenu avec Xan. Elle lui avait confié que le tunnel supérieur se trouvait à la même distance au-dessus du brouillard que l'autre en dessous. Fort de la précieuse information, il avait donc calculé à peu près le temps qui lui restait à attendre.

Il était aussi impatient que Jace d'envoyer sa balise, mais il s'obligea encore à se retenir.

C'est trop tôt.

Kanthe observa la falaise. Il se rappela la supplique de Jace à Nyx.

Il faut que tu reviennes.

Le prince était bien d'accord. Il avait été peiné de la voir gravir les marches, beaucoup plus qu'il ne l'admettrait jamais. Ces derniers temps, il avait été contraint de se rappeler à maintes reprises que Nyx était peut-être sa demi-sœur. Certains sentiments commençaient, en effet, à lui échauffer les sangs, et rien n'arrivait à refroidir ses ardeurs.

Finalement, il s'était trompé sur Jace, persuadé d'avoir affaire à un poltron, une chiffe molle. À présent, il voyait plutôt un jeune homme doté d'une force de cœur incroyable. Elle illuminait son visage aux yeux de tous, sans honte ni peur.

Kanthe détourna le regard.

Si seulement j'avais son audace.

* * *

Éblouie par le soleil, Nyx se protégea les yeux au moment où, quittant les brumes humides, elle foula des marches cuites par la chaleur du Père d'En Haut.

Même si elle appréciait de poser enfin le pied sur un sol sec, l'air empestait la fumée et les flammes. D'un coup d'œil à gauche, elle aperçut une tache noire sur la mer blanche. L'étrange flaque tourbillonnait autour d'une colonne de fumée qui s'élevait très haut.

Contrainte de s'en détourner, elle se concentra sur la paroi de la falaise. La roche sombre était constituée de strates grisâtres, d'où dépassaient des fragments de coquillages qui semblaient signaler le sol d'une mer asséchée. Une image resurgit alors, quand Xan avait chanté pour elle lors de leur première rencontre. Nyx effleura un coquillage et se demanda si c'était de là que venaient les ornements de sa canne représentant les différentes phases de la lune.

Au souvenir de la raison pour laquelle ils grimpaient vers le sommet des Suaires, elle laissa retomber sa main.

La lune tombe...

Elle étudia l'escalier jusqu'à l'endroit où la doyenne kethra'kai ouvrait la route, aidée d'un éclaireur. Trois femmes de la tribu les suivaient, talonnées par Shiya et, juste après, Rhaif.

Nyx était restée un peu en deçà, toujours intriguée par l'énigme qui brillait devant elle. Au soleil, l'éclat de la femme en bronze s'était paré de chauds reflets dorés et cuivrés. Elle boitillait toujours, mais ses mouvements, plus fluides, étaient dorénavant empreints d'une force qui grandissait à chaque pas. Son enveloppe rigide s'était assouplie. Même sa chevelure se détachait en mèches, qui ondulaient sous la brise.

Les épaules de Rhaif aussi s'étaient relâchées, comme s'il était bercé par un chant qu'il était le seul à entendre et qui le rassurait sur la guérison de Shiya.

— Elle est incroyable, non ? souffla Frell derrière Nyx.

Il n'était suivi que d'Aamon, qui fermait la marche.

— Pas étonnant que Wryth, de la secte des Iflelen, cherche à la récupérer.

Un guerroyer croisait autour du tourbillon enfumé. Manifestement, c'était lui qui leur avait envoyé le déluge de flammes meurtrières et Nyx était convaincue que le maudit Confesseur se trouvait à bord.

De crainte d'attirer l'attention de l'ennemi, elle se hâta de rattraper Rhaif. Ils ne devaient pas s'attarder sur l'escalier plus que nécessaire, surtout que la statue métallique étincelait au soleil. Xan aussi parut le comprendre et elle accéléra.

Le guerroyer continua son étrange ballet autour de la flaque noire, sans montrer aucune velléité de partir dans leur direction. Enfin, le groupe atteignit l'entrée du tunnel en cuivre, dont les contours étaient aussi déchiquetés que son alter ego en contrebas. Ils quittèrent précipitamment le soleil pour se réfugier à l'intérieur.

L'obscurité brutale les aveugla tous, mais l'éclaireur kethra'kai attendit d'avoir bien avancé dans la galerie pour relever le morceau de cuir qui tamisait sa lampe. Nyx constata alors que les parois en cuivre ne luisaient plus sous les pas de Shiya.

Frell aussi le remarqua.

— Ce tunnel ne possède sans doute pas la vitalité de l'autre. Le premier tire peut-être encore sa force du fait que, prenant naissance au pied du Vieux Mast, il s'imprègne de l'arbre prodigue. Celui-ci, en revanche, privé de source d'énergie depuis trop longtemps, reste inerte, tel n'importe quel métal terne.

Nyx crut l'alchimiste, mais une inquiétude la saisit. Et si tout ce qu'il y avait là était également éteint et sans vie ?

Nous aurions fait tout cela pour rien.

Ils étaient, hélas, obligés de continuer. Elle se raccrocha à un espoir, un indice laissant penser qu'il devait y avoir quelque chose au sommet des Suaires.

— Le Pethryn Tol, chuchota-t-elle à Frell. Les Kethra'kai envoient leur progéniture là-haut afin de la mettre à l'épreuve. Pourquoi, à votre avis ?

— J'ai lu des traités sur le sujet mais, depuis la récente mise en garde de Xan, je me dis qu'ils ont tout faux.

Nyx se retourna, mais son ombre cacha le visage de l'alchimiste.

— Qu'entendez-vous par là ?

— *Pethryn Tol* signifie « cœur attentif ». Or, Xan nous a dit que seuls les maîtres chanteurs pouvaient traverser les Suaires sans encombre. Je me demande si « cœur attentif » ne renvoie pas à l'hypnochant. Auquel cas, on peut en déduire qu'il s'agit d'un talent très ancien, ancré dans le sang des tribus autochtones.

Nyx plaqua la main sur sa poitrine. Pethryn Tol. Elle se rappela ce qu'elle avait éprouvé au moment de chanter. « Cœur attentif » était l'expression adéquate.

— En ce qui concerne le rituel, enchaîna Frell, chaque Kethra'kai doit s'y soumettre pour être accepté parmi les siens. Cette coutume permet certainement à l'hypnochant de perdurer chez eux. Les êtres trop faibles ou non pourvus de ce don finissent broyés par leur voyage initiatique. Seuls les plus talentueux rentrent et ajoutent leur semence au clan.

Face à tant de cruauté, Nyx regimba.

Frell, en revanche, commença à s'emballer.

— La tribu se sert peut-être des Suaires comme d'une pierre d'affûtage sur laquelle elle maintient ses talents au meilleur niveau.

— Sauf que, moi, je n'ai aucune filiation avec les Kethra'kai, argua l'adolescente.

Du moins, que je sache.

Elle se retourna vers Aamon. Le lien puissant qui unissait Graylin aux deux vargr était-il la marque d'un talent naissant ? Elle n'avait rien senti émanant de lui lorsqu'elle avait chanté à ses frères. Quoiqu'elle n'avait jamais eu aucun soupçon non plus sur Frell. Et Graylin n'était d'ailleurs peut-être même pas son père. *Et ma mère ?* Sa condition de servante sexuelle à la langue coupée avait-elle définitivement réduit son don d'hypnochant au silence ?

C'était un vrai sac de nœuds, que Nyx renonça à démêler.

Frell émit une autre hypothèse.

— Et si c'étaient vos premiers mois de vie passés auprès des chauves-souris de Mýr – où vous étiez bercée par leurs cris, nourrie à leur lait – qui vous avaient instillé votre talent ? Vous êtes peut-être une créature à part, foncièrement nouvelle et, en même temps, connectée à l'hypnochant ancestral de la tribu.

— *Jar'wren...*, marmonna-t-elle en se rappelant ce que Xan avait dit quand les femmes de la tribu l'avaient examinée.

— C'est le nom kethra des chauves-souris de Mýr.

— Absolument. Selon la doyenne, elles ont été touchées il y a longtemps par les dieux ancestraux et aucun Kethra'kai n'a jamais réussi à communiquer avec elles par le chant.

— Vous, si.

Nyx revit Bashaliia virevolter dans les airs et l'appeler en sifflant. Elle le sentit pelotonné contre elle à l'arrière de la carriole. Il semblait trop fragile pour servir de réceptacle aux dieux du passé.

Elle observa Shiya, dont la silhouette en bronze reflétait la lumière de leur lampe, tel un flambeau. Elle aussi était, d'une manière ou d'une autre, liée aux divinités de l'ancien temps.

Ça, je veux bien le croire.

Le groupe continua sa route en silence. Bientôt, un point de lumière apparut, beaucoup plus vite que ne l'avait escompté Nyx. La galerie ne devait pas mesurer plus d'un huitième de lieue.

Un cri rauque résonna au loin, ainsi qu'un genre de crépitement de pluie sur les feuilles. Ils s'empressèrent d'aller retrouver la faible lueur du jour et découvrirent une sortie encore toute déchiquetée. La galerie semblait avoir été arrachée du sol, comme si c'était la racine en cuivre d'une mauvaise herbe.

Dehors, ils furent accueillis par une jungle obscure, davantage noyée sous le brouillard que le reste d'Ennuage. Chaque feuille, chaque épine dégoulinait. L'atmosphère était si dense et féconde que Nyx craignit de la voir germer dans ses poumons, jusqu'à ce qu'il lui poussât des branches et qu'elle en devînt partie intégrante.

Des profondeurs de la forêt, la vie bourdonnait, vrombissait ou fredonnait des chants sinistres. Quelque chose hurla, peut-être pour les dissuader d'avancer.

Nyx recula d'un pas.

Le sol était jonché d'ossements. Des crânes gisaient, tordus ou fracassés. Des membres blanchâtres étaient enchevêtrés et cassés. Des cages thoraciques servaient d'abri à de grosses grenouilles qui coassaient et les dévisageaient de leurs grands yeux humides. La mousse vert émeraude qui avait envahi les strates inférieures donnait l'impression que la jungle cherchait à engloutir ce qu'elle avait déjà digéré.

Aamon se faufila près de Nyx, la tête basse, le poil hérissé.

Elle comprit.

Interdiction de passer.

CHAPITRE 51

Kanthe était assis sur la pierre plate, à côté de sa rangée de flèches, sur lesquelles était soigneusement attaché un œuf rempli de poudre. Il en avait préparé six, de manière à tirer, au besoin, six volées, qu'il prévoyait d'espacer toutes les heures.

Une fois le matériel en place, son angoisse avait commencé à monter et, de seconde en seconde, elle s'intensifiait.

Encore un peu de patience...

À quelques pas, Pratik surveillait son travail avec zèle.

Pour se changer les idées, Kanthe hocha la tête vers lui. Il avait rarement eu l'occasion de fréquenter un Chaaen d'aussi près et, surtout, de l'interroger sur une coutume klashéenne qui avait toujours suscité sa curiosité.

— Alors, Pratik, c'est vrai que vous n'avez pas de couilles ? Ça vous manque ?

Non loin de là, Jace parut atterré par la question. Néanmoins, il pivota aussi vers Pratik pour écouter la réponse.

Le Chaaen n'eut pas l'air offensé pour deux sous.

— Bah ! Comment regretter un truc qu'on n'a presque jamais eu ? Et, en tout cas, jamais utilisé.

Kanthe réfléchit. Il devait reconnaître que, lui non plus, n'en avait pas souvent fait usage.

— Par ailleurs, continua Pratik, vous devez savoir qu'il existe d'autres moyens de donner et de prendre du plaisir.

— Ah, oui ? Dites-m'en plus.

Alors que l'eunuque s'apprêtait à répondre, Llyra prit congé de Seyrl, leur éclaireur kethra'kai, et les rejoignit.

— Cessez donc vos allusions grivoises. Vous apprendrez plus tard à vous polir le jonc. (Elle désigna les falaises.) Il s'est écoulé assez de temps, non ? Qu'est-ce que vous attendez ?

Malgré son air contrarié de façade, Kanthe ne se fit pas prier.

— Jace, allumez-moi une bougie avec la lampe de Seyrl.

L'intéressé, prévoyant, avait déjà un bâton de cire à la main.

Pendant que son camarade s'affairait, Kanthe se mit en première ligne et arma sa flèche, dont la pointe était alourdie par l'amorce en cuir. Il inclina son arc pour compenser l'excès de poids.

— Allumez la mèche et reculez. J'ignore si cela ne va pas m'exploser au visage.

Jace s'exécuta avec application. Dès que le fil détonateur lança des étincelles, le garçon s'écarta d'un bond.

Kanthe tira un peu plus sur la corde de son arc.

Aucune raison de la jouer petit bras.

Et *chtac !* il décocha sa flèche, qui s'éleva très haut, fendit le ciel et s'évanouit dans la brume. Il retint son souffle. Toutes les têtes étaient levées. Ils attendirent, mais rien ne se produisit.

— Cela a fonctionné ? demanda Jace.

— Impossible à dire, concéda Kanthe. Le brouillard est si dense que notre balise a pu exploser comme un feu d'artifice à un festival d'été sans que, nous, nous distinguions quoi que ce soit.

Il attrapa une autre flèche et se hâta de reproduire son effort avec une corde, cette fois-là, moitié moins tendue. Quand la mèche grésilla ardemment, il tira de nouveau. La flèche prit son envol, ralentit au sommet de sa courbe juste sous le manteau nuageux et explosa avec un bruit étouffé.

Une grosse boule de fumée bleutée se déploya, resta suspendue quelques instants, puis se dispersa sous les nuages.

— Là, c'est sûr que cela a fonctionné.

Kanthe aurait aimé un concert de louanges. Il ne croisa que des mines inquiètes.

Il comprit et fit volte-face vers la forêt voilée.

Y a-t-il seulement quelqu'un là-bas pour apprécier mon travail ?

Il ne pouvait qu'espérer avoir été vu par les bons yeux.

Et rien qu'eux.

— Nous réessaierons dans une heure.

— En attendant, allons nous cacher, recommanda Llyra.

Sage précaution.

Kanthe ramassa son arc, ses flèches et ils trottinèrent vers les petites maisons empilées à l'ombre des falaises. Avec leurs fenêtres en meurtrière et leur étroite entrée sans porte, ce n'étaient pas les meilleures forteresses. Heureusement, à voir leurs arcades s'enfoncer dans la roche, les fondations devaient être très profondes.

Kanthe ignorait combien de temps il leur faudrait patienter, mais il avait l'intention d'en faire bon usage.

— Alors, dites-moi, Pratik, quels sont vos fameux autres moyens de donner du plaisir à une femme ?

* * *

Graylin fut réveillé en sursaut par quelqu'un qui tambourinait à la porte de sa cabine. Il se redressa, étonné de s'être assoupi, alors qu'il pensait juste étendre son corps meurtri quelques minutes.

Au pied du lit, Kalder grogna et se releva, le poil hérissé.

Le chevalier le calma d'une caresse.

— Tout va bien, frérot. (D'une voix plus forte :) Qu'y a-t-il ?

— Mon vieux, si vous avez fini de roupiller, répondit Darant, ramenez vos miches au gaillard d'avant.

Le sentant assez excité, Graylin quitta son lit tant bien que mal. Une douleur vive lui transperça le dos. Il clopina jusqu'à la porte, encore tout courbaturé malgré sa courte sieste. Comme le couloir était désert, il se dirigea vers la proue du vaisseau.

Kalder le suivit, l'échine toujours dressée.

Graylin se trouvait dans le même état d'esprit. En chemin, la chaleur grandissante de son corps calma un peu les élancements, mais son cœur battait à tout rompre. Que s'était-il passé ? Pourquoi l'avait-on réveillé ?

Il s'engouffra dans le petit gaillard du véloce. Aux côtés de Darant, Hyck avait le nez collé à son longoscope.

— Venez voir, lança le pirate, qui écarta le vieil homme d'un coup de coude.

En prenant la place de Hyck, Graylin contempla de nouveau la crête des nuages, sauf que l'image n'était plus focalisée sur le tourbillon de fumée qui planait au-dessus de Havrechand. Dans l'oculaire, le ciel était divisé, au loin, par des falaises noires noyées de soleil, avec une brume épaisse à leur pied et des nuages d'orage masquant leur sommet.

— Que suis-je en train de regarder ?

— Les remparts des Suaires, indiqua Darant. Concentrez-vous sur le brouillard qui stagne sous les falaises, au centre.

Graylin s'exécuta. Au bout de quelques secondes, il distingua une tache grisâtre qui faisait penser à une grosse couche de poussière sur un rebord en marbre blanc. Un léger voile flottait au-dessus.

Les doigts crispés sur le longoscope, il lâcha :

— Serait-ce le signal que nous attendons ?

— Possible, répondit Hyck. Toute la journée, j'ai surveillé les sombres remous au-dessus de Havrechand, à guetter une bouffée de fumée bleue. D'un coup, quelque chose a chopé mon attention en face. Un éclair lumineux a fusé au-dessus des falaises.

— Qu'est-ce que c'était ?

— Difficile à dire. Le temps que j'fasse pivoter mon longoscope, y'avait plus rien. J'ai continué d'observer la zone du coin de l'œil. Eh, ben, j'ai eu le nez creux, parce que, *bam !* un panache de fumée bleue a jailli au même endroit. Tout de suite, j'ai appelé Darant.

Le chevalier se redressa.

— Pourrait-il s'agir du simple dégagement de fumée d'un feu de camp ?

— Non, répondit Darant. C'est trop bleu.

Graylin resta perplexe. Par les larges baies vitrées, il contempla la région en feu de Havrechand.

— Si le signal vient bien de Nyx et de ses camarades, comment se sont-ils retrouvés sur ces falaises ? Et pourquoi ?

— Aucune idée. Il n'existe qu'un moyen de le savoir.

Graylin serra le poing. Il avait envie d'y foncer sans délai, mais…

— Si c'était un piège ? Peut-être qu'un ou plusieurs membres du groupe ont été capturés et que, sous la torture, ils ont révélé comment nous étions convenus de communiquer. Il pourrait s'agir d'une ruse pour nous inciter à sortir à découvert.

— L'idée m'a aussi traversé l'esprit, confirma Darant. Voilà pourquoi j'ai réveillé votre vieille carcasse avant d'allumer mes forges à tout-va.

Graylin se tourna vers lui.

— Conduisez-nous là-bas.

* * *

À l'avant du *Tytan*, Mikaen faisait les cent pas derrière Haddan. Le seigneur général toisait d'un air sévère un membre d'équipage chargé du longoscope à bâbord.

— Qu'en pensez-vous ? lança-t-il au navigateur.

Le prince patienta en pianotant sur sa cuisse. Tout juste de retour à bord, il empestait la sueur de cheval et la fumée. Ses yeux brûlaient, ses narines étaient bourrées de suie, pourtant il piaffait d'impatience à l'idée de repartir fouiller les rues de Havrechand. Les légionnaires avaient retourné caves et maisons, chassé leurs occupants, interrogé tout le monde pour tenter de déterminer qui d'autre pouvait être impliqué dans une insurrection contre le roi. Des habitants de Havrechand avaient certainement eu vent des manigances de Kanthe. Son frère ne serait pas venu dans un endroit aussi reculé sans alliés déjà en place – d'autant qu'il avait, en outre, fait main basse sur l'arme de Wryth.

Mikaen était convaincu qu'il avait des complices.

Kanthe est trop lent d'esprit pour avoir tramé seul son coup.

Le jeune homme était aussi pressé de repartir pour une raison qui n'avait rien à voir avec la traque des acolytes de son frère. À Havrechand, il avait adoré voir les gens trembler devant eux. Leurs cris, leurs protestations, leurs suppliques l'avaient excité comme jamais. Son gantelet était tout ensanglanté d'avoir rossé ceux qui faisaient de la résistance ou prétendaient ne rien savoir. Il avait regardé avec envie les femmes que les soldats avaient traînées dans des recoins obscurs.

Il se languissait de rejoindre la bande, de décharger sa frustration et d'apprécier chaque frisson macabre dû aux conquérants. Il n'était revenu sur le *Tytan* que pour changer de monture, car son coursier avait commencé à trébucher, intoxiqué par la fumée, les poumons sûrement en piteux état. Or, l'héritier du royaume ne pouvait, en aucun cas, être vu chevauchant une bête en bout de course.

Manque de chance, il avait à peine posé le pied à bord que Haddan l'avait convoqué d'urgence.

Tout cela à cause d'un peu de fumée aperçue au loin.

Le navigateur s'écarta de son longoscope.

— La couleur est trop bleue. J'en suis certain. Ce ne sont pas que les effluves d'un feu de camp.

— Il s'agit donc bien d'un signal, conclut Haddan.

Mikaen se figea. Ses yeux se plissèrent.

C'est quoi cette histoire ?

Sous le regard intraitable de son supérieur hiérarchique, le navigateur se redressa.

— Affirmatif, mon général. Je ne saurais, en revanche, vous expliquer pourquoi il a été lancé ni qui en est le destinataire. Ce sont peut-être juste des chasseurs qui s'interpellent entre eux.

Haddan s'approcha des grandes fenêtres en saillie et, tout en lissant sa barbe, il observa les falaises qui délimitaient les Suaires de Dalalæða.

Mikaen le rejoignit.

— Ou alors d'autres complices de Kanthe tentent de contacter ceux restés à Havrechand. Pour demander à toute la clique de les retrouver là-bas.

Haddan renâcla. Il jeta un regard en coin à l'armure couverte de suie du prince, s'attarda un instant sur son gantelet maculé de sang, puis se planta devant Mikaen.

— C'est fort possible.

La jeune altesse royale bomba le torse.

— J'envoie un chassquif mener l'enquête, annonça Haddan avant de tourner les talons.

Mikaen voulut lui saisir le bras, mais son affront lui valut un regard furieux du général. Aussitôt, il écarta sa main, recula d'un pas et se mit au garde-à-vous.

— Laissez-moi y aller.

Devant la mine réticente de son interlocuteur, il insista.

— Un chassquif peut accueillir une vingtaine de soldats, voire un Margoulin ou deux. Confiez-moi vos meilleurs chevaliers, ceux qui perdent leur temps ici. Nous débusquerons les conspirateurs près des falaises et les soumettrons à la question.

— Il ne s'agit peut-être que de simples chasseurs, comme l'a indiqué le navigateur Pryce.

— Mieux vaut en avoir le cœur net. (D'un revers de manche, Mikaen balaya son armure tachée de cendre.) Il faut que le prince du royaume brille davantage. Il devrait être vu écumant la région à la poursuite de tous les traîtres déloyaux envers le souverain.

Haddan observa de nouveau le sang sur son gantelet.

— Et peut-être que le prince du royaume ne devrait pas être vu en train de brutaliser les populations fidèles à la couronne. Du moins, pas devant une centaine de chevaliers.

Face à une accusation à peine dissimulée, Mikaen sentit ses joues s'empourprer. Il se garda cependant de protester, d'ajouter un mensonge à ce qu'ils savaient tous deux être la vérité.

Haddan le jaugea d'un air strict.

— N'allez pas au-devant de risques inutiles. J'ai toute foi en votre jugement. Je vous affecte le capitaine de la Garde vyrllienne du *Tytan*. Vous lui obéirez au doigt et à l'œil. Compris ?

Mikaen frappa ses talons d'acier l'un contre l'autre.

— À vos ordres, mon général.

De crainte de le voir changer d'avis, il prit vite congé. Il se retint de courir mais il voulait astiquer son armure avant le départ. Il était bien décidé à resplendir de mille feux.

En quittant le gaillard, il sourit et, d'un coup d'ongle, ôta la croûte de sang qu'il avait sur une articulation – pas pour la nettoyer mais pour faire de la place à d'autres.

CHAPITRE 52

Rhaif traversa le champ d'ossements qui menait à l'orée de la jungle. Dès qu'il entendait quelque chose crisser ou se briser net sous ses pas, il tressaillait. Plus déterminée que jamais, Shiya marchait en tête même si, sous les nuages menaçants, elle perdait déjà de son éclat : le bronze dont elle était constituée se couvrait peu à peu de reflets gris plomb.

Elle ne regardait jamais à terre et, de son pas lourd, elle réduisait les os en poussière.

Rhaif se crispa lorsqu'un petit crâne subit le même sort.

Et il y avait de quoi frissonner, car, selon les confidences de Xan à Pratik, le corps de Shiya était possédé par l'esprit tourmenté d'un des dieux ancestraux, ces êtres cruels et sans cœur des Temps Abandonnés.

Xan marchait près d'elle avec un éclaireur. Une femme de la tribu l'escortait de l'autre côté. À l'entrée de la jungle, les Kethra'kai empruntèrent un chemin à peine visible dans l'obscurité. Ils se faufilèrent entre les feuillages et sous un pan de liane épineuse, qui s'enfuit en sifflant quand Rhaif voulut passer dessous.

Horrifié, il trébucha en avant.

Frell et Nyx marchaient prudemment derrière lui, à l'affût du moindre danger. Aamon ne quittait pas sa protégée d'une semelle, les oreilles dressées si haut qu'elles semblaient prêtes à s'envoler de son crâne velu.

À peine avaient-ils esquissé quelques pas à l'intérieur de la forêt ruisselante que le sentier derrière eux disparut. Aussitôt, ils se rapprochèrent les uns des autres. En tête, Xan se mit à chanter. Sa mélodie, qui n'avait rien d'enjoué, ressemblait plutôt à un hymne funèbre, en accord avec l'ambiance lugubre de la jungle.

Une fois calées sur son rythme, les femmes Kethra'kai unirent leurs voix à la sienne. La forêt aussi criait, bourdonnait, hululait et coassait de concert. Même les gouttes qui crépitaient autour d'eux ajoutaient un fond de percussions.

Rhaif ne s'en plaignit pas.

Le chant paraissait, en effet, éloigner les prédateurs. Lorsqu'un buisson explosa à droite, il s'avéra qu'en réalité, ses feuilles n'étaient que de la vermine ailée tournoyant d'un air menaçant. D'autres vipères épineuses se sauvèrent. Une cohorte de bêtes au pelage trempé fendit la canopée à grands coups de griffes recourbées et de queue constrictrice. Elles hurlèrent sur les intrus, leurs babines violacées et parcheminées retroussées sur des rangées de fines dents acérées.

— Des mandrèques, chuchota Frell. Je croyais leur espèce définitivement éteinte.

Pour une fois, Rhaif ne l'aurait pas regretté.

Un énorme rondin leur barra le passage, tout écumeux de champignons phosphorescents et de jeunes pousses d'arbuste. Lorsqu'ils s'approchèrent, il se redressa, déploya de grosses pattes écailleuses et rejoignit la jungle d'un pas nonchalant.

Du regard, Rhaif demanda à Frell s'il connaissait l'animal.

L'alchimiste se contenta de hausser les épaules, les yeux écarquillés de stupeur.

Au fil du trajet, la forêt prit de la hauteur. Les gouttes se transformèrent en pluie soutenue. Les nuages s'obscurcirent. Le sol devint plus boueux. Seul un épais tapis de feuilles en décomposition les empêchait de s'enliser. Il n'en restait pas moins qu'ils avaient l'impression de piétiner un cadavre putréfié qui, à tout instant, risquait de céder sous leur poids.

Unique source de réconfort, ils avaient laissé les ossements derrière eux. Quoique, de l'avis de Rhaif, c'était juste parce qu'il n'y avait pas grand-monde à être arrivé jusque-là en vie.

Les Kethra'kai continuaient de chanter à l'adresse des bois. Même Shiya s'y était mise avec une rengaine sans paroles empreinte d'une triste nostalgie.

Une personne, en revanche, brillait par son absence au sein du chœur. Sans doute parce que la peur avait étouffé toute musique en elle.

— Regardez, Frell, murmura Nyx.

Une forêt de fantomatiques piliers en pierre s'élevait devant eux, de part et d'autre du chemin, et disparaissait dans les ténèbres. Rhaif l'imagina se prolonger et entourer le sommet d'un anneau gigantesque.

Au lieu d'être taillées dans la roche noire de l'escarpement, les colonnes étaient d'une blancheur immaculée. Des visages avaient été sculptés à la surface. Des hommes et des femmes, les traits tordus de douleur, qui semblaient leur hurler de partir. Rien qu'à leur vue, Rhaif frissonna. Il ralentit le pas.

Non, mais qu'est-ce qu'on fiche ici ?

La montagne entière aurait-elle été créée par une divinité qui cherchait à repousser les visiteurs par tous les moyens ? La flore, la faune, les intempéries et, à présent, la pierre. À chaque pas, le paysage se rebiffait davantage.

Peut-être devrions-nous écouter les avertissements.

— Ne traînez pas, les somma Xan tout en continuant sa mélopée. C'est encore pire après.

Pire ?

Le Guld'guhlien eut envie de faire demi-tour.

— Tout le monde devra utiliser sa voix. Quand je vous le dirai, chantez. Ou fredonnez si vous ne pouvez pas faire plus.

Après sa prédiction sinistre et ses instructions succinctes, Xan longea les piliers, puis entraîna ses protégés dans les profondeurs de la forêt. Ils marchèrent de longues minutes sous une jungle dégoulinante. Au loin, une lumière vive fendit la nuit, éclairant brièvement le dessous des nuages noirs. Elle ne fut suivie d'aucun coup de tonnerre, ce qui mit Rhaif encore plus à cran.

Un craquement sous son pied l'incita à regarder de nouveau le sol. Un fémur bosselé dépassait de la boue. Vite, Rhaif s'écarta, et il piétina d'autres ossements.

Non, pas encore...

Il faillit se tordre la cheville quand sa botte crottée dérapa sur le haut d'un crâne jauni au sourire bien blanc.

Le groupe pataugea comme il pouvait à travers le second cimetière et atteignit une étroite clairière au milieu du chemin. Sous un ciel toujours aussi menaçant, le terrain était jonché d'ossements enchevêtrés.

Rhaif avait le souffle court, le pouls fébrile et son champ de vision rétréci par la terreur.

Pas question de franchir cette rivière de cadavres.

Même les Kethra'kai freinèrent.

Xan les pressa de continuer.

— Maintenant, chantez. Et surtout, restez en mouvement.

Rhaif n'avait jamais eu aussi peu envie de pousser la chansonnette. La bouche emplie de coton rêche, il peinait à reprendre sa respiration mais fut rattrapé par Frell et Nyx. La jeune fille joignit humblement sa voix au chœur de la tribu. Même Aamon grogna plus fort, comme s'il cherchait à les imiter.

Entraîné vers le parterre d'ossements, Rhaif n'eut pas d'autre choix que d'avancer tant bien que mal.

Frell toussota et se mit à son tour à fredonner. Le résultat était discordant, sans hauteur de son tenue, mais les piteux efforts de l'alchimiste incitèrent Rhaif à tenter de faire mieux. Il inspira à fond, retint son souffle un instant et laissa échapper un drôle de bruit, entre l'expiration rauque et le sifflement. Il tâcha de le stabiliser, en vain.

Son application lui occupa néanmoins suffisamment l'esprit pour qu'il ne s'enfuît pas à toutes jambes.

À mi-parcours, une fine couche de boue afflua de part et d'autre de la jungle. Elle recouvrit les os et fonça sur le groupe. Rhaif accéléra le pas, de crainte de rester enlisé. Ses camarades aussi s'appliquèrent à traverser au plus vite le dangereux charnier.

Tout à coup, Frell se tut, haletant d'effroi, mais Nyx le saisit par le bras et l'obligea à repartir.

Rhaif aperçut ce qui avait épouvanté l'alchimiste.

Ce n'était pas de la *boue* qui arrivait vers eux.

Des araignées...

Chaque créature était grande comme la paume de la main, avec des pattes plus longues encore et un corps brun foncé couvert de rayures jaune toxique. Le fredonnement de Rhaif se mua en un long gémissement de terreur.

Très vite, la horde d'araignées envahit le groupe. Elles grimpaient le long de leurs mollets ou finissaient broyées sous leurs pas. Rhaif en vit galoper sur son torse, se faufiler sous sa chemise ample, lui chatouiller le cou, les joues et s'agglutiner au sommet de sa tête.

S'il continua de chantonner, ce fut uniquement pour s'empêcher de hurler et garder les lèvres scellées, de peur de les sentir entrer aussi dans sa bouche.

Aamon en secoua une grosse couche de son pelage.

Tous continuèrent de marcher courageusement, mais ils n'avaient pas encore vu le pire.

Une araignée trottina le long de l'avant-bras de Rhaif et s'y arrêta, les pattes agrippées à sa chair. Après quoi, des amas de filaments cuivrés jaillirent des rayures abominables de son dos. Ils se tortillèrent en l'air et finirent par s'insinuer en lui. Des dizaines d'autres firent de même. L'attaque ne fut suivie d'aucune piqûre. Rhaif avait juste l'impression atroce de sentir des asticots grouiller sous sa peau.

Prêt à donner des coups dans tous les sens, il frissonna.

Son fredonnement mourut au fond de sa gorge.

Une araignée cramponnée à sa joue agita des fils cuivrés devant ses yeux. Alors qu'il levait la main pour la chasser, des doigts le saisirent. La solidité du bronze l'aida à se calmer.

Il se retourna et vit Shiya le dévisager de ses yeux brillants. Elle chantait – mais plus pour la forêt – uniquement pour lui. Pas après pas, elle l'incita à la suivre. Derrière les notes qui s'égrenaient, il entendit la berceuse de sa mère. À mesure que le chant s'amplifiait dans son esprit, le grouillement des araignées se transforma en une caresse maternelle qui, peu à peu, l'apaisa.

Il surmonta sa crise de panique.

Finalement, après un calvaire interminable, la horde descendit de son corps et de celui de ses camarades. Les araignées se retirèrent dans la forêt. Rhaif avait vu qu'il ne s'agissait pas de créatures naturelles. Sous leur masque animal, elles cachaient de savants assemblages en cuivre, peut-être liés à Shiya.

S'il lui restait le moindre doute, un grand fracas à gauche dévoila furtivement une silhouette imposante, plantée sur des pattes vertes ternies, qui se déplaçait entre les arbres. Elle hantait la lisière de la clairière et semblait rappeler la meute à elle. Du mouvement dans la canopée marqua le passage d'autres grosses sentinelles.

Rhaif se frictionna les bras pour calmer ses démangeaisons. Les araignées avaient constitué une espèce de test, à l'image du physicieux qui utilisait des sangsues pour inspecter les secrets d'un corps. Les épaules secouées par un ultime soubresaut de dégoût, il était certain d'une chose.

Dieu merci, nous avons réussi l'examen.

Xan avait cessé de chanter, comme si elle savait que, dorénavant, la jungle les laisserait poursuivre sans encombre.

— Ce n'est plus très loin.

— Quoi donc ? demanda Nyx.

— Dalalæða.

Rhaif se souvint avec inquiétude de la traduction de Pratik.

Les pierres mortelles.

* * *

Nyx traversait la jungle obscure derrière les autres. Malgré ce que Xan avait affirmé, la forêt semblait s'étendre à l'infini. L'adolescente sentait encore une farandole de pattes hirsutes lui chatouiller les bras et elle ne cessait de balayer des araignées qui, pourtant, n'étaient plus là.

Des éclairs de plus en plus nombreux illuminaient le lugubre manteau nuageux et paraient la jungle de sombres reflets émeraude. Ils ne s'accompagnaient jamais d'un coup de tonnerre mais, bizarrement, d'un silence encore plus pesant.

L'impression de lourdeur venait peut-être du fait que l'atmosphère se gorgeait peu à peu d'une humidité et d'une énergie farouche qui irritait même les papilles. On se serait cru dans les marais après un orage.

À mesure qu'ils approchaient du but, les muscles de Nyx se crispèrent, et elle rentra la tête dans les épaules. Aamon aussi changea d'attitude. Il ne grondait plus, de peur peut-être d'attirer l'attention, mais marchait à pas de loup, le poil de l'échine tout raide.

Le climat était devenu si menaçant que Nyx avait la sensation d'affronter un vent hostile. Quant à Frell et Rhaif, ils échangeaient des regards inquiets.

Juste avant d'arriver à saturation, la jeune fille vit la jungle s'interrompre d'un coup.

Comme ses camarades, elle se figea d'étonnement.

Une arche gigantesque se dressait devant eux, au centre d'un haut mur en pierre sèche. Le rempart n'était visible qu'à quelques mètres de distance : la forêt luxuriante cherchait à s'imposer à lui, avec des lianes qui lui grimpaient dessus, mais le solide édifice tenait bon.

Par sa forme, l'arcade était identique à celle qui encadrait le pied de l'escalier : deux montants adossés l'un à l'autre et formant une pointe au sommet. Sauf qu'elle était dix fois plus grande que la première.

Tout le monde s'approcha, les Kethra'kai avec vénération, les autres d'un pas plus méfiant. Seule Shiya continua d'avancer normalement en boitillant sur sa jambe abîmée.

Après le seuil, la végétation était remplacée par une vaste étendue de roche nue, aussi noire que les falaises derrière eux. Un nouvel éclair illumina la plaine. De sa brillance inouïe, il renouvela les énergies mystérieuses qui emplissaient les lieux.

Aveuglée, Nyx cligna des paupières, puis se dirigea vers l'arche avec le reste du groupe. Érigés en cercle immense, les hauts murs délimitaient un espace qui, en termes de taille, rappelait le premier étage du Cloistre. L'adolescente se trouvait d'ailleurs dans le même état d'esprit qu'à son entrée à l'école : perdue, dépassée par les événements, s'estimant trop petite pour s'aventurer dans un lieu aussi intimidant.

À l'intérieur de la forteresse, deux ensembles de pierres levées dessinaient des cercles concentriques. L'anneau extérieur était plus haut que l'autre, comme si les menhirs s'inclinaient devant la structure géante au milieu. Une double série d'arcades, deux fois plus grandioses que les murs eux-mêmes, s'y entrecroisaient et abritaient un cube constitué de la même pierre blanche que les terrifiants piliers sculptés.

Nyx promena son regard le long du rempart. Trois autres portes donnaient sur la jungle. Chaque issue, flanquée de colonnes majestueuses au niveau du cromlech externe, était surmontée d'une pyramide en cristal. Au loin, un des cristaux chatoya dans l'obscurité, puis éclata en créant un éclair en zigzag. Le trait de foudre frappa les nuages sombres et les para brièvement de petites répliques en cascade.

Ébloui, tout le monde baissa la tête, même les Kethra'kai.

Shiya fut encore la seule à ne pas y prêter attention. Elle franchit l'anneau extérieur et poursuivit vers celui du milieu. Rhaif s'élança derrière elle, entraînant les autres dans son sillage.

Le dos courbé, Frell courut vers Nyx.

— Ne vous éloignez pas. Si c'est réellement d'ici que vient Shiya, il vaut mieux rester dans son ombre.

Et dans ses bonnes grâces, ajouta-t-elle en silence.

Ils revinrent à hauteur de la statue et la suivirent en direction des arches croisées au centre. En s'approchant,

Nyx discerna les contours d'une porte enchâssée dans le cube.

Elle se retourna vers la jungle obscure qui les toisait par-dessus la citadelle et elle se souvint des abominations, naturelles ou pas, qu'elle y avait croisées. Ces innombrables menaces lui rappelèrent un ermite de sa région, ami de son père. L'homme, reclus au fond des marais de Mýr, vivotait en distillant de l'eau-de-vie, dont on disait qu'elle était aussi forte que le carburéclair. Pour empêcher quiconque d'en découvrir les secrets de fabrication, il avait protégé son atelier derrière un vrai labyrinthe de clôtures doublées de pièges perfides.

Nyx étudia l'endroit où ils allaient.

Qu'est-ce qui justifie, depuis des siècles, des mesures de protection aussi radicales ?

La porte située sous le linteau du cube finit par apparaître et ils en avaient tous déjà vu une comparable. Le battant ovale en cuivre était deux fois plus grand que celui qui leur avait donné accès au tunnel. Là aussi, des enchevêtrements de vrilles en bronze et en cuivre s'insinuaient au sein du cube blanc et de la roche noire.

Les explorateurs se massèrent à quelques pas du cube.

Nyx s'adressa à Xan :

— Vous êtes-vous déjà rendue de l'autre côté ?

— Non. Mon chant n'est pas assez puissant pour ouvrir la porte.

Shiya, en revanche, s'en croyait manifestement capable.

Elle claudiqua jusqu'au linteau et, les paumes levées, elle parut tester des vents invisibles. Elle baissa ensuite les bras et se mit à chanter. Sa mélodie, douce au début, suggérait une brise légère, paisible et nostalgique, auxquelles des strates s'ajoutèrent progressivement. Nyx entendit les accords plus robustes d'une structure ancestrale, qui s'érigeait, puis tombait en ruine. Ils furent couverts par un rythme qui, de son empreinte forte, sembla figurer le passage des siècles. Une aria d'espoir – à la fois aussi gracile que les premières notes et beaucoup plus lumineuse – tenta de repousser une tempête sombre de nuances de basses, mais elle finit par être submergée. L'œuvre, mélancolique, évoquait le temps et la perte, le passé oublié, les espoirs anéantis.

Nyx comprit.

C'était Shiya qui déclinait sa véritable identité. Debout à la porte, elle annonçait le plus simplement du monde : *Me voici.*

À mesure que le chagrin s'amplifiait, une gerbe familière de fils brillants – en bronze terni mais toujours aussi beaux – émanèrent de son chant. Ils ondulèrent jusqu'au battant en cuivre et, contrairement à ce qui s'était passé dans le tunnel, ils furent aussitôt repoussés, ricochant contre le métal récalcitrant.

Shiya les rappela à elle et retenta l'expérience en chantant plus fort.

L'accès lui fut refusé.

Ses épaules s'affaissèrent de désespoir.

Nyx se souvint de ce qui s'était passé avec l'autre porte et lança à Xan :

— Elle a besoin de votre aide, comme tout à l'heure. Elle est encore trop faible pour ouvrir seule la porte.

D'un coup de canne approbateur au sol, la doyenne s'associa à Shiya.

Frell se pencha vers Nyx.

— Qu'est-ce qui cloche ?

— Je ne suis pas sûre.

Xan mêla habilement son chant aux intonations de Shiya. Elle n'essayait pas de contrôler la mélodie et cherchait juste à la soutenir, à prêter sa force à la statue.

Shiya s'en servit pour magnifier son chant : elle forma des fils plus épais et façonna leur extrémité avec un raffinement exquis. C'était splendide à voir. Elle ne pouvait plus échouer à présent.

Nyx se trompait.

Les entrelacs de bronze terni tentèrent de pénétrer la plaque en cuivre… et échouèrent encore. Les délicats filigranes s'effritèrent au bas de la porte et disparurent.

Xan tendit la main vers Nyx.

Il leur faut davantage de puissance.

La jeune fille savait qu'elle devait essayer. Malgré ses jambes engourdies, elle se plaça de l'autre côté de Shiya.

Xan et la statue chantaient à l'unisson. Nyx écouta, les paupières closes, et hocha la tête jusqu'à se caler sur le bon rythme. Elle attendit que son cœur eût lui aussi trouvé la cadence. Après l'avoir laissée emplir sa poitrine, elle inspira à fond et se joignit au chœur des deux femmes, alimentant chaque note de sa propre énergie pour en décupler encore la puissance.

Même les yeux fermés, elle vit Shiya retenter sa chance, s'intriquer elle-même, avec son passé, ses besoins, dans les étincelants fils de bronze. Les entrelacs étaient d'une telle complexité qu'ils défiaient toutes les dimensions.

La statue projeta de nouveau sa beauté vers la porte.

Nyx haleta quand les fils terminèrent encore en morceaux, comme une vague s'écrasant sur des rochers acérés. Stupéfaite, désemparée à la fois par l'échec et par la disparition d'une beauté si phénoménale, elle recula d'un pas.

Nous n'y arriverons pas.

Appuyée sur sa canne, épuisée, Xan dressa le même constat amer.

— Nous n'avons pas la puissance nécessaire pour l'ouvrir.

Si Shiya resta bien droite, son chant s'estompa lentement.

— Non, il y a autre chose, réfléchit Nyx.

— Comment cela ? la pressa Frell.

— Ce n'est pas une histoire de force. On dirait plutôt qu'on nous a enfermés dehors.

Et puis la solution lui apparut.

La jeune fille se redressa d'un coup.

Bien sûr...

Rhaif remarqua sa réaction.

— Nyx ?

— Quelqu'un a changé la serrure.

Elle-même avait bataillé contre la calotte du faucilleur, qui lui avait résisté avec autant d'obstination que la porte devant Shiya. Elle décida de se concentrer sur le panneau de cuivre. À la différence d'un casque somme toute rudimentaire, il allait incontestablement lui causer beaucoup plus de difficultés.

Xan brandit sa canne.

— Que dites-vous, mon enfant ? Vous pouvez la réparer ?

Nyx sentit son pouls s'accélérer.

Pas toute seule.

Elle sortit de sa poche un mince rouleau d'écorce blanche. Kanthe le lui avait donné après qu'elle eut enterré Bashaliia. Il l'avait décollé de la sentinelle feuillue qui veillerait sur la tombe de son petit frère. C'était un arbre sacré que les Kethra'kai appelaient *Ellai Sha*, ou Souffle d'Esprit. Elle se rappela les recommandations du prince : *Si, un jour, l'envie vous prend de parler aux défunts, chuchotez à l'intérieur, puis brûlez le tout dans un feu de camp. La fumée portera votre message jusqu'au ciel.*

Nyx n'avait pas de feu de camp à disposition, mais elle espéra vivement que l'embrasement de son cœur ferait l'affaire. Pour avoir une chance d'ouvrir la porte, elle allait devoir tirer parti au maximum de son temps passé auprès de Bashaliia, entrer en communion avec les précieux cadeaux qu'il lui avait laissés. Voilà pourquoi il lui fallait entrer en connexion étroite avec lui.

Elle ferma les yeux et porta le rouleau d'écorce à ses lèvres. De toute son âme, elle s'adressa à voix basse au passé qui était en elle et tâcha de le ressusciter.

— Entends-moi, petit frère. J'ai besoin de toi. Plus que jamais. S'il te plaît, réveille-toi et unis ton chant au mien, de sorte que tu puisses partager avec moi une image capitale.

Elle embrassa le morceau d'écorce et, à force de le maintenir contre sa bouche, elle sentit leur lien se reconstituer. Bashaliia était encore là, près d'elle. Elle serra les paupières pour rapprocher encore davantage de son cœur ces fils ténus. Ils étaient si fragiles et délicats. Rien qu'en rouvrant les yeux, elle risquait de les perdre. Elle utilisa le fragment d'écorce pour rester en contact avec lui. Elle sentait sa texture rêche entre ses doigts, humait la subtile odeur de thé qui s'en dégageait.

Elle se remit à chanter, non pas en harmonie avec Shiya mais avec la mélopée d'une jeune chauve-souris, d'un frère qui avait donné sa vie pour elle, qui avait partagé l'amour et le lait de sa mère, qui ne l'avait jamais abandonnée.

Même pas là.

Il lui manquait infiniment et, de son chagrin, elle tira une force. Elle projeta le chant de Bashaliia dans sa propre voix, à travers sa gorge. Ce faisant, elle raviva son souvenir, sa loyauté, son sacrifice. Peu à peu, la vision hors norme de son frère s'ouvrit en elle.

Il l'autorisa à la partager, comme il l'avait toujours fait.

Les yeux fermés, elle contempla la porte. Quand la mélopée du petit volatile se réverbéra dessus et lui revint, elle distingua le cuivre avec une clarté impeccable, bien mieux qu'elle ne l'avait fait avec la calotte du faucilleur. Le métal n'était plus lisse mais bardé de petits défauts. Son ancienneté se voyait autant que les rides sur un vieil homme ratatiné. Pourtant, ce n'était que la surface des choses. Le chant de Bashaliia – sa voix à elle – s'enfonça encore, révélant des alignements, des inclusions et des veines enfouis à l'intérieur.

Elle y aperçut un motif spectral et constata à quel point il avait été modifié.

Elle leva son bras libre.

Xan et Shiya comprirent et se remirent à chanter de concert. Grâce à sa nouvelle vision, Nyx identifia leur puissance qui, en effet, était considérable. Du coin de l'œil, elle regarda Shiya reconstituer sa combinaison personnelle, la clé de la serrure. Le code avait été valable il y a fort longtemps mais ne l'était plus. L'adolescente détermina quels fils étaient mal placés, lesquels n'étaient plus adaptés ou encore les endroits où un nœud était légèrement tressé de travers. Tout en conservant la connexion avec Bashaliia, elle ajouta son propre chant, unique en son genre.

Après quoi, elle compara le résultat à la serrure de la porte – et abaissa le bras.

À son signal, la statue projeta toutes ses forces sur le battant.

D'emblée, une intonation grave lui renvoya sa puissance et fit frémir l'ensemble des fils au point de rendre leurs chants discordants, même le lien de Nyx avec Bashaliia.

Au moment où tout sombrait vers les ténèbres, quelque chose apparut. Pendant une fraction de seconde, des prunelles flamboyantes la fixèrent. Elle lut en elles de l'approbation – et autre chose aussi. Hélas, avant qu'elle n'eût pu déchiffrer le message, elles disparurent.

Nyx rouvrit les yeux.

Une fois encore, elle en ressortait vide, exténuée, les jambes flageolantes. Et son effort incommensurable n'avait pas fait qu'altérer sa force physique. Elle était presque redevenue aveugle.

Un autre éclair jaillit en silence derrière elle. Sa lumière intense se refléta sur le panneau de cuivre, dont la surface brilla assez pour que même la jeune fille la vît. La porte pivota dans le noir, laissant échapper un soupir d'air vicié.

Frell se précipita vers Nyx.

— Vous avez réussi, balbutia-t-il.

— Pas moi, chuchota-t-elle, les doigts toujours crispés sur son minuscule rouleau d'écorce.

PARTIE XVI

LA DOULEUR DU VERRE BRISÉ

L'histoire peut annoncer l'avenir, aussi susrement qu'un sentier piétiné vous ramènera au bercaille. Mais, si du chemain vous vous écartez, le risque est de vous peyrdre à jamais.

— Extrait
de la préface aux *Leçons trouvées dans l'encre délavée* de Leopayn hy Prest

CHAPITRE 53

Wryth se rua tête baissée à l'avant du *Tytan*. Derrière lui, son manteau soulevait des tourbillons de cendre. Le Confesseur, hors d'haleine, avait encore les cuisses en feu d'avoir galopé comme un fou d'un bout à l'autre de Havrechand. Une fois à bord, il avait laissé sa monture, tremblante et la bave aux lèvres, à un jeune palefrenier, qui avait paru atterré par son état d'épuisement. Après lui avoir jeté les rênes, il avait ensuite traversé au pas de course l'immense guerroyer pour rejoindre Haddan.

Le seigneur général remarqua son arrivée échevelée. Il s'écarta d'un navigateur posté devant un longoscope et s'avança à sa rencontre.

— Quel est le problème ?

Wryth brandit la boule de cristal de Skerren, pantelant. Sa vue était brouillée par les larmes qui cherchaient encore à débarrasser ses yeux de toute leur suie. Son cœur battait fort dans sa poitrine.

— Un autre… Un autre signal…

Étourdi par un mélange de fatigue et d'excitation, il tenta de calmer ses vertiges.

— C'est arrivé tout à l'heure… quand j'étais près du cratère. (D'un bras tremblant, il désigna l'arrière du vaisseau.) Un truc d'une force inouïe…

Haddan contempla la sphère translucide d'un air perplexe.

— Qu'est-il arrivé à votre instrument ?

Il y avait de quoi être consterné. La moitié des fragments de magnétite s'étaient entassés au fond de l'huile visqueuse. Seuls quelques-uns tournaient encore paresseusement à leur emplacement habituel. Wryth plaqua son pouce sur une fissure pour colmater une fuite de liquide.

— Le signal était si puissant que la boule a failli m'échapper des mains.

Par crainte d'une nouvelle alerte, il l'étreignit de plus belle.

À Havrechand, la sphère avait brusquement tressauté dans sa paume. Il l'avait saisie à deux mains pour la protéger mais, prise de tremblements incontrôlables, elle s'était lézardée sur le côté. Sous son regard effaré, les éclats de magnétite avaient frémi d'impatience et leur cocon de cuivre s'était mis à luire dans l'huile. Puis, les unes après les autres, les magnétites avaient été projetées par des vents invisibles à l'arrière du globe. Les éléments restants avaient tenté de résister, tel un voilier en pleine tempête.

D'un coup d'éperon, le Confesseur avait ordonné à son cheval de tourner en rond. Une fois la direction confirmée, ils avaient regagné le *Tytan* au triple galop.

Haddan fronça les sourcils.

— Le signal a-t-il émis sur le lieu de l'explosion ?

— Non. Bien au-delà de Havrechand.

Le temps pour Wryth de rejoindre le guerroyer, l'écho s'était estompé mais, assurément, il venait d'une région reculée de l'est.

— Montrez-moi.

Une carte avait été punaisée sur une table circulaire.

Wryth étudia le plan du comptoir forestier et de ses environs. Il s'aida de la boussole fixée dessus pour prendre ses repères, posa l'index au-dessus du terrain d'amarrage et traça une ligne plein est, qui sortit même de la carte. Il pointa ensuite son doigt dans la direction indiquée, par-delà les fenêtres en saillie du gaillard.

— Il a été envoyé du côté de Dalalæða. Peut-être au sommet des Suaires.

Haddan pesta et fit volte-face vers le longoscope à tribord.

— Navigateur Pryce ! Avez-vous toujours notre chassquif en ligne de mire ?

— Oui, mon général. Il s'approche des falaises.

Le Confesseur se raidit.

— Pourquoi une embarcation fait-elle déjà route là-bas ?

— Pour enquêter sur un autre signal ! vitupéra Haddan. Une bouffée de fumée bleue y a été aperçue. Ce n'est sans doute rien, mais j'ai envoyé un chassquif vérifier.

Wryth serra le poing. Il ne pouvait pas s'agir d'une coïncidence.

— Ils sont forcément quelque part là-bas. L'arme en bronze, voire les traîtres.

— Et pas qu'eux, souffla le seigneur général, livide. Le prince Mikaen a pris place à bord de ce chassquif.

— Quoi ? Pourquoi ?

Haddan se dirigea d'un pas leste vers un tuyau d'appel.

— Pour lui donner un truc à faire ! Enfin, surtout, pour l'empêcher de bousiller définitivement sa réputation ici.

Wryth le talonna de près.

— Si je veux remonter la piste du signal, je dois vite rejoindre le *Pywll*. Vythaas m'accompagnera.

— Allez-y. J'envoie un corbereau à son commandant pour lui ordonner de suivre vos instructions.

L'érudit fonça vers la porte, prêt à prendre une chaloupe pour rejoindre l'autre guerroyer.

— Je détache mon mastodonte et je vous suis, mais ne m'attendez pas ! lui cria Haddan. Allez débusquer ces scélérats !

Wryth agita le bras d'un air entendu. Il imagina le *Tytan* traînant sa quille au ras des arbres pour rallier les falaises. La moitié de ses ballons n'étaient pas réparés. Le *Pywll*, en revanche, était toujours intact. Il ne devrait pas tarder à atteindre les Suaires.

Je ne serai pas le premier là-bas, hélas.

* * *

Mikaen se pencha à gauche du pilote et, par une fenêtre étroite du chassquif, il observa le mur grandissant de roche noire. La base d'un escalier taillé à même la falaise s'enfonçait dans la brume.

Il lança au capitaine tatoué de rouge :

— C'est de là que s'élevait la colonne de fumée. J'en suis certain.

Comme si les dieux voulaient signifier leur accord, une flèche jaillit du brouillard, pile à l'endroit indiqué, et explosa dans un nuage bleuté.

Le capitaine, Thoryn, se fendit d'un sourire.

— Je dirais que vous avez raison.

Le vyrllien semblait avoir aussi des origines gyn. Il était si grand qu'il devait se voûter pour ne pas heurter le plafond du petit vaisseau d'attaque. Derrière, une vingtaine de chevaliers en armure s'entassaient dans l'habitacle exigu. Coincé au milieu d'eux, un Gyn de race pure tenait une hache de combat sur ses genoux.

Peut-être un membre de la famille de Thoryn.

— Il serait malpoli de décliner leur gentille invitation. (Le capitaine s'adressa au pilote.) Descendez au plus vite sous le manteau de brouillard. Je ne veux pas leur laisser l'occasion de changer d'avis.

Radieux, Mikaen attrapa, d'une main, une sangle en cuir qui pendait au-dessus de lui. De l'autre, il empoigna le pommeau de son épée.

Thoryn le dévisagea d'un air grave.

— Vous, mon jeune prince, vous ne me quitterez pas d'une semelle. Pas question de vous ramener au *Tytan* avec la moindre éraflure sur votre belle armure.

Mikaen serra les dents, contrarié, mais il se garda bien de protester.

— Messieurs les légionnaires, serrez les fesses et priez tous vos dieux ! lança Thoryn. On va embrasser le cul en feu de Hadyss !

Il flanqua une tape sur l'épaule du pilote.

— Prenez des ris et faites-nous tomber comme une pierre.

Un levier fut actionné, le chassquif frémit… et plongea en chute libre. Sous la violence de la manœuvre, Mikaen se sentit presque décoller. Le sang lui monta au cerveau, tandis que le monde disparaissait dans un océan cotonneux. Le jeune héritier retint son souffle jusqu'à ce que le paysage reparût sous la quille.

Il fouilla du regard le sol qui approchait à toute allure. De petites maisons en pierre étaient agglutinées au bas des falaises. Une autre volute de fumée bleue tourbillonna sous le banc de brumes et fut chassée au passage du rapide engin. Un bref instant, il crut voir une silhouette s'engouffrer dans un abri accolé à la paroi rocheuse, mais ils dégringolaient si vite qu'il s'agissait peut-être d'un simple effet d'ombre.

Le pilote tira sur une manette et les forges rugirent, enflammant la cime herbeuse des montagnes. Une fumée épaisse roula sous la quille lorsqu'ils pilèrent, presque à ras de terre.

— Tout le monde dehors ! tonna Thoryn.

La trappe arrière s'ouvrit avec fracas. L'extrémité de la passerelle percuta si violemment le sol qu'elle rebondit avant de se stabiliser. Le Gyn sauta le premier, suivi d'une bonne partie des chevaliers. Les autres, restés à l'intérieur, insérèrent leurs arbalètes à pivot dans les sabords de la coque.

Mikaen lâcha sa sangle, prêt à suivre ceux qui partaient.

D'une poigne de fer, Thoryn l'arrêta.

— Vous, attendez ici jusqu'à ce que nous sachions de quoi il retourne.

Mikaen se hérissa de son excès de prudence. Il avait le feu aux tripes. Ses doigts pressèrent le pommeau de son épée et il mit toute sa force à se contenter d'acquiescer en silence.

Après avoir de nouveau évalué la situation extérieure, le capitaine se dirigea vers la rampe.

— Restez derrière moi.

Mikaen le suivit, frustré. Comment le prince éclatant du royaume pouvait-il briller dans l'ombre ?

Il obéit toutefois.

Pour le moment.

* * *

Terré avec ses camarades dans la maisonnette à flanc de falaise, Kanthe était accroupi, fébrile, devant une fenêtre en meurtrière. Llyra s'était postée à gauche, de l'autre côté de l'entrée béante, avec Pratik qui la toisait de toute sa stature. Au fond de la petite pièce en pierre sèche, l'éclaireur kethra'kai avait déjà masqué sa lampe avec un morceau de cuir. Jace, resté debout avec Seyrl, tenait sa hache à deux mains.

— Quelqu'un semble avoir vu votre signal, siffla Llyra.

Kanthe se renfrogna. Un peu plus tôt, il était sorti tirer une deuxième salve de bombes de poudre. À peine avait-il décoché sa dernière flèche qu'une ombre gigantesque avait survolé les lieux. Ne sachant pas s'il s'agissait d'alliés ou d'ennemis, il avait couru se cacher. Au moment de franchir le seuil, il avait entendu derrière lui un gros *vlouf !* assorti du rugissement et de la fumée typiques de forges fonctionnant au carburéclair.

Un bataillon de chevaliers se déversait à présent du chassquif, sous la houlette d'un monstrueux Margoulin en armure.

Kanthe observa leur vaisseau.

Le chassquif ressemblait à un petit requin rôdant près d'un récif rocheux. Fuselé, pointu, il était muni d'un ballon conçu pour la vitesse. Autour de sa quille, des pans d'herbe sèche en feu ou en braise l'enveloppaient d'une couronne de fumée. On voyait toutefois très bien la rangée de sabords d'arbalètes qui, le long de ses flancs, laissaient apparaître l'extrémité acérée de carreaux explosifs. Même sa proue effilée était, en fait, la pointe d'une énorme lance, actionnée par une baliste soigneusement dissimulée sous le pont intérieur.

Jace alla regarder par-dessus l'épaule de Kanthe.

— Si nous partions nous réfugier dans les tunnels ? Je les ai explorés tout à l'heure. Certes, ils ne sont pas très longs, mais ils s'entrecroisent pour former un genre de labyrinthe.

— Pas encore.

Kanthe préférait mieux évaluer le danger.

Et j'ai horreur du noir.

Il étudia les forces massées dehors. Outre l'imposant Margoulin, il compta quinze chevaliers. Et, sans doute, une poignée d'autres à bord. La légion se déploya en brandissant un lourd arsenal d'arcs et d'épées. Quelques hommes allèrent se planter devant la forêt mais, en grande majorité, ils se focalisèrent sur le petit hameau.

— Impossible de rester ici, conclut Llyra.

Elle jouait nerveusement avec un couteau de lancer, qu'elle finit par pointer vers l'entrée des grottes.

— Il faut y dénicher des goulets d'étranglement. Des endroits où les coincer et ainsi nous défendre.

Kanthe lorgna derrière lui.

Elle a raison.

Pratik ajouta une prudente mise en garde.

— Cela ne nous fera gagner que quelques secondes. La frustration les incitera certainement à mettre le feu pour nous obliger à quitter notre terrier.

Kanthe fit la grimace.

Lui aussi a raison.

Ils n'avaient, hélas, guère le choix. Le jeune homme s'était détourné de la fenêtre quand un éclair argenté attira son attention dehors. Un colosse vyrllien descendait du chassquif, talonné par un homme plus petit en armure étincelante. Son heaume reflétait le peu de lumière qui filtrait à travers la brume.

Kanthe se raidit.

Mikaen...

— Il faut y aller, insista la cheffe de la guilde.

Les doigts crispés sur son arc, Kanthe regarda son jumeau rejoindre la rangée de chevaliers postés face aux maisons.

— Partez tous, chuchota-t-il. Allez vous cacher.

Jace recula d'un pas.

— Mais qu'est-ce que vous…

— Je vais saluer mon frère.

Il se redressa et marcha vers la porte.

— Non, mais qu'est-ce que vous croyez, Kanthe ? s'insurgea Llyra. Vous n'aurez pas fait trois pas qu'ils vous bombarderont de flèches.

— J'espère que non. En tout cas, ma diversion pourrait bien vous faire gagner les secondes supplémentaires réclamées par Pratik.

Ce n'était pas l'unique raison.

S'il avait échappé à une tentative d'assassinat dans les marais, Kanthe était intimement persuadé que son destin était scellé. Grâce à son sursis de quelques jours, il avait quand même pu sillonner Ennuage et rencontrer une demi-sœur belle comme ce n'était pas permis, preuve que les dieux possédaient un cruel sens de l'humour.

Je dois bien à Mikaen le bénéfice du doute.

Il revit la boîte d'ébène qu'il lui avait remise juste avant de partir, la minuscule statue en argile des deux frères se tenant les bras. Il se rappela leur enfance, à courir comme des fous dans Hautmont, à rire sous leurs couvertures, à jouer des tours aux domestiques ou encore à voler des gâteaux sous le nez de la cuisinière. Il observa le prince chatoyant au cœur de la fumée.

C'est toujours mon frère.

Il était peut-être encore possible de le convaincre. Du moins, de lui inspirer un peu de clémence.

— N'y allez pas, conseilla Jace.

Sa demande n'était pas aussi chargée d'émotion que ses au revoir à Nyx, mais Kanthe apprécia son inquiétude.

Il esquissa toutefois un pas vers la porte.

— Allez vous planquer. Moi, je ferai ce que je peux. A minima, il faut que j'avertisse mon frère de la prédiction funeste de Nyx. Le royaume a besoin de savoir.

Même si je dois en mourir.

Il prit une profonde inspiration, leva son arc au-dessus de sa tête et troqua l'ombre contre la lumière brumeuse.

Laissez-moi ne serait-ce que briller un peu...

À sa vue, les archers se raidirent, mi-étonnés, mi-méfiants, et brandirent leurs épées. Quelqu'un tira une flèche qui se fracassa contre le mur de gauche. Plus déterminé que jamais, le jeune intrépide s'avança lentement vers les soldats.

— Je suis le prince Kanthe ! Je souhaite parler à mon frère !

Mikaen tenta de contourner l'immense vyrllien au teint rouge vif, mais un bras ferme le retint. Même sous son heaume argenté, ses yeux bleu océan scintillaient.

— Où sont les autres traîtres ? tempêta-t-il. Fais-les sortir !

Kanthe posa son arc à terre et l'enjamba.

— Il n'y a pas de traîtres ici, répondit-il, les mains en l'air. Uniquement des gens qui tentent d'empêcher une catastrophe imminente. Tu dois écouter ce que j'ai à te dire.

Il était arrivé à mi-chemin des chevaliers alignés.

Mikaen le foudroya du regard.

Kanthe se sentit chanceler. Non pas à cause de la haine qui rayonnait sur le visage de son frère – quoiqu'elle fût bien là – mais de sa jubilation sinistre. Nés du même ventre et élevés ensemble, ils se connaissaient mieux que personne. Or, là, le masque éclatant de son aîné venait de tomber, dévoilant sa vraie nature, sombre et machiavélique.

— Tu aurais dû crever dans les marais, gronda Mikaen avec mépris. La mort qui t'attend ici ne sera pas aussi douce.

Kanthe s'arrêta.

J'aurais dû écouter Jace.

* * *

Mikaen savoura la mine désemparée de son frère, empêché par les soldats de battre en retraite. Les complices de Kanthe allaient bientôt se faire débusquer de leur trou et le prince éclatant avait prévu de les torturer devant lui.

— Emparez-vous du traître ! cria Thoryn. Préparez-vous à fouiller les remparts à la recherche d'autres insurgés !

Le capitaine vyrllien avança d'un pas et Mikaen en profita pour se faufiler. Il ne voulait pas en rater une miette. Quand on l'obligea à s'agenouiller, son cadet ferma les yeux, comme s'il refusait d'accepter sa défaite.

Oh, mon cher frangin ! Tu auras bien pire à regarder avant de mourir.

Soudain, Thoryn attrapa Mikaen par l'épaule et le tira en arrière. Courroucé, le jeune homme se dégagea en grommelant.

Le capitaine revint à la charge.

— Mettez-vous à ter…

Un tonneau en feu venu du ciel s'écrasa devant la rangée de chevaliers.

Balayé par la déflagration, Mikaen heurta le sol si violemment qu'il eut le souffle coupé. Haletant, il regarda le ventre d'une chaloupe glisser au-dessus d'eux. L'ombre sinistre d'une autre bombe incendiaire apparut.

Un court instant, le monde s'embrasa, submergé de fumée.

Pendant que Mikaen crachait ses poumons, Thoryn l'aida à se relever. Les arbalétriers restés à bord du chassquif tirèrent sur les assaillants, mais l'ennemi se renfonçait déjà dans le brouillard. Mikaen fit volte-face. Kanthe avait réussi à se libérer et courait vers les petites maisons en pierre. Au passage, il ramassa son arc.

Non...

Mikaen se lança aux trousses de son frère.

Thoryn poussa un juron et le suivit en vociférant des ordres.

— Tous autour de son Altesse Royale ! Qu'il ne lui arrive rien !

Le chassquif alluma ses forges et reprit de l'altitude. Au sol, avec un agresseur tapi au-dessus de lui, il était devenu trop vulnérable. Il n'y avait qu'en plein ciel qu'il méritait pleinement sa réputation de dangereux prédateur.

En vérité, Mikaen se fichait de ce qui se passait là-haut.

Il était focalisé sur la terre ferme, sur son frère. Kanthe s'engouffra par une porte et disparut. Mikaen les revit alors enfants, quand ils faisaient d'interminables parties de gendarme et de voleur, qu'ils jouaient à cache-cache dans les placards ou qu'ils se coursaient sur les rampes d'escalier.

Il afficha un sourire carnassier.

Et c'était toujours moi qui gagnais.

CHAPITRE 54

Nyx était accroupie sous les arches en croix au centre de la place. Au loin, le tonnerre grondait. Un genou à terre, adossée à la porte en cuivre, elle avait face à elle un Aamon toujours pantelant. Elle se sentait encore faible mais, au moins, elle recouvrait peu à peu la vue.

Un éclair silencieux zébra un pilier coiffé de cristal et s'écrasa dans les nuages noirs, comme si la foudre alimentait les cieux orageux.

Le vargr se voûta, les oreilles plaquées sur le crâne.

— Moi aussi, j'ai la trouille, chuchota-t-elle.

Surtout quand je vois l'endroit où on doit aller maintenant.

Nyx leva la paume vers son gros museau. Aamon cessa de haleter, le temps de la renifler, de lui donner un petit coup de langue et de lui pousser gentiment la main, l'air de dire : *Qu'est-ce que tu veux ?*

Elle se remémora la consigne de Graylin à son vargr. Comme lui, elle balaya d'un geste ample l'espace situé devant la porte métallique, puis elle s'attrapa le poignet avec l'autre main.

— Protège-nous, ordonna-t-elle d'un ton ferme.

Les prunelles de l'animal luirent. Il plissa légèrement les paupières et, après s'être écarté de quelques pas, il regarda aux alentours, la queue dirigée vers la porte. D'un grognement, il sembla mettre le monde entier au défi.

— Voilà, c'est bien.

D'un air entendu, il remua une fois la queue.

Nyx voulut se relever. Les jambes encore flageolantes, elle n'y parvint qu'à la seconde tentative.

Frell s'approcha.

— Aurez-vous la force de descendre ?

— Je crois…, marmonna-t-elle avant de se reprendre avec davantage d'assurance. Oui.

Avec sa lampe, Seyrl avait révélé, après le seuil, l'existence d'un escalier en roche noire qui plongeait en colimaçon dans la montagne. Tous s'apprêtaient à tenter l'aventure, sauf l'éclaireur kethra'kai, qui surveillerait leurs arrières avec Aamon.

Xan, en revanche, les accompagnerait. Elle patientait auprès de Rhaif et de Shiya.

— Alors, allons-y, décida l'alchimiste.

En l'absence d'objection, ils franchirent la porte. Shiya chemina en tête, Rhaif sur ses talons. Frell suivit, la lampe à la main. Nyx et Xan s'engagèrent les dernières.

Les marches étant assez larges pour passer à deux de front, Nyx resta auprès de la doyenne. Aussi épuisée qu'elle, la vieille femme s'appuyait de tout son poids sur sa canne.

Ils descendirent encore et encore. Des ténèbres abyssales semblaient absorber la lumière de la lampe. Nyx imagina s'enfoncer avec ses camarades jusqu'au noyau en fusion de la Terre. Elle jurait même avoir humé quelques effluves soufrés.

Le martèlement des pieds de Shiya donnait l'impression qu'on sonnait le glas. Nyx s'évertuait à tenir la cadence, mais ses muscles commencèrent à fatiguer. Xan aussi ralentit, la respiration sifflante. Bientôt, elles furent distancées. Shiya disparut dans un virage, suivie de Rhaif. Resté un peu en arrière, Frell continua de leur éclairer les marches.

Soudain, l'écho des pas de la statue changea de timbre, passant du fracas du bronze contre la pierre au tintement plus aigu du métal sur le métal.

Un éclat vif surgit en face.

Intriguée, Nyx accéléra. Même Xan réussit à rester à sa hauteur. Au détour d'une énième courbure de l'escalier, elles furent accueillies par une lumière éblouissante. L'adolescente cligna des paupières face à ce qui était, sans nul doute, du cuivre.

La main en pare-soleil, Rhaif se tenait à la lisière.

À l'avant, Shiya foula le sol étincelant. À nouveau, ses pas boiteux créèrent des taches de lumière et, au lieu de s'affadir, son sillage devint de plus en plus brillant, s'envolant de ses talons et ricochant contre les murs.

Nyx rejoignit Frell et Rhaif.

De forme circulaire, la salle en cuivre devait mesurer un quart de la surface du neuvième niveau du Cloistre. Une grande table en verre trônait au milieu, à la place du bûcher funéraire. Non seulement les parois s'incurvaient pour former une coupole ovale, mais les lignes du plafond s'accordaient parfaitement avec les arches en pierre dorénavant bien loin au-dessus d'eux.

Rhaif établit tout bas sa propre comparaison.

— On dirait un œuf posé à l'envers. J'ai trouvé Shiya dans un endroit comparable mais dix fois plus petit. Et, cet œuf-là, on dirait aussi que quelqu'un a tenté de le casser.

Tout en évitant soigneusement les tessons de verre qui jonchaient le sol, Nyx se rendit compte qu'il avait raison. Les murs étaient tapissés de rayonnages étincelants qui, au lieu d'accueillir quantité de livres poussiéreux, étaient remplis de briques en cristal d'une pureté incroyable. Il y en avait des milliers et des milliers. La moitié d'entre elles, hélas, gisaient en morceaux sur le plancher métallique. Et en s'approchant, elle vit que la table centrale était barrée d'une longue lézarde.

Shiya freina. Elle porta la main à sa gorge, parut évaluer les dégâts et, toujours clopinante, elle passa son chemin.

Au même instant, un geyser de lumière jaillit de la table et monta jusqu'au plafond. Il frémissait d'un éclat pulsatile, comme pour les dissuader d'avancer.

Aveuglée, Nyx se protégea les yeux.

La colonne tremblota quelques secondes, avant de s'effondrer pour former un parfait globe de lumière, resplendissant au-dessus de la table fissurée.

La scène rappela à Nyx l'éclat gazeux d'un Mirage Menteur, phénomène flottant qui, parfois, hantait les obscures profondeurs des marais.

Sous leur regard effaré, des couleurs s'immiscèrent au sein de la sphère. Il y avait tout un camaïeu de vert émeraude et de bleus, des traînées de blanc laiteux ou encore des filets de bronze et de brun plus intenses.

Pendant qu'ils s'approchaient tous, Shiya continua de traverser la pièce. Même Rhaif la laissa partir, tant sa curiosité l'attirait vers la table. Les couleurs tourbillonnèrent au cœur du globe et, peu à peu, elles fusionnèrent pour former un monde.

Des continents apparurent, des mers se remplirent, des nuages frôlèrent la surface.

Frell tendit la main vers le halo lumineux.

— Quelle magie peut bien être à l'œuvre ici ?

— N'y allez pas, conseilla Rhaif d'un ton prudent.

Têtu, l'alchimiste inséra effrontément la main. Ses doigts ébranlèrent l'image, comme si on avait soufflé sur de la fumée et, très vite, l'étrange vision retrouva sa forme initiale.

Nyx était fascinée, presque hypnotisée. Devant elle, le monde pivota lentement, dévoilant un vaste ensemble de côtes, de massifs montagneux et d'océans. Elle scruta la surface avec attention.

— Je ne vois rien qui corresponde à la Couronne. Il ne s'agit pas de notre Terre.

— Ce doit être le domaine des dieux ancestraux, confirma Frell. Leur univers d'origine.

De temps à autre, l'image grésillait. La fissure de la table semblait gêner quelque peu la révélation d'un monde aussi mystérieux mais, jusqu'à présent, la scène tenait bon.

Le regard de Rhaif se porta au bout de la pièce.

— Shiya…

Nyx, qui avait senti l'inquiétude dans sa voix, le rejoignit. La statue était arrivée devant le mur du fond. Un grand bouclier en bronze y était entouré d'une épaisse couche de verre, où serpentait un réseau complexe de tuyaux en cuivre et de tubes transparents qui, ensuite, disparaissaient à l'intérieur de la cloison.

— On dirait le cocon où je l'ai découverte, commenta Rhaif.

D'un geste, Shiya arracha sa robe, qui s'effondra sur ses chevilles. Désormais nue, la statue gravit une petite passerelle qui menait à l'alcôve.

— Non !

Rhaif, qui redoutait le pire, se précipita.

Trop tard. Shiya tourna le dos au bouclier et se plaqua dessus. Dès qu'il y eut contact, le sol vibra avec un bruit métallique retentissant. Soudain droite comme un i, la statue renversa la tête en arrière et heurta le panneau en cuivre.

En une fraction de seconde, le verre resplendit autour d'elle. Le bouclier se mit à briller. Un élixir doré s'écoula par les tubes en cristal. Sous leurs pieds, le sol tremblait ardemment. Nyx le sentit dans ses os. On aurait dit que, par ses battements puissants, un cœur géant puisait sa force du plancher. L'atmosphère elle-même bourdonnait d'énergie.

Tout cet éclat-là – issu du verre transparent, des potions dorées et du cuivre rutilant – imprégna Shiya. Son bronze flamboya, comme s'il venait d'être coulé. Sa silhouette parut fondre et ondoyer. Ses éraflures et ses bosses se résorbèrent sous l'effet de la chaleur. Même sa jambe tordue se redressa.

En dépit de sa guérison miraculeuse, Shiya haleta, la bouche grande ouverte. Ses yeux étincelaient d'un éclat déchirant. Ses doigts s'étaient contractés de douleur.

Rhaif voulut s'approcher. Frell l'en empêcha.

— Shiya, gémit l'ancien bandit.

Au bout de quelques secondes, la lumière s'atténua et la statue se raidit. Ses traits perdirent toute expressivité.

Ses mains s'aplatirent sur le cuivre. Puis, quand ses paupières se baissèrent, on eut moins l'impression de quelqu'un qui s'assoupissait que de minuscules trappes fermées d'un coup de manivelle. Shiya resta plantée là, dans ce qui n'était plus qu'un doux halo lumineux.

Les pulsations du sol s'estompèrent aussi.

Ébahi, tout le monde retint son souffle.

— Que s'est-il passé ? lâcha Frell.

Nyx fixa l'être vide devant elle.

— Je crois… je crois qu'elle nous a quittés.

* * *

Tout en faisant les cent pas devant le cocon brillant, Rhaif se tordit les mains de consternation. Oppressé, il avait la tête qui tournait et, pendant qu'il montait la garde, il entendait les autres chuchoter.

Lorsqu'il avait découvert Shiya, la statue en bronze était exactement dans cette position, luisante au cœur de sa toile d'araignée dorée. Comment oublier le mélange d'émerveillement et d'effroi délicieux qu'il avait alors éprouvé ?

Hélas, tout avait disparu, soufflé comme la flamme d'une bougie dans la nuit.

Il s'arrêta et l'implora. *Je t'en prie, ne pars pas.*

Certes, sa demande était égoïste. Il contempla le corps de Shiya, revenu à un état de perfection, et se rappela son inquiétude quand il l'avait regardée claudiquer dans la galerie en cuivre : *Tu n'aurais peut-être jamais dû quitter ton œuf. Ce monde est trop impitoyable, même pour une femme en métal.*

Eh bien, le vœu de Rhaif avait peut-être été exaucé.

Au mépris du danger, il gravit la passerelle et pénétra dans le halo de sa grâce. Il posa la main sur le torse de Shiya, toujours aussi tiède que n'importe quel être de chair et de sang.

À l'idée de la perdre, il eut les larmes aux yeux.

Il n'avait malheureusement pas le choix.

— Va en paix, ma Shiya.

Il baissa la tête. Au moment où son bras retombait, il sentit des doigts chauds lui attraper la main.

Tout de suite, il se redressa et son regard croisa de magnifiques prunelles bleu azur. Les billes de verre avaient l'air si vivantes qu'il aurait défié quiconque de prétendre le contraire. Shiya inclina le menton en signe de remerciement, puis elle leva la main et mit la joue de Rhaif au creux de sa paume. Bientôt, il entendit la berceuse de sa mère résonner puissamment dans sa tête.

Elle finit par le lâcher et, toujours aussi à l'aise avec sa nudité, elle passa devant lui. Les autres approchèrent. Elle rejoignit un mur à gauche du cocon. D'un geste, elle ouvrit une sorte d'alcôve, le cuivre se dissolvant comme s'il ne s'agissait que d'un écran de fumée.

La lumière vive qui éclairait le renfoncement émanait d'un cube en cristal veiné lui aussi de cuivre, au cœur duquel trônait une masse dorée pulsatile.

Shiya l'ôta avec soin et le pressa contre son nombril.

Rhaif se revit alors dans les mines de Craie, quand Wryth, l'Iflelen, avait fait passer son élixir de sanguinette au même endroit. La vie de la pauvre sacrifiée s'était déversée en Shiya pour la ressusciter au milieu d'un monde implacable.

Là, point de scène d'horreur.

Le cube en cristal brilla plus intensément, s'enfonça dans sa chair de bronze et disparut. On aurait dit que Shiya se greffait un nouveau cœur, assez puissant pour résister aux cruautés de l'univers.

Rhaif jeta un œil à ses camarades, également impressionnés.

Shiya se dirigea de l'autre côté du cocon et ouvrit une nouvelle niche. Sans qu'aucune lumière l'y accueillît cette fois, elle en retira un cube de cristal posé sur son socle. Les faces étaient si transparentes qu'on les distinguait à peine. Shiya le prit et rejoignit la grande table en verre, où le monde chatoyant tournait toujours lentement sur lui-même.

Peut-être son monde à elle.

Ils la suivirent.

Lorsqu'elle brandit le cube à deux mains, celui-ci se remplit d'une lumière douce. Enfin, elle prit la parole d'une voix forte et limpide, loin de ses chuchotis d'avant. On sentait néanmoins l'effort que cela nécessitait.

— Beaucoup de choses… sont perdues, avertit-elle, le regard posé tristement sur la quantité de verre brisé au sol. Je… n'ai pas… récupéré… toute mon énergie.

Rhaif se rappela avec inquiétude ce que Xan avait confié à Pratik. *Shiya est habitée par l'esprit d'un dieu ancestral, un de ceux qui ne sont pas totalement calmés*. Peut-être était-ce encore vrai.

— J'espère juste avoir la ressource suffisante… (Elle se mit à murmurer, non pas parce qu'elle faiblissait mais parce qu'elle semblait mi-confuse, mi-soucieuse.) Je vais vous montrer ce qu'il m'est possible de montrer… Partager le peu que le Gardien disparu m'a laissé.

Rhaif resta perplexe. *Quelqu'un d'autre s'était-il un jour tenu là avant de partir ?* Auquel cas, il avait l'impression que la séparation remontait à une éternité.

Shiya contempla sombrement la pièce dévastée. Les dégâts étaient-ils le fruit d'un sabotage délibéré ? Ou avaient-ils été causés par un simple séisme, peut-être à l'époque lointaine où les Suaires étaient sortis de terre ?

Frell s'avança.

— Shiya, que pouvez-vous nous dire ?

La statue passa la main au-dessus de son cube en cristal. Aussitôt jaillit un soleil ardent, qui traversa la pièce et s'immobilisa au plafond, telle une lanterne flamboyante. Une lune argentée se libéra à son tour, les survola et tourna plusieurs fois autour du monde lui-même en rotation.

Rhaif finit par en avoir des vertiges.

— Tout a donc commencé… il y a plus de trois cent mille ans…

Peu à peu, le globe ralentit. Ce faisant, les continents se mirent à sombrer, les océans bouillirent et les vents érodèrent les montagnes. De puissantes secousses sismiques déchirèrent le monde, créant de nouveaux littoraux, en détruisant d'autres. La planète finit par s'immobiliser pour de bon, un hémisphère rôti par le soleil et l'autre plongé dans la nuit.

Le temps, lui, continua de se dérouler sous leurs yeux. De la glace s'entassa sur la face sombre, tandis qu'un soleil torride transformait le reste en déserts de sable. Entre les deux extrêmes, un ruban crépusculaire entoura la sphère, rougeoyant d'un côté, plus obscur de l'autre. Les terres y étaient couvertes de forêts et de rivières, barrées de hauts massifs ou tapissées de collines verdoyantes. Les vastes remous des océans bleus faisaient résonner le nouveau monde.

Sauf que, nouveau, il ne l'était pas.

Les yeux écarquillés, Nyx se pencha sur une région septentrionale du bandeau faiblement éclairé.

— C'est… c'est notre Couronne, balbutia-t-elle, au comble du désarroi.

Sidérée, Nyx trébucha en arrière, comme si la distance suffisait à tout effacer. Elle avait beau refuser d'y croire, elle savait que c'était la vérité.

— Autrefois, la Terre *tournait*, haleta-t-elle, incapable de garder pour elle une pensée aussi colossale.

Frell se planta devant Shiya.

— Je ne comprends pas. Qu'est-ce qui a bloqué sa rotation ?

La statue contempla le globe immobile.

— Difficile à dire. Beaucoup de choses ont été perdues…

En reculant encore d'un pas, Nyx broya des cristaux sous ses semelles. Quelle quantité effarante de savoir avait été anéantie entre ces murs ! D'ailleurs, le crissement du verre fit tressaillir Shiya, qui pivota vers Frell.

— Ce n'est pas la question que vous devriez poser.

— Laquelle, alors ?

— Pour comprendre… (Elle agita la main au-dessus du cube qu'elle tenait au creux de sa paume.) Le passé, vous l'avez vu. Voici maintenant ce qui va arriver.

Au début, rien ne parut changer. La Terre resta figée, un hémisphère sous une chaleur écrasante, l'autre complètement gelé. Soudain, quelque chose fusa par-dessus l'épaule de Nyx, un éclat argenté. Elle se baissa, effarouchée, et s'aperçut qu'il s'agissait de la lune.

Consciente de la suite, la jeune fille se crispa.

La lune passa, tel un fantôme, à travers Frell et Rhaif. Xan tenta de la repousser avec sa canne, mais l'hologramme pénétra aussi le bois. Il se mit à tourner autour du monde scintillant et s'en approcha – d'abord lentement, puis de plus en plus vite.

Finalement, au terme d'une ultime rotation, l'astre frappa le globe de plein fouet. L'impact ébranla l'image scintillante au-dessus de la table. De puissantes ondes de destruction anéantirent tout sur leur passage : continents, océans, glace et sable. Rien ne fut épargné. En une fraction de seconde, la Terre ne fut plus, devant l'assistance abasourdie, qu'un vaste champ de ruines.

— La chute de la lune…, murmura Nyx. Ce qui m'est apparu dans ma vision.

— Le présage funeste des jar'wren, renchérit Xan.

Shiya balaya la salle du regard.

— Voilà ce qui m'a réveillée. Nous autres, Dormeurs, restons enfouis dans les tréfonds du monde jusqu'à ce qu'on ait besoin de nous. Nous ne sommes pas les seules sentinelles à avoir été envoyées ici quand le monde a commencé à ralentir. Nos prédécesseurs…

Shiya parut réfléchir aux bons termes à employer. Ou alors elle essayait juste de combler, avec ce qu'elle savait, les blancs de l'histoire fracassée au sol. Elle reprit :

— Nos prédécesseurs ont insufflé des talents à d'autres créatures. Grâce à ces dons qui coulent maintenant dans leur sang, elles sont devenues des passeurs de mémoire. Ce sont des sentinelles vivantes, qui veillent quand nous dormons et sont capables de changer avec le monde, alors que, nous, non. Elles ont été créées pour garantir la pérennité du souvenir, souvenir partagé et protégé au sein de l'immense communauté de leurs représentants.

Le souffle court, Nyx ferma les yeux.

Je connais ces sentinelles.

Lors de l'assaut dans les marais, son esprit avait été propulsé au cœur de la horde vengeresse qui avait sévi sur Brayk. Elle avait regardé à travers leurs yeux, partagé leur désir sanguinaire… mais elle avait vu aussi deux prunelles flamboyantes qui, à leur tour, l'avaient fixée, elle. À l'époque, elle y avait senti un esprit supérieur, quelque chose de sombre et sans âge, à la fois glacé et impossible à connaître. Son immensité l'avait déstabilisée.

Quand Nyx rouvrit les paupières, Shiya la dévisageait. Son visage en bronze luisait d'une sagesse immémoriale identique.

En fait, l'ardente intelligence des marais n'avait rien à lui envier. Les yeux gigantesques qui l'avaient observée depuis les ténèbres ne se limitaient pas aux seuls esprits mis en commun des chauves-souris actuelles. Ils englobaient l'ensemble de leurs esprits, passés et présents, les souvenirs de *chaque* chauve-souris depuis la création de l'espèce. Tout cela remontait à la nuit des temps et fusionnait en une force unique.

Shiya parut deviner l'incroyable prise de conscience de Nyx. Elle le confirma en silence et se tourna vers le reste du groupe.

— Le cadeau offert à ces sentinelles vivantes… Nous autres, Dormeurs, en sommes aussi dotés.

— Vous parlez de l'hypnochant, intervint Xan. C'est également un talent qui nous est propre.

La statue esquissa un sourire peiné.

— Par erreur.

Nyx vacilla. La doyenne, elle, parut atterrée, meurtrie.

— Loin de moi l'idée de vous discréditer, la rassura Shiya. Le don d'hypnochant a infiltré votre lignée il y a fort longtemps. Peut-être par le biais d'une maladie ou d'un mélange de venin et de sang. En revanche, dès son arrivée, la graine y a trouvé un sol fertile, une utilité qui méritait transmission. Elle s'est donc solidement enracinée chez certains heureux élus.

— Les Kethra'kai, souffla Xan.

— Et d'autres aussi, peut-être. (Le front en bronze de Shiya se plissa de frustration. Elle semblait en lutte avec sa mémoire défaillante.) Non seulement la semence s'est propagée par inadvertance, mais ce don a évolué durant notre sommeil, développant des branches que nul n'aurait imaginées.

Son regard revint vers Nyx.

Frell interrompit la discussion. Il avait contourné la table et étudiait attentivement les décombres luisants de la Terre.

— Votre récit est fascinant, mais là n'est pas notre problème, lâcha-t-il, inquiet. Cette chute de la lune… Quand aura-t-elle lieu ?

Shiya pinça les lèvres et se rembrunit.

Rhaif pressa ses paumes l'une contre l'autre.

— S'il te plaît, ne nous redis pas que *beaucoup de choses ont été perdues*.

La statue se radoucit et lui effleura le bras.

— Non, mais une foule de variables entrent en jeu. Même pour moi. Je ne peux vous donner qu'une réponse approximative.

— Quand va-t-elle nous tomber dessus ? insista Frell.

— Dans moins de cinq ans, murmura Shiya. Peut-être trois.

Le temps d'intégrer la sinistre prédiction, l'alchimiste baissa la tête. Plus personne ne parlait. Il soupira et releva le menton.

— Comment l'empêcher ?

Shiya se tourna vers les ruines de la Terre.

— C'est impossible.

CHAPITRE 55

Wryth se tenait près de la barre maîtresse du *Pywll*. Le commandant avait pris place de l'autre côté. Derrière les grandes fenêtres en saillie, une rangée de falaises noires divisait le paysage, entre brouillard et nuages menaçants. Deux colonnes de fumée s'élevaient au bas de l'escarpement.

Le regard rivé devant lui, Wryth serra la boule fissurée au creux de sa main. Il pestait contre le retard pris pour rejoindre l'énorme guerroyer, puis lui faire faire demi-tour en direction des Suaires. Apparemment, des échauffourées avaient déjà éclaté au pied des falaises. Tandis que le *Pywll* voguait vers les sombres remparts, deux éclairs de feu avaient illuminé le brouillard.

À présent, l'ensemble du gaillard était braqué vers le ciel.

Que se passait-il sous les bancs de brume ?

— Là-bas ! s'exclama Brask, le doigt pointé à gauche.

Le sommet d'un ballon gris fendit brièvement la nappe blanchâtre et se renfonça à l'intérieur. Il semblait fuir les falaises.

— Une chaloupe.

L'aileron plus fin d'un ballon noir surgit, hissant sous lui la coque d'une embarcation étroite à la proue pointue.

— Le chassquif, indiqua Wryth.

— Il cherche à rattraper la chaloupe.

Brask partit voir la course-poursuite qui continuait à bâbord.

Le chassquif replongea à son tour au cœur de la brume. De petits éclairs de feu firent rougeoyer les nuages quand il tenta de débusquer sa proie à coups de grenades explosives.

Wryth espéra que Mikaen était à bord, sain et sauf. Il n'avait pas ménagé sa peine pour en faire son meilleur instrument de conquête et aurait été très déçu de le perdre.

Le pilote interrogea Brask du regard.

— Je nous lance dans la bataille ?

— Non. Nous n'avons pas l'agilité d'un chassquif. Le temps que nous manœuvrions avec le *Pywll*, tout sera terminé. D'ailleurs… j'ai l'impression qu'on n'a pas besoin de nous.

Wryth le rejoignit pour mieux voir.

Un énorme ballon à gaz avait surgi derrière eux. De retour aux commandes du *Tytan*, Haddan avait fait allumer toutes ses forges pour tenir la cadence. Il était impressionnant de voir la vitesse à laquelle le seigneur général avait réagi, d'autant qu'avec un ballon à moitié déchiré, de vastes lambeaux de toile claquaient au vent. Si la partie gonflable du vaisseau filait au ras des nuages, c'était grâce aux récentes réparations qui lui permettaient d'atteindre une altitude suffisante pour éviter la cime des arbres, voire la nappe de brouillard. Juste en dessous, le *Tytan* qu'elle tractait dessinait un sillage blanchâtre au cœur de la nébulosité.

Le ballon gris reparut un instant, puis ce fut au tour du ballon plus effilé du chassquif. Et les deux embarcations se volatilisèrent à nouveau. L'ambition du chassquif était néanmoins très claire : il cherchait à pousser sa cible vers le *Tytan*.

Convaincus que l'affaire était en bonne voie, Wryth et Brask revinrent à la barre. Face à eux : l'immense rempart noir.

— Paré à l'arrêt général ! mugit le commandant. Amenez-nous à l'orée des falaises. (Il interpella un homme posté devant un tuyau d'appel.) Ordonnez qu'on charge l'ensemble des chassquifs et des chaloupes avant leur largage imminent.

Le Confesseur vit la paroi rocheuse grandir devant eux.

Si près du but...

Il contempla la boule, toujours dans sa paume. Les rares éclats de magnétite encore en place frémissaient sur leur tige, tous braqués droit devant.

— Je détecte un signal. Pile en face.

Tout en empêchant l'huile de s'échapper, Wryth fit rouler le globe entre ses doigts dans l'espoir de confirmer l'information. Il le dirigea vers le pied des falaises. Aussitôt, les magnétites perdirent leur assise.

Non...

Le cœur en émoi, il fit vite rouler la sphère dans l'autre sens et, une fois les fragments réorientés vers le haut, tout revint en place.

Brask avait dû remarquer sa nervosité.

— Un problème ? La relique a changé de place ?

— Non, elle se trouve toujours plein est. En revanche, le signal ne vient pas *d'en bas*. Il est émis depuis les Suaires.

— Vous êtes sûr ?

Frémissant d'appréhension, Wryth réitéra l'opération, puis acquiesça lentement.

— Le trésor se trouve bien là-haut.

Le commandant resta perplexe.

— Et Mikaen ? Ne fallait-il pas aussi chercher le prince ?

— Pour le moment, non. On ignore si son Altesse Royale se trouve en bas des falaises. Il est plus probable qu'elle soit déjà à bord du chassquif. (Il lorgna pardessus son épaule.) Quoi qu'il en soit, le *Tytan* devrait nous la ramener indemne.

— Que proposez-vous donc ?

Wryth brandit le globe.

— Partons vers les Suaires. Notre objectif est de mettre la relique en sécurité pour le salut du royaume.

Et pour le mien.

Il serra le poing. S'il voulait garder un espoir d'assouvir son ambition ultime – posséder un niveau de pouvoir supérieur à celui de n'importe quel roi ou empereur –, il devait soutenir Hálendii et s'efforcer de diriger les événements en catimini, en marge du trône. Pour le meilleur ou pour le pire, son sort était lié à celui du royaume.

Du moins, pour l'instant.

* * *

Graylin tressaillit en voyant une autre déflagration embraser les nuages. Ébloui, il se cramponna à une sangle, près de la trappe arrière béante de la chaloupe. Darant avait fait retirer l'ensemble de la rampe pour faciliter le largage des bombes incendiaires.

— Celle-là a failli nous rentrer dans le cul ! mugit le pirate. Enfin, c'est le plan, non ?

Il se pencha au-dessus de sa fille. À la barre et aux pédales, l'habile Glace pilotait en plein brouillard.

Non, ce n'était pas tout à fait le plan.

Sur l'*Épervier*, ils avaient découvert, grâce au longoscope de Hyck, qu'un chassquif faisait route vers les falaises et ils en avaient conclu que la légion devait avoir repéré la même fumée qu'eux. Manque de chance, leurs adversaires étaient arrivés les premiers. Graylin et Darant avaient donc révisé leur stratégie à la hâte pour sauver celles ou ceux qui avaient envoyé la balise.

Le chevalier contempla la cale vide de la chaloupe. Tout ce que l'*Épervier* avait pu mettre de côté, c'étaient quelques bombes incendiaires, fixées le long des parois intérieures de la coque. Peu de temps auparavant, leur canonnage avait éloigné le chassquif. Ils espéraient désormais ouvrir une voie derrière eux pour permettre à l'*Épervier* d'atteindre les falaises en rase-mottes et de récupérer les autres. Graylin avait escompté que la majeure partie des légionnaires à bord du vaisseau d'attaque serait rappelée.

Pas qu'ils s'élancent sur la terre ferme après un jeune prince.

Au sortir des nuages, Graylin avait vu les troupes se déployer devant un hameau de maisons en pierre.

À mi-chemin entre les falaises et une rangée de combattants, deux chevaliers maintenaient un homme à genoux.

Le prince Kanthe.

Dès lors, Graylin avait eu la confirmation rassurante que le panache de fumée bleue venait bien de Nyx et de ses camarades. Darant et lui s'étaient empressés de larguer deux chaudrons de Hadyss – la moitié de leur arsenal – pour libérer le cadet du roi et disperser les légionnaires. Le chassquif avait ensuite riposté, provoquant leur fuite précipitée.

Avant de redisparaître dans les nuages, Graylin avait vu le grand vaisseau donner l'assaut, mais il avait aussi regardé le bataillon se ruer derrière Kanthe.

Hélas, avec un requin aussi dangereux aux fesses, il n'était pas question de rebrousser chemin pour lui porter secours. Comme s'il lui donnait raison, un autre engin explosa tout près et envahit la cale de fumée.

— Je n'ai presque plus de carburéclair ! annonça Glace.

L'*Épervier* ne pourrait dorénavant plus compter que sur lui-même. Avec un peu de chance, les bombes restantes traceraient un chemin enflammé et repousseraient l'ennemi le temps de hisser le reste du groupe à bord.

Graylin savait que la probabilité de réussir le sauvetage était faible, voire quasi nulle.

Ferai-je encore défaut à la fille de Marayn ?

Le seul succès de son plan était d'avoir éloigné le chassquif. Avec un prédateur aussi féroce dans les parages, l'*Épervier* n'aurait eu aucune chance de sauver les autres.

Graylin n'en tira qu'un maigre réconfort.

À la barre, Glace donna de la bande pour reprendre de l'altitude. Ce fut moins une, car, venue de l'arrière, une lance énorme perfora le brouillard et racla brutalement leur quille. La secousse fut telle qu'ils quittèrent la purée de pois et retrouvèrent un ciel dégagé.

Les yeux rivés à l'arrière du vaisseau, Graylin se balançait au bout de sa sangle et il vit le chassquif jaillir des nuages, beaucoup plus proche que prévu. Comme son ballon s'élevait rapidement, la nacelle du dangereux navire apparut juste après.

Au lieu de replonger vers eux, le chassquif pivota à cent quatre-vingts degrés et fit ronfler ses forges, au risque d'incendier le ballon de la chaloupe. Puis il s'éloigna en direction des falaises.

Lorsque Glace parvint enfin à stabiliser leur trajectoire, Graylin put reposer les pieds au sol.

Le départ précipité du chassquif l'intriguait.

Qu'est-ce qui l'a incité à filer aussi vite ?

Au large des falaises, un énorme guerroyer survolait les Suaires à basse altitude. Graylin ne comprenait pas où il allait, mais il craignait de le voir faire demi-tour lui aussi.

— Graylin ! tonna Darant d'une voix inquiète.

Le chevalier se retourna. Un ballon gigantesque, dont des lambeaux claquaient au vent, emplissait son champ de vision. Elle était là la raison pour laquelle le chassquif avait déguerpi.

On n'avait plus besoin de lui.

* * *

Kanthe progressait dans l'obscurité. Avec les autres à sa suite, il s'était réfugié dans le dédale de galeries qui serpentaient à l'intérieur des falaises, derrière les maisons. Jace courait avec leur lampe à bout de bras. Toujours tamisée par le morceau de cuir, elle leur indiquait à peine le chemin. En revanche, le visage en sueur du garçon aurait pu servir d'éclairage à lui seul, car il reflétait autant la maigre lumière qu'il brillait de terreur.

Des cris tonitruants résonnaient à la ronde. En fonction du halo de flambeaux, le groupe avançait ou reculait, voire changeait d'étage, avec un seul objectif à l'esprit : ne pas se laisser piéger dans une grotte aveugle. Kanthe n'avait pas oublié la mise en garde de Pratik sur le risque de se faire déloger par les flammes. Leur unique chance était de rester continuellement en mouvement.

Le prince se raccrochait à un espoir. Il se remémora la chaloupe qui l'avait aidé à fausser compagnie à ses ennemis. Sachant qu'elle venait forcément de l'*Épervier*, cela signifiait que le véloce croisait dans les parages. Auquel cas, son groupe devait survivre coûte que coûte en attendant qu'on vînt les sauver.

Le défi devenait néanmoins plus qu'ardu.

Un hurlement jaillit derrière eux.

Llyra était accroupie, le bras tendu. Quelqu'un trébucha à l'intérieur de leur petite flaque de lumière et s'étala de tout son long, une lame en travers de la gorge.

Elle récupéra son couteau sur le corps.

— Continuez d'avancer, siffla-t-elle.

Kanthe avait l'empenne d'une flèche posée mollement contre la corde de son arc. À peine s'était-il engagé dans l'entrelacs exigu de tunnels qu'il avait regretté son choix d'arme, surtout vu l'obscurité. Sans arrêt, il raclait le haut de son arc contre le plafond ou se cognait les coudes aux murs. Par mégarde, il avait déjà lâché deux ou trois flèches, qui s'étaient perdues dans la nuit.

Depuis, il suivait l'exemple de Seyrl. L'éclaireur kethra'kai marchait en crabe. Il avait armé une flèche et, s'il se retenait de tirer sur la corde, il leur avait déjà montré à quelle vitesse il pouvait réagir à une cible. Par chance, leurs poursuivants se déplaçaient avec torches et lampes, ce qui les rendait faciles à repérer. À lui seul, Seyrl avait abattu deux hommes. De son côté, Kanthe pensait en avoir blessé un.

Il n'était toutefois pas dupe : ils ne pourraient pas conserver leur ascendant très longtemps.

Dans le virage d'un étroit couloir sinueux, une lumière blafarde apparut au loin, signe qu'ils approchaient d'une sortie située près des maisonnettes à flanc de falaise. Un peu plus tôt, un escalier leur avait permis d'accéder au niveau supérieur. À supposer que l'*Épervier* se montrât, ils devaient être en mesure de sauter à terre, puis de galoper vers lui.

En attendant, la discrétion restait de mise.

Ils empruntèrent une galerie latérale et laissèrent le faible rayonnement derrière eux. En face, des flammes jaillirent, révélant la présence de chevaliers en embuscade.

Mikaen se redressa aux côtés d'un garde vyrllien.

— Mon cher frère.

Deux soldats étaient agenouillés devant eux, à l'abri d'un grand bouclier.

Seyrl décocha une flèche, qui ricocha dessus. L'un des chevaliers riposta à l'arbalète. Le Kethra'kai chuta en arrière, l'œil transpercé par un carreau empenné.

Kanthe avait déjà approché une bougie du détonateur de son œuf incendiaire. Quand Seyrl tomba, le prince tira. Sa tentative n'eut pas davantage de succès. Le bouclier bloqua la flèche et la boule de poudre explosa contre le panneau d'acier avec un énorme panache de fumée bleue.

Pendant que leurs adversaires embusqués étaient quand même pris de violentes quintes de toux, un rideau de fumée envahit le couloir. Kanthe renvoya vite ses camarades à l'angle du tunnel.

Mais où aller ?

La réponse lui fut apportée par le rugissement puissant de forges alimentées au carburéclair. Venu de la gauche, il résonnait là où la lueur blafarde éclairait le couloir incurvé.

L'*Épervier*...

Kanthe poussa tout le monde dans cette direction. Au passage, il empoigna la lampe et en arracha la protection en cuir. La flamme s'aviva.

Ébloui, Jace protesta.

— Qu'est-ce que vous…

— Rejoignez vite l'*Épervier* ! Moi, je vais faire diversion pour mon frère.

Kanthe partit en sens inverse. Jace et les autres auraient besoin de chaque seconde pour arriver à destination. Il fallait donc retenir un maximum de légionnaires à l'intérieur des grottes.

— Je ferai le tour, promit-il. Rendez-vous là-bas.

Ils hésitèrent. Du moins, Jace hésita, mais Llyra le tira manu militari tout en poussant Pratik devant elle.

Après leur départ, Kanthe patienta au niveau du croisement, le temps que l'écran de fumée se dissipât un peu. Les flammes du guet-apens de Mikaen resurgirent de la pénombre.

Autrement dit, eux aussi voient ma lumière.

Dès qu'un cri retentit de leur côté, Kanthe détala à droite, loin de Jace et des autres. Sa lampe claquait contre sa cuisse. Il devait absolument entraîner son frère sur sa piste. De nouvelles vociférations s'élevèrent derrière lui.

Parfait.

Il rabattit le morceau de cuir sur la lampe pour ne plus laisser qu'un filet d'éclairage.

Son choix l'obligea à parcourir quelques mètres à l'aveugle et, comme il n'avait pas ralenti, il percuta violemment un coin de mur. Un craquement de bois se fit entendre et son arc se disloqua entre ses doigts.

Kanthe en jeta les débris, brandit sa lampe et reprit sa course.

Pourchassé par les hurlements, il cavalait en évitant toute source de lumière. Soudain, un rugissement familier s'éleva dans la galerie, ainsi qu'un éclat plus vif.

Les dieux soient remerciés de m'avoir souri...

Il emprunta le tunnel qui lui semblait le plus éclairé. En face, une arche rayonnante annonçait une issue. Il fonça vers elle, pendant que, dehors, le monde vrombissait. En fait, la galerie ne déboucha pas à l'intérieur d'une petite maison en pierre mais sur le toit-terrasse du dessus. Peu importe ! Les habitations étaient suffisamment compactes pour lui permettre de sauter aisément de l'une à l'autre.

Kanthe franchit le seuil et dérapa sur la plate-forme rocheuse. À gauche se dressait la falaise ; devant lui, le pignon uniforme d'une habitation voisine. Il tourna à droite, face à la forêt embrumée, et courut vers l'arête du toit, prêt à bondir en contrebas.

Soudain, il aperçut un vaisseau enveloppé de fumée.

Il patina à nouveau et faillit tomber dans le vide.

Ce n'était pas l'*Épervier*.

Le chassquif trônait là, avec ses forges rutilantes.

Kanthe baissa les yeux. Lorsqu'il s'était rattrapé in extremis, une pluie de petits cailloux et de sable s'était abattue sur un immense Gyn, qui leva vers lui son visage taillé à la serpe. Le géant coiffé d'un heaume agita sa hache pour l'inviter à descendre.

Une autre fois...

Kanthe fit volte-face, et vit Mikaen sortir sur la terrasse. Son armure étincelait sous les rayons du soleil brumeux. L'ombre massive d'un chevalier vyrllien le suivait de près.

Kanthe recula d'un pas et sentit son talon glisser du toit.

À cet instant précis, il reconnut son erreur.

Les dieux ne me souriaient pas, en fin de compte.

Ils se foutaient de sa gueule.

CHAPITRE 56

Wryth montra les nuages menaçants qui s'amoncelaient sous la quille du *Pywll*. De l'autre main, il tenait le globe de Skerren. Il s'était servi des fragments de magnétite contenus à l'intérieur pour tester les vents qui soufflaient d'en bas.

— C'est réellement de là que vient le signal, pile au centre des Suaires. Le Cromlech du Nord devrait se situer juste dessous.

Brask se rembrunit. Un violent orage zébrait le ciel d'éclairs. Aucun roulement de tonnerre n'accompagnait la foudre, mais le danger ne faisait aucun doute. D'un bout à l'autre du gaillard, les regards étaient inquiets.

Le commandant secoua la tête.

— Le *Pywll* ne supporterait pas de traverser ce front d'intempéries. Si jamais notre ballon était touché de manière répétée par les éclairs…

Wryth l'imagina prendre feu et s'écraser dans la jungle. Il refusait néanmoins de se laisser contrarier par le mauvais temps.

Pas si près du but…

— Le *Pywll* est un vaisseau très haut. Pourriez-vous faire plonger la coque sous la couche des nuages tout en maintenant le ballon au-dessus de l'orage ?

Le commandant grimaça.

— Et si vous vous contentiez de faire passer la quille au travers ? insista le Confesseur. Ainsi que ses étages inférieurs.

Brask comprenait parfaitement le but de la manœuvre.

— Vous voudriez descendre assez bas pour que la cale se retrouve sous les nuages ?

— C'est là que sont entreposés la majeure partie des chaloupes et des chassquifs. Ces embarcations de taille plus modeste pourraient ainsi jaillir sous l'orage, fondre aisément en piqué et sécuriser la zone au sol.

Le commandant se frotta le menton et lorgna son équipage, le regard brillant à l'idée de relever le défi.

— Oui, ça, nous en sommes capables.

Wryth soupira de soulagement.

Brask lui flanqua une tape sur l'épaule.

— Pour un Confesseur, vous n'êtes pas mauvais tacticien.

L'érudit accepta le maigre compliment et tourna les talons.

— Où allez-vous ?

— En bas, répondit Wryth. Je veux rejoindre les forces qui affronteront les Suaires.

Brask se contenta de le saluer d'un revers de main. Malgré ses récentes louanges, il était ravi de se débarrasser de Vythaas et de lui.

De toute manière, le Confesseur ne changerait pas d'avis.

Si l'antique relique en bronze se trouvait en bas, il prévoyait de s'en emparer lui-même. Par ailleurs, il avait vu Kanthe s'enfuir avec vers Havrechand.

Wryth voulait donc être prêt.

Si le prince était en bas…

Un autre l'était aussi.

* * *

Nyx s'approcha de la table où miroitaient les vestiges de la Terre. Le paysage était dévasté, les continents en miettes, les océans asséchés, le ciel tourmenté d'orages. Aucune forme de vie ne pouvait résister à un tel cataclysme.

De nouveau, elle entendit les cris s'élever de la montagne en feu, le fracas métallique des engins de combat, puis le bruit d'une lune qui s'écrasait sur la Terre. Mais ce qui l'avait surtout marquée dans son rêve, c'était le silence retentissant qui avait suivi, ce monde figé comme au cœur d'un vieux cimetière.

— Et vous dites qu'il n'y a rien à faire pour l'empêcher ? insista Frell.

Shiya les invita à s'avancer.

— Si vous voulez comprendre, venez voir.

De la main, elle survola le cube qui luisait dans son autre paume et le temps partit à rebours. Sous les yeux ébahis de l'assistance, le monde reprit sa configuration antérieure : les mers resurgirent, les littoraux se ressoudèrent, la Couronne réapparut. À la fin, la lune sortit du cratère qu'elle avait creusé lors de sa chute et se remit à tourner en orbite.

— Je vous ai fait voir le passé. Ensuite, l'avenir qui nous attend avec certitude. (Shiya hocha la tête vers l'univers étincelant.) Voici maintenant le présent que vous connaissez.

— Je ne comprends pas, s'étonna Nyx. Pourquoi nous montrer notre monde si nous sommes incapables de le sauver ?

— Je vous l'ai dit, vous ne pouvez pas.

— Alors, la Terre est condamnée, lâcha Rhaif, écœuré.

L'adolescente serra le poing. Elle refusait de se résigner.

— Si, nous, nous sommes impuissants, est-ce que vous, vous êtes en mesure d'intervenir ? suggéra Frell.

Les prunelles brillantes, Shiya réfléchit et secoua la tête.

— Non. Même moi, je ne peux rien. Il va falloir que le monde *entier* s'attèle à la tâche.

— Comment cela ? l'interrogea Nyx.

— Regardez. (La statue passa de nouveau sa main au-dessus du cube.) C'est notre unique espoir.

Pendant quelques secondes, la Terre parut identique. Nyx échangea un coup d'œil soucieux avec Frell. Quelque chose avait-il déraillé ?

Rhaif tressaillit. Au début, elle ne comprit pas ce qui avait ébranlé son voisin, puis, à son tour, elle s'aperçut que le ruban de la Couronne s'était un peu décalé.

Elle resta bouche bée.

Le monde tourne...

La Couronne continua sa rotation. D'abord lentement et, après, de plus en plus vite.

Xan tendit le bras.

— La lune…

Le spectral globe argenté avait son orbite qui s'élargissait peu à peu.

— Elle s'éloigne, murmura Nyx.

— Regardez la Couronne ! haleta Rhaif.

Tandis que la Terre tournait désormais à un rythme constant, l'immense montagne de glace commença à fondre d'un côté. Le niveau des océans monta et la Couronne fut noyée sous les eaux. De violents séismes ébranlèrent le globe, faisant s'élever certaines plaques continentales, en ensevelissant d'autres. Les deux pôles se couvrirent progressivement de glace.

Nyx sentit son pouls s'emballer.

Plus rien n'est pareil.

Frell exprima une inquiétude plus macabre.

— Si cela se produit, des millions de gens vont mourir.

Shiya abaissa sa paume.

— Certes, mais pas *tous*.

Nyx n'en tira qu'un piètre réconfort.

Même Rhaif semblait atterré.

— Pour que le monde soit sauvé, la Couronne doit donc être détruite ?

La statue ne répondit pas. C'était inutile.

Frell contemplait toujours l'étrange paysage inédit.

— Le seul moyen d'empêcher la lune de tomber est de relancer la rotation de la Terre. Shiya, est-ce possible ?

— Peut-être. Avec un peu d'aide.

— Quelle aide ? s'étonna Rhaif. Venue d'où ?

La statue désigna la scène du menton.

Devant eux, le globe resplendit d'un éclat aveuglant. Quand la lumière s'adoucit enfin, leur propre monde était de retour. La Couronne brillait de nouveau au cœur d'un ruban crépusculaire, coincé entre vastes étendues gelées et déserts arides. Seule différence : la carte était, à présent, semée de minuscules points bleus et rouges, à la fois sur leurs territoires et au-delà.

Rhaif s'approcha, intrigué.

— Le point rouge dans le sud de Guld'guhl… C'est là que je t'ai découverte.

— Oui. C'est en rouge que les endroits vides ou détruits sont représentés.

Nyx comprit.

— Toutes ces têtes d'épingle brillantes signalent les sites où les créatures de votre espèce sont enfouies. Celles que vous appelez les Dormeurs.

— En effet. Hélas, il en reste peu. Les rescapés sont cloîtrés dans des environnements trop redoutables pour qu'on puisse les réveiller.

L'immense majorité des points étaient rouges. L'unique point bleu de la Couronne se situait à l'extrême sud, au fin fond des Klashe.

— Enfin, ce n'est pas ce que je voulais vous montrer.

Shiya tapota son cube sur chaque face. Deux gros points verts apparurent : l'un au cœur de la banquise, l'autre au milieu des déserts de sable.

Xan s'appuya sur sa canne pour mieux voir.

— Quelles sont ces nouvelles régions ?

La mine défaite, la femme en bronze contempla le sol jonché de verre brisé.

— Aucune idée. Beaucoup de connaissances ont terminé en miettes ici.

Nyx perçut son inquiétude. Elle se rappela que la porte avait été verrouillée pour les empêcher d'entrer.

L'index pointé vers l'étendue de glace sombre, Shiya continua :

— Je sais juste – grâce au Gardien parti d'ici – que je dois me rendre là-bas. Mon instinct me pousse à y aller, mais j'ignore *pourquoi*. Là-bas, quelque chose m'attend et je dois l'atteindre si on veut que le monde se remette à tourner un jour.

Rhaif observa la banquise à l'ouest des Crocs de Glace.

— Shiya, un tel périple est impossible. Surtout seule.

Nyx savait qu'il avait raison. Elle avait aussi une autre certitude.

— Il faut que je vous accompagne.

Même si tout le monde la dévisagea en silence, elle était plus déterminée que jamais.

— Quelque chose a voulu empêcher Shiya de pénétrer ici. À supposer qu'elle parvienne à rejoindre l'autre site, elle risque de subir la même mésaventure et elle aura besoin de mon aide.

Alors que Nyx cherchait du soutien auprès de la statue, des pas attirèrent leur attention vers la porte. Shiya fit disparaître le globe scintillant de la table, dissimulant ainsi tout ce qu'elle leur avait dévoilé.

Une Kethra'kai fit irruption. Elle foula le sol en cuivre et le spectacle la laissa, quelques instants, muette de stupeur.

Xan se planta devant elle.

— Que se passe-t-il ?

Après que la femme lui eut débité tout un discours en kethra, les doigts de Xan se crispèrent sur sa canne.

— Un problème ? frémit Nyx.

La doyenne se retourna.

— Quelqu'un arrive. À bord d'un vaisseau gigantesque qui fend les nuages.

Hantée par le souvenir du guerroyer qui les avait pourchassés à Havrechand, Nyx devina de qui il devait s'agir.

— Il faut partir tout de suite, déclara Frell. Hors de question de nous retrouver piégés ici. Nous devons regagner la jungle.

Tous se mirent en branle.

Seule Shiya s'attarda en partant dans le sens opposé. Arrivée près d'un des cocons, elle remua les doigts sur son petit cube. Alors, un puissant bruit de gong monta du sol et ébranla la pièce.

Quelques briques en verre tombèrent des rayonnages et se fracassèrent en mille morceaux.

Shiya n'y prêta pas attention et traversa la salle en trombe. De retour avec le groupe, elle renfonça le cube en cristal dans sa poitrine, où il fusionna avec le bronze et disparut.

— Qu'as-tu fait là-bas ? demanda Rhaif.

Elle les incita à avancer.

— Personne d'autre ne doit apprendre ce qu'il y a ici. Jamais.

Ils prirent la fuite, Shiya portant presque Xan.

Nyx entendit un deuxième gong retentir plus fort derrière elle, tel un sinistre compte à rebours. Toujours lancée au galop, elle lorgna par-dessus son épaule et sentit qu'ils avaient grand intérêt à avoir déguerpi très loin quand résonnerait l'ultime coup de cloche.

CHAPITRE 57

Kanthe tendit les bras.

— Mikaen, je t'en prie, écoute-moi.

Sans répondre, son frère avança sur la terrasse. Le visage du prince héritier n'affichait ni crainte ni compassion, rien qu'une méchanceté absolue. À chaque pas, son armure rutilait un peu plus.

Mikaen était suivi par un imposant garde vyrllien, véritable montagne de muscles au visage tatoué de rouge.

Kanthe regarda par-dessus le rebord du toit. Le Margoulin l'attendait toujours en bas, armé de sa hache de combat. D'autres chevaliers s'étaient massés autour. Juste derrière, la pointe noire et acérée d'un chassquif flottait dans la grisaille.

Kanthe se reconcentra sur son frère jumeau.

— Tu sais bien que je ne représente aucune menace ni pour le roi ni pour ton futur règne. Tu ne crois quand même pas que j'aspire à te ravir le trône ?

Mikaen s'arrêta et lâcha avec désinvolture :

— Peut-être pas aujourd'hui, mais plus tard, qui sait ? Il vaut mieux, pour le royaume, supprimer tout risque de soulèvement. Sinon, pourquoi serais-je allé à l'encontre des désirs de notre père en fomentant ton assassinat ?

Kanthe se glaça d'effroi.

— Quoi ? Alors, le roi…

— Encore maintenant, il souhaite que je te ramène à la maison. Vu sa capacité immodérée de tolérance, voire d'amour, à ton égard, je vais donc te faire revenir chez nous. Du moins, ta tête.

Kanthe tâcha d'intégrer les terribles révélations de Mikaen. Son long chemin vers la vérité le laissa étourdi, au bord de la nausée, tant il s'en voulait d'avoir porté un jugement aussi dur sur son père.

Le roi n'a jamais ordonné mon assassinat…

— J'ai déjà tenté de t'éliminer à Azantiia, quand tu enchaînais les soirées arrosées dans les Bas-Fonds. Mon erreur a été d'en confier la mission à une bande de voleurs et de coupe-jarrets.

En plein désarroi, Kanthe cligna des paupières. Il se rappelait effectivement avoir été agressé dans une ruelle après une nuit passée au Glaive Pointu. Cela semblait remonter à une éternité.

— Aujourd'hui, j'ai compris. Dès le départ, c'est moi qui aurais dû m'en charger. (Mikaen tendit la main vers le chevalier qui l'accompagnait.) Thoryn, votre épée, s'il vous plaît.

L'homme refusa.

Le prince éclatant n'était pas d'humeur à discuter.

— Magnez-vous, sinon je demande au roi de vous faire couper la tête. Sur sa pique, elle sera du plus bel effet à côté de celle de mon frère.

Le vyrllien toisa Kanthe et estima, à juste titre, qu'il n'était pas une menace pour Mikaen. Il sortit de son fourreau une épée à double tranchant et la lui tendit. Elle était si lourde que le bras de son protégé fut entraîné vers le bas. L'héritier de la couronne jeta l'arme à Kanthe, qui la vit atterrir avec fracas à ses pieds.

— Ramasse-la. J'ai envie d'un dernier petit jeu entre frères.

Kanthe regarda à terre. Il n'avait presque jamais touché une épée de sa vie et, les rares fois où c'était arrivé, il voulait juste plaisanter, sans intention d'en faire bon usage. Les Princes du Placard avaient interdiction de manier l'épée.

À en juger par le grand sourire accroché à son visage, Mikaen le savait bien. Il n'avait émis sa proposition que par pure méchanceté, car il voulait faire de la mort de Kanthe un jeu. À moins qu'il ne prétendît plus tard que le prince sombre l'avait attaqué en traître et que lui-même, auréolé de sa gloire étincelante, avait dû le tuer. Force était d'admettre que cela donnerait une bonne histoire.

Sauf que je ne t'aiderai pas à l'écrire.

Kanthe garda les bras le long du corps.

— Non, répondit-il d'un ton ferme.

C'était sans doute la première fois de sa vie qu'il osait tenir tête à Mikaen.

Loin d'apprécier, son jumeau ricana :

— Alors, soit.

Il dégaina et s'avança d'un air décidé.

En reculant, Kanthe faillit basculer du toit. La colère noire qui l'envahit alors alimenta une rage qui couvait en lui depuis toujours. Celle d'être le cadet d'un monstre. D'avoir enduré des bordées d'affronts, d'insultes et d'humiliations dans l'ombre de Mikaen, afin que ce dernier brillât encore plus fort.

Or, voilà que cette ordure le menaçait frontalement.

Kanthe ramassa la lourde épée du vyrllien, qu'il brandit devant lui, et bondit sur son frère en mugissant.

Un instant déstabilisé, l'aîné réagit et l'envoya promener.

Thoryn esquissa un pas, mais Mikaen vociféra :

— Non ! Ne vous en mêlez pas !

Il se remit en position face à Kanthe et brandit son arme à une main. De l'autre, il invita son adversaire à approcher.

— Allons-y, frérot.

Toujours hors de lui, Kanthe décrivit un cercle en se cramponnant des deux mains à l'énorme glaive. Mikaen s'élança et n'eut aucun mal à déjouer une médiocre parade de son frère. La pointe de l'épée de Mikaen plongea vers son torse. À la dernière seconde, elle pivota pour lui infliger une belle entaille en travers des côtes.

Frappé par une douleur cuisante, Kanthe trébucha en arrière. La plaie se mit à saigner abondamment le long de son flanc. Il tenta d'attaquer, mais le poids de l'épée la rendait difficile à manier. Comme si de rien n'était, Mikaen bloqua sa lame et, d'une riposte éclair, il le blessa à la cuisse.

Un sourire radieux éclaira son visage. Le jeune homme prenait un malin plaisir à s'amuser avec son cadet et la terrible hargne de Kanthe n'était pas de taille à rivaliser contre un bretteur aussi expérimenté.

Kanthe essaya de multiplier les coups dans l'espoir de se frayer un chemin jusqu'à la porte et de réussir, peut-être, à regagner les ténèbres rassurantes du labyrinthe de tunnels. Là encore, Mikaen anticipa et s'écarta afin de le laisser gaspiller ses forces. Le temps pour son assaillant d'atteindre la sortie, Kanthe était hors d'haleine, à peine capable de soulever son épée.

Le scélérat agita son arme.

— Je crois que tu sais maintenant qui est le véritable prince ici. Je vais faire de ta mort…

Un lourd éclat argenté jaillit dans l'embrasure de la porte. Mikaen dut l'apercevoir du coin de l'œil, car il tournoya sur lui-même et recula – mais pas assez. Le tranchant d'une hache le lacéra jusqu'à l'os, du sommet du crâne au menton.

L'agresseur agressé lâcha son arme et s'agrippa la face, comme pour essayer de tout retenir. Lorsqu'il pivota, du sang coulait entre ses doigts.

Par un réflexe fraternel, Kanthe s'élança vers lui.

Mikaen, qui hurlait comme un damné, s'éloigna de la porte et le bouscula au passage.

Thoryn l'empoigna.

De son côté, Kanthe arriva sur le seuil au moment où Jace sortait avec sa hache ensanglantée. Il était accompagné de Llyra, qui tendit le bras d'un coup sec. Un couteau étincela. Thoryn esquiva de justesse et la lame s'enfonça dans son épaule. Sans même ciller, le vyrllien prit le prince sous le bras et bondit du toit.

Kanthe et les autres suivirent.

Thoryn atterrit sans souci et remit Mikaen au Margoulin.

— Emmenez-le vite au chassquif !

Après quoi, il foudroya le groupe du regard, le poignard toujours planté dans sa chair. Puis il se baissa et observa le ciel à sa droite.

Kanthe l'imita.

Une ombre gigantesque émergeait du brouillard. Sa quille fendait les nuages. Soudain, des tonneaux basculèrent de la trappe arrière, s'embrasèrent et dégringolèrent vers les soldats.

L'*Épervier* !

Thoryn se précipita vers le chassquif.

— On dégage ! Maintenant !

La consigne s'adressait à la fois aux légionnaires et à l'engin qui planait au-dessus d'eux. Les forges du chassquif crachaient des flammes et de la fumée. Avant de reprendre de l'altitude, l'appareil laissa un maximum d'hommes se hisser à l'intérieur.

Thoryn arriva à la passerelle et plongea la tête la première.

Quelques secondes plus tard, le vaisseau redécolla violemment – la nacelle faillit même dépasser son propre ballon à gaz.

Kanthe tendit l'index.

— Rejoignez vite l'*Épervier* !

Il craignait de voir l'ennemi les contourner pour relancer l'assaut. Certes, avec un prince mortellement blessé à bord, ils ne se montreraient sans doute pas aussi téméraires, mais Kanthe ne voulait prendre aucun risque.

Il accourut avec ses camarades quand le véloce les survola en rase-mottes. La trappe était toujours ouverte et le bas de la quille traînait entre les flammes.

Les rescapés galopèrent dans son sillage.

Le pilote ralentit pour leur permettre d'atteindre le pont brimbalant. Ils bondirent, partirent en roulé-boulé et s'entassèrent à bord. Pantelant, Kanthe rampa le long de la cale. Tandis que l'*Épervier* reprenait de la hauteur, il se rappela avoir sauté du même pont. Cela lui semblait être un autre temps, un autre prince.

Il pénétra dans les entrailles obscures du vaisseau.

Une imposante silhouette velue s'approcha, le souffle court, en remuant frénétiquement la queue. Kanthe chercha autour du vargr d'un air perplexe, conscient que quelqu'un manquait à l'appel.

Où est Graylin ?

* * *

— Accrochez-vous ! s'égosilla Darant.

Graylin se cramponna à sa sangle en cuir. Par le hublot bombé, il regarda le ballon du guerroyer envahir son champ de vision. Puis Glace écrasa les deux pédales et tira sur le manche. Le nez de leur chaloupe se souleva et des flammes de carburéclair jaillirent à l'arrière. Ils s'élevèrent vers le ciel en utilisant jusqu'à la dernière goutte de carburant et, assez vite, ils longèrent leur objectif.

Le brouillard n'offrait aucun abri possible, d'autant que le gigantesque vaisseau endommagé continuait d'être charrié à travers les nuages.

De toute manière, ce n'était pas le plan.

On leur tira quelques lances dessus, mais elles manquèrent largement leur cible. Le temps que le chassquif les poussât hors de la brume, leur chaloupe était déjà bien au-dessus de l'habitacle du guerroyer.

— Tenez-vous prêts ! brailla Darant.

Ses forges toussèrent et finirent par se taire. À l'arrière, les flammes ne faisaient plus que crachoter. Le modeste canot décrivit un grand arc de cercle, puis sa trajectoire se stabilisa et il continua dans son élan. L'énorme structure gonflable passa sous eux. Leur quille faillit même racler la réserve de gaz.

Le pirate courut décrocher une petite bombe incendiaire à l'arrière. Graylin empoigna l'autre.

— On y est presque ! cria Glace depuis son siège.

Le but n'était pas de jeter leurs dernières munitions sur le ballon du guerroyer. À peine auraient-ils réussi à y percer deux minuscules trous enflammés.

Le chevalier hissa plutôt le dangereux tonneau déjà enveloppé d'un filet sur son épaule. Darant fit de même avec le sien.

— C'est parti ! lança sa fille avant de quitter son poste.

Elle embrassa sa paume, donna un coup sur la barre et courut les rejoindre.

La chaloupe dériva à tribord, vers une dénivellation située sur le côté du ballon. Le trio se retrouva au fond du vaisseau, dans une atmosphère étouffante. Sous la porte béante, le gouvernail luisait d'avoir récemment servi.

Graylin regarda, par-delà les forges en train de refroidir, l'immense ballon qu'ils étaient en train de survoler. Leur quille racla sur des lambeaux d'étoffe qui claquaient au vent. Juste en dessous, on distinguait un gros accroc dans la toile. C'était une des parties sérieusement abîmées par l'assaut précédent de Darant. L'armature interne du ballon, tapissé d'échafaudages en piteux état et festonné de gréements enchevêtrés, y apparaissait au grand jour.

Darant pointa le doigt en bas à gauche, là où la toile était encore tendue et intacte. Elle formait une longue glissière qui disparaissait dans les replis obscurs. La chaloupe les emmena par là.

— Dites, Darant, vous l'avez déjà fait ? demanda Graylin.

D'un sourire, le pirate révéla son inexpérience en la matière.

— Il y a une première fois à tout.

Il tint le tonneau contre son torse et sauta dans le vide. Il franchit le trou du ballon les pieds en avant et, après avoir rebondi sur la toile, il se laissa descendre sur les fesses en riant.

Les yeux brillants, Glace l'imita avec un cri de joie.

Ils sont tous les deux aussi tarés que des sorcières droguées à la jusquiame noire.

Graylin agrippa la poignée de la porte, serra son tonneau sous son bras et s'élança. Comme la quille survolait à présent la partie supérieure du ballon, il eut juste l'impression de sauter du toit de sa cabane de Boisgivré. Quand ses bottes heurtèrent la toile enduite glissante et caoutchoutée, ses jambes se dérobèrent. Ce fut donc allongé sur le dos qu'il dévala le toboggan et s'enfonça entre les replis du ballon.

Des cordages et des gréements passèrent devant lui. Il se faufila sous de fines passerelles et de grosses pièces de charpente. Les niveaux inférieurs étaient plongés dans l'obscurité. Graylin frémit, de peur de heurter un obstacle quelconque et d'être renvoyé en l'air. Heureusement, vers la fin, la pente s'adoucit. La lumière du jour lui permit de repérer Darant, qui aidait Glace à se remettre debout. Ils se tenaient en équilibre instable sur la base à la fois souple et ferme du ballon.

Graylin glissa jusqu'à eux.

Darant sourit et le releva à son tour.

— Je n'en reviens pas que notre idée ait fonctionné.

Encore un peu hébété, le chevalier acquiesça en silence.

Ils avaient échafaudé leur plan à bord de l'*Épervier*. Le chassquif pensait peut-être les avoir poussés de force vers le guerroyer mais, en réalité, l'énorme vaisseau de combat avait toujours été leur objectif. Il ne fallait surtout pas que le dangereux mastodonte larguât des renforts au pied des falaises.

Des cris étouffés retentirent dehors. On entendit de brefs coups de canon, accompagnés par l'écho vibrant des balistes. Graylin échangea un regard avec Darant. Ils savaient qui était la cible. Il imagina leur chaloupe précipitée dans une spirale fatale à tribord du guerroyer. Glace l'y avait envoyée à dessein pour attirer l'attention de l'ennemi et, avec un peu de chance, le persuader que la menace avait été détruite.

— Par ici, chuchota-t-elle.

Ils atteignirent une extrémité du ballon. Derrière la toile éclairée par le soleil, une ombre cylindrique planait.

La jeune femme se retourna.

— C'est sûrement un câble métallique.

— Il n'y a qu'un moyen d'en avoir le cœur net.

Darant sortit une dague, se posta devant sa fille et frappa dans la toile épaisse. Il dut s'y prendre à trois fois pour la transpercer.

Après avoir regardé à travers la brèche, il confirma l'hypothèse de Glace d'un hochement de tête. Il entreprit ensuite de découper un carré assez large pour s'y faufiler.

Graylin inspecta le résultat. Un gros câble passait en travers de l'ouverture, presque à portée de main et, si leurs calculs étaient bons, il se prolongeait jusqu'au gaillard d'arrière. *Bon, impossible de vérifier pour l'instant.* La grosse nacelle fixée au ballon continua de traverser un brouillard épais qui occultait tout au sol.

Darant fit signe au chevalier.

— Tout à l'heure, nous sommes passés les premiers.

Le regard mauvais, Graylin coinça son petit tonneau contre lui et sauta dans l'espace exigu. Il enroula ses bras et ses jambes autour du câble et s'y laissa glisser. Noyé dans la brume, il n'aperçut la plate-forme qu'à l'ultime seconde. Il la heurta de plein fouet, vacilla sous la violence de l'impact, puis, le dos courbé, il se rua sur le côté. Ses yeux mirent quelques instants à s'habituer à la lumière cafardeuse.

Comme il ne semblait y avoir personne dans les parages, il espéra que l'attention adverse restait focalisée à tribord, là où leur chaloupe avait été réduite en miettes. Darant et Glace ne tardèrent pas à le rejoindre. Leur atterrissage fut un modèle du genre mais, à la décharge de Graylin, il fallait dire que, piraterie oblige, eux s'y connaissaient en matière d'abordage.

Des voix résonnèrent dans la brume, en provenance du pont intermédiaire. Des halos rougeoyants signalaient aussi la présence de lampes un peu plus bas.

Graylin indiqua le bastingage avant du gaillard. Ils devaient descendre d'un étage et atteindre une trappe d'accès. Ses deux acolytes approuvèrent l'idée et, à la hâte, ils dévalèrent un escalier étroit.

Arrivé sur le pont intermédiaire, il montra une grande porte à deux battants et, toujours la tête baissée, il fonça. Des clameurs s'élevèrent. Des ombres s'agitèrent.

Darant ouvrit la porte, qui grinça sur ses gonds.

Fort de son passé de chevalier, Graylin connaissait bien l'aménagement intérieur des vaisseaux de guerre. Il en avait remis un croquis rudimentaire au pirate, au cas où ils seraient séparés.

Sage précaution.

Un cri d'alerte retentit, suivi d'autres. A priori, les légionnaires s'étaient habitués beaucoup plus vite qu'eux au brouillard. Surgit alors la silhouette impressionnante d'un Margoulin. Des individus à la carrure plus raisonnable approchaient aussi de toutes parts.

Graylin confia son fût à Glace.

— Allez-y. Je vais les entraîner sur une fausse piste.

Sans hésiter, Darant s'engouffra à l'intérieur du guerroyer avec sa fille. Tout en priant pour que ces deux-là n'eussent pas été repérés, Graylin bifurqua à gauche et, toujours le dos voûté, traversa le pont intermédiaire en trombe.

Des bottes martelèrent le sol derrière lui.

Puis un tonitruant fracas de sabots s'éleva juste en face.

Non...

Sorti du brouillard, un immense étalon noir lui barrait le passage. Des chevaliers munis de torches arrivèrent à sa suite et éclairèrent le bassin au milieu du pont. Le cavalier descendit de sa majestueuse monture et s'avança.

Évidemment, le seigneur général avait été attiré par la destruction de la chaloupe. Dès qu'il y avait du grabuge, il répondait présent.

Haddan s'approcha. Même la brume épaisse ne pouvait masquer sa mine courroucée.

— Bon retour parmi nous, Graylin. (Il dégaina son épée.) Où en étions-nous restés lors de votre dernière visite ?

PARTIE XVII

TEMPÊTE SUR LES SUAIRES

Qu'est-ce que la mort, sinon le plus bref des adyeux. Il n'y a que dans le coer que pareilles separacions sont, pour notre memoire, ou une source éternelle de chagrain ou un trésor precieus entre tous. Alors, je vous souhaite la plus riche des existances.

— Extrait
de la péroraison de Sigyl l'Aveugle,
figurant souvent sur les pierres tombales

CHAPITRE 58

Sur le seuil de la porte en cuivre, Nyx resta sidérée par le sinistre spectacle qui s'étalait d'un bout à l'autre de Dalalæða. Ils étaient tous réunis sous les grandes arches croisées.

Au-dessus d'eux, le ciel était fou de rage contre l'agression qu'il venait de subir. Des éclairs fendaient sans répit l'obscurité. La foudre jaillissait des piliers couronnés de cristal et crépitait contre le ventre de l'énorme vaisseau qui avait traversé les nuages noirs. Sa coque épaisse portait les stigmates de l'assaut mais, pour l'instant, il semblait résister au déferlement de traits enflammés.

Surgies des cales, une ribambelle de petites embarcations prenaient leur envol en gonflant leur ballon à gaz. Les forges embrasaient le ciel. La tension qui emplissait l'atmosphère se mêlait à la fumée et au carburant en feu des vaisseaux. Chassquifs, chaloupes, ketchs fuselés… Il y en avait plus d'une dizaine au total.

Certains s'étaient déjà posés. Établis aux quatre entrées de la jungle, ils déchargeaient des bataillons de soldats en armure étincelante. Plus loin, des vaisseaux en ruine brûlaient, frappés en pleine descente par la foudre.

— Nous arrivons trop tard, déplora Rhaif. Impossible de franchir un barrage aussi compact.

Nyx promena son regard à la ronde. Leur groupe, y compris les Kethra'kai et Xan, ne comptait que neuf personnes. Aamon lui effleura le flanc, histoire de rappeler qu'il était un dixième membre à part entière. Sous le regard effaré de Nyx, d'autres embarcations pilèrent au-dessus de l'esplanade rocheuse dans un panache de feu et de fumée. Lorsqu'un ketch biplace survola, vite et à basse altitude, les arches croisées, elle comprit qu'il était en mission de reconnaissance.

— Il faut tenter le coup, conseilla Frell. Nous n'avons pas le choix. En réussissant à rejoindre la jungle, nous aurons peut-être une chance de nous échapper.

Lui-même ne paraissait pas convaincu de son plan, mais ce ne fut pas le cas de tout le monde.

— Je vais nous ouvrir la route, annonça Shiya.

Elle se mit à découvert et entreprit de traverser l'esplanade. D'un bras, elle sembla interpeller l'ennemi, mais ce n'étaient pas les forces du roi qu'elle sollicitait. Un pilier coiffé de cristal lança un éclair vers elle. Elle s'empara de sa puissance de feu et visa une chaloupe toute proche.

Vlouf ! Le ballon du canot explosa. Soufflée par la déflagration, l'embarcation plongea en piqué, puis s'écrasa au sol en laissant une traînée ardente sur la pierre.

L'attaque était si surnaturelle qu'elle tétanisa le reste du groupe.

— Allons-y ! finit par lancer Frell. Ne laissons pas Shiya s'éloigner.

Ils se précipitèrent dehors.

Xan se mit à chanter, incitant les autres Kethra'kai à donner elles aussi de la voix. Malgré le rugissement des innombrables forges, Nyx n'eut aucun mal à les entendre. Chaque fil mélodique se déploya, telles les vrilles d'une graine qui aurait germé à toute vitesse, et ils montèrent de plus en plus haut vers le ciel.

Nyx s'imprégna de leur musique, ne fût-ce que pour contenir sa terreur.

Elle ne comprenait pas les motivations de Xan, mais elle lui apporta sa puissance.

Shiya attrapa un autre éclair. Elle le projeta contre un chassquif au sol et manqua sa cible, preuve que même une statue vivante ne maîtrisait pas toutes les subtilités de la foudre. L'éclair frappa néanmoins un rocher proche des soldats et les dispersa. Dans la pénombre, la silhouette en bronze chatoyait de mille feux.

Shiya ne fut toutefois pas la seule à briller.

À force de s'élever et de s'entrelacer, les fils mi-dorés, mi-argentés du chœur de Xan formèrent un tronc luisant. Des branches se développèrent, chargées de boules de filaments plus fins, qui tissèrent des feuilles ambrées.

Face au gigantesque aulne resplendissant qui croissait au-dessus d'eux, Nyx se sentit presque plus émerveillée qu'angoissée. On aurait dit que l'esprit du Vieux Mast venait les protéger sous sa canopée.

L'arbre scintillant offrait d'ailleurs plus qu'un abri. C'était un étendard, un cri de ralliement.

Par-delà le rempart, la jungle s'éveilla, exaltée par le symbole glorieux de l'hypnochant qui chatoyait sur la place. La forêt clama sa sauvagerie et s'emporta contre l'intrusion dont elle était victime. De partout, le cœur hostile de la jungle obscure envahit l'esplanade. Des dizaines de crocs empoisonnés et de griffes acérées s'en prirent aux légionnaires postés aux différentes entrées. L'atmosphère s'emplit de piqûres douloureuses et de méchantes morsures.

Un concert de hurlements retentit d'un bout à l'autre du parvis rocheux.

En voyant leurs adversaires battre en retraite, Nyx reprit espoir. Elle n'aurait pas dû.

Une rafale de flèches, pour la plupart enflammées, zébrèrent le ciel, tirées par un petit groupe d'archers à droite. D'un nouvel éclair, Shiya tâcha d'écarter la menace, mais il y en avait trop. La mort s'abattit sur eux.

Pendant qu'elle observait le carnage, Nyx fut plaquée par-derrière. Elle heurta le sol la tête la première et, complètement groggy, elle sentit ses oreilles bourdonner. Un gros poids l'empêchait de bouger, une patte posée sur son épaule et sa jambe.

Aamon...

Les flèches fusaient de toutes parts. Leurs pointes d'acier créaient des étincelles sur la pierre noire. Leurs hampes se brisaient en éclats. D'autres ricochaient ailleurs.

L'assaut terminé, Nyx retrouva sa liberté de mouvement. À droite, deux Kethra'kai roulèrent sur le flanc, un trait empenné planté entre les omoplates. Xan gisait, au milieu d'elles, sur le dos. Les deux femmes avaient fait écran de leur corps pour la protéger mais, malgré leur sacrifice, une flèche avait réussi à se faufiler.

La doyenne avait le cou transpercé. Le sang qui écumait de ses lèvres et de sa gorge l'empêcherait à tout jamais de chanter, mais elle respirait encore. Rhaif courut à son chevet. Shiya les avait extraordinairement bien protégés, Frell et lui, même si, à cause d'une flèche tirée de biais, l'alchimiste avait une plaie au visage.

Nyx se tourna vers son propre bouclier.

Aamon haletait derrière elle. Des traits dépassaient de son poitrail, de ses épaules et de son flanc. Sa fourrure était noircie d'un sang qui coulait, goutte à goutte, sous lui. Nyx ne donnait pas cher de sa peau, mais il tenait bon et restait aux aguets.

À l'autre bout de la place, une série assourdissante de détonations attira son attention. Des bombes, larguées du ciel, explosaient devant chaque entrée. Les meutes de la forêt mugissaient à tue-tête, prises au piège d'une tempête de feu.

Nyx se boucha les oreilles et voulut fermer les yeux.

Elle tomba à genoux près d'Aamon, dans la flaque de sang qui s'était formée sous son sauveur.

La mort était partout autour d'elle.

* * *

Agenouillé sur la pierre glacée, Rhaif tenait Xan dans ses bras. Les deux dernières Kethra'kai montaient la garde au-dessus d'eux.

— Accrochez-vous, lui murmura-t-il.

La doyenne leva ses yeux d'azur et d'émeraude – tout Ennuage réuni en un seul regard. Un filet de sang s'échappa de ses lèvres qui, chose impensable, lui souriaient. Alors que la flèche palpitait au rythme de son cœur, Rhaif ne voyait chez Xan aucune marque de souffrance.

Elle posa une main tremblante sur sa joue. Aussitôt, la berceuse de sa mère résonna en lui. Elle ne lui était toutefois pas exclusivement destinée. Ce n'était pas juste une maman qui fredonnait à son enfant. C'était une grand-mère qui consolait sa petite-fille, un père qui apprenait la vie à son fils. C'étaient mille générations qui se réconfortaient mutuellement. Même à l'agonie, Xan tâchait d'être là pour lui, de lui offrir un soulagement, de lui faire comprendre qu'une fin n'était pas la fin de tout.

Rhaif se rappela son effroi face au plan de Shiya. Elle voulait détruire la Couronne, tuer des millions d'innocents, de sorte que l'étincelle qu'elle chérissait tant pût survivre et perdurer, d'une génération à la suivante.

À cet instant précis, il comprit presque.

Il pressa son front contre la joue de la vieille femme.

— Xan… vous resterez à jamais dans les mémoires.

Au prix d'un ultime effort, elle chuchota :

— Ma petite-fille… vit en vous… à travers vous. Et moi aussi… de même que l'ensemble de la communauté kethra'kai. Ne l'oubliez pas.

Il esquissa un sourire.

Là encore, elle cherchait à l'instruire.

L'écho de la berceuse s'amplifia, chargé de notes mi-tristes, mi-gaies, puis s'atténua peu à peu. La paume de Xan glissa de la joue de Rhaif. Il se redressa, tandis que la vieille femme s'affaissait sereinement.

Des mains l'incitèrent à s'éloigner. D'autres déplacèrent le corps.

Les deux rescapées kethra'kai devant aussi lui faire leurs adieux, Rhaif se mit respectueusement en retrait. Elles prirent sa place, s'agenouillèrent et, toujours à l'affût, elles entonnèrent un chant au-dessus de la défunte.

Pendant ce temps, les bataillons fondaient sur eux de tous côtés. Chevaliers et Margoulins, archers et piquiers. Un déluge de feu se déversait inlassablement des vaisseaux. Il y avait de la fumée partout. La jungle mugissait de douleur.

Face à Rhaif, Shiya flamboyait au milieu des ténèbres.

Il se dirigea vers son phare dans la nuit.

Frell se tenait à proximité, entre la statue et la gamine agenouillée près d'un vargr blessé. L'alchimiste avait l'air perdu, le visage barbouillé de sang.

Alors que Shiya levait le bras, prête à convoquer un nouvel éclair, un petit vaisseau fuselé – un ketch de reconnaissance – passa en trombe au-dessus d'elle. Un objet tomba de la carlingue. Puis un autre et encore un autre. Tous dirigés vers la femme en bronze.

Non...

Rhaif s'élança, un cri d'avertissement aux lèvres.

Les charges de produits alchimiques explosèrent autour de Shiya et la projetèrent en avant. Frell fut légèrement touché et poussé sur le côté. Quant à Rhaif, il se heurta à un mur brûlant, qui le renvoya en arrière et le fit décoller de terre. À peine retombé, il enchaîna les culbutes au cœur d'une chaleur irrespirable.

Lorsqu'il s'immobilisa enfin, il regarda à l'endroit où il avait vu Shiya pour la dernière fois.

Il n'y avait plus que des flammes.

* * *

Étendue par terre, Nyx réussit à se hisser sur un coude, puis sur un genou. Elle roula d'un côté et s'aperçut que le monde n'était plus qu'un vaste océan de fumée, tout juste éclairé par quelques flammes incapables de percer le brouillard. Elle avait les poumons en feu. Ses yeux étaient embués de larmes. Des braises ardentes tournoyaient en rafales.

Rendue à moitié sourde par les déflagrations, Nyx détaillait le triste spectacle quand quelque chose la poussa légèrement par-derrière. Elle tressaillit et sentit un museau froid frôler sa paume. Aamon se faufila jusqu'à elle. Le souffle court, il suffoquait presque mais offrit son épaule. Elle se pencha vers lui. Il remua la tête, lui heurta les cuisses, puis repartit de l'avant, l'air de dire : *Par ici...*

Sous sa conduite, ils serpentèrent entre les feux en profitant au maximum de la protection apportée par le brouillard. Hélas, l'épais manteau blanchâtre ne les cacherait pas éternellement.

Peu à peu, la fumée s'effilocha. Après une chaleur aussi torride, l'atmosphère parut tout de suite glaciale. Nyx frissonna. Aamon aussi, mais pas à cause du froid. Le pauvre s'affaiblissait à chaque pas. Il continua cependant d'avancer, par respect pour la dernière consigne de son frère grisonnant.

Protège-la.

Tout en gardant cette pensée-là à l'esprit, Nyx sentit quelque chose fendre l'air. On aurait dit qu'un orage grondait à l'horizon. Elle espéra qu'il s'agissait de l'*Épervier* mais perçut plutôt, dans sa sinistre puissance, l'existence d'un réel danger, braqué droit sur elle.

Elle leva les yeux au ciel.

Qu'est-ce qui approche ?

* * *

À bord de sa chaloupe, Wryth volait en rond au-dessus du terrible incendie qui ravageait l'esplanade en roche noire de Dalalæða. Il serrait toujours le globe de Skerren entre ses doigts mais n'en avait plus besoin pour s'orienter.

Après qu'un ketch de reconnaissance eut largué son flot de bombes, le souffle des explosions avait projeté la statue en bronze sur plusieurs mètres, loin de ses alliés. À présent, le Confesseur attendait juste de voir la fumée se dissiper. Malgré sa terrible envie de récupérer la relique, il n'avait rien à reprocher à l'assaut dont elle faisait l'objet. Il l'avait regardée commander au cromlech, attirer la foudre à elle comme un paratonnerre et la renvoyer sur ses ennemis.

Jamais il n'aurait imaginé une arme aussi redoutable.

Son désir pour elle grandit au même titre que sa méfiance. Sur l'ordre de Wryth, le pilote s'était maintenu à la fois assez haut et assez loin des affrontements. Tout le monde craignait qu'un éclair ne frappât leur canot.

Par les hublots minuscules, il scruta la désolation en bas.

Du mouvement attira son attention vers un chemin qui ondulait à travers la fumée, tel un doigt sur l'eau noire. Le brouillard s'éclaircit suffisamment pour révéler une statue qui, vue du ciel, semblait à peu près indemne. Elle faisait sortir des ténèbres deux individus hébétés, deux hommes. Tous les trois regardaient autour d'eux, un peu perdus, à la dérive, mais une chose était sûre : ils cherchaient quelque chose – ou *quelqu'un*.

Des doigts noueux agrippèrent le bras de Wryth. Une main se tendit dans la direction opposée. Il se retourna et plissa les paupières. Deux silhouettes, qui semblaient presque n'en faire plus qu'une, avançaient d'un pas mal assuré. C'était un chien – ou un loup – énorme, accompagné d'une gamine.

Vythaas chuchota à l'oreille de son voisin des mots qui lui donnèrent la chair de poule.

— *Vyk dyre Rha...*

Wryth n'en croyait pas ses yeux. Comment imaginer qu'une enfant aussi frêle, aussi vacillante, pût être le futur vaisseau d'une funeste déesse klashéenne, la célèbre Reine des Ombres ?

Le vieux Vythaas étant celui qui connaissait le mieux la prophétie, Wryth devait lui faire confiance. Par ailleurs, malgré les apparences, la fille s'était franchement démenée pour arriver à l'obscur cromlech de Dalalæða tout en récupérant, au passage, la fameuse arme ancestrale. Si Vythaas avait raison sur son compte, elle devait être arrêtée au plus vite avant d'atteindre sa pleine puissance.

Wryth contempla un instant l'étincelante torche en bronze. C'était une femme resplendissante, aussi impressionnante que dangereuse, qu'il craignait encore d'approcher de trop près. Pour le moment, il laissait les soldats de Brask l'avoir à l'usure, saper ses forces et, avec un peu de chance, la neutraliser.

Après, j'irai m'en emparer.

En attendant…

Il posa sa main sur l'épaule du pilote et désigna les deux silhouettes qui, au sol, progressaient tant bien que mal.

— Descendez droit devant eux.

* * *

Nyx sentit de nouveau la pression dans ses oreilles quand quelque chose vint à elle, ce fameux orage noir qui semblait la viser. Elle frémit de peur, consciente de la menace et de la rage qui en émanait. Elle cessa de fouiller le ciel et regarda à la ronde.

Derrière elle, l'éclat d'un feu très doré traversait la fumée.

Shiya…

Nyx faillit tomber en essayant de faire demi-tour.

— Aamon, nous n'allons pas dans la bonne direction.

Le vargr continua pourtant obstinément sa route. Peut-être était-ce le seul chemin qu'il pouvait prendre. Ses pattes tremblaient sous son poids. La paume qu'elle avait placée sur son épaule était trempée d'un sang brûlant. Plus combattif que jamais, il devait presque se traîner pour avancer. Nyx ne comprenait pas son but, si tant est qu'il en eût un. Peut-être voulait-il juste l'éloigner des incendies.

En même temps, dans la douleur de chaque pas, Aamon semblait la conduire vers l'étrange bouillonnement sombre qui agitait l'atmosphère. Ce dernier n'était plus accroché à l'horizon mais fonçait droit sur elle.

Tout à coup, le monde rugit. Elle se baissa, haletante. De grosses flammes de carburéclair faisaient freiner une chaloupe tombée du ciel comme une grosse pierre.

Nyx eut un mouvement de recul. Ses jambes fourbues s'emmêlèrent et elle s'écroula à genoux.

L'embarcation se posa dans un halo de fumée et de braises.

Toujours aussi protecteur, Aamon se plaça devant Nyx, mais il ne tenait plus debout. Ses pattes frémirent une dernière fois et il s'affaissa lourdement, créant un rempart de fourrure ensanglantée entre la chaloupe enflammée et elle.

La porte arrière s'ouvrit avec fracas. Deux Margoulins armés de marteaux sortirent en déployant leur carrure gigantesque. Au lieu d'approcher, ils se plantèrent de chaque côté de la cale.

Deux Confesseurs apparurent entre eux. Un que Nyx ne reconnut pas mais qu'elle soupçonna être Wryth, de la secte des Iflelen. L'autre – tout en os et en chairs flasques – devait être le fameux Vythaas décrit par Kanthe, celui qui s'était rendu au Cloistre avec les légionnaires du roi.

Ils ne dépassèrent pas l'extrémité de la passerelle. Peut-être se méfiaient-ils du vargr qui leur grognait dessus. Même blessé, Aamon restait dangereux.

Nyx le caressa et sentit vibrer sa menace.

Les Confesseurs s'écartèrent pour laisser deux autres individus s'avancer d'un pas engourdi, comme s'ils revenaient d'entre les morts. Ils traînaient des piques en fer et portaient chacun une calotte d'acier qui n'était pas sans rappeler celle des faucilleurs.

Lorsqu'ils approchèrent, le coffret en cuivre que Vythaas avait à la main se mit à luire. Il émit aussi un bruit qui agressa violemment les tympans de Nyx et chercha à atteindre son cerveau.

Elle n'y prêta pas attention, trop abasourdie par ceux qui venaient d'arriver.

Leurs traits étaient relâchés, sans expression. Un filet de bave s'échappait de leurs lèvres. Pourtant, elle les connaissait. Ils faisaient partie d'un passé qui lui semblait avoir été vécu par une autre.

Elle chuchota leurs noms.

— Ablen... Bastan...

Vythaas leva son boîtier en cuivre. Il formula une instruction et souffla pour aviver encore l'éclat du métal. Nyx vit presque les mots flotter sur des fils si corrompus et hostiles qu'elle en eut des frissons.

Elle entendit aussi l'ordre donné.

— Tuez-les... tuez-les tous les deux.

Ablen et Bastan brandirent leur pique en direction de leur petite sœur.

* * *

Rhaif se baissa quand, d'un autre éclair, Shiya dispersa une bande de chevaliers. La statue observait aussi le ciel, prête à frapper au cas où un autre ketch de reconnaissance se serait un peu trop approché. Deux vaisseaux gisaient en ruine, augmentant encore la quantité de fumée qui rendait l'atmosphère étouffante autant qu'elle offrait un abri salutaire.

C'était surtout Shiya qui assurait la protection du groupe, mais Rhaif et Frell étaient aussi d'excellents défenseurs. Dès qu'ils repéraient un archer ou le sillage d'une flèche enflammée, ils donnaient l'alerte. Ils espéraient ainsi que, grâce à leurs cris, les autres auraient le temps de se tapir dans la fumée ou de se réfugier derrière le corps métallique de Shiya.

Une question subsistait néanmoins.

Frell la posa de nouveau.

— Où est Nyx ?

Ils ne voulaient pas rejoindre la jungle avant de l'avoir retrouvée, même si, dans tous les cas, il y avait peu de chances qu'ils réussissent à s'enfuir par là. Preuve s'il en était, un mandrèque à face violette jaillit du brouillard. Il galopait comme un fou, la queue en feu, et traça un chemin ardent dans la grisaille compacte.

De tous côtés, les portes de sortie brûlaient.

Alors que Rhaif regardait l'animal s'enfuir, son attention fut attirée par une chaloupe qui, au loin, rougeoyait sous des forges en activité. Il faillit détourner la tête, persuadé qu'il s'agissait d'un énième bataillon de légionnaires, quand il aperçut, juste à côté, une montagne velue et une gamine blottie derrière.

Nyx...

— Frell ! cria Rhaif.

Par peur d'une nouvelle attaque, l'alchimiste se baissa.

Le Guld'guhlien revint à sa hauteur et pointa le doigt.

— Nyx est là-bas.

Frell plissa le front. Dès qu'il la reconnut, il se raidit et esquissa un pas.

— Nous devons aller la chercher…

Une main en bronze lui saisit le bras.

— Non, gronda Shiya. (Ses doigts, chauffés au rouge par les éclairs, faisaient presque fumer la manche de l'érudit.) J'entends ce qui est chanté là-bas. C'est… *l'esprit du mal*. Personne ne doit y aller.

— Mais Nyx…, insista Frell.

La statue resta inflexible.

— Non. Elle est perdue pour nous.

* * *

Cachée derrière Aamon, Nyx vit ses deux frères approcher d'un pas lent, armés de leur pique. Certes, ils ressemblaient physiquement à Ablen et Bastan, mais les êtres mystérieux qui arrivaient vers elle lui étaient totalement étrangers. Ils avaient beau avoir le même visage, le même corps, elle ne voyait pas en eux les frères qui l'avaient taquinée sans relâche pendant des années et l'avaient aimée avec tout autant de ferveur.

Elle observa les longues tiges d'acier dont ils la menaçaient. Toute sa vie, elle les avait vus pêcher le poisson avec le même genre d'arme : un simple reflet argenté dans l'eau noire, et ils en ressortaient une grosse carpe ou une anguille frétillante. Équipés de lances plus solides, ils avaient chassé d'énormes krocs à la peau cuirassée et fait fuir les loups monstrueux qui harcelaient leur bétail.

Malgré le regard mort de ce qui approchait, elle suspectait leurs réflexes de prédateur d'être encore bien aiguisés et, en outre, contrôlés par le chant mystérieux qui émanait du boîtier en cuivre de Vythaas.

Les deux Iflelen étudiaient Ablen et Bastan avec un air empreint d'une curiosité froide, comme s'ils testaient un produit de leur invention. Ils auraient pu envoyer le Gyn sur Nyx et Aamon, mais ils croyaient peut-être que cette torture-là la ferait souffrir davantage. Voire qu'elle l'inciterait à se retenir.

Les deux étaient vrais.

Même si j'en étais capable, je n'ai pas en moi le cœur de tuer mes frères. S'ils ont accepté de mourir pour me sauver, de quel droit pourrais-je faire moins ?

Elle refusait toutefois d'offrir sa gorge blanche à la lame du poignard.

Elle avait gardé ses mains posées sur Aamon qui, malgré la vie qui le quittait à petit feu, continuait de grogner de défi. Elle s'était liée à lui, à Kalder. Elle décida de s'en servir.

Je vais devenir un vargr.

Elle se battit de la seule manière qu'elle connaissait : elle prit une grande inspiration et se mit à chanter pour ses pauvres frères. Tout en s'appuyant sur leur amour, leur amitié, elle tenta de leur rappeler qui ils étaient. Ses paupières se baissèrent. Elle les revit en train de rire, de la câliner, de se moquer d'elle ou encore de ronfler. Elle en imprégna ses intonations et le rythme de sa mélodie.

Souvenez-vous de qui vous êtes.

Elle produisit des écheveaux mêlant chants et réminiscences. Elle éclaira les fils de toute sa voix, de tout son cœur, et tenta de les envoyer vers ses deux frères. Hélas, il y avait dans l'air quelque chose de vicié qui l'empêchait d'approcher, un vent qui soufflait contre elle. Elle frissonna de dégoût. C'était une chaleur fébrile, l'odeur abjecte du vomi, un furoncle rempli de pus et de pourriture. L'infection combattait le moindre fil qu'elle projetait.

Les doigts crispés dans la fourrure d'Aamon, elle ne renonça pas pour autant.

Je suis un vargr.

Elle chanta plus haut, tira plus fort et offrit le maximum d'elle-même. Peu à peu, les fils s'insinuèrent dans l'atmosphère pestilentielle jusqu'à frôler l'acier. Au premier contact, elle comprit qu'elle n'irait pas plus loin. Pendant un quart de seconde, elle entrevit néanmoins une image fugace de douleur, d'os perforé, de poison bouillant qui envahissait les cerveaux.

Elle vacilla mais se raccrocha à sa musique.

La gorge serrée, elle puisa sa force dans un autre frère. Tandis que ses ongles s'enfonçaient dans le pelage touffu d'Aamon, elle se remémora un rouleau d'écorce, son parfum de thé.

Une mélopée s'invita dans son chant. À chaque note, elle envoyait des vagues puissantes tester l'acier, chercher la serrure. Le pourrissement lui opposa, hélas, une résistance obstinée. Il était non seulement dans l'air mais aussi dans le métal. Nyx n'allait pouvoir utiliser aucune clé. Tout était trop corrompu, trop empoisonné. Jamais elle ne réussirait à transpercer un acier autant perverti.

Pire encore, alors que l'adolescente bataillait ferme, une image éphémère apparut derrière l'acier. Tout n'y était qu'ombres et venin. Il ne restait pas grand-chose de ses frères là-dedans mais, pendant une infime seconde, elle aperçut une flamme minuscule, enfouie au fond des ténèbres.

Tout n'avait pas été complètement éteint.

Savoir Ablen et Bastan pris au piège fut, pour elle, la plus insupportable des douleurs.

Au comble du désespoir, Nyx laissa son chant mourir, car, face à tant de vilenie, il ne servait plus à rien.

Elle rouvrit les paupières.

Ses deux frères étaient là, juste devant.

Aamon gronda et tenta de se relever.

À nouveau, elle sentit l'orage grésiller, des énergies funestes investir le ciel. Quelque chose arrivait sur elle, infiniment plus dangereux que tout ce qu'il y avait déjà autour. Elle pria pour que ce fût l'*Épervier*, qui aurait allumé l'ensemble de ses forges pour voguer jusque-là.

Elle savait néanmoins qu'elle se trompait.

Ses frères brandirent leur pique vers Aamon.

Nyx s'enfouit le visage entre les mains, consciente que tout était perdu.

CHAPITRE 59

Sur le pont intermédiaire du guerroyer, Graylin s'avança vers Haddan. Cernés de chevaliers, ils étaient piégés dans un brouillard éclairé par des flambeaux et des lanternes.

Le seigneur général avait dégainé son épée. À son tour, Graylin sortit la vieille arme familiale de son fourreau et la brandit. Avec sa lame gravée de branches de vigne entrelacées, Épinacœur resplendissait, même en pleine brume.

Haddan s'éloigna du flanc en sueur de son coursier noir. D'une paume levée en direction des chevaliers massés autour d'eux, il afficha clairement sa volonté de tuer son ennemi de ses propres mains. Graylin, lui, avait toujours des élancements au bras droit depuis que, dans une autre vie, l'odieux personnage le lui avait brisé à coups de marteau.

Haddan observa l'épée du chevalier.

— Je croyais qu'elle avait été réduite à l'état de scories. Bah, peu importe ! Cette fois, je m'en chargerai moi-même.

Graylin agrippa son arme et campa solidement sur ses jambes. Il laissa Haddan approcher, au point que leurs lames se touchèrent presque.

— Certains aciers sont indestructibles, répondit-il d'un ton froid et calme. Même face au marteau d'un pleutre.

Il n'était pas question pour Haddan de réagir au sarcasme de son adversaire. Il tenta de réprimer un rictus, mais sa main se crispa sur son pommeau. Un tressautement de sa hanche le trahit également.

Graylin esquiva à gauche quand l'autre l'attaqua par la droite. L'épée du seigneur général plongea dans le vide et il n'eut aucun mal à parer le coup avant de riposter.

Haddan n'était toutefois pas un débutant. D'un pas de côté, il évita l'assaut, glissa sur sa jambe arrière et tendit son épée au ras du sol. Graylin eut juste le temps de faire tournoyer Épinacœur pour bloquer une frappe qui lui aurait tranché le mollet.

Les deux hommes s'écartèrent.

Haddan fit craquer son cou.

— À ce que je vois, tu t'es entraîné, bravant encore une interdiction : celle de manier l'épée. Ici, sur des terres où tu avais juré ne plus jamais mettre les pieds.

D'un revers de main, Graylin désigna la nappe de brouillard.

— Oh, mais, là, je ne touche pas le sol, si ?

Haddan le toisa d'un air enragé.

— Tu te cherches toujours des excuses. Comme quand tu as couché avec une putain qui t'était proscrite. Tu as prétendu que ce n'était pas du pur désir charnel mais de l'amour et, ensuite, quand son ventre a grossi, tu as feint une adoration délirante.

Un grognement aux lèvres, Graylin lui bondit dessus. Haddan contra aussitôt et bloqua Épinacœur avec sa propre lame. Graylin revint à la charge et, d'une torsion du poignet, il les libéra, son épée et lui. Juste après, il feinta à droite. Haddan tomba dans le panneau et lui permit de le frapper au visage. Hélas, le coup ne causa qu'une estafilade.

Ils dégagèrent le fer. Un filet de sang coulait sur la joue du seigneur général, mais il s'en moquait. Ce ne serait qu'une cicatrice de plus parmi les dizaines qu'il avait déjà.

— Voilà pourquoi tes hommes te méprisent. Ta noblesse et ton honneur sont en carton-pâte. Tu enrobes tes affronts de belles paroles. Toi qui avais les faveurs du roi, tu ne t'intéressais qu'à ta petite personne.

Graylin observa la colère de son interlocuteur et entendit aussi ses mots. Haddan n'avait pas complètement tort. Rares étaient les chevaliers à l'avoir considéré comme un camarade, encore moins un ami cher. Seule Marayn était parvenue à lui révéler son moi profond. Elle lui avait appris à devenir un être meilleur, moins égoïste, capable d'aimer sincèrement et d'être aimé.

Il s'humecta les lèvres et affronta la fureur de Haddan.

Aurais-je créé ici mon propre ennemi ?

Le seigneur général ricana.

— Malgré tout l'amour que Sa Majesté te portait, tu as quand même trahi son amitié.

Graylin sentit que c'était la raison première de sa haine dédaigneuse.

— Tu es jaloux, c'est cela ? Tu aurais voulu coucher avec Marayn ? Ou était-ce l'amour du roi qui te faisais saliver ?

Haddan s'emporta contre l'insulte, l'insinuation, voire la vérité. Il se jeta sur le chevalier et enchaîna attaques, feintes, esquives et autres tentatives de fauchage. Graylin, qui redouta de l'avoir peut-être poussé à bout, affronta la tempête.

Une pointe acérée s'enfonça dans la chair de son épaule.

Il repoussa l'épée et recula.

Haddan avait la mine sombre, les yeux plissés de rage. Pourtant, Graylin le vit réfléchir à toute vitesse. Peut-être le salaud n'avait-il fait que le jauger, tester ses compétences, avant de mettre en place une stratégie imparable.

Par chance, Haddan tergiversa une seconde de trop.

Une porte s'ouvrit avec fracas derrière eux.

— Graylin ! Maintenant !

Les regards pivotèrent vers l'origine du bruit. Darant et Glace venaient d'apparaître. Ils tendirent le bras en arrière. Entre leurs doigts, la mèche projetait déjà des étincelles. Chacun lança sa charge explosive, non pas vers le pont intermédiaire mais à tribord, par-dessus le bastingage. Les déflagrations créèrent des boules de feu au cœur du brouillard.

Méfiants, les membres d'équipage s'éloignèrent.

Graylin, au contraire, se rua vers les flammes. En chemin, il rengaina son épée.

Haddan mugit, conscient du danger immédiat. À coup sûr, il avait compris que la véritable feinte n'était pas venue d'une *épée* – mais d'une *chaloupe*, qu'on avait précipitée à tribord dans le but d'attirer la puissance de feu sur elle et ainsi d'épuiser les réserves de munitions ennemies.

Tout cela pour ouvrir la voie à une autre embarcation.

Un énorme grincement de bois résonna de ce côté-là. D'autres matelots fuirent le danger. Une ombre gigantesque jaillit du tapis nuageux en faisant rugir ses forges : d'abord un ballon, puis la coque d'un véloce.

L'*Épervier* prit de l'altitude et, tout en continuant de lui racler le flanc, il aligna son pont avec celui du guerroyer. Darant et Glace s'élancèrent vers la rambarde. Graylin les suivit.

Tous trois se faufilèrent entre les pieds de la baliste vidée de son stock d'armes.

Quelques flèches et carreaux d'arbalète tentèrent bien de les arrêter, mais les vibrations puissantes du pont empêchaient de viser correctement. Graylin bondit sur le bastingage et plongea. La dernière fois qu'il avait sauté de la sorte, il avait agrippé une échelle. Là, il atterrit sur le pont supérieur de l'*Épervier* et partit en roulade.

Darant et Glace l'imitèrent. Lorsqu'ils atterrirent à l'unisson, eux restèrent néanmoins debout, preuve que ce n'était pas la première fois qu'ils bondissaient d'un navire à l'autre. Quand le véloce percuta le *Tytan* en guise de baiser d'adieu, ils finirent tout de même à plat ventre sur le pont.

L'*Épervier* quitta la zone en vrombissant, toutes forges allumées.

— Accrochez-vous ! brailla Darant.

Conscient de ce qui allait se passer, Graylin rampa jusqu'au support d'un câble et l'agrippa. Deux détonations stridentes résonnèrent. Il se figura les deux fûts de combustible apportés à bord du vaisseau ennemi et se cramponna de plus belle, car il savait où les petits tonneaux avaient été cachés.

Sous le chaudron de Hadyss du guerroyer.

L'explosion qui suivit déchira le ciel et fit naître un nouveau soleil, plus brillant encore que le Père d'En Haut. La secousse ébranla l'*Épervier*, qui tournoya violemment et finit presque à la verticale.

Graylin serra de toutes ses forces son support de câble. Il aperçut des images furtives de l'énorme masse de fumée, de l'épave en feu, des lambeaux de ballon calcinés. Tout resta quelques secondes en suspens, puis s'abattit en pluie vers le brouillard.

Après avoir été ballotté dans tous les sens, l'*Épervier* se remit d'aplomb.

Graylin se releva. Darant et Glace passèrent devant lui. L'air de rien, le pirate épousseta son haut-de-chausses et son manteau.

— Vous venez ?

L'épaule en sang, le chevalier s'exécuta d'un pas vacillant. Ils entrèrent par l'arrière du vaisseau et descendirent un escalier assez raide qui menait au gaillard d'avant. L'autre fille de Darant, Brayl, tenait la barre.

Le brigand la toisa d'un air contrarié.

— C'était quoi cette bordée de raclements et de grincements tout à l'heure ? Avant de partir, je t'ai dit que je voulais retrouver mon vieil oiseau sans la moindre éraflure.

Malgré ses réprimandes, il la souleva de terre et la fit tourner en chuchotant :

— Beau travail, ma grande.

D'autres personnes vinrent s'entasser dans la pièce. Graylin identifia le prince Kanthe et le copiste du Cloistre. Entrèrent ensuite deux inconnus, une Guld'guhlienne et un Klashéen. Il scruta le groupe, remarqua les bandages ensanglantés sur le torse et la cuisse de Kanthe mais s'aperçut aussi qu'il manquait quelqu'un.

— Où est Nyx ?

Les yeux hagards, le prince désigna Brayl.

— J'ai essayé de lui faire entendre raison.

Graylin, au bord de la syncope, craignit le pire.

— Où est-elle ?

Le jeune homme tendit un bras fébrile vers les grandes fenêtres en saillie. Au loin, sur les falaises, le ballon noir d'un autre guerroyer planait d'un air menaçant.

— Elle est dans les Suaires.

CHAPITRE 60

Nyx tressaillit en entendant une explosion tonitruante à l'ouest. On aurait cru la fin du monde, comme si la lune s'était déjà écrasée sur la Terre.

La déflagration figea toutes les scènes enflammées des combats qui faisaient rage à Dalalæða. Même Ablen et Bastan laissèrent la pointe de leurs piques planer devant le poitrail d'Aamon. Le vargr gronda et recula, non pas pour fuir le danger mais pour mieux protéger Nyx.

Les jeunes fermiers se redressèrent, désorientés : dans une atmosphère troublée par l'explosion, la connexion semblait rompue. Hélas, le répit fut de courte durée. Vythaas brandit son coffret en cuivre. L'autre Confesseur – Wryth – fronça les sourcils vers l'ouest, là où la détonation avait retenti.

En chuchotant dans son appareil, Vythaas en fit scintiller les filaments.

Ablen et Bastan se focalisèrent de nouveau sur Nyx. Leur regard étincelait de l'esprit malveillant qui avait pris possession d'eux et les contrôlait. Ils brandirent leur arme. Une fois encore, leur sœur vit les vibrations nocives qui les liaient à Vythaas et à son méchant boîtier. Les fils qui flottaient dans l'air étaient toxiques, alimentés par un mélange de perfidie et de souffrance.

Le chant de Nyx s'était éteint au fond de sa gorge.

Je ne suis pas de taille à lutter contre un mal si puissant.

Une autre créature releva heureusement le défi.

Dans le ciel, l'onde de choc de l'explosion finit par atteindre les Suaires. Les nuages noirs furent lacérés par endroits et quelques rayons de soleil perforèrent le brouillard autour du guerroyer positionné en vol stationnaire.

Une ombre glissa le long d'un de ces faisceaux resplendissants. Malgré sa silhouette diluée dans l'éclat où elle baignait, il s'en dégageait une force incroyable. C'était le terrible orage que Nyx avait senti fondre sur elle.

Il vient pour moi.

Un cri féroce fendit la tempête et la mystérieuse puissance prit forme. Avec ses immenses ailes noires, la chauve-souris géante plongea en direction de la chaloupe, vers ceux qui étaient réunis au sol. D'une voix stridente, elle hurla toute sa fureur.

À l'image de la déflagration quelques instants plus tôt, son chant sauvage ébranla violemment l'atmosphère et déchiqueta les fils maléfiques. Ablen et Bastan trébuchèrent en arrière et ils agitèrent leur pique dans tous les sens, comme en quête d'une menace. Troublée par la destruction de ses filaments en plein ciel, la boîte métallique de Vythaas se mit à briller plus fort. Entre les mains ratatinées du Confesseur, elle devint un vrai petit soleil. Il voulut la lâcher, mais elle explosa, projetant une gerbe de chair et d'os, et ne lui laissa plus qu'un moignon ensanglanté au bout du poignet.

Le vieil homme recula, horrifié.

Bastan le vit arriver et réagit en lui plantant sa pique entre les omoplates, mais il ne semblait même pas conscient d'avoir frappé. Il leva son arme avec le corps décharné de Vythaas fiché au bout. Des cris et du sang jaillirent. Des bras s'agitèrent. Des jambes se débattirent.

Wryth se réfugia en catastrophe à bord de la chaloupe.

— On décolle ! mugit-il avant d'apostropher les deux Margoulins. Vous, détruisez-les tous !

Marteau au poing, les Gyn s'avancèrent d'un pas décidé.

Entre-temps, la chauve-souris les avait rejoints. Pendant que le Confesseur s'enfuyait, elle planta ses énormes griffes dans le dos d'un des Margoulins et, d'un battement d'ailes, l'envoya valser au loin.

Fou de rage, l'autre Gyn fonça vers Nyx et Aamon. D'une main, il donna un coup de marteau à ras de terre. Le vargr s'élança pour protéger l'adolescente. Touché durement à la hanche, il fut repoussé de quelques mètres. Comme il avait bondi à la dernière seconde, il attrapa néanmoins la cheville de son agresseur et le fit basculer de toute sa hauteur.

Le colosse s'écrasa sur le dos. Au moment où il tenta de se relever, l'ombre ailée lui tomba dessus. Des griffes s'enfoncèrent. La chauve-souris le saisit avec la gueule pour lui déchiqueter la gorge. Le sang gicla et une tête coiffée d'un heaume en fer rebondit sur le sol.

La chauve-souris resta perchée sur son corps. Les ailes déployées, la nuque baissée, elle hurla sa terrible colère à la face du monde.

Sur la place, les flammes ravageaient tout. Les flèches sifflaient. Les bombes incendiaires éclataient. Les cris se répondaient les uns aux autres. Shiya, qui resplendissait toujours autant dans la pénombre, lançait des éclairs à tout-va. Dans le ciel, les embarcations prenaient feu et s'écrasaient.

Relativement à l'abri dans son coin, Nyx scruta les environs en espérant voir le reste de la horde de Mýr venir leur prêter main-forte. Hélas, les nuages noirs s'étaient reconstitués et on ne discernait plus rien.

Elle comprit la vérité.

Il n'y aurait qu'une *seule* chauve-souris.

De son côté, la chaloupe avait redécollé en emmenant Wryth.

Nyx se tourna vers ses frères. Délivrés de leur joug, ils erraient sans but, la bave aux lèvres. Bastan avait lâché sa pique. Le corps de Vythaas y était toujours empalé, inerte. Ablen s'assit et observa sa propre lance, presque surpris de l'avoir entre les mains.

Bastan se laissa tomber à côté de lui.

Leurs yeux étaient vitreux. Nyx se rappela les brasiers torturés au cœur des ténèbres. Elle savait que leur cerveau, brûlé de partout, n'était plus qu'une coquille vide. Il serait impossible de raviver leur flamme intérieure, de leur restituer tout ce qu'on leur avait pris. Ils ne pouvaient plus que hurler dans la nuit, prisonniers à jamais d'un douloureux martyre.

Elle se remit debout et tenta d'avancer vers eux.

Par réflexe, les doigts d'Ablen se crispèrent sur sa pique.

Consciente de son impuissance, Nyx se figea sans savoir quoi faire.

Soudain, la chauve-souris déploya une aile devant eux. Avec son pourtour acéré, elle leur trancha la gorge d'un coup net et les renversa en arrière. Leurs membres frémirent vaguement, puis s'avachirent. Une mare de sang se forma autour d'eux, réfléchissant l'éclat des feux et de la foudre.

Nyx recula, horrifiée. Toujours juché sur le cadavre du Gyn, l'animal se tourna vers elle. Ses grandes prunelles sombres luisaient. Ses oreilles duveteuses se dressaient sur sa tête. Pendant quelques secondes, Nyx eut l'impression de se dédoubler : elle voyait la chauve-souris et, en même temps, elle se voyait, elle. Une autre image surgit, celle d'un couteau emprunté qui sectionnait un tendre gosier, d'un acte de compassion réalisé malgré le chagrin infini qu'il causait.

Elle lorgna ses frères.

Ici, c'est pareil...

Un raclement de griffes sur la pierre l'incita à se retourner. Allongé par terre, le cou tendu, Aamon tentait par tous les moyens de revenir vers elle malgré sa hanche en miettes.

Elle courut le rejoindre, à la fois pour lui éviter des efforts inutiles et pour être à son chevet.

Elle tomba à genoux. De crainte d'accroître les souffrances du fauve par ses caresses, elle laissa ses paumes planer à quelques centimètres du corps d'Aamon. Hors d'haleine, le vargr parvint à hisser la tête sur ses cuisses et s'affaissa contre elle.

Elle posa la main sur sa joue.

Il remua la queue.

La place, toujours en feu, était noyée sous des tourbillons de fumée. La chauve-souris quitta son perchoir, trottina jusqu'aux deux amis et replia ses ailes. Nyx se rendit alors compte que le volatile n'était pas aussi énorme qu'elle l'avait cru. Si elle s'était mise debout à côté de lui, le sommet de son crâne poilu ne lui serait même pas arrivé à l'épaule.

La chauve-souris renifla Aamon, qui retroussa une babine et grogna, l'air de dire : *Elle est à moi.*

Sans chercher à discuter, elle s'accroupit sur ses pattes arrière et dévisagea Nyx. De tristes intonations s'échappèrent de sa gueule, teintées d'un soupçon de tristesse, comme si elle regrettait de ne pas être plus arrivée plus tôt pour sauver Aamon.

Nyx se surprit à plonger son regard dans le sien et devina qu'il y avait autre chose.

La gorge de la jeune fille se serra et, spontanément, sans effort, sa voix égrena les notes d'un chant. Le rythme, parti du fond de son cœur, lui parut familier. Nyx sentit un rouleau d'écorce sous ses doigts, des effluves de thé dans ses narines. Et aussi un goût de lait chaud sur sa langue.

Elle fixa la bête dans les yeux et comprit qui était là, qui était revenu vers elle.

— Bashaliia…

La chauve-souris s'inclina vers elle. Son doux museau lui releva le menton et, tout tiède, se nicha dessous. En un éclair, Nyx revit son cher frère blotti au fond du traîneau, les marais qui grouillaient et bourdonnaient,

Gramblebuck qui meuglait faiblement en pataugeant devant eux.

Sa paume toujours posée sur la joue d'Aamon, elle leva l'autre main et trouva, derrière l'oreille de Bashaliia, l'endroit précis où il adorait être chatouillé. Du bout des doigts, elle le cajola et ils chantèrent ensemble, penchés sur leur champion au cœur vaillant.

Nyx avait retrouvé Bashaliia, mais par quel miracle ? Un jour, Shiya leur avait parlé d'un don précieux accordé aux habitants du Poing, d'un trait commun qui traversait les chairs et le temps : l'ensemble de leurs esprits et de leurs mémoires était préservé pour l'éternité.

Elle se rappela ses ultimes instants avec Bashaliia, accroupie en forêt au-dessus de sa frêle silhouette. Elle avait chanté spécialement à son intention, car elle voulait lui faire quitter son enveloppe corporelle et lui épargner ainsi la douleur de l'égorgement.

Elle revit ses yeux flamboyants en train de la fixer.

Elle pressentit la vérité.

Vous l'avez pris, se dit-elle. *Vous lui avez attribué un nouveau corps, offert par une autre créature prête à s'écarter pour qu'il revienne vers moi.*

Nyx se redressa et inspecta le champ de bataille.

Des flèches enflammées fendaient le ciel obscur.

Les légionnaires arrivaient de toutes parts.

Bashaliia était de retour auprès d'elle.

Tout cela pour qu'il puisse combattre à mes côtés.

* * *

Dans la chaloupe, Wryth se pencha vers le pilote. Les cris de la chauve-souris lui cassaient encore les oreilles.

Jamais il n'avait été confronté à une puissance pareille. Il revit le boîtier en cuivre s'embraser d'un coup – puis l'explosion, les projections de métal, de chair et d'os.

Au sol, l'énorme chauve-souris avait rejoint la jeune fille. Les mots de Vythaas résonnèrent amèrement en lui.

Vyk dyre Rha...

Celle qui, sur ses ailes de feu, allait détruire le monde.

La chauve-souris géante avait émergé d'un ciel traversé d'éclairs et de flammes. Elle avait massacré deux Gyn et même tué les frères de l'adolescente. Pas de doute, cette créature-là était d'une force impitoyable.

Jusqu'alors, Wryth était resté sceptique sur les allégations de Vythaas, et il se maudit d'avoir eu l'esprit aussi borné.

Pour le salut du royaume, je ne sous-estimerai plus jamais aucune bête ni aucun enfant.

Enfin, la question ne se poserait peut-être bientôt plus. Chevaliers et archers cernaient l'étrange adolescente, sans compter les Margoulins qui arrivaient en sens inverse. Et, comme, pour l'heure, elle n'était pas possédée par la Vyk dyre Rha, une seule flèche suffirait à neutraliser la menace.

Un peu partout, les combats touchaient à leur terme. Même la redoutable statue en bronze était en train de faiblir, de s'affadir, de s'épuiser. Elle lançait ses éclairs avec moins d'énergie, moins de précision. Le pas titubant, elle tâchait aussi de protéger deux hommes qui l'accompagnaient et qui, attirés par l'arrivée de la féroce chauve-souris, semblaient vouloir rejoindre la jeune fille.

Wryth doutait qu'ils en eussent la force.

D'autres embarcations se déversèrent du guerroyer, prêtes à déployer leurs bataillons de légionnaires au sol. Avant peu, tout serait terminé.

— Nos réserves de carburéclair sont presque à sec, annonça le pilote. Il faudrait faire le plein au *Pywll* avant de repartir.

Le Confesseur observa le gros navire de guerre. Cette forteresse imprenable était peut-être bien l'endroit idéal pour affronter la fin de l'orage.

— Emmenez-nous là-bas.

Le pilote tira sur la barre, les forges rugirent et ils reprirent de l'altitude. Wryth allait prendre congé quand un éclair aveuglant attira son attention. Il mit la main en pare-soleil.

Une énorme colonne de lumière jaillissait du cromlech et frappait la quille du *Pywll* en son milieu. Il n'y avait eu ni coup de tonnerre ni détonation. Le pilier éblouissant brilla juste de longues secondes… avant de s'éteindre.

Perplexe, Wryth scruta la source du rayonnement et se rappela les deux arches croisées qui abritaient un bloc de pierre blanche. Elles avaient disparu. La rétine encore meurtrie, il cligna des paupières pour tenter de comprendre. Un cratère, parfaitement circulaire, aux parois lisses, s'enfonçait dans la roche, comme si un dieu avait pris un gros poinçon et foré le cromlech, sans projeter le moindre éclat.

Soudain, le pilote poussa un cri et changea de cap. Wryth se cramponna au dossier du siège et constata que l'homme n'avait pas les yeux rivés en bas mais en haut. Il suivit son regard épouvanté.

Le même trou transperçait les nuages et le centre du *Pywll.* Leur guerroyer était éventré par le milieu. La vibrante lumière du jour s'engouffrait par l'orifice, dévoilant le ciel bleu au-dessus de leurs têtes. Là non plus, il n'y avait pas de débris. La découpe était propre et nette.

Lentement, les deux moitiés du majestueux vaisseau s'écartèrent, détruisant le peu qui les reliait encore. Elles finirent par se détacher et tombèrent vers le sol.

Le pilote se démena comme un fou pour éviter les deux parties de l'épave.

— Fichons le camp d'ici ! ordonna Wryth.

— Pour aller où ? haleta-t-il, aux prises avec ses manettes.

— À Havrechand. Loin des Suaires. N'importe où.

Tandis qu'ils se sauvaient, le monde gronda sous eux. Le sol trembla fortement et, partant du trou infernal, des lézardes saturées de fumée se propagèrent.

Leur chaloupe survola l'esplanade en trombe. Juste derrière, la poupe du *Pywll* plongea en piqué, entraînant dans son sillage une ribambelle de câbles et des lambeaux de ballon. Une fois à distance de l'épave, ils reprirent de la hauteur et s'enfoncèrent dans les nuages.

De retour sous un soleil rayonnant, Wryth se décrispa enfin.

D'autres vaisseaux émergèrent à mesure que les légionnaires prenaient la fuite. Soudain, une silhouette les longea à bâbord.

Un véloce à la coque tout éraflée.

Lancé dans la direction opposée, il plongea à l'intérieur du manteau nuageux.

Wryth plissa les yeux. Le pilote, qui avait aussi été témoin de la scène, attendit ses consignes. Le Confesseur pointa le doigt à l'endroit où une fumée épaisse planait sur les brumes lointaines.

— Continuez.

Si quelque chose ou quelqu'un avait réchappé du carnage, il trouverait le moyen de s'en occuper plus tard. Il avait tiré de grands enseignements des récents événements. Il allait en faire bon usage.

Et les retourner contre eux.

CHAPITRE 61

Graylin retint son souffle quand l'*Épervier* traversa en piqué l'épaisse couverture nuageuse de Dalalæða. Il ne savait ni à quoi s'attendre ni ce qu'il allait découvrir. Un grondement inquiétant montait des terres en contrebas.

Après avoir appris que Nyx s'était aventurée sur les hauteurs des Suaires, le chevalier avait mis Darant au défi de lui prouver la rapidité de son oiseau de proie. Alors qu'il ne quittait pas des yeux le grand ballon du second guerroyer, une colonne de lumière aveuglante avait transpercé le vaisseau qui, coupé en deux, s'était écrasé au sol. Une fois en altitude, des embarcations plus modestes avaient détalé en vitesse. Sans y prêter attention, Darant avait allumé toutes ses forges et était redescendu au cœur des nuages.

Graylin avait pris place à gauche du pirate ; Kanthe et Jace de l'autre côté. Lorsque le véloce ressortit de la sinistre obscurité, ils découvrirent un paysage digne des pires cauchemars de Hadyss.

Pas étonnant que tout le monde ait filé.

Au sol s'étendait un vaste champ de roche noire, dont la majeure partie, noyée sous la fumée, était éclairée çà et là par des épaves en feu. Les deux moitiés du guerroyer formaient d'ardentes montagnes de décombres.

Graylin aperçut un grand trou au-dessous d'eux. La terre ne cessait de trembler et elle se craquelait de lézardes qui semblaient partir du mystérieux puits. D'autres volutes de fumée s'échappaient des fissures.

— Rien n'a pu survivre à un truc pareil…, marmonna Jace.

— Descendez encore, les filles, ordonna Darant.

D'une main posée sur son épaule, Graylin le remercia, conscient des risques insensés qu'il prenait.

Le pirate se retourna. Dans son regard, sa désinvolture habituelle avait laissé place à l'inquiétude.

Kanthe se redressa et balbutia, l'index pointé à tribord :

— Là-bas ! Vous voyez la torche qui traverse les ruines et la fumée ?

Graylin suivit la direction indiquée : une espèce d'armure en fusion qui marchait d'un pas décidé.

— Shiya…, lâcha Jace.

Le prince confirma en silence.

Les deux jeunes gens avaient brièvement raconté à Graylin ce qui leur était arrivé après que Nyx et ses camarades avaient sauté de l'*Épervier*. Il n'avait pas accordé beaucoup de crédit à leur histoire de statue vivante. Manifestement, il aurait dû.

— Encore un peu plus bas, supplia Kanthe. Suivez-la.

Darant accepta de modifier le cap, pendant que ses filles faisaient habilement descendre leur embarcation.

Le corps flamboyant de la femme en bronze éclairait quatre silhouettes dans son sillage.

— Regardez ! s'exclama Jace. Voici Frell, Rhaif et, à mon avis, deux Kethra'kai.

Graylin fit confiance à leur vue plus jeune, plus perçante.

— Nyx ?

Le copiste se tourna vers lui, la mine sombre.

Non.

Kanthe se pencha jusqu'à toucher la vitre du nez.

— Shiya les emmène à un endroit précis, et ce n'est pas vers la sortie la plus proche de la citadelle.

Le poing serré, Graylin pria les dieux.

* * *

Submergée par la chaleur et la fumée, Nyx était toujours agenouillée sur la roche frémissante, la tête d'Aamon posée sur ses genoux. Il ne haletait plus et se contentait de respirer bruyamment. Elle frictionna la base de ses oreilles broussailleuses.

De toute façon, après que le faisceau éblouissant eut traversé le ciel, elle ne voyait aucune raison d'aller ailleurs. Elle se rappela le gong puissant qui avait retenti dans l'antre de Shiya. Voilà l'hécatombe annoncée. Le monde n'était plus que flammes, fumée et débris de pierre. On entendait les mourants agoniser. La terre continuait de trembler, mais là où Nyx s'était réfugiée, le plateau rocheux semblait tenir bon.

Alors, elle resta.

Elle refusait de laisser Aamon.

Bashaliia montait la garde avec elle. Accroupi, il chassait parfois la fumée d'un coup d'aile. Il se pelotonna contre sa sœur. Toujours aussi léger pour sa taille, il l'effleura de sa joue.

Son poitrail vibrait doucement. Même si l'animal n'émettait aucun son à voix haute, Nyx le sentait ronronner de l'intérieur. Elle ferma les yeux et écouta. *Cela, je m'en souviens.* Elle s'était jadis trouvée au chaud sous des ailes protectrices, nichée contre du velours. Aussitôt, la jeune fille fut renvoyée à sa plus tendre enfance, enveloppée d'un amour à la fois maternel et fraternel.

Le ronron suivait une certaine mélodie et elle y joignit un chant éthéré de paix et de bonheur. Des vrilles dorées, si fragiles qu'un coup de vent les aurait brisées, ondulèrent entre eux. Ils n'étaient pas les seuls à écouter. D'un faible gémissement, Aamon demanda à intégrer le groupe. Elle lui tendit ses propres fils, qui caressèrent la sauvagerie du vargr, son cœur féroce. Elle perçut aussi une mamelle humide, la suavité du lait maternel, le chahut de frères et sœurs, encore aveugles au monde avec leurs minuscules yeux scellés.

Sans aucune peur, elle les attira tous à elle et ils chantèrent ensemble, plus entrelacés que la chair et le sang. Il n'y avait plus d'incendies, plus de cailloux en miettes, plus de fumée suffocante. Les minutes s'écoulaient. Ou peut-être pas. Elle n'aurait pas su le dire.

Bashaliia finit par s'agiter un peu et leur musique ténue s'effrita. Aamon grogna, mais il était trop affaibli pour lever la tête.

Elle chercha du regard ce qui les avait alertés.

À gauche, la grisaille s'éclaira, car le feu progressait, signalé par des roulements de tonnerre et des rochers qui éclataient en morceaux. Prête au pire, Nyx se raidit, mais la flamme qui approchait se para de reflets dorés rehaussés de bronze.

La main toujours posée sur la joue d'Aamon, l'adolescente frémit à son tour.

Bashaliia se faufila jusqu'à elle pour la protéger avec ses ailes. Elle le calma d'un geste, d'un murmure venu du cœur.

— Tout va bien.

Lorsqu'elle émergea enfin du brouillard opaque, Shiya scintillait comme un soleil sculpté. Elle observa Nyx, les autres et s'attarda sur Bashaliia.

— Je vous ai entendus et je suis venue.

Frell et Rhaif apparurent derrière, chancelants, noirs de suie et le corps lardé de plaies ensanglantées. Ils étaient suivis de deux Kethra'kai au regard perdu et halluciné. Tout le monde resta à bonne distance de la sombre sentinelle qui s'était entichée de Nyx.

Shiya leva les yeux vers le ciel enténébré, qui commençait à partir en lambeaux.

Nyx perçut alors ce qui avait éveillé l'intérêt de la statue.

Le rugissement de forges.

Un vaisseau apparut, crachant de la fumée. Nyx craignit de voir débarquer le reste des légionnaires, attirés vers eux aussi irrésistiblement que Shiya. Au lieu de quoi, elle reconnut l'engin et chercha à comprendre la raison de son arrivée miraculeuse.

L'*Épervier* se positionna en vol stationnaire au-dessus d'eux. De la porte arrière, des personnes s'élancèrent vers eux. Nyx aperçut Kanthe et Jace. Graylin et Darant. Même Pratik et Llyra. Une grosse bête velue surgit à son tour et passa devant le chevalier, le poil hérissé, un grognement menaçant aux lèvres.

Aamon renâcla pour saluer son frère.

Les autres se figèrent en découvrant l'intégralité du tableau. Plusieurs poussèrent des jurons. Des armes furent dégainées. Toute l'attention se concentra à un endroit précis.

Nyx ôta délicatement la tête d'Aamon de ses genoux. Soucieuse d'éviter toute méprise, elle alla se planter devant la chauve-souris géante et leva les bras, telles des ailes protectrices.

— C'est Bashaliia.

Seuls quelques visages s'adoucirent.

Kanthe fut le premier à s'approcher. Intrigué, il inspecta l'animal, puis se contenta de hausser les épaules.

— Je dois dire qu'il a pas mal grandi.

Tandis que le sol tremblait toujours, Graylin intervint.

— Tout le monde à bord. Vite !

— Attendez ! objecta Nyx. Aamon… Il est… (Elle fixa le chevalier sans savoir si elle aurait les mots ou la force de lui dire la vérité.) Je refuse de l'abandonner ici.

Graylin contourna la chauve-souris et vit le vargr à terre, son pelage trempé de sang, ses pattes de travers. Toujours couché sur le flanc, Aamon aussi l'aperçut et fit mine de vouloir courir vers lui.

Graylin se précipita pour lui éviter tout effort inutile. L'angoisse lui étreignait la gorge.

— Aamon…

Darant le rejoignit.

— Ne vous inquiétez pas, nous allons le monter à bord.

Une couverture servit de civière de fortune. On hissa le fauve dessus et, jusqu'au véloce, il fut encadré par Nyx et Graylin.

Bashaliia les suivit en trottinant tantôt sur ses ailes repliées, tantôt sur ses pattes arrière.

Le pirate observa la chauve-souris d'un air sceptique, mais Nyx lui fit signe d'avancer. Quelques secondes plus tard, ils avaient tous regagné la pénombre de la cale. Ou presque. Bashaliia, qui n'aimait guère être enfermé, préféra voler de ses propres ailes.

Une fois les passagers à bord, les forges rugirent. L'*Épervier* reprit vite de l'altitude, laissant derrière lui les derniers instants de la destruction de Dalalæða. Comme s'il avait attendu leur départ, le sol fut ébranlé par une secousse terrible qui ravagea tout. Les murs s'effondrèrent. Les portes tombèrent. Les menhirs s'enfoncèrent dans la roche, tels des navires en perdition dans une mer déchaînée.

L'*Épervier* rallia les nuages et, peu après, la lumière éclatante du jour. Nyx, restée près de la trappe arrière béante, scrutait le ciel. Enfin, elle vit un croissant noir familier voleter derrière eux.

Rassurée, elle se retourna vers la civière.

Graylin était agenouillé près de son frère agonisant. Kalder renifla, fourragea un peu, puis s'avachit contre Aamon. Nyx, qui ne voulait pas jouer les intruses, se tint en retrait.

Le chevalier remarqua sa présence. Il leva le bras, puis le laissa retomber sans savoir quoi dire. Elle s'approcha et se mit à genoux, tout près de la tête d'Aamon.

Les yeux fatigués du vargr étaient fermés. Sa respiration ralentissait.

— Il… il était si… stupide, lâcha Graylin.

Elle le fixa, médusée, mais il souriait tristement, les yeux brillants de larmes.

— J'ai essayé de l'entraîner. (Il secoua la tête.) Kalder a vite compris le truc. Aamon… il préférait pêcher la truite, renifler les entrejambes, pourchasser tout ce qui bêlait ou gloussait. Il menait une guerre permanente contre les cricka'bourres de ma cabane. Sans arrêt, il était à l'affût de leur pépiement.

Nyx essaya d'imaginer son protecteur au cœur vaillant aussi insouciant. Les paupières closes, elle rechercha cette âme heureuse, posa la main sur son crâne poilu et fredonna doucement un air qui évoquait la chaleur réconfortante d'un soir d'été. Elle ajouta ensuite des couches de brises à travers les bois, le crissement des feuilles. Elle chanta l'herbe sous la rosée, les ruisseaux tachetés de lumière. Elle laissa les fils de la mélodie s'insinuer dans sa fourrure ensanglantée, par-delà une souffrance quasi éteinte.

Elle le charma en imitant le gazouillis des oiseaux et des cricka'bourres.

Elle le sentit monter vers elle, projetant des vrilles de forêts en hiver et de branches brisées sous le poids de la glace. *C'est chez toi ici, non ?* Dans la réponse du vargr, on entendit les craquements d'un âtre, la fierté dans une voix, voire le reproche. Elle aperçut un lit trop petit pour eux trois. Elle goûta les abats qu'on leur jetait après une partie de chasse. Frémit de plaisir sous une caresse affectueuse.

Elle comprit le cœur d'Aamon, ce qu'il lui disait à la fin.

Ici, c'est chez moi, et depuis toujours.

Elle tendit la main et trouva des doigts puissants, une paume calleuse.

Oui, c'est chez toi.

Grâce à un chant de plus en plus profond, elle attira un frère, puis l'autre. Kalder geignit, serpentant sur la piste tapageuse de la traque, les courses effrénées dans les prairies inondées de soleil, les chamailleries entre frères. S'y ajoutèrent le parfum du givre matinal, l'appel d'un camarade, la chaleur d'une tanière. Auprès de Nyx, Graylin s'adoucit. Il n'entendait peut-être pas le chant aussi clairement qu'elle, mais il le ressentait. Elle les entremêla tous au sein d'une grande toile, les laissant se partager les uns les autres, se dire adieu du mieux possible.

Elle savait que c'était la raison pour laquelle Aamon avait tenu le coup malgré la fumée et la douleur. Il voulait rejoindre sa meute, savourer une dernière fois le contact de ses proches.

Nyx s'écarta, de sorte que les trois frères unissent leurs voix au sein d'un chant particulièrement intime. Elle attendit et écouta de loin. Les notes d'Aamon s'amenuisèrent et finirent par dériver au large. Elles passèrent furtivement devant elle et la chatouillèrent un peu. Un court instant, elle distingua une forêt très haute, truffée de chemins sans fin et de zones brumeuses.

Arrivé là-bas, Aamon se retourna une dernière fois, puis détala vers cet ultime univers sauvage.

D'un soupir, elle lui fit ses adieux. Il était parti.

À côté d'elle, Graylin trembla.

Kalder, lui, gémissait tout bas de chagrin.

Le chevalier entoura Aamon de ses bras et attrapa aussi Kalder, comme si, par la seule force de sa volonté, il allait maintenir la meute au complet. Hélas, personne n'était assez fort pour cela.

Nyx lui effleura le dos. Il tendit la main et elle esquissa un pas vers l'homme susceptible d'être son père. Elle le laissa l'attirer encore un peu plus, se blottit contre lui et ils finirent tous par se tenir les uns les autres, à se réconforter mutuellement.

Alors qu'une naissance en plein marais n'avait pas réussi à les réunir, le deuil y était enfin parvenu.

CHAPITRE 62

Trois semaines après leur retour à Boisgivré, sous un soleil torride, Graylin rejoignait à dos de poney une cascade assourdissante qui cachait le repaire des pirates. Kalder trottinait près de lui, la queue en l'air. Le vargr grogna en entendant l'agitation toute proche du hameau de maisons branlantes niché sous les falaises.

Ils rentraient d'un périple de trois jours dans les vieux bois de l'ouest, où ils avaient enterré Aamon. Graylin avait choisi comme lieu de sépulture l'endroit où il avait découvert deux bébés fauves, sauvages et apeurés. Il avait remercié les forêts sombres et glaciales de lui avoir apporté un frère aussi dévoué. Après l'inhumation d'Aamon, la végétation avait résonné du chant des vargr. Kalder y avait répondu, au point de disparaître une nuit entière.

Du haut de sa selle, Graylin le contempla. Il avait craint de ne plus jamais le revoir. Par bonheur, au petit matin, le grand félin avait rejoint le campement en rampant, la langue pendante, les yeux brillant d'un éclat sauvage. Le chevalier aurait compris si Kalder avait préféré rester là-bas mais, lorsqu'il l'avait vu réapparaître, il en avait tremblé de soulagement.

Merci, frangin. Je ne pouvais pas te perdre, toi aussi.

Il se dirigea vers le fossé situé entre la cascade et la falaise. Il venait de passer devant Kanthe et Jace, qui croisaient le fer dans le sable, l'un armé d'une épée, l'autre d'une hache. C'était un drôle de duo, une amitié improbable, d'autant plus qu'ils s'affrontaient pour capter – en vain – l'attention de Nyx.

Derrière, sur la berge, cette dernière était occupée à regarder un croissant sombre tournoyer dans le ciel. La chauve-souris – Bashaliia – accaparait la majorité de son temps et, sans doute, une bonne partie de son cœur. Les deux jeunes bretteurs auraient bien du mal à rivaliser.

D'ailleurs, moi non plus, je n'ai guère de succès avec elle.

Certes, la glace avait été brisée, mais leur relation demeurait hésitante, empreinte de méfiance. Graylin continuait de percevoir chez elle une certaine colère à son égard, une fébrilité qui, peut-être, ne s'estomperait jamais.

Dépité, il laissa, pour l'heure, la question de côté. Son poney se faufila derrière le tumulte de la cascade, puis s'engagea dans un dédale de tunnels et de grottes asséchées qui traversait ces terres barbares. Juste après la chute d'eau, une vaste caverne aux parois tapissées de fougère était coiffée d'un haut plafond noir. Le cavalier leva la tête vers les échafaudages qui entouraient l'*Épervier*, en suspens au milieu de la grotte. L'endroit résonnait de coups de marteau, de cris, de gémissements, mais aussi du tapage des ferronniers et du grondement sourd des forges et des soufflets.

Graylin contourna le chaos et resta bouche bée devant l'ampleur des changements opérés en sa courte absence. Après le sale quart d'heure qu'il avait passé à Hálendii, l'*Épervier* avait besoin d'être réparé, mais il faisait aussi l'objet d'une réhabilitation complète en vue du voyage qui l'attendait.

Un grommellement sonore émana de sous la quille.

— Graylin ! Vous êtes rentré !

Darant apparut. Il portait un haut-de-chausses, une chemise dont il avait arraché les manches et des bottes. Son visage et ses vêtements étaient maculés de suie et de graisse, ses mains noires de cambouis. Il tapota la proue de son véloce et avança à la rencontre de son visiteur.

Graylin descendit de sa monture pour le saluer.

— Je vois que vous avez bien avancé.

— En effet. (Le pirate se retourna et, en voulant s'essuyer le sourcil, il le souilla encore davantage.) Nous fixons des rails des deux côtés de la coque, de manière à accueillir les réservoirs supplémentaires. Nous aurons besoin de tout le carburéclair que mon petit oiseau de proie pourra transporter. Pour ses forges, bien sûr, mais aussi pour éviter de nous geler les couilles.

Graylin hocha la tête. Même si l'expédition sur la banquise s'annonçait périlleuse, ils savaient tous qu'elle était nécessaire. Grâce à son cube en cristal qui abritait une version holographique du monde, Shiya leur avait montré à leur tour le sort funeste qui les guettait. Il se remémora des scènes d'absolue désolation.

La chute de la lune.

Darant contempla Kalder.

— Tout s'est bien passé avec mon vargr ?

Graylin soupira. Malgré leurs incroyables aventures, le brigand avait tenu à ce que son marché avec Symon fût honoré. La promesse semblait remonter à une éternité, mais il n'avait pas oublié. De son côté, il avait rempli sa part du contrat, emmenant le chevalier à Hálendii comme prévu. Même si, au bout du compte, il avait fait beaucoup plus que cela.

Au retour, il avait réclamé son dû.

Un des deux vargr.

Graylin jeta un œil à Kalder, qui promenait son regard furieux à la ronde, les babines figées par un rictus menaçant face au vacarme et à l'agitation ambiante. À l'époque où l'accord avait été conclu, Graylin avait insisté pour décider *lequel* de ses frères adorés il céderait. Choix dont il avait été, hélas, privé par les sombres événements de Dalalæða.

Une fois le véloce posé et mis à l'abri, Darant s'était planté à cet endroit précis, les poings sur les hanches, et il avait tendu l'index vers le vargr qu'il souhaitait.

— Oui, répondit Graylin. Tout s'est bien déroulé. Votre vargr repose en paix dans la forêt.

Darant avait choisi Aamon.

— Parfait. (Il posa son bras crasseux sur l'épaule du chevalier et l'entraîna vers l'*Épervier*.) Laissez-moi vous montrer les nouvelles serres dont j'ai doté ce bel oiseau.

* * *

Son épée à la main, Kanthe recula dans le sable. Jace le pourchassa en jonglant habilement avec sa hache d'une paume vers l'autre.

Tous deux transpiraient à foison, vêtus d'un simple haut-de-chausses. Kanthe avait le sable qui lui brûlait les pieds, le soleil l'aveuglait et la cicatrice de sa plaie au torse restait douloureuse. Autant d'explications qu'il aurait aimé avancer pour justifier qu'un simple copiste des îles du Bouclier tînt la dragée haute à une altesse royale.

Il finit par s'avouer vaincu et jeta son épée.

— Assez ! Tu as déjà défiguré un prince. Inutile de faire la paire là-dessus. (Il caressa sa joue.) Il serait dommage d'abîmer un visage d'une beauté si ténébreuse.

Hors d'haleine, Jace afficha un grand sourire.

— Plus narcissique, tu meurs.

Kanthe s'approcha et lui saisit l'avant-bras.

— Bien joué. (Face aux sables étincelants, il plissa ironiquement les paupières.) Un jour, il nous faudra quand même trouver un maître d'armes capable de nous enseigner les rudiments du combat.

— Exact. (Jace se frictionna l'épaule et, d'un coup de menton, désigna l'épée à terre.) D'autant que toi, tu as vraiment besoin d'entraînement.

Un cri, issu du brouhaha de la ville voisine, les incita à se retourner. Deux silhouettes approchaient. Frell brandissait une liasse de feuilles et une plume d'oie. Pratik avait les bras chargés de livres.

Kanthe gémit.

— En parlant d'entraînement…

Frell hocha la tête vers la cascade, signe pour son protégé que c'était l'heure de s'instruire. Les deux alchimistes avaient aménagé une salle de classe de fortune derrière la chute d'eau.

Kanthe épousseta son épée et les suivit de mauvaise grâce.

Jace l'accompagna.

— Le klashéen n'est pas si compliqué à apprendre. Sa grammaire est parfois retorse, mais il y a beaucoup de similitudes avec le gjoéen.

— Toi, tu as lu trop de bouquins, bougonna son ami.

Le copiste du Cloistre haussa les épaules et se rembrunit. Leur temps ensemble était compté. Jace allait rejoindre les territoires glacés avec les autres. Kanthe, non. Il avait son propre chemin à suivre au cœur des Klashe du Sud.

— Crois-tu pouvoir le trouver ? demanda Jace.

— Apparemment, c'est pour cela que je dois apprendre le klashéen.

Son camarade le gratifia d'un sourire en coin.

— Alors, nous sommes fichus.

Kanthe lui frappa l'épaule et, à son tour, se renfrogna.

Sur la carte de Shiya, un point bleu indiquait la position potentielle d'un autre Dormeur de son espèce. Or, selon la statue, ils auraient bientôt besoin d'un allié dans son genre. Frell et Pratik avaient accepté de relever le défi, d'autant que le Chaaen désirait enquêter sur les prophéties klashéennes traitant d'une apocalypse et répertoriées dans les livres les plus ancestraux de son peuple. Écrits peu après la fin des Temps Abandonnés, les précieux ouvrages étaient conservés au sein du Codex Abyssal – la bibliothèque du Dresh'ri –, a priori enfoui sous les jardins de l'Imri-Ka.

S'ils voulaient obtenir une autorisation d'accès de la part de l'empereur et, avec un peu de chance, s'en faire un allié, les deux érudits ne pouvaient pas y aller seuls. Il était hors de question pour Pratik de rentrer les mains vides et, comme il n'allait pas emmener Shiya, le choix avait été vite fait.

Kanthe soupira.

Ils avaient besoin de quelqu'un pour susciter l'intérêt de l'empereur, voire le rallier à leur cause. Quelqu'un servant de pion dans une guerre entre un royaume et un empire. En d'autres termes, il leur fallait…

Le Prince du Placard.

* * *

Rhaif faisait les cent pas autour de la table qui trônait au centre de la caverne. Avec son plateau rond en chêne noir taché et entaillé de toutes parts, elle avait été le témoin d'innombrables discussions enflammées entre bandits, pirates et autres voyous. Avant peu, elle deviendrait le plateau robuste sur lequel reposerait l'avenir du monde.

Il contempla l'assiette de fromages affinés, les saladiers de fruits bien frais et les miches de pain aussi grosses que sa tête. Il y avait aussi de grandes cruches de vin et une pile de petits tonneaux de bière.

Au moins, nous serons bien nourris et nous pourrons trinquer à notre funeste destin.

Après avoir tourné une dernière fois autour de la table, il rejoignit Shiya. Déjà assise, elle portait un manteau à capuche qui l'aidait à cacher son corps en bronze, même si, là, à l'abri des regards, elle pouvait rester tête nue. Ses cheveux, toujours aussi doux, avaient des reflets dorés et cuivrés. Ses lèvres étaient charnues à souhait. L'azur de ses prunelles en verre suivait les allées et venues du Guld'guhlien autour de la table.

— Rhaif…, murmura-t-elle doucement.

Comme elle n'avait pas l'habitude de l'appeler par son prénom, il eut d'emblée le rouge aux joues. Gêné par sa réaction, il détourna le regard. Xan lui avait montré combien il était intimement lié à Shiya, mais il savait aussi qu'entre eux, ce n'était pas qu'une histoire d'hypnochant.

— Tu… tu es prête pour les retrouvailles ? Ils seront bientôt là.

En guise de réponse, la statue écarta les pans de son manteau. Elle posa la main à plat sur sa poitrine nue et prit une inspiration qui fit resplendir le bronze autour. Au moment d'exhaler, elle ôta sa paume et extirpa d'entre ses seins un parfait cube de cristal.

Elle referma ensuite sagement son vêtement et posa le bloc transparent sur la table.

Rhaif se rappela l'autre cube qu'à Dalalæða, elle s'était enfoncé dans le corps, près du nombril. D'une taille à peu près comparable, le premier était veiné de cuivre et contenait, en son centre, une gouttelette d'or bouillonnant. Depuis qu'elle l'avait en elle, Shiya ne souffrait plus de ses faiblesses passées, que ce fût sous les nuages ou dans les grottes. L'étrange cube semblait l'alimenter en continu. C'était une excellente nouvelle, car, lors du voyage qui l'attendait à travers des contrées figées dans de froides ténèbres éternelles, elle aurait besoin d'une source inépuisable d'énergie.

Shiya continua de le dévisager et perçut peut-être son désarroi, même si elle se trompa sur sa cause.

— Tu n'es pas obligé de venir avec nous.

Rhaif tressaillit. Elle croyait sans doute lui faire plaisir. En réalité, il se sentit blessé. Il posa un genou à terre et effleura le dos de sa main.

— Tu sais bien que je suis obligé.

N'éprouve-t-elle pas la même chose ? Son cœur serait-il fait du même bronze ?

Shiya fit rouler sa main sous celle de Rhaif. Des doigts tièdes enserrèrent son poignet. Elle posa ses yeux brillants sur lui. Ses lèvres s'entrouvrirent dans un murmure.

— Je sais.

La porte s'ouvrit bruyamment derrière eux. Surpris, il lâcha la main de Shiya et se releva d'un bond. Llyra entra sans y être invitée. Dans le couloir, des ombres frémissaient.

— Je pars, annonça-t-elle de but en blanc.

— Déjà ? Vous ne serez pas des nôtres au…

D'un geste ample, Rhaif désigna l'appétissant buffet.

Depuis quelques semaines, leur groupe hétéroclite – dont les membres venaient tous du nord de la Couronne – s'était prudemment mué en une alliance de fortune unie par le sang versé, le chagrin et un objectif précis lié à un danger terrible.

La chute de la lune.

Comme si elle reconsidérait la proposition de Rhaif d'assister à la réunion, Llyra observa la table. En réalité, elle étudiait ce qu'il y avait dessus. Fidèle à son habitude, elle prit ce qui l'intéressait – en l'occurrence, un petit fût de bière – et toisa le reste d'un air sévère.

— Je n'ai aucune envie de perdre mon temps à jacasser. Je sais ce que j'ai à faire.

Elle jeta un regard à Shiya. Ses prunelles ne luisaient plus de cupidité, même à l'égard du bloc de cristal posé sur la table. Elle aussi avait été témoin de la sombre prophétie et, d'un coup, sa vénalité s'était évanouie. Llyra était un modèle de pragmatisme. Si Rhaif en avait encore douté, il lui suffisait de se souvenir de quelle manière elle l'avait vendu aux mines afin de consolider l'implantation de sa guilde de voleurs à Lenclume. Là, elle avait certainement pris conscience que toute la richesse du monde importerait peu si le monde en question n'existait plus.

— Croyez-vous qu'ils vous écouteront ? demanda Rhaif.

— Je ne leur laisserai pas le choix.

Llyra s'était adjoint les services de quelques hommes de Darant pour aller rallier le maximum de gens de son milieu à leur cause. Elle nourrissait l'ambition de bâtir une armée secrète qui s'étendrait des hôtels de passe aux bandes de détrousseurs en passant par les tavernes mal famées et les repaires les plus obscurs. Avec les rumeurs de guerre qui couraient d'un bout à l'autre de la Couronne, il y avait fort à parier que leur groupe aurait bientôt besoin de ses propres bataillons et, à leur tête, d'une certaine Guld'guhlienne aux cheveux courts.

Rhaif acquiesça.

— Je ne doute pas un instant que vous saurez gagner leur…

Elle s'approcha, lui attrapa la nuque et attira sa bouche vers la sienne. Son baiser fut brutal, quoique peut-être plus tendre vers la fin. Elle n'avait encore jamais laissé Rhaif l'embrasser et, même là, c'était elle qui dirigeait les opérations. Son rappel à l'ordre était on ne peut plus enflammé : si quelque chose lui faisait envie, elle se servait.

Elle relâcha son étreinte et s'essuya les lèvres. Son regard étincelait d'une joie sombre.

— Je voulais juste te prouver que la chair peut avoir meilleur goût que le bronze.

Il ravala sa salive, les pommettes en feu.

Elle pivota vers la porte.

— Ne te fais pas tuer.

Il apprécia sa rare sollicitude mais, ayant oublié à qui il parlait, il comprit de travers.

— Tu as une bite extraordinaire. Je pourrais bien avoir envie de m'en resservir un jour.

Rhaif cligna des paupières, tandis qu'elle claquait la porte derrière elle.

Pour des paroles d'adieu... ce n'était pas si mal.

* * *

Nyx sentit que le temps pressait, non seulement pour la réunion à venir mais pour le monde en général.

Elle s'attarda néanmoins dans sa petite grotte, loin des autres. Au sol, c'était du sable. Un tout petit bassin alimenté par une source éclairait un coin de l'espace. Loin au-dessus de sa tête, un vieil éboulement avait créé une brèche sur la forêt et le ciel. La lumière du jour favorisait la croissance d'une multitude de fougères à frondes entortillées et de rosiers grimpants fuchsia. Quelques fleurs avaient des pétales rouges plus sombres, telles des giclées de sang.

Elle tâcha de ne pas les regarder et se concentra sur le vaste firmament qui l'attendait. Une ombre surgit là-haut et disparut. Nyx retint son souffle. Quelques secondes plus tard, le trou s'obscurcit au passage d'une imposante silhouette. Des ailes noires se déployèrent, une fois la chauve-souris à l'intérieur.

Une rafale de vent charria un parfum musqué de gingembre, mâtiné de relents de charogne. Bashaliia ne se contentait plus depuis longtemps de grignoter les moucherons et autres mesqueurs des marais. Son corps, qui avait bien grandi, réclamait une nourriture plus roborative. Des os rongés s'entassaient au fond de la grotte, mais pas davantage que ce qu'on aurait pu trouver dans l'antre d'un vargr.

Elle ne pouvait pas lui reprocher son appétit d'ogre.

Bashaliia atterrit sur le sable, battit une dernière fois des ailes et les replia.

Elle avança à sa rencontre.

Il sautilla d'une patte sur l'autre, comme il aimait le faire lorsqu'il avait une carrure nettement inférieure. Preuve s'il en était que, malgré sa taille de géant, il restait bien son petit frère. Il la salua de sa douce mélopée. Pendant que sa vision à elle oscillait entre leurs deux paires d'yeux, Nyx chanta aussi pour lui. Elle ne le sentait pas très à l'aise avec son nouvel habitat, voire avec son nouveau corps.

Il y a tant de choses auxquelles nous devons encore nous habituer tous les deux.

Elle savait toutefois ce qui le dérangeait le plus.

C'était pareil pour elle.

Elle lui ouvrit ses bras autant que son cœur. Même les chants ne pouvaient remplacer le réconfort d'une tendre caresse ou d'une chaleur partagée. Les oreilles aplaties, il lui renifla le visage et s'imprégna de son odeur. Une langue tiède goûta sa peau salée. Il se pelotonna contre elle, l'enveloppa de sa bienveillance et commença à se balancer sur les articulations de ses ailes.

Nyx grattouilla ses oreilles duveteuses. À mesure qu'elle fredonnait, leurs fils s'entremêlèrent et ils partagèrent leurs sensations les plus ténues. À nouveau, comme elle s'en était aperçue à son arrivée, elle ne percevait presque plus le mystérieux esprit supérieur. Il était toujours là, tel un orage à l'horizon, rien qu'un vague murmure de tonnerre, mais ses tourments ne pouvaient plus l'atteindre. La tempête était trop loin.

Une grave prise de conscience la mit en émoi.

Le lien que Bashaliia entretenait avec sa tribu établie par-delà les mers était en train de s'émousser. Sa portée, aussi puissante fût-elle, avait ses limites et certaines distances étaient devenues infranchissables.

Bashaliia devait en éprouver un profond sentiment de vide.

Rongée par une crainte encore plus grande, Nyx songea à leur future destination. Aux champs de glace situés de l'autre côté du monde.

Elle savait ce que cela signifiait. Pour lui, il n'y aurait pas de résurrection possible ; ses souvenirs ne seraient pas préservés chez ses congénères.

S'il meurt là-bas, Bashaliia ne reviendra plus.

Voilà pourquoi Nyx était venue le voir. Elle lui releva le menton et le fixa droit dans les yeux. *Tu ne dois pas nous suivre.* Son cœur avait beau se serrer à l'idée d'être séparée de lui, le risque de le perdre à jamais était insupportable.

Le regard luisant, son petit frère poussa tristement sa complainte, sensible à l'inquiétude et à la souffrance de

Nyx autant qu'elle l'était, elle, à son chagrin. Ses fils s'entrelacèrent vers elle. Il refusait de l'abandonner à nouveau. Elle chercha un moyen de le convaincre, de l'empêcher de venir.

Une autre entité, elle, avait eu son compte d'adieux.

Du fin fond du puits situé à l'intérieur de Bashaliia, une vague noire déferla sur eux. Des prunelles flamboyèrent dans les ténèbres. Visiblement, elles se donnaient du mal pour parvenir jusqu'à eux. L'ordre était, lui, froid et déterminé, drapé d'un voile menaçant.

Non.

L'invraisemblable géant disparut, laissant derrière lui un vide effrayant. Bashaliia se plaqua contre Nyx. Consciente qu'elle ne pouvait pas lui redemander une chose pareille, elle se pencha vers lui, l'apaisa de ses caresses et de son chant, jusqu'à ce que son cœur à elle aussi fût calmé.

Ce fut finalement l'urgence de la situation qui les sépara.

— Je dois y aller, chuchota-t-elle.

Après quelques ultimes marques de réconfort, elle rebroussa chemin dans le dédale de tunnels. Elle marchait d'un pas lourd, accablée par le poids de ses appréhensions. Bientôt, elle atteignit la bonne porte et entendit des voix derrière. Manifestement très en retard, elle prit de nouveau une grande inspiration, poussa le battant et entra.

Dans un coin, un feu de cheminée réchauffait la pièce. Sur la table au centre, un fatras d'assiettes et de chopes séparait des piles de livres et une kyrielle de cartes et de graphiques. Tout le monde parlait en même temps.

Graylin était penché entre Frell et Pratik.

— Quand vous arriverez dans les Klashe, essayez de contacter la Rose Rasée. Mon petit doigt me dit que cet ordre secret en sait beaucoup plus qu'il ne veut l'admettre.

À l'arrivée de Nyx, il se redressa, montra un siège libre et reprit sa conversation. Kanthe croisa le regard de la jeune fille et haussa les épaules d'un air désabusé.

Assis à côté, Jace tira la chaise de son amie.

Elle s'y laissa tomber.

— Tu as presque tout raté, lui murmura-t-il. À mon avis, chacun a obtenu les meilleures réponses possible à ses questions.

Indifférente à la cacophonie générale, Nyx observa les forces en présence. Face à elle, Shiya était assise en silence, avec Rhaif d'un côté et Darant de l'autre. Les deux hommes se parlaient sous son nez comme si elle n'était pas là.

Nyx connaissait l'impression que cela faisait.

Sans ciller, la statue l'observa de son regard brillant. Nyx sentit qu'elle attendait une question en particulier et, quand elle la fixa à son tour, elle entendit de faibles notes s'égrener, des tambours résonner au loin.

Shiya entourait de ses doigts son cube en cristal. Posé sur la table, il luisait doucement et, au-dessus, scintillait un minuscule globe terrestre. Des points bleu azur et rouge vif brillaient d'un éclat plus puissant à la surface. Nyx savait que le point bleu situé au cœur des Klashe du Sud marquait l'endroit où Kanthe et les alchimistes devaient se rendre. Or, le départ imminent du prince lui causait une angoisse profonde.

Leur groupe, formé récemment, devait déjà se séparer. Sur chaque visage se lisait néanmoins une fière détermination. C'était ce qui les unissait tous. Le destin les envoyait peut-être dans des directions différentes, mais ils connaissaient leur objectif ultime : arrêter l'inarrêtable, empêcher la lune de s'écraser – ce qui exigeait d'abord de trouver comment rallumer les forges de la Terre afin de relancer sa rotation sur elle-même.

Alors que Jace tentait d'ajouter quelque chose, Nyx leva la main et attendit. Lentement, le silence se fit.

— J'ai une question, dit-elle enfin.

Elle désigna du menton le cube et le globe luisant de la Terre. Une balise verte brillait à l'intérieur de la glace, sur la face enténébrée du monde.

— Où allons-nous au juste ? L'endroit a-t-il même un nom ?

Les prunelles de Shiya étincelèrent. Elle se redressa et remercia Nyx d'un infime signe de tête.

— Oui. Il a un nom ancestral.

Tous les regards pivotèrent vers la statue.

Shiya continua :

— Il est issu d'une langue qui préexistait même à la langue des Anciens. Le mot n'a peut-être pas d'intérêt à proprement parler mais, peu ou prou, il signifie « où les protecteurs ailés se rassemblent ».

Nyx pensa à Bashaliia et au reste de la horde de Mýr. Ces gardiens ailés veillaient sur le monde depuis la nuit des temps. Fallait-il comprendre qu'il y en avait d'autres là-bas comme eux ?

L'érudit Frell prit sa plume.

— Par curiosité, comment l'endroit s'appelle-t-il dans cette langue immémoriale ?

Shiya observa Nyx, le regard brillant.

— La Cité des Anges.

CHAPITRE 63

Dans le tréfonds de l'Antre des Confesseurs, Wryth se pencha par-dessus l'épaule de son frère iflelen. Skerren était assis à une table étroite jonchée de débris rouillés, de fils de cuivre tressés, de fioles de produits caustiques, de creusets en métal ou en pierre et d'autres objets qu'en dépit de ses connaissances encyclopédiques, Wryth trouvait bien mystérieux.

Skerren l'avait convoqué pour lui faire part d'une découverte et c'était assez important pour devoir s'intercaler dans son programme de la matinée.

Le regard de Wryth se perdit dans les recoins du scholarium personnel de Skerren, véritable labyrinthe de salles, de placards et de pièces fermées à clé. Plusieurs grandes feuilles de cuivre bombées étaient adossées au mur. Elles étaient issues de la coque de protection de la relique en bronze trouvée dans les mines souterraines de Craie. Skerren avait passé les deux dernières lunes à les démanteler avec soin avant de les envoyer à son laboratoire.

Les ouvriers avaient ensuite été tués. Personne ne devait être au courant de ce que les Iflelen avaient exhumé ni de ce qu'ils espéraient en apprendre. La récente trouvaille de Skerren venait du même chantier de fouilles.

— Montre-moi, demanda-t-il.

Le vieux Confesseur tendit la main vers un morceau de cuir qui recouvrait quelque chose. Ce qu'il révéla laissa Wryth bouche bée. Il s'agissait d'un parfait cube en cristal, veiné de fils de cuivre, mais le plus époustouflant, c'était la masse pulsatile de fluide doré en son cœur.

— Je l'ai trouvé dans une petite salle dissimulée derrière la coque en cuivre, expliqua Skerren.

— De quoi s'agit-il ?

L'homme se pencha jalousement dessus.

— À mon avis, c'est l'équivalent d'une petite forge fonctionnant au carburéclair. Une mystérieuse source de puissance. J'ai réalisé quelques tests, dont les résultats sont assez fascinants.

— Quels tests ?

D'une main distraite, Skerren désigna les deux moitiés d'une boule en verre sur la table. C'était tout ce qui restait de l'instrument que Wryth avait utilisé pour localiser la relique. Le globe fissuré avait été vidé de son huile translucide et les fragments de magnétite entortillés de cuivre étaient soigneusement alignés.

— En m'aidant de cette forge miniature, je pense pouvoir créer une version plus puissante de la boussole que je t'ai confiée. Le nouveau modèle devrait être capable de détecter la présence de ta statue à une distance beaucoup plus grande.

Le souffle rauque, Wryth en brûla de désir. Il pouvait à peine parler. Il ignorait si quelqu'un avait réchappé des ruines de Dalalæða, mais il restait hanté par la vision d'un véloce fendant les nuages.

Armé d'un tel outil, je pourrais bien découvrir la vérité.

— Vas-y, l'exhorta Wryth. Laisse de côté tes autres travaux pour te concentrer uniquement là-dessus.

Skerren acquiesça d'un signe de tête.

— Et toi ? Comment vont tes recherches ?

Au souvenir de sa propre charge de travail, Wryth se redressa.

— Nous sommes proches du but. (C'est tout ce qu'il accepterait d'admettre.) D'ailleurs, le devoir m'appelle. Il y en a un autre qui attend que je lui confirme mes progrès. Au mieux, il a un caractère de cochon, alors autant ne pas tenter le diable en le laissant dans l'expectative.

Wryth se hâta. Il quitta le scholarium de Skerren et se dirigea vers un autre, ancienne tanière d'un frère défunt. À son arrivée, deux silhouettes patientaient dans le couloir. L'homme que Wryth avait convié était accompagné de Thoryn, l'imposant garde vyrllien. Son visiteur était raide comme un piquet. L'éclat des flambeaux se réfléchissait sur son armure. Le bruit courait que, par peur d'une nouvelle attaque, il ne l'ôtait presque plus.

— Prince Mikaen, merci d'être venu jusqu'ici.

Le jeune héritier fit volte-face. Le masque en argent qui lui couvrait la moitié du visage était gravé d'un soleil et d'une couronne, armoiries de la dynastie des Massif. Quand la lumière frappait pile au bon endroit, le petit soleil étincelait autant que le Père d'En Haut. Là, à cet instant précis, il renvoya la flamme furieuse de la torche.

Wryth savait aussi ce que le masque cachait. Il l'avait aperçu une fois, peu après que le visage de Mikaen eut été recousu. Du moins, ce qui avait été susceptible d'être sauvé.

La voix encore enrouée d'avoir hurlé des jours entiers de douleur, le rescapé ronchonna :

— Montrez-moi la raison pour laquelle j'ai fait tout ce chemin, histoire que je parte au plus vite de votre endroit minable.

Wryth déverrouilla la porte du scholarium de Vythaas.

— N'approchez pas trop, avertit-il avant d'entrer le premier.

Une chaleur insoutenable régnait dans la salle aux murs de fer. Des chaînes cliquetaient bruyamment. À peine le seuil franchi, Mikaen et son garde du corps eurent le souffle coupé. Wryth, qui leur tournait le dos, sourit en silence.

Thoryn, qui n'était pourtant pas habilité à prendre la parole, bredouilla :

— Comment… ?

— J'ai utilisé du poison, répondit Wryth. Il m'en a fallu davantage que vous ne pourriez l'imaginer.

Mikaen avança d'un pas.

— Vous êtes en mesure de le contrôler ?

— Bientôt, murmura le Confesseur avec envie, incapable de contenir son impatience fébrile.

La découverte de Skerren allait peut-être permettre de localiser n'importe quelle relique en bronze, mais lui marchait à présent dans les pas de Vythaas, le frère qui, à juste titre, redoutait tant la klashéenne Vyk dyre Rha. Les efforts acharnés de Wryth étaient censés éliminer la menace qu'elle représentait, créer une arme contre elle, planter une graine de corruption dans son propre jardin.

Devant eux, les chaînes s'agitèrent avec fracas.

Il contempla l'énorme chauve-souris, ses ailes drapées de cuir, son corps prisonnier d'un étau d'acier. Toutefois, ce qui la muselait réellement, c'était le *cuivre*.

Une vingtaine d'aiguilles brillantes dépassaient de son crâne rasé, imprégnées d'alchimies extraites des carnets de bord de Vythaas.

Le sorcier observa la créature en silence. *Bientôt, tu seras mienne.*

Des yeux noirs furieux le mirent au défi. Elle ouvrit ses mâchoires et poussa un hurlement sauvage, dément, à la face du monde.

Wryth sourit d'entendre ce chant rempli de haine.

Oui, c'est un bon début.

Croquis d'archives
de Bashaliia en plein vol

REMERCIEMENTS

Voilà bien plus de dix ans que je ne m'étais pas frayé un chemin dans l'univers de la fantasy, alors chacun de mes pas s'est révélé quelque peu hésitant. Avant de me lancer, j'ai cherché les balises que les écrivains fétiches de ma jeunesse avaient laissées derrière eux : Anne McCaffrey, Terry Brooks, Stephen R. Donaldson, Robert Jordan, Roger Zelazny, Gene Wolfe, Robin Hobb, Edgar Rice Burroughs, J. R. R. Tolkien, George R. R. Martin et une foule d'autres. J'ai aussi été inspiré par les nouvelles trajectoires impressionnantes des romanciers d'aujourd'hui : Naomi Novik, Patrick Rothfuss, Brandon Sanderson, Brent Weeks et N. K. Jemisin. Enfin, je me suis appuyé sur un groupe d'auteurs qui m'accompagne depuis des décennies, qui a jadis voyagé avec moi jusqu'aux terres d'Alaséa et de Myrillia, et qui m'a aidé à peaufiner cette incursion dans un monde inédit : Chris Crowe, Lee Garrett, Matt Bishop, Matt Orr, Leonard Little, Judy Prey, Steve Prey, Caroline Williams, Sadie Davenport, Sally Ann Barnes, Denny Grayson et Lisa Goldkuhl.

J'envoie expressément une pluie de remerciements à la cartographe qui a conçu les tout premiers plans de mon étrange univers, Soraya Corcoran. Vous pouvez admirer son travail sur sorayacorcoran.wordpress.com. Et, naturellement, je n'aurai pas assez de mots ni assez de temps pour dire tout le bien que je pense de Danea Fidler, l'artiste qui a dessiné les splendides créatures animales qui illustrent mon roman. Si vous souhaitez découvrir l'étendue de ses talents, je vous invite à visiter son site : daneafidler.com.

Côté production, je remercie David Sylvian de son travail acharné et de son implication dans la sphère numérique.

Enfin, et surtout, rien n'aurait été possible sans un collectif de professionnels de l'édition. À toute l'équipe de Tor Books – en particulier, Fritz Foy et la fabuleuse Devi Pillai, merci de m'avoir laissé ouvrir ce nouveau chapitre de ma carrière. Par ailleurs, aucun livre ne brillerait sans le talent des services de marketing et de publicité. En la matière, j'ai eu la chance de pouvoir compter sur le savoir-faire de Lucille Rettino, Eileen Lawrence, Stephanie Sarabian, Caroline Perny, Sarah Reidy, Renata Sweeney et Michelle Foytek. Mille mercis aussi à ceux qui ont permis au roman d'apparaître sous son meilleur jour : Greg Collins, Peter Lutjen, Steven Bucsok et Rafal Gibek. Bien entendu, j'ai une pensée spéciale pour l'éditeur qui m'a mis une pression d'enfer et m'a poussé dans mes derniers retranchements afin d'aboutir au meilleur résultat possible – un ÉNORME merci à William Hinton. Également, à ceux qui ont continué ses efforts – Oliver Dougherty, assistant d'édition, Sona Vogel, réviseuse, mais aussi

Dominic Bradley et Elsa Sjunneson, deux fins vérificateurs d'authenticité – merci mille fois de votre expertise sans faille et de vos longues heures de travail.

Comme d'habitude, je tire mon chapeau à mes agents, Russ Galen et Danny Baror (ainsi que sa fille Heather Baror). Je ne serais pas l'écrivain que je suis aujourd'hui sans un noyau aussi enthousiaste de supporters et d'amis fidèles.

J'ajoute, pour terminer, que les erreurs éventuelles de fait ou de détail m'incombent entièrement.

Composition et mise en pages
Nord Compo à Villeneuve-d'Ascq

#lisez! engagé
www.lisez.com
Pour plus d'information :
Imprimé sur du papier issu de forêts gérées durablement.

Imprimé en Espagne par Liberdúplex
en septembre 2024
N° d'impression : 121867

POCKET – 92, avenue de France, 75013 Paris

S34134/01